Inhaltsverzeichnis

Kapitel 1: Morgenstund

„Wovon willst du einmal spielen, wenn du alt bist?"

Mats beobachtete die kleinen Speicheltropfen genau, die sich wie ein warmer Sprühregen auf seinem Unterarm ergossen. Mühelos konnte man die Tabakreste und den vielen Kaffee aus einiger Entfernung erkennen – eine leicht bräunliche Substanz. Er bereute es, keinen Pullover anzuhaben. Warum war es hier drinnen immer so heiß und stickig? Absolut unmöglich, langärmlige Sachen zu tragen in dieser dauerhaften Gluthitze, selbst im Winter. Kaum Licht und ununterbrochen 40 Grad, genauso musste es auch in der Hölle zugehen. Noch weniger erträglich war allerdings der beißende Alkoholgeruch, der ihm parallel aus Rainers Mund entgegenschlug. Von wegen trocken!

Aber vielleicht tat er ihm unrecht und der Alkohol hatte sich damals einfach in seinem Körper festgesetzt, die Zellen umschlossen, um für schlechte Zeiten ein Reservoir anzulegen. Und nun wurde Rainer praktisch immer von den eigenen Zellen befüllt, automatisch, ohne es zu wissen, und lebte mit der Illusion, seit 30 Jahren trocken zu sein. Doch in Wirklichkeit war er 24 Stunden, 7 Tage die Woche sturzbetrunken. Armer Rainer, wenn er nur wüsste! Mitleidig strich sich Mats dezent mit der Handfläche über den Unterarm.

„Hm? Hast du darüber schon mal nachgedacht?" Rainer blickte nun ernster und sah Mats direkt an.

„Bekanntermaßen spiele ich gar nicht."

„Mag sein, aber wenn du erst mal alt bist, kannst du es sowieso vergessen, dann hast du nämlich kein Geld mehr dazu. Nicht, weil du es verspielt hast – nee, nee, sondern weil dir einfach nix bleibt von der Rente und so und überhaupt."

Das Surren der Rowenta Kaffeemaschine kam einer Erlösung gleich.

„Noch einen Kaffee, Rainer? Schön frisch", warb Mats in der Hoffnung, das Gespräch in eine andere Richtung lenken zu können.

„Meinetwegen", zischte Rainer und schob seine Tasse über den Tresen zu Mats. Kaffee war umsonst und an manchen Tagen trank Rainer allein bis Mittag drei Kannen. Auch hier hatte er sein Trinkverhalten vermutlich niemals geändert – nur kein hartes Zeug mehr, sondern Kaffee. Zumindest schien ihn die Aussicht auf Kaffee aus dem Redeschwall gebracht zu haben. Es war einfach zu früh für so was. Noch befand sich niemand anders in der Spielhalle und es würde mindestens zwei weitere Stunden dauern, bis sich das änderte. Und 120 Minuten Rainer konnten unglaublich lang sein.

„Verdammte Scheiße! Mein Rücken bringt mich noch um. Diese verflixte Bandscheibe – das macht einen absolut irre!", brüllte Rainer und fasste mit schmerzverzerrtem Gesicht vorsichtig an sein Steißbein.

„Genieß jeden Tag so lange du noch jung bist. Wenn du alt bist, bleibt dir nämlich irgendwann nichts mehr. Nicht einmal dein Name. Dann heißt du Opa Bielefeld, damit deine Enkel sich merken können, welcher Opa du bist. Da kannst du nur hoffen, dass der Ort einen schönen Namen hat."

Mats sah überrascht auf. „Ich wusste nicht, dass du Kinder hast."

„Hab ich auch gar nicht. Aber so was weiß man doch trotzdem. Man hört die ja vor den Eisdielen rumschreien. Da ist man direkt im Bilde, wer von auswärts kommt, wenn der Opa nicht Düsseldorf gerufen wird."

„Ach so, dachte, du redest von deinen Kindern."

„Nix. Hätte mal fast welche gehabt, aber ist nicht dazu gekommen am Ende."

Mats beobachtete Rainer. Seine Augen waren glasig geworden. Er hatte begonnen den Bantam-Tabak auf der Theke zu verteilen und drehte sich mit viel Mühe eine Zigarette. Seine gelben Finger zitterten dabei leicht und es dauerte eine gefühlte Ewigkeit, bis er endlich fertig war.

Die Träne fiel lautlos in den Kaffee. Und obwohl sie einsam und nicht besonders groß war, konnte Mats sie sehen. Mit dem Eintauchen des Kaffeelöffels verschwand sie endgültig in den braunen Fluten.

„Heute ist mein Tag. Ich weiß es genau. Gib mir mal die Münzen." Rainer schnippte einen 20-Euro-Schein auf den Tresen und trank hastig einen Schluck heißen Kaffee. Er griff nach dem Wechselgeld und steuerte zielsicher den Lucky Win 2000 an. Ein gezielter Wurf und zum gewohnten Dauergeblinke gesellten sich alsbald die melodischen Pfeiftöne, die man nicht mehr aus seinem Kopf bekommt, wenn man sie oft genug gehört hat.

„Jaaaa! Und nun noch einen Hoch-Double und alles!" Rainers ejakulierendes Siegesgeschrei verstarb mit dem dumpfen Pfeifton des Lucky Win 2000, der Bruchteile von Sekunden später ertönte. Die leuchtende Null-Taste blinkte in den Raum. Doch ohne zu lange zu verharren, bot der Lucky Win abermals ein Leuchtfeuerwerk samt fröhlichem Piepgeräusch an, welches nur zu sagen schien: „Bald, ganz bald ist es so weit."

Die Tür brach mit einem Krachen auf. Das Sonnenlicht blendete massiv – die Milchglasverklebung der Merkursonnen verdunkelte den Innenraum komplett. Umgeben von lauter Sonnen und trotzdem stockdunkel. An Kleinigkeiten konnte einem bewusst werden, dass man sich an einem komischen Ort befand. Mats blinzelte müde und überrascht der Lichtquelle entgegen – für eine Menge der zu erwartenden Protagonisten war es noch zu früh und Neukunden gab es ebenfalls nicht sehr regelmäßig. Viele verirrten sich schlichtweg oder suchten nach einem Ort, ihre Notdurft zu verrichten. Aber diese Hoffnung erfüllte sich nicht. Zum einen ging der Weg zur Toilette komplett durch den gesamten Ticker-Salon – es gab also keinerlei Möglichkeit, dies diskret und ohne direkte Nachfrage zu regeln. Zum anderen hatte Erwin vor einiger Zeit die Pisspauschale auf einen Euro angehoben. *„Nehmen die 50 Cent, machen wir das Doppelte, ich lasse mich doch nicht verarschen. Sollen sie auf die Straße scheißen, aber bitte mir nicht die Sanitäranlagen ruinieren. Am Ende muss die noch jemand jeden Tag sauber machen. Wir sind eine Spielothek und kein Wellnesshotel!"*

Sie trug eine hellbraune Handtasche, die sie leicht um die Schulter gelegt hatte. Ihre glatten, braunen schulterlangen Haare reflektierten das Sonnenlicht, so wie Licht reflektiert, wenn es auf eine perfekte, reine Oberfläche trifft. Ihre grünbraunen Augen blinzelten etwas orientierungslos in den Raum, während sie sich mit der linken Hand an der Tür festhielt. Der Luftzug der Tür blies ihr einzelne Strähnen ins Gesicht, die sie sich vorsichtig mit der rechten Hand wegstrich. All das hatte so viel Stil – ja, so viel Anmut. Sie trug leichten Lippenstift und obwohl Mats grundsätzlich kein Fan von Lippenstift war, empfand er ihn bei ihr als sexy. Selbst das Wort fand er bescheuert, aber das traf es am Ende noch am besten. Ihr weißes, mit Blumen gezeichnetes Sommerkleid umspielte ihre zarte Taille und Mats verspürte einen Hauch von Kitsch, weil dieses Bild ein unrealistisches Maß an Perfektion suggerierte. Es war völlige Stille im Raum eingekehrt. Die Rowenta Kaffeemaschine schwieg und selbst die gut zehn Automaten schienen in Andacht zu schweigen und den Moment zu genießen. Kein Geblinke, kein Gepiepse, nur sie.

3

„Guten Morgen! Geht es gut?"

Wenn es Liebe gab, dann war sie gerade genau hier – in einer abgedunkelten Spielothek, befüllt mit aktuellen, ehemaligen oder akut gefährdeten Alkoholikern, die sich zwischen Automaten hin- und herschieben, so wie Schachspielfiguren auf einem Brett. Frei beweglich, aber jede nur innerhalb ihrer eigenen Maßstäbe und Möglichkeiten.

„Danke. Gut geht es. Sehr gut sogar." Die Aufregung ließ ihn wirre Dinge sagen und er fühlte, wie sein Herzschlag seine Verunsicherung vor sich her trieb. Mehr und mehr und mehr.

„Möchtest du einen Kaffee?", sagte er viel zu laut und griff unbeholfen nach der Kaffeekanne. Mein Gott, er war zu alt für ein solches Verhalten. Er hatte nichts gelernt in all den Jahren. Einmal Hampelmann, immer Hampelmann. Positiv gesagt könnte man urteilen, er habe sich seine Unbekümmertheit bewahrt. Negativ und realistisch betrachtet war es schlichtweg das Verhalten eines Teenagers, der seit über 20 Jahren kein Teenager mehr war. Ein erbärmlicher Teenager, der hier hinter dem Tresen einer Spielothek stehend diese Frau einfach nur anstarrte.

Anna sah ihn einen Moment zu lange an: „Schön. Das freut mich. Gerne einen Kaffee. Ich nehme an, Latte macchiato ist heute wieder aus?" Und während sie dies sagte, funkelte sie Mats herausfordernd mit ihren grünbraunen Augen an.

„Nein, äh, ja, nur Kaffee. Ist o.k.?"

„Mache nur Spaß. Kaffee ist toll." Anna lächelte über das ganze Gesicht. Sie schien entweder Gefallen an seiner Unsicherheit gefunden zu haben oder sie war einfach nur nett. Das verwirrte Mats noch mehr. Ruhe bewahren, Kaffee holen und einschenken. Langsam goss er den Kaffee in ihren Becher.

„Möchtest du später vielleicht noch vorbeikommen? Ein paar neue Italiener sind eingetroffen, die wir probieren könnten?"

„Italiener? Oh, ja, das wäre nett – was bedeutet denn später?"

„Ich weiß nicht, am Abend halt. Wann bist du denn hier fertig?"

„Kann ich nicht so genau sagen. Kommt drauf an – man weiß nie, was hier los ist."

Anna blickte auf den komplett leeren Innenraum samt der blinkenden Automa-

4

ten und auf Rainer, der mit der Stirn an den Lucky Win 2000 gelehnt, seit mehreren Minuten auf den Boden starrte, ohne sich dabei zu bewegen.

„Würde mich jedenfalls freuen. Nach 18 Uhr ist es nicht mehr so voll und sowieso schon ein paar Weine offen."

„Ist es o.k., wenn ich wieder etwas wechsle bei dir? Sag bitte wirklich, wenn dich das nervt?"

Das Highlight des Tages. Jeden Abend, sobald Mats im Bett lag, dachte er daran, dass er morgen früh Anna sehen würde, die zum Geldwechseln vorbeikam. Der Gedanke machte ihn jedes Mal ganz glücklich. Und wenn er einen besonders selbstbewussten Tag erwischte, fragte er sich, ob es tatsächlich für Anna nötig war, täglich zu kommen. Konnten so was nicht Banken machen und zahlten ohnehin nicht die meisten Leute mit Karte, wenn sie ein Fass Wein kauften? Aber Mats war überglücklich, sie jeden Morgen zu sehen, egal warum es so war.

„Überhaupt nicht. Ist ja keinerlei Aufwand."

Mats griff diesmal zielsicher nach dem Schlüsselbund für die Automaten, wesentlich souveräner als nach der Kaffeekanne, und ging um den Tresen Richtung Automaten. Ein kurzes Abgleichen der Registrierungsnummer, die als Kürzel auf den Schlüsseln vermerkt war und mit dem Umdrehen des Schlüssels begann schon das Prasseln der Geldstücke. Rainer schreckte abrupt hoch und starrte per Tunnelblick auf den Prasselautomat. Auf seiner Stirn zeichnete sich eine deutliche Druckstelle des Lucky Win 2000 ab, was ihn nicht seriöser wirken ließ. Wie ein gemeiner Spanner blickte er durch das Schlüsselloch Richtung Mädchenkabine.

Grundsätzlich war der Zeitpunkt heute aber günstig. Oftmals geschah es, dass schon mehrere Personen anwesend waren, wenn Mats einen der Automaten leerte. Und auch wenn es sich albern anhörte, überkam Mats stets ein relativ schlechtes Gefühl dabei. Ein Glas Blut durch einen Raum voller Vampire tragen, einen Löffel mit flüssigem Heroin die Entzugsstadion entlangführen oder ein frisch gezapftes Bier bei den Anonymen Alkoholikern auf den Diskussionstisch stellen. So in etwa war es. Rainer blinzelte nicht.

Mats nahm das Geld aus der Automatenschublade und trug es zurück Richtung Tresen. Anna lächelte ihn an: „Das ist superlieb. Wüsste gar nicht, was ich ohne dich machen sollte. Heutzutage zahlen zwar viele mit Karte, aber die meisten mit großen Scheinen. Und die Banken – bei denen ist das ein Projekt, das erst beantragt werden muss." Sie trank einen Schluck Kaffee.

Mats nickte innerlich zufrieden. Er verspürte Dankbarkeit gegenüber den Strichern von der Bank. Wer nichts gibt, gibt manchmal eben doch unbewusst etwas.

Warum befand sich auf Rainers Stirn immer noch ein Abdruck des Lucky Win 2000? So was geht eigentlich weg und vor allem nach zehn Minuten? Oder war dies wie im Wilden Westen? Dort hatten die Cowboys stets ihre Rinder mit Brandzeichen markiert. Hatte Lucky mit Rainer dasselbe gemacht, sodass er am Ende nicht an eine andere Automatenherde gerät und er ihn keinesfalls mehr klar identifizieren kann? *Rainer, for ever mine. Dein Lucky.*

Leicht gehetzt stürzte Anna den Rest Kaffee hinunter. „Oh, schon spät, muss jetzt mal aufmachen. Wir sehen uns heute Abend?", fragend blinzelte sie Mats an.

„Wie gesagt, kann es nicht garantieren, aber versuche es auf jeden Fall. Wäre schön."

„Toll. Würde mich sehr freuen. Hab einen schönen Tag." Und mit Blick auf Rainer: „Nicht zu viel Stress wünsche ich dir."

Klar hatte sie ihn jetzt ein bisschen verarscht, aber das war o.k. Gott tat schließlich auch alles, worauf er Lust hatte und Mats fand, dass Anna mehr war als Gott. Außerdem versprühte Rainer nicht gerade den Elan einer Massendemo, die das System umstürzen möchte. War der Abdruck immer noch da oder einfach nur ein Schatten?

Anna schien ihn nicht komplett ernst zu nehmen. Aber sie hatte ihn auch wieder eingeladen. Zuckerbrot und Peitsche. Ob sie das bewusst machte? Falls ja, war es genial.

Mats ging Anna hinterher und betrat die Lorettostraße. Der spätsommerliche Wind blies einige vereinzelte Blätter durch die Luft und die Sonne blendete ihn leicht. Sie wartete an der Ampel und schaute noch einmal kurz in seine Richtung, bevor sie zum Weinladen stürmte.

Schon seit Jahren war die Lorettostraße Mats' Lieblingsstraße in Düsseldorf, nur gab es damals wenige, objektive Argumente dafür. Heute dagegen präsentierte sie sich als wahrer Quell an Inspiration und Neuem. Viele kleine, aber feine Läden hatten sich angesiedelt und jeden Tag kamen neue hinzu. Nur die Spielothek stand wie ein Fels in der Brandung der Vergangenheit. Mats bewunderte den Mut der Leute. Einfach etwas aufzubauen. Kein großes Nachdenken, die Dinge in die Hand nehmen. Er selbst war nicht mutig. Nie hatte er zu den Kindern gehört, die in die Baumkrone klettern, sondern zu denen, die genau so weit hinaufgehen, dass sie einen Sturz überleben würden.

Gleichzeitig war ihm bewusst, dass Mut der Schlüssel zu allem war. Das Leben erforderte Risiko und ein Versuchen, ohne dies war alles zum Scheitern verurteilt. Vielleicht besaß er auch Mut, hatte ihn nur noch nicht gefunden. Anna verschwand im Weinladen. Möglicherweise brauchte er nur etwas, das seinen Mut endlich erweckte.

Als Mats sich umdrehte, um die wenigen Meter zurück in sein dunkles Loch zu gehen, stellte er glücklicherweise fest, das Rind Rainers Brandzeichen offenbar langsam verblasste. Er wartete auf Mats im Eingangsbereich und schien erbost, dass er ihn zurückgelassen hatte. Zumindest guckte er so. Und als er zu sprechen begann, konnte der Eindruck als gesichert gelten.

„Der Kaffee ist kalt. Münzen habe ich auch nicht mehr." Wie ein Kind, das die absolute Aufmerksamkeit verlangt und Probleme erfindet, die keine sind, aber so glaubt, die Aufmerksamkeit dauerhaft sichern zu können.

„Es ist umsonst, du kannst dir doch selbst einen Kaffee kochen. Außerdem waren es fünf Minuten, die wirst du wohl warten können." Genervt wie eine Mutter, die von ihrem Kind beschimpft wird und es trotzdem liebt, ging Mats an ihm vorbei Richtung Tresen. Er füllte die Kaffeemaschine mit Wasser und Pulver, während er die Geldkassette aus den Achtzigern hervorholte und auf den Tresen knallte. „Zufrieden?"

„Warum regst du dich so auf? Immer wenn die Kleine hier war, machst du danach so einen Tanz."

„Tanz? Was für einen Tanz? Was ist denn damit gemeint?"

„Ach, nichts. Geht mich auch nichts an. Finde nur, du solltest deinen Ärger nicht an anderen auslassen."

Mats atmete tief durch. „Geht's noch Rainer? Das ist doch nicht dein Ernst, wovon redest du überhaupt. Nur weil ich zwei Minuten aus diesem stickigen, dunklen Loch rauskrieche, um etwas Licht zu bekommen – Menschen brauchen übrigens Licht, muss ich mir dein Gejammer anhören. Hier tanzt, wenn überhaupt, nur einer von uns!"

„Ja, ja, ich sag schon nichts mehr. Gib mal Kaffee."

Mats war immer noch wütend. Dennoch reichte er Rainer die Kaffeekanne hinüber, der sich nun selbst eingoss.

„Nichts für ungut – ich gamble dann mal weiter." Und er schlich samt Kaffee langsam Richtung Automaten. Schon wieder öffnete sich die Tür und einige Teenager streckten ihre Köpfe herein.

„Gibt's hier auch Billard?"

Sie hatten Glück, dass Erwin nicht da war. Ein Signalwort für ihn, um komplett auszurasten. Er war nicht wahnsinnig berechenbar als Person, aber *Billardbastarde*, wie er sie nannte, waren ihm ein Dorn im Auge. *„Hängen stundenlang rum, wechseln sich ab und am Ende lassen sie vielleicht zehn Euro da. Das gibt's hier nicht. Bei uns rollt der Rubel. Hier wird gegambelt, bis der Arzt kommt – gutes, ehrliches Glücksspiel ohne Schnickschnack."*

„Nein, gibt keinen. Sorry, Jungs", rief Mats, ohne weiter aufzusehen.

Erwins Zuhältervergangenheit präsentierte sich allgegenwärtig. Ohne Probleme hätte man an nahezu jeder Stelle der Spielothek zwei oder drei Trennwände hochziehen, ein französisches Bett reinschieben können und man wäre einem Bordell der Achtzigerjahre verdammt nahegekommen. Natürlich machte das rote Licht, was aus den kleinen Lampen zwischen den Automaten schien, eine Menge aus – *„Wir wollen die nicht anleuchten. Was denkst du, warum die Bullen immer alles und jeden anleuchten? Nicht, weil sie wollen, dass etwas weitergemacht wird. Wir aber wollen, dass es immer und immer weitergeht. Als Farbe ist es Alarm. Als Licht ist es Ruhe bewahren, weitermachen."* Auch der dunkelbraune, schon viel zu durchgetretene Teppich und die künstlichen Raumpflanzen versprühten den Charme eines Ortes, an dem man sich eben bestenfalls ein bis zwei Stunden aufhalten möchte. Rainer hatte ihn mal gefragt, warum er die Pflanzen nie gieße. Mats hatte ihm gar nicht geantwortet, so bekloppt war diese Frage gewesen. Man musste kein Botaniker sein, um zu realisieren, dass in einem fast komplett abgedunkelten Raum, in dem gute 1 000 Zigaretten am Tag geraucht wurden, nicht alle 60 Sekunden ein Maiglöckchen aus dem Boden sprießt.

City-Fick. So hatte Erwins Puff geheißen. Älteren Taxifahrern der Stadt war der Laden immer noch ein Begriff. Er war kein Mann des Understatements und dort, wo andere Wörter umschreibender Natur nutzten wie „Saunaklub" oder „FKK", hängte Erwin eben ein großes Schild mit *„City-Fick"* an den Eingang.

„Klarheit ist Wahrheit. Verstehste, Matse?", sagte er oft. Doch dies war nur eine seiner vielen Weisheiten, die einen stets etwas ratlos zurückließen. Seitdem das Geschäft schlechter lief, reagierte er zunehmend dünnhäutiger, wenn insbesondere junge Leute die Spielothek betraten, weil sie einen Billardtisch vermuteten und alsbald wieder rausgingen. Da flog gerne mal ein Aschenbecher hinterher Richtung Tür.

„Sollen die Internetbastarde doch ihr Billard online spielen, machen alles andere schließlich auch da."

Das Wort Bastard war fester Bestandteil von Erwins Wortschatz. Aber es passte einfach so gut. Es gab kaum ein Wort, was sich so leicht an fast alle anderen Wörter dranhängen ließ. Auto-Bastard, Kellner-Bastard, Drecks-Bastard und, und, und. Internet-Bastard sagte er besonders oft. Das Internet hatte ihm schon als Zuhälter zugesetzt, als die ersten Online-Sex-Foren entstanden und viele seiner Kunden sich ihre Befriedigung dort billiger und anonymer holten. Als Spielothekenbesitzer hatte er sich auch kein besonders zukunftsfähiges Geschäftsmodell ausgesucht. So stimmte sein Business-Credo der drei großen „G" – *„Gefickt, Gespielt und Gestorben wird immer!"* zwar weiterhin, aber zumindest zwei der drei „G" hatten sich irgendwie in eine andere Welt verabschiedet.

„Morgen, ihr Stecher!" Erwin enterte die Spielothek mit einer wie immer ohrenbetäubenden Akustik. Es gab laute und leise Menschen. Erwin war wie ein Marktschreier ohne Markt.

„So ihr Heuler, da hab ich uns was Feines mitgebracht. Was zum Warmwerden oder wenn's mal langweilig ist."

Mit einem Knall stellte er die Tüte auf dem Tresen ab. Einige Eiswürfel flogen auf die Theke.

„Feinster Wodka aus Polen! So was habt ihr noch nie getrunken", brüllte er voller Euphorie und währenddessen vibrierte seine Goldkette, die er um den Hals trug, hin und her. Durch ihre exorbitante Größe im Verhältnis zu Erwins kleinem Kopf und seiner eher gedrungenen Gestalt wirkte sie wie das Zentrum seiner Person. Die rhythmischen Bewegungen, die sie, umgeben von seiner starken Brustbehaarung, entfachte, ließen sie fast als selbst sprechend erscheinen. Ein goldener Mund, umschlossen von Haaren, beschallte den Raum.

„Was starrst du mich so an, Matse? Hoffe, das ist Gier nach einem kleinen Schuss!"

„Morgen, Erwin – ist mir ehrlich gesagt noch etwas früh. Trinke gerne einen mit, aber es ist nicht einmal Mittag." Mats war bewusst, dass er Unmut riskierte. Erwin war schließlich sein Chef. Aber Wodka war tückisch. Ein kreidefressender Wolf im Hartalkoholgewand, passte man nicht auf, saß er ratzfatz im Cockpit und übernahm das Kommando. Mats konnte zwar an vielen Tagen jemanden gebrauchen, der einfach die Kontrolle für ihn übernahm, aber nicht an einem Tag, an dem er später noch auf eine Weinprobe gehen wollte. Erwin dagegen schien unbeirrt und fischte drei Schnapsgläser unter der Theke hervor, die er zügig rund um die Penny Tüte aufbaute.

„Wie feinfühlig", zischte Rainer und leerte seine Kaffeetasse auf ex.

„Was hat er?", Erwin blickte Mats fragend an.

„Er ist doch trocken", stöhnte Mats.

„Seit wann?"

„Seit 1985 du blödes Arschloch!", brüllte Rainer quer durch die Spielothek. „Du tickst doch nicht richtig! Stellst einem trockenen Alkoholiker einen Wodka vor die Nase! Das ist Körperverletzung. Ein beschissener Sadist bist du. Anzeigen sollte man dich."

„Reiß dich mal zusammen! Dann trinkst halt keinen Wodka! Mein Gott, deswegen muss man doch nicht gleich rumschreien."

Voller Wut knallte Rainer mehrere 2-Euro-Stücke hintereinander in den Lucky Win 2000 und die bekannte Melodie setzte ein. Lächelnd schob Erwin Mats das inzwischen gefüllte Schnapsglas entgegen und lächelte zufrieden: „Jedem Tierchen sein Pläsierchen. Was, Matse?" Sie stießen an und Mats leerte den Wodka in einem Zug.

Kein Ausweg – auch egal. Diskussion versus Rausch? Dann lieber Rausch. Die Wärme strömte durch seinen Körper. Ein wohliges Gefühl, kommend vom

Bauch, welches sich mehr und mehr im Oberkörper verteilte. Seine Gedanken wurden schärfer und klarer – die Unsicherheit verschwand. Anna erschien sehr nah und nur einem kurzen Schritt entfernt. Vielleicht sollte er noch einen weiteren Wodka trinken, rüberlaufen zum Weinladen und ihr sagen, dass er keine Zeit mehr für Aufregung hat. Keine Zeit mehr für Spielchen. Keine Zeit mehr zum Taktieren und sich zu fragen, wer wen wann angerufen hat oder nicht. Keine Zeit mehr, um nicht mit ihr zusammen zu sein. Keine Zeit mehr, sie nicht zu lieben. Die Wodkaflasche setzte behutsam auf dem Schnapsglas auf und füllte es ohne ein Geräusch. Erwin sah Mats direkt an. Beide griffen zeitgleich nach dem Glas und leerten es, ohne zu zögern. Er war noch nie so klar. Klarheit ist Wahrheit. Mats musste lachen. Anna war noch wenige Stunden entfernt und er fühlte sich sehr gut.

Mittags war stets die Zeit des Ausströmens. Alle arbeitenden Personen, außer die Alkoholiker, suchten nach einer kulinarischen Abwechslung. Alkoholikern war, wie allen Drogensüchtigen, gemein, dass sie in der Regel keine Gewichtsprobleme hatten. Vielleicht den berüchtigten Bierbauch, aber insgesamt hielten sich die meisten ordentlich. Der Konsum ersetzte die Nahrung und selbst nächtliche Fressattacken von fettigen Lebensmitteln konnten den Zero-Kalorien-Tag nicht wieder reinholen. Alles hat eben zwei Seiten im Leben. Zumindest das durfte als gesichert gelten.

Das nähere Umfeld der Spielothek bot ein Potpourri an Möglichkeiten. Der wunderbare Italiener befand sich fußläufig vom griechischen Imbiss. Auf den ersten Blick leicht ausreichend Abwechslung zu schaffen, auf den zweiten durchaus schwer. Auch wenn die Optionen zahlreich waren, so wiederholten sie sich am Ende doch wieder und wieder. Vermutlich war das Leben generell eine Wiederholung. Ein Hamsterrad in Endlosschleife. Nur erlebte man das immer Gleiche unterschiedlich, weil man sich selbst veränderte. Mit 16 verbrannte man noch alle Fotos von ihr. Mit 30 löschte man einfach nur die Nummer aus dem Adressbuch. Man stumpfte schlichtweg ab. Nichts mit neu. Nichts mit Abenteuer. Endlosschleife samt Repeat.

Irgendwann verschwindet das Gefühl, immer bereit zum Sprung zu sein. Die Grenze zwischen Lebenserfahrung und Scheißegal-Haltung wird fließend. Grundsätzlich gut, damit nicht mehr alles auf einen ungebremst aufprallen kann, aber es nimmt auch jede Spannung. Jede Überraschung. Und jedes Wunder. Nicht alles im Leben konnte wie der erste Kuss sein, aber Mats wünschte, es wäre so.

Erwin hatte sich inzwischen ins Büro verabschiedet und raschelte extrem laut mit Papier. Es hörte sich eher an wie ein Kind, das mit Geschenkpapier am Geburtstag raschelt, als ein arbeitsbezogenes Büropapierrascheln. Ihm war durchaus zuzutrauen ein solch lautes, intensives Rascheln zu simulieren, um den Eindruck *„Seht her, ich arbeite wieder im Büro"* zu vermitteln. Doch die unnatürliche, charakteristische Lautstärke erhöhte seine Glaubwürdigkeit deutlich. Mein Gott, was musste er für ein lautes Kind gewesen sein.

Mats' Leben war zu gleichförmig geworden. Wie ein Fluss, der immer einfach weiterfließt, aber nirgendwo Strömungen besitzt. Und niemals einen Strudel bildet. Vielleicht war es auch zu jeder Zeit so gewesen. Nur hatte er bis jetzt nicht so genau darüber nachgedacht. Auch wenn es sich verrückt anhörte, so liebte er die Ruhe, die ihm dieser Job garantierte, und damit die Zeit nachzudenken. Die meisten wollen nicht nachdenken. Deshalb suchen sie Jobs, die ihr Leben noch schneller machen. Sie setzen sich Ziele, denen sie hinterherjagen können. Definieren Lebensstandards, die sie erreichen möchten. Und dann rappeln sie. Tag für Tag. Und erst, wenn sie etwas aus der Bahn wirft und das Unerwartete eintritt, entsteht der Moment, der sie innehalten lässt. Vielleicht nicht einmal dann. Mats hatte kein Interesse daran, sich selbst den halben Tag durchzuanalysieren. Aber er hielt es für wichtig, ab und zu in sich hineinzuhören. Wobei er dies definitiv schon zu lange tat. Wenn aus „ab und zu" „permanent" wird, war das nie gut. Zumindest bei den wenigsten Dingen im Leben.

Etwas musste passieren. Der Fluss brauchte dringend ein paar Strömungen. Als Insel war er mehr Helgoland als Sansibar. Wattwanderung statt Safari. Der Wodka war ganz mild. Trotzdem begannen seine Augen zu tränen. Vor seinem verschwommenen Blickfeld tauchte plötzlich Rainer auf.

„So eine Scheiße, hab heute schon 50 Tacken verloren." Rainer knallte die Kaffeetasse auf den Tresen. „Mehr Kaffee!"

„Geht das auch freundlicher?" Langsam aber sicher war Mats genervt von Rainers Gehabe. Bei allem Verständnis, dass er im Leben scheinbar nicht immer das erste Stück Torte bekommen hatte, so war es dennoch kein Grund, sich gefühlt permanent wie ein Primat zu benehmen. Permanent – da war es wieder.

„Du musst echt auf deinen Ton achten. Das geht so nicht."

„Wie hätte Madame es denn gerne?", erwiderte Rainer ohne jede Regung.

„Wie bitte? Das ist jetzt ein Scherz, oder?"

Ich habe gesagt: „Wie unsere Prinzessin es denn gerne hätte? Kann ja niemand erraten."

Mats war kurz vor einem Herzinfarkt. „Verarschst du mich gerade? Ich hoffe das inständig. Falls nein, muss ich dir leider sofort die Kaffeekanne über den Kopf ziehen und hoffen, dass du aufgrund der entstandenen Wunde hier im Innenraum vor meinen Augen verblutest."

„Ach, leck mich doch!", zischte Rainer. „Kann nicht allen den ganzen Tag die Sonne aus dem Arsch scheinen." Bevor Mats abermals antworten konnte, riss ihn ein Urschrei aus jeglichem Dialog.

„Matse? Komm mal rum!" Und dieser Schrei war so laut, dass man jede Sekunde das entsprechende Echo der Berge erwartete. Nur gab es hier keine Berge. Hier war eher dauerhaft Land unter. Erwin saß in seinem Bürodrehstuhl und hatte die Arme hinter dem Kopf verschränkt. Seine Krokodil- und/oder Schlangenledercowboystiefel – *„Wer soll sich merken, aus welchem Vieh die gemacht sind?"* – umschmeichelten seine Füße, die er in der Mitte des Schreibtisches platziert hatte. Um absolut alle Klischees des ehemaligen und gefühlt aktiven Puffbesitzers zu bedienen, fehlte nur noch eine Zigarre in seinem Mund. Aber Erwin rauchte Ernte 23 auf Kette und das, seit er 14 Jahre alt war. Als Mats auf dem gegenüberliegenden Klappstuhl Platz genommen hatte, begann Erwin heftig zu husten und ruderte zeitgleich hektisch mit beiden Armen.

„Mein Gott, am Ende haben die Quacksalber doch recht und das Rauchen ist wirklich schädlich für mich." Er zog so lange und intensiv an der Zigarette, bis alles Weiße komplett verschwunden war. Dabei atmete er tief ein und begann, während er sprach, den Rauch parallel durch die Nase auszupusten. „Aber die erste Zigarette danach vergisst man nicht, was Matse? Keine Ahnung, wie die Alte damals hieß. Maria, Martina, keine Ahnung. Doch das Gefühl, als die erste Ernte meine jungfräuliche Lunge berührte, das werde ich wohl immer erinnern. Und die richtig guten Dinge sollte man nicht ändern. Gibt sowieso viel zu wenig davon."

Mats bekam Angst vor weiteren Einzelheiten und versuchte, das Thema zu wechseln, ohne Erwin zu verärgern. Er probierte es mit banaler Zerstreuung: „Was gibt es denn, Erwin?"

Erwin steckte sich eine neue Ernte an und sah Mats bestimmt an.

„Hast du über mein Angebot nachgedacht?"

Mats hatte dieses Thema befürchtet. „Ehrlich gesagt, ja. Aber ich kann es mir leider aktuell nicht vorstellen und glaube auch nicht, dass ich besonders geeignet wäre. Ich fühle mich wirklich geehrt, aber ich denke nicht, dass dies am Ende meine Welt ist."

„Glaubst du, es ist meine Welt gewesen, als ich angefangen habe? Denkst du, ich habe mich so gesehen, nachts auf dunklen Straßen mit einem Schlagring und Geld eintreiben? Oder die Mädchen ranschaffen in den Lkws? Natürlich nicht, aber ich habe mich nicht den Tagträumen hingegeben, sondern mich auf meine Talente konzentriert. Das kannst du auch, mein Junge. Saatgut macht die Ernte, verstehste?" Sein Lächeln war einnehmender geworden. Wie Yoda, der Luke Skywalker bittet, sich das mit dem „Jedi werden" doch bitte noch einmal zu überlegen, da sonst das Universum untergeht.

„Ich weiß nicht, Erwin. Mag den Job und kann es mir grundsätzlich vorstellen, aber es fühlt sich nicht richtig an. Zumindest jetzt nicht." Mats eierte rum. Und auch wenn er seinen Job mochte, hatte er dennoch nicht die Perspektive Spielotheken-Filialleiter Düsseldorf Gerresheim im Kopf, wenn man ihn wie im Vorstellungsgespräch fragte, wo er sich denn in fünf Jahren sehen würde. Obwohl Erwin ein harter Hund war, schien er ihm das Argument weitgehend abzukaufen. Seine Gesichtszüge entspannten sich allerdings nur kurz.

„Ist das Illegale, oder? Wenn's dir hilft, du musst auf keinen Fall die Geldwäsche für die Albaner machen. Das gehört zum guten Ton, das reicht aber, wenn ich das mache."

Es gibt Länder, da fühlt sich kriminell gut an. Italien zum Beispiel. Da ist man vielleicht nicht ganz legal, aber kein wirklicher Verbrecher. Am Ende sieht man trotzdem super aus und ist mit tollen Frauen zusammen. Alternativ ist man der Pate und besitzt unendlich viel Macht. Albanien dagegen klang wie Mittelalter,

Eisenkugel am Fuß und nach einem Galeerenschiff voller, behaarter ungewaschener Männer – ein Leben lang.

Nun war Mats irritiert. „Was für Geldwäsche?"

„Ach, vergiss es. Dachte nur, du würdest dir deswegen Gedanken machen."

„Du wäschst Geld für die Albaner? Was für Albaner überhaupt?" Mats fühlte sich mal wieder mehr als naiv.

„Nichts Wildes. Paar alte Kontakte. Eine Hand wäscht die andere, selbst wenn beide schmutzig sind. So was eben. Aber darüber wollen wir gar nicht reden. Matse, mein Junge, niemand macht das, was er sich erträumt hat. Man tut das, was am besten funktioniert." Erwin fixierte den Aschenbecher und drückte die Ernte so lange aus, bis auch alle Glutfunken verschwunden waren.

Er blickte Mats fest an, während er sich gedankenverloren im Bart rumspielte.

„Irgendwann im Leben hat jeder diesen Moment. Wenn sich die Perspektive ändert. Den Zeitpunkt, an dem man erkennt, wie frei die Gedanken der Jugend waren und man eben nicht alle Möglichkeiten hat. Sondern, dass man froh sein muss, wenn am Ende zumindest etwas Gutes bleibt. Wobei jeder seinen eigenen Horizont besitzt, je nachdem wo er herkommt. Meiner war von Anfang an sehr begrenzt. Horizont? Ich konnte nicht mal den Himmel sehen. Mein Vater hat mich windelweich geschlagen, sobald ich ihm auf die Nerven gegangen bin. Glaub's mal Matze, ich bin noch aus der Generation Gürtel. Da gab es nur ein Ziel: Weg von zu Hause. Sonst nichts. Und klar wusste ich, dass es andere Möglichkeiten gibt da draußen. Nur war mir bewusst, dass sich diese Türen nicht öffnen werden." Erwin blies den Rauch angestrengt über den Schreibtisch hinweg. Eine undurchdringbare Stille lag im Raum, nur Rainers Geschnaufe und Luckys Klimbim-Musik aus dem Nebenraum waren wahrnehmbar. Mats schob sein Glas behutsam an den Papierbergen und den Schlangenlederschuhen vorbei, bis es direkt vor Erwin stand.

Mats sah in Erwins müde, traurige Augen. Er sah keinen Ex-Puffbesitzer, der inzwischen auf Albaner-Geldwäsche und Spielotheken machte, sondern einen Menschen, den das Leben schon eine Menge gelehrt hatte. Eine zu große Menge. Der haarige Goldmund schwieg. Kein Beben mehr. Nichts rührte sich.

Das Leben bleibt eines der härtesten überhaupt.

Erwin hatte seinen Wodka immer noch nicht angerührt und starrte auf seine vor ihm gefalteten Hände. „Weißte, Matse, ich habe manchmal auch eine Scheiß-Angst."

Mats sah überrascht auf. Doch die Verwunderung in seinem Blick hatte keine Zeit sich auszubreiten. Erwin fischte nach der Flasche und befüllte Mats' Glas erneut. Mit ausgestrecktem Arm samt Glas blickte er Mats nun fest an: „Auf das Leben! Auf uns verdammte Bastarde! Und darauf, dass alles kommt, wie es kommen muss! Tut es am Ende sowieso immer."

Mats erwiderte den Erwin-Drönemannschen Glasarm mit einem zu lauten Klirren. Erste Timingverluste stellten sich also bereits ein. Immerhin bemerkte er sie noch. „Alles kommt, wie es kommen muss"... na, wenn das stimmte, dann war noch einiges möglich heute. Wodka Nummer vier oder fünf war mehr als in Reichweite und in Addition mit der bevorstehenden Weinprobe inklusive Anna-getriebener Daueraufregung konnte dies am Ende von Ausnüchterungszelle, über Nervenzusammenbruch bis hin zu spontaner Hochzeit nahezu alles bedeuten.

Hesse sagt: *„Das Leben austrinken."* Mats war zwar nicht sicher, ob das damit gemeint war, aber er fühlte sich immer noch sehr gut. Und schließlich war alles im Leben Auslegungssache. Irgendwie. Der Goldmund hatte sich wieder gefangen und brüllte unvorstellbar laut „Auf das Leben!", und sie stießen unter noch lauterem Klirren an.

„Ah, das tut gut. Was Matse. All die Scheiße einfach ersaufen."

Zielsicher warf Erwin eine neue Ernte in seinen Mund und zündete sich diese hastig an.

„Vielleicht, Matse, brauchen wir eine neue Heimat für uns. Irgendwo, wo das Leben leichter ist. Hab da schon mal drüber nachgedacht." Er pustete den Rauch langsam Richtung Decke.

„Wieso neue Heimat? Dachte, du liebst diese Stadt?"

„Ja, schon, aber manchmal muss man Schluss machen, auch wenn's wehtut. Die Geschäfte gehen nicht mehr wie früher. Die Internetbastarde und die ganze Aufklärungskacke machen es nicht besser. Heute ist doch kein Schwein noch automatensüchtig. Zumindest nicht so richtig. Früher hing in jeder Pizza-bude ein Automat und der lief 24 Stunden durch. Heute musst du beten, dass solche wie Rainer 100 Jahre alt werden."

„Vielen Dank auch! Taub bin ich übrigens nicht. Aber vielleicht sterbe ich bald, einfach nur, um euch Arschlöchern das Geschäft zu versauen!", peitschte es aus dem Spielsaal Richtung Büro.

„Wieso denn EUCH Arschlöcher nun? Ich habe überhaupt nichts gesagt", verteidigte sich Mats.

„Der Herr Möchtegernbüroleiter kriegt es ja nicht mal hin, den Kaffee verfügbar zu halten. Der ist so was wie dauerschuldig", hallte es wieder zurück.

„Rainer, du Pöbelbastard! Nun reicht's aber mal. Was ist denn heute los? Das war doch nur ein Platzhaltername für einen richtigen, wahrhaftigen Automatenglücksspieler. Ist doch scheißegal, wie der heißt, man weiß ja wohl, was damit gemeint ist", beschwichtigte Erwin.

„Besonders wertschätzend hörte sich das aber nicht an. Ach, ihr könnt mich eh alle mal." Münzengeklimper setzte ein und Lucky tutete fröhlich gegen die schlechte Stimmung an.

„Mir war er lieber, als er noch gesoffen hat. Da war er deutlich ausgeglichener", flüsterte Erwin zu Mats. „Und seit 1985 trocken glaubt er wohl selbst nicht. Ich hab den schon sternhagelvoll hier am Automaten geiern sehen. Und das ist mit Sicherheit nicht so lange her."

Mats fühlte sich plötzlich erschöpft. Diese laute, sinnbefreite Schreierei machte ihn an manchen Tagen extrem müde. Hatte jemand schon einmal untersucht, ob in besonders lauter Umgebung Gehirnzellen absterben? Das würde zumindest einige Zustände der hier agierenden Personen erklären. Dem Beschallten sterben 5 000 Zellen, während der Beschaller selbst mit 10 000 dabei ist, weil er das Zentrum der Lärmquelle ist. Wenn aber Lautstärke Gehirnzellen absterben ließ, dann konnte Erwin kein Gehirn mehr haben. Und zwar seit langer Zeit nicht mehr.

Vielleicht war Mats einfach nur müde. Oder er hatte die Alkoholkette zu lange unterbrochen. Nichts war schlimmer für die Verfassung, als längere Pausen zwischen alkoholischen Getränken zu machen. Man verlor bei diesen Pausen nicht nur sein Betrunkenheitslevel, sondern fiel in akute Erschöpfungszustände, da Alkohol an und für sich träge macht. Nur merkt man das normalerweise nicht, da man ja fleißig hinterherkippt – zumindest meistens. Viel hilft eben viel. Trank man aber dann, nach der Pause, im Erschöpfungszustand weiter, entstand nicht abermals das schöne Angetrunkenheitsgefühl vom ersten Glas, sondern ein sehr schlichtes Gefühl von „saumüde und breit", was niemals eine gute, und sicher eine schlechte Kombination nachmittags während der Arbeit ist. Und eine ganz besonders schlechte, wenn man später noch ein Date hat, was keins ist, aber irgendwann eins werden sollte. Er musste dringend nüchterner werden und noch dringender wacher.

Mats gähnte nun so stark, dass Tränen außen an seinen Augen herunterliefen. Das weckte Kindheitserlebnisse in ihm. Sein Vater hatte früher oft so gegähnt. Vor allem, wenn er morgens aufgestanden war und Mats hatte stets Angst gehabt, dass er traurig sei und weinte. Erst später war ihm aufgefallen, dass richtige Tränen stets innen runterliefen. Müdigkeitstränen dagegen blieben immer außen, als wenn sie sich verstecken würden, weil es keine richtigen Tränen sind. Den Club durch den Hinterausgang verlassen. Aber nicht, weil man ein Star, sondern weil man ein Niemand ist. Mats wünschte, die armen Müdigkeitstränen würden auch einmal innen runterlaufen können, so wie echte Tränen es tun. Er nahm sich fest vor, es beim nächsten Mal zu versuchen.

Langsam, fast zögerlich wischte er mit dem Oberarm die Tränen aus seinem Gesicht. Dabei kam ihm ein beißender Gestank aus Rauch und Schweiß entgegen. So konnte er unmöglich zu Anna. Das sehr gute Gefühl von vor zwei Stunden reduzierte sich mehr und mehr. Es wich der Erkenntnis, in dieser Verfassung absolut nicht gesellschaftsfähig, geschweige denn Date-tauglich zu sein. Er brauchte eine kalte Dusche, frische Kleidung und 20 Minuten Managerschlaf. Das hatte er noch nie gemacht, aber davon hörte man ja ständig. Klang auf jeden Fall gut.

„Kannst du vielleicht übernehmen? Ich müsste für 'ne Stunde nach Hause, bin dann wieder da."

„Aber nur, wenn du noch einen für auf den Weg nimmst," sagte Erwin und goss lächelnd ein.

Die Sonne knallte wie ein Heizstrahler auf die Lorettostraße. Sofort fühlte sich Mats wie ein Hühnerküken unter der Wärmelampe. Wie ein blindes dazu. Die Lichtverhältnisse in der Spielothek, oder besser die Nichtlichtverhältnisse, standen im Sommer im starken Kontrast zum äußeren Leben. Jeder Gang nach draußen war ein Ausbruch aus der Schattenwelt in die helle Welt voller Licht.

Im Winter war es dagegen erträglicher. Dunkelheit zu jeder Zeit, draußen und drinnen. Lappland light. Eigentlich immer dunkel und wenn es dunkel ist, trinkt man. Nirgendwo auf der Welt gibt es mehr Selbstmorde und Alkoholiker als dort. Also in Lappland, versteht sich.

War das die Zukunft der Spielothek? Eher die Gegenwart. Nur ohne Selbstmorde. Und ohne Rainer – der war nur ehemalig. Mats war unendlich warm. Von der Sonne, vom Wodka und von Anna. In maximal drei Stunden sah er sie wieder und von der schönen Selbstsicherheit der ersten Wodkas war nicht viel geblieben. Nur Schweiß, Rausch und Unruhe. Schlechtes Timing. Doch noch war nichts verloren, er brauchte nur eine Pause.

Jetzt liefen ihm die Schweißperlen durchs Gesicht, die bereits nach Alkohol rochen. Diese Stufe sollte man normalerweise erst am Tag danach morgens erreichen. Egal, raus damit. Alles raus und auf null. Er hetzte Richtung Bilker Allee. Das Gehen fiel ihm schwer. Trotzdem musste er sich beeilen und mit Steigerung der Schrittfrequenz öffneten sich auch seine Poren mehr und mehr.

Ein Sturzbach war er. Nein, vielmehr ein reißender Alkoholstrom. Man hätte seinen Schweiß in einem Glas auffangen und ihn unbemerkt wieder als Schnaps ausschenken können. Gleiche Umdrehung, nur salziger.

Er hetzte am Penny und den obligatorischen Pennern vorbei, die sich vor diesem herumtrieben. Heute waren es besonders viele, vielleicht waren es aber auch Kunden. Der Unterschied war dort manchmal gar nicht so leicht auszumachen. Vermutlich war daran aber vielmehr der Charme der gegenüberliegenden Eckkneipe schuld und so wunderte sich Mats, dass nicht pro Tag mehrere Leute beim Pendeln zwischen Kneipe und Penny auf der gut befahrenen Bilker Allee ums Leben kamen.

Das Hühnerküken mit Fahne zog die Blicke auf sich. Vermutlich hielten ihn die Penner oder Kunden für einen potenziellen Konkurrenten bei der Jagd nach Kleingeld und Pfandflaschen. Oder sie wollten einen der ihren so schnell wie möglich in ihre Mitte aufnehmen. Dem Hühnerküken gefielen beide Theorien nicht wirklich, aber es war so erschöpft vom schnellen Gehen, dass es einen Moment im Schatten ausruhen musste. Nicht mehr lang und Mats würde auch beginnen die Sonne zu meiden. Dem Trinker an sich war jegliche wärmende Lichteinstrahlung ein Gräuel. Das Alkoholtrinken in Sonnenhitze war deutlich anstrengender, insbesondere die harten Sachen stellten kein leichtes Unterfangen dar und um die ging es ja. Trank man Hartalkohol unter Sonneneinstrahlung, entstand von innen und außen eine intensive Wärme, die das Potenzial hatte, einen Flächenbrand auszulösen. Körperlich und vor allem geistig. Hitze konnte einen verrückt machen. Deshalb sucht der gemeine Trinker, biologisch eine Art Nachtschattengewächs mit Dauerfotosynthese, permanent nach dunklen Ecken und Stuben, wo er in Ruhe schlucken kann. Sind sie also einfach alle nur eines Tages verrückt geworden, weil sie sich ein paar Kurze in der Sonne genehmigt hatten? Lag in der Trennung von Hartalkohol und Sonneneinstrahlung der Schlüssel zu einer zufriedenen Gesellschaft?

So unzufrieden sahen die aber gar nicht aus. Nicht mal so richtig gleichgültig. Das machte wiederum Mats unzufrieden, sogar ein wenig ärgerlich. Worauf sollte man sich noch verlassen, wenn nicht einmal mehr der Penner vor Penny einen anschnorrte? Da, endlich! Einer der Penner, ein etwas älterer mit schon deutlich gräulichen Haaren und einem ungewaschenen Dreitagebartgesicht, drehte sich zu Mats um und öffnete leicht seinen Mund. Er hatte Zähne. Sogar relativ viele und recht gepflegte, soweit Mats sehen konnte. Die Wut stieg wie ein Vulkan in ihm auf. Was waren das nur für Penner? Für was hielten sie sich? Wahrscheinlich bettelten diese Deluxe-Penner ihn gleich um 500 Euro an.

Der Ältere bewegte seinen Mund weiter und zielsicher auf eine Flasche Wasser zu. Er nahm einen tiefen Schluck. Mats konnte sehen, wie sich sein Kehlkopf hoch und runter bewegte, bis die Flasche leer war. Kein Wort war aus seinem Mund gekommen. Und er hatte Wasser getrunken. Im Schatten. Wasser konnte man doch auch in der Sonne trinken! Das machte alles keinen Sinn mehr. Dieser ganze Tag war eine einzige Farce. Das Maß war voll. Sein Mentalfass lief über.

„Wenn diese Gesellschaft hier irgendwann komplett den Bach runtergeht, seid ihr nicht gerade unschuldig daran!", brüllte er voller Wut den Wasser-Penny-Penner an. Er schrie so laut vor Anstrengung, dass ihm dabei der Schweiß von der Stirn in den Mund zu tropfen begann. Richtig, er hatte ganz andere Sorgen gerade. Er musste weiter, die Fake-Penner hatten ihn bereits zu lange aufgehalten.

„Ich verschwende doch nicht meine Zeit mit euch!" krakeelte er nochmals aus vollem Hals und eilte an den Pennern vorbei die Bilker Allee herunter. Ein leichter Windstoß verhalf ihm zu etwas Kühlung und er fühlte sich plötzlich erleichtert. Noch war der Tag nicht zu Ende. Er konnte allem eine Wendung zum Guten geben. Anna war wichtig, nichts anderes. Letztlich konnte es ihm ja egal sein, was die Fake-Penner sich da so alles erbettelten mit ihrem Perlweiß-Lächeln. Anna hatte auch so ein Lächeln. Es war fast schon zu weiß, wieder etwas, das unwirklich schön an ihr war. Vieles an ihr kam ihm surreal vor, weil es so nah an der Perfektion war. Nur ihre Ohren nicht. Diese standen leicht ab, was man durch ihre Haare aber kaum sehen konnte. Nur, wenn sie sie zum Zopf zusammengebunden hatte. Mats mochte das. Ein kleiner Zopf mit Segelohren. Bezaubernd.

Er glaubte nicht, dass er die Art, wie er Anna sah, jemals verlieren würde. Selbst wenn sie ein Leben lang zusammen wären. Das stellen sich alle Menschen so vor, wenn sie jemanden kennenlernen. Alles erscheint weiß, doch die Zukunft ist nicht selten grau. Aber Mats war sicher. Er wusste, dass es sich nicht ändern würde. Die große Frage war vielmehr, ob Anna das jemals erfahren würde.

Der Vater schob hektisch, unter angestrengtem Stöhnen, die vierte und letzte Penny-Tüte in den Kofferraum des Opel Omega, den sie an der Ecke geparkt hatten, und warf die leere Wasserflasche hinterher. Schnell lief er um das Auto herum und setzte sich auf den Fahrersitz. Die Klimaanlage schnurrte und ächzte unter den Außentemperaturen. Die Mutter atmete schwer, verriegelte die Autotür nochmals von innen und blickte besorgt auf den Rücksitz zu ihren beiden Kindern.

„Was war das für ein Mann und warum hat er dich angeschrien, Papa?"
Langsam ließ er den Motor an und begann vorsichtig zurückzusetzen. „Ich habe keine Ahnung, mein Sohn. Ich habe absolut keine Ahnung."

Kapitel 2: Home Sweet Home

Der Florapark warf einen angenehmen Schatten auf die Bilker Allee und im Hintergrund konnte man das Schnattern der Gänse und Enten hören. Mats liebte diese Ecke, sie hatte so etwas Friedliches, Idyllisches, war dennoch urban und mitten im Zentrum der Stadt.

Er hatte es in all den Jahren nicht geschafft wegzuziehen, auch wenn er ein paar halbherzige Versuche unternommen hatte. *„Irgendwann ist man zu alt für eine WG. Das ist nun mal so. Dann muss man sich was Eigenes suchen"*, hatte seine Mutter gesagt und obwohl es noch ganz frisch in seinen Ohren klang, waren die Worte doch schon einige Jahre her. Aber spätestens als seine Eltern realisierten, dass aus dem Nebenjob Spielothek mehr und mehr seine Hauptbeschäftigung wurde, begann die WG ihre kleinere Sorge zu werden.

Unser Sohn ist Arzt. Automatenarzt. Zumindest war er den ganzen Tag mit Kranken zusammen. Das konnte niemand in Abrede stellen. Außerdem würde er das Medizinstudium eventuell noch beenden. Wer konnte das schon wissen. Vielleicht ja, vielleicht nein. Sicher nicht heute, aber manchmal dachte er daran. Wieso auch nicht, möglich war es definitiv, aber es konnte ja schließlich nicht jeder sein Leben wie in einem vorprogrammierten Hamsterrad leben. Ratter, ratter und auf in die nächste Runde.

Ob Anna so was wichtig war? Würde sie ihren Freund lieber als Arzt vorstellen oder als einen Automaten-Doktor? Vielleicht dachte sie auch, dass er noch was anderes macht. Sie hatten nie groß darüber gesprochen. Auf der anderen Seite war er jeden Tag in der Spielhalle. Was sollte er denn sonst noch machen? Der Tag hatte nun mal nur 24 Stunden. Was ihn daran erinnerte, dass ihm Kommilitonen sogar geraten hatten, in so einer Spielothek zu arbeiten. Es sei ruhig, menschenleer und man könne super lernen nebenher. Schon an Tag 1 hatte Mats realisiert, dass allein die Anwesenheit eines Rainers jegliche Gehirnanstrengungen blockierte. Wie bei Darth Vader: Hebt der den Arm, kriegt man keine Luft mehr. Rainer hob nicht einmal seinen Arm, der hing schlapp herunter – er war einfach nur da.

Auf jeden Fall reduzierte sich sein Engagement täglich mehr. Und nach einiger Zeit musste er sich eingestehen, dass nicht alle Schuld bei „der dunklen Macht" namens Rainer lag. Aber das war nun auch schon zwei Jahre her. Das Leben war weitergegangen. Halt irgendwie anders. Der Nobelpreis war vermutlich ausgeschlossen, aber ansonsten blieben noch alle Türen offen – zumindest gefühlt. Erleichtert stöhnend steckte er seinen Schlüssel in die Wohnungstür und empfand wahre Freude beim Öffnen des Schlosses. Als wenn ein warmer Mantel ihn in eisiger Kälte fest umarmte.

Aus dem Augenwinkel sah er plötzlich einen Gegenstand auf sich zu fliegen. In letzter Sekunde duckte er sich runter, aber der Besenstiel traf ihn mit voller Wucht an der Stirn. Sofort bildete sich Speichel in seinem Mund. Feiner, dünner Speichel gepaart mit einem leichten Übelkeitsgefühl. Ein sicheres Zeichen für Blut. Immer wenn Mats blutete, und selbst wenn es nur ein leichter Schnitt beim Rasieren war, füllte sich sein Mund sofort mit Speichel. Schien eine Art Abwehrreaktion des Körpers zu sein. Alarm. Blut. Mats musste schlucken, um noch atmen zu können. Sein Herz raste, verdammt, er war in seiner eigenen Wohnung. Was sollte das?

„Mats? Was machst du hier? Um diese Zeit? Scheiße." Seb presste beide Handballen so intensiv in seine Augenhöhlen, dass ihm kurz schwarz vor Augen wurde.

„Fuck, Fuck, Fuck. Mann, das tut mir leid. Aber was machst du hier, du arbeitest doch immer um die Zeit. Ich dachte, du bist eine Rumänen-Bande."

Die Rumänen-Bande. Albtraum eines jeden deutschen Spießbürgers. Brechen überall ein, vor allem tagsüber, wenn keiner zu Hause ist. Jedes noch so kleine Kellerfenster ist ein potenzieller Zugang, denn der Rumäne ist ein Schlangenmensch. Wendig und glatt wie ein Aal. Zumindest der Banden-Rumäne. Nichts ist vor ihm sicher, und weil er aus Überzeugung klaut, egal ob wertvoll oder nicht, sind selbst heruntergekommene Altstudenten-WGs – wie Mats und Sebs Behausung – in absoluter Gefahr. So ein Blaupunkt-Fernseher aus den frühen Neunzigern war auf dem heimatlichen Bandenmarkt ein kleines Vermögen wert. Willkommen zu Hause in Stereotypien.

Nicht nur, dass er bei der Arbeit lauter Gestörte um sich rum hatte, nein, er lebte auch mit einem Verhaltensauffälligen zusammen. Dieser hatte ihn soeben mit einem Besen niedergeschlagen, weil er zu ungewöhnlicher Zeit nach Hause gekommen war. Pardon, als Rumänen-Bande nach Hause gekommen war.

Mats schwankte zwischen Hysterie und völliger Selbstaufgabe. Er drehte sich langsam auf den Rücken und blieb einfach ausgestreckt einen Moment so liegen. Das tat unglaublich gut. Für eine Sekunde fühlte sich alles ganz leicht an, bis ihn das Pochen seiner Stirn wieder an die Realität erinnerte. Vorsichtig tastete er auf seiner Stirn nach dem Pochgefühl und erwartete einen Sturzbach aus Blut. Doch zu seiner Überraschung schien es nur marginal zu bluten. Vielleicht war er aber auch schon fast komplett ausgeblutet und sein Körper kurz davor, aufzugeben.

Kälte war ein sicheres Zeichen für großen Blutverlust. Deshalb legen sich die Selbstmörder immer in die warme Badewanne, wenn sie sich die Pulsadern aufschneiden. Die Kälte ist einfach nicht auszuhalten. Ohne warmes Wasser aus Wasserhähnen gäbe es wohl weniger Selbstmorde. Oder zumindest würden die meisten etwas weniger Extremes suchen. Auch wenn sich Mats kurz vor der Ohnmacht fühlte, so war ihm nicht kalt. Vielmehr noch scheißheiß und die frische Luft im Dachgeschoss mit geschlossenen Fenstern tat ein Übriges, dass er sich einfach nur malade fühlte.

Nein, tatsächlich nur eine Miniplatzwunde. Aber das Beulenhorn fühlte sich durchaus signifikant an.

„Seb, das ist scheiße so. Und was soll das mit der Rumänen-Kacke? Du bist doch kein Idiot, der jeden Scheiß glaubt, der im Fernsehen gesagt wird. Warum sollten die überhaupt ausgerechnet bei uns einbrechen? Glaubst du nicht, dass es bessere Ziele gibt?"

„Das mag sein, aber bei den Rumänen ist ja alles nicht kontrolliert und geplant. So eine Bande, die zieht umher und entscheidet spontan, wo sie einsteigt. Rumänen sind keine Strategen, dafür sind sie zu heißblütig, zumindest in Banden. Oh Mann, tut mir echt leid mit deinem Kopf!"

Mats wurde auch ganz heißblütig, wenn er den bisherigen Tag Revue passieren ließ. Er wünschte, er hätte einfach mit Erwin weitergetrunken. Dann wäre nun zwar keine Weinprobe mit Anna mehr möglich, aber er würde nicht durchgeschwitzt, stinkend, verkatert mit einer Riesenbeule im Hauseingang seiner eigenen Wohnung liegen. Das Leben konnte manchmal wahnsinnig erniedrigend sein. Oder vielmehr ernüchternd in jeder Hinsicht.

Mats war absolut klar und wach. Etwas erschöpft und träge, aber weit entfernt vom totalen Rausch vor zwei Stunden. Er richtete sich langsam auf. Schuldbewusst griff Seb hastig seinen Arm und drückte diesen unnatürlich nach oben, was ein deutliches Ziehen nach sich zog.

„Ah, verdammt, bitte lass das. Ist gut, ist schon gut. Ist o.k. so, alles in Ordnung."
Seb zuckte sofort zurück: „Tut mir leid. Ich weiß auch nicht, was in mich gefahren ist."

„Vergiss es. Aber ist deine Scheiß-Denke, dass alles immer berechenbar sein muss. Man kommt nicht wie geplant nach Hause und du flippst aus. Das ist nicht gut. Das macht dich kaputt."

Seb begann, seine Handflächen zu reiben. Seitdem er denken konnte, war er nervös. Immer und überall. In der Schule, im Supermarkt, auf der Straße. Besonders wenn er auf fremde Menschen und neue Situationen traf, war er latent nervös. Routine, Wiederholung. Er brauchte das, um sich entspannt zu fühlen. Das gab ihm Sicherheit. Doch manchmal reichten Kleinigkeiten aus, ihn aus der Ruhe zu bringen. Seb war grundunsicher. Jede Scheißminute.

Aus dem Teufelskreis kam er nicht raus, so sehr er sich das auch wünschte. Immer wenn es besonders schlimm war, begann er an seinen Fingern zu reiben, bis seine Handflächen ganz warm wurden. Das erinnerte ihn an seine Kindheit. An die Zeit, als verpasst wurde ihm genug Selbstvertrauen zu geben, um in dieser Welt bestehen zu können. Und vor allem an die Phase seines Lebens, als er Sicherheit noch auf Knopfdruck bekommen konnte, indem er seine Hand in die seines Vaters legte und einfach wartete, bis sie warm wurde. Angst ist keine Sache des Alters. Für Angst ist man nie schon zu groß.

Seb rieb immer noch seine Hände. Er zögerte: „Ich weiß. Ich weiß das. Aber das macht es nicht leichter."

Mats bemerkte die Hilflosigkeit in Sebs Blick. Er hatte keine Lust, mit ihm zu streiten und noch weniger wollte er auf jemanden drauftreten, der offensichtlich am Boden lag.

„Ist nicht böse gemeint. Nervt nur und ist vor allem scheiße für dich. Aber wird schon. Musst einfach lockerer werden." Er zwinkerte ihm zu.

„Und dann schlägst du auch nicht mehr deine Freunde nieder, wenn die nach Hause kommen. Das wäre ja schon mal ein erster Schritt." Er drückte Seb kurz an sich.

Gestört, aber liebenswert. Scheinbar war das ein Kriterium für nahezu alle Menschen in Mats Leben. Wobei, ob Rainer oder Erwin besonders liebenswert waren? Sicher nicht die schlechtesten Menschen, auch Erwin hatte das Leben geläutert, aber liebenswert? Dann doch eher gestört. Zumindest primär. Anna passte da nicht wirklich rein. Nichts an ihr wirkte gestört oder eigenartig, aber vielleicht unterschätzte er sie auch. Normal war schließlich auch langweilig und eine gänzlich normale Person würde sich kaum mit ihm und seiner Welt wohlfühlen.

Mats fokussierte sich wieder. Die Weinprobe in zwei Stunden. Ein leichter Restkater durchstreifte ihn weiterhin, aber alles in allem fühlte er sich bereit für Anna und für ein wenig Rotwein. Er freute sich auf ihre Augen. Es war das Schönste, wenn sie sich begegneten. Er konnte sie einfach minutenlang ungestraft anstarren und in ihre Augen blicken. „Ins Tor zur Seele" war ein großer Ausdruck, aber ihre grünbraunen Augen leuchteten förmlich, und wenn sie redete noch mehr. Anna war der Mensch, den man einmal im Leben traf. Mit Glück begegnete man danach noch jemandem, mit dem man einigermaßen glücklich werden konnte, aber für das, was es eigentlich sein sollte, dafür war jemand wie Anna gedacht.

Langsam musste er sich beeilen, Erwin wartete bestimmt schon und der Niederschlag mit dem Besenstiel war nicht eingeplant gewesen. Allein mal zeitlich.

„Gehe jetzt duschen und bin dann auch wieder weg. Komme irgendwann nachts nach Hause. Versuch bitte, mich nicht abermals niederzuschlagen."

„Sehr witzig, als wenn das immer passieren würde! Wie oft noch … kommt nicht wieder vor. Komme ich direkt mit, wollte sowieso noch in der Spielo vorbeischauen."

Seb liebte es, zu tickern. Aber als einer von wenigen war er gleichzeitig nicht spielsüchtig. Er liebte Dinge, bei denen man wusste, was am Ende rauskam. Hollywoodfilme, Mercedes-Benz oder Bayern München, zumindest, bis sie in der Nachspielzeit gegen Manchester United verloren. Alles war gut, solange es ein vorhersehbares Ergebnis hatte. Verlässlichkeit.

Und Tickerautomaten waren wahnsinnig verlässlich. Wer einigermaßen bei klarem Verstand war, wusste, dass er nicht gewinnen konnte, jedenfalls nicht auf Dauer. Egal, was zwischendurch passierte – am Ende kassierte der Lucky Win

2000 doch. Und das war gut so. Die gleichen Leute, der gleiche Kaffee, der gleiche Geruch und obwohl man mal mehr und mal weniger verlor, unter dem Strich immer das gleiche Ergebnis. Herrlich. Seb hatte sich jahrelang nach so viel Stabilität gesehnt. Die Spielothek war wie eine Oase inmitten der Wüste des unkalkulierbaren Treibens da draußen.

Sobald er diesen Ort betrat, entspannte er sich. Keine Erwartungen an nichts. Einfach nur da sein. Hier war man, wer man ist. Wo auf der Welt gab es das noch? In der Außenwelt schlug er Menschen mit einem Besenstiel nieder. Jedenfalls vereinzelt.

Mats kam tropfend aus dem Badezimmer und mit ihm eine Wolke aus heißer Luft, Alkoholfahne und Feuchtigkeit. Ihm war anzusehen, dass er sich deutlich besser fühlte. Einzig die gut sichtbare Beule auf der Stirn trübte das Bild. „Wahnsinn. Fühle mich dramatisch besser. Nur der Kopf dröhnt noch etwas. Aber sonst gut."

„Schön, freut mich. Wollen wir dann zusammen los?"

„Gib mir noch 5 Minuten, dann bin ich bereit."

Kapitel 3: Viva

Sie machten sich auf Richtung Spielothek. Wobei der eine dabei deutlich freudiger war als der andere. Während Seb sich auf die Spielerei und Verlässlichkeit freute, war Mats angespannter. Vermutlich war Erwin weniger erfreut, dass aus der einen Stunde nun gute drei geworden waren.

„Ich könnte kotzen. Da hab ich Witze drüber gemacht. Irgendwann brennst du noch mit dem durch. Damit rechnet man doch nicht. Der ist über 70 oder noch älter. Das ist doch Wahnsinn."
Uwe zog wütend an seiner HB. Er rauchte auf sehr eigenartige Weise. Anstelle eines gleichmäßigen langen Zuges setzte bei Uwe eine Art Schnappatmung ein, sobald seine Lippen die Zigarette berührten. Mehrere hektische, schnelle Züge ließen die Glutfunken sprühen und die Zigarette so heiß werden, dass sie immer seine Lippen leicht verbrannte. Was wiederum zur Folge hatte, dass sich mit der Zeit eine Art Hornhaut in Uwes Lippenmitte gebildet hatte. Vielleicht auch eine Brandblase. Schönheit kommt bekanntlich von innen. Zu seinem Glück verdeckte immerhin ein schwarzer, schmutziger 70er-Jahre-Schnurrbart Großteile seiner Mund- und Nasenpartie.
Er griff sich hastig und schnappatmend an die Stirn und strich den Schweiß an den Schläfen in sein Haar. Obwohl er als ehemaliger Automechaniker und inzwischen solventer Frührentner seit Jahren kein Auto mehr repariert hatte, waren seine Finger immer noch schwarz und der Dreck unter seinen Fingernägeln schien niemals wegzugehen.
„Und dann allein dieser Name. Wolf. So heißt doch niemand, der über 70 ist! Wie viele Rentner kennt ihr, die Wolf heißen? Ich kenne keinen. Ich hab sie gefragt – verarschst du mich gerade? Aber die sagt einfach, sie liebe ihn und sie würden sich eine Wohnung nehmen. Was sagt man denn dazu? Das ist doch nicht normal."
„So ein Bastard." Erwin nippte an seinem Wodka und klopfte Uwe unterstützend auf die Schulter.
„Das gibt's doch nicht!" Abermals Schnappatmung und Funken. Röchelnd und keuchend wippte er auf dem Barhocker hin und her. Er schien zu taumeln, aber fing sich dann doch wieder.

„Mit einem Patienten. Es ist unfassbar. Es heißt Altenpflege. Nicht Altenficken!!!"

Altenficken konnte Mats noch hören, als Seb und er die Spielothek betraten. Das ging gut los. Das Bild, das sich ihnen bot, schien mit Ausnahme von Uwe und dem reduzierten Inhalt der Wodkaflasche nur marginal vom Bild zum Zeitpunkt seines Verlassens abzuweichen. Erwin lehnte mit schon stark geröteten Augen lässig an der Theke, neben Uwe, der mehr auf einem Barhocker lag als saß. Der Lucky Win 2000 sang seine Lieder und schien gänzlich unbeeindruckt vom sichtlich mental angeschlagenen Uwe. Rainer saß ein Stück abseits am Tresen und schlürfte zu laut an seinem kalten Kaffee. Er wirkte betroffen. Vielleicht war es aber auch Gleichgültigkeit.

„Komm. Das geht aufs Haus heute." Erwin ließ einige Geldstücke auf den Tresen vor Uwe prasseln. Ohne irgendeine Regung zu zeigen, griff Uwe nach dem Geld und steuerte Richtung Automaten. Seb gab Erwin flüchtig die Hand und schloss sich dann umgehend Uwe an.

„Uwe, alles klar?", versuchte Seb einen lockeren Gesprächsversuch.

„Geht so", zischte Uwe und feuerte mit voller Wucht mehrere 2-Euro-Stücke hintereinander in gleich zwei Automaten. Er spielte stets an mindestens zwei Automaten gleichzeitig. Erhöht die Chancen, sagte er. „Läuft's hier scheiße, läuft's woanders gut. Ist überall so", war Uwes Überzeugung. Heute galt diese hoffentlich für ihn selbst mehr denn je.

Seb ging nicht weiter auf Uwe ein. Schien besser so zu sein. Außerdem hasste er es, sich beim Tickern zu unterhalten. Das war absolute „Quality Time" – kein Gerede, keine Hektik, das Spiel und sonst nichts.

„Matse!" Erwin schien freudig erregt. Euphorie, geschwängert durch Alkohol, produzierte oftmals eigenartige Gedanken. Diese Stimmung war bei Erwin aber immer noch besser, als wenn er in seine melancholisch, nostalgischen Momente abrutschte.

„Als ich den Osten erschlossen habe …" so begann es dann meistens. Ein Großvater erzählt immer wieder die gleiche Geschichte vom Krieg und wundert sich, dass die Kinder es irgendwann nicht mehr hören können, so lieb sie den Opa auch haben. Zumal der Großvater in dieser Geschichte ein Zuhälter war, der vielleicht maximal eine Stufe vor dem Menschenhandel junge Frauen in ein fremdes Land gebracht hatte, um sie dann für sich illegal arbeiten zu lassen. Auch wenn Mats Erwin wirklich mochte und das alles lange zurücklag, so waren ihm diese Erzählungen trotzdem nicht ganz geheuer. Niemand wusste, was tatsächlich so passiert und was Fiktion beziehungsweise in vielen Rauschzuständen additiv entstanden war. Wenn aber einzelne Namen *„Olga, ach Olga – was sie wohl heute macht"* Tränen hervorriefen und mit jedem Mal Erwins Rolle in der Geschichte jesusähnlicher wurde, war es einfach manchmal ganz schön viel auf einmal.

„Mensch, Matse – was ist mit deiner Stirn passiert? Hattest du Ärger? Den Bastard holen wir uns!"

„Nee, lass mal, Erwin. Bin nur gefallen und gegen den Türrahmen geknallt. Halb so wild." Mats tastete vorsichtig an seinem Horn. Hoffentlich würde es etwas geschrumpft sein bis zur Weinprobe. „Hier. Kühl das mal schön damit." Erwin reichte ihm eine Penny-Tüte gefüllt mit Eis.

Mats presste sich die Tüte an die Stirn und dachte an all die Menschen, die diese Tüte bereits berührt hatten und an all die Bakterien, die an ihr klebten, welche sich nun langsam durch seine Poren hindurch in seinen Körper schlichen, um sich an seinem Stammhirn festzusetzen. Hepatitis A, B und C und alle im Hirn. Ruckartig riss er die Tüte von seiner Stirn. „Danke, ist o.k. Hab das bereits zu Hause die ganze Zeit gekühlt. Geht schon."

„Wie du meinst, aber Kühlen ist immer gut." Erwin griff in die Penny-Tüte und holte etwas Eis heraus, welches er in sein Wodkaglas fallen ließ.

„Auch einen? Oder immer noch anonym unterwegs?"

„Danke, erst mal nicht. Hab hinterher noch etwas vor, da kann ich nicht total betrunken hin."

„Ach ja, was ist schon total betrunken", sagte Erwin und nahm einen tiefen Schluck aus seinem Glas. „Ist doch alles eine Frage der Perspektive. Bin ich gerade total betrunken? Wohl kaum."

Seine inzwischen feuerroten Augen funkelten Mats erwartungsfroh an. Sämtliche Adern schienen geplatzt zu sein, ein Meer von kleinen, roten Flussarmen. In Verbindung mit Erwins Brusthaar, der bebenden Goldkette und seiner starken Rücken- und Nackenbehaarung, die unter seinem rosa Hemd deutlich durchschimmerte, sah er mehr aus wie ein Werwolf als ein Mensch.

„Sicher, Erwin. Aber trotzdem danke, für mich nichts. Was war überhaupt mit Uwe los?"

„Seine Alte hat ihn verlassen. Hat ein Verhältnis bei der Arbeit. Das macht ihn fertig."

„Verstehe. Was arbeitet die noch? Nicht was mit Altenheim oder so was?"

„Das ist ja das Ding. War wohl ein Patient von ihr. Deswegen ist Uwe auch so sauer."

„Patient? Das ist hart. Aber ist der dann nicht superalt?"

„Genau, deswegen ja das ganze Theater. Der ist 70, 80 oder so. Und wegen des Namens natürlich."

„Ein 80-Jähriger hat ihm die Frau ausgespannt. Nicht wirklich, oder? Aber wieso wegen des Namens?"

„Der Opa heißt Wolf. Und so heißt ja kein Opa. Die heißen Helmut, Wilhelm oder Gustav. Dieser Opa heißt aber eben Wolf. Das macht es noch schlimmer. Stell dir vor, da ist ein Opa, der dir die Frau ausspannt und dann heißt der noch nicht mal wie ein Opa. Das ist dann richtig scheiße."

„Ist das denn sein richtiger Name? Vielleicht nennt er sich nur so? Oder ein Spitzname?"

„Keine Ahnung. Aber Opas haben doch keine Spitznamen. Oder kennst du besonders viele Opas, die Spitznamen haben? Jedenfalls wäre alles halb so wild, wenn's Opa Helmut gewesen wäre. So viel ist sicher." Erwin leerte sein Glas.

Mats seufzte und blickte zu Uwe rüber, der hektisch zwischen beiden Spielautomaten hin und her guckte. Immer wieder drückte er zwischendurch auf einzelne Knöpfe, aber auch die Automaten schienen heute gnadenlos mit ihm zu sein. Immerhin hieß niemand von ihnen Wolf.

Uwes HB glühte und unter die Schnappatmungsattacken mischte sich ein enttäuschtes, trauriges Stöhnen und Keuchen. Trotzdem gönnte er der Zigarette keine Pause. Immer wieder zog er blitzschnell an ihr. Ohne Gnade. Selbst die HB wirkte gestresst von ihm. Vielleicht war es seiner Frau nicht anders ergangen. Wolf. Tatsächlich ein komischer Rentnername. Bestimmt hatten sie Uwe verarscht.

„Vielleicht klärt sich das ja alles noch auf. Am Ende geht's bestimmt nur um eine Erbschaft", machte Erwin den anderen und sich Mut.

„Hast du dir Uwe mal angesehen und mit ihm gesprochen? Es ist ein Wunder, dass sie es so lange bei ihm ausgehalten hat." Rainer drehte sich zu Erwin und Mats um.

„Seien wir doch ehrlich, er ist ein totales Wrack. Er sieht aus, als würde er Crack nehmen. Aber nimmt er nicht mal. Was es nicht besser macht. Und stellt euch bitte vor, ihr seid eine Frau und müsst euch auch noch körperlich mit Uwe näherkommen. Will mich ja nicht reinmischen, aber ich finde, die Diskussion über den Namen des Opas geht am Kernthema vorbei." Er griff über die Theke und schenkte sich einen großen Schwung Kaffee ein.

„Rainer, du Bastard! Uwe gehört immer noch zur Familie! Du bist auch nicht gerade aus Gottes Hüfte geformt worden."

„Sagt ja niemand. Ich finde nur, es muss mal gesagt werden. Nicht mehr und nicht weniger. Und jetzt gehe ich Lucky ausplündern."

Erwin sah Rainer nachdenklich hinterher. „Schlimm, was die Anonymen Alkoholiker aus einem Menschen machen können. Erst reden sie dir alle ein, dass du Alkoholiker bist", Erwin setzte mit den Fingern Gänsefüßchen in die Luft," dann therapieren sie dich und am Ende ziehen sie jede Lebensfreude aus dir raus. Das ist doch nicht mehr der Rainer. Das ist nur noch eine nüchterne, schlecht gelaunte Hülle von ihm."

„Na ja, grenzenlos Unrecht hat er ja nicht mit dem, was er gesagt hat, finde ich", schob Mats ein.

„Vielleicht nicht, aber egal, um was es geht – er ist immer ein schlecht gelaunter Bastard. Und als er noch mitgetrunken hat, war er nicht so."

Mats sah sich dieser fundierten Argumentation chancenlos gegenüber. Was sollte er darauf erwidern. Manche Gespräche wurden einfach besser nicht fortgeführt.

„Matse, einen Moment bitte. Gehen wir in mein Büro."

Das kam plötzlich und klang ernst. Hoffentlich nicht das melancholische Stadium. Aber eigentlich wurde dieses stets in vollem Maße in breiter Öffentlichkeit, also im Hauptraum der Spielothek, ausgelebt. Ohne eine Antwort abzuwarten, torkelte Erwin bereits Richtung Büro. Leicht irritiert dackelte Mats seinem Chef, dem legendären Pionier der Zuhälterei und Spielotheken-Mogul, hinterher. Erwin ließ sich in seinen Lederstuhl fallen. Er verzichtete aber auf den obligatorischen Akt, die Schlangenlederstiefel auf den Schreibtisch zu knallen. Stattdessen verschränkte er die Arme und sah nachdenklich zur Seite. Er wirkte fast nüchtern und absolut kontrolliert, was für ihn sehr ungewöhnlich war. Leise und bedächtig begann er zu sprechen.

„Es gibt Probleme. Wir machen keinen Umsatz mehr. Das Internet ist schuld. Die Leute spielen nicht mehr oder zumindest tickern sie nicht mehr." Gedankenverloren schwenkte er den Wodka in seinem Glas hin und her. „In sechs Monaten sind wir bankrott."

Mats war nicht naiv und auch er hatte sich gelegentlich gefragt, wie überhaupt die laufenden Kosten beglichen wurden, da die Zahl der Spieler sich tatsächlich sehr beschränkte. Obwohl jeder von ihnen pro Monat ein paar Hundert Euro verlor, war es am Ende nur der harte Kern um Rainer, Uwe & Co. Seb hatte noch ein gewisses Gleichgewicht, er machte ebenfalls Verlust, aber nicht signifikant. Trotzdem hatte er immer gedacht, Erwin würde die Spielhalle eher als Hobby betrachten oder eben aus den Geldwäsche-Deals so viel Kapital schlagen, dass ihm die Einnahmen aus Lucky und seinen Freunden mehr oder minder egal sein konnten.

„Ich dachte immer, du hast genug Rücklagen und machst das hier eher zum Spaß?"

„Ha, Spaß!" Hämisch schüttelte Erwin den Kopf. „So unglaublich viel Spaß habe ich hier nicht. Oder du vielleicht?"

Mats guckte Erwin an. Dies war wohl ihr erstes ernstes Gespräch. Auch wenn alles nun schon ein paar Jahre ging, war immer Partystimmung gewesen. Die Party schien in diesem Moment vorbei zu sein.

„Nein, quatsch – vergiss es Matse! Ich muss es anders sagen. Spaß mit dir und selbst mit den Bekloppten habe ich, absolut. Aber ich habe keinen Spaß mehr, mein Vermögen hier reinzustecken und irgendwann pleite zu sein, weil einfach gar nichts mehr reinkommt."

„Feuerst du mich gerade?"

„Blödsinn! Ich feuere dich nicht! Du bist doch die Zukunft von all dem hier."

„Zukunft? Ich denke, alles ist in sechs Monaten bankrott? Was ist denn mit Gerresheim?"

„Auch nicht besser. Da läuft es hier dank der Gestörten noch besser. Wenn wir nichts ändern, sind wir im Arsch – aber Tutti kompletti."

„Aber was willst du ändern?"

„Matse, die Deutschen sind ein schreckhaftes Volk ohne Willen. Wie Lemminge. Deshalb gab es den 2. Weltkrieg. Irgendeiner kommt und sagt: „Macht das mal so" und dann machen die das auch. Und hier sagt einer: „Spielt nicht, macht süchtig." Und schlecht für die Altersvorsorge ist es auch. Was anderes interessiert diese Langweiler-Bastarde ja kaum noch. Und die wenigen, die sich davon nicht einschüchtern lassen, die sind jünger und spielen im Internet. Fußballwetten oder irgendeinen anderen Scheiß. Verdammte Bastarde!"

„Erwin, ich kann dir nicht ganz folgen. Worauf willst du hinaus?"

Mats war endgültig überfordert. Bankrott, eine Generalabrechnung mit dem deutschen Volk durch den intellektuellen Ethnologen Erwin, davor der Wodkarausch, die Penny-Penner, der Besenstielschlag und mittendrin überall Anna und die Weinprobe. Was war das bitte für ein Tag!

Erwin beugte sich nach vorne. „Ich will sagen – es ist nicht überall so. Ich zeige dir mal was."

Er begann Papiere hin und her zu wirbeln. Dieses Geraschel kannte Mats. Er hatte es immer für Show gehalten, aber so wie Erwin gerade das ganze Büro durchwühlte, wirkte es eher wie eine völlig normale Handlung bei ihm. Zufrieden zog er endlich eine große Papierrolle unter einem Stapel hervor. Mit dieser schritt er zu Mats um den Schreibtisch herum und breitete sie aus.

Erwin sah nun ausgeglichener aus. „Was siehst du hier?"

Mats blickte auf eine Weltkarte. DDR und Sowjetunion verrieten, dass sie schon etwas älter sein musste. „Eine nicht ganz aktuelle Weltkarte?"

„Fast. Du siehst unsere Zukunft." Erwin lächelte nun breit und griff nach der Wodkaflasche auf dem Tisch. „Nicht alle Menschen sind wie die Deutschen. Es gibt sie noch die Abenteurer. Die rauen Gestalten des Lebens, die sich nicht ihren Alltag und ihr Leben von irgendjemandem diktieren lassen."

„Ach ja?"

„Oh ja! Ich rede von dem Ort, an dem rund um die Uhr gegambelt wird. Und alle nur deswegen dort hinkommen. Wo das Spielen den Tag bestimmt und der Tickerautomat noch eine Institution ist! Gamble, Gamble. Dort rollt der Rubel.

24/7. Da gibt's kein Internet. Keine Sportwetten. Kein Lotto. Keine Warnschilder. Kein „Achtung Suchtgefahr". An diesem Ort ist nichts außer dem reinen, reinen Spiel!"

Erwin nahm einen schwarzen Edding vom Schreibtisch und zog einen großen Kreis um einen Punkt auf der Karte. „Viva! Viva Las Vegas!!! Wir gehen nach Las Vegas!"

Kapitel 4: Von Vätern und Söhnen

„Cabernet Sauvignon, Merlot und Pinot Noir. Sehr fruchtig, recht kräftig, reichlich Brombeeren und ganz viel Kirsch." Anna führte langsam das Glas an ihren Mund und ließ den Rotwein schwungvoll in ihm kreisen. Sie spitzte die Lippen und sog einen kleinen Schluck mit möglichst viel Sauerstoff auf.

Auch wenn Mats diese Prozedur schon öfter gesehen hatte, fand er sie immer noch etwas befremdlich. Er verstand den Vorgang auf einer technischen Ebene, mehr Luft gleich mehr Weingeschmack, aber besonders ästhetisch sah es nicht aus und das trotz Anna.

So anziehend sie an und für sich war und auch so bezaubernd, wenn sie ganz normal Wein trank, so eigenartig blieben ihre professionellen Probiervorführungen mit Kunden. Im allerschlimmsten Fall endeten sie mit dem Ausspucken des Weines in einen sogenannten Spitu. Wein trinken war grundsätzlich etwas Besonderes, Romantisches, vielleicht gar Bedeutendes, aber dieser neandertalerhafte Probierprozess entzauberte alles.

Anna schob ihr Glas langsam auf das alte Weinfass zurück, welches in der Mitte des Ladens als eine Art Tisch aufgestellt war. Auf dem Glasrand zeichnete sich ein leichter Abdruck ihrer Lippen ab. Zumindest ein Hauch von Schönheit trotz Luft aufsaugen und alles wieder ausspucken.

„Sehr gut passend zu Wild, rotem Fleisch oder auch als Trinkwein für jede Zeit geeignet. Frankreich, Roussillon, liegt bei knapp neun Euro pro Flasche."

Und während sie das sagte, strich sie mit einer Hand ihre langen, dunklen Haare nach hinten und lächelte Mats verstohlen zu. Er stand immer noch im Türeingang. Viel weiter war er nicht gekommen. Er fühlte sich deplatziert und wusste nicht richtig wohin. Der Mann am Weinfass fixierte ihn kurz, ohne groß weiter auf ihn einzugehen. Schwer atmend bewegte er seine Nase tief ins Glas, als wenn er versuchen würde, mit der Nase zu trinken. Ein wenig wie das Walross des dritten Programms, welches immer aus dem Wasser kommt, um dann den Beckenrand mit seinem Schnurrbart zu reinigen. Zumindest sieht es so aus.

Und das hier auch. Der rote Franzose wurde mit einem Hauch von Nasenhaaren und Erkältungsrückständen raffiniert und es schien ihm nicht willkommen zu sein. Nasenmann sprach ernst und ohne Freude: „Gefällt mir gut, aber es fehlt die Würze."

Die Würze. Aha. In Mats Augen gab es wenige Bereiche, die dem unsinnigen Gerede so viel Fläche boten wie die Weinverköstigung. So schön das Ganze grundsätzlich war, so facettenreich waren auch die Beschreibungen oder schlechten Ausreden, wenn man sich einfach nur auf Kosten des Ladens einen antrinken wollte.

„Hm, möglicherweise brauchen wir dann doch etwas weniger Merlot", sinnierte Anna nachdenklich. „Einen Moment bitte." Sie drehte Nasenmann und Weinfass den Rücken zu und wandte sich der Wand mit den Weinregalen zu.

Bis unter die Decke erstreckten sich Holzregale mit Weinen aus allen Teilen der Welt. Land für Land. Region für Region. Annas Laden bot vielleicht nicht die Auswahl der großen Weinketten und auch sie hatte unter dem Internethandel zu leiden. Wie Erwin. Mats stockte der Atem, hoffentlich blieb dies die einzige Gemeinsamkeit. Doch für ein kleines Geschäft gab es ein absolut ausreichendes Sortiment von mindestens 70–80 Weinen. Anna durchschritt den Laden und kam auf Mats zu. Mit ihrer linken Hand strich sie ihm kurz über den Unterarm, der nach wie vor halb auf der Türklinke ruhte.

„Hi. Schön, dass du da bist. Nimm dir einfach schon mal ein Glas. Bin gleich damit durch. Der probiert noch ein oder zwei und dann kauft er eine Flasche vom Billigsten."

Und während sie dies sagte, lächelte sie Mats entspannt an.

Er hatte sie bislang nie gestresst erlebt. Anna wirkte völlig mit sich und der Welt im Reinen. Das konnte einem grundsätzlich fast unsympathisch sein. Vielleicht aber auch nur, weil Mats sich nicht vorstellen konnte, wie das überhaupt möglich sein sollte. Keine Fragen mehr. Nur lauter Antworten.

Der Luftzug ihrer Bewegung brachte zugleich einen Hauch von Annas Parfüm mit sich. Mats kannte es inzwischen gut. Ab und zu begegnete ihm der Duft auf der Straße bei anderen Frauen. Er wusste den Namen nicht und der Geruch war schwer beschreibbar. Recht dezent und doch überaus präsent dabei. Er genoss den Duft und die Berührung für einen Moment.

War das tatsächlich ein Date oder eher ein Nachbarschaftsumtrunk? Bevor Anna ganz an ihm vorbeigegangen war, entgegnete er schnell: „Klar, gerne, mache ich."

Mats pustete durch. Sein Wortstamm schien sich mit Annas Anwesenheit immer merklich zu reduzieren. Klar, mach ich, gerne. Warum nicht: Freu mich auch, sogar sehr. Und dazu noch ein kurzes Zurückstreicheln des Unterarms. Das wäre es gewesen!

Stattdessen, einfache abgehackte Schlagworte. Comicsprache. Kaboom! Pow! Bam! Bei der Bundeswehr hätte man Mats Vokabular ebenfalls für tauglich befunden, aber es erschien wenig prädestiniert für ein Date. Man konnte nur hoffen, dass der Wein nicht weitere Wortstämme aus ihm rauspurzeln ließ. Sonst wäre er ganz schnell bei einem bloßen Aneinanderreihen der wichtigsten Konsonanten. Glücksrad, die beliebte Spielshow der Neunziger, nur diesmal live und in Farbe. Mittwochabend, 19:30, Weinladen, Rotwein Nummer 2, Mats möchte ein „E wie Emil" kaufen.

Und schon hatte Mats wieder Lust zu trinken. Der Wodka wirkte wie eine blasse Vorkriegserinnerung und Rotwein hatte in der Regel schließlich eher zur Folge, dass man redseliger wurde. Das konnte nur gut für ihn sein. Und solange Nasenmann da war, bestand Zeit, sich in Ruhe zu sammeln.

Mit Unterstützung des Rotweins konnte er locker noch so viele Wörter und Buchstaben anhäufen, dass es für zehn Weinabende mit Anna ausreichte.

Er durfte es nicht versauen heute. Das war zu wichtig. Es verbot sich von selbst, dass ausgerechnet dieser skurrile Tag den Schlussakkord unter Anna und ihn setzte.

Mats erreichte das Weinfass und den Nasenmann. Der leerte gerade den letzten Schluck vom roten Franzosen, dem die Würze fehlt.

Oder vielmehr seine Nase tat es. Sie war wirklich sehr groß, noch viel größer als sie von der Eingangstür aus gewirkt hatte. Auffälligkeiten bei einem Menschen waren an sich nichts Schlechtes, aber wenn ein Gesicht zu 80 Prozent aus Ohren oder in diesem Fall aus Nase bestand, irritierte das doch ein wenig. Mike Krüger und Thomas Gottschalk hatten mit dem neckischen Kokettieren ihrer großen Nasen in den Achtzigern Millionen verdient. „Die Supernasen" war ein Stück deutsche Filmgeschichte. Wenn man überlegte, schienen Nasen damals generell eine bedeutende Rolle gespielt zu haben. „Nase vorn" mit Frank Elstner, ein Meilenstein. Heute dagegen hörte man recht wenig von berühmten Nasen. Gerard Depardieu – sicher, wobei der inzwischen primär wahnsinnig fett und erst sekundär Nase war, aber sonst? Immerhin bezeichnete sich Depardieu selbst als Weinalkoholiker, was wiederum in den Gesamtkontext passte.

Das Schicksal der späten Geburt. Vor 30 Jahren wäre Nasenmann ein Star gewesen. Heute blieb ihm nur der Vorteil, eine Art dritten Arm zu besitzen, mit dem er diskret überall mühelos hinlangen konnte, wo er denn wollte. Aber was heißt nur. Andere besaßen deutlich weniger. Der Glückspilz.

Bernd Wesel war 52 Jahre alt. Er führte ein gutbürgerliches Leben. Die Wirrungen der Dreißiger und Vierziger hatte er, trotz mehrerer Midlife-Krisen, ohne Scheidung überstanden. Und nun wartete er auf den guten, sorgenfreien Teil des Lebens, von dem alle immer erzählten. Vor ein paar Tagen hatte er ein erstes, graues Haar entdeckt. Auch wenn es albern war, denn für graue Haare war er ziemlich spät dran, hatte ihn das getroffen. Dafür schämte er sich. Seit seine Tochter ausgezogen war, fühlte er sich schrecklich einsam. Das ging vielen Eltern so. Plötzlich ist man wieder allein. Nur Bernd war nicht allein.

Er hatte noch eine zweite Tochter. Ein wunderbares Mädchen, absolut perfekt. Alle bewunderten sie und seitdem sie auf der Welt war, hatte er nur Komplimente in Bezug auf sie bekommen.

Trotzdem fühlte er sich allein. Er hatte es in fast 20 Jahren nicht geschafft, sie genauso zu lieben wie seine erste Tochter. Manchmal hatte er ein schlechtes Gewissen deswegen, akzeptierte aber mit den Jahren mehr und mehr, dass es einfach so war. Bald würde auch sie ausziehen. Es war ihm egal.

Er hatte aufgehört sich als schlechter Vater zu fühlen, denn das war er nicht.

Seit einigen Wochen kam er nahezu jeden Abend hierher. Jede Minute, die er nicht zu Hause verbringen musste, war ein Gewinn. Wein war nicht seine Welt, er war eher Biertrinker.

Aber diese Verkäuferin erinnerte ihn irgendwie an seine erste Tochter. Drei, vier Weine gab er sich immer, alles andere war schwer zu argumentieren. Nicht würzig genug, nicht fruchtig genug, die Standardfloskeln hatte man recht schnell drauf.

Der Typ an der Tür schien ihr Freund zu sein. Jedenfalls erschienen sie relativ vertraut. Aber nicht ihr *Freund*. Dafür wirkte es zu unsicher, fast wie ein erstes Date.

Bernd nippte an Wein Nummer Drei. Er würde es nicht mehr erfahren. Rotwein machte ihn immer wahnsinnig träge – seine Frau hielt ihn vermutlich für depressiv. Jeden Abend kam er mit dieser melancholischen Grundstimmung nach Hause und stets brachte er eine Flasche Wein mit, die er später nicht anrührte. Vielleicht war er auch depressiv, wer wusste das schon. Sie fehlte ihm so. Sein ganzes Leben hatte er auf sie ausgerichtet. Egal, was kam, es ging alles nur um sie. Und das war keine dieser Standardfloskeln, die man in Hollywoodfilmen oder irgendwelchen Büchern findet.

Er hatte ihr geholfen, das zu werden, was sie heute war und nun brauchte sie ihn nicht mehr. Zumindest nicht jeden einzelnen Tag. Bernds Leben war vorbei. Er hatte alle Kraft auf sie verwendet und nun fühlte er sich wie ein Jahrmarktballon, den man von der Druckluftpatrone genommen hat. Nichts füllt sich mehr. Es bleibt nur eine Hülle.

Da kam sie schon mit dem finalen Wein. Auch wenn sie sein Spiel durchschaute, oder zumindest ganz sicher begriff, dass mit ihm kaum das große Geschäft zu machen war, blieb sie immer freundlich und zuvorkommend. Er wusste nicht einmal ihren Namen. Dem Wein würde es an Frucht mangeln und am Ende würde er doch eine Flasche davon kaufen oder vom Franzosen ohne Würze. Einen Tod musste man sterben. Im Leben.

„So, damit sollten wir die fehlende Würze beheben können, denke ich." Anna lächelte Bernd Nasenmann an und stellte den Rotwein auf das Weinfass.

„Provence, generell alles etwas würziger und tanninreicher, bei diesem ist zudem der Merlotanteil gering. Hat neben Cabernet einen Pinot-Noir-Schwerpunkt, ist aber ebenfalls ein Cuvée. Preislich liegt er bei 6,90 Euro pro Flasche." Während Anna sprach, goss sie Nasenmann alias Bernd bereits ein. Sie setzte mit der rechten Hand die Flasche ab und begann gleichzeitig mit ihrer linken das Glas auf dem Fassboden kreisen zu lassen, sodass der provenzalische Rotwein unmittelbar so viel Sauerstoff wie möglich bekam.

Bernd spitzte interessiert die Lippen, was seine Nase noch stärker komprimierte und etwas nach oben schob. Mats, der inzwischen direkt neben ihm stand, blickte frontal in ein Meer aus Nasenhaaren. Schnell wandte er den Blick Anna zu, die ihm lächelnd ebenfalls ein Glas Provence zuschob.

Und so standen sie zu dritt an diesem Weinfass, bis Nasenmann feierlich sein Glas erhob und „Zum Wohl" in die Runde sagte. Romantisch. Genauso hatte sich

Mats den Abend vorgestellt, als er halb tot im Eingangsbereich seiner Wohnung gelegen hatte.

„Ja. Mhmm. Ja, etwas weniger Frucht, das merkt man." Die Nase schnüffelte nach. „Definitiv. Ja, weniger Frucht. Ganz angenehm."

„Gefällt er Ihnen? Ist vom selben Erzeuger wie der Wein, den Sie letzte Woche mitgenommen haben."

„Tatsächlich? Ja, gut. Ich würde gerne davon eine Flasche mitnehmen, um ihn später noch mal in Ruhe zu probieren." Auch wenn es vermutlich zwecklos war, versuchte Bernd weiterhin, den Traum vom Großeinkauf bei Anna am Leben zu erhalten.

„Gerne. Und lassen Sie ihm zu Hause noch etwas mehr Luft. Er gewinnt dadurch nochmals an Kraft und Intensität."

Sie schritten zur Kasse. Anna packte Nasenmann Bernd den Wein sorgfältig in eine Tüte und kassierte die 6,90 Euro von ihm. Bernd nahm seine Aktentasche, den Wein und bedankte sich für die umfassende Beratung. Auf Höhe der Eingangstür blickte er Richtung Mats und verabschiedete sich mit einem „Schönen Abend". Die Tür fiel mit einem leichten Knacken ins Schloss.

Anna stöhnte erleichtert auf. „Geschafft. Hoffe, du bist nicht böse, dass du warten musstest?"

Sie schloss die Tür ab und kam zu Mats ans Weinfass. In ihr strahlendes Gesicht mischten sich tiefe Stirnfalten, sie wirkte nun ernst und besorgt. „Oh, was ist mit deiner Stirn passiert?"

Ich bin von einem Geisteskranken mit Verfolgungswahn, der mein bester Freund ist, mit einem Besenstiel in meiner eigenen Wohnung niedergeschlagen worden. Die Schmerzen sind aber erst später gekommen, da ich zu diesem Zeitpunkt noch extrem betrunken vom Wodka war. Ich wollte nicht trinken, doch ich konnte nicht Nein sagen. Und als ich erst mal angefangen hatte, war es schnell zu viel Wodka in meinem Körper. Das merkte ich nur leider zu spät. So wie ich bei vielem zu spät bin. Aber ich weiß nicht mal, ob mich das stört. Bei dir wäre ich gerne nicht zu spät. Geht das?

Mats merkte, dass für eine Antwort einige Sekunden zu viel verstrichen waren. Er fixierte seinen Blick verstohlen auf das Weinfass und die diversen Weinflaschen.

„Ach, ich bin die Treppe raufgefallen und gegen den Geländerpfosten geknallt. Ist nicht so schlimm."

„Ist aber ein ganz schönes Horn." Anna war nun nah bei ihm, strich ihm einige Haare von der Stirn und berührte vorsichtig seine Beule. „Hast du das gekühlt? Soll ich etwas Eis holen?"

„Nein, nein. Das ist total nett. Aber wirklich nicht nötig. Ich habe es schon länger gekühlt – befürchte, kleiner wird die Beule nicht mehr."

Anna strahlte wieder: „Na gut. Dann will ich das mal glauben. Schön, dass du da bist. Freue mich sehr. Womit wollen wir anfangen? Möchtest du vorher Antipasti dazu?"

Der Rotwein hatte Mats auf angenehme Art entspannt. Er fühlte sich zwar betrunkener als nach vier Gläsern Rotwein, aber dies war vermutlich dem Restwodka in seinen Venen zu verdanken.

Trotzdem war sein Kopf klar und das Wortschatzkonto schien prall gefüllt zu sein. Die peinliche Beule hatte er gut überstanden und so wie Anna ihn ansah, entstellte sie ihn offenbar auch nicht völlig. Seine eigentlich latente Aufregung in Annas Gegenwart machte gerade einem Wohlgefühl Platz. So fühlte sich also ein normales Date an. Interessant.

„Schlag gerne was vor. Du bist die Expertin. Eine Kleinigkeit essen wäre toll. Aber nur, wenn es kein Aufwand ist."

„Du bist immer so höflich. Nein, ist keinerlei Aufwand. Steht teilweise fertig im Kühlschrank und den Rest stelle ich schnell zusammen." Sie hielt kurz inne.

„Hm, lass uns doch mit Italien anfangen. Ist zwar dann leichter als der Franzose, den du gerade getrunken hast, aber der ist auch wieder nicht so kräftig, dass du danach nichts mehr schmecken könntest."

Anna schob die benutzten Gläser zur Seite. Prüfend schaute sie auf die Gruppe der bereits geöffneten Weine, die auf dem Weinfass standen. Ohne lange zu zögern, nahm sie einen Rotwein und schenkte ihn in zwei, frische Gläser.

„Also, Umbrien, fast ein hundertprozentiger Sangiovese – sehr Chianti-ähnlich, aber eben kein Chianti, weil anderes Gebiet und nicht hundert Prozent Sangiovese."

Plötzlich prustete sie los vor Lachen. „Oh Gott. Bitte entschuldige. Ich bin den

ganzen Tag in diesem Verkaufsmodus. Da ist es manchmal schwer, das abzu-
stellen. Ab jetzt sage ich nichts mehr zu den Weinen oder maximal das Land."
Sie stießen an. Mats versuchte, sich professionell beim Trinken zu geben. Dezent sog er etwas Luft zum Wein in seinen Mund und ließ ihn kreisen. Und wieder merkte er, dass er nichts merkte. Entgegen der landläufigen Einschätzung
war Mats sich sicher, dass Sauerstoff dem Wein eher Geschmack entzieht. Zumindest hatte er stets gar keinen Geschmack mehr im Mund, wenn er sich als
professioneller Weinexperte ausgab. Unbefriedigt setze er sein Glas ab. Hauptsache besoffen.
„Nein, mach gerne weiter. Finde das interessant. Verkauf mir weiter Wein, ich
höre das gerne." Beruhigte er sie.
„Tust du nicht." Anna nahm einen tiefen Schluck und lächelte dabei verstohlen
in ihr Glas.
„Tue ich doch. Ich mag das wirklich."
„Zumindest sieht dein Gesicht nicht danach aus. Man kann dir meistens ziemlich
gut ansehen, was in dir vorgeht."
Mats hoffte inständig, dass dies nicht der Fall war. Trotzdem entschied er sich
dafür, das Thema nicht zu intensivieren, sondern für einen eleganten Mittel-
weg.
„O.k., gebe zu, ich mag das ganze Tamtam nicht wahnsinnig gerne. Aber vermutlich nur, weil mein Geschmacks- und Geruchssinn zu schlecht sind, um das
nachzuempfinden. Damit meine ich aber nicht, dass man drei Sätze zu Land und
Herkunft des Weines sagt. Eher Kommentare wie „eine leichte Note Cassis im
Abgang" – das schmeckt doch niemand. Und dieses gemeinsame Ausspucken in
den Topf finde ich ebenfalls befremdlich."
Auch konnte ein verräterisches Wort sein. Es implizierte stets, dass da noch
mehr von etwas war. *Auch* dumm. *Auch* hässlich. Und schon wusste man – es
gab noch etwas, dass dumm und hässlich war. Mats hatte das Gefühl, zu viel
geredet zu haben. Verdammter Wortschatz.
Deshalb war Alkohol manchmal ein Segen. Er reduzierte die Sprache auf das
Wesentliche. Mehr Wein und weniger Reden. Ab jetzt keine verräterischen
Wörter mehr. Kein auch. Kein eigentlich. Kein ganz. Alles Verräter-Wörter! Bas-

tard-Wörter würde Erwin sagen. Eigentlich hübsch. Ganz nett. Sprache kann tückisch sein. Schweigen ist Gold.

Anna kniff ihm kurz in den Arm. „Siehst du. Dein Gesicht! Man kann dich ziemlich gut lesen. Find ich aber auch. Hasse das mit dem Spitu. Da muss man aufpassen, dass niemand einen anspuckt, besonders auf den Messen kann das ekelhaft sein."

Vor Mats innerem Auge lief ein Film ab. Mindestens zehn Nasenmänner in billigen Vertreteranzügen mit goldbestickten Westen standen um einen Spucktopf herum und ein Weinspeichelsprühregen ergoss sich über die bezaubernde Anna, die einfach nur versucht hatte, sich eines klitzekleinen Restschlucks Bordeaux zu entledigen.

„Nächste Woche ist wieder Messe. Die Pro-Wein – hast du die Plakate gesehen? Hättest du Lust mich zu begleiten? Ich treffe ein paar von meinen Händlern und wollte auch einige neue Regionen und Länder ausprobieren."

„Eine Weinmesse? Was muss ich da denn machen?"

Anna schmunzelte und blickte Mats fest an: „Du musst gar nichts machen. Du sollst mich einfach nur begleiten und verhindern, dass mich einige Herren dort mit einer Messehostess verwechseln. Deine Anwesenheit sollte dabei vermutlich ausreichen."

Mats erschauderte bei dem Gedanken, den halben Tag dieses Weingerede zu hören und vor allem mit wildfremden Menschen gemeinsam in ein Gefäß von seiner Körpergröße zu spucken. Aber es waren wieder ein paar Stunden mit Anna – ein zweites Date verkleidet als Geschäftstermin.

„Das hört sich machbar an. Die Rolle des edlen Ritters liegt mir sicher. Und wir trinken schon morgens Wein zusammen."

„Exakt. Wir werden über den gesamten Tag verteilt vermutlich mehr als 100 Weine probieren."

Das hörte sich nach ganz schön viel Wein an. Und vielleicht hatte die wundervolle Anna doch einen Charakterfehler und wurde ab einem gewissen Betrunkenheitsgrad anhänglich. Ein flüchtiger Kuss um Wein 50 herum ... Mats konnte die Messe kaum noch erwarten! Doch einen Schritt nach dem anderen.

Zunächst galt es, den heutigen Abend gut zu überstehen, wobei überstehen das falsche Wort war.

Er gewann an Sicherheit. Es würde wohl auch schwer auf Dauer mit Anna werden, wenn er seine Nerven nicht in den Griff bekam. Was immer sie in ihm zu sehen schien, es würde sicherlich abnehmen, wenn er sich jedes Mal als komplett gestört präsentieren würde. Ebenso würde er irgendwann einen Herzinfarkt vor Anspannung erleiden. Trotz des vielen Rotweins. Der war ja gut fürs Herz. Bekanntlich.

Mats war nun fast übermütig. „Das hört sich fantastisch an! Wird ein toller Tag."

„Fantastisch?" Anna lachte. „Das ist süß. Fantastisch habe ich dich noch nie sagen hören."

„Wieso? Natürlich – ich sage sehr oft fantastisch. Eigentlich andauernd."

„Tatsächlich? Habe dich das noch nie sagen hören. Du bist sonst ja eher weniger euphorisch – zumindest wirkt es so."

„Das wirkt aber tatsächlich nur so. Ich bin ständig randvoll mit Endorphin und fantastisch ist eins der wichtigsten Wörter überhaupt bei mir. Permanent sage ich das. Sogar öfter als *ich* beispielsweise."

„Öfter als *ich*? Du meinst, du sagst fantastisch öfter als *ich*?" Anna wirkte nun skeptisch.

Mats hatte sich verrannt. Das Pendel war in die andere Richtung ausgeschlagen. Wäre er mal angespannt und wortkarg geblieben. Das hatte zumindest etwas Geheimnisvolles. Euphorisch war kein guter Modus für ihn. Vermutlich hielt Anna ihn nun für manisch depressiv.

Das hatte schon mal eine Frau getan. Seine erste Studentenliebe Corinne. Allein der Name hörte sich nach Abenteuer an. Wäre sie ein Schiff, sie wäre ein Fährschiff gewesen. Tucker, Tucker – immer nur von einem Ufer zum anderen und sogar noch an einem Seil befestigt. Damit man nicht einen einzigen Meter abtreiben kann. Maximale Freiheit. Mats hatte es nach sechs Wochen gemerkt, aber es dann noch fast fünf Monate mit ihr ausgehalten. Dabei hatte sie Recht gehabt. Waren sie zusammen, fühlte er sich depressiv, ohne sie fast manisch. Mats wollte kein Fährschiff – er wollte eine Hochseejacht!

„Na ja, das vielleicht auch wieder nicht. Auf jeden Fall sage ich das sehr oft. Du nicht?"

Anna zögerte, aber lächelte nun wieder. „Doch, doch. Aber so genau beobachte ich das ehrlich gesagt nicht. Egal, ich mache uns mal etwas Antipasti."

Sie verschwand in den Nebenraum und Mats hörte das Klappern von Geschirr. Er nippte an seinem Sangiovese und ließ diesmal das Luft Einsaugen weg. Schon deutlich besser. Sehr angenehmer Wein. Er musste an Corinne denken. Sicher hatte sie schon ein Reihenhaus im Umland gekauft und war zum zweiten Mal schwanger. Lieber die Kinder nicht zu spät, soll ja irgendwann wieder weitergehen mit der eigenen Karriere.

So hätte Mats' Leben auch sein können, wenn er damals bei ihr geblieben wäre. Stattdessen stand er an einem Weinfass, trank sein x-tes Glas Rotwein auf nüchternen Magen und wartete auf das Zurückkommen einer wunderschönen Frau, die beruflich mit Alkohol handelte.

Wer war nun besser dran? Hm ...

Anna kam mit einer Antipastiplatte und etwas Brot aus der Küche zurück. Sie schob einen kleinen, alten Holztisch und zwei Stühle in den Raum neben das Weinfass. „Auf Dauer ist das Stehen doch zu anstrengend, oder? Ich stehe den ganzen Tag. Da bin ich abends wahnsinnig froh, wenn ich einfach mal sitzen kann."

Mats saß eigentlich immer. Er bewegte sich bei der Arbeit nur, wenn Erwin ihn in sein Büro rief oder ein anderer der Verrückten irgendein Problem hatte. Manchmal fühlte er sich dabei wie ein Jäger, der in seinem Hochsitz das Wild auf der Lichtung beobachtet. Bloß kein Geräusch machen, um es nicht aufzuschrecken. Rainer, das scheue Rehkitz. Uwe, die Wildsau. Tierbilder konnten helfen, das Leben erträglicher zu machen.

„Das sieht toll aus. Sehr nett von dir. Danke."

Sie stießen an und Mats blickte Anna direkt in die Augen. Die fünf Sekunden Schweigen von beiden, die dieser Moment nach sich zog, fühlten sich lang, aber vor allem schön an.

Mats versuchte, etwas zu sagen, aber das Glücksrad hatte angehalten. Keine Konsonanten. Keine Vokale. Sie begannen zu essen, was den Moment weiter verlängerte. Nur die leisen Bewegungen des Bestecks auf ihren Tellern durchbrachen die Stille. Beide lächelten verstohlen vor sich hin und Mats wünschte sich, etwas sagen zu können.

Über den Moment. Über sie. Über alles. Aber er wollte auch, dass dieser Moment nicht aufhört. Mats nahm einen weiteren Schluck Wein. Es wehte ein

Hauch Cassis durch seinen Mundraum. Nun war es passiert. Er war verrückt geworden. Geschmacks-verrückt. Wein-verrückt. Anna-verrückt.

Das Vibrieren in seiner Hosentasche riss ihn aus allen Träumen und brach den Moment jäh ab. Was er in den ersten Zehntelsekunden noch als ein ganzkörperliches Überstrapazieren seines Nervensystems gewertet hatte, stellte sich sehr schnell als sein Handy heraus. Der Name im Display schien mehr als deutlich zu sagen „Willkommen in der Realität" – Rainer.

Anna sah überrascht auf. Sie bemerkte Mats irritierten Blick. „Geh ruhig ran. Stört mich nicht."

Was wollte der nur. Rainer hatte ihn noch nie angerufen! Nie, nie, nie. Warum ausgerechnet jetzt? „Nein, nein. Quatsch. Ich muss da nicht ran."

„Kannst du aber wirklich. Scheint ja jemand Wichtiges zu sein."

Wichtiges? Ha, wenn sie nur wüsste! So wichtig wie ein Sack Reis. Der fällt mal um und irgendwann hebt man ihn wieder auf. Bis dahin hat niemand gemerkt, dass er überhaupt umgefallen ist. Das Handy brummte weiter.

„Ach, das ist nur mein ..." Mats fiel nicht direkt ein, was er sagen sollte. Mein Spielothekenkunde? Ein gestörter Ex- oder immer noch Vollzeitalkoholiker? Ein gelangweilter Versager, dem vermutlich einfach der Kaffee gerade ausgegangen war? „...mein Vater."

Und so endete dieser wundervolle Moment mit einer neuen zwischenmenschlichen Ebene zwischen Rainer und Mats. Vater und Sohn. Mats stöhnte innerlich auf. Vater, warum hatte er nicht Bekannter gesagt. Rainer sein Vater – sein tatsächlicher Vater würde sich bedanken.

„Oh, dann geh lieber ran. Wenn er es so lange klingeln lässt, ist es sicher etwas Wichtiges."

Vielleicht. Vielleicht auch nicht. Vielleicht hatte er auch einfach Lust zu reden, sein Kleingeld war alle oder er war eingenickt, nachdem er Mats' Nummer aus Versehen gewählt hatte. Oder, oder, oder. Mats ärgerte sich maßlos. Schließlich wusste Rainer doch, wo er heute Abend war! So wichtig konnte das Ganze kaum sein. Bastard! Vater Bastard!

„Du hast Recht. Entschuldige mich bitte eine Sekunde." Hastig stand Mats auf und ging in die andere Ecke des Weinladens. Das fortlaufende Vibrieren machte ihn nicht entspannter.

Voller Wut und dennoch maximal kontrolliert, um nicht bei Anna als Familienhasser dazustehen, nahm er flüsternd das Gespräch an. „Ja, bitte? Was gibt es denn?"

Rainer sagte ohne jede Emotion in seiner Stimme: „Ich pinkle Blut."

Mats war irritiert. Trotzdem war er immer noch wütend. Damit hatte er nicht gerechnet, aber dennoch und überhaupt: „Das ist nicht schön, Rainer. Aber was hab ich damit zu tun? Geh morgen zum Arzt und erzähl mir dann alles in Ruhe."

„Du bist doch Arzt." Rainer klang nun vorwurfsvoll.

„Trotzdem bin ich nicht der Apothekennotdienst. Und ja, ich habe vier Semester Medizin studiert, die ich aber in den letzten Monaten nicht mehr wirklich fortgesetzt habe, wie du vielleicht selbst bemerkt hast. All das macht mich nicht wirklich zu einem Arzt."

„Du bist der einzige Arzt, den ich kenne", erwiderte Rainer unbeeindruckt.

Mats stöhnte und rieb sich mit Daumen- und Zeigefinger seine Augen so druckvoll, dass es fast wehtat. „Rainer, wirklich. Geh zum Arzt. Ich kann auch nicht mehr lange sprechen. Wir sehen uns morgen, dann reden wir in Ruhe. In Ordnung?"

Rainer lenkte endlich ein. „Gut, wenn man damit so lange warten kann. Fühl mich trotzdem eigenartig."

Das konnte Mats sich gut vorstellen. Vermutlich fühlte sich Rainer schon sein ganzes Leben eigenartig und besonders eigenartig, seit er angeblich wieder dauerhaft nüchtern war.

Blut im Urin konnte eine Vielzahl an Gründen haben. Sehr harmlose, temporäre Störungen, die ohne Nachweis wieder direkt verschwanden, aber auch Krebs, gerade bei Männern in Rainers Alter.

Selbst eine solche Diagnose zog nicht eine Alarmfahrt mit Blaulicht in die Uniklinik nach sich zu dieser Stunde. Aber es konnte auch ein Problem mit den Nieren sein. Würde Mats es sich verzeihen, wenn Rainers Nieren heute Nacht versagten? Die Wahrscheinlichkeit war äußerst gering, aber in der Medizin sind 99,9 % der Erkrankungen unwahrscheinlich und trotzdem kennt man immer irgendwen, der an irgendwas gestorben ist.

Mats blickte auf Anna. Der Kerzenschein warf einen feinen Lichtkegel auf ihr Gesicht. Man konnte aus der Entfernung praktisch nur ihre Augen und den

Mund sehen. Sie hatte aufgehört zu essen und sah auf die Straße hinaus.

Er resignierte. „Wo bist du? Zu Hause? Ich nehme ein Taxi und hole dich ab. Dann fahren wir in die Uniklinik. Einfach zur Sicherheit."

„Ja, zu Hause. Lag schon im Bett, habe nicht mal 'ne Unterhose an."

„Rainer, keine weiteren Details bitte. Zieh dir was an. Ich hole dich in 15 Minuten ab."

Die dunkle Seite von Mats' Seele wünschte inständig, dass die Untersuchung irgendeinen relevanten Befund brachte. Wenn sich bei der Anamnese herausstellen sollte, dass der gute Rainer schlichtweg ein Glas Rote Beete gegessen hatte, würde er ihn noch auf dem Krankenhausparkplatz erdrosseln. Dann würde er Anna nicht wiedersehen. Es sei denn, sie würde ihn im Gefängnis besuchen. Ob sie so etwas machen würde? Aus Liebe mit einem Mörder zusammen sein? Er könnte Anna fragen, ob sie ihn besuchen würde. Das interessierte ihn schon. Aber wie fragte man so was?

Würdest du mich im Gefängnis besuchen, wenn ich jemanden umbrächte? Du musst dir keine Sorgen machen. Die Frage ist rein hypothetisch ... Nein, macht man eher nicht. Wobei Mörder in diesem Fall sowieso etwas hart wäre. Mehr ein Fall von Notwehr. Schließlich hatte Rainer ihn maximal provoziert. Er sah die Schlagzeile im Express: *„Familiendrama – Sohn tötet Vater wegen roter Beete auf Uniklinikparkplatz."*

Mats hoffte inständig, dass er sich nicht auch noch in 20 Jahren an diesen Abend und den einen Moment mit Anna erinnern würde. An den Moment, an dem sein ganzes Leben hätte gut werden können. Alles hat einen Anfang. Einen Startpunkt, einen Moment, in dem alles beginnt.

Fast alle Dinge im Leben lassen sich auf diesen einen ersten Moment zurückführen. Der erste Blickkontakt. Der erste Kuss. Der Tag, als man plötzlich wusste, was man werden will. Manchmal entscheiden Kleinigkeiten, welche Wendung das Leben nimmt. Ein Handyklingeln zum Beispiel.

Mats steckte das Mobiltelefon wieder in die Hosentasche und ging zu Anna zurück. Sie guckte ihn besorgt an. „Alles in Ordnung mit deinem Vater?"

Er befühlte seine Beule, um ein tiefes Aufstöhnen zu unterdrücken. Richtig, er hatte nun auch einen neuen Vater. Ein toller Auftakt für ihre neuartige Beziehungsebene. Papa Rainer. Tag 1 und nur Probleme. Papas Pipi sieht komisch aus.

„Nein, leider nicht. Er hat akute gesundheitliche Probleme. Ich fahre zu ihm und dann in die Uniklinik. Er fühlt sich besser, wenn ich dabei bin. Tut mir unendlich leid, aber wir müssen die Weinprobe verschieben." Bitterkeit und blanke Enttäuschung klang aus seiner Stimme.

„Oh, wie schade, aber so was geht natürlich vor. Hoffe, es löst sich alles zum Guten auf. Wie fährst du denn? Kannst du noch Auto fahren?" Besorgt hatte sie ihr Weinglas abgesetzt.

„Nein, kann nicht mehr fahren. Zumindest sollte ich nicht, ich nehme ein Taxi und hole ihn ab."

„Ach, quatsch. Ich bringe euch schnell. Habe nur ein Glas Wein getrunken bisher. Wo wohnt denn dein Vater? Hier in der Nähe?"

Viel zu hastig und verschreckt entgegnete Mats: „Nein, nein. Das ist wirklich nicht nötig. Er wohnt um die Ecke. Die Taxis sind vor der Tür. In 15 Minuten sind wir in der Klinik. Mach dir bitte keine Umstände. Es reicht, dass mein Abend ruiniert ist."

„Richtig, der Abend ist eh vorbei. Gerade deshalb kann ich euch einfach kurz fahren. Mein Auto steht direkt vor dem Laden und ich möchte gerne. Ist sicher gut, wenn ihr mit euren Sorgen nicht komplett allein seid."

Mats' Kopf dröhnte. Seine Beule schien wieder zu wachsen, so wie bei Pinocchio die Nase, wenn er lügt. Nur dass die Beule wuchs, sobald Dinge passierten, die auf Mats' Gehirn drückten. Der Albtraum nahm seinen Lauf. Vom Gefühl, noch zwei Minuten vom ersten Kuss mit Anna entfernt zu sein, war nichts mehr geblieben. Der Moment war verflogen.

Stattdessen stand eine Kennenlernfahrt für Anna mit seinem Vater auf dem Programm. Wie schön. Wenn Mats sich eine Zukunft mit Anna vorstellte, kamen in dieser nicht einmal seine eigenen Eltern in irgendeiner Form vor. Geschweige denn Rainer. Und keinesfalls als sein Vater. Gut, für die Vater-Situation hatte er eine gewisse Teilschuld, aber all das würde nicht passieren, wenn Rainer sich einfach ruhig verhalten hätte. Oder sich zum Pinkeln hinsetzen würde, anstatt zu stehen. Dann hätte er vermutlich die Farbe des Urins gar nicht registriert und alles wäre in Ordnung gewesen. Er versuchte es ein letztes Mal.

„Das ist wahnsinnig nett. Wirklich. Aber du musst das nicht. Wir kriegen das gut alleine mit dem Taxi hin."

„Ich fahre euch. Bitte – ich möchte helfen." Anna war inzwischen vom Tisch aufgestanden und nur noch wenige Schritte von Mats entfernt. Es schien ihr überaus wichtig zu sein.

Mats quälte sich zu einem Lächeln. „O.k., das ist schön. Danke. Dann lass uns gehen."

Anna lächelte ihn dankbar und zufrieden an. „Ich hole die Schlüssel. Wo wohnt dein Vater?"

Kapitel 5: Anders als gedacht

Fünf Minuten später saßen sie in Annas rotem Fiat Punto und fuhren die Bilker Allee entlang. Mats bereute, seinen Rotwein nicht mehr vor Abfahrt geext zu haben. Größere Mengen Alkohol auf einen Zug zu trinken, bewirkte ja oft Wunder für die Stimmung. Aber das hätte wohl etwas deplatziert gewirkt und so hatte er es bleiben lassen. Immerhin schien Anna glücklich ihn fahren zu dürfen. Obwohl es erst halb zehn war, wirkten die Straßen ausgestorben. Hin und wieder sah man einzelne Personen die Gehwege entlangeilen, aber größere Menschenmengen waren nur noch direkt in und vor den Kneipen auszumachen.

„Noch weiter?"

„Ja, noch weiter geradeaus. Die Straße ist ziemlich am Ende. Ich vergesse immer den Namen. Kann Straßennamen einfach nicht behalten."

Verzweifelt versuchte Mats, sich an den Wohnort seines Vaters zu erinnern. Er kannte die Straße, aber weder hatte er den Namen behalten, noch wusste er die Hausnummer. Daher musste er Zeit gewinnen. Er hatte wenig Lust, Anna erklären zu müssen, dass es sich gar nicht um seinen Vater handelte und ihre mütterliche Fürsorge nicht nötig gewesen wäre.

Die Gefahr, dass sie sich belogen und dumm vorkam, war groß. Mit etwas Glück konnte er die Vater-Sohn-Geschichte bis zu ihrer Hochzeit aufrechterhalten. Schließlich plante er keine epochale Familienzusammenführung. Das hatte er noch nie verstanden. Worin lag der Sinn, auch die gesamte Verwandtschaft des Partners kennenzulernen? Waren die nämlich scheiße, färbte dies automatisch auf den Partner ab. Irgendwann war der Partner dann genauso scheiße, obwohl der eigentlich gar nicht scheiße war. Man konnte sich das Leben auch selbst schwer machen.

Mats plante Großes für Anna und sich. Aber er hoffte, dass der heutige Abend ihr einziger Kontakt mit seiner Familie sein würde. Oh Gott. Er gewöhnte sich schon selbst daran, dass Rainer sein Vater war. Dann lieber Vollwaise.

„Da vorne ist es. Die Straße gegenüber vom Florapark müssen wir rein." Er hatte Rainer vorhin noch schnell eine SMS geschickt, dass er bitte direkt und abreisebereit runterkommen solle. Hoffentlich konnte er das Lesen einer SMS technisch leisten. Mats hatte Rainer noch nie mit einem Mobiltelefon gesehen. Und auch wenn er versuchte, sich dieses Bild vorzustellen, es gelang ihm nicht. Manche Sachen passten einfach nicht zusammen. Gut für ein Bilderrätsel geeignet, aber wenig für die Realität. *Finden Sie den Fehler, welche sieben Dinge gehören nicht auf das Bild mit Rainer?* Erstes Ding gefunden. Handy.

Anna bog langsam in die Florastraße ein. Mats wusste nur noch, dass es keins der ersten Häuser sein konnte. Sie waren damals von der anderen Straßenseite gekommen und sicher nicht ganz bis zur angrenzenden Bilker Allee gegangen. Vielleicht irrte er sich aber auch. Es war Nacht und er war anständig betrunken gewesen.

„Welches Haus ist es denn?" Anna fuhr nun im Schritttempo und blickte zwischen den Häusern hin und her.

Mats scannte Häuser und Gehwege. Verdammter Rainer. Zu bescheuert, eine SMS zu lesen. Wahrscheinlich leuchtete er gerade mit einem Halogenstrahler die Toilettenkeramik aus, um auch jeden rötlichen Schimmer zu erhaschen. Erwin hatte recht. Besoffen war Rainer deutlich sympathischer gewesen. Es half nichts. Er musste Anna die Wahrheit sagen.

„Anna, ich weiß, das klingt jetzt sicher eigenartig. Aber als ich vorhin sagte ... da ist er ja!"

Eine unglaubliche Erleichterung stieg in ihm auf. Im letzten Moment hatte er aus seinem Augenwinkel eine helle Gestalt erkannt, die sich zwischen den Mülltonnen vor Hausnummer 24 auf der rechten Straßenseite herumdrückte. Rainer hatte sich extra gut sichtbare Kleidung angezogen. Er hatte mitgedacht. Toll. Toll. Toll. Mats war begeistert. Zwar bestand eine Restchance, dass es sich bei dem taghell erstrahlenden Wesen um ein weißes Einhorn oder Jesus handelte, aber das war Mats egal. Beide Alternativen würden ihn nicht zwingen, Anna die Wahrheit zu sagen. Euphorisch und erleichtert sprang er aus dem Auto. Er war noch ein gutes Stück von Rainer entfernt, aber es sprudelte förmlich aus ihm heraus: „Mensch, Papa! Da bist du ja." Rainer hatte seinen weißen Frotteebademantel an. Diesen trug er praktisch immer, wenn er zu Hause war. Weiß traf es daher als Farbbeschreibung nicht ganz. Eher ein schönes Asphaltgrau. Anziehen war ihm zu anstrengend gewesen. Außerdem musste man sich beim Arzt sowieso wieder ausziehen. So hatte er nur kurz eine frische Garnitur Feinripp rausgelegt. Die alte trug er seit ein oder zwei Tagen und man konnte nie wissen, wie lange so ein Arztbesuch dauerte.

Es war alles so hektisch gewesen. Kaum hatte er das Handy nach dem Telefonat mit Mats weggelegt, bimmelte es sofort wieder mit einer SMS von ihm. Das war ja ein guter Junge irgendwie, aber so hektisch und sprunghaft. Doch wen hätte er sonst anrufen sollen? Es gab niemanden.

Er hätte alleine fahren können. Aber er hatte ausgesprochen viel Blut gepinkelt. Schon den ganzen Abend. Und irgendwann hatte er Schiss bekommen. Rainer hatte keine riesigen Erwartungen mehr an das Leben, aber er wollte ebenso nicht halb nackt und einsam neben seinem Klo verrecken. Mein Gott, der Junge wirkte überglücklich, ihn zu sehen. Eigenartig.

Ach, der Rainer. So schlecht war er auch wieder nicht. Natürlich hatte er ihm den Abend mit Anna versaut, aber er war nun mal krank. Dafür konnte er wiederum auch nichts. Und wie er da so stand im weißen Bademantel, mit seinen blau-weißen Adiletten und in der rechten Hand einen alten, dunkelbraunen Lederkulturbeutel, wirkte er plötzlich wahnsinnig klein und verletzlich.

In seiner linken Hand erkannte Mats eine kleine Tupperdose. Er hatte sich ein Brot gemacht, falls es länger dauert. Wie niedlich! Rainer sah aus wie ein Kind vor der Einschulung.

Mats ertappte sich bei einem Gefühl zwischen Zuneigung und Sorge. Das konnten nur die Hormone eines Sohnes sein. Alles genetisch vorprogrammiert. Das Leben hat keine Rätsel. Alles nur DNA. Mats sammelte sich. Immerhin musste er die Autofahrt in die Klinik ebenfalls noch überstehen. Und Rainer wusste bislang nichts von ihrer neuen Beziehungsdimension.

„Hallo, Papa. Wie geht es dir? Etwas besser? Anna ist so nett und fährt uns in die Uni."

Während Mats dies sagte, streichelte er Rainer am Oberarm und drückte ihn flüchtig an sich. Das war vor allem eine dezente Showeinlage für Anna, selbst wenn er sich ein kleines bisschen danach fühlte. War das Candle-Light-Dinner schon ruiniert, musste er versuchen Rainer die Hundewelpenrolle überzustülpen. Der süße Wauwau Rainer war in den Fluss gefallen und drohte zu ertrinken, doch der Held war längst im Wasser, um ihn zu retten. Da spielte es keine Rolle mehr, dass der Held seine Prinzessin verlassen hatte, er hatte Dinge zu tun, die getan werden mussten. Seine spätere Belohnung würde ungleich größer sein.

Der Welpe durfte nur nicht anfangen zu bellen.

Mit sanftem Druck stieß sich Rainer von Mats los. Körperliche Nähe war er nicht mehr gewohnt. Zudem fühlte er sich durch seinen abgesackten Kreislauf bereits beengt genug. Woher die plötzliche Zuneigung? Er konnte sich nicht daran erinnern jemals von Mats umarmt worden zu sein. Nun ist er endgültig übergeschnappt, dachte Rainer.

„Hallo. Hm, geht so. Was soll, wieso nennst du mich ...“

Nicht bellen, Welpe! Bevor Rainer weitersprechen konnte, drückte ihn Mats abermals mit Nachdruck an sich und hielt ihn einen kurzen Moment ganz fest. Laut begann er: „Alles wird gut. Wir fahren jetzt zum Arzt und gucken, was mit dir los ist.“ Und flüsterte weiter in Rainers Ohr: „Wir sind Vater und Sohn. Ich erkläre dir alles später.“

Anna war inzwischen ebenfalls aus ihrem Auto ausgestiegen und wartete fast etwas versteckt hinter Mats. Als sich die Umarmung der beiden löste, trat sie vorsichtig einen Schritt vor und streckte Rainer ihre Hand entgegen.

„Ich bin Anna. Freut mich sehr Sie kennenzulernen. Hoffe, es geht Ihnen nicht zu schlecht?“

Rainer blinzelte ungläubig. Vater und Sohn. Was war das für ein Unsinn! Und nun stellte sich auch noch seine Kleine aus dem Weinladen bei ihm vor.

„Röder. Angenehm.“ Rainer gab Anna einen zu kräftigen Händedruck und versuchte dabei, ein Lächeln aus seinem Gesicht zu pressen.

Mats durchbrach den subtilen Moment sofort, damit kein weiterer Dialog zwischen den beiden entstehen konnte. „Glaube, wir fahren dann lieber schnell los. Du hast bestimmt noch Schmerzen, Papa.“

„Oh, du hast natürlich Recht. Kennenlernen können dein Vater und ich uns sicher noch mal zu einem besseren Zeitpunkt. Kann ich Ihnen etwas von Ihren Sachen abnehmen?“

„Danke, danke. Das geht schon“, grummelte Rainer.

Manchmal fand Mats keine Worte für Anna. Wie sie da stand vor seinem offensichtlich total heruntergekommenen Vater und ihn trotzdem mit so viel Respekt und Freundlichkeit behandelte, war absolut außergewöhnlich. Natürlich war Rainer in Annas Welt zum einen sein Vater und zum anderen krank, was ihr Verhalten sicher beeinflusste. Aber Mats hatte sie schon oft im Umgang mit verschiedensten Personen beobachtet und stets war ihm aufgefallen, mit wie viel Achtung sie Menschen begegnete. Sie urteilte offenbar nicht. Mats dagegen urteilte ständig. Über alles und jeden. Seine Welt war schwarz- weiß. Wohingegen Anna schwarz gar nicht zu kennen schien.

„Komm, Papa. Am besten du setzt dich nach hinten, dann kannst du deine Sachen neben dich auf den Sitz legen. Warte, ich helfe dir."

Mats griff Rainer unter den Arm und führte ihn in Richtung Punto. Er klappte den Beifahrersitz nach vorne und bugsierte Rainer auf den Rücksitz. Vorsichtig drückte er mit seiner Handfläche Rainers fast kahlen Glatzkopf nach unten, sodass er sich nicht am Autodach stoßen konnte.

Alles musste perfekt sein. War der Welpe tot oder verletzt, wenn er aus dem Fluss kam, blieb kein Ruhm für den tapferen Helden übrig. Kurz den Wauwi angeschnallt – fertig. Noch knapp zehn Minuten Autofahrt und das Gröbste war überstanden. Date-Abend gescheitert, dafür sich aber als liebenden und fürsorglichen Sohn präsentiert. Mehr als fraglich, ob Mats sich im Kerzenschein des Weinladens so gut hätte verkaufen können.

Außerdem, wie bringt man so was überhaupt dezent an? Ach, übrigens, liebe Anna, ich wollte noch gesagt haben, dass ich ein liebender, fürsorglicher Sohn und generell ein absoluter Gutmensch bin. Noch etwas Wein?

Wohl kaum. Irgendwie hatte ihm dieser Abendausflug letztlich also eher geholfen. Solange Anna aus der Begegnung mit Rainer nicht geschlossen hatte, wie Mats einmal aussähe, wenn er alt wäre. Das wiederum wäre mehr als ungut. Aber wer war schon wie seine Eltern?

Vor lauter Anna vergaß Mats fast den eigentlichen Grund dieses gemeinsamen Ausfluges. Er blickte durch den Rückspiegel auf Rainer, der zum Seitenfenster hinaus in die Dunkelheit starrte. Rainers und seine Beziehung hatte heute neue Tiefen aber auch Höhen erlebt. Rainer sah bleich und alt aus. Vom Leben verbraucht. Mats hoffte tatsächlich, dass alles in Ordnung mit Rainer war. Er würde ihm selbst die Rote Beete verzeihen.

Der Motor summte leise vor sich hin. Seit sie im Auto saßen, hatte keiner ein Wort gesprochen. Was aber nichts Ungewöhnliches war. Steckte man einige mehr oder minder Unbekannte in einen kleinen geschlossenen Raum, wurde immer deutlich weniger gesprochen, als wenn man diese in ein großes Zimmer setzte. Abteil versus Großraumwagen. Es war, als würde der enge Raum jeden einschüchtern, weil die eigenen Worte plötzlich viel klarer, lauter und raumfüllender sind. Und so ist es schlagartig viel wichtiger, was man sagt und wie, weil es alle genau hören können.

Mats kam das Schweigen nicht ungelegen. Noch fünf Minuten. Anna und Mats tauschten ein kurzes Lächeln. Und im gleichen Moment stieg ein Geruch in seine Nase auf. Vermischt mit der Wärme der Autoheizung. An Annas Gesicht konnte er sehen, dass auch sie den Geruch wahrgenommen hatte.

Sie öffnete ihr Fenster einen Spalt breit. Die frische Luft drückte den Geruch zur Seite, aber er verschwand nicht gänzlich. Er schien sich am Boden zu befinden und nur darauf zu warten, wieder aufsteigen zu können.

„Oh, oh. Ich befürchte, da ist jemand von uns in einen Hundehaufen getreten. Die liegen aber auch überall rum und im Dunkeln passiert einem das ständig." Anna fand direkt entschuldigende Worte für den Übeltäter. „Ich kann leider bei mir während der Fahrt nicht gucken. Ist bei dir oder Ihnen möglicherweise etwas unter den Schuhen?"

Mats zog die Beine an und stellte zufrieden fest, dass er nicht für den tierischen Duft verantwortlich sein konnte. Und da die wundervolle Anna sicher noch nie in ihrem Leben in Hundescheiße getreten war und jemals treten würde, blieb nur eine dritte Person übrig.

„Papa, guckst du bitte unter deinen Adiletten? Wir halten einfach kurz und wischen es draußen ab."

„Muss ich nicht. Da ist nix. Bin in nix getreten."

„Ja, dann muss ich es wohl sein. Ich versuche, sobald wir vom Südring runter sind, einmal rasch anzuhalten. Wenn sich das in den Boden festtritt, riecht es wochenlang so."

Anna schämte sich. Das konnte man am Klang ihrer Stimme hören. Sicher war das ihr erstes Mal „in Hundescheiße treten" und nun würde sie dieses Erlebnis immer mit Mats verbinden. Irgendwann, wenn sie sich nach Jahren trennten, würde sie sagen: „Und direkt an unserem ersten gemeinsamen Abend bin ich in Hundescheiße getreten. Ich hätte es wissen müssen!"

Aber warum war Rainer so sicher gewesen und hatte nicht einmal geguckt?

„Papa, guck doch mal bitte kurz nach. Vielleicht bist du es ja doch gewesen. Manchmal merkt man das ja nicht. Zudem bist du krank und kannst es selbst vermutlich nicht einmal riechen."

„Nix. Da ist nix. Und riechen kann ich sehr gut", erwiderte Rainer leicht genervt. Mats musste aufpassen, dass seine „Ich-bin-ein-liebender-fürsorglicher-Sohn-Stimmung" nicht kippte. Da war er wieder, dieser schlecht gelaunte, nüchterne Bastard. Mats drehte sich etwas zu ruckartig um und forderte deutlicher: „Papa, guckst du bitte jetzt? Wir wollen doch nur sichergehen."

Und dann sah Mats die Tupperdose. Sie lag wie ein kleiner Schatz auf Rainers Schoß. Er hielt sie mit beiden Händen fest.

„Papa, was ist in der Tupperdose? Gibst du mir mal bitte deine Tupperdose."

„Nein, mein Sohn. Das geht nicht."

Rainer verarschte ihn. Er fasste es nicht. Und das nach allem, was er heute für ihn getan hatte und vermutlich noch tun würde! Mats hatte große Lust, den Welpen zu ertränken. Aber das würde der Prinzessin kaum gefallen. Er versuchte es nochmals und sprach langsam mit Engelszungen:

„Lieber Papa, warum geht das denn nicht? Gib sie mir doch bitte einfach einmal kurz her. Ich gebe sie dir ja auch wieder."

Rainer stöhnte auf. „Mein lieber Sohn, das geht nicht. Da ist was für den Arzt drin."

„Warum? Was denn für den Arzt?" Mats ahnte Schlimmes.

Beschämt sah Rainer aus dem Seitenfenster und murmelte in seinen Fünftagebart: „Da ist eine Probe drin."

Anna und Mats tauschten kurze Blicke. Ihre Pupillen hatten sich bei dem Wort „Probe" deutlich erweitert, waren aber schnell wieder auf normale Größe zurückgegangen. Mats dagegen war schwindelig. Warum war er nur ans Telefon gegangen, als Rainer anrief? Warum hatte er sich bequatschen lassen? Momente, in denen sich das Leben entscheidet. Er kannte die Antwort, aber er musste sie hören: „Jetzt sag mir bitte nicht, dass es das ist, was ich denke. Du hast doch keine Stuhlprobe da drin!?" Mats verlor die Kontrolle. Der Welpe war nicht nur dabei zu ertrinken, er hatte auch in den Fluss geschissen!

„Doch. Ist für den Arzt. Die brauchen immer Proben. Das solltest du selbst wissen als Arzt ", verteidigte sich Rainer.

Mats schaute besorgt auf Anna, die aber ruhig und konzentriert auf die Straße blickte. Er wollte jetzt auf der Stelle erklären, dass der Verrückte auf dem Rücksitz samt seiner Stuhlprobe im Schoß nicht sein Vater ist. Aber das würde dem Ganzen nur noch die Krone aufsetzen. Völlig egal alles. Erst mal raus mit der verdammten Tupperdose.

„Herrgott, Papa. Niemand braucht immer eine Stuhlprobe. Ich denke außerdem, du hast Blut im Urin und nicht im Stuhl. Davon eine Probe, bitte, na gut, vielleicht noch. Wobei du doch gar nicht weißt, was du hast. Kannst du nicht warten, bis wir im Krankenhaus sind? Die Ärzte werden dir dann schon sagen, wovon sie eine Probe brauchen oder nicht! Was glaubst du, was los wäre, wenn alle pauschal ihre Stuhlproben zum Arzt schleppen würden? Ich habe Schnupfen, aber ich habe einfach mal etwas von meinem Stuhlgang mitgebracht. So geht das nicht!"

„Davon habe ich auch eine Probe", entgegnete Rainer kühl.

„Wovon hast du auch eine Probe???"

„Na vom Urin. Das war ja klar, dass davon eine Probe gebraucht wird. Ist mit in der Tupperdose drin. Habe ich in so ein kleines, leeres Gewürzglas gemacht. Mittelstrahl natürlich."

Mittelstrahl. Natürlich. Mats hatte den Stolz in Rainers Stimme nicht überhört. Da kannte sich jemand aus mit Proben von Körperausscheidungen. Fein. Aber damit war jetzt und ab sofort Schluss.

Mats drehte sich blitzschnell um und griff mit seiner rechten Hand nach der Tupperdose.

„So, nun reicht es. Die Proben fliegen raus. Den Gestank hält niemand aus und du brauchst sie auch nicht."

Mit dieser Attacke hatte Rainer nicht gerechnet. Er bekam gerade noch seine linke Hand schnell genug hoch, um das andere Ende der Tupperdose festzuhalten.

„Nix. Die brauch ich."

„Papa, ich meine das wirklich ernst. Lass sofort die verdammte Dose los!"

Rainer keuchte. Er musste seine rechte Hand zu Hilfe nehmen. Mats war eindeutig kräftiger, aber so leicht würde er die Proben nicht aufgeben.

„Nein. Die bleibt hier. Sind doch eh gleich da."

Anna schien mit der Situation überfordert. Sie war die letzten Minuten stumm Richtung Uniklinik gefahren. Vermutlich hoffte sie einfach, dass die beiden Verrückten möglichst schnell ihr Auto verlassen würden. Alles andere erschien sekundär. Trotzdem startete sie einen zarten Versuch der Vermittlung:

„Ach, Mats. Vielleicht hat dein Vater Recht, eventuell ist es wirklich gut mit den Proben. Mit den Fenstern auf geht es ja. Wir sind auch sofort da. Mir ist es so lieber, als wenn jemand mit den Schuhen überall Hundekot verteilt hätte."

Annas Wort war für Mats Gesetz. Doch in diesem Fall ging es ums Prinzip und nicht nur das. Es ging darum, dass ihm Rainer den ganzen Abend ruiniert hatte. Darum dass er, anstatt einfach dankbar zu sein, Proben seiner Exkremente ins Auto geschmuggelte. Dass es Mats eigentlich egal sein konnte, ob Rainer krank, gesund, lebendig oder tot war.

Ohne auf Anna einzugehen, setzte er sich auf seine Knie und stieß sich mit diesen vom Beifahrersitz Richtung Armaturenbrett ab. Diesem Druck konnte Rainer nicht mehr standhalten. Er verlor die Kontrolle über die Tupperdose. Seine Hände glitten ins Leere. Mats jubelte innerlich.

Sieg! Die Dose war sein! Er hatte sie schon fast auf Höhe des halb geöffneten Beifahrerfensters.

Doch da passierte es.

Mit allerletzter Kraft schnellte Rainer noch einmal hervor und schlug Mats gekonnt die Dose von unten kommend aus der Hand. Wie in Zeitlupe sah Mats den Flug der Tupperdose. Sie schoss nach oben und drehte sich dabei mehrfach um die eigene Achse. Mats versuchte, seine Arme zu aktivieren, aber er war wie gelähmt. Das musste ein Schock sein. Das Gehirn reagiert, aber alles passiert so schnell, dass der Körper keine Signale mehr annehmen kann und einfach regungslos verharrt. Die Dose schlug hart gegen das Autodach und öffnete sich.

Das kleine Gewürzglas, gefüllt mit Rainers hochwertigem Mittelstrahlurin, fiel wie ein Stein zu Boden und rollte unter den Beifahrersitz. Sicher verschlossen. Aber die andere Probe nicht.

Mats' Schockzustand endete jäh, als der Fahrtwind mit einem kräftigen Stoß Rainers Stuhlprobe nach hinten schleuderte. Er hatte sich noch weggedreht, aber es gab kein Entkommen.

Ein kalter Sprühregen erstreckte sich über Mats' Seite. Doch das war nichts im

Vergleich zu Rainer und der Rückbank des Punto. Bis in die kleinsten Ecken des Heckfensters konnte man die einzelnen Partikel erkennen.

Rainer saß mit weit aufgerissenen Augen und sichtlich in Mitleidenschaft gezogen unbewegt da. Er schien noch nicht realisiert zu haben, was passiert war.

Mats traute sich nicht, Anna anzusehen. Oh Gott, bitte, lass das nicht passiert sein. Nein. Nein. Nein. Bitte nicht. Er drehte langsam seinen Kopf seitwärts.

Anna hatte fest mit beiden Händen das Lenkrad umschlossen. Die rhythmischen Vor- und Zurückbewegungen ihrer Fingerknochen dabei ließen aber vermuten, dass sie das Ausmaß der Katastrophe wahrgenommen hatte. Andere Veränderungen oder Reaktionen an ihr konnte Mats nicht feststellen. Er wusste nicht, ob ihn dies beruhigen oder noch nervöser machen sollte. Zumindest schien die Fahrerseite und damit auch Anna komplett verschont geblieben zu sein. Anna bog in die Einfahrt der Uniklinik ein und stoppte an der Schranke.

Während sie auf den Knopf zur Ausgabe des Parktickets drückte, sagte sie mehr zu sich als zu Mats: „Gut, nun wäre es mir doch lieber gewesen, jemand hätte einfach etwas Hundescheiße im Fußraum verteilt."

Manchmal hilft es, Situationen zu verarbeiten, wenn man sie noch einmal für sich selbst in Ruhe zusammenfasst. Dies war keine Garantie, dass es einem danach besser ging. Doch gelegentlich verpasste man im Laufe eines Moments bestimmte Teile der Geschehnisse. Oftmals nur eine spezifische Geste oder ein einzelnes Wort, was bei späterer Reflexion aber einen Situationsverlauf in einem anderen Licht erscheinen ließ. Mats befühlte seine Beule. Es pochte in seinem Kopf. Offenbar hatte sein Gehirn auch keine Lust mehr auf ihn und dieses gesamte Drama.

Als er morgens aufgewacht war, schien es ein Tag wie jeder andere zu werden. Später war Anna dann in die Spielothek gekommen und hatte ihn zur Weinprobe eingeladen. Von da an war alles irgendwie aus dem Ruder gelaufen. Der Wodka. Die Hitze. Die Penny-Penner. Der Besenstielschlag. Der Opa namens Wolf. Las Vegas. Der Anruf. Die Autofahrt.

An welcher Stelle war er nur falsch abgebogen? Wo lag der Fehler? Er hatte die Tupperdose gesehen, bevor Rainer eingestiegen war, aber hatte sie für eine normale Brotdose gehalten und keine Exkremente-Handtasche. Aber er hätte sich kaum wie das Sicherheitspersonal am Flughafen verhalten können – „Es werden keine Flüssigkeiten mit an Bord gebracht."

Eine unendliche Resignation und Leere erfüllte ihn. Vielleicht war das Problem Anna. Sie brachte ihn aus dem Konzept. Dieser vollkommene, fehlerlose Mensch machte ihm eine Art Dauerdruck, wenn auch unbewusst, dem er nicht standzuhalten vermochte. Er wollte perfekt sein, wenn er mit ihr zusammen war. Nur er war nicht perfekt. Eher defekt.

Mats würde nie an sie heranreichen können. Und er würde keine 40 werden, wenn sein Herzkreislaufsystem ständig im dunkelroten Bereich lief. Auch das ist Schicksal. Den perfekten Menschen treffen, aber erkennen, dass es nicht funktionieren wird. Und damit leben.

Selbst jetzt, in diesem maximalen Waterloo bewahrte Anna jede Fassung. Sie hatte sich auf einen netten Abend mit einem Typen gefreut. Wein trinken, Kleinigkeit essen, ein wenig Flirten, vielleicht ein flüchtiger Kuss zum Abschied. Das mit dem Kuss war verwegen. Aber es war eh alles vorbei. Mats konnte schon anfangen die Geschichte für sich neu zu erschaffen. In einigen Jahren würde sich das alles so anhören:

Irgendeine Tante aus der Nachbarschaft, war total scharf auf ihn, sah o.k. aus, aber nicht wahnsinnig gut. Hatten ein bisschen rumgemacht in irgendeiner dunklen Kneipe, dann wollte sie mehr, sie wollten zu ihr nach Hause fahren, doch im Wagen hatte sie eine Stuhlprobe liegen, was Mats ziemlich abturnte. Auf einmal war überall Kacke im Wagen gewesen, weil die Kacke beim Bremsen durchs Auto geflogen war. Dann schnell abgehauen, die Tante – Name war Hanna oder irgendwas Melodisches – nie wiedergesehen.

Die Aussicht auf diese neue Realität in einigen Jahren hatte etwas sehr Tröstendes. Auch wenn sich das alles im Moment noch weit weg anfühlte.

Alle suchten ständig den Schlüssel zum Glück im Leben. Wie muss man sein, wie will man sein, welche Eigenschaften muss man haben und so weiter und so fort. Mats war überzeugt, dass es nur einen Schlüssel gab und dass alle ihn hatten. Fantasie.

Man sagt, Zeit heile alle Wunden. Doch es ist nicht die Zeit. Es ist die Fantasie. Man verfremdet die Dinge mit der Zeit so, dass sie für einen besser passen. Zeit oder die Kraft des Vergessens hat sicher einen Einfluss, aber vielmehr ist es die Möglichkeit der Anpassung. „Survival of the fittest memory" – Menschen, die ein traumatisches Erlebnis hatten, flüchten oft in eine Art Parallelwelt, um mit dem Erlebten fertig zu werden. Tauglichkeit des Kopfes zum Überleben. Und all das geht nur mit Fantasie.

Mit dem Schlüssel zum Glück in der Hand stand Mats auf dem Krankenhausparkplatz. Er wusste nicht, wie traumatisch dieser Abend für ihn letztlich sein würde, aber er fing lieber schon mal an: Diese Hanna hatte alle Türen des Punto geöffnet und streckte ihren Kopf abwechselnd von beiden Fahrerseiten immer wieder ins Auto. Neben ihm stand ein älterer Mann in einem schmutzigen Bademantel, den er nicht kannte. Selbst schuld, dachte Mats. Das kommt davon, wenn man mit einer Stuhlprobe im Auto durch die Gegend fährt.

Besonders schuldbewusst sah Hanna aber nicht aus. Eher ziemlich wütend. Fast zornig. Sie hatte ihre Arme die ganze Zeit vor ihrer Brust verschränkt, die sich immer heftiger anhob und wieder senkte. Obwohl sie einige Meter entfernt stand, konnte Mats ihr lautes Atmen deutlich hören.

Keiner von ihnen hatte bisher ein Wort gesprochen. Sie waren einfach auf den

Parkplatz gefahren und ausgestiegen. Hier warteten sie nun seit ein paar Minuten, während Anna das Ausmaß der Katastrophe in Augenschein nahm. Es stank erbärmlich. Senioren, und zu diesen zählte Rainer, auch wenn er das nicht wahrhaben wollte, hatten ja praktisch keinen Stoffwechsel mehr. Wenig essen, kaum trinken – außer Kaffee, mit Pech lag ein halbes Jahr Rainer im Auto.

Und das schien Anna auch alles zu realisieren. Hektisch lief sie abermals um den Wagen herum, steckte ihren Kopf auf der Beifahrerseite ins Auto, um ihn sogleich angewidert wegzudrehen.

Ihre Augen funkelten, als sie sich zu Mats und Rainer umdrehte. Sie stand nun direkt vor den beiden und blickte zwischen ihnen hin und her. Zweimal setzte sie an etwas zu sagen. Erst beim dritten Mal war es so weit. Stille ade. Anna sprach so laut, dass es in den Ohren schmerzte.

„Ich weiß nicht, was ich sagen soll. Ich bin echt fassungslos. Ich warte immer noch, dass das ein Traum ist und ich gleich aufwache. Mein Auto ist komplett voll mit Scheiße. Das geht doch nie mehr weg." Anna wurde immer lauter. „Weil Sie, Herr Röder, eine Stuhlprobe mit sich rumschleppen und ihr beide dann darum kämpft! Ich fasse das nicht." Und noch zorniger fuhr sie fort: „So was sieht man sonst nur in schlechten Hollywoodkomödien. Das kann doch nicht wahr sein. Habt ihr euch mal den Rückraum angesehen? Wie soll das jemals wieder normal aussehen, geschweige denn riechen?" Sie konnte kaum klar sprechen vor Erregung.

Hoffnung. Die perfekte Anna hatte die Fassung verloren. Sie war völlig außer sich. Wie ein Vulkan, der seit tausend Jahren ruhig unter der Erde geschlummert hatte und nun hervortrat, explodierte sie gerade völlig. Ihre Haltung und ihre Worte hatten nichts von Respekt und Achtung. Es war der blanke Zorn.

Mats war überglücklich. Die Fantasie musste warten. Auch wenn Annas Reaktion nur allzu menschlich war, konnte Mats sich nicht erinnern, jemals in seinem Leben so zusammengefaltet worden zu sein. Rainer starrte stumm auf den Boden und sah aus, als wenn er gleich weinen würde. Bei allem Verständnis war diese Schelte nun doch etwas viel. Das war schon ein Charakterfehler. Hurra! Sie konnte cholerisch sein! Mats war vieles, aber nicht cholerisch. Das ergänzte sich also schon mal. Vielleicht hatten sie doch eine Chance.

„Was gibt es da zu lächeln? Machst du dich lustig über mich? Findest du das alles etwa witzig?"

„Nein, nein. Keineswegs. Es tut mir wahnsinnig leid. Meine Schuld, ich hätte ihm die Tupperdose einfach lassen sollen", versuchte Mats, die Situation zu beruhigen.

„Es tut mir unendlich leid, wirklich, Anna. Du kannst dir nicht vorstellen, wie peinlich das für mich ist." Sein Herz raste unaufhaltsam. Er hatte richtig Angst vor ihr. Sie war ein wahrer Teufel. Ihre Augen funkelten ihn immer noch bitterböse an und er hatte sie seit Minuten nicht mehr blinzeln sehen. Positiv gesagt hatte sie südländisches Temperament. In ihrer gemeinsamen Zukunft sah er Anna Weinflaschen nach ihm werfen, weil er den Müll nicht rausgebracht hatte.

„Mir tut es auch leid", röchelte Rainer so leise, dass man es kaum hören konnte. Ohne seinen Blick zu erheben, fuhr er fort: „Ich dachte nur ... für den Arzt halt eine Probe haben. Mehr nicht."

Die totale Kapitulation der beiden Übeltäter schien Anna ein wenig aus dem Tritt zu bringen. Besonders Rainers gesundheitlichen Zustand und den eigentlichen Grund ihrer Fahrt rief sie sich offenbar wieder ins Gedächtnis. Anna pustete tief durch. Die Anspannung verließ ihren Körper und sie nahm die Arme herunter. Bevor sie abermals ansetzen konnte, setzte Mats noch einmal an.

„Wir kümmern uns natürlich um die Reinigung. Fahr du jetzt einfach mit dem Taxi nach Hause. Ich nehme den Wagen später mit und lasse ihn direkt morgen früh fertigmachen. Gegen Mittag hast du ihn zurück, als wenn er neu wäre. Versprochen."

Die absurde Szenerie hatte offenkundig auch Anna erschöpft. Sie wollte nochmals etwas sagen, aber brach dann wieder ab. Das Rot verschwand aus ihrer Gesichtsfarbe. Sie versuchte ein mildes Lächeln.

„O.k. Ich nehme ein Taxi. Selbst wenn ich meine Zweifel habe, was die Reinigung betrifft. Weiß nicht, ob das jemals wieder weggeht. Jetzt will ich aber einfach nur nach Hause."

Mats winkte dem Taxifahrer kurz zu, der nur dreißig Meter von ihnen entfernt gerade jemanden direkt vor der Ambulanz abgeliefert hatte. Als das Taxi vorfuhr, drehte sich Anna nochmals zu Rainer um: „Trotz allem wünsche ich Ihnen natürlich alles Gute. Ich hoffe, es geht Ihnen bald wieder besser."

Rainer traute sich immer noch nicht, den Blick zu heben. Er guckte nur kurz hoch und senkte den Blick sofort wieder. „Danke, sehr nett. Danke Ihnen."

Mats beugte sich runter zum Fahrerfenster des Taxis und gab dem Fahrer einen 20-Euro-Schein. „Fahren Sie sie bitte nach Hause und warten, bis sie reingegangen ist? Danke."

Er öffnete die hintere Tür des Taxis. Als Anna bei ihm angekommen war, streckte sie ihren Kopf noch einmal ein kleines Stück vor. „Du stinkst."

Mats lächelte. Die Absurdität der Ereignisse hatte ihn wahnsinnig müde gemacht. Hoffentlich war Rainer schnell dran und vor allem flott durch mit den Untersuchungen. Er konnte das alles nicht mehr richtig ernst nehmen. Hätte man ihm vor dem Abend gesagt, dass Annas letzte Worte an ihn *„Du stinkst"* sein würden, es hätte ihn wohl mehr als deprimiert. Jetzt fühlte es sich fast versöhnlich an.

„Ich weiß. Rieche das auch. Ich mach das wieder gut. Wirklich. Morgen hast du dein Auto zurück. Sauberer und schöner als jemals zuvor. Versprochen."

Anna seufzte. „Irgendwie habe ich mir unsere Weinprobe anders vorgestellt. Na ja, dann noch mal alles Gute für deinen Vater. Gute Nacht."

„Ich mit Sicherheit auch. Bringe dir morgen den Wagen. Schlaf gut."

Mats sah dem Taxi noch so lange nach, bis es aus Sichtweite des Uniklinikparkplatzes verschwunden war. Was für ein Desaster. Aber das perfekte Bildnis Anna hatte Risse bekommen. Und das war großartig. Sie war ein Vulkan. Ein zorniges Biest. Eine cholerische Furie.

Mats fühlte sich mehr auf Augenhöhe mit Anna als jemals zuvor.

Kapitel 6: Durst

Rainer und Mats betraten die klinische Ambulanz. Inzwischen war es fast halb elf, ihre zehn Minuten Fahrt hatte sich durch die Geschehnisse deutlich verlängert. Eine gute Zeit, um ins Krankenhaus zu fahren. Die früheren Fälle waren noch von den Hausärzten abgefischt worden und bis zu den nächtlichen Katastrophenfällen blieben ebenfalls noch mindestens zwei bis drei Stunden. Gute Voraussetzungen, nicht die komplette Nacht hier zu verbringen. Eine Diagnose war sowieso praktisch unmöglich. Rainer sah zwar im wahrsten Sinne des Wortes scheiße aus, aber nun auch nicht nach akutem Nierenversagen.

Wahrscheinlich war alles unnötig gewesen. Von vorne bis hinten. Die Erschöpfung hatte seine Wut auf Rainer vertrieben, doch Mats merkte, dass da noch etwas unter der Oberfläche brodelte. Der Welpe lag zwar hilflos und winselnd auf dem Rücken, aber das konnte kaum ewig so bleiben. Irgendwann musste er aufstehen. Und dann würde Mats ihn im Nacken packen und kräftig schütteln dafür, dass er sich in der Scheiße gewälzt hatte und ins Auto gesprungen war.

Der Krankenhausgeruch legte einen angenehmen Schleier über ihren Gestank. Eigenartig. Ausgerechnet der Ort, an dem sich alle schlimmen Gerüche trafen und zu einer überdimensionalen Wolke vereinten, schaffte es, wie ein steriler Waschraum zu riechen. Und das lag nicht nur an den Desinfektionsmitteln und klinischen Seifen.

Es war vor allem das Weiß. Niemand erwartete, dass Weiß schlecht riechen konnte. Jede andere Farbe hatte zumindest eine Sache, die stank. Weiß nicht. Weiß stank nur, wenn man die Farbe veränderte. Aber dann war es kein Weiß mehr.

So wie der graue Panther neben ihm. Der war früher auch mal weiß gewesen. Blütenweißer Rainer. Ach, wie der wohl geduftet hatte? Sicher himmlisch. Wobei Weiß nicht für alle war. Den Tauben hatte sie gleichermaßen das Vertrauen entzogen. Die Städte waren nicht gerade voll mit weißen Friedenstauben. Wenngleich der graue Panther mehr wie ein Leopard aussah mit seinen dunkelbraunen, teilweise schwarzen Punkten. Die Katze musste zumindest etwas grundgereinigt werden. So konnten sie keinesfalls in die Anmeldung.

„Stopp! Da vorne ist die Toilette. Erst mal waschen. So kommen wir nicht in die Ambulanz."

„Ja, ja. Hätte ich eh gemacht", brummte es zurück.

„Dann sind wir uns ja einig. Du musst übrigens nicht meinen, dass wir deinen Auftritt im Auto schön totschweigen. Darüber reden wir, wenn wir hier durch sind."

„Pah! Meinen Auftritt. Wer musste denn die Dose unbedingt haben? Der feine Herr Sohn. Was sollte das überhaupt? Vater und Sohn – was für ein Schwachsinn. Wieso hat uns die Kleine überhaupt gefahren? Im Taxi hätte das kein Schwein gestört."

„Oh doch – und zwar mich. Ich hätte nicht gemütlich neben dir und deiner Stuhlprobe eine Spazierfahrt gemacht. Und jetzt geh dich waschen. Ich habe keine Lust, die Nacht hier mit dir zu verbringen." Mats suchte eine saubere Stelle an Rainer, was gar nicht so einfach war und drückte ihn Richtung Toilette. Widerwillig dackelte Rainer hinein.

Als er herauskam, wirkte zumindest sein Gesicht deutlich sauberer. Mit Glück behielten sie ihn zur Beobachtung direkt hier. Dann bekam er einen dieser Krankenhauskittel, die sich ein wenig wie eine Zwangsjacke anfühlen. Das wäre dann wohl Rainers persönlicher Schlüssel zum Glück.

Er könnte sie mitnehmen und auch zu Hause tragen. In einer Zwangsjacke könnte er nicht mehr spielen und keine Exkremente in Tupperdosen abfüllen. Und er wäre wieder weiß. Manchmal war das Leben ein Instrument. Man musste nur wissen, wie man auf ihm musizieren muss.

Mats atmete tief ein. Heimweh. Immer wenn er diesen Krankenhausgeruch in die Nase bekam, übermannte ihn dieses Gefühl. Er hatte zu viel Zeit in Krankenhäusern verbracht. Oder zu wenig. Heimat hatte für Mats vor allem mit Geruch zu tun. Orte waren festgelegt. Gegenstände gingen verloren. Ein Geruch konnte überall sein. Und Heimat auch.

Manchmal wusste er gar nicht mehr, warum er aufgehört hatte zu studieren. Es war einfach so passiert. Nach und nach. Dabei hatte es ihn interessiert und zeitweise vermisste er es. Auch wenn es zu verkrampft war. Das Semester den Schein, dann noch einen Schein, da ein Praktikum und noch mal einen Schein. Das Leben an die Wand genagelt. Start und Ziel festgelegt für fast zehn Jahre.

Zu viel für Mats. Er war kein Müsser. Mats war ein Könner.

Außerdem war er bald einer der mächtigsten Spielhallenmanager von Las Vegas. In einem schwarzen Anzug, einer schwarzen Krawatte und einem weißen Hemd begrüßte er die Touristen und Süchtigen in der dunklen Höhle made in Germany. Kein Arzt, aber ein erfolgreicher Geschäftsmann. Das hatte bekanntlich auch Wirkung auf Frauen. Mats freute sich schon auf die eindimensionalen, amerikanischen Bargirls. Die waren bestimmt ein bisschen pflegeleichter als Anna. Und ganz sicher nicht so cholerisch.

Ob Erwin das tatsächlich ernst gemeint hatte? Es wäre nicht seine erste Idee im Vollrausch, die er am nächsten Tag wieder vollständig vergessen hatte. Vermutlich starrte er gerade verwundert auf die Weltkarte und fragte sich, wer darauf rumgeschmiert hatte. Diesmal wäre es zumindest definitiv besser so. Insolvenz war keine rosige Zukunftsaussicht. Aber Erwins Las-Vegas-Idee fühlte sich ebenfalls mitnichten wie der amerikanische Traum an.

Was würde Mats tun, wenn die Spielothek dichtmachte? Zurück ins Hamsterrad? Wohl kaum. Oder ganz offiziell alkoholkrank werden – also praktisch den Alkohol zum Beruf machen? Er könnte den gesamten Tag nur um sich selbst kreisen und die Fantasie wurde gleichermaßen angeregt. Nicht so schlecht eigentlich.

Natürlich blieb das gesellschaftliche Ansehen gering. Mieser ging es nur Werbern und Versicherungsvertretern. Die Mitarbeiter der Deutschen Telekom hatten ja in den letzten Jahren aufgeholt. Aber wer brauchte schon Ruhm und Anerkennung durch Dritte? Mats war sich selbst mehr als genug. Und zu viel.

Endlich kamen sie an die Reihe. Mats schob Rainer wie einen Rammbock vor sich her und drückte ihn an den Tresen der Anmeldung.

„Guten Abend. Er hat seit einigen Stunden Blut im Urin. Das wollten wir zur Sicherheit einmal ansehen lassen." Mats hielt es für besser, wenn er das Sprechen übernahm. Alles, was den Fokus auf Rainer lenkte, konnte nicht gut sein. Trotz Waschi-Waschi waren die Kotspuren klar sichtbar und auch sein Duft hing wie eine Gewitterwolke über der Ambulanz.

Die Krankenschwester war mittleren Alters und wirkte dementsprechend routiniert. Ihre dunklen Haare hatte sie zu einem strengen Pferdeschwanz zusammengebunden. An den Seiten guckten erste, vereinzelte graue Strähnen hervor.

Ihre Hausfrauenhände sahen älter aus. Alles an ihr erschien sehr praktikabel und sachlich. Ohne länger aufzublicken, sagte sie:

„Ihre Versichertenkarte, bitte." Ihre Augen verharrten weiter auf dem Computerbildschirm. Zügig nahm sie Rainers Versichertenkarte und zog sie durch das Lesegerät.

„Gut, Herr Röder, Ihre Daten liegen so weit vor. Ihr behandelnder Arzt bei uns ist Dr. Afarid, ist das richtig?"

„Ja. Das stimmt", antwortete Rainer umgehend.

Sie scrollte mit der Pfeiltaste nach unten und verfolgte den Bildschirm. Ihre Augen gingen dabei hin und her. Sie brauchte einen Moment. Es schien relativ viele Informationen über Rainer zu geben.

„O.k., ich werde sehen, ob Dr. Afarid heute Nachtdienst hat. Falls ja, könnten Sie direkt auf seine Station und sich dort untersuchen lassen. Nehmen Sie doch bitte noch einen Moment im Warteraum Platz. Ich rufe Sie auf, sobald ich weiß, ob er da ist oder wir sie hier untersuchen werden. Ihr Bekannter kann mit Ihnen gemeinsam dort warten."

Sie legte die Versichertenkarte zurück auf den Tresen und schob sie zu Rainer. Das Wort Bekannter hatte sie eigenartig betont in Mats' Ohren. Fast so als wenn sie Partner meinte. Das konnte sie nicht ernsthaft denken! Sicherlich war Düsseldorf neben Köln das San Francisco der Republik, aber a) war Mats nicht schwul, sah auch absolut nicht so aus, und b) wäre Rainer im Fall der Fälle niemals das Objekt seiner Begierde. Dann schon eher Erwin. Der sah zwar auch nicht gut aus, aber der hatte zumindest Macht. Gehabt. Früher. Das konnte er nicht so stehen lassen.

„Entschuldigen Sie bitte. Wie haben Sie das gerade gemeint, als Sie *Bekannter* sagten? Also *Bekannter Bekannter* oder einfach *Bekannter* oder wie?"

Fragend blickte ihn die Krankenschwester an. „Ich verstehe Sie nicht ganz. Mit Bekannter meinte ich Bekannter. Oder auch Freund, wenn sich das besser für Sie anhört."

„Ich bin aber nicht sein *Freund*. Also nicht sein *Freund*. Wenn Sie verstehen."

Mats war nicht homophob und es war ihm im Prinzip völlig egal, aber der heutige Abend durfte sein Ende nicht damit finden, dass er mit Rainer als schwules Pärchen in der Notaufnahme saß.

„Ich fürchte, immer noch nicht. Aber wenn es Sie glücklich macht, dann setzen Sie sich doch bitte mit Ihrem Freund zusammen in den Warteraum. Ich würde nun gerne weitermachen hier."

Langsam wirkte die Gute etwas angespannt und gestresst. Wie man sich täuschen kann. Die war überhaupt nicht sachlich! Eine Person voller Mutmaßungen. Und zuhören konnte sie ebenfalls nicht. Resignierend winkte Mats in ihre Richtung ab und drehte sich weg zum Warteraum.

„Was haben Sie? Freund ist auch nicht richtig? Wer sind Sie denn?" Der Ton wurde rauer.

Mats holte Luft, aber bevor er antworten konnte, rief Rainer dazwischen: „Das ist mein Sohn!"

„Meine Güte! Sagen Sie das doch direkt. Ich kann ja nicht wissen, ob Sie verwandt miteinander sind oder nicht. Dann gehen Sie doch einfach bitte mit Ihrem Vater jetzt ins Wartezimmer. Ich rufe Sie gleich auf."

Na also. Sohn war in Ordnung. Daran gewöhnte er sich schon fast. Ihre Beziehung pendelte sich auf diesem Verhältnis ein. Noch eine Woche so weiter und sie waren tatsächlich Vater und Sohn. Zufrieden ging Mats mit Rainer ins Wartezimmer. Außer ihnen saßen vier andere Personen dort. Ein wahnsinnig dicker Mann mit blondem Lockenkopf. Der wog bestimmt 140 kg aufwärts.

Vom Alter gar nicht zu schätzen, er konnte 20 oder auch 60 sein. Er hatte sich einen der wenigen Stühle ohne Armlehnen gesucht, da sein mächtiges Gesäß die Sitzfläche mehr als ausfüllte. An beiden Seiten ragte sein Körper gut fünf Zentimeter über die Fläche hinaus.

Wenn dessen Stuhlgang irgendwo explodiert, ist Sturmflut. Mats ermahnte sich selbst. Zu viele boshafte Gedanken waren schlecht fürs Karma. Und schlechtes Karma bedeutete, dass er in seinem nächsten Leben als Arschloch wiedergeboren werden würde. Mats glaubte zwar nicht an Wiedergeburt. Aber für den Fall, dass er als Wurm wieder auf die Erde zurückkehrte, sollte der Wurm zumindest bitte kein Arschloch sein. Ein Wurm und ein Arschloch. Beschissener ging es nicht.

Zwei beziehungsweise drei Plätze neben dem Koloss saßen zwei junge Mädchen. Vielleicht 15 oder 16 Jahre alt. Das linke Mädchen sah so aus, als hätte es gerade gekotzt. Mats meinte sogar, noch ein paar Essensreste in ihren Haaren erkennen zu können. Das roch nach direkt aus der Altstadt und Alkoholvergiftung. Doch das Gröbste schien sie bereits hinter sich zu haben. Sonst wäre sie noch auf der Rettungsdiensttrage und nicht im Warteraum. Das rechte Mädchen, ihre Freundin, hielt mitleidig ihre Hand und streichelte sie. Vielleicht war sie auch ihre *Bekannte*. Oder ihre *Tochter*. Ha. Ha. Ha. Die eigenen Witze sind und bleiben die schlechtesten.

Die Armen. Als Minderjährige mussten sie nun warten, bis Mama und Papa sie abholten. Vorher durften sie nicht nach Hause. Der bisher schlimmste Tag in ihrem jungen Leben. Aber seid versichert, da kommt noch mehr. Viel mehr. Irgendwann werdet ihr über den heutigen Tag lachen können.

Den beiden Mädchen gegenüber hockte eine alte Frau. Sicher noch mal zehn Jahre älter als Rainer, also steinalt. Ferndiagnose: Einsamkeit. Die Stadt wimmelte von solchen Menschen.

Vor allem ältere Frauen. Wenn es Nacht wurde und die Einsamkeit des ganzen Tages nicht mehr auszuhalten war, riefen sie die 112 an. Manche Rettungsdienstsanitäter besuchten diese Leute mehrmals im Monat. Immer nachts. Und stets ging es nur ums Reden. Ums „überhaupt da sein". Die Begründungen für die Notrufe wurden mit jedem Mal dünner. Beide Seiten kennen das Spiel. Nach einer Zeit untersucht man die Leute gar nicht mehr. Man nimmt sie einfach mit in die Ambulanz und hört sich in den gemeinsamen 30 Minuten Fahrt ihre Geschichte an.

Fast wie eine Drogensucht. Für ein paar Minuten das Gefühl, dass sich jemand kümmert. Das sich jemand interessiert. Drogen konnte man sich immerhin noch kaufen. Sie konnten nur eine Zahl ins Telefon tippen.

Mats ließ sich unter einem zufriedenen Seufzer in den Stuhl neben Rainer fallen. „Sohn – aha. Ich dachte, wir hören mit dem Unsinn auf."

„Ach was. Ist auch Schluss mit dem Unsinn. Ich wollte nur die peinliche Situation beenden. Was sollte dieses Gequatsche über Bekannter und Freund? Du hast sie doch nicht alle auf der Pfanne!"

Mats grinste überheblich in sich hinein: „Na, das sagt nun aber der Richtige. Was hat denn der Papa da in seinem Eimer auf den Spielplatz mitgebracht? Na, was wohl? Ein bisschen von seinem Stuhlgang. Er wollte mal sehen, wer mehr Aa machen kann – die Köter draußen oder er!"

„Nun reicht's aber langsam! Schluss jetzt! Du kapierst gar nichts."

Als sie in die verdutzten Gesichter ihrer Mitwartenden blickten, wussten sie, dass sie zu laut gesprochen hatten. Mats fragte sich, welche Geschichte ein Außenstehender wohl aus ihrem Dialog zusammenbaute. Hoffentlich überhaupt keine.

Die Krankenschwester kam mit einer Karteikarte in ihrer Hand herein. „Herr Bison, kommen Sie bitte einmal durch?"

Unter lautem Ächzen des armlehnenlosen Stuhles erhob sich der 140 kg-Lockenschopf. Um dies in einer einzelnen, flüssigen Bewegung zu schaffen, musste er zuerst Schwung mit dem Oberkörper holen und parallel mit den Oberschenkeln kräftig nach vorne drücken. Der Mann machte dabei keinen Ton. Aber der Stuhl. Das Ächzen wurde lauter und der Ton höher. Das war kein Ächzen. Es war ein Schrei. Der Stuhl schrie sich die Seele aus dem Leib.

Bison. Mit Locken. Da sollte noch einer sagen, Gott habe keinen Sinn für Humor. Mats sah vor sich nur noch einen Bison in einem schlecht sitzenden, karierten Holzfällerhemd, welcher seinen dicken Wasserkopf aus dem zu engen Kragen zu strecken versuchte. Es schwitzte erbärmlich.

Das war zu viel. Auch wenn er sich bemühte es zu unterdrücken, kam es aus ihm hervor. Laut und ohne jede Hemmung begann er zu lachen. Immer lauter und lauter. Dieser ganze Tag entlud sich in seinem Lachen. Seine Augen begannen zu tränen. Er bog sich vor und zurück. Es gab kein Halten mehr. Aber Mats war nicht allein. Auch Rainer rang nach Luft. Ihm waren beim Versuch, sein Lachen durch Zuhalten seiner Nase zu unterdrücken, diverse Adern in den Augen geplatzt, knallrot und ebenfalls tränend blickte er Mats an. Für eine Sekunde hielten beide inne. Um sofort wieder anzufangen. Ihre Bäuche begannen zu schmerzen. Sie wollten aufhören. Sie konnten es nicht. Sein Karma war endgültig im Arsch. Aber so dreckig wie Rainer lachte, war er sicher nicht der Einzige, der als Arschlochwurm wiedergeboren wurde.

„Herr Röder, ich bitte Sie, auch Ihren Sohn. Das ist die Notfallambulanz. Beruhigen Sie sich bitte. Nicht in dieser Lautstärke." Die Krankenschwester versuchte, die Ordnung wiederherzustellen. Lachanarchie. Rainer und Mats konnten ihr nicht antworten. Aber sie schafften es, ihren Lautstärkepegel etwas zu reduzieren. Das Lachen wurde leiser und ging in ein lautes Atmen über. Beide waren völlig erschöpft. Mats wusste nicht, wann er das letzte Mal so gelacht hatte. Um den Bison tat es Mats leid. Der Auslöser ihres Lachanfalls war zu offensichtlich gewesen, als dass man es anders hätte interpretieren können.

Der arme Kerl hatte das vermutlich schon öfter erlebt. Aber eher in Pubertät und Schule. Weniger in der Notfallambulanz. Solche Menschen wurden mit dem Alter nicht seltener ausgelacht. Kinder können grausam sein. Sind sie auch, aber niemals grausamer als Erwachsene. Das Auslachen war kein Stück weniger geworden, nur versteckter.

Rainer und Mats grinsten einander, nachdem ihr Lachen sich endlich komplett beruhigt hatte, immer noch zufrieden an. Auch wenn der Anlass noch so stumpf gewesen war, es hatte unendlich gutgetan. Ihr gesamter, gegenseitiger Unmut wirkte wie weggeblasen. Stuhlprobe? Welche Stuhlprobe?

Und während der Bison sie beide gerade vermutlich in Gedanken mit einem großen Messer langsam sezierte, waren er und Rainer bereit in die Flitterwochen zu fahren. Alles hat eben zwei Seiten.

Mats hatte unbändigen Durst. Das hysterische Lachen hatte seinen Hals völlig trocken gemacht. Aber vor allem war sein Alkoholpegel komplett abgesackt. Der Wodka hatte seinen Körper vor Jahren verlassen und die paar kleinen Rotweingläser mit Anna blieben nur eine blasse Erinnerung. Er spähte Richtung Getränkeautomat, obwohl er wusste, dass man alkoholische Getränke nicht aus Automaten bekam. Warum eigentlich nicht? Klar, Jugendschutz und so weiter, aber Zigarettenautomaten gab es schließlich auch.

Da war sie! Die Marktlücke. Flächendeckende Betreibung von Alkoholautomaten. Bundesweit. Nein, europaweit. Weltweit! Mats war sich sicher, dass gerade in Krankenhäusern, wo viel gewartet wurde, die Abnahme riesig wäre. Oh Gott, er hatte solchen Durst! Was war mit Rainer? Der hatte bestimmt auch Durst.

„Hast du auch solchen Durst?"

„Nein."

„Nein? Wieso nein? Du musst doch Durst haben."

„Hab ich aber nicht."

„Ist dein Hals gar nicht trocken vom Lachen? Wir haben noch nichts getrunken, seit ich dich abgeholt habe. Du musst Durst haben, Rainer."

„Nein."

„Kaffee? Auch kein schöner Kaffee? Den magst du doch so gerne."

„Danke, nein. Kein Kaffee." Rainer blickte Mats nachdenklich prüfend an. „So fängt es an."

„Was fängt so an?"

„Das Trinken. Anfangs hat man einfach nur Durst. Dann trinkt man einen und der Durst wird kleiner. Aber in Wirklichkeit wird er mit jedem Schluck und jedem Tag größer."

„Na, Rainer, jetzt dramatisiere das mal nicht. Findest du nicht, dass ich nach den Ereignissen einen kleinen Drink verdient hätte? Einfach zur Entspannung und gegen das Warten."

„Zuerst trinkst du Bier gegen den Durst. Dann trinkst du noch mehr Bier. Irgendwann wird dir das zu viel Bier, weil man nicht unendlich viel Bier trinken kann. Danach kommt der Wein. Das ist schon besser. Macht nicht so voll im Bauch und man wird viel betrunkener. Anfangs benutzt man noch Gläser, ist ja schließlich Wein. Irgendwann lässt du die weg, weil du direkt aus der Flasche schneller trinken kannst. Keine Korkenzieher mehr. Du drückst den Korken einfach mit einem Schlüssel rein. Wenn du dann nach fünf oder sechs Flaschen am Tag fast nüchtern im Bett liegst und nicht schlafen kannst, kommt noch mehr Durst."

Das Gespräch nahm eine komische Richtung. Mats versuchte, es auszubremsen. „Echt, Rainer. Hör mal auf. Ich hab einfach Durst, großen Durst sogar. Und ich will einen Drink und kein Wasser. Aber auch nicht mehr."

„Alkoholismus hat viele Gesichter. Sobald du eine Regelmäßigkeit drin hast, bist du abhängig. Das müssen nicht mal große Mengen sein. Jeden Tag drei Bier reichen schon. Aber dann wachst du noch nicht in deiner eigenen Scheiße morgens auf, weil du keine Kontrolle mehr über deinen Schließmuskel hast. Das geht nur mit Hartalkohol. Der ist die Eingangstür. Und wenn du in das Haus reingehst, kommst du nie wieder raus."

Rainer war ganz ruhig geworden. Er sprach sehr konzentriert und bedacht. Mats wollte ihn nicht mehr unterbrechen. Das schien wichtig für ihn zu sein. Er war kein Alkoholiker und würde keiner werden. Möglicherweise war er auch bereits einer, aber keiner ohne Schließmuskelkontrolle. Noch war also alles im Lot.

„Das Problem ist, dass es sehr lange einfach nur Spaß macht. Das Leben ist viel spannender. Hartalkohol spült jede Menge Euphorie in einen rein. Man vergisst

Dinge, die man vergessen wollte. Alles wird leichter. Bis man anfängt sich richtig scheiße zu fühlen, dauert es ewig.

Klar hast du Kater, aber dann trinkst du was und es ist besser. Wirklich schlecht geht's dir nie. Und bis du merkst, was mit dir passiert, ist es schon zu spät. Du beginnst dir Uhrzeiten zu setzen. Kein Schnaps vor 15 Uhr. Am Ende trinkst du die gleiche Menge in kürzerer Zeit. Das Warten auf den Startpunkt macht dich aber irgendwann verrückt. Du verlegst es weiter nach vorne. Auf 14 Uhr. Auf 12 Uhr. Immer weiter. Bis du dir sagst, dass es Schwachsinn ist, dir so einen Druck zu machen. Danach trinkst du noch viel mehr. Viel hemmungsloser. Eine Rebellion gegen sich selbst. Aber die Euphorie ist weg. Es ist nur noch alles egal."

Rainer wandte sein Gesicht Mats wieder direkt zu und sah ihm in die Augen.

„Weißt du, was am schlimmsten ist? Dass es nie wieder gut wird. Wenn ich diese ganzen trockenen Helden überall sehe. Wie wundervoll ihr Leben nun wieder sei und wie klar. Scheißdreck. Das Leben ist zum Kotzen ohne Trinken. Jeder verdammte Tag. Du willst wissen, ob ich Durst habe? Ich habe ununterbrochen Durst. In jeder Sekunde. Die ganze Zeit."

Mats wusste nicht, was er sagen sollte. Er wünschte, er hätte nicht vom Durst angefangen. Er kam sich unsensibel und schuldig vor. Wo war Erwin in solchen Momenten? Er hätte die Situation mit einem „schlecht gelaunter Bastard" sofort ins Lächerliche gezogen und dem Nachdenken einen Riegel vorgeschoben. Trank er wirklich zu viel? Heute bestimmt. Wobei es gerade heute viel mehr hätte sein dürfen. Sein müssen.

„Warum hast du dann aufgehört?," Mats zögerte. „Ich meine, wenn es zum Kotzen ist. Wo ist da der Sinn? Was ist passiert?"

„Weil ich eine Scheiß-Angst habe zu sterben. Mehr als alles andere. Und die Angst war noch größer als der Durst. Und so lange die Angst größer bleibt, trinke ich nicht."

Mats konnte nichts erwidern. Rainer tat ihm aufrichtig leid. Bisher hatte er sich nie Gedanken darüber gemacht, wie sich Rainer fühlte. Warum auch? Sie waren keine Freunde. Sie sahen sich nur jeden Tag. Er war eher so etwas wie ein Arbeitskollege. Einer, bei dem man nicht wirklich weiß, ob man ihn mag oder nicht. Worauf man aber gar keine Antwort finden musste, weil es nicht wichtig genug ist. Wichtig genug war. Zumindest bis heute.

„Herr Röder, kommen Sie bitte? Ich habe Dr. Afarid erreicht, er hat Nachtdienst auf der Station. Es macht am meisten Sinn, wenn Sie direkt dorthin gehen. Ihr Sohn kann Sie natürlich begleiten."

Das Wort Sohn hatte die Krankenschwester extra stark betont und Mats dabei einen kurzen Blick zugeworfen. Nicht zuhören können und auch noch nachtragend sein. Nein, in diesem Leben würden sie und Mats keine Freunde mehr werden.

Er war froh, dass sie die Notfallambulanz verlassen konnten. Erfahrene Krankenschwestern waren extrem abgezockt. Da wusste man nie. Ein leichtes Husten an der falschen Stelle, flugs legten die einem einfach mal pauschal einen Katheter und keiner wusste warum. Alte Biester.

„Bitte nehmen Sie noch einmal einen kurzen Moment im Eingangsbereich Platz. Ich habe einen Krankentransport für Sie angefordert. Sie können nicht über das halbe Gelände laufen. Daher ist es besser, wenn Sie gefahren werden."

Da war es. Das Zwischenparken. Oder anders gesagt – wie gebe ich dem Patienten trotz fortdauernder Wartezeit das Gefühl, dass es vorangeht? Durch Bewegung. In Wahrheit kommt er keinen Meter voran. Er wird nur noch mal zwischengeparkt. Aber er denkt, dass es vorangeht. Das macht ihn zufriedener. Und damit auch ein Stück gesünder. *Man kümmert sich um mich. Bald bin ich dran. Nur noch einen kurzen Moment.* Psychologisch betrachtet war das Zwischenparken ein Meisterwerk. Nicht nur der Aspekt des Kümmerns, der so etwas Mütterliches und Beruhigendes hatte, sondern der Wunsch eines jeden Menschen, etwas Besonderes zu sein, wurde perfekt bedient. Ich sitze vor oder sogar im Arztzimmer, während der gemeine Mob sich im riesigen, gesichtslosen Warteraum mit neuen Krankheiten ansteckt. Bevor der Arzt den Raum betreten oder ein einziges Wort gesagt hat, macht sich ein gutes Gefühl im Patienten breit.

Wichtig war nur, die Wartezeiträume in einem adäquaten Verhältnis zu halten. Das Zwischenparken verlangte es, deutlich kürzer zu sein als die Wartezimmer-Wartezeit, ansonsten ging der Schuss nach hinten los. In Erwartung der kurz bevorstehenden Behandlung nahm kein Patient seine Zeitschrift aus dem Wartezimmer mit. Das lohnte sich ja nicht mehr. Wer die Zeitschrift mitnahm, war entweder chronisch kranker Dauerpatient oder hatte das Prinzip durchschaut.

Aber eigentlich machte das niemand. Wenn dem Patienten aber der Zeitvertreib fehlte und das Zwischenparken in eine ungesunde Dauer rutschte, wurde es ungemütlich. Aus freudiger Erwartung wurde Ungeduld. Schlimmer – Enttäuschung.

Enttäuschung gemischt mit ausreichend Zeit, noch einmal ganz genau in sich hineinzuhören. Das kannte jeder. Dieses Mal ist mein Husten so anders. Irgendwie tiefer. Schmerzhafter. Und die Lunge rasselt auch. Dann fliegt plötzlich ein schwarzer Vogel am Fenster vorbei und man ist sich sicher – es muss Vogelgrippe sein. Quarantäne. Einsamkeit. Tod. Verderben. Das eigene Leben zieht an einem vorbei. Endlich kommt der Arzt rein, aber er muss gar nichts mehr sagen.

Es gibt Statistiken, die besagen, dass das Prozedere des Zwischenparkens bei Ärzten der deutschen Wirtschaft einen hohen einstelligen Milliardenbetrag spart. Ohne diesen überflüssigen Schritt wären die Patienten bei der Untersuchung deutlich verärgerter und somit gefühlt kränker. Dementsprechend wäre in vielen Fällen eine längere Krankschreibung als eigentlich nötig die Folge. Auch, weil die weißen Halbgötter selbst nur Menschen waren und die schlecht gelaunten, kränklichen Patienten lieber in drei als in zwei Wochen abermals wiedersahen.

Rainer und er waren natürlich etwas Besonderes. Sie wurden nicht einfach nur zwischengeparkt. Man parkte sie zwischen, transportierte sie dann per Limousine in den nächsten Gebäudekomplex, um sie dort nochmals warten zu lassen. Erst danach würden sie abermals – im Arztzimmer von Dr. Afarid, wo dieser selbstverständlich erst mal nicht anwesend wäre, sonst wäre es ja kein Warten – zwischengeparkt werden. Vier Warteräume, ein motorisiertes Gefährt und sogar zwei verschiedene Gebäude – sie waren eine Art James Bond des Zwischenparkens! Ein überhöhtes Wesen mit zwei Gehirnen! Die Zeit würde wie im Flug vergehen!

Tatsächlich schien das abgezockte Krankenschwesterbiest mit allen Wassern des Zwischenparkens gewaschen zu sein. Nach nicht einmal fünf Minuten flog die automatische Tür der Notfallambulanz mit einem lauten Summen auf und zwei Rettungssanitäter traten ein.

Mats hoffte, dass die beiden motivierter aussahen, wenn sie jemanden aus einem brennenden Auto retteten. Die Langeweile über ihren Arbeitsauftrag quoll aus jeder Pore ihres Gesichts. Beide waren leicht übergewichtig. Ein größerer Blonder mit langen, fast schulterlangen Haaren und ein kleiner, gedrungener mit schwarzem, dichtem Schnurrbart und Brille. Mats war fasziniert, dass es tatsächlich Männer gab, die nach 1970 geboren waren und ernsthaft einen Schnurrbart trugen.

Manche Menschen waren ihre ganz eigene Mode. Der große Blonde sah aus wie ein schlechter Discotänzer. Hätten die beiden bunte Satinhemden und Schlaghosen getragen, es wäre alles bereit gewesen für die große 60er- und 70er-Jahre-Party. Das würde sicher auch Erinnerungen bei Rainer wecken. Noch einmal jung sein. Noch mal zurück auf Los?

1967. Rainer mit Vollbart, langen, verfilzten Haaren, ein Peace-Zeichen um den Hals, gehüllt in ein regenbogenfarbenes Gewand, in einer Kommune hausend. Er glaubt mehr an John Lennon als an Gott. Er schreibt „Make love not war" an Häuserwände, schläft sich durch unzählige Frauenbetten und wirft gelegentlich Steine auf Polizistenautos, wenn sie an ihm vorbeifahren.

Dank Vietnam ist er absolut ausgelastet mit Demonstrationen und Häuserbesetzen. Er ist ein Hippie. Er trinkt, aber nicht mehr als andere. Sein Fokus gilt Marihuana und LSD. Bewusstseinserweiterung. Rainer ist kein Kind mehr, aber lange nicht erwachsen. Er denkt nicht an die Zukunft. Junges Leben kennt keine Sorgen. Er ist frei. Er ist glücklich.

Monika stirbt an einem Donnerstagmorgen. Sie fühlte sich so kalt unter der Decke an. Davon wachte Rainer auf. Weil es so unsagbar kalt war.

Ihr Herz hatte einfach aufgehört zu schlagen in der Nacht. Nichts war anders gewesen als sonst. Ein Tag wie jeder andere, den sie zusammen verbracht hatten. Sie hatten Wein getrunken, Marihuana geraucht und darüber gesprochen, wie sich die Welt verändern müsste, damit sie einmal Kinder in ihr aufziehen möchten. Nicht mehr und länger als jeden Abend. Dann hatten sie miteinander geschlafen. Nicht öfter als sonst. Alles war wie immer gewesen. Nur, dass Monika nicht mehr lebte.

Rainer spulte diesen Tag immer wieder in seinem Kopf durch. Irgendetwas musste anders gewesen sein. So war das Leben nicht. Es musste etwas geben, was es verändert hätte. Rainer suchte. Er fand nichts.

Zwei Stunden nachdem sie Monika in ein Tuch gewickelt und in einen Metallsarg gelegt hatten, setzte er die Flasche an. Und dann noch eine. Und noch eine. Er erbrach sich. Er trank weiter. Immer weiter. Bis er seine Tränen nicht mehr spürte. Bis er nicht mehr suchen konnte. Bis der Schmerz weg war. Bis er nicht mehr da war. Bis nichts mehr da war.

Alles hat einen Anfang.

Kapitel 7: Ein dehydriertes Leben

Die beiden Disco-Löwen hatten Mats und Rainer unter gequältem Lächeln in den Krankenwagen verfrachtet. Obwohl Rainer durchaus in der Lage war zu laufen, musste er sich auf die Trage legen und in den Wagen reinschieben lassen. Dienst nach Vorschrift.

Mats saß vorne neben dem blonden Vortänzer, da Angehörige sich nicht hinten im Wagen aufhalten durften. Niemand konnte einen durchgeknallten Verwandten direkt neben sich gebrauchen, wenn etwas Unvorhergesehenes passierte. Der Schnurrbarttroll hockte hinten drin, neben dem liegenden Rainer und schien eingeschlafen zu sein. Seine Augen bewegten sich nicht. Vielleicht war das aber nur ein Zeichen dafür, dass sich hinter seiner Schädeldecke kein Gehirn befand. Oder zumindest ein sehr kleines.

Im Sitzen sah er deutlich dicker aus. Der enge Stuhl presste seine Oberschenkel mit seinem Bauch stark zusammen. Würde er seinen Kopf noch ein kleines Stück absenken, könnte er mit dem Kinn seinen Bauch berühren. Gab es denn in diesem Areal niemanden mit Idealgewicht?

Bison, die beiden Disco-Löwen und Dr. Afarid blieb vermutlich gleich im Türrahmen stecken. Dagegen war selbst Rainer in Top-Form. Wobei der eher ein wenig ausgezehrt war. Die Nachwehen des Trinker-Daseins. Erst überschwemmt der Alkohol einen wie ein Fluss, der über das Ufer tritt, und wenn er sich wieder zurückzieht, hinterlässt er überall Risse im Erdboden.

Trotzdem rangierte er in der internen Schönheitsrangliste des Krankenwagens auf einem respektablen zweiten Platz. Angesichts seiner körperlichen Historie und seines Alters konnte man da getrost ausblenden, dass man bei den Disco-Löwen schon froh sein durfte, überhaupt überall die korrekte Anzahl von Körperteilen zu finden. Arme – zwei! Beine – zwei! Kopf – einer! Und ab auf den Krankenhauslaufsteg.

Niemand sagte ein Wort. Das andere Gebäude konnte nur ein paar Hundert Meter entfernt liegen. Aber beim Krankenhaustempolimit von 10 km/h und zwei solch braven Parteisoldaten, die niemals ein Gesetz brechen würden, konnte aus jedem Toilettengang eine Weltreise werden. Wo sie genau hinfuhren, hatte Mats gar nicht verstanden. Das Gelände war zu groß, um alle Gebäude und Abteilungen zu kennen. Obwohl Mats hier viel Zeit während seiner Praktika verbracht hatte, war er doch die meiste Zeit einfach im Haupthaus gewesen. Aber Rainer musste es wissen. Dr. Afarid und er schienen ja ganz dicke zu sein. Er musste öfter Probleme in den letzten Jahren gehabt haben, sonst hätten sie niemals versucht, ihn direkt zu diesem Dr. Afarid zu schicken. Die Standardprozedur war ein kurzer Check in der Ambulanz, danach entweder nach Hause oder Einweisung auf Station. Den Rest morgen. Um diese Zeit galt es nur, akute, lebensbedrohliche Dinge auszuschließen oder starke Schmerzen zu behandeln. Alles Weitere war etwas für den nächsten Tag, wenn das Krankenhaus wieder mehr Ressourcen zur Verfügung hatte.

Musste er sich Sorgen machen? Vor fünf Stunden hätte er das Wort „Sorgen" nicht im Zusammenhang mit Rainer verwendet. Auch wenn ein Teil von ihm Rainer für diesen Abend hasste und immer hassen würde, hatte ihn seine Alkohol-Durstbeichte mitgenommen. Angst besiegt Durst. Es gab bessere Zustände. Bessere Leben.

Als der blonde Disco-Löwe den Krankenwagen langsam zum Stehen brachte und das dümmlich Gelangweilte in seinem Gesicht einem anderen Ausdruck wich, spürte Mats, wie ein Stoß durch seinen Körper ging.

Was war mit ihm los? Wie konnte er das übersehen haben? Er kannte diesen Gesichtsausdruck. Er selbst hatte ihn schon aufgesetzt. Betroffenheit. Der ganze Wagen war voll davon. Mats bekam keine Luft mehr. Er musste raus. Sein Blick fiel auf das weiße Schild am Eingang.

Alle Krankenhausschilder waren komplett gleich. Gleiche Größe, gleiche Schrift, gleiche Form. Mats wusste das. Trotzdem wirkte dieses irgendwie kleiner. Die schwarze Schrift verlor sich fast etwas auf dem weißen Grund, anstatt klar hervorzustehen. So, als wenn sie selbst nicht gesehen werden wollte. Aber man konnte sie sehen. Es gab kein Verstecken. Klinik für Hämatologie und Onkologie. Mats schloss seine Augen und atmete tief ein. Warum hatte Rainer ihm nichts gesagt? Er holte ihn abends von seinem Date weg, um ihn hierhin zu bringen. Was sollte die Scheiße? Wollte ihn der Idiot überraschen? Oder wusste er es gar nicht? Was wusste er?

Die Disco-Löwen hoben zum Abschied kurz den Arm, als sie davonfuhren. Mit ihnen verschwand auch der Betroffenheitsgestank. Mats' Gesicht war frei von Betroffenheit. Es war voll mit Zorn.

„Wann hattest du eigentlich geplant, mir das zu sagen? Oder hast gehofft, dass ich nicht fragen würde? *Hallo Mats, ich pinkle gerade Blut, aber das liegt vor allem daran, dass ich Krebs habe* – wäre durchaus eine spannende Zusatzinformation gewesen. Geht's noch Rainer? Echt."

„So was sagt man ja nicht am Telefon. Und soll ich das sagen, wenn ich ins Auto einsteige? Während deine Kleine dabei ist? Dein Vater sagt als Erstes – ich habe Krebs. Ein prima Kennenlernen wäre das gewesen", entgegnete Rainer entschieden.

„Warum sind wir überhaupt in die bescheuerte Ambulanz gegangen? Warum sind wir nicht direkt hierhin? Wolltest du mir die Spannung erhalten? Ich kapiere das nicht. Wenn du weißt, dass du Krebs hast, dann weißt du auch, dass es nicht akut ist. Wir hätten niemals fahren müssen. Morgen wäre völlig ausreichend gewesen. Was anderes wird uns der Arzt auch nicht sagen."

Mats redete sich mehr und mehr in Rage. Seine Wut überblendete Rainers Krankheit.

„Alles umsonst. Diese Fahrt, dieses Rumwarten, dieser Abend. Warum ich? Was habe ich dir getan? Kann das nicht ein Verwandter übernehmen oder sonst wer?"

Rainer räusperte sich. „Nein. Da gibt's keinen."

Das brachte Mats aus dem Takt. „Wie? Wer fährt denn sonst mit dir hierhin?"

„Niemand. Ich fahre allein."

Mats presste seine Lippen aufeinander. Das war echt zu viel heute. Er konnte nichts mehr aufnehmen. Es war bald Mitternacht. Dieser Tag sollte einfach vorbeigehen. Aber er endete nicht. Vor ihm stand immer noch dieser alte Mann und blickte ihn ängstlich an. Mats schüttelte sich.

„O.k., tut mir leid, dass ich geschrien habe, aber du hättest mir das sagen müssen. Was ist es für Krebs?"

„Prostata."

Prostata. Mats sackte in sich zusammen. Prostata. Rainer war tatsächlich wie ein Kind. Gerade wollte er ihn in den Arm nehmen und im nächsten Moment einfach nur durchprügeln!

Er hatte ihn von seinem Date mit Anna weggeholt. Er hatte Annas Auto ruiniert. Dann machte er ein Riesengeheimnis um seine Erkrankung, sodass Mats das Schlimmste befürchten musste. Und am Ende löste er das alles auf mit Prostatakrebs? Dem mit Abstand langweiligsten Krebs der Welt!

Bis zu 80 % der über 70-Jährigen haben ein solches Karzinom, bei den meisten wird es nicht mal entdeckt. Aber unsere kleine Fäkalprinzessin hatte sich vermutlich dreimal täglich den Finger in den Po gesteckt und gefühlt, ob alles in Ordnung ist! Die Mortalitätsrate ist zwar am dritthöchsten von allen Krebsarten. Das aber auch nur, weil die Erkrankten bereits so alt sind, dass sie sowieso bald sterben!

Mats schloss seine Augen. Er versuchte, sich krampfhaft einen Welpen vorzustellen. Das war nicht Rainer. Das war ein kleiner, schutzbedürftiger Welpe. Einen solchen hatte er vorhin aus dem Fluss retten wollen. Der machte halt mal Unsinn, deshalb war er ein Welpe. Ein Hundewelpe bei Gewitter, der sich fürchtete und beschützt werden musste.

„Aha, Prostata. O.k., gut, wann haben sie es festgestellt?"

„Weiß nicht mehr genau. Vor ein paar Monaten. Konnte nicht mehr normal pinkeln. Da bin ich zum Hausarzt und der hat mich dann hierhin überwiesen." Rainer wirkte wieder gelassener. Die Angst war aus seinem Gesicht gewichen. Seine Züge entspannten sich.

Mats war ebenfalls entspannt. Tiefenentspannt. Er hatte beschlossen, endgültig vor diesem Tag zu kapitulieren. Kein aktives Eingreifen mehr ins Geschehen. Mehr eine Art Moderation. Alle Handlungsstränge und Personen annehmen und akzeptieren. Nichts mehr anfassen. Es ging doch nur kaputt. In spätestens zwei Stunden würde er im Bett liegen und an etwas Schönes denken. An einen neuen, anderen Tag zum Beispiel.

„Das klingt doch den Umständen entsprechend gut. Lass uns reingehen. Mal sehen, was dein Arzt sagt."

Mats zog Rainer leicht am Arm Richtung Drehtür. Aber es war kein Zerren. Fast ein freundschaftliches Einhaken. Rainer blickte ihn dankbar an. Schade, dass Anna das nicht sehen konnte, er hatte den süßen Wauzi doch noch gerettet. Vielleicht hatte Dr. Afarid Lust, ein Foto von ihnen zu machen. Er könnte ihn fragen. Er wurde sicher nicht oft gefragt, Bilder von seinen Patienten und deren Angehörigen aufzunehmen. Es könnte aber auch einen komischen Eindruck machen. Wie ein Abschiedsfoto. Mats verwarf den Fotogedanken. Dann musste Anna sich halt gänzlich auf seine bildgewaltige Erzählsprache verlassen.

Sie nahmen den Fahrstuhl in die zweite Etage. Oben angekommen flog die nächste automatische Tür auf. Dieses Geräusch konnte einen wahnsinnig machen. Summ. Summ. Wie das Ticken einer Uhr. Hörte man genau hin, konnte man zu jeder Sekunde irgendwo eine Tür aufspringen hören. Ein großes Problem an Krankenhäusern war – sie schlafen nicht. Es kehrt nie Ruhe ein. Und das macht alle Menschen in Krankenhäusern unruhig. Niemand, der nicht bis hinter den Hypothalamus voll mit Medikamenten war, fand erholsamen Schlaf in Krankenhäusern.

Hier in der Onkologie war es nicht nur unruhig. Es war hektisch. Eine junge, blonde Krankenschwester mit einer frechen Kurzhaarfrisur wartete bereits am Eingang. Freundlich blickte sie Mats und Rainer entgegen. Dabei legte sie ihren Kopf ein wenig schief. Überraschung – sie hatte Normalgewicht. Vielleicht sogar Idealgewicht.

„Herr Röder? Sie kommen unmittelbar aus der Ambulanz zu uns, richtig?"

„Ja, das ist richtig."

„Kommen Sie bitte direkt einmal durch. Dr. Afarid erwartet sie bereits im Behandlungszimmer."

Mats war verwirrt. Was waren das denn für Amateure hier? Die Schwester erwartet sie bereits. Rainer und er waren die Wartenden hier. Und Zwischenparkstation drei wurde weggelassen und bei der finalen Station war der Arzt schon da? Keine Chance mehr, in sich hineinzuhören und weitere Krankheiten zu entdecken. Wo gab es denn so was?

Die feinen Herren der Onkologie schienen sich einen Dreck um das Zwischenparkprinzip zu scheren. Oder gab es diese Prozedur nur in Deutschland und dem armen Dr. Afarid, dessen Name auf eine persische Herkunft schließen ließ, war sie schlichtweg unbekannt? Nein, das konnte nicht sein.

Schließlich war gefühlt ein Drittel der Ärzte in diesem Land aus Persien oder hatte persische Wurzeln. Ein Volk, das nahezu komplett aus Ärzten zu bestehen schien. Mats hatte niemals einen Perser kennengelernt, der nicht hochgebildet und Arzt war oder werden wollte.

Kein Wunder, dass die USA Angst vor diesem Land hatten. Sicher nicht wegen der Atombombe. Das war Schwachsinn. Wer sollte die überhaupt gebaut haben, wenn alle Ärzte waren? Der Neurologe? Wohl kaum.

Eine Perserin hatte Mats dagegen noch nie getroffen. Nur Männer und ausschließlich Ärzte.

Das war ja schon fast eine Gefahr für das Fortbestehen der gesamten Vereinigten Staaten. Man musste kein Genie sein, um sich auszurechnen, was passieren würde, wenn knapp 80 Millionen männliche, persische Ärzte in die USA einwandern würden. Bei 160 Millionen Amerikanerinnen musste jeder Perser nur zwei von ihnen zur Frau nehmen und das Vereinigte Groß-Persische Reich wäre die neue Weltmacht.

Kentucky Joe, der sympathischer Schweinebauer mit drei Gehirnzellen oder Dr. Afarid, der smarte Gynäkologe aus Teheran? Welche Frau der Welt musste da überlegen? Ein Land von Dummköpfen und eine Ärzte Nation. Darum ging es in Wirklichkeit!

So leicht ließ sich das weltpolitische Geschehen also entzerren. Eigenes Wissen gepaart mit Eindrücken und einer Gabe zum Zusammensetzen von Puzzleteilen. Manchmal muss man den Teppich einfach nur ein Stück anheben und sehen, was drunter ist. Trotzdem sollte Mats schnellstens herausfinden, ob das Zwischenparken ein ausschließlich deutsches System war. Falls ja, war es definitiv Zeit für ein globales Ausrollen und seine neue berufliche Perspektive wäre gefunden. Er würde Staaten, ach was, ganze Kontinente in das Prinzip des Zwischenparkens einführen.

Die Länder würden Milliarden einsparen und Mats würde im Vorfeld eine entsprechende prozentuale Beteiligung aushandeln. Es gäbe Seminare über Abläufe und Vorgehensweisen. Schön abgestuft in unterschiedlichen Schwierigkeitsstufen für Anfänger, Fortgeschrittene, Professionals und Superstars. Anfänger war die banale Version mit großem Warteraum und Arztzimmer.

Für das Fortgeschrittenen-Level benötigte man schon mindestens noch einen weiteren Raum oder zumindest einen Stuhl auf dem Gang. Bei Professionals waren schon mehrere, wenigstens zwei Gebäude, nötig. Ohne Gebäudewechsel war der Professional-Status nicht zu erreichen. Der Transfer durfte dabei fußläufig oder anderweitig vorgenommen werden.

Beim Superstar mussten mindestens zwei aller Zwischenparkebenen mit einem motorisierten Gefährt zurückgelegt werden. Das konnte wie bei Mats und Rainer ein Krankenwagen sein. Aber auch ein Boot. Oder Flugzeug. In einigen Jahren hätte er das als eigenen Teil des Medizinstudiums etabliert und wäre ein angesehener Dozent und Professor. Und Milliardär.

Hoch angesehen und scheißreich. Vielleicht waren die eigenartigen Geschehnisse dieses Tages doch für etwas gut gewesen. Wenn Mats noch heute Nacht rausfinden konnte, ob das Zwischenparken in anderen Kulturen bekannt war oder eben nicht, musste er im besten Fall nicht einmal mehr Annas Auto sauber machen. Er würde einfach ein neues kaufen. Das alte konnte dann Rainer behalten, zur Erinnerung. Oder als neue Tupperdose. Dann könnte er zukünftig einfach sein Geschäft immer im Auto verrichten und direkt in die Klinik fahren. So wäre allen gedient.

Anna hätte ein neues Auto und Rainer Proben seiner Exkremente in Hülle und Fülle. Im schlechtesten Fall allerdings stellte sich heraus, dass es Zwischenparken überall auf der Welt gab und Dr. Afarid schlichtweg gelegentlich gerne Notfallmediziner spielte. Und im allerschlechtesten Fall würde er Rainer über Nacht hierbehalten, was bedeuten würde, dass Mats Annas Punto alleine sauber machen müsste. Mats würde den amerikanischen Frauenschwarm sehr genau beobachten. Er würde schon merken, was nun Sache ist.

Immerhin reduzierte diese Möchtegernnotfallabteilung hier ihre Wartezeit erheblich. Sofern sich der liebe Dr. Afarid tatsächlich gleich im Behandlungszimmer befand, sollten sie in maximal 30 Minuten raus sein. Aus purem Eigennutz heraus hoffte er sehr, Rainer wieder mitnehmen zu können.

Bei allem Verständnis für seine gesundheitlichen Probleme sah Mats es null Komma null ein, das Auto, ohne ihn zu reinigen. Aber vielleicht hatte sich das Ganze gleich alles in Wohlgefallen aufgelöst und er konnte sich auf eine Weltkarriere freuen. Gespannt wie ein Flitzebogen betrat er das Arztzimmer.

Dr. Afarid saß tatsächlich bereits hinter dem kleinen, weißen Schreibtisch in der Ecke des Behandlungsraumes, als Rainer und Mats das Zimmer erreichten. Er war ein gut aussehender Mann Ende dreißig oder Anfang vierzig. Sein Haar war an einigen Stellen schon lichter, was ihn aber eher charismatischer wirken ließ. Er wirkte weder gehetzt noch besonders ruhig, vielmehr souverän. Mats konnte 160 Millionen Amerikanerinnen kreischen hören.

Aber da war noch etwas in seinem Gesicht. Dr. Afarid versuchte es zu kaschieren, indem er sie sehr freundlich anlächelte und sich zu schnell von seinem Stuhl erhob. Mats hatte es trotzdem gesehen.

Er hatte es zu oft gesehen. Und auch wenn Dr. Afarid es wirklich gut tarnte, sie war auch hier. Betroffenheit. Mats merkte, wie sein Herz anfing, schneller zu schlagen. Er vergaß das Zwischenparken und die Milliarden samt Weltkarriere.

„Herr Röder, kommen Sie bitte rein. Setzen Sie sich." Dr. Afarid wandte sich Mats zu.

„Und Sie sind?"

Bevor Mats antworten konnte, preschte Rainer dazwischen. „Das ist mein Sohn."

„Ah, freut mich Sie kennenzulernen." Dr. Afarid hatte einen kräftigen Händedruck. Die Betroffenheit in seinem Blick war kurzzeitig etwas Strafendem gewichen. Mats fühlte sich unschuldig, ertrug aber den Blick. Dr. Afarid rief sich kurz Rainers Patientenprofil am Computer auf.

„In Ordnung. Herr Röder, warum kommen Sie zu uns? Ist es noch die akute Problematik? Oder sind weitere Beschwerden aufgetreten?" Dr. Afarid lehnte sich zurück und fokussierte Rainer.

„Ja, noch das gleiche Problem. Immer noch Blut beim Pinkeln."

„O.k., wie oft hatten Sie Blut im Urin? Jedes Mal oder auch zwischendurch nicht?"

Rainer zögerte. „Ich weiß nicht. Ich denke, jedes Mal, aber vielleicht auch mal nicht."

„Gut. Was ist mit Ihrem Stuhl? Befindet sich ebenfalls Blut dort? Haben Sie an die Proben gedacht? Wir können natürlich auch neue Abstriche machen, aber es würde uns Zeit sparen."

Mats' Pupillen weiteten sich. Rainer stöhnte leise auf und antwortete nicht. Dr. Afarid blickte prüfend zwischen Rainer und Mats hin und her.

„Keine Proben? Das ist kein Problem. Wir machen direkt einen neuen Abstrich. Ich muss es nur wissen."

„Nein, keine. Ich habe es leider wieder vergessen. Entschuldigung."

Dr. Afarid lächelte. „Herr Röder, das ist kein Problem. Sie müssen sich für nichts entschuldigen. Die Schwester wird gleich nebenan einen Abstrich vom Stuhl und etwas Urin entnehmen. Das geht danach direkt ins Labor. Dies wird uns vermutlich keine großen, neuen Erkenntnisse bringen, aber wir machen es einfach noch mal zur Sicherheit."

Rainer nickte zustimmend. In diesem riesigen, geschwungenen Metallstuhl mit seinem schwarzen Leder wirkte er fruchtbar klein und verletzlich. Nun stieg dieses Betroffenheitsgefühl auch in Mats auf. Er hasste das. Niemand auf der Welt konnte Betroffenheit gebrauchen.

Das war noch schlimmer als Mitleid. Betroffenheit hatte so etwas Endgültiges. So Hoffnungsloses. Nein, das wollte er nicht. Er zwang sich, an die Fakten zu denken. Prostata, Blut im Urin, vielleicht im Stuhl. Alles normal.

„Was ist mit Ihren anderen Beschwerden? Haben die Gliederschmerzen zugenommen?"

„Nein, alles gleich. Nicht mehr als sonst."

„Haben Sie noch genug von den Schmerzmitteln?"

„Ja, danke. Habe noch fast eine ganze Packung."

„Gut. Ich schreibe Ihnen später trotzdem noch ein weiteres Rezept. Falls die Schmerzen zunehmen sollten, können Sie die Dosierung jederzeit erhöhen. Wir sind bis dato am unteren Level des Möglichen."

Dr. Afarid nahm den Telefonhörer. „Wären Sie so nett und würden bei Herrn Röder einmal Proben abnehmen? Ja, bitte, beides. Bitte im Anschluss dann direkt ins Labor. Danke."

Zwei Minuten später flog die Tür auf und die blonde Krankenschwester mit der frechen Kurzhaarfrisur kam herein. „Herr Röder, würden Sie bitte einen Moment mitkommen? Wir machen kurz die Probenabnahme."

Rainer erhob sich langsam aus dem großen Metallstuhl und verließ mit der Schwester den Raum. Mats blieb allein mit Dr. Afarid zurück.

„Es ist schön, dass Sie Ihren Vater heute begleiten. Er braucht Ihre Unterstützung. Bisher ist er immer alleine bei uns gewesen."

Mats überlegte, ob er die Situation auflösen sollte. Dr. Afarid klang vorwurfsvoll. Er dankte ihm, aber im Prinzip hatte er gefragt *„Wo waren Sie die ganze Zeit,*

Sie Arschloch?"

Mats lotete gedanklich noch aus, ob er sich den Schuh anziehen wollte. Schließlich war er nicht Rainers Sohn. Nicht mal ein entfernter Verwandter. Er war, ach, er wusste es auch nicht. Egal, was soll's, er wollte diesen Tag ja nicht mehr unterbrechen.

„Was passiert denn nun mit meinem Vater, Dr. Afarid? Behalten Sie ihn erst mal hier?"

„Sofern Ihr Vater dies wünscht – selbstverständlich. Bisher hat er allerdings betont, er wolle die Zeit nicht im Krankenhaus verbringen, was ich natürlich verstehen kann."

Mats dagegen verstand nichts. „Entschuldigen Sie bitte, ich verstehe das nicht ganz. Was meinen Sie mit die Zeit? Therapieren Sie den Prostatakrebs nicht schon seit einigen Monaten?"

Dr. Afarid beugte sich verwundert nach vorne und stützte seine Arme auf der Tischkante ab. „Natürlich. Das ist richtig. Wir haben sofort begonnen das Prostatakarzinom zu therapieren. Ihr Vater hat nicht umsonst die Chemotherapie durchlaufen. Aber die Metastasierung hatte leider bereits begonnen. Das wissen Sie doch, oder? Ihr Vater hat es Ihnen gesagt."

Mats' Kopf drehte sich. Rainer. Verdammter Bastard. Er setzte an, aber seine Stimme blieb weg. Er versuchte es erneut. „Ich ... nein, ich ... das hatte ich bisher nicht so verstanden. Metastasierung eingesetzt bedeutet konkret? Ich meine, wie weit ist der Krebs fortgeschritten?"

Dr. Afarid war sichtlich mitleidig. Es tat ihm leid, dass er Mats mit bösen Blicken abgestraft hatte. Der Vater hatte es ihm nicht gesagt. Der Junge wusste es nicht.

„Es tut mir leid, dass Sie es von mir erfahren müssen. Aber als sein engster Angehöriger sollten Sie es unbedingt wissen. Besonders, weil sein Zustand sich sukzessive verschlechtern wird. Ein großer Teil des Skeletts ist mit Metastasen befallen. Unsere Behandlung ist rein palliativ. Ihr Vater hat leider keine Chance mehr auf Heilung. Wir können nur noch versuchen, es so gut erträglich wie irgendwie möglich für ihn zu machen."

Mats' Herz war stehen geblieben. Alles war plötzlich weg. Der ganze Tag. Der ganze Ärger.

Rainer würde sterben. Und das bald. Dabei hatte er doch so große Angst zu sterben. Sie war sogar schlimmer als der Durst. „Wie viel Zeit hat er noch?"

Dr. Afarid atmete tief aus. „Das ist schwer zu sagen. Ich denke, maximal drei Monate. Es ist leider sehr weit fortgeschritten. Sehr positiv ist, dass seine Schmerzen offenbar deutlich geringer sind, als zu erwarten war. Doch dies wird sich ändern. Umso wichtiger, dass Sie sich um ihn kümmern und ihm beistehen. Ich möchte offen mit Ihnen sein – die schwierigste Zeit liegt leider noch vor ihm."

Drei Monate. Mehr hatte Mats nicht mehr gehört.

Zeit war ein Gefühl. Eine Minute konnte wahnsinnig lang oder auch kurz sein, obwohl sie immer 60 Sekunden hatte. Und wie ist das, wenn man starb? Fühlten sich drei Monate dann lange oder kurz an? Starb man langsamer, wenn man wusste, dass man sterben wird? Oder schneller, weil einem im Verhältnis gesehen so wenig Zeit blieb?

Die Tür zum Behandlungszimmer öffnete sich. Rainer knotete gerade unbeholfen seinen Bademantel wieder zu. Mats stand so schnell auf, wie er konnte. Es war so ruckartig, dass er mit seinem Bein den anderen Metallstuhl mitnahm und dieser auf den Boden knallte. Bis zur Tür waren es nur wenige Meter, aber die ersten beiden Tränen waren schneller. Sie landeten auf seinem linken Schuh. Mats hielt seinen Kopf gesenkt. Er sah immer mehr Tränen fallen. Auf seinen Pullover, seine Hose, seine Hände, auf den Boden, immer mehr Tränen. Er konnte Rainer nicht ansehen.

Er konnte ihn einfach nicht ansehen. Sein Herz hatte nicht wieder angefangen zu schlagen. Er hatte aufgehört zu atmen. Keine Luft mehr. Als er Rainer endlich erreichte, umarmte Mats ihn so fest er konnte. Und alles entlud sich. Sein ganzes Mitleid. Seine ganze Trauer. Seine ganze Wut. Seine ganze Angst. Er weinte hemmungslos. Rainer hielt sich an ihm fest. Er sagte irgendwelche beruhigenden Worte, aber er schluchzte so laut dabei, dass Mats nur ein Gemurmel verstehen konnte. Bis Rainer direkt in sein Ohr flüsterte.

„Ich habe Durst. Ich habe solchen Durst."

Kapitel 8: Unter Männern

„Eigentlich bin ich für dieses Alphamännchen-Gehabe langsam wirklich zu alt. Aber was sollte ich machen? Der brüllt mich einfach an. Erst dachte ich, der meint diese Schulkinder, weil die so laut waren. Aber nix. Hat mich immer wieder angeguckt. Der hat mich richtig fixiert, der Bastard."

Erwin sog den Rest der Ernte 23 mit einem kräftigen Zug endgültig weg und blies den Rauch Richtung Decke. Er war noch sichtlich mitgenommen.

„Ich meine, was macht man da? Das einfach runterschlucken? Schön die Schnauze halten?"

Erwin knallte das Wodkaglas auf den Tresen. „Niemals. Hält man einmal die Schnauze, wird man sie immer wieder halten. So bin ich nicht. So war ich nicht. Und so werde ich nicht."

„Richtig so! Prost Erwin", unterstützte ihn Uwe.

„Ich lass mir doch nicht meine Ruheoase einfach kaputt machen. Ich bin da schon 1 000 Mal gewesen. Seit 30 Jahren gehe ich da hin und nie gab es irgendein Problem. Nicht ein noch so winziges Problem!" Erwin war weiterhin außer sich. Die Goldkette bebte. Sie schwang außerhalb des Brusthaargewirrs hin und her.

„Was hätte ich tun sollen? Ich hätte das kaum mit ihm ausdiskutieren können."

„Schwachsinn. Natürlich nicht. Was hast du gemacht, Erwin?"

„Was jeder Mann gemacht hätte, Uwe. Ich bin über die Scheiß-Absperrung rüber geklettert und hab dem Bastard in seinen Scheiß-Käfig gepinkelt! Revier markieren. Das macht jeder Stadtköter so. Das hat der sofort verstanden. Mucksmäuschenstill war's da im Tigerkäfig. Kein Brüllen mehr.

Der hat nur noch blöd geguckt. Zwischen uns alles geklärt. Alphamännchenstreit beendet. Deshalb kapiere ich überhaupt nicht, warum die da so ein Drama draus machen. Als wenn ich angefangen hätte! Und außerdem war doch alles durch. Wir waren klar miteinander. Wieder Frieden im Paradies." Erwin entzündete die nächste Ernte 23.

„Hausverbot! Dass ich nicht lache. Da muss ich nur zweimal Heinz Sielmann gesehen haben, dann weiß ich, dass das unter Raubtieren so geregelt wird. Nur weil diese Kinder geschrien haben. Kleine Bastarde. Die konnten überhaupt nichts sehen. Ich stand ja mit dem Rücken zu denen. Und wenn schon. Als wenn die noch nie einen Pimmel gesehen hätten! Das hab ich den Zootypen auch gesagt. Aber die wollten das nicht verstehen. Kein Wunder, dass die Zoos pleitegehen, wenn die ihr Stammpublikum so behandeln."

Uwe nickte zustimmend. „Echt, nicht zu fassen. Und nun?"

„Nichts und nun", schnaubte Erwin. „Die behalten sich rechtliche Schritte vor, wenn ich den Zoo wieder betrete. Hausfriedensbruch, Exhibitionismus vor den Augen Minderjähriger, Sachbeschädigung und Tierquälerei."

„Das gibt's ja nicht. Das können die doch nicht machen."

„Befürchte schon. Bastarde! Ich kann momentan auch echt kein Verfahren gebrauchen. Normalerweise würde ich es drauf ankommen lassen. Aber bei meiner Vita sieht das nicht gut aus. Das liest der Richter nicht mal richtig durch. Der sagt sich *direkt schuldig*. Da geh ich noch mal in den Bau oder krieg was auf Bewährung. Wegen so was! Was für ein Scheiß-Land ist das hier überhaupt?"

Erwin schüttelte entschieden den Kopf.

„Was mach ich denn jetzt, wenn ich mal den Kopf freibekommen muss? Das ist mein Wellnesshort. Da sind Mensch und Natur noch im Einklang. Das gibt's doch sonst gar nicht mehr. Uwe, ich geh da mein ganzes Leben hin. Ich bin zu alt, mir einen neuen Zoo zu suchen."

Verzweiflung klang aus seiner Stimme hervor. Erwin exte sein Glas und schüttete sich direkt den nächsten Wodka ein. „Der Tiger kann doch noch froh sein! Die Russen hätten ihm früher einfach die Eier abgeschnitten."

„Kopf hoch, Erwin." Uwe griff mit seinen pechschwarzen Fingern die Flasche und füllte sein Glas nochmals randvoll.

„Du schaffst das schon. Ich hätte dem Vieh auch seine Grenzen gezeigt. Wo kommen wir denn hin, wenn das Tier dem Menschen sagt, wo es lang geht? Dann haben wir irgendwann Zoos mit Menschen und die Tiere kommen zum Angucken. Da gibt's auch so einen Film. Heißt Planet der Affen. Da ist das nämlich so. Kennst du den, Erwin?"

Erwin überlegte angestrengt, Falten bildeten sich auf seiner Stirn. Als er mit Mats über Las Vegas gesprochen hatte, hatte er nicht so nachdenklich ausgesehen. „Nee, sagt mir nichts. Nie gehört."

„Ist auch egal. Jedenfalls ist es da eben genau so. Da sind die Menschen die Tiere und nicht anders herum."

Erwins Stirn lag immer noch in Falten. „Da wäre ich dann der Tiger gewesen, oder was?"

„Nein, du wärst auch Erwin gewesen. Aber der Tiger wäre zu dir in den Zoo gekommen und nicht du zu ihm."

„Hä? Kapiere ich nicht. Was mach ich denn im Zoo, wenn da keine Tiere sind? Oder ist nur der Tiger nicht da? Wo ist denn dann der Tiger?"

Uwe geriet in Erklärungsnot. „Die sind ja nicht im Zoo, weil die Menschen da sind. Die Tiere sind doch die Menschen! Darum geht's bei dem Film! Das versteht man nicht so leicht, wenn man den Film nicht kennt. Das ist bei dem Film alles verdreht." Uwe unternahm noch einen weiteren Anlauf. „Also, zum Beispiel können die Affen und die Menschen auch zusammen sein. Als richtige Paare und so. Das ist 'ne ganze Reihe von Filmen. Ist sehr komplex."

Nun blickte Erwin mehr als skeptisch. Er hob seine beiden buschigen Augenbrauen an und machte ein ernstes Gesicht. „Mehrere Filme? Und die Affen und Menschen sind zusammen? Das ist jetzt aber keiner von diesen Tierpornos, oder? Du weißt genau, dass mir so was total gegen den Strich geht. Warum guckst du dir solch eine Scheiße an? Nur weil der Typ, mit dem deine Frau durchbrennt, Wolf heißt, musst du dir noch lange keine Tierpornos reinziehen. Mann, Uwe!"

Uwes Schnappatmung setzte ein. Die Brandblase plusterte sich auf. Diesmal ganz ohne Rauchen. Unter Druck war er nicht gerade souverän. Hektisch antwortete er: „Nein, nein, Erwin. Kein Tierporno. Auf keinen Fall. Der war ganz normal im Kino. Das ist ein völlig normaler Film."

„So? Hört sich aber nicht sehr normal an für mich. Was soll das denn nun überhaupt mit dem Tiger und mir zu tun haben?"

Uwe resignierte. Alle weiteren Erklärungsversuche würden Erwin nur weiter verärgern.

„Ich wollte nur sagen: Lass dir nicht einreden, dass du einen Fehler gemacht hast. Aber das ist wirklich ein ganz normaler Film. Wirklich, Erwin."

„Ach so. Mach ich schon nicht," grummelte Erwin. „Trotzdem kotzt mich das an. Verdammte Bastarde! Ich komm da schon wieder rein. Paar Wochen warten, bis Gras über die Sache gewachsen ist. Ich bin schon in ganze andere Sachen reingekommen, in die ich nicht rein sollte. Das wäre doch gelacht!"

Erleichterung machte sich bei Uwe breit. Hätte er den Planet der Affen doch einfach nie erwähnt. „Genau so will ich dich hören! Zeig's den Bastarden! Prost, Erwin!"

Der Optimismus kehrte in Erwins Gesicht zurück. Zufrieden sahen sich Uwe und er an. Es ging immer weiter. Er würde das schon wieder gerade rücken.

Das explosionsartige Klirren der Gläser weckte Mats aus seinem Tagtraum. Bis er realisierte, dass Erwin beim Urinieren in ein Tiergehege vor einer Gruppe von Kindern erwischt worden war, weil er glaubte, das Tier habe ihn provoziert, waren einige Minuten vergangen.

Eigentlich hatte Mats gedacht, er hätte gestern einen schlechten Tag gehabt. So konnte man sich täuschen. Er hatte sich zu schwach gefühlt, um am Gespräch teilzunehmen. Und er hatte bis zuletzt gehofft, dass Erwin seine Geschichte als Scherz auflösen würde. Nun lachte er laut. Nur leider nicht, weil es ein Witz gewesen war.

„Matse, was ist denn los mit dir? Du hast gar nichts gesagt die ganze Zeit. Ist doch unfassbar alles, oder?"

Erwin hatte seine Hand auf Mats' Schulter gelegt. Er suchte offenkundig nach weiterer Bestätigung. „Ja, wirklich unfassbar. Da hast du Recht, Erwin. Absolut unfassbar."

„Sag ich doch! Ach, das hat gutgetan, mit euch zu reden, Männer. Gestern Abend im Bett hab ich kurz überlegt, ob ich da Mist gebaut habe. Schließlich liebe ich den Zoo und die Tiere. Jeder macht Fehler. Auch ich. Trotzdem dachte ich: Nein, hier sicher nicht. Aber tut gut, auch eure Bestätigung zu haben."

„Du solltest nicht an dir zweifeln, Erwin. Du grübelst einfach immer zu viel", erwiderte Uwe.

Nachdenklich nickte Erwin. „Da hast du leider Recht, Uwe. Weiß auch nicht. Das steckt wohl einfach in mir drin." Der kurze Moment der Stille wich blitzschnell wieder der Euphorie.

„So nun aber genug geredet! Ich hol uns eine neue Flasche. Und dann hoch die Tassen!

Matse, was ist mit dir? Du hast noch gar nicht gebechert."

„Danke, Erwin. Ist mir wirklich zu früh. Ich hatte gestern ziemlich viel."

„Ah ha! Daher weht der Wind! Das will ich hören. Aber du weißt schon, dass die beste Kur für dich sich in einem schönen Wodka befindet?"

„Wirklich nicht, Erwin. Später sicher gerne."

Mats fühlte sich tatsächlich verkatert. Aber mehr vom Leben als vom Alkohol. Er hatte gestern keinen Tropfen mehr angerührt. Nachdem Rainer und er die Onkologie verlassen hatten, waren sie wortlos mit Annas Auto nach Hause gefahren. Es gab nichts mehr zu sagen. Alles war gesagt.

Trotz seiner großen, körperlichen und mentalen Erschöpfung hatte er keinen Schlaf gefunden. Nun fühlte er sich ausgelaugter denn je. Sein ganz persönlicher Planet der Affen hier, machte ihn auch nicht gerade frischer. Warum waren Erwin und Uwe überhaupt bereits hier? Erwin tauchte selten vor Mittag auf. Schien ein weiterer besonderer Tag zu werden.

11 Uhr durch und Rainer noch nicht da. Das war ungewöhnlich. Aber der gestrige Abend hatte sicher Spuren hinterlassen. Vermutlich schlief er einfach länger und würde irgendwann später auftauchen. Mats hatte sich bereits damit abgefunden, sich alleine um die Autoreinkarnation zu kümmern.

Es war nicht der Moment, Rainer damit zu belästigen. Und er hatte im Auto die Wahrheit gesagt. Dr. Afarid hatte ihn tatsächlich gebeten, Proben mitzubringen. Außerdem musste Mats das Auto auf jeden Fall professionell reinigen lassen. Da half nichts. Selbst dann war keineswegs klar, ob der Geruch und der ganze Rest wieder verschwinden würden. Und daher sowieso egal, ob Rainer den Wagen nun wegbrachte oder er selbst. Die Kosten der Reinigung konnten sie irgendwann später teilen. Die Innenwäsche bis Mittag zu schaffen, wie er es Anna versprochen hatte, war allerdings leider utopisch. Aber bis heute Abend sollte es hoffentlich funktionieren. Zumindest hasste ihn Anna nicht. Sie hatte ihm heute Morgen eine SMS geschickt.

„Guten Morgen, hoffe deinem Vater geht es besser und ihr wart nicht mehr zu lange im Krankenhaus. Bis später und alles Liebe. Anna".

Bisher hatte Mats nicht geantwortet. Er konnte ihr schlecht in einer SMS erzählen, was passiert war. Anlügen wollte er sie aber auch nicht. Dass sie Rainer für seinen Vater hielt, war bereits absolut ausreichend. Keine Lügen mehr.

Vielleicht sollte er Anna einfach kurz anrufen. Doch er fühlte sich nicht danach, über gestern Nacht zu sprechen. Selbst in einigen Jahren und mit gesamter Fantasiekraft würde es schwierig werden, den gestrigen Tag in einem besseren Licht erscheinen zu lassen. Es war zu viel passiert. Und vor allem zu wenig vom Richtigen. Eigentlich gar nichts. Außer dem einen kurzen Moment mit Anna im Weinladen. Der hatte sich richtig angefühlt. Und dieser hatte sagenhafte fünf Sekunden gedauert, während der restliche Tag auf gefühlte 72 Stunden kam. Sonst gab es nichts auf der Habenseite. Kein Guthaben auf Mats' Kundenkarte der positiven Lebenserlebnisse. Höchstens noch Annas cholerischer Ausbruch, der gut fürs Selbstvertrauen gewesen war. Aber besonders erfreulich blieb dieser grundsätzlich ebenfalls nicht.

Wenn er Anna anrief, wäre es zudem ein Kanal-Wechsel. Mats hasste Leute, die so etwas taten. Es hatte einen Grund, wenn man sich entschied eine SMS zu schreiben. Wollte man telefonieren, hätte man schließlich angerufen. Eventuell rief man jemanden nach einem Brief an. Weil ein Antwortbrief eben verdammt lange dauern konnte. Doch bei allen modernen Kommunikationsvehikeln, welche eine zeitnahe Reaktion ermöglichten, sollte man strikt innerhalb des Kanals agieren. Alles andere war unhöflich.

Besonders heikel konnte es bei nett gemeinten Absagen werden. Sagte man beispielsweise ein Abendessen höflich per SMS ab und schob eine plötzliche Erkrankung vor, wollte man sich selbstverständlich ein Gespräch ersparen. Dieses würde letztlich nur unerträglich für beide Seiten, wenn der Absagende ein schlechter Verbalschauspieler war und der Abgesagte schnell die vorgeschobene Erkrankung bemerkte. So gingen lebenslange Freundschaften in die Brüche. Beziehungen endeten. Weltkriege begannen. Stick to the channel, fucking idiots!

Das Schlimme war, dass er sich melden musste. Zumindest sollte er Anna sagen, dass es mit dem Auto bis Mittag nicht klappen würde. Vielleicht brauchte sie den Wagen wegen des Weinladens. Komplettes Aussitzen war keine wirkliche Möglichkeit.

Oh Gott, hoffentlich kam sie heute nicht zum Geldwechseln vorbei! Das war die Atombombe unter den Kanalwechseln. Persönlich erscheinen. Man sagt das Treffen höflich per SMS ab. Plötzlich klingelt es an der Tür. *„Hallo du, ich wollte nur sicher sein, ob du wirklich krank bist ..."*

Mats konnte jetzt nicht mit Anna reden. Sie durfte ihn so nicht einmal sehen. Seine ohnehin dauerhaft vorhandenen Augenringe hatten sich heute gedrittelt und wie ein Winterreifenprofil in sein Gesicht eingebrannt. Er war bleich und sah alles andere als gesund aus. Selbst für das Erwecken von Muttergefühlen erschien er deutlich zu hässlich. Wäre er das hässliche Entlein, man hätte ihn einfach im Teich gelassen.

Und er war zudem nicht mal alleine. Vermutlich würde Uwe Anna als Erstes fragen, ob sie denn den Planet der Affen kenne. Erwin würde daraufhin endgültig ausflippen und wirres Zeug über Tierpornos sagen, was Anna nicht verstehen könnte. Im allerschlimmsten Fall würde Erwin auch Anna fragen, wie sie denn so als Frau die Situation im Zoo einschätzte. Sie hätte dann innerhalb von zehn Stunden zwei Intensivkontakte mit seinem nächsten Umfeld gehabt.

Sein Vater hätte seine eigene Stuhlprobe in ihrem Auto explodieren lassen und sein Arbeitgeber ihr berichtet, wie er sich vor einer Gruppe Kinder entblößte, um in ein Tiergehege im Zoo zu pinkeln. Warum sollte sie sich da fragen, ob mit Mats selbst alles in Ordnung war? Ja, warum nur?

SMS schreiben. Es half nichts. Freundlich, höflich und ehrlich. Das klang doch eigentlich schon mal ganz gut. Vielleicht sollte er das genau so schreiben: *„Hallo Anna, ich möchte freundlich, höflich und ehrlich sein. Alles Liebe, Mats"*

Mit Glück war sie unterwegs und las es nur schnell im Gehen. Genug schöne Schlagworte hatte es. Da blieb am Ende nur hängen, dass er eine freundliche, höfliche und ehrliche Nachricht geschrieben hatte. Menschen waren leicht zu manipulieren. Trotzdem bezweifelte Mats, dass es für Anna reichen würde. Einfach erst mal Zeit gewinnen.

„Hallo Anna, lieb, dass du dich meldest. Es hat noch etwas gedauert. Erzähle dir später mehr in Ruhe. Werde es mit deinem Auto leider nicht schaffen bis mittags. Hoffe, das ist kein großes Problem. Melde mich, sobald es wieder fertig ist. Spätestens heute Abend. Alles Liebe, Mats."

Na, das hörte sich doch mehr als ordentlich an! Freundlich, höflich und ehrlich. Alles drin! Wobei das „hat noch gedauert, erzähle mehr später" implizierte nicht viel Gutes. Mats wollte keinesfalls, dass Anna sich Sorgen machte. Bloß nicht wieder lügen, aber der Teil musste anders lauten. Die traurige Wahrheit sollte er sich so oder so aufsparen für den Fall, dass ihr Auto irreparabel geschädigt war: „Mein Vater stirbt. Und nun hör bitte auf, über dein Auto zu sprechen." Das sollte ihren bestimmt sofort aufziehenden, cholerischen Tsunami jederzeit ausbremsen können. Erwin wäre stolz auf ihn gewesen. Mats konnte ein gerissener Hund sein, wenn er wollte. Doch das half ihm nicht bei der SMS. Komplett totschweigen? War immer eine Möglichkeit, aber auf eine Frage gar nicht einzugehen, war auch eine Aussage. Mats überlegte. Ha, er hatte es! Alles noch viel stärker verknappen. Das suggerierte wenig Zeit, unterwegs, kümmert sich gerade um das Auto, ist sicher alles o.k., falls nein, hätte er bestimmt was gesagt. Also los.

„Hallo Anna, lieb, dass du dich meldest. Schaff das mit dem Auto leider nicht bis mittags. Bin unterwegs. Melde mich später noch mal, M" Sehr gut. Schon viel besser. Clever, sogar seinen vier Buchstaben-Vornamen auf einen Buchstaben abzukürzen. Keine Zeit für nichts musste er haben. Freundlich, höflich, ehrlich und noch ein wenig geheimnisvoll. Auf der Hitliste der wichtigsten Eigenschaften eines Mannes waren diese vier mit Sicherheit unter den Top 10 zu finden. Perfekt. Und senden.

Jetzt musste er hier nur schnell raus. Nichts wäre peinlicher, als wenn Anna in zwei Minuten durch die Tür käme und ihn hier mit den beiden Kaputten vorfände. Von wegen unterwegs.

„Erwin, ich muss noch mal kurz weg. Tut mir leid, ich hol die Zeit nach. Hab ein Problem mit meiner Karre. Wenn ich die später wegbringe, kriege ich die nicht mehr rechtzeitig wieder."

„Matse, Matse. Du musst mich doch nicht immer fragen wie ein kleiner Schuljunge. Du bist alt genug. Uwe und ich halten schon die Stellung hier. Wir beide müssen später eh noch mal in Ruhe sprechen. Weißt schon warum." Konspirativ zwinkerte er Mats zu. Parallel hatte er abermals den Arm um seine Schulter gelegt und presste Mats an sich. Der beißende Alkoholgestank klatschte wie eine Sturmflut in Mats' Gesicht. Wer hatte eigentlich behauptet, Wodka sei geruchlos?

Erwin hatte es nicht vergessen. Las Vegas. Es war offenbar sein Ernst. Wahrscheinlich hatte ihn die Episode im Zoo sogar noch darin bestärkt, dieses Land zu verlassen. Verlassen zu müssen. Brüllt der Tiger nicht, wird Erwin gefühlsduselig und merkt, wie sehr er seine Heimat doch liebt. Aber der Tiger hatte gebrüllt. So fallen Entscheidungen im Leben.

Mats löste sich aus der Umklammerung. „Ja, schön. Danke Erwin. Bin auch bald zurück. Beeile mich. Uwe, wie heißt noch mal die Autowerkstatt, wo du früher gearbeitet hast? Die waren doch ganz gut, oder?"

Ein Ruck ging durch Uwes Körper. Er drückte seinen Rücken durch und saß plötzlich kerzengerade auf dem Barhocker. „Oh ja, sehr gut sind die! Nobby's Autopalast. Das sind die Allerbesten! Wäre ich niemals weggegangen, wenn die Scheiße mit der Hüfte nicht angefangen hätte. Grüß Nobby und die anderen Banditen von mir. Dann kommst du schneller dran. Die freuen sich immer riesig, von mir zu hören. Oder soll ich einfach mitkommen?" Uwe sprudelte förmlich vor Freude.

„Nein, nein, lass mal Uwe. Das ist nett, aber ich muss vorher noch was anderes erledigen. Dauert dann alles zu lange für dich. „Was ist denn mit deiner Hüfte?"

„Na was schon, ich habe doch ein künstliches Hüftgelenk. Was dachtest du denn, weswegen ich Frührentner bin?"

Mats zögerte. Ehrlicherweise hatte er darüber nie nachgedacht, aber wenn jemand gefragt hätte, hätte er mit großer Sicherheit einfach auf das Saufen getippt. *„Ein Leberschaden? Hepatitis A, B und/oder C? Mehrere Psychosen? Diverse unheilbare Geschlechtskrankheiten? Oder am Ende einfach ein ganz banaler, totaler Dachschaden?"*

„Quatsch, Uwe. Das mit der Hüfte wusste ich natürlich. Nur mit dem Gelenk nicht. Tut das denn weh?"

Uwe stöhnte erleichtert auf. „Ach so, dachte schon, du weißt das gar nicht. Du, geht. Mal mehr, mal weniger. Komm damit insgesamt gut klar. Und man hat Spaß damit. Zum Beispiel am Flughafen. Da ist nämlich so 'ne Titanplatte drin und die piept immer."

Uwe begann diebisch zu grinsen. „Und wenn es weibliche Kontrolleure sind, dann sag ich das mit der Hüfte oft nicht. Die suchen sich tot. Haha. Ist aber ganz angenehm, wenn die da an einem rumreiben. Meistens muss ich am Ende in einen Extra-Raum für so einen Gesamtscan. Dann finden sie die natürlich und sind ganz schön angepisst. Aber ich sag dann einfach, dass ich es vergessen hatte. Können die nichts machen."

Er begann wieder zu lachen. Uwe hatte ein richtiges Primatenlachen. Das fiel Mats in diesem Augenblick abermals stark auf. Er lachte nicht richtig. Sein Gesicht verzerrte sich nur krampfhaft, seine Nase machte komische Grunzlaute und die Brandblase auf der Lippe wippte im Takt.

Rainer war Mats bis gestern irgendwie immer egal gewesen. Erwin war etwas komplett Eigenes. Aber vor Uwe ekelte er sich regelmäßig. Und das lag nicht nur an seinem schäbigen Äußeren. Etwas an ihm war dreckig und das kam von innen. Doch Tierpornos. Zumindest vorstellbar.

Mats quälte sich zu einem Lächeln mit mehreren, kurzen Hustern. Ab einem gewissen Pegel des Gegenübers ging das locker als Lachen durch. Spätestens, wenn das verschwommene Sehen und erste Tonfrequenzverluste einsetzten. Beides war längst bei Uwe der Fall. Von Erwin gab es noch dazu einen ermunternden Schulterklopfer „Uwe, du alte Sau!"

Uwe lächelte zufrieden. Das Leben konnte ein Paradies sein.

Die Tür der Spielothek öffnete sich ganz vorsichtig. Nur das leise Summen des Luftzuges war zunächst zu hören. Es war wie immer scheißdunkel in der Spielothek und das Tageslicht warf einen hellen Kegel auf die drei.

Oh nein, bitte nicht! Mats kniff die Augen zusammen. Er drehte sich blitzschnell um, doch er erkannte nur einen Schatten. Aber er brauchte auch nichts zu sehen. Nur eine Person öffnete die Tür der Spielothek so zögerlich. Alle anderen traten hier ein wie in einen Bauwagen, in dem das Bier und die Pornohefte schon bereitliegen. Anna.

Warum hatte er sich auf diesen sinnfreien Dialog mit Uwe eingelassen und war nicht einfach direkt gegangen? Jetzt stand er da wie ein kompletter Vollidiot.

Unterwegs. Keine Zeit zum SMS schreiben. Ha, genau. Sie rastete bestimmt wieder direkt aus. Mats duckte sich etwas in der Erwartung der ersten fliegenden Gegenstände und wartete, bis das Tageslicht den Schatten endgültig frei legte.

„Morgen, zusammen."

Seine Stimme klang dünn und er räusperte sich mehrmals. Ohne mehr zu sagen, ging er Richtung Tresen und setzte sich wortlos auf den Barhocker neben Uwe. Seine Augen verharrten auf dem Tresen. Er sprach nun laut und klar.

„Schenkst du mir bitte einen ein? Erwin, geht das?"

„Aber hallo! Klar geht das! Darauf warte ich ja schon seit Jahren." Erwins Laune stieg ins Unermessliche. Ein herrlicher Tag!

Ein Auf und Ab ist das Leben. Gestern noch aus dem Zoo gejagt. Heute hier mit lauter Freunden und genug zu trinken. Er würde sie einfach alle mitnehmen nach Las Vegas. Ja, das war eine gute Idee! Zum einen brachten sie Umsatz und zum anderen war es bestimmt leichter, es nicht ganz alleine mit Mats zu machen. Das wurde ja immer besser heute!

„Rainer, nicht! Erwin stopp! Nichts einschenken! Rainer, was soll das? Was machst du da?", schrie Mats so laut er konnte. „Rainer trinkt Kaffee. Er trinkt nur Kaffee. Gib ihm bitte einen Kaffee."

„Nein, Rainer trinkt keinen Kaffee. Rainer trinkt einen Wodka. Mats, bitte, lass mich einen Wodka trinken. Ich habe großen Durst auf einen Wodka." Rainer blickte Mats durchdringend an.

„Bist du dir sicher? Rainer, hast du dir das wirklich gut überlegt?" Mats fühlte sich nicht gut damit.

„Ja. Jahrelang. Und nun habe ich Durst. Erwin, bitte."

„Haha, Rainer, ich wusste ja, dass das mit dem Trockensein so eine kleine Show von dir ist. Sag ehrlich, das war doch immer nur so ein Spruch von dir, oder?" Erwin schob Rainer den vollen Wodka vor die Nase.

Mats wusste nicht, was er tun sollte. Rainer würde sterben. Sollte er jemandem seine Henkersmahlzeit verbieten? Aber er hatte so lange gekämpft, trocken zu bleiben. Manche Alkoholiker saßen auch in schwierigen Momenten einfach vor einem Drink, ohne dass sie letztlich tranken. Alte Gewohnheiten. Vielleicht trank er gar nicht. Rainer war todkrank. Es war seine Entscheidung.

Rainer nahm langsam das Glas in die Hand. Er drehte es vorsichtig hin und her. Seine Finger berührten bedächtig, fast streichelnd, den Glasrand. Dann setzte er es behutsam an seine Lippen. Und trank, bis es leer war. Tief ausatmend stellte er es wieder vor sich ab.

„Ja Erwin, hast Recht. Das war nur so eine schräge Idee von mir."

„Wusste ich es doch die ganze Zeit!", feixte Erwin und schlug Rainer auf die Schulter. „Du, alter Bastard!" Und füllte Rainers Glas aufs Neue.

Bald würde er Monika wiedersehen. Nicht mehr nur in seinen Träumen.

Der Wodka schoss durch seine Blutbahn. Er kannte sich dort gut aus. Er war hier früher oft gewesen. Rainer lächelte glücklich. Diese wohlige Wärme. Sie hatte ihm so gefehlt.

Wenn er nüchtern war, spürte er immer noch Monikas Kälte auf seiner Haut. Als wenn sie ihn damals umschlossen hätte und geblieben wäre. Er wollte nicht länger frieren. Keine Angst mehr. Wovor hatte er sich nur die ganze Zeit so gefürchtet? Sein Leben hatte er vor langer Zeit verloren.

1967. An einem Donnerstagmorgen.

Kapitel 9: In jedem steckt ein kleiner König

Mats ging zügig, aber ohne zu rennen, die Bilker Allee entlang. Er musste sich endlich um Annas Auto kümmern. Außerdem hatte er wenig Lust verspürt, sich Rainers Ende der Trockenheit weiter anzusehen. Er war nicht in der Position, Rainer etwas zu verbieten. Vielleicht war es für ihn die richtige Entscheidung. Aber das Bewusstsein, dass er nur trank, weil seine Angst kleiner als sein Durst geworden war, machte Mats tieftraurig. Und er konnte keine Dunkelheit mehr gebrauchen. Er brauchte richtige Dinge. Der gestrige Tag durfte sich nicht wiederholen. Konnte er auch nicht. Oder doch?

Erwin entblößte sich vor Kindern und urinierte in ein Tigergehege, Rainer trank wieder. Fühlte sich wie ein neuer, aufkommender Handlungsstrang an.

Was kam als Nächstes? Annas Auto muss verschrottet werden, sie flippt aus, die Weinflasche zerplatzt an seinem Hals, er blutet mitten auf der Straße aus, niemand ruft einen Krankenwagen, Anna ärgert sich, dass sie nicht eine billigere Flasche nach ihm geworfen hatte.

Neues Spiel. Neues Glück. Mats war schließlich lernfähig. Er hatte direkt die Straßenseite gewechselt und blickte mit sicherem Abstand rüber zu den Pennern vor Penny. Heute kein Anbetteln von 5-Sterne-Pennern mit Perlweißlächeln. Er war nüchtern. Zu warm war ihm auch nicht.

Es gab sie doch. Die Lichtblicke.

Als er seine Wohnungstür erreichte, entschied er sich für die sicherste Variante. Er klingelte, begann gleichzeitig die Tür aufzuschließen und während er dies tat, rief er laut:

„Ich bin es, Seb. Komme jetzt rein."

Mats lehnte seinen Oberkörper leicht zurück, sodass er im Fall der Fälle besser ausweichen konnte. Vielleicht etwas albern. Schließlich hatte Seb ihn gestern zum ersten Mal überhaupt niedergeschlagen. Mats kam sich ein wenig paranoid vor. Aber war das ein Wunder?

Ein Psychologe würde ihm definitiv beipflichten, dass sein Verhalten nach den gestrigen Ereignissen zu einhundert Prozent normal war. Womöglich sollte er mal einen besuchen. Später.

Die Wohnung schien verlassen zu sein. Mats horchte: „Seb? Bist du zu Hause? Seb?" Er fand Seb schließlich in seinem Zimmer. Er lag noch im Bett, halb zugedeckt mit seiner Bayern-München-Bettwäsche. Man konnte durchaus darüber streiten, ob ein bald dreißigjähriger Mann noch in Kinderbettwäsche schlafen sollte. Mats hatte vor langer Zeit einmal vorsichtig angemerkt, ob er sich denn nicht davon trennen wolle. Seb hatte ihm daraufhin nur kühl entgegnet, ob denn in seinem Leben alle Dinge seinem Alter entsprechend wären. Sie hatten nie wieder über die Bettwäsche gesprochen.

Der Fernseher lief noch. Irgendein Filmabspann. Seb starrte regungslos auf den Bildschirm. Scheinbar bemerkte er Mats gar nicht.

„Seb? Alles in Ordnung mit dir?"

Seb blieb sichtlich gedanklich abwesend. Er wendete seine Augen nicht vom Fernseher ab, aber zumindest sagte er nun etwas. „Das fass ich nicht. Das ist doch ein Hollywoodfilm. Und Hollywoodfilme haben immer ein Happy End. Oder etwa nicht?"

„Doch, ja. Meistens schon." Mats verstand nicht genau, worum es ging.

„Wieso denn meistens? Wieso sagst du meistens, Mats? Das ist doch immer gleich. Am Ende wird geheiratet, sie kommen doch noch zusammen, der Mörder wird gefunden, sie überleben den Hurrikan, das Flugzeug stürzt doch nicht ab. Immer. Absolut immer geht es gut aus. Deswegen guckt man das, weil man weiß, wie es enden wird. Selbst bei der Scheiß-Titanic sterben nicht alle! Das hier dagegen fass ich nicht."

„Titanic ist aber in dem Sinne kein Film. Das beruht ja auf einer wahren Geschichte."

Seb warf ihm einen Blick zu, als wenn Mats nicht ganz dicht wäre. „Mats, darum geht es nicht. Es verfilmt doch keiner irgendeine Katastrophe, bei der alle umkommen. So was will kein Schwein sehen. Zumindest nicht in Amerika und Hollywood. Solche Filme gibt es, aber die laufen im südslawischen Programmkino und gewinnen später irgendeinen Pseudopreis für den besten ausländischen Film. Die Macher sieht man danach einmal im Fernsehen im Rahmen irgendeiner Verleihung ihre Gesichter mit Preis in die Kamera halten und dann nie wieder. Und den Film erst recht nicht.

Aber der hier – ich glaube, der hat einen Oscar oder sogar mehrere. Da kann ich doch wohl verlangen, dass mich keine Überraschungen erwarten. Seit wann ist denn das Ende zu beiden Seiten hin offen? Ich hab nichts gegen Wendungen im Film, aber ich kann ja wohl verlangen, dass ich das Ende bekomme, das ich erwarte! Ich tickere schließlich auch und spiele kein Roulette. Ich möchte einfach wissen, was rauskommt. Das wird ja wohl möglich sein. Aber hier scheinbar nicht. Hoffe echt, dass ich das Ende falsch verstanden habe."

Warum sprachen heute alle Leute in seiner Gegenwart von irgendwelchen Filmen? Der eine hielt Planet der Affen für einen Tierporno, weil der andere nicht in der Lage war, ihm in zwei Sätzen zu erklären, worum es bei dem Film eigentlich ging. Was für ein gesundes Gehirn durchaus machbar war. Planet der Affen galt objektiv kaum als ein zu komplexes Meisterwerk der Filmgeschichte. Der nächste, in seiner Wohnung, echauffierte sich über ein Filmende, welches offenbar anders war, als er es erahnt hatte. Letztlich gar nicht so schlimm, dass alle um Mats herum verrückt waren. Schlimm nur, wie anstrengend sie dabei waren.

Das Zimmer lag in dichten Nebelschwaden. Die Heizung lief auf Hochtouren und das geschlossene Fenster sorgte dafür, dass nichts entweichen konnte. Den süßlichen Geruch hatte Mats bereits im Treppenhaus registriert.

Wahrscheinlich war er bekifft eingepennt, hatte die Hälfte nicht gesehen und verstand deshalb das Ende nicht. Seb lehnte Alkohol strikt ab. Unkontrollierbar! Mats hatte ihn noch nie auch nur einen Schluck trinken sehen. Dafür kiffte er mehr als regelmäßig. Warum das in seine vorprogrammierte Welt besser reinpasste, wusste nur er selbst. Aber es schien zu funktionieren für ihn. Selten traf er ihn ohne Joint in der Wohnung an.

„Seb, entspann dich mal wieder. Kein Grund, sich so aufzuregen. Was für ein Film ist das überhaupt?"

Seb hatte die Frage offenbar überhört. Er sprach vielmehr zu sich selbst. Der Bildschirm zeigte nun eine Szene in der Wüste. Seb fuchtelte mit der Fernbedienung, spulte vor und zurück.

„Nein, nein. Das hab ich schon richtig verstanden. Da in dem Paket ist ihr Kopf. Der hat sie umgebracht, den Kopf ins Paket gepackt und dann erschießt Brad Pitt ihn. Und das ist dann die letzte Sünde. Der Killer gewinnt, obwohl er selbst stirbt. Und die Blonde war auch noch schwanger. Das ist ja bitter. Das ist das komplette Gegenteil von einem Ende, wie es sein sollte! Da müsste man sein Geld zurückverlangen."

Er schwenkte seinen Blick vom Abspann weg zu Mats. „Sieben heißt der. Also wenn jetzt in Hollywood die künstlerische Freiheit ausbricht, haben die einen Zuschauer weniger. Soll man in Zukunft das Ende vorab googeln, damit man sicher sein kann, dass alles normal läuft? Ich kann doch nicht 60 Jahre lang eine Erwartungshaltung bei den Menschen formen und dann mache ich so einen Film. Was geht in solchen Leuten vor? Das frage ich mich ganz ehrlich."

„Seb, im Ernst. Das ist ein Kinofilm. Es liegt in der Natur der Sache, dass das Ende nicht vorhersehbar ist. Sonst wäre es langweilig. Das will auch keiner."

„Oh doch. Genau anders. Das wollen alle. Alle wollen vorher wissen, wie es ausgeht. Sonst wäre immer das südslawische Programmkino voll und der Oscar würde in Bukarest vergeben. Das ist Hollywood, verdammt! Die Gesichter im Kino möchte ich sehen, wenn die bekloppte Jennifer Aniston den komischen Langweiler im aufregenden Klamaukstreifen am Ende nicht heiratet. Und bei diesem *Sieben* ist es nicht mal so, dass nicht geheiratet wird. Nein, hier bringt sich Jennifer Aniston um und der Langweiler wird von einem Baum erschlagen."

„Ganz ehrlich, Seb. Ich glaube, du hast einfach zu viel gekifft. Nüchtern wirst du das entspannter sehen."

„Von wegen zu viel gekifft. So ein Unsinn. Als wenn es darum ginge. Alles im Leben geht doch um Erwartungen, die es zu erfüllen gilt. Werden die Erwartungen nicht erfüllt, gibt es Ärger. In der Schule, bei der Arbeit, in der Beziehung. Überall. Warum sollte das ausgerechnet bei Filmen anders sein? Und hier wird die Erwartung nicht erfüllt. Punkt. Aus. Nicht mehr und nicht weniger." Seb nahm einen tiefen Zug und ließ den Rauch langsam wieder aus seiner Lunge entweichen.

„Auch mal? Vielleicht verstehst du es dann besser? Halt, lieber nicht, bekifft kann man ja nicht denken."

„Sehr witzig." Mats nahm ihm den Joint aus der Hand. „So habe ich das nicht gesagt. Aber du wirst zugeben, dass du hier dramatisierst. Das ist nur irgendein Scheiß-Film."

Mats war unsicher, ob Kiffen eine gute Entscheidung war. Aber was waren schon ein paar Züge. Ein wenig Entschleunigung konnte nicht schaden.

„Was heißt irgendein Scheiß-Film? Ich finde, das ist, wie wenn du zum Italiener essen gehst und er dir Gyros serviert. Sagst du dann: *Danke, gut so*? Wohl kaum."

Seb liebte Marihuana. Besonders Gras. Die meisten Leute verloren ihre Selbstsicherheit damit. Sie wurden fahrig, im Kopf langsam, begannen irgendeine Scheiße zu essen, lachten über Schwachsinn, entwickelten Paranoia.

Ihn machte es sicher. Er war ruhiger damit. Seine grundsätzliche Unsicherheit verschwand dabei nicht gänzlich, aber größtenteils. Zum Glück war er gestern nüchtern gewesen, als er Mats niedergeschlagen hatte. Bekifft wäre der Schlag wesentlich konsequenter, härter und platzierter erfolgt. Und wunderbar kontrollierbar war es auch. Wurde es zu viel, trank man etwas Wasser und wartete ein wenig. Oder man aß gegen die Unterzuckerung. Danach konnte es meistens weitergehen. Das hatte nichts mit den alkoholisierten Abstürzen zu tun, die sich jeden Tag in und vor der Spielothek zutrugen.

Alkohol war das Gegenteil von Kontrolle. Man konnte sich fantastisch fühlen, aber plötzlich, mit dem nächsten Schluck war es zu viel. Erreichte man diese Grenze, gab es kein Zurück mehr. Dann konnte man nur noch ins Bett gehen und hoffen, nicht auch noch kotzen zu müssen.

Abhängig wurde man ebenfalls deutlich schneller. Bekifft war fast alles besser für ihn. Gut tickern konnte er mit THC im Blut auch. Man konnte sich großartig fokussieren. Es war wie sein persönlicher Zaubertrank.

„Wie war es denn gestern? Du warst erst spät hier. Hab dich noch kommen hören. Wusste aber nicht, ob du allein bist."

Auf diese Frage hin zog Mats sofort nochmals an der Tüte, bevor er sie Seb zurückgab. Er lächelte müde. „Doch, natürlich allein. Das war unser erstes Treffen. Was denkst du denn?"

„Ja, gut. Aber ihr seid keine 15 Jahre alt und müsst euch nicht sechs Monate kennenlernen, bis das erste Mal Petting stattfinden kann."

Meine Güte. Wo war dieses unsichere Wesen hin, das gestern mit hochrotem Kopf und völlig durcheinander über ihm mit einem Besenstiel in der Hand gestanden hatte? Mats wurde von einem allwissenden, dominanten Monster verhört, welches wie ein König auf seiner Sänfte lag und nebenbei auch noch Filmkritiker war. Eines fernen Tages würde er erfahren, aus wie vielen Persönlichkeiten Seb in Wirklichkeit bestand.

„Seb, du spinnst. Lass erst mal wieder etwas Sauerstoff an dein Gehirn und mach das Fenster auf. Kein Wunder, dass du verstörende Dinge über Filme sagst und mich halb verhörst."

„Mann, Mats. Ist nur Spaß. Jetzt mal im Ernst. Wie war es? Gut? Lief es gut zwischen euch?"

Mats ertappte sich bei einem verstohlenen Lächeln. „Denke schon. War nett, aber ich musste früher los. Heißt, so lange war ich gar nicht bei ihr."

Seb stutzte. „Warum das? Wo musstest du denn hin? Du wartest Monate auf so ein Date mit ihr und dann gehst du früher?"

Mats wusste nicht, wo er anfangen sollte. Und noch weniger, ob er Seb das alles überhaupt erzählen wollte. Irgendwann bestimmt. Aber jetzt, in diesem Moment würde es sich so anfühlen, als wenn er den gestrigen Abend nochmals erlebte.

So wie in diesem Film mit Bill Murray. Und noch ein Film. Der wacht jeden Tag in irgendeinem Kaff auf. Jeden Tag spielt das Radio das gleiche Lied. Alle Leute sagen die gleichen Sachen. Es passieren die gleichen Dinge. Nur er bemerkt und weiß das. Zwar kann er die Geschehnisse des Tages durch sein Verhalten beeinflussen, aber er erlebt trotzdem immer diesen einen Tag. Mats hatte vergessen, wie der Film endet. Er konnte Erwin ja mal fragen, ob er den kennt. Oder auch Seb. Vermutlich hatte der wieder ein unorthodoxes Ende und der nächste Monolog über Erwartungshaltungen konnte beginnen. Nein, kein weiteres Filmgespräch mehr für heute.

Vielleicht wachte Mats auch gleich auf. Sein eigener Murmeltiertag. Er würde wieder im Weinladen mit Anna sein und plötzlich bemerken, dass sein Handy in der Hosentasche vibrierte. Ohne auf das Display zu sehen, würde er es noch in seiner Hosentasche steckend ausschalten. Und Mats wüsste in diesem Augenblick, dass er diesen Tag immer wieder erleben würde. Oder er wachte gleich auf und alles war nur ein komischer Traum gewesen.

Das Gras zeigte Wirkung. Sein Gehirn machte Sprünge. Er sollte unbedingt ein Glas Wasser trinken. Schließlich musste er noch Auto fahren und das konnte mehr als anstrengend sein, wenn man bekifft war. Alles ging zu schnell und man musste auf so viele Sachen gleichzeitig achten. Lichter und Farben waren auch schlecht. Besonders im Dunkeln.

Mats verließ sich einfach darauf, dass die Realität des gestrigen Tages dauerhaft Bestand hatte und unten vor seiner Wohnung immer noch Annas Punto parkte. Er hätte sich Riechsalz aus der Apotheke besorgen sollen. Die Karre parkte in der Sonne und auch wenn kein Hochsommer war, hatte sie sich bestimmt ordentlich aufgeheizt. Scheiße und Wärme zusammen war teuflisch.

„Mats? Alles klar? Schon so breit? Warum bist du abgehauen bei ihr? "

„Ich glaube, ich muss mal ein Wasser trinken. Das ist eine lange Geschichte. Ich erzähl's dir später, o.k.? "

Seb reichte ihm eine große Volvic-Flasche, die neben dem Bett stand. „O.k. Wieso bist du im Stress?" Er sah auf die Uhr. „Arbeitest du heute gar nicht oder Pause?"

„Arbeite. Nur kurze Pause. Muss auch direkt wieder los. Wollte nur schnell Hallo sagen und die Autoschlüssel holen. "

„Was denn für Autoschlüssel? "

Mats' Kopf schmerzte. Er konnte seine Beule wieder pochen hören. Kiffen machte ihn oftmals hypersensitiv. Da konnte er das Blut durch seinen Kopf rauschen hören.

Er musste besser nachdenken. Wenn er nicht doch mit Seb über alles reden wollte, wäre es klüger, mit den Erlebnissen und ihren Gegenständen der letzten Nacht zurückhaltender zu sein. Rainer Anruf. Anna Auto. Stuhlprobe explodiert. Cholerische Anna. Bison Lachflash. Milliardär durch Zwischenparken. Persische Staaten von Amerika. Prostata. Metastasierung. Tod. Tränen.

Obwohl ... eigentlich war es flott erzählt. Nein, das musste warten. Er hatte schon zu viel Zeit vertrödelt.

„Für Annas Auto. Seb, ich erkläre dir das alles in Ruhe. Ich muss jetzt los und den Wagen wegbringen. "

Seb guckte verwundert, aber fand sich damit ab. „Ja, klar. Dann einfach bis später. "

„Arbeitest du denn heute nicht? ", fragte Mats beiläufig.

„Doch, doch. Aber Nachtschicht, geht erst um 22 Uhr los", sagte Seb und zog seine Bayern-Decke wieder bis zur Brust hoch. „Glaube, ich gucke noch einen anderen Film. Sonst ist das einfach nur total unbefriedigend. Das macht schlechte Laune."

Seb arbeitete am Empfang eines Bürokomplexes im Zentrum. Er stellte Besucherausweise aus, öffnete den Leuten auch mal eine Tür und beobachtete die Überwachungsmonitore. Er selbst sah sich allerdings als Wach- und Sicherheitsmann – *dies ist ein anerkannter IHK-Ausbildungsberuf!* – und konnte ungehalten werden, wenn jemand in der Spielothek ihn als Empfangsdame bezeichnete. Wobei ihm besonders wichtig war, klarzustellen, dass er keinen Wachmann im gesellschaftlichen Verständnis darstellte. Wer einen Mann in Uniform mit Schusswaffe oder zumindest Elektroschocker vor Augen hatte, der mit seiner Taschenlampe dunkle Ecken ausleuchtete, hatte Seb noch nie in seinem 10 qm-Kabuff besucht.

Penibel hatte er sich ein Gebäude mit Firmen gesucht, welche für Einbrecher komplett uninteressant waren. In diesem Gebäude befand sich nichts von wirklichem Wert. Seb bezeichnete es als absoluten Glücksfall, dass die überhaupt ein Sicherheitsteam beschäftigten. Aber das war heutzutage bei neueren Gebäuden Standard und preislich bereits in den Büromieten inkludiert.

So also saß Seb tagsüber gemütlich am Empfang und managte ohne jede Aufregung die ankommenden Personen. Nachts dagegen, und dies war die Schicht, die er deutlich präferierte, hockte er in einem 10 qm-Raum vor vier Monitoren, mit einem verhältnismäßig neuen Fernseher, einem internetfähigen Computer und wartete, bis es Morgen wurde.

Noch nie in seiner mehr als dreijährigen Tätigkeit hatte er nur einen einzigen Notruf tätigen müssen. Er kannte auch niemanden unter den Kollegen, der jemals etwas Verdächtiges beobachtet hatte oder überprüfen musste. Und wenn tatsächlich mal etwas passieren sollte, würde er einfach die Polizei rufen und schön in seiner gut gesicherten Kammer warten, bis diese eintraf.

Dazu war er laut Arbeitsvertrag sogar explizit aufgefordert: *„Schützen Sie das Gebäude soweit Sie können, aber stellen Sie niemals Ihre eigene Sicherheit darunter"*. Freibrief. So nennt man das umgangssprachlich. Ein Traumjob war das. Was hatte er gelacht, als sie ihm damals sagten, mit Abitur sei er eigentlich überqualifiziert. Die hatten gar nicht verstanden, was für ein Schmuckstück sie da besaßen! Und endlich mal ein Beruf, in dem Ausbildung und tatsächliche Tätigkeit komplett gleich waren. Wo ist das heute noch so?

Rumsitzen, gucken und warten. Am Anfang, in der Mitte und am Ende. Keine Aufstiegschancen. Inhaltlich keine Veränderung möglich.

Wenn es diesen Beruf nicht geben würde, Seb hätte ihn sich erfinden müssen. Tagsüber Spielothek und nachts Sicherheitsmann spielen. Oder andersherum.

Großartig war sein Leben. Und so unter Kontrolle. Dafür, dass er als Kind lange Zeit Lithium bekommen hatte, da ihn seine Unsicherheitsattacken so aufgeregten, hatte Seb sich fantastisch entwickelt. Fand Seb. Ankommen heißt, vor allem zu wissen, wo man ankommen will.

Er strahlte übers ganze Gesicht. Nun ein schöner, ein richtiger Hollywoodfilm, noch ein wenig Gras, später in die Spielothek auf zwei oder drei Spielchen vorbei und dann auf zur Nachtschicht.

Seb streckte seine Glieder unter der Decke aus, bis er laut gähnen musste. *Träume nicht dein Leben, lebe deinen Traum.* Genau.

„Ich fahre dann mal. Sehen wir uns vorher noch in der Spielothek?"

„Aber hallo! Natürlich komm ich noch vorbei. Hab gestern Lucky zumindest auf ein Unentschieden runtergezogen. Heute ist er fällig."

„Schön. Gut, also bis dann." Mats verließ Sebs' Zimmer und tastete im Gehen an sich herunter.

Er hatte die Autoschlüssel gar nicht geholt. Sie mussten noch in der Hose sein, die er gestern getragen hatte. Er eilte in sein Zimmer und schüttelte die Hose so lange, bis die Schlüssel einfach rausfielen. Nun aber Tempo. Nobby's Autopalast war bestimmt eine knappe halbe Stunde Fahrt um die Mittagszeit. Hoffentlich lief das nun zumindest mal reibungslos.

Als Mats Annas Auto erreichte und direkt vor ihm stand, verspürte er große Erleichterung. Der befürchtete „Musikfestival-Dixiklo am dritten Tag Gestank" war ausgeblieben. Er hatte erwartet, dass ihm der Gestank bereits auf der anderen Straßenseite entgegenfliegen würde. Aber nichts. Nun stand er direkt vor der Fahrertür und blinzelte ins Sonnenlicht. Sollte sich alles zum Guten wenden? Die endgültige Wahrheit lag im Inneren des Wagens.

Zaghaft und doch mit großer Zuversicht öffnete Mats langsam die Fahrertür. Er versuchte, sofort durch den Mund zu atmen, und drehte sich weg. Doch es war zu spät. Hatte er gestern befürchtet, dass sich mehrere Monate Rainer im Auto befinden könnten, so verriet ihm die leichte Brise, die sich durch seine Nase bereits in seinem Körper ausbreitete, dass er die Lage maßlos unterschätzt hatte. Offenbar waren italienische Kleinwagen ähnlich gut abgedichtet wie eine Mondfähre. Das Ungeheuer hatte Zeit gehabt sich auszubreiten, um mithilfe der Sonnenwärme seine nächste Evolutionsstufe zu erreichen. Das war nicht einmal mehr Luft. Atmen konnte man es jedenfalls nicht.

Mats riss die Tür weit auf und sprang zurück auf den Gehweg. Er konnte nicht in dieses Auto einsteigen. Geschweige denn damit irgendwohin fahren. Das Kiffen war eine Scheiß-Idee gewesen. Sein Herz raste und er bildete sich ein, dass die Geruchspartikel bereits begannen seine Arterien zu verstopfen. Todesursache – zu viel Seniorenkot im Blut.

Mats versuchte, sich zu beruhigen. Auch wenn es ihm als die beste Lösung erschien, wieder nach oben zu gehen, eine Flasche Hartalkohol, ein Tuch und ein Feuerzeug zu holen, um Annas Karre auf offener Straße ausbrennen zu lassen, so musste er trotzdem einsteigen und losfahren. Sonst würde es niemand tun. Er musste da durch. Vielleicht würde der Fahrtwind zumindest ein wenig die Intensität lindern und den Gestank während der Fahrt in den Rückraum verdrängen. Unwahrscheinlich. Aber das wiederum war das Gute an Marihuana – man konnte sich Sachen toll einreden.

Mats machte einen entschlossenen Schritt nach vorne, holte durch den Mund so tief Luft, wie er nur konnte und stieg ein. In Sekundenbruchteilen steckte er den Schlüssel in die Zündung und aktivierte gleichzeitig alle automatischen Fensteröffner. Er hatte noch für vielleicht 15 Sekunden Sauerstoff. Mats schnallte sich an und legte den Rückwärtsgang ein. Raus aus der Parklücke. Schnell. Noch 10 Sekunden. Ohne den Fahrtwind würde er es nicht schaffen. Los, los, auf die Bilker Allee und Tempo aufnehmen. Noch 5 Sekunden. Nein, oh nein, da kamen Autos. Mats konnte nicht auffahren. Wenn er jetzt einatmete, war alles vorbei.

Er würde im Auto kollabieren, das Ungeheuer die Kontrolle übernehmen und der Wagen mit ihnen beiden an der gegenüberliegenden Häuserwand zerschellen. Da! Eine Lücke! Klein, aber da. Mats ließ die Kupplung langsam kommen. Es musste ganz schnell gehen. Wenn ihm die Karre jetzt absoff, war er mausetot.

Sein Puls hämmerte so laut, dass Mats kaum mehr denken konnte.

Noch eine Sekunde, raus. Raus. Und Gas! Mats sprintete mit dem Punto in die Lücke und beschleunigte sofort auf 50, fast 60 Stundenkilometer. Endlich, er schnappte nach Luft.

Der Fahrtwind umspülte sein Gesicht. Mats blickte in den Rückspiegel. Das Ungeheuer war überall im Rückraum des Autos sichtbar verteilt. Aber der Wind ließ es nicht nach vorne kommen. Er drückte es in die Sitzpolster zurück. Nun durfte es nicht zu viele rote Ampeln oder gar Stau geben. Für die Dauer einer einzelnen roten Ampel war die Luft locker anzuhalten, aber bei Stau bliebe nur Aussteigen übrig. Mats pustete durch. Hoffentlich verflog der Gestank zumindest ein Stück weit, sonst würde nichts und niemand sich bereit erklären, diesen Wagen sauber zu machen. Falls nein, würde er die Karre einfach in den Nahen Osten schippern lassen und sie dort verkaufen. Alle Welt sprach doch immer von biologischen Waffen. Und wenn das hier keine war, dann wusste Mats auch nicht. Oder man nutzte es als Folterinstrument bei Verhören. Dagegen wäre Waterboarding ein kleiner Badeausflug.

Der Verkehr lief flüssig. Und der Fahrtwind blies nach Kräften in Mats Gesicht. Das Marihuana hatte seine Blutbahn verlassen. Der Schock des Geruchs und sein Stresszustand hatten ihm jede Entschleunigung genommen. Vielleicht aber ganz gut so. Beim Gespräch mit dem Autoreiniger war Souveränität und Selbstsicherheit gefragt. Da durfte gar kein tieferer Dialog im Sinne von *wieso, weshalb, warum* entstehen. Vermutlich rief noch jemand die Polizei, wenn rauskommen würde, dass es sich um menschliche Exkremente handelte.

Es hörte sich realistischer an, dass er einen ausgewachsenen Menschen nackt mehrere Tage in diesem Wagen eingesperrt hatte, als die wahre Geschichte zu erzählen. Wobei eine Nacht in Untersuchungshaft ihn zumindest davor schützen würde, weitere Kontaktpunkte mit einem neuen Murmeltiertag zu haben. Was aber, wenn Rainer sich gerade parallel totsoff. Selbst Anna würde man die Stuhlprobengeschichte kaum glauben.

Als Fahrzeughalterin wäre sie ganz schnell Mittäter. Nach der Metamorphose von Rainers Stuhl war ein DNA-Abgleich inzwischen ebenfalls nicht mehr möglich. Außerdem wäre Rainer schon lange beerdigt bis dahin. Anna und Mats wären so was von dran. *Wen haben Sie in diesem Auto eingesperrt? Aus welchem*

Grund? Wie lange war die Person eingesperrt? Wo ist die Leiche? Nun sagen Sie uns endlich, wo wir die Leiche finden!

Die Verhörfragen schepperten in Mats Kopf. Die Boulevardpresse würde sie „das Fäkalmörderpärchen" nennen. Ein Indizienprozess. Ein Medienereignis. Schuldig. Lebenslänglich. Später ein Buch. Talkshowauftritte. Geld. Macht. Erfolg. Aber dazwischen lagen 15 Jahre. Und die Wahrscheinlichkeit, mit Anna jemals zusammen zu sein, sank gegen den Nullpunkt. *Wie haben Sie sich kennengelernt? Ach, wir – wir waren 15 Jahre zusammen im Gefängnis, weil sein Vater in mein Auto geschissen hat ...*

Nein. Das musste ganz souverän und klar ablaufen. Hier ist das Auto, sauber machen, was kostet das, brauche den Wagen bis heute Abend zurück. Kein Wort, wie das passiert ist. Man weiß schließlich auch nicht, wie jeder Fussel auf den Teppich im Wohnzimmer gekommen ist. Mats würde sich nicht rechtfertigen. Das hatte er gar nicht nötig. Die Fahrt lief super. Grüne Welle. Und Wind, Wind und Wind. Wahrscheinlich muffelte es gleich nur noch ein wenig. Die sollten sich da bloß mal nicht anstellen. Da war ein bisschen Hundekot auf dem Sitz hinten. Nicht schön, aber nicht zu ändern. Das sollte ja wohl möglich sein.

Nobby's Autopalast lag inmitten der Düsseldorfer Automeile im südlichen Teil von Flingern. Während sich der nördliche Teil des Arbeiterviertels Flingern in den letzten Jahren immer mehr zu einer hippen, aufstrebenden Gegend entwickelt hatte, war der Süden weiterhin eher industriell geprägt. Die Automeile war eine Ansammlung aller Automarken, die es so auf der Welt gab. Fast eine eigene Stadt innerhalb Düsseldorfs. Motor City in klein.

In einem der Hinterhöfe dieser riesigen Autohäuser, zwischen VW und Toyota, lag Nobby's Autopalast. Das Gelände schien früher einmal ein Schrottplatz gewesen zu sein. Aber es war bei Weitem nicht so runtergekommen, wie man es bei einem Arbeitsplatz von Uwe vermutet hätte. Palast war sicher etwas hoch gegriffen, aber der Laden sah aus wie eine absolut ordentliche Autowerkstatt samt Waschanlage. Nobby's Autopalast war in großen, roten Druckbuchstaben auf einem riesengroßen Schild über der Werkstatthalle zu lesen. Vor das „N" hatten sie eine goldene Königskrone gesetzt. Das machte Sinn. Schließlich war es ein Palast.

Mats rollte langsam auf den Hof. Bei reduziertem Fahrtwind gestattete er sich eine Mini-Nase Rückbankaroma. Es stank immer noch bestialisch, war aber kein Vergleich mehr zu vorher. Er parkte und stieg aus. Die Mittagssonne strahlte über Nobby's Autopalast. Aus Angst, der Wagen könnte sich abermals abgedichtet komplett aufheizen und das Ungeheuer würde die nächste Evolutionsstufe erreichen, ließ Mats vorsichtshalber alle Fensterscheiben unten.

Neben der großen Werkstatthalle lag ein weiteres, weißes und deutlich kleineres Gebäude, welches offenbar als Empfangshalle und Büro diente. Auf der Eingangstür waren wieder Schriftzug und Krone zu sehen. Nobby hatte wirklich an alles gedacht. Mats betrat die Empfangshalle.

„Einen wunderschönen guten Morgen! Kommen Sie bitte herein. Setzen Sie sich. Wie kann ich Ihnen helfen?" Bevor Mats sich überhaupt räumlich orientieren konnte, war seine Majestät bereits von ihrem Schreibtisch aufgesprungen, um ihn in Empfang zu nehmen. Nobby sah nicht nach Nobby aus. Eher nach Norbert dem Investmentbanker, wenn auch in der Low-Budget-Version.

Seine königliche Hoheit war ein aus dem Ei gepulter Schnösel mit zurückgegelten Haaren. Im linken Ohr trug er einen recht großen Piratenohrring. Sein Anzug war von der Stange, saß dafür aber erstaunlich gut. Seine schwarz-weiß, rot gestreifte Krawatte wurde von einer goldenen Krawattennadel gehalten. In Königskronenform. Natürlich.

Dieser Mann überließ nichts dem Zufall. Der hatte rein gar nichts mit Werkstatt oder Schmutz gemein. Mats war gespannt auf das Fußvolk in diesem Hofstaat. Sahen die auch so aus, könnte es mit der Reinigung kompliziert werden. König Nobert sah nicht so aus, als hätte er in seinem Leben schon einmal irgendetwas berührt, was schmutzig war. Mats ließ sich in den Besucherstuhl fallen.

„Guten Morgen! Danke, ja, Sie können helfen. Mein Auto ist verdreckt. Ich würde es daher gerne professionell reinigen lassen."

„Sehr schön. Das ist gar kein Problem. Ich rufe gleich einen meiner Mitarbeiter, der draußen die Aufnahme des Fahrzeugs durchführen wird. Möchten Sie, dass wir das Fahrzeug komplett reinigen, also außen und innen? Oder ist außen ausreichend?" Norbert hatte bereits ein Antragsformular herausgezogen, welches er vor Mats auf den Schreibtisch legte.

„Bitte komplett. Aber vor allem innen." Mats nahm den Kugelschreiber in die Hand und blickte über den Antrag.

Norbert lächelte zufrieden. „Eine sehr gute Wahl." Er beugte sich freundschaftlich vertraut ein Stück vor. „Wissen Sie, mal nur unter uns beiden gesagt, ich verstehe die Leute nicht, die hierher kommen, eine professionelle Reinigung in Anspruch nehmen, aber dann auf den Innenraum verzichten. Man verbringt ja nun mal mehr Zeit im Auto als außen am Auto, oder?"

Sein frisch rasiertes Gesicht glänzte und legte sich in Lachfalten. An seiner Hand trug er einen schwarzen Siegelring. Eine Wolke Aftershave zog über den Schreibtisch hinweg zu Mats. Zumindest hier war er sich selbst treu geblieben. Ein penetranter, billiger Duft. *Hattric Sport* vielleicht. Oder er hatte sich einfach mit seinem Achseldeo direkt am ganzen Körper eingesprüht.

Ein Witzbold war er auch noch. Wann war wohl aus dem kleinen, schmutzigen Nobby seine Majestät, der große, gelackte Norbert geworden? Oder hatte es Nobby niemals gegeben und es war nur der Versuch des Königs, etwas Bodenständigkeit sowie Volksnähe zu zeigen? Den Gestank der Herkunft kann niemand abstreifen. Aber Mats roch nichts.

Mats setzte zu einem Lachhusten an. „Nein, da haben Sie Recht. Das macht keinen Sinn. Man sitzt ja nicht auf dem Dach. Zumindest die meiste Zeit nicht. Ha, ha."

Mats war entsetzt, als die letzten Worte seinen Mund verließen. Das war eins seiner großen, charakterlichen Probleme. Er passte sich zu schnell anderen Leuten an. Deswegen mochten ihn die meisten, was er selbst als unverständlich empfand. Negativ ausgelegt konnte man sagen, er sei konfliktscheu. Positiv bewertet galt er eher als umgänglich. Trotzdem konnte er kaum glauben, dass er diesen Pseudowitz gemacht hatte. Aber was sollte man machen, wenn das Gegenüber einen auf sein Niveau herunterzog?

„Ha, ha, ein Mann nach meinem Geschmack! Füllen Sie dann bitte das Formular kurz aus. Name, Adresse, Kennzeichen, Telefonnummer usw. Für innen und außen bitte oben rechts jeweils ein Kreuz. Draußen erfolgt gleich im Anschluss die finale Aufnahme durch unseren Mitarbeiter."

Norbert rollte mit seinem Stuhl zum anderen Ende des Schreibtisches und bediente den Knopf einer Gegensprechanlage. „Bitte jemand in mein Büro. Haben hier einen T2 – komplett in und aus. Danke." Die Durchsage war über einen Lautsprecher, der sich an der Decke befand, auch im Büro selbst zu hören. Da war wohl jemand ein wenig eitel. Dies konterkarierte in gewisser Weise den Sinn einer Gegensprechanlage. Auf jeden Fall war es unnötig, die eigenen Worte noch einmal parallel über Lautsprecher zu hören. Erzeugte so was nicht eigentlich eine Gegenkopplung oder wie das hieß? Vermutlich waren auf dem gesamten Gelände Hunderte von Lautsprechern angebracht, sodass jeder überall und zu jeder Zeit seinen royalen Führer hören konnte. Und besonders er sich selbst. Der König nickte zufrieden.

„Es kommt sofort jemand. Die mit dem Auftrag verbundenen Kosten sind Ihnen bekannt?"

„Muss gestehen, nicht wirklich. Ein Freund hat mir Sie empfohlen. Uwe Klima. Ich soll Ihnen auch schöne Grüße bestellen."

„Leute, Leute, klein ist die Welt, nicht wahr? Auf Empfehlung kommen Sie und dann noch von unserem Uwe! Ist er ein guter Freund von Ihnen? Wie geht's ihm denn, unserem Uwe?" Norberts Gesicht war kurzfristig eingefroren.

Mats bemerkte die leichte Veränderung seiner Gesichtszüge. Uwe löste etwas bei ihm aus, aber der aalglatte Norbert ließ nicht aus sich heraus, ob Gutes oder Schlechtes. Mats entschied sich für die mausgraue Mitte.

„Guter Freund wäre sehr viel gesagt. Er ist eher ein guter Freund eines Bekannten."

„Ja, ja, unser Uwe. Freut mich selbstverständlich, dass er uns weiterempfiehlt. Grüßen Sie mir den alten Ganoven zurück." Norberts Stirn legte sich in nachdenkliche Falten.

„Nun ja, für einen Freund von unserem Uwe machen wir natürlich einen Spezialpreis."

Ein Wunder. Uwe schien doch für etwas auf der Welt gut zu sein.

„Regulär liegt eine T2 innen/außen inklusive Reinigungsschaum für die Polster und Versiegelung bei 250 Euro, sofern es nicht länger als drei Stunden dauert. Mit unserem Mitarbeiterrabatt von 18 % landen wir dann ..." Seine Hoheit hackte konzentriert auf einem übergroßen Taschenrechner herum. „...bei 205 Euro. Aber da wollen wir mal nicht kleinkariert sein. Sagen wir runde 200 Euro. Einverstanden?"

Doch für nichts gut. Der Uwe. 200 Euro fühlten sich nicht wie ein Rabatt an. Eher wie eine Strafe. Trotzdem wäre es wohl fehl am Platze gewesen, eine Preisliste zu erfragen. Am Ende ließ ihn der König noch hinrichten und Mats würde nie erfahren, ob Rainers Stuhlgang so reinigungsresistent wie geruchsentwicklungsfähig war. Trotzdem schmerzte der Preis. Das hatte er doch eine Ecke niedriger eingeschätzt. 100 Euro für jeden. Zum Glück war noch Monatsanfang. Was soll's. Wenn der König und seine Untertanen es schafften, Annas Auto wieder hinzubekommen, was Mats weiterhin stark bezweifelte, sollte es ihm 100 Euro wert sein. Und sollte Nobby das Gefühl beschleichen, einen guten Deal gemacht zu haben, würde sich das spätestens ändern, wenn er und seine Schergen in Kontakt mit dem Objekt kamen.

„Das klingt fair. Vielen Dank. Das heißt, ich kann den Wagen in spätestens drei Stunden abholen?"

„Deal." Der König schlug mit der flachen Hand auf den Tisch. „Sie werden Ihr Auto nicht wiedererkennen. Unsere Werbung verspricht nicht umsonst: Ihr Auto ist unser Königreich! Wie frisch vom Werk wird der aussehen. Das verspreche ich Ihnen."

Mats lächelte seine Majestät überlegen an. „Da nehme ich Sie beim Wort."

„Das können Sie auch! Wir nehmen unsere Versprechungen sehr ernst. Sie werden begeistert sein."

Die Zwischentür zur Werkstatt öffnete sich und ein Untertan betrat das Büro. Endlich. Mats atmete erleichtert durch. Ein völlig verdreckter mit einem Blaumann bekleideter Automechaniker wie aus dem Lehrbuch. Schmiere, Fett, Öl, alles war da! Selbst die goldene Krone auf seiner Brust war maximal noch sandfarben. Seine Hände waren stellenweise pechschwarz und besonders unter seinen Nägeln hatte sich eine dunkle Schicht gebildet. Hätte Mats sich einen Helden malen müssen, der gleich in Annas Auto beginnen würde, Rainers Exkremente zu entsorgen, es wäre dieser gewesen. Diese Gestalt zog offenbar nicht einfach nur den Schmutz und Dreck an. Sie war der Schmutz selbst. Wäre Mats eine Prinzessin, er hätte sich aus jedem Schloss von ihm entführen lassen. Wie der kühne Ritter wohl heißen mag?

„Heini, brauche dich mal. Hier sind Antrag und Schlüssel. Der Wagen steht auf dem Hof. Bitte besprich doch alles Weitere direkt mit dem Kunden draußen."

Mats EC-Karte ratterte noch durch das Lesegerät, als seine Majestät sich bereits schwungvoll mit ihrem Drehstuhl vom Schreibtisch abstieß und erhob. Erhaben streckte er Mats seine Hand zum Kuss entgegen. Die Audienz war offenbar beendet. Mats ergriff seine Hand.

„Beehren Sie uns bitte bald wieder. Und melden Sie sich jederzeit, wenn etwas nicht zu Ihrer Zufriedenheit sein sollte. Ich kümmere mich dann persönlich darum."

Mats blickte auf Ritter Heini. Würde die Reinigung nicht funktionieren, würde er einfach behaupten, dass vorher keine Scheiße im Auto gewesen sei. Der arme Heini könnte niemals das Gegenteil belegen und jedes Gericht dieser Welt würde ihn schuldig sprechen. Aber so war das nun mal in Monarchien. Da wurde manchmal einem Untertan einfach so der Kopf abgeschlagen, nur damit der König wieder bessere Laune bekam. König Norbert und Mats lächelten einander zufrieden an. In der Wirtschaft nennt man so was Win-win-Situation. Aber wo es Gewinner gibt, gibt es auch immer einen Verlierer.

Heini kratzte sich am Kopf und sah etwas zu konzentriert auf den Aufnahmeantrag. Der Schweiß in seinem Gesicht verflüssigte den Schmutz und die Schmiere. Unbewusst streifte er sich den Schweiß mit dem Ellenbogen ab und komprimierte so den Schmutz zu einem langen schwarzen Streifen auf seiner Stirn, dessen Ausläufer in seinem rechten Ohr endeten. Er war einfach perfekt! Abgesehen von seinem Dreitagebart, der ihn für sein weiches Gesicht zu markant machte, stand hier ein menschgewordenes Lamm vor ihm. Gewinner und Verlierer. Täter und Opfer. Wolf und Lamm. Kaninchen und Schlange. Wurst und Zipfel. Heini war ganz sicher der Zipfel.

Ohne aufzublicken, nuschelte er in den Aufnahmeantrag hinein.

„Gut. Dann bringen Sie mich bitte zum Fahrzeug. Ich muss mir den Wagen noch mal vorab zusammen mit Ihnen ansehen, damit Sie mich auf besonders stark verschmutze Stellen hinweisen oder noch Wertsachen entnehmen können."

Heini und Mats traten auf den Hof. Es war immer noch erstaunlich warm. Insgesamt frühlingshaft, aber in der prallen Sonne fast hochsommerlich. Oder lag das an Mats Hochstimmung? Wenn jemand Annas Auto wieder sauber bekommen konnte, dann dieser schmutzabsorbierende Hofknecht. Vielleicht gab es gar keinen Reinigungsschaum. Heini war der Schaum.

Norbert sperrte ihn in die zu reinigenden Fahrzeuge ein und dann rollte sich

Heini einfach ein oder zwei Stunden hin und her, bis der ganze Schmutz aufgesogen war. Ein Ritter in Schwammgestalt. Doch würde dieser allen Dreck der Welt absorbierende Superschwamm in Rainers Stuhlprobe seinen Meister finden? Spätestens mit der Evolutionsstufe im luftdichten Innenraum unter dem Einfluss der drückenden Sonne war etwas entstanden, was die NASA nicht als Ursprung irdischen Lebens klassifizieren würde. Was nur, wenn der Schwammritter keine außerirdischen Exkremente verarbeiten konnte?

Mats entspannte sich. Er konnte es sowieso nicht mehr beeinflussen. Außerdem hatte er immer noch Plan B, welcher Heini als Verursacher der Exkremente im Auto vorsah. Aber bis dies nötig wurde, galt es zunächst, sich mit Heini gut zu stellen. Schließlich sollte er sich möglichst motiviert der Sache annehmen und ein Happy End wäre für alle Beteiligten letztlich ja doch am schönsten. Zudem interessierte Mats, warum seine königliche Hoheit so eigenartig auf Uwe reagiert hatte. Und das meiste Wissen in einem Palast ballte sich bekanntlich beim Hofnarr.

„Heini, sag mal. Ist es in Ordnung, wenn wir uns duzen? Finde ich irgendwie entspannter. Kennst du auch den Uwe Klima? Der hat mal hier gearbeitet."

Heini stoppte seinen Gang und sah Mats flüchtig in die Augen, drehte aber sofort wieder ab. „Von mir aus schon. Aber der Chef sieht es nicht so gerne, wenn wir uns mit Kunden duzen. Er sagt immer, wir seien ein hochprofessionelles Unternehmen, da sei es wichtig, dass wir nicht zu kumpelhaft daherkommen."

Selbstverständlich. Natürlich. Hochprofessionell. Allein der Name Nobby's Autopalast transportierte eiskalte Börsenatmosphäre. Der König schien nicht so fehlerlos zu sein, wie er selbst glaubte. Oder das Ganze hatte Methode. Volksnah und doch wieder nicht. Mein Name ist Nobby, aber siezen Sie mich bitte.

„Na, Heini, wir sind doch beide ein Alter. Das ist es doch albern, wenn wir uns siezen. Findest du nicht? Das muss Nobby außerdem ja gar nicht mitbekommen. Ich heiße Mats." Er streckte Heini seine Hand entgegen.

Heini zögerte und vermied weiterhin längeren Blickkontakt. „O.k., dann sagen wir du. Ich heiße Heinrich. Hand gebe ich dir aber lieber nicht. Ist ganz schmutzig vom Öl."

Mats hielt seine Hand weiter ausgestreckt. „Meine ist auch schmutzig. Das ist schon in Ordnung, Heinrich. Freut mich", schüchtern lächelnd gab ihm Heinrich seine Hand. Mats jubelte innerlich.

Das war die halbe Miete! Er spürte die fettige Schmiere in seiner sich verdunkelnden Handfläche. Sie waren nun so etwas wie Mechaniker-Blutsbrüder. Und gute Mechaniker-Blutsbrüder, die halfen einander, wo sie konnten. Und wenn dem einen ein Senior ins Auto geschissen hatte, war es für den anderen keine Frage, ihm aus der Patsche zu helfen. Winnetou hatte sich für Old Shatterhand töten lassen oder umgekehrt. Mats wusste es nicht mehr.

Da konnte sich sein Blutsbruder Heinrich ja wohl ein oder zwei Mal durch sein Auto rollen. Sie waren noch wenige Meter von Annas Auto entfernt, doch Mats erhaschte bereits eine erste Duftnote. Um Heinrich sich nicht zu stark auf den Geruch konzentrieren zu lassen, wiederholte er schnell seine Frage:

„Heinrich, du wegen dem Uwe Klima. Kennst du den nun? Der ist erst einige Monate weg. Wegen der Hüfte."

Mats konnte an Heinrichs Gesichtszügen erkennen, dass auch er den Gestank wahrgenommen hatte. Doch das Ausmaß war ihm noch nicht klar. Denn nun antwortete er ihm erst mal.

„Klar, kenn ich den. Den kennen alle hier. Aber wieso Hüfte? Was soll denn mit seiner Hüfte sein?" Überrascht sah Heinrich Mats an.

„Na, der hat ein künstliches Hüftgelenk seit einigen Monaten. Deswegen hat er doch aufgehört hier. Oder nicht?" Der Geruch wurde beißender. Mats atmete durch den Mund.

Auch Heinrichs Gesicht verzerrte sich angestrengt. „Ja? Wusste ich gar nicht. Kann aber sein, dass der 'ne künstliche Hüfte hat. Keine Ahnung. Was stinkt denn hier so? Ist das dein Auto?"

„Wieso weißt du das mit der Hüfte denn nicht, wenn Uwe deswegen hier aufgehört hat, Heinrich? Das ist komisch, oder?"

Heinrich stotterte nun leicht und Husten unterbrach seine Wörter. „Weiß nicht, keine Ahnung. Dachte immer, das wäre wegen der Sache mit seiner Alten gewesen. Vielleicht wusste er das aber auch nicht. Meine Güte, woher kommt dieser Gestank? Aus dem Auto? Oder ist das was an den Reifen?"

Mats hielt Heinrich so lange im Ungewissen wie möglich. Er sollte sich erst mal an den Geruch gewöhnen. Wenn man durch den Mund atmete und etwas Wind da war, war es nämlich gar nicht so schlimm. Da sollte hier mal keiner aus einer

Mücke einen Elefanten machen!

„Wieso? Was war denn mit seiner Alten?"

Heinrich machte einen großen Schritt zurück Richtung Werkstatthalle. „Na, die hatten ja fast alle hier mal unter sich liegen. War so was wie die Palastmatratze. Da durfte jeder mal. Ich jetzt nicht, aber alle anderen eigentlich. Und der Uwe selbst scheinbar nicht. Dachte, das wäre ihm unangenehm gewesen. Besonders der Nobby war oft an ihr dran. Aber wenn du sagst Hüfte, dann war es sicher die Hüfte. Mats, ist das ein totes Tier oder was?"

Sehr interessant. Dieser Ausflug geriet noch zu einem Quell an sensiblen Informationen. Uwes dramatische Geschichte vom Betrug mit einem Opa namens Wolf stellte sich vielmehr als ein Teileepisodendrama einer Nymphomanin namens Palastmatratze heraus. Oder wusste Uwe das tatsächlich nicht? Er hatte Mats hierhin geschickt. Hätte er das auch auf die Gefahr hin getan, dass Mats erfahren konnte, warum er tatsächlich Nobby's Autopalast verlassen hatte? Oder war das ein letzter Hilferuf mit der Hoffnung, bald wirklich alles über seine Frau rauslassen zu können? Vielleicht war Uwe aber auch verrückt geworden, hatte sich gedanklich eine künstliche Hüfte verpasst und die restliche Erinnerung weggesoffen. Vermutlich. Oder Fantasie. Selbst Uwe hatte sie. Das wahre Gold.

„Du, Heinrich, da ist was Blödes passiert. Mein Hund hat im Auto warten müssen und eigentlich geht das auch immer gut. Aber diesmal hat er ein bisschen ins Auto gemacht. Wahrscheinlich war ihm zu warm. Ist ja auch schweineheiß in der Sonne."

Mats stieß mit dem Fuß die Beifahrertür weit auf. Heinrich hielt weiterhin Abstand, näherte sich nun aber leicht gebückt der Tür, um sich den Innenraum genauer anzusehen.

„Mein Gott, das stinkt furchtbar. Da wird einem schlecht. Was hast du denn für einen Hund? Also wie normale Hundekacke riecht das nicht. Das brennt sogar in den Augen."

Na ja, jetzt dramatisierte Heini aber. Erblinden würde er sicherlich nicht. Oder doch?

„Du, das ist so ein ganz normaler, Deutscher Schäferhund. Der ist ganz putzig. Schon bisschen älter, aber ganz liebes Tier. Ich denke, das stinkt echt nur wegen

123

der Wärme so."

Heinrichs Gesicht zuckte immer wieder zusammen und verkrampfte sich. Er begutachtete abermals den Innenraum. „Vorne sieht so weit o.k. aus. Aber die Rückbank ... wie lange war der Köter denn da drin? Sogar die Scheiben und die Seitenwände sind voll."

Langsam wurde es kritisch. Heini sah nicht mehr großartig motiviert aus. Und das ewige Rumlamentieren machte ihn nicht sympathischer. Blutsbruder hin, Blutsbruder her.

„Na, Heini, so genau weiß ich das nicht. Nicht lange, vielleicht 'ne halbe Stunde oder so. Aber was sollte ich machen? Ich musste zum Arzt und konnte den Hund schlecht mit ins Wartezimmer nehmen. Und bisher war das immer gutgegangen. Von der Hitze hat er halt Durchfall bekommen.

So ein Schäferhund ist auch nur ein Mensch. Das verstehst du doch, Heinrich?"

Heinrich war zwischenzeitlich zur Fahrerseite gewechselt und lugte nun von hier in den Innenraum. „Durchfall ist gut. Auf der Rückbank ist alles überall voll. Guck dir das an! Da weiß ich echt nicht, ob wir das wieder sauber kriegen. Was sagtest du, was für eine Rasse ist das?"

„Ein Schäferhund. Ganz normal. Schon ein bisschen älter. Der hat sich auch ganz doll geschämt. Heinrich, dem tut das ja auch leid und mir erst. Weiß ja, wie scheiße das ist. Aber Nobby meinte, wenn das einer hinkriegt, dann der Heini."

Ein Funken Stolz flackerte in Heinrichs Augen auf. „Das hat er gesagt? Wirklich?"

Anerkennung. Es geht allen immer nur darum. Kein Geld. Für manche vielleicht noch Macht. Aber für alle anderen ging es nur um Anerkennung. Mal ein Lob. Eine kleine Wertschätzung. Und alles war gut. Mehr wollten die meisten Menschen gar nicht. Und das galt scheinbar auch für Schwämme.

„Als ich ihm erzählt habe, um welches Problem es sich handle, sagte er sofort, dass hier nur sein bester Mann helfen könne."

Heinrichs Stirn bestand aus Falten. Aber der Stolz in seinem Blick war noch da. Und er fraß seine Skepsis auf. Er wusste wahrscheinlich, dass Mats ihn anlog. Doch sein Wunsch, dass Nobby das tatsächlich gesagt hatte, war größer.

„Tja, Mats, ich kann dir da echt nichts versprechen. Weiß ich nicht, ob wir das wieder komplett rauskriegen. Sauber vielleicht noch, aber ob der Gestank verfliegt? Keine Ahnung. Wann ist das Ganze denn passiert?"

„Gestern Abend. Ich musste heute Morgen noch dringend was erledigen und bin dann sofort los zu euch."

„O.k., gut. Das ist schon mal gut, dass das nicht ein paar Tage da drin ist", prüfend blickte Heinrich abermals von beiden Seiten in den Innenraum des Wagens. „Zumindest sieht alles trocken aus. Dann können wir das Gröbste absaugen und dann müssen wir sehen, wie es aussieht, wenn der Reinigungsschaum entsprechend eingeweicht ist. Da brauchen wir aber sicher zwei bis drei Durchgänge."

„Super, Heinrich. Das klingt perfekt. Hört sich aber an, dass es etwas länger dauern wird?"

„Auf jeden Fall. Allein das Einweichen dauert immer 'ne knappe Stunde und hier würde ich eher was draufschlagen. Kann dann teurer werden für dich. Normalerweise setzen wir immer maximal drei Stunden an. Aber das wird Nobby dir bereits erklärt haben."

„Ja, hat er. Hauptsache der Wagen wird wieder sauber. Bis wann denkst du denn, kann ich ihn zurückhaben?"

„Ich rufe dich am besten an. Vor heute Abend oder morgen früh wird das aber nichts werden. Wenn ich merke, dass der Schaum gegen den Gestank hilft, lass ich den einfach jeweils möglichst lange drauf. Das wird dann auch nicht teurer für dich. Da haben wir ja keine Extra-Arbeit mit."

Dafür, dass sich Heini gleich selbst einschäumte und durch Mats' Auto zwei bis drei Stunden lang hin und her rollte, hatte er sich die ganze Prozedur erstaunlich gut ausgedacht. Wer's glaubt!

„Mensch, Heinrich. Bin dir echt sehr dankbar. Das wäre ein Traum, wenn der Wagen wieder sauber wird. Der gehört nämlich eigentlich meiner Freundin. Und die hatte deswegen einen cholerischen Anfall gestern."

Heinrich lächelte nun endlich gelöster. „Na, das kann ich mir vorstellen. Würde an deiner Stelle aber echt mal zum Tierarzt mit deinem Hund. Ich kenn mich mit den Viechern zwar nicht aus, aber dieser Gestank kann nicht normal sein. Dann würden ja alle Parks und Straßen so riechen."

Was für eine Welt. Strahlend blauer Himmel. Die Sonne scheint. Die saftig grüne Parkwiese glänzt im Sonnenlicht. Bienen fliegen summend über die bunten, zahlreichen Blumen hinweg. Plötzlich bemerkt man ein leichtes Drücken am Rücken. Man liegt auf etwas. Eine Tupperdose.

„Gute Idee, mach ich mal. Aber der ist halt schon alt. Und da fressen die auch gerne mal andere Scheiße, die auf der Straße liegt. Und wenn die dann scheißen müssen, ist es eben dann Scheiße mit Scheiße. Das ist zumindest meine Theorie, warum das so stinkt."

„Die fressen Scheiße? Warum fressen die denn andere Scheiße?"

„Ach, nur so. Glaube, wenn die Würmer haben oder so. Machen die aber nicht immer."

„Was für Würmer denn? Die fressen andere Scheiße, wenn sie Würmer haben? Bist du dir sicher, dass das wirklich ein Hund ist, den du hast?"

„Klar, ist es ein Hund! Alter, Deutscher Schäferhund, ganz normal. Vielleicht hat er auch keine Würmer und Scheiße gefressen. Ich weiß das nicht, ich kontrolliere ja nicht den Mageninhalt bei dem. Das mit *Scheiße gegessen* ist ja nur meine Theorie."

„Kennst du dich denn gut aus mit Hunden? Wie lange hast du den denn schon?"

„Seit ein paar Tagen. Kenn mich aber gut aus. Hatte als Kind immer Hunde. Aber ich geh mal zum Arzt mit ihm. Gerade erholt er sich aber erst mal von dem Schock von gestern. Der war ja auch fix und fertig. Kannst du dir denken. Stell dir mal vor, das wäre dir passiert, Heinrich. Da würdest du auch nicht sofort zum Arzt, sondern erst mal runterkommen wollen."

Heinrich schaute Mats etwas ungläubig an. Offenbar mangelte es ihm an Vorstellungsvermögen. Mats konnte sich sehr gut in die Lage des Schäferhunds hineinversetzen. Obwohl er wusste, dass es in Wirklichkeit kein Schäferhund gewesen war. Trotzdem sah Mats förmlich den armen Schäferhund, wie er seine Rute gegen alle Türen und Polster presste, nur weil er die schlimmen Würmer loswerden wollte. Hier gab es keinen Täter. Nur Opfer.

Es ließ sich festhalten: Mats Fantasie ja. Heini mittel. Der sollte aber auch nicht zu viel grübeln, sondern einfach Schwamm sein! Aufsaugen, Absaugen und Raussaugen!

Mats reichte Heini wieder seine Hand. „Brauchst du noch irgendwas? Ich würde sonst mal fahren. Melde dich bitte einfach, wenn du durch damit bist. Hauptsache, der Wagen wird wieder heil."

„Mache ich. Deine Nummer hast du ja auf dem Antrag hinterlassen. Rufe dich an, sobald wir fertig sind und ich sehen kann, ob wir es wieder hinkriegen. Falls nein, musst du mit dem Ergebnis leider leben. Versprechen kann ich dir wirklich nichts."

„Perfekt. Nein, musst du auch nicht. Bin dir sehr dankbar – so oder so. Bis später."

Mats schlenderte langsam vom Vorhof von Nobby's Autopalast. Er war nicht überzeugt, dass der Schwammritter Annas Auto wieder sauber bekam. Aber er war seine beste Chance. Es half nichts, jetzt darüber nachzudenken, was er machen sollte, wenn der Wagen dauerhaft Rainers Stuhlgang-Deodorant annahm. Die Sonne blendete ihn und der Wind blies durch seine Haare. Wer weiß, vielleicht hatte er Glück und das Schicksal entschädigte ihn zumindest ein Stück weit. Er würde einfach die nächste Straßenbahn zurück nach Bilk nehmen und abwarten. Mats dachte an seinen Schäferhund. Der hatte zwar keine Würmer, aber dafür jede Menge Krebs. Aber den soff er sich gerade vermutlich aus jeder Pore. Wenn das nur ginge.

Kapitel 10: Keine Träume mehr

„Nasenhaare. Rücken oder Schulter, damit rechnet man ja. Man wird nun mal nicht jünger. Aber das einem irgendwann die Haare aus der Nase wachsen, als wenn Rapunzel das Haar herablässt, das erwartet man nicht." Rainer drehte den Tabak langsam in das Blättchen ein, bis er überall gleichmäßig verteilt war.
Stille lag über der Spielothek. „Ich hab mir das lange nicht eingestanden. Hab mir gesagt, das liegt nur an einer Erkältung oder so. Also dass der Schnupfen die Nasenhaare weiter aus der Nase raustreibt als normal. Und dass alles wieder so werden würde wie früher. Aber wurde es nicht."
Er befeuchtete das Blättchen und drehte die Zigarette zu Ende. Mit dem Daumen wischte er einen Tabakfaden von seiner Unterlippe, bevor er sich die Zigarette anzündete. Nachdenklich blies er den Rauch nach vorne auf den Tresen.
„Als ich den Nasenhaarschneider kaufte, wusste ich das erste Mal, dass ich kein junger Mann mehr bin. Dass es immer weiter bergab geht, das Leben nicht anhalten wird. Ich glaube, an dem Tag bin ich so richtig erwachsen geworden."
„Oh Mann, Rainer. Das ist echt 'ne traurige Geschichte." Erwin schüttelte den Kopf und schenkte ihnen noch einen Wodka ein. „Ich weiß das gar nicht, aber ich glaube, ich hatte immer schon viele Nasenhaare.
„Immer schon? Auch als Kind?", fragte Rainer.
„Keine Ahnung. Hab ich noch nie drüber nachgedacht. Hat man als Kind denn überhaupt Nasenhaare?"
„Natürlich! Nasenhaare hat man immer. Von Geburt an. Die verhindern doch, dass viele Keime und Bakterien in den Körper kommen. Ohne Nasenhaare hast du ein Riesenproblem. Dann kann jeder Virus einfach direkt in deinen Kopf fliegen. Und dann wird es ganz schnell düster." Uwe nickte zufrieden.
Er brachte gerne sein Wissen an, wenn er konnte. Und da sein Allgemeinwissen nicht wahnsinnig breit aufgestellt war, musste er jede Gelegenheit nutzen. Das mit den Nasenhaaren und den Keimen hatte er mal im Fernsehen gesehen.
„Deshalb mache ich gar nichts mit denen. Auch wenn die dann ein bisschen rausgucken. Das ist nämlich sogar gesund."
„Lange Nasenhaare sollen gesund sein? Was ist das für ein Scheiß, Uwe?", reagierte Rainer gereizt. „Und selbst wenn es gesund wäre, das sieht doch total

bekloppt aus."

„Ich hab ja einen Schnurrbart. Da fällt das überhaupt nicht so auf. Aber das ist auf jeden Fall gesund. Das könnt ihr ruhig glauben. Je dichter die Haare, desto weniger Keime kommen rein. Im Fernsehen war mal so ein Bericht von einem Jungen ohne Nasenhaare. Der wurde einfach ohne Nasenhaare geboren. Und der war immer nur im Krankenhaus auf so einer Quarantänestation, weil der draußen nämlich sofort ganz viele Krankheiten bekommen hätte."

Die Geschichte mit dem Jungen stimmte zwar nicht, aber Uwe brauchte etwas Argumentationsfutter. Rainer und Erwin glaubten ihm nicht so richtig. Da musste er ein bisschen nachhelfen. Schließlich war es zu ihrem Besten. Rasierten sich die Nasenhaare. Narren.

„Jetzt komm mal nicht wieder mit irgendwelchen komischen Filmen oder Fernsehsendungen, die kein Schwein kennt, Uwe. Das geht mir heute echt auf die Eier", ungehalten stürzte Erwin seinen Wodka herunter und wandte sich wieder Rainer zu.

„Lohnt sich so ein Nasenhaarschneider denn? Ich mache das immer mit einer Nagelschere."

„Du hast bei deinem Haarwuchs keinen Nasenhaarschneider? Das gibt's ja nicht. Klar lohnt der sich Erwin. Wie kommst du denn mit der Schere überhaupt an die Haarwurzel ran?"

„Wieso bei meinem Haarwuchs? Was ist denn mit meinen Haaren?", entgegnete Erwin etwas beleidigt.

„Nichts ist mit deinen Haaren. Du bist aber insgesamt nun mal etwas behaarter, Erwin. Kein Grund eingeschnappt zu sein, aber da bietet sich ein professioneller Nasenhaarschneider absolut an."

Erwin drückte sein Kreuz durch und plusterte sich auf. „Ich hatte schon immer viele Haare. Mein erstes Brusthaar hatte ich mit neun. Das war ganz lang und pechschwarz. Die Jungs in der Schule wollten das mehrmals am Tag sehen. Die waren ganz neidisch. Und wenn die mich heute sehen könnten, wären sie noch neidischer."

Er trommelte sich auf den Oberkörper und weitete seinen Hemdkragen, sodass seine Goldkette und Brustbehaarung noch prominenter hervortraten.

„Mit neun? Meine Güte, da warst du aber wirklich früh behaart. Wie gesagt, würde mir echt einen kaufen. Kommst viel besser an die Haarwurzel. Du machst das einmal die Woche und nicht mehr jeden Tag. Ist schon 'ne Erleichterung. Mir wäre das mit einer Schere viel zu gefährlich. Wenn du dich damit stichst, blutet das doch ewig. Oder was ist das für eine Schere? So eine ohne richtige Spitze? Falls ja, geht's ja noch."

„Ihr dürft das nicht machen! Wirklich nicht. Das ist total gefährlich. Ob mit Haareschneider oder Schere ist total egal. Ihr werdet krank, wenn ihr das weiter macht. Ihr müsst mir das glauben." Uwe war völlig verzweifelt.

„Uwe, verhältst du dich bitte ruhig. Rainer und ich unterhalten uns. Und das können wir nicht, wenn du alle zwei Minuten irgendeinen Scheiß dazwischen brüllst! Mir ist diese Tierporno-Kacke heute Morgen schon auf den Keks gegangen. Es reicht jetzt mal, du Bastard!"

„Erwin, ich will euch nur helfen. Ihr gefährdet eure Gesundheit."

„Uwe, reiz mich nicht", drohend funkelte Erwin Uwe an. „Hast du mich verstanden?"

Uwe resignierte. Sollten sie sich halt umbringen. Er hatte keine Lust, sich dafür eine gebrochene Nase einzuhandeln. Das war es nicht wert. Schützend hob er seine Hände. „Hab dich verstanden, Erwin. Alles gut. Verstanden."

„Na dann ist ja gut", brummte Erwin zurück und warf Uwe einen bösen Blick zu. „Das ist eine ganz normale Nagelschere. Die nehme ich auch für die Finger- und Fußnägel. Spitz vorne ist die auch, aber ich passe da immer auf. Und wenn man die Nasenlöcher nach vorne biegt, geht das ganz gut.

Aber wenn du meinst, dass sich so ein Rasierer lohnt ... was kosten die Dinger denn?"

„Du benutzt EINE Schere für Finger, Füße und Nase?", wollte Rainer wissen.

Uwes Kopf drehte sich. Verrückt. Das war einfach nur verrückt! Was, wenn Erwin mal Fußpilz hatte? Dank der Schere konnte der Pilz einfach in die Nase gelangen und die war nicht geschützt, weil sie keine Nasenhaare hatte!

Das war, als wenn man eine Bombe in den Fahrstuhl setzte und oben wartete, bis sich die Tür öffnete! Das war einfach nur Selbstmord. Aber er konnte es nicht ändern. Zumindest nicht heute. Erwin würde ihm nicht nur die Nase brechen, wenn er ihm nun noch mit Hygienevorschriften für seine Nagelschere ankam.

Erwin zog seine Augenbrauen hoch. „Natürlich benutze ich EINE Schere dafür.

Was ist das denn für eine Frage, Rainer? Soll ich mir für jedes Haar am Arsch einen eigenen Friseur holen oder was?"

„Mann, Erwin, reg dich ab. Nur weil dir Uwe auf den Sack geht, musst du mich hier nicht so ankacken. Die meisten Leute benutzen halt mehrere Scheren, zumindest eine extra für die Füße."

„Dann haben die Leute scheinbar widerliche Füße. Warum sollte man sonst mehrere Scheren verwenden? Uwe, auf den Füßen habe ich übrigens auch Haare. Sterbe ich auch, wenn ich die mal abrasiere, oder hast du da eine andere Theorie?"

„Ich habe überhaupt nichts mehr gesagt, Erwin. Kein Wort. Mach du das mit deinen Nasenhaaren, wie du möchtest."

Er befühlte seine Brandblase. Sie pochte so laut, dass es in seinem Kopf dröhnte. Erwin war immer noch gereizt. Das war nicht ungefährlich.

„So, nun ist aber auch mal gut hier. Erwin, kauf du dir so einen Nasenhaarschneider, der kostet 15 Euro und ich verspreche dir, dass sich das lohnt. Geht viel einfacher, du kommst besser an die Wurzel und kannst dich nicht schneiden. Ich schenke uns mal noch einen an, oder nicht?"

Rainer bemerkte die Anspannung zwischen Uwe und Erwin. Er verstand zwar nicht ganz, warum das heute so war, aber er nahm lieber etwas den Druck raus. Erwin war kaum mehr gewalttätig, aber sein aufbrausendes Temperament ließ ihn stets im Grenzbereich laufen.

Ohne eine Antwort abzuwarten, füllte Rainer ihre drei Gläser ein weiteres Mal. Er hatte ganz vergessen, wie gesellig das Trinken machte. In den letzten Jahren hatte er längere Gespräche mit den beiden gemieden. Einfach, weil es außer dem Geticker keine wirklichen Gemeinsamkeiten gab. Aber seit heute hatten sie wieder eine. Den Suff.

Rainer versuchte, durch die große Glasscheibe am Eingang nach draußen zu sehen. Aber die Merkur-Sonne ließ keinerlei Licht in die Spielothek dringen. Einzig in den beiden unteren Ecken hatte sich die transparente Folie schon so weit gelöst, dass sich jeweils zwei vielleicht zwanzig Zentimeter breite Lichtkegel bildeten. Diese warfen sehr helle Sonnenstrahlen auf den dunklen Spielothekboden, die immer wieder durch die Schatten der vorbeilaufenden Fußgänger unterbrochen wurden und dadurch beständig aufflackerten.

Rainer beobachtete die wechselnden Lichter und nippte dabei an seinem Wodka. Mit einem Mal verschwand der rechte Lichtkegel gänzlich.

Ein kleiner, blonder Junge drückte seine Nase gegen die Scheibe. Er war vielleicht drei, maximal vier Jahre alt. Mit seinen blauen Augen versuchte er zu sehen, was sich im Inneren dieser schönen großen Sonne befand. Für Kinder musste die Spielothek wie ein geheimnisvoller, besonderer Ort aussehen. Welches Haus hatte schon eine große, bunte Sonne auf seine Wand gemalt und seine Tür niemals offen? Dort drinnen musste etwas Wunderbares sein.

Rainer lächelte den kleinen Jungen an. Man sah ihm an, dass er etwas anderes im Innern erwartet hatte, als einen alten Mann, der mit einem Glas in der Hand auf einem Barhocker sitzt.

Die blinkenden Automaten im hinteren Teil der Spielothek waren für ihn vermutlich nicht einmal zu erkennen. Er atmete so schnell, dass die Scheibe immer wieder beschlug. Sofort wischte er dann mit seiner kleinen Hand über die Scheibe hinweg, um sie in Sekunden abermals zu beschlagen. Seine hellblonden Locken wirbelten dabei hin und her. Für sein Alter hatte er sehr viele Haare. Durch das eingegrenzte Sichtfeld sah sein dichter Lockenkopf fast wie ein kleiner Helm aus. Rainer schmunzelte. Der Junge ließ sich nicht entmutigen. Er verstand nicht, dass er selbst die Scheibe immer wieder durch sein Atmen beschlug. Aber er wusste, dass er dagegen etwas tun konnte. Wischen.

In den kurzen sichtfreien Momenten bewegten sich seine Augen schnell hin und her, um möglichst viel von Rainer und vom Innern des Sonnenhauses zu erfassen. Es musste dort einfach Aufregenderes geben als diesen grauen alten Mann.

Monika hatte auch Locken gehabt. Schulterlange, dunkelblonde Locken. Unglaublich viele Locken. Viel zu viele. Bei ihrem zierlichen Körper und ihrem kleinen Kopf hatte er sich manchmal gefragt, wie sie mit diesem Riesendutt überhaupt aufrecht gehen konnte. Die Locken schienen die Hälfte ihres Körpergewichts auszumachen. Er hatte sie öfter damit aufgezogen. Sie hatte ihn dann immer nur angelächelt und jedes Mal gesagt, dass er sie spätestens im Alter um ihre vielen Haare noch beneiden werde, wenn er längst keine eigenen Haare mehr habe. Sie hätte sicherlich recht behalten. Wunderschöne Locken. Ob ihre Kinder auch solche Locken wie der kleine Junge gehabt hätten? Mindestens genauso viele, wahrscheinlich aber nicht ganz so helle. War Monika als Kind hellblond gewesen? Rainer wusste es nicht. Hatte sie ihm das nie erzählt oder hatte er es vergessen? Er rieb sich die Schläfen und presste seine Augen zusammen. So viel ging mit der Zeit verloren. Er erinnerte sich an so viele Dinge. An so unzählige Momente und Gespräche, die sie gehabt hatten. Trotzdem hatte er das Gefühl, dass er immer mehr vergaß. Und je älter er wurde, desto mehr würde er vergessen. Desto mehr von ihr würde verschwinden.

Er war wie der kleine Junge. Die Zeit legte sich immer wieder auf seine Erinnerung und er wischte sie weg, so schnell er konnte. Aber sie beschlug jedes Mal aufs Neue. An manchen Tagen konnte er Monikas Gesicht nicht mehr sehen. Er konzentrierte sich dann so fest er konnte, bis es wieder da war. Nur die Locken. Die konnte er immer sehen.

Eine Hand zog den kleinen, blonden Jungen zurück vom Fenster. Rainer sah ihm nach, bis er komplett verschwunden war. Der Lichtkegel flackerte wieder. Vielleicht gab es ja doch einen anderen Ort. Einen Ort, wo sie wieder anfangen konnten. Wo sie das Leben leben würden, das ihnen verwehrt geblieben war.

„Rainer. Rainer, sag mal, träumst du? Oder was starrst du die ganze Zeit auf den Boden? Dein Glas ist ganz leer. Das geht so nicht", grunzend reichte Erwin die Flasche über den Tisch.

Rainer ließ den letzten Wodkarest in seinem Glas kreisen und trank es dann langsam leer. Er streckte Erwin sein Glas entgegen. „Nein, Erwin. Ich träume schon lange nicht mehr."

Mats genoss die Fahrt mit der Straßenbahn zurück. Er hatte noch eins der älteren Modelle erwischt, die so schön ruckelten und einen ursprünglichen Charakter hatten. Diese neuen ICE-in-klein-modernisierten-Hochgeschwindigkeitsstraßenbahnen konnte er nicht leiden. Sie waren schneller, komfortabler und sicherer, aber auch ohne jeden Charme.

Hier roch es im hinteren Teil zwar etwas nach Pisse, da die Linie 708 über den Hauptbahnhof fuhr, aber zum einen war dies im Vergleich zu Mats' Anreise immer noch eine deutliche Verbesserung und zum anderen kam durch die kleinen Klappfenster ausreichend frische Luft herein. Und so tuckerte die Bahn langsam durch die Stadt. Erst als sich Mats auf die Sitzbank hatte fallen lassen, bemerkte er seine riesengroße Erschöpfung. Er fühlte sich, als hätte er Tage nicht geschlafen. Und das monotone Rauschen der Straßenbahn war nicht gerade ein Wachmacher. Trotzdem verspürte er erstmals ein wenig Erleichterung. Die Sonne brannte durch das Fenster auf seine Haut. Es war zu warm, aber eher angenehm.

Mats dachte an Anna. An Rainer. Vor nicht einmal 24 Stunden war er voller Hoffnung gewesen. Wein. Kerzenlicht. Ein Kuss. Das, was dann tatsächlich passiert war, hatte ihn demoralisiert. Ihn beschämt. Ihn verängstigt. Und vor allem sehr traurig gemacht. Selbst wenn er an diesem Abend Anna verloren haben sollte, so hatte er doch Rainer gewonnen. Auch wenn sich das trotz aller Melancholie wie ein eigenartiger Tausch anfühlte. Ich entscheide mich für Tor 1 und den inkontinenten Greis mit der Stuhlprobe auf dem Arm. Das junge, wunderschöne It-Girl in Tor 2 kann gerne jemanden anderen heiraten.

Jemand anderen? Es traf Mats wie ein Schlag. Gab es bereits jemanden in Annas Leben? Eine Frau wie Anna war nicht allein. Nie. Zu keinem Zeitpunkt. Warum hatte er sich das nie vorher gefragt? Was war los mit ihm? Er steigerte sich in Sachen hinein, die vermutlich völlig unrealistisch waren. Wahrscheinlich war der Weinabend eine Art Dankeschön für das Geldwechseln.

Oh Gott, war das erniedrigend. Gut, dass Rainer ihr ins Auto geschissen hatte. Sie war einer dieser Gutmenschen, die alle immer mochten und mit allen befreundet sein wollten. Solche Menschen hassten niemanden. Aber sie liebten auch niemanden. Sie hatten nichts, aber sie wussten es nicht. Die Welt war voll mit ihnen, diesen Langweilern, diesen Lebensverweigerern. Nur keinem wehtun und vor allem nicht sich selbst. Nie den Puls über 140. Alles andere galt schließlich als ungesund.

Ich treffe mich heute Abend mit dem netten Nachbarn, der mir immer das Geld wechselt, weißt du? Der wirkt irgendwie einsam und ist immer so nett. Das schulde ich ihm, findest du nicht auch, Schatz? Und dann ging sie Richtung Sessel und küsste das zeitungslesende Arschloch mit dem hellgrünen Pullunder kurz auf die Stirn. *Es wird nicht spät. Wir sehen uns sicher noch.*

Mats konnte die Pisse wieder riechen. Verdammt. Verdammt. Verdammt. Wie naiv war er? Anna war nur nett gewesen. Die ganze Zeit. Weil ihr bescheuertes Weltbild ihr dies vorgab. Anwalt oder Zahnarzt? Auf jeden Fall etwas Sauberes.

Repräsentatives. Ein Anwalt wollte nie Farbe bekennen. Er war schwarz und er war weiß. Je nachdem. Und manchmal auch grau. Er hatte immer nur eines: einen Preis.

Der Zahnarzt wollte keine Leben retten. Er wollte keine Aufgabe. Kein Adrenalin. Er spürte keine Berufung. Er schwor keinen Eid. Er war ein kleiner Sadist, der sich nicht mal getraut hatte, ein großer Sadist zu werden. Es wäre mal interessant, eine Studie aufzusetzen, wie viele große Volkstyrannen als Kind den Berufswunsch Zahnarzt gehabt hatten. Mats war sicher. Viele.

Die freudige Entspannung war komplett dahin. Mats war wieder maximal unter Strom. Warum hatte Anna ihn gefragt, sie auf die Messe zu begleiten? Was sollte das? Kompensation für den desolaten Abend? Halt, als sie ihn fragte, war der Abend noch nicht desolat. Also nicht Rainer-desolat. Wahrscheinlich hatte der Anwalt-Zahnarzt einen Kongress. Solche Typen waren permanent abwesend, um die eigene Anwesenheit damit wieder aufzuwerten. Außerdem klang das doch gut für alle Beteiligten. Paul würde sehr gern kommen, aber er hat leider einen Kongress in Genf, wo er einen Vortrag halten muss. Ja, leider. Er wäre so gerne gekommen.

Verlor Mats gerade seine große Liebe in 30 Minuten Straßenbahnfahrt? Oder seinen Verstand? Machte ihn die Müdigkeit paranoid? Ob Anwalt oder Zahnarzt – sicher war, es gab jemanden. Mats rappelte sich auf. Er war naiv gewesen. Er hatte es übersehen. Vielleicht auch, weil er es nicht sehen wollte. Es war zu offensichtlich gewesen.

Eine Frau wie Anna. Dieses Land allein beherbergte knapp 40 Millionen Männer und Anna war sicher auch für das Ausland nicht uninteressant. Allein die Perser. Oh Gott! Mats stand in direkter Konkurrenz zu geschätzt drei Milliarden Arschgeigen, von denen sicher noch mal ein Drittel der Vielweiberei nachging. Offiziell gewünscht oder auch inoffiziell. Machte das mehr Konkurrenten oder weniger? Mats hatte keine Lust zu rechnen.

Oder wollte Anna gerettet werden? Befreit werden aus ihrem eintönigen Leben mit gebügelten Hemden und fliederfarbenen Pullundern? War sie auf der Suche nach einem Helden, der sie aus den Klauen der Gewöhnlichkeit befreite? Das Mittelmaß war kein Gestank. Es war eine Krankheit.

Bitte oben oder unten. Aber nicht die Mitte. Nicht das, was alle waren.

Das schätzte Mats so an der Spielothek. Die war nicht oben, aber sie war nicht gewöhnlich. Da besaß niemand ein Reihenhaus oder plante, eins zu kaufen. Niemand fragte sich, ob der Jägerzaun im nächsten Frühjahr einen neuen Anstrich brauchte oder ob das Blumenbeet den ersten Frost überstehen würde. Mats brauchte kein Leben auf der Überholspur. Er war kein Adrenalinjunkie. Aber er brauchte auch nicht das Gefühl, seit Jahren tot zu sein. Trotzdem taugte er nicht zum Helden. Und Anna wirkte nicht so, als wenn sie gerettet werden wollte. Was sah sie in ihm? Es konnte nicht nur Höflichkeit sein. Dafür war es zu viel. Alles. Ihre Art. Die Hilfe mit seinem Vater. Der Moment.

Das war nicht nur höflich. Was, wenn es zwar jemanden gab, aber dieser jemand nicht genügte? Wenn etwas tief in ihr drin ihr sagte, dass es zwar gut war, aber nicht reichte?

Mats musste sie fragen. Er war bald 30 Jahre alt. Ihn interessierte sein beruflicher Werdegang wenig. Und er wollte auch nicht innerhalb der nächsten 48 Stunden Drillinge zeugen, aber er konnte nicht mehr länger in Anna verliebt sein, ohne zu wissen, was daraus überhaupt werden konnte. Wenn ihm der gestrige Abend eines gezeigt hatte, dann, wie kurz das Leben war und wie schnell alles vorbei sein konnte.

Es war zu spät für Träume geworden. Mats wollte nicht mehr träumen. Keine Träume mehr.

Kapitel 11: Jeder Prinz hat eine Prinzessin

Die Straßenbahnhaltestelle lag direkt an der Bilker Kirche. Mats stieg aus und pustete durch. Zum Glück lagen Spielothek und Annas Weinladen auf der anderen Seite der Kirche, sodass er sich noch einen Moment sammeln konnte.

Was, wenn sein Traum von Anna gleich endgültig platzte? War er darauf vorbereitet? Würde er das aushalten? Mats hatte Durst. Ein Wodka für die Nerven und die Selbstsicherheit. Ja, das wäre gut. Kurz rein in die Spielothek, ein schneller Drink und dann zu Anna. Klare Verhältnisse schaffen. Er hatte ein Recht darauf, es zu wissen!

Es machte ihn ganz wütend, dass sie es ihm nicht gesagt hatte. Vermutlich war er der Einzige hier, der es nicht wusste. Alle anderen kannten das schneeweiße BMW Cabrio mit den dunkelroten Ledersitzen, das regelmäßig vor dem Weinladen im absoluten Halteverbot parkte.

Sie hätte es wirklich sagen können. Er wäre trotzdem zu ihrem blöden Abend gekommen und er würde ihr auch weiter das Scheiß-Kleingeld wechseln.

Außerdem hatte er nun ja auch Rainer. Einen neuen besten Freund. Der in wenigen Wochen sterben würde. Ja, ein Drink wäre nun wirklich gut.

Mats schlich um die Bilker Kirche herum und versuchte, einen Blick auf den Weinladen zu bekommen. Er brauchte definitiv einen Drink oder auch zwei, bevor er mit Anna sprechen konnte. Und wenn sie nicht gerade im Schaufenster irgendetwas umräumte, sollte er auch ohne Probleme ungesehen in sein dunkles Schluckloch kommen.

Er tastete sich vorsichtig am Taxistand vorbei Richtung Lorettostraße. Verstohlen warf er einen Blick zum Weinladen. Anna saß auf der weißen Holzbank vor dem Weinladen. Sie hatte ihre Beine übereinandergeschlagen und rauchte eine Zigarette. Aber vor allem winkte sie ihm zu. Das war es dann mit seinem Drink. Adieu Schuss Selbstsicherheit.

Mats hob seinen rechten Arm und winkte ihr zurück. Für eine Sekunde überlegte er, einfach schnell über die Ampel zu gehen und in der Spielothek zu verschwinden. Es wäre ja nur für zwei Minuten. 120 Sekunden hatte Anna hoffentlich noch Zeit, bevor sie ihren *„Ich-finde-dich-sehr-nett-aber-Monolog"* beginnen konnte. Aber das sah wie ein Weglaufen aus. Nein. Keine Ausreden mehr.

Dann eben nüchtern.

Sie trug eine weiße Schürze, die an einigen Stellen dezente Wein- und Lebensmittelflecken aufwies. Auf Brusthöhe befand sich eine rote Weinflasche, welche leicht zur Seite gekippt war und darunter stand in großen Buchstaben: Bordeaux. Ja, ein solches Motiv machte durchaus Sinn bei einem Weinladen. Unter ihrer Schürze sah man eine blaue Jeans und oben zeichnete sich eine weiße Bluse ab. Ihre Haare hatte sie zu einem Pferdeschwanz zusammengebunden, der ihre bezaubernden, kleinen Segelohren frei legte.

Auch das noch. Durch die schlichte Schürze und ihren Pferdeschwanz trat ihr Gesicht noch mehr in den Vordergrund. Nichts war da, das von ihrem Gesicht ablenken konnte. Das sollte sie immer so machen. Sie war unglaublich.

„Hey, alles gut bei dir? Wie geht es deinem Vater?", Anna hatte ihre linke Hand wie ein Schiffsausguck auf ihre Stirn gelegt, um Mats gegen das Sonnenlicht besser sehen zu können.

„Setz dich doch." Sie rutschte ein Stück zur Seite und Mats ließ sich neben ihr auf die Bank fallen.

Er wollte den Tag nicht so mit ihr beginnen. Auch wenn sich in ihre Stimme etwas Besorgtes gemischt hatte, war sie offensichtlich sehr gut gelaunt. Und das trotz des gestrigen Debakels.

Nein. Die Sonne schien ihnen ins Gesicht. Er saß neben dieser wunderschönen Frau auf einer weißen Bank. Das war nicht der Augenblick, um über Tod und Verderben zu sprechen.

„Alles gut, danke. Tut mir leid, dass ich so kurz angebunden war vorhin, aber ich war unterwegs und habe mich um dein Auto gekümmert. Ich hoffe, es ist heute Abend fertig und wieder in seinem ursprünglichen Zustand."

„Kein Problem. Schön, das freut mich sehr. Aber jetzt vergiss mal das Auto. Wie geht es denn deinem Vater nun?"

Vergiss mal das Auto? Hatte sie das gerade gesagt? War die cholerische Anna gestern nur erstmals und letztmals aufgetaucht? Gab es sie doch nicht?

Die Rückkehr des Perfekten. Bitte nicht. Je mehr Fehler, desto besser. Desto leichter zu verkraften. Es war nicht schlimm, dass sie jemand anderen liebte. Sollte sich doch der Zahnarzt mit dem cholerischen Biest rumschlagen. Mats würde schon eine andere finden. Irgendeine andere. Eine neue Corinne vielleicht. Es gab schließlich noch mehr Menschen. Es gab immer eine zweite Chance. Oder nicht?

Eine Strähne fiel ihr ins Gesicht. Anna strich sie vorsichtig wieder zurück und klemmte sie hinter ihrem wunderschönen Ohr fest. Cholerisches Biest mit Segelohren. Das war doch schon mal was. Würde er noch etwas Drittes finden, es wäre fast geschafft. Ihre braunen Augen fokussierten ihn erwartungsvoll. Mats musste antworten.

„Geht ihm ganz gut. Die Ärzte wissen zwar noch nicht genau, was mit ihm los ist, aber die machen jetzt ein paar Analysen und dann muss man weitersehen. Aber soweit alles o.k."

„Oh, gut. Da bin ich erleichtert. Das freut mich sehr. Ich habe ihn vorhin sogar kurz auf der anderen Straßenseite gesehen. Er hat sich eine Flasche Wasser im Büdchen nebenan gekauft und ist dann in die Spielothek gegangen. Besucht er dich oft bei der Arbeit?", Anna lächelte.

Um ihre Augen hatten sich kleine Lachfalten gelegt. Sie wirkte tatsächlich erleichtert. Mats schämte sich, dass er sie wieder angelogen hatte. Er wollte doch nicht mehr lügen. Aber wem half es, wenn er Anna sagte, dass Rainer voller Metastasen war und in drei Monaten tot sein würde. Niemandem. In der Wasserflasche war mit an Sicherheit grenzender Wahrscheinlichkeit auch kein Wasser gewesen. *Bei der Arbeit besuchen* war ebenfalls eher eine euphemistische Beschreibung für ihr Verhältnis. Aber brauchte das Leben nicht viel mehr Euphemismus, um es für alle erträglicher zu machen?

Die Zigarette in ihrer Hand machte sie noch anziehender. Die meisten rauchenden Frauen kamen nicht über das Entwicklungsstadium des 13-jährigen Schulhofkindes hinaus. Sie hielten die Zigaretten viel zu verkrampft. Viel zu gerade. Und natürlich pafften sie. Sie rauchten nicht. Einzig das direkte Husten nach einem Zug war nicht mehr da. Ihre Marke war Lucky Strike light, sofern sie denn hipp waren. Philip Morris kam auch vor. Bei den Prolligen dann gerne die Light Varianten von Marlboro oder West. Ebenso beliebt: Mentholzigaretten – schließlich machten die einen frischen Atem. Die waren fast schon ein Beauty-Produkt. Natürlich rauchten 95 % dieser Frauen nur gelegentlich. Wollte schließlich keiner sterben davon. Die Zigarette war mehr Modeaccessoire als

Genussmittel. Und so gingen sie dann auch damit um. Annas Finger umgriffen locker eine Gauloises Rouge. Sie nahm tiefe Züge und pustete den Rauch langsam, eher beiläufig, wieder aus. Am Filter waren kleine Rückstände ihres Lippenstifts zu sehen, aber keine dieser Kompletteinfärbungen mancher Damen, die es ermöglichten, jederzeit die exakte Anzahl ihrer über den Tag gerauchten Zigaretten zu erfassen.

Zu Zeiten, als sich die männlich dominierte Gesellschaft noch berufen fühlte, mit Fernsehbeiträgen wie „Der 7. Sinn" Frauen diverse Themenbereiche, wie zum Beispiel das Autofahren, näherzubringen, wäre Anna hundertprozentig für die Folge „Wie sollte Frau rauchen?" verpflichtet worden. Mehr als anziehend war sie.

„Oh ja? Hab ihn heute noch gar nicht gesehen. Er besucht mich öfter bei der Arbeit. Bleibt dann auf einen oder zwei Kaffee und wir unterhalten uns ein wenig."

Kaffeekannen. Ein oder zwei Kannen. Oder auch sechs. Den ganzen Tag ist er da. Und unterhalten mit ihm war eigentlich immer die Hölle. Er hasst nämlich alles und jeden. Nörgelt an allem rum. Bis gestern fand ich den Typ sehr bescheiden. Und du würdest den auch nicht mögen.

„Das hört sich aber nett an. Nachdem ihr euch gestern so gestritten habt, war ich mir gar nicht sicher, ob ihr ein besonders gutes Verhältnis habt. Aber das klingt ja sehr nett."

„Doch, doch. Haben ein sehr enges Verhältnis." Mats räusperte sich. „Tja, gestern, da weiß ich auch nicht, was in uns gefahren ist. Ich kann mich wirklich nur noch mal bei dir entschuldigen, Anna. Das ist mir so unendlich peinlich."

„Ach, ist schon gut. Ich war gestern irgendwann auch nicht mehr ich selbst. Hätte mich nicht so aufregen müssen. Na ja, aber ist nun ja alles gut. Deinem Vater geht's besser, was das Allerwichtigste ist und wenn mein Auto wieder sauber wird, ist alles perfekt. Das würde mich schon auch freuen, aber wichtiger ist, dass alles mit deinem Vater in Ordnung ist." Anna atmete tief durch und streichelte Mats dabei über den Arm. Bevor ein zu langer Blickkontakt entstehen konnte, reagierte Mats und drehte sich ein kleines Stück von ihr weg. Sein Herz pochte.

„Anna, kann ich dich etwas fragen?"

Anna stutzte einen kurzen Augenblick. Mats Stimme klang plötzlich sehr ernst. Aber sie begegnete dem mit Gelassenheit. „Klar, kannst mich alles fragen, was du möchtest."

Mein Gott war das peinlich. Alles kam immer wie ein Boomerang zurück. Eben noch hatte er alle rauchenden Frauen als 13 Jahre alt beschimpft. Aber wo war der Schulhof jetzt? Genau auf dieser verdammten, weißen Holzbank.

Mats stammelte. „Also, ich weiß ... das klingt jetzt sehr eigenartig und irgendwie ganz schön albern. Aber ich muss das wirklich wissen. Weil ich sonst, also weil mir das sonst alles irgendwie zu viel wird und so."

Es lief super. Er sagte glasklar, was er wollte, worum es ging. Er war ein ganzer Mann. Er konnte aufhören. Es war alles gesagt. Nachdem er gestern mit seinem Vater Scheiße in ihrem Auto großflächig verteilt hatte, präsentierte er sich nun als Verhaltensauffälliger mit Sprachstörung. Top. Sehr gut, Mats. Weiter so.

„Mats, du kannst mich ruhig fragen. Ich glaube nur, ich verstehe nicht ganz, was du fragen möchtest", Anna machte nun große Augen, aber sah ihn unterstützend an. So, wie man ein Kind ansieht, wenn man es beruhigen möchte, damit es die Geschichte noch mal in Ruhe und ohne zu große Aufregung erzählen kann.

Mats schloss seine Augen für einen Moment. „Anna, gibt es da jemanden? Also ich meine, bei dir? In deinem Leben meine ich?"

Annas Augen warfen wieder kleine Lachfältchen. Sie war sichtlich amüsiert. „Jemanden? Du möchtest wissen, ob es da jemanden gibt? Ob ich einen Freund habe? Ist es das?"

Mats kniff seine Augen so fest zusammen, dass es wehtat. Er hätte nicht fragen sollen. Was hatte er sich dabei gedacht. Als potenzieller Freund hatte er gerade vor Annas Augen Selbstmord begangen. „Ich schätze, also ich denke, ja, das meine ich."

Anna kicherte, bemühte sich aber sofort wieder um Ernsthaftigkeit. „Dann habe ich es richtig verstanden. Die Antwort ist: Nein. Nein, ich habe keinen Freund. Hast du denn eine Freundin?"

Mats spürte, wie die Erleichterung ihn umspülte. Sie hatte keinen Freund. Es war unwahrscheinlich, dass jemand wie Anna allein war. Aber das hatte sicher gute Gründe.

Die Welt war voll mit Arschlöchern. Typen, die einer Anna nicht genügten. Er hatte sich das nicht alles eingebildet. Etwas war zwischen ihnen. Immer noch. Trotz gestern. Gerade wegen gestern. Aber sie hatte noch etwas gesagt. „Entschuldige, wie bitte?"

„Hast du denn eine Freundin, Mats?", wiederholte Anna.

Mats sah Anna an, als wenn sie verrückt geworden sei. „Nein, ich habe keine Freundin. Natürlich nicht."

Woher sollte ich denn eine Freundin haben? Hast du mich in den letzten 48 Stunden mal beobachtet? Welcher Mensch, geschweige denn welche Frau, sollte mit mir zusammen sein wollen? Das *„natürlich nicht"* hätte er trotzdem weglassen sollen. Das klang so verzweifelt. Fast devot.

Anna interessierte sich für ihn. Irgendwie zumindest. Es gab keinen Grund, sich schlechter zu machen, als man war.

Anna lächelte zufrieden. „Möchtest du mich vielleicht noch etwas fragen, Mats?"

Irritierte blickte Mats sie an. „Äh, nein, sollte ich dich noch etwas fragen?"

„Na, vielleicht, ob ich mit dir zusammen sein möchte? Diese Frage schließt sich nämlich eigentlich an deine erste Frage an. Oder zumindest wurde ich, als ein Mann mich das letzte Mal gefragt hat, ob ich einen Freund habe, danach gefragt. Möglicherweise hat sich das aber auch geändert, das ist nämlich schon etwas her."

„Aha, oh ja? Wie lange ist das denn her?

„Hm, schon ein wenig. Ich glaube, da war ich neun Jahre alt. Aber ich saß auch auf einer Bank draußen auf dem Schulhof. Der Junge hieß Thomas, halt nein, Thorsten. Der war fast genauso aufgeregt wie du. Wobei nicht ganz so, denke ich. Er nannte es nicht zusammen sein. Er sagte miteinander gehen." Sie funkelte ihn an.

Höchststrafe. Mats hatte allen Mut zusammengenommen und wurde dennoch zur Hinrichtung geführt. Aber sie hatte Recht. So etwas findet man raus. Oder man wartet es ab. Doch man fragt es nicht. Es blieb ihm nur die Offensive. Er überspielte seine Unsicherheit mit einem möglichst souveränen Lächeln.

„Der Thorsten. So, so. Und würdest du denn mit mir gehen?" Mats blickte Anna so fest an, wie er nur konnte, ohne total verkrampft zu wirken, und presste jede

Nervosität, soweit es ging, weg.

Anna wurde ein wenig rot. Mit dieser Antwort hatte sie nicht gerechnet, das sah man ihr deutlich an, aber sie schien sich sichtlich zu freuen. Und dann passierte es. Dieses wunderschöne Gesicht mit seinen braunen, zauberhaften Haaren und seinen roten Lippen beugte sich langsam vor. Mats' Atem stockte. Anna hauchte in sein Ohr. „Vielleicht."

Sie kicherte, während sie es sagte. Aber als sie dann seine Wange langsam und zärtlich küsste, während ihre Hand seinen Kopf streichelte, war alles Alberne dahin. Der Schulhof war verschwunden. Kein Kichern mehr. Hier war nichts mehr albern. Wenn aus Spaß plötzlich ernst wird und man gar nicht mehr weiß, wann und warum.

Mats hielt seine Augen noch immer geschlossen, obwohl der Kuss bereits einige Sekunden vorbei war. Er versuchte, diesen Moment zu konservieren. Ihn für immer zu behalten. Dieses Gefühl, wenn ihre Lippen seine Wangen berührten. Ihr Geruch. Ihre sanfte Haut. Er musste das bewahren. Für sich. Für sie beide. Damit er ihr noch mit 80 Jahren erzählen konnte, wie sich ihr erster Kuss angefühlt hatte. Mats atmete tief ein. Es gab nichts zu verpassen. Er öffnete vorsichtig seine Augen und blickte sie an. Es hatte sich Schlaf in seinen Augen gebildet oder zumindest fühlte es sich so an. Als wenn er geträumt hatte. Als wenn das alles gar nicht passiert wäre. Aber Anna hielt ihre Hand immer noch um seinen Hals und streichelte mit ihrem Daumen seine Wange.

„Maaatseee! Maaatseee! Haaaalllllooo!", Erwin sprang wie ein HB-Männchen vor der Spielothek auf und ab. Dabei flogen seine Haare so wild in die Luft, dass sie wie eine schlecht sitzende Perücke aussahen. Vermutlich waren sie das auch. Gebleichtes Pavianhaar. Alle würden überrascht tun, wenn das rauskam. Aber keiner wäre es. Die Goldkette reflektierte das Sonnenlicht und warf helle Strahlen über die Lorettostraße. „Maaatsssseee!"

Anna zog ihre Hand langsam, aber nicht zu schnell zurück. Nachdenklich sah sie in Erwins Richtung auf die andere Straßenseite. „Dein Chef wirkt aber aufgeregt. Scheint etwas Wichtiges zu sein."

Wichtiges. Ja, sicher. Es gab eine Million Möglichkeiten und keine war mit dem Prädikat „wichtig" zu beschreiben. Wodka. Kleingeld. Automatenstecker. Zigaretten. Feuerzeug. Irgendein Defizit. Irgendein Defekt. Irgendein Scheiß. Vielleicht hatte er auch eine Dokumentation über die Maya im Fernsehen gesehen und wollte nun nach Südamerika auswandern, um das ganze Gold einzusacken. Aber sicher nichts Wichtiges. Und ganz sicher nichts, was wichtiger war als das hier gerade!

„Ja. Sieht fast so aus", erwiderte Mats zögerlich. „Aber das kann mit Sicherheit auch noch kurz warten."

„Nein, ist schon o.k. Ich muss eh mal drinnen weitermachen und meine Zigarette ist auch durch." Anna blickte ihn durchdringend an. „Wir sehen uns sowieso später, wenn du das Auto bringst, oder? Und wenn das nicht klappt, allerspätestens morgen zum Messebesuch. Hast du hoffentlich nicht vergessen in der gestrigen Aufregung?"

Mats strahlte. „Nein, auf keinen Fall habe ich das vergessen. Messehostess war schon als Kind einer meiner Berufswünsche neben Feuerwehrmann und Polizist."

„Das trifft es ganz gut", lachte Anna. „Na ja, immerhin kannst du dich offiziell mit guten Weinen auf Kosten der Veranstalter betrinken. Das kann eine Messehostess nicht. Jedenfalls nicht offiziell. Du solltest also zufrieden sein."

„Oh, ich bin mehr als zufrieden. Ich bringe dir später den Wagen und morgen gehen wir auf die Messe und ich mime dein persönliches Freudenmädchen."

„Maaaatseee! Haaallooo!", Erwin ließ nun parallel seine Hände vor seinem Körper kreisen. Das sah aus wie ein Typ, der auf einer einsamen Insel versucht, einem Schiff zuzuwinken. Es fehlte nur das Feuer und die Rauchsignale. Was dachte er sich dabei? War er total gestört? Zwischen ihnen lagen 30 Meter Luftlinie. Natürlich hatten sie ihn gesehen. Wie denn in aller Welt nicht? Selbstverständlich war er sein Chef und er hatte eine Menge Respekt vor Erwin. Aber war das nötig? Er sah an Erwins Gleichgewichtsstörungen, dass der Pegel bereits über das Ufer getreten war, aber das war keine Entschuldigung. Der Pegel stand immer hoch. Und er war hier mit Anna auf einer weißen Bank in der Sonne. Mit Anna. Was auf der Welt konnte weniger störenswert sein?

Anna stand auf und ließ ihren Arm noch leicht an Mats hinabgleiten. Sie streifte durch ihre Haare und band den Pferdeschwanz aufs Neue. „Geh mal zu ihm. Das ist bestimmt wichtig. Sonst würde er nicht so brüllen. Ich muss sowieso rein und wir sehen uns später noch mal."

„Ja, mach ich, du hast Recht, aber der brüllt immer so. Das muss absolut nichts heißen."

„Immer so laut? Auch, wenn du dich mit ihm normal unterhältst? Nicht wirklich, oder?"

„Vielleicht nicht so laut. Aber schon immer sehr laut."

„Dann hört er bestimmt einfach schlecht. So laut spricht doch niemand Gesundes. Ich höre ihn, als wenn er neben uns steht."

Niemand Gesundes. Genau. Punkt getroffen. Gesund war Erwin nicht unbedingt. Jedenfalls nicht im gesellschaftlichen Maßstab und Mats setzte einfach mal voraus, dass Anna diesen ansetzte.

Ob Erwin schwerhörig war? Möglich. Wahrscheinlich. Nur würde es niemand jemals erfahren. Erwin war schon seit Jahren kein Unterweltboss mehr, aber er war mit Sicherheit auch nicht so verweichlicht, dass er jemanden am Leben lassen würde, der ihm ein Hörgerät nahelegte. Und irgendwie glaubte Mats bei Erwin an etwas Naturgegebenes. Er war halt laut. Lauter als alle anderen. Wie ein Gebirge, das höher ist als alle anderen. Musste es sich deswegen dauernd erklären – wohl kaum. Grundsätzlich war das schon in Ordnung so mit der Lautstärke. Klar, manchmal dröhnte es, aber insgesamt war es auszuhalten. Sicher nicht, wenn er gerade mit Anna auf einer schneeweißen Bank saß und sie ihn auf die Wange küsste, aber insgesamt war er halt laut. Es gab schlimmere Schicksale. Erwin sprang. Immer noch.

„Ich gehe mal rüber. Dann bis später." Mats beugte sich ein Stück zu Anna, um sie nochmals für eine Sekunde an sich zu pressen, doch sie hatte schon zu weit abgedreht. Sie versuchte sofort, sich noch etwas in seine Richtung zurückzubewegen, doch so ganz vermochte sie ihre Bewegung nicht mehr zu ändern. Für einen Außenstehenden machten sie so beide recht unorthodoxe Bewegungen und blieben dennoch vereinsamt zurück.

Er liebte sie. Mein Gott, liebte er sie. So sehr. Sie hatte ihn geküsst. Zumindest auf die Wange. Nach dem gestrigen Tag war das nicht hoch genug zu bewerten. Nun verschwand sie langsam im Weinladen.

Sie verpasste noch knapp Erwins Sturz. Der gefühlt hundertste Sprung war nicht mehr geglückt. Ein Knöchel hatte sich leicht nach außen gebogen und so seinem eh gestörten Gleichgewicht komplett den Boden entzogen. Doch Erwin purzelte nur leicht auf den Gehweg. Er röchelte und stöhnte lauthals auf, als Mats ihn mit seiner Hand vom Boden hochzog.

„Matse! Puh, danke. Meine Herren, bei der verdammten Hitze sackt einem einfach der Kreislauf ab. Mann, Mann. Mir ist total warm. Ich brauch erst mal was zu trinken. Lass mal reingehen."

Sie betraten die Spielothek. Wie immer mussten sich die Augen einige Sekunden auf die Dunkelheit einstellen. Mats' Augen flackerten. Uwe und Rainer sahen ihn müde an. Sie hingen immer noch am Tresen und hatten es bisher nicht bis an die Automaten geschafft.

Kein Wunder, dass Erwins Geschäft nicht funktionierte, wenn er die Stammkunden schon am Tresen mit Wodka bewegungsunfähig machte. Besonders Uwe wirkte durch das Sonnenlicht der Eingangstür mehr als paralysiert. Er bewegte sich hektisch auf seinem Barhocker. So wie eine Mücke, die man mit einem Halogenstrahler anleuchtete. Aber er sagte nichts. Rainer hockte in sich ruhend am Tresen und fokussierte sein leeres Wodkaglas. Er sah nicht auf. Mats konnte das Weiße in seinen Augen sehen. Rainer war weit, weit weg.

„Meine Güte, Erwin! Euer Scheißhaus war auch schon mal freundlicher gewesen."

War gewesen. Schön gesagt. Carmen Wesuwe. Warum hatte Mats sie nicht gehört? Ihr Lachen konnte man kilometerweit wahrnehmen. Carmen war fast so laut wie Erwin. Sie war der fleischgewordene Antipenis. Ein Straßenköter, ein blondes Etwas mit einer Wasserwelle, das seine guten Tage bereits seit Jahren hinter sich hatte. Ein Mensch, der nur aus Schwächen bestand. Leider war Mats eine davon.

„Mats, mein Engel! Habe dich schon vermisst in diesem Saftladen. Carmens Tag darf nie ohne einen attraktiven Mann sein. Sonst wird Carmen ganz böse." Und während sie dies sagte, klimperten ihre künstlichen Wimpern aufgeregt.

Carmen schwang sich auf einen der Barhocker und schlug ihre weißen, geschwollenen Beine übereinander. Wasser in den Beinen war normalerweise für ältere Menschen oder Schwangere gepachtet, aber Carmen hatte sich nie groß um Konventionen gekümmert. Allein ihre beiden gewaltigen Unterschenkel führten so viel Wasser mit sich, dass man ein mittelgroßes afrikanisches Land hätte fluten können. Vielleicht ein wenig übertrieben, aber sie sahen definitiv so aus. Schade, dass die katholische Kirche nur die Homosexualität austreiben wollte. Gegen die Heterosexualität hätte Mats ein Mittel gehabt. Carmen war ihr Beutefeind Nummer 1. Er hätte jeden Mann dieses Planeten im Vergleich zu ihr vorgezogen. Auch Uwe. Selbst Uwe. Halt, eventuell nicht alle. Aber sogar der Gedanke an einen Zungenkuss mit Erwin fühlte sich besser an, als ein Händchenhalten mit Carmen.

Ihre offensichtliche Begeisterung für seine Person machte es nicht gerade einfacher für ihn. Unabhängig davon war sie für Erwin Stammpublikum und damit absolut unantastbar. Insbesondere als Frau. „Durch die haben wir hier sexuelle Spannung! Da tropft der Schweiß von der Decke! Alle Kerle wollen sich beweisen, wer am meisten drauf hat. Da gambeln die wie die Schweine. Die Alte macht Umsatz! Carmen war und ist 'ne Bombe!"

Und das wusste sie. Ihr überlegenes Getue war fast noch schlimmer als ihre mittelalterlichen Annäherungsversuche. Mats wusste nicht, wovon er mehr beleidigt sein sollte. Von ihrer allgemeinen Arroganz, von ihren plumpen Anmachversuchen oder, noch schlimmer, dem Glauben daran, dass diese erfolgreich sein könnten.

Mats hatte gerade den Himmel gesehen. Er fühlte Annas Lippen noch auf seiner Haut. Aber nicht einmal fünf Minuten später reckte ihm der Teufel seine Kimme entgegen! Und auch die stand unter Wasser. Carmen drückte ihren schmalen Po zwischen Rainer und Uwe auf Barhocker zwei und drei. Uwe war durchaus angespannt, wenn dieses Rasseweib neben ihm saß.

Erwin hatte leider nicht ganz Unrecht mit seiner Einschätzung. Es passierte etwas mit den Anwesenden, wenn Carmen da war. Mats bezog also seinen Arbeitsplatz, blickte auf die vier Barhocker vor sich und sah genau das.

Uwe hektisch, schnappatmend, mit pulsierender Brandblase, Carmen in ihrer majestätischen Attitude und Rainer, der immerhin als Einziger recht desinteressiert an ihr wirkte. Eigentlich war er schon immer ein Guter gewesen. Nicht erst seit letzter Nacht.

Vielleicht war Carmen aber auch eine Frau, die erst ab Promillegrenzen über 2,0 relevant und dann absolut unwiderstehlich wurde. Möglich. Nicht wahrscheinlich. Man wusste es nicht. Zumindest würde das erklären, wieso die bis heute einzig nüchterne Person in der Spielothek sich dieser Femme fatale dauerhaft hatte entziehen können.

Rainer war immun. Noch. Während der Rest des Hofstaats die Bienenkönigin umschwärmte, blieb Rainer höflich desinteressiert. Erwin hatte seine Theorie bereits geäußert: *„Der kriegt sicher keinen mehr hoch. Das macht dem Bastard schlechte Laune. Das würde mir auch schlechte Laune machen! Das könnt ihr mir glauben."*

Doch Rainer sah nicht aus wie einer, der keinen mehr hochkriegt, fand Mats und selbst wenn. Er sah eher aus wie einer, der mehr wusste. Der wusste, dass es da draußen mehr gibt als Carmen Wesuwe. Einer, egal wie allein und trostlos er sich vielleicht heute fühlte, irgendwann einmal das Licht gesehen und es nicht vergessen hatte.

Mats schenkte sich und den anderen vieren, nach Anzahl der belegten Barhockersitzflächen fünfen, einen Wodka ein. Er fixierte Carmen und trank schnell. Tatsächlich. Nach einem Wodka sah sie schon besser aus. Vor allem nicht mehr so fett. Eher mollig. Mats schenkte sich noch einen ein. Aber das Bild stagnierte. Sie sah deutlich besser aus als ohne die beiden Wodka, aber nicht besser als nach dem ersten. Wahrscheinlich bedürfte es bei Carmen eines Triple-Drinks. Alle drei Drinks wird sie schöner. Das klang realistisch.

Und dann kam es eigentlich nur noch auf den Startpunkt an. Fand man sie so attraktiv wie Mats, musste man eben ran und durfte erst nach neun oder zehn Triple-Drinks auf eine attraktive Carmen an der Bar hoffen. Betrachtete man Carmen dagegen wie Uwe, waren schon nach der ersten Triple-Phase alle Ampeln auf Grün. Es durfte nur nichts Unvorhergesehenes passieren. So wie jetzt gerade. Carmen wischte sich vorsichtig etwas Wodka aus ihrem Damenbart. Na prima. Nun war Mats wieder auf Start. Das würde nichts werden.

Aber sollte es ja auch nicht. Hauptsache, er war so angetrunken, dass er sie etwas besser ertragen konnte. Das war völlig ausreichend. Auch wenn Carmen ihn immer wieder zwischendurch mit einer Charme-Offensive überzog, so war sie doch clever genug, alle Eisen im Feuer zu halten. Gerade noch hatte sie Erwin getätschelt, schon kniff sie Uwe in die Backe und flüsterte ihm etwas ins Ohr, was Uwe kichern ließ, wie ein kleines Mädchen.

Alles war im Fluss. Alles war wie immer. Wäre Erwin nicht bankrott und Rainer bald tot, es könnte immer so weitergehen.

Mats beugte sich zu Rainer vor. Er stützte seinen Kopf auf seine Hände, die er auf dem Tresen gefaltet hatte und sagte leise zu Rainer. „Wie ist ihr Name?"

Rainer sah ertappt auf. „Was bitte? Was hast du gesagt?"

„Wie ist ihr Name?", wiederholte Mats.

„Wessen Name? Carmen? Du kennst doch Carmen. Die kann man ja schlecht vergessen."

„Ich habe dich gefragt, wie ihr Name ist. Das hast du schon verstanden, glaube ich. Du musst es mir aber nicht sagen. Vergiss die Frage einfach." Mats hob seinen Kopf wieder hoch.

Rainer ließ sein leeres Glas in seinen Händen kreisen. Als Mats gerade abdrehen wollte, schob Rainer sein Glas vor ihn und sah ihn durchdringend an. „Schenkst du bitte noch mal nach?"

Langsam nahm Rainer einen tiefen Schluck, aber er trank das Glas nicht ganz leer. Wieder spielte er mit dem Glas. Der Restwodka waberte gemächlich von Glaswand zu Glaswand. Ohne seinen Blick vom Glas abzuwenden, sagte Rainer: „Warum möchtest du das wissen?"

„Weil es mich interessiert. Und vielleicht möchtest du es auch erzählen?"

Rainer antwortete barsch. „Warum sollte ich das wollen? Weil ich sterbe, oder was? Damit ich mir noch mal alles von der Seele reden kann vorher? Damit ich in Frieden gehen kann oder was soll die Scheiße? Lernst du so einen Dreck in deinem Studium?"

„Rainer, krieg dich wieder ein. So war das überhaupt nicht gemeint. Dann lass es halt. Es war nur eine Frage. Vergessen wir's. Schon gut."

Rainer stöhnte tief auf und trank sein Glas leer. Sein Blick wanderte auf die Merkur-Sonne und das matte Sonnenlicht hinter ihr. Er musste an den kleinen, lockigen Jungen denken.

„Ich sag dir mal was, Mats. Es ist völlig egal, wie sie hieß. Oder ob es überhaupt eine sie gab. Oder einen ihn. Oder sonst irgendwas. Das Einzige, worauf es ankommt im Leben, ist der Stein."

„Stein? Wieso Stein? Was für ein Stein?" Mats konnte Rainer nicht ganz folgen.

„Jeder trägt was mit sich rum. Etwas, das ihm zu schaffen macht. Etwas, das ihn manchmal zu Boden drückt. Je eher du begreifst, dass jeder einen Rucksack aufhat, desto besser wirst du damit leben können, deinen eigenen Rucksack tragen zu müssen. Aber es kommt nicht auf den Rucksack an, sondern auf die Größe des Steins, der in ihm liegt."

„Verstehe. Aber was, wenn ich keinen Rucksack aufhabe? Ich glaube, ich habe keinen auf. Jedenfalls nicht so richtig. Nicht so, wie du es beschreibst."

Rainer lächelte überlegen, aber nicht arrogant. „Glaube mir, du hast einen Rucksack auf. Du hast ihn nur noch nicht bemerkt. Aber eines Tages wirst du ihn spüren. Vielleicht fällt eines Tages auch ein Stein rein, der vorher nicht da war und plötzlich bemerkst du das Gewicht. Merkst, dass da etwas ist, das nicht mehr weggehen wird. Jedenfalls nicht richtig weg."

Mats dachte darüber nach, was Rainer gesagt hatte. War sein Stein vielleicht seine gesellschaftliche Perspektivlosigkeit, die er selbst nicht einmal so empfand? Oder würde sie es erst werden, wenn die Spielothek pleiteging und er auf der Straße saß? War Anna sein Stein oder würde sie es werden?

Die Aussicht auf das eigene Ableben schien weise zu machen. Mats musste an eine Kindergeschichte denken. Augsburger Puppenkiste. Jim Knopf. Der böse Drache Frau Mahlzahn fällt dort in einen tiefen Schlaf und erwacht als goldener Drache der Weisheit.

Erlebte er gerade Rainers Metamorphose? Er versuchte, einen Goldschimmer zu entdecken. Oder war er betrunken immer so klug? Dann hätte Rainer wirklich früher wieder anfangen müssen.

„Das hört sich nicht gerade nach rosigen Aussichten an, finde ich."

Rainer klang nun staatsmännisch, fast väterlich. „Ach doch. Die allermeisten können am Ende gut mit ihrem Stein leben. Man ist nur glücklicher, wenn man es möglichst früh akzeptiert und nicht versucht, ihn loszuwerden. Er ist mal mehr und mal weniger schwer. Wenn man das begreift, kann man die Phasen, in denen er schwer ist, besser ertragen."

Mats war perplex. In 48 Stunden war aus dem pöbelnden „Ich-bin-gegen-alles-Bastard" der „goldene Drache der Weisheit" geworden, und gerade öffnete er Mats seine Schatulle der Kostbarkeiten. Dennoch ließ er nicht locker. „Hat dein Stein denn einen Namen?"

Rainer stöhnte auf. Er lächelte, wurde aber wieder ernster. „Ja, er hat einen Namen. Monika."

Zögernd suchte Mats nach den richtigen Worten. „Und, ist dieser Stein namens Monika sehr groß? Es klingt leider danach."

Rainer nickte und starrte wieder auf sein leeres Glas. „So groß, dass ich gar nicht mehr laufen kann. Ich kann nur noch hier sitzen und warten. Warten, bis es vorbei ist. Bis alles vorbei ist."

„Wie lange trägst du den Stein denn schon?"

„Eine lange Zeit. Und er war vom ersten Tag an so schwer." Rainers Augen wurden sehr glasig. Schnell räusperte er sich. „Schenkst du noch mal nach. Bitte schnell."

Flüchtig stießen sie an und tranken. Rainer hielt den Wodka so lange in seiner Kehle, bis er die Tränen verbrannt hatte. Mats gab ihm die Zeit, sich zu sammeln.

„Kannst du nicht, ich meine, weißt du, wo dein Stein heute ist?"

„Ja. Auf dem Nordfriedhof. Er liegt dort seit über 40 Jahren."

Kapitel 12: Am Ende des Regenbogens steht immer ein Zwerg mit einem Topf Gold

Das kraftvolle Klatschen von Erwins Hand auf seinem Schulterblatt beendete den kalten Schauer, der Mats' Rücken hinuntergelaufen war, abrupt.

Rainers Stein war auf dem Friedhof. Und er hatte es auch nach dieser langen Zeit nicht verwunden. Wie lange dauert Schmerz? Und wie weit reicht Liebe? Man sagt unendlich, wenn es Liebe ist. Aber ist das so? Wo war Rainers Fantasie geblieben? Warum hatte sie ihn nicht gerettet? Vor 40 Jahren war er ein junger Mann gewesen. Egal, was damals passiert war, er hätte es verkraften können. Sogar verkraften müssen. Denn das Leben ging immer weiter. Sagte man. Und Zeit heilt alle Wunden. Aber wahrscheinlich sind manche Steine zu schwer.

„Meine Herren, wer hat euch denn ins Glas gespuckt? Ah, ich sehe, keiner. Da ist das Problem. Ihr seid auf dem Trockenen! Kein Wunder, dass ihr solche Gesichter macht. Uwe, schieb noch mal 'ne Pulle rüber, unsere beiden Trauerklöße hier werden sonst noch ganz depressiv. Mann, sagt doch was, ihr beiden! Erwin ist immer für euch da! Und schon ist Schluss mit der Begräbnisstimmung. Prost, ihr Bastarde!"

Rainer fiel fast vom Hocker, als Erwin begann sie beide an der Schulter zu schütteln. Das war aufrichtige Zuneigung. Wenn sich ein Hund am Bein eines Menschen auf und ab bewegt, ist das zwar nicht besonders schön, aber auch nett gemeint. Ein Freundschaftsritual aus einer vergangenen Zeit. So wie Männer, insbesondere ältere Semester, immer nur klopfen. Sie umarmen durchaus, aber anstatt mit der den Rücken umfassenden Hand selbigen für einen Moment zu streicheln, so wie Frauen es stets tun, wird festgeklopft. Oder eben auch fest gepackt und geschüttelt.

Und so rüttelte Erwin Drönemann Mats und Rainer weiter fröhlich durch. Mats wurde von dem Geschaukel fast ein wenig schlecht. Obendrein begann seine Schulter zu schmerzen. Erwins Riesenpranke presste sie fest zusammen.

„Prost, Erwin. Aber schüttele uns mal nicht so. Wir können ja gar nicht trinken so", versuchte Mats, dem Ganzen Einhalt zu gebieten. Und es wirkte. Den Gedanken, kostbaren Alkohol zu verschütten, konnte Erwin schwer ertragen.

„Ja, ist gut, höre schon auf damit. Matse, wir müssen sowieso mal kurz reden."

Und er steuerte schnurstracks auf sein Büro zu. Rainer prostete Mats stumm aufmunternd zu. Vermutlich sah man seinem Gesicht deutlich an, dass ihm gerade wenig nach einer weiteren Stunde mit Erwins Wahnvorstellungen zumute war. Mats schnappte sein halb volles Glas und dackelte Erwin in sein Büro nach. Er sollte gleich besser ein Wasser einstreuen. Den Selbstversuch, um Carmens Wesen zu verändern, und die Drinks mit Rainer spürte er erst sehr deutlich, als er sich von seinem Hocker erhoben hatte. Fast schwankte er ein wenig beim Gehen.

Mats checkte kurz sein Handydisplay. Nichts. Keine Nachricht von Heini. Aber der rollte vermutlich gerade auch noch als Schaumlawine durch Annas Auto. Jedenfalls musste er später das Auto abholen und selbst wenn das noch ein paar Stunden weg war, sollte er sich jetzt nicht komplett betrinken. Anstrengend. Dieser ewige Nüchtern-bleiben-Dauerdruck. Ständig war irgendwas. Das ganze Leben hielt einen dauernd davon ab, das zu tun, worauf man Lust hatte. Sollte das nicht eigentlich andersherum sein? Mats hatte schließlich jeden Grund zu feiern. Immer noch fühlte er Annas Lippen auf seiner Wange. Er hätte tanzen können vor Glück. Er durfte das ruhig mal genießen.

Wie sehnsüchtig er auf diesen Moment gewartet hatte. Und es war noch nicht mal ein richtiger Kuss gewesen. Aber auch kein Wangenkuss. Dafür war es zu langsam gewesen. Zu zärtlich.

Ach, zum Teufel. Mats griff sich die angebrochene Wodkaflasche im Vorbeigehen vom Tresen und schenkte sich nach. Jetzt mal Schluss mit der Dauervernunft! Er war jung, er war verliebt und er würde sie heute Abend schon wiedersehen. Einfach mal loslassen.

Das bisschen Autofahren würde er hinterher schon noch schaffen. Ferner war es gut, in Erwins Büro möglichst stark angetrunken zu sein. Man konnte zum einen den verqueren Gedanken etwas besser folgen und zum anderen kam einem Erwins Stimme nicht mehr so brutal laut vor. Obwohl Erwin nur wenige Sekunden vor Mats das Büro erreicht hatte, lag er bereits abermals auf Sessel und Schreibtisch. So als wenn er bereits seit Stunden dort wäre.

Manchmal hatte Mats den Eindruck, dass sich Erwin nicht in Räumen zurechtfinden musste, sondern dass er sofort Teil seiner Umgebung wurde. Dieses Gefühl wurde sicher durch sein Büro verstärkt, weil dieses Erwin pur war, aber das passierte auch mit anderen Orten. Manche Menschen sehen selbst in ihrem eigenen Zuhause so aus, als wenn sie da nicht hinpassen. Nicht hingehören. Und vermutlich tun sie das auch nicht. Erwin dagegen wirkte niemals deplatziert. Das war schon eine Form von Aura. Von Präsenz. Das war nicht zu leugnen.

Hochkonzentriert entzündete er sich gerade eine neue Ernte 23. Dafür nutzte er die Restglut seiner alten, aufgerauchten Ernte. Eine ziemlich wackelige Angelegenheit. Es sah ein wenig so aus wie beim Fahrtauglichkeitstest, wenn man mit geschlossenen Augen seine Finger auf die Nasenspitze führen muss. Erwins Augen waren geöffnet, aber offensichtlich konnte er nicht besonders gut sehen. Er jaulte laut auf, als die alte Ernte samt Restglut seine Nase streifte. Aber im zweiten Versuch glückte es. Nase rümpfend, aber zufrieden, sog er tief an seiner Zigarette. Wild gestikulierend ruderte er mit seinem freien Arm. „Matse! Komm rein, komm rein. Aber mach die Tür zu. Die brauchen das nicht alle mitbekommen."

Was gab das nun wieder? Hatte Erwin doch noch finanzielle Mittel zur Rettung der Spielothek gefunden? Leute wie Erwin fanden beim Aufräumen schon mal einen Koffer mit Geld. Oder erwartete Mats der nächste Geniestreich à la Erwin? Mats ließ sich in den Sessel gegenüber fallen. Sofort schleuderte Erwin seine beiden Schlangenleder-Cowboystiefel vom Schreibtisch und schnellte mit seinem Oberkörper zur Tischplatte vor. Die flotte Bewegung hatte offenbar seinen Puls nach oben getrieben. Er röchelte und hustete leicht.

„Matse, ich habe nachgedacht. Und zwar sehr lange nachgedacht."

„Über Las Vegas?"

„Genau. Über Las Vegas. Und soll ich dir sagen, was ich mir überlegt habe?"

Die Erlösung. Es roch nach Abschied von seiner Fantastenidee. Erwin hatte nüchtern, oder zumindest nicht mehr so betrunken, alles nochmals sacken lassen. Oder tief reinlaufen lassen, wie er selbst das nannte. Und dabei hatte Erwin erkannt, dass die Chance, es in Las Vegas zu schaffen, noch kleiner war, als hier Kurve zu kriegen. Stattdessen würde er mit seinen letzten finanziellen Reserven die Spielothek modernisieren. Keine Tabus mehr. Billardtische. Online-Glücksspiel. Pferderennen. Sportwetten. Statt einer runtergekommenen Spielothek würde Mats bald in einem Gamble-Erlebnispark arbeiten! Die Einnahmen würden explodieren. Vielleicht wäre er tatsächlich eines Tages Geschäftsführer von dem Laden.

Schließlich hatte er nun Anna. Er brauchte mehr gesellschaftliches Ansehen. Und auch mehr Geld. Zumindest mittelfristig. Das Haus in der Vorstadt. Der Jägerzaun. Die Kinder. Und erst ihre Ausbildungskosten. Mats hatte gelesen: Ein Kind kostet die Eltern durchschnittlich 150 000 Euro, bis es durch ist mit allem. Bei zwei Kindern waren das schon 300 000 Euro. Und was, wenn Anna mehr Kinder wollte? Oder sie Mist beim Verhüten bauten? Schön, wenn die Leidenschaft siegt. Aber nicht schön, wenn das 150 000 Euro kostet. So viel Leidenschaft gab es ja gar nicht.

Mats schüttelte sich. Nein, nein, nun mal langsam. Erst mal sich Erwins Las- Vegas-Ausrede anhören und dann wieder weiter mit dem Standardprogramm hier. Toll an Erwin war, dass seine Ausflüchte immer spektakulär waren. Die Geschichte stimmte zwar nie, aber sie war stets aufregend. Es war keineswegs ausgeschlossen, dass er gleich mit todernster Miene erzählen würde, Gott sei ihm erschienen und habe ihm gesagt, dass er unter keinen Umständen Düsseldorf verlassen dürfe. Warum, würde er später erfahren. Gott oder auch Engelserscheinungen zauberte er regelmäßig aus dem Hut, um Dinge für sich zu legitimieren. Erwin tat das nicht, um sich in den Mittelpunkt zu stellen. Offenbar war tief in ihm der Wunsch, richtig zu handeln, verankert. Da seine Lebensumstände aber oftmals genau gegenteilig waren, korrigierte er sich die Welt zurecht, wenn es sein musste.

So behauptete er steif und fest, im Mittelalter sei jede Frau eine Hure gewesen, da es sonst wohl kaum so viele Bastard-Kinder hätte geben können. Er habe daher nur eine alte Tradition fortgeführt. Ebenso habe Gott ihm angeblich gesagt, er solle sich keinen Stress wegen des Trinkens machen, das sei schon in Ordnung so. Zwecklos, mit ihm darüber zu sprechen oder seine Berichte anzuzweifeln. Immerhin hatte ihn Gott diesmal in die richtige Richtung gestoßen.

Mats sackte erleichtert ein Stück tiefer in seinen Sessel. „Klar, Erwin. Ist die richtige Entscheidung. Davon bin ich überzeugt."

Erwin knallte seine flache Hand laut auf den Tisch. „Und genau deshalb, Matse, passen wir beide zusammen wie Arsch auf Eimer! Solche Männer brauche ich. Ohne dass du meinen Gedanken gehört hast, weißt du instinktiv, dass es ein guter sein wird. Und Matse, ich muss dir sagen – es ist sogar ein sehr guter."

Mats lächelte dankbar zurück. Wenn das die Dinge waren, die ihn glücklich machten, bitte. „Ich bin wirklich froh, Erwin. Las Vegas ...“

„...wird uns gehören! Und ich weiß auch schon genau wie.“

Ein breites Grinsen zauberte sich in Erwins Gesicht. „Ich war tief in mir drin, Matse.“ Sein Blick wurde eindringlicher, fast geheimnisvoll. „Sehr tief. Noch tiefer als sonst. Und weißt du, was ich mich gefragt habe in Sachen Las Vegas?“

Oh Mann. Ausgeträumt. Sein Plan auszuwandern war allgegenwärtig. Er war wie besessen. Wenn er Las Vegas sagte, leuchteten seine Augen und seine Pupillen flackerten dabei. Mats konnte dem keinen Einhalt gebieten. Er resignierte. „Nein, Erwin. Aber du wirst es mir sicher gleich sagen.“

Erwins Stirn legte sich kurzweilig in Falten angesichts Mats' gelangweilter Antwort. Aber er war viel zu konzentriert auf seine eigenen Worte.

„Las Vegas ist natürlich Gamble City, aber da gibt es auch verdammt viel Konkurrenz. Die schlafen da nicht. Die sind mit Sicherheit zwar ganz scharf auf unsere deutschen Automaten dort. Aber wenn der Vogel richtig fliegen soll, reicht das wahrscheinlich nicht.“

Doch, doch. Mit Sicherheit wartete ganz Las Vegas, ach, ganz Nevada auf die Ankunft der schönsten Spielothek Deutschlands. Wenn nicht Europas. Und so ein Ding wie den Lucky Win 2000 kannte man dort natürlich auch nicht. Der würde noch ein größerer Star werden als Erwin und Mats. Hollywoodkarriere. Kino-Blockbuster. Oscar. Flipper. Lassie. Free Willy. Tierstars gab es eine Menge. Warum kein Spielothekenautomat? K.I.T.T. – das sprechende Auto aus Knight Rider oder Nummer 5 hatten es genauso geschafft. Und „Kevin allein zu Haus“ natürlich. Oder war der etwa echt?

Erwin und er könnten dann in Luckys Millionenvilla in Beverly Hills leben. Sie würden den Garten machen und dafür sorgen, dass sein Autofuhrpark keinen Rost ansetzte. Und manchmal würde sich einer von Luckys Groupies auch in ihr Bett verirren. Aber nur gelegentlich. Draußen pfiff Lucky fröhlich seine Melodie. Ob Erwin ihn schon eingeweiht hatte?

„Vegas ist auch Strip-Shows und jede Menge Puffs. Aber Puff mach ich nicht mehr. Damit bin ich durch. Für diese Revierkämpfe bin ich zu alt. Da werden sich einige schon nicht freuen, wenn wir mit unserer deutschen Gamble-Windmühle denen die Wüste aufwirbeln. Trotzdem müssen wir uns breiter aufstellen, als nur das Gegamble."

Breiter aufstellen. Mats glaubte, er hörte schlecht. Erwin klang wie ein Manager. Fehlte nur noch, dass er gleich einen Businessplan aus der Tasche zog. „Außerdem gilt meine Puff-Sperre sowieso weltweit. Meine, das hätten die Albaner gesagt damals. Und deren Arm ist verdammt lang. Würde mich nicht wundern, wenn die selbst in Vegas was am Start hätten."

„Was denn für eine Puff-Sperre? Soll das bedeuten, du darfst nie wieder ein Bordell aufmachen? Auf der ganzen Welt? Was ist das denn für eine Geschichte?"

Erwin reagierte unwirsch. Kritik oder Nachfragen waren nicht immer Seins. „Was verstehst du denn daran nicht, Matse? Puff-Sperre heißt Puff-Sperre. Was ist denn daran unklar?"

„Nichts, gar nichts, Erwin. Ich verstehe das schon. Es hört sich nur komisch an. Das ist alles."

„Komisch ist daran nichts, mein Junge. Das kannst du mir glauben. Wenn ich mich damals nicht zurückgezogen und der Geldwäsche zugestimmt hätte, dann wäre ich mit einem Betonfuß im Rhein gelandet. Mit den Bastarden ist nicht zu spaßen." Erwin räusperte sich. „Ist aber auch scheißegal, ich will so oder so nicht wieder ins Geschäft einsteigen. Damit bin ich durch."

Zumindest eine gute Nachricht. Bis zum jetzigen Zeitpunkt hatte Mats keineswegs begriffen, dass eine halbkriminelle Zukunft als Puff-Manager in Las Vegas für ihn im Bereich des Möglichen lag. Möglicherweise etwas naiv. Aber er hatte gar nicht groß weiter über Las Vegas nachgedacht. Wozu auch? Selbst wenn Erwin seine Pläne in die Tat umsetzte, würde Mats kaum mitkommen. Er hatte zwar keine Ahnung, was er tun sollte, wenn die Spielhalle dichtmachte, aber was sollte er mit Erwin in Las Vegas?

Das war komplett absurd. Außerdem gab es Anna. Wenn sich die Dinge zwischen ihnen so weiterentwickelten, wie Mats dies erhoffte, würde er es mit hundertprozentiger Sicherheit nicht zerstören, indem er einer wirren Idee seines Noch-Chefs folgte. Und ohne Anna?

Ja, wer weiß. Es blieb auch dann absurd und zum Scheitern verurteilt. Völlig losgelöst davon, was Erwin sich alles überlegt hatte, was er tun wollte oder auch nicht. Vielleicht wäre Vegas sogar ein idealer Schlussstrich unter sein gesellschaftlich verachtenswertes Versager-Dasein. Im Ausland müssten ihn zumindest seine Eltern nicht von der Straße aufsammeln. Die Spielothek würde trotzdem jeder für ein getarntes Bordell halten. Am Eröffnungstag würde sie ein albanischer Kugelhagel zerfetzen und das wäre es dann gewesen. Sein Leben.

„Wir müssen uns neu erfinden, Matse. Die werden uns die Bude einrennen mit unseren Qualitätsautomaten aus Deutschland. Aber ich möchte, dass wir die drin behalten. Dass die gar nicht mehr rauskommen. Nicht mehr raus wollen. Weil sie bei uns alles kriegen. Die sollen nicht mal zum Atmen kommen. Wir bauen ein Las Vegas in Las Vegas. Einmal rein und nie wieder raus. Die sollen den Rest der Stadt gar nicht mehr sehen wollen. Genauso was brauchen wir!"

Erwin war voller Tatendrang. Wie ein Raubtier ging er vor seinem Schreibtisch auf und ab.

„Hört sich gut an, Erwin. Ich verstehe trotzdem nicht genau, was du tun möchtest, wenn ich ehrlich bin."

„Mensch, Matse. Heute hast du aber 'ne lange Leitung. Hättest du deine Beule von gestern doch lieber kühlen sollen, wie ich dir gesagt hatte. Das Horn drückt dir scheinbar auf die Hirngeschwindigkeit."

Erwin holte tief Luft: „Spielen, Ficken, Heiraten und Essen. Das sind die vier Dinge, die Menschen in Las Vegas machen. In dieser Reihenfolge. Es gibt dort knapp 300 Hotelcasinos mit weit über 70 000 Spielautomaten. Die Anzahl der Strip-Clubs ist so groß, dass sie nicht zu schätzen ist. Es heiraten in Vegas mehr als 120 000 Paare pro Jahr und es existieren mehr Fressbuden als Einwohner. Aber keiner, kein Einziger bietet alles unter einem Dach. Zumindest hab ich keinen gefunden. Und selbst wenn. Wenn wir unsere deutsche Kultur da einbringen, hält uns keiner auf. Wir machen da so viel Wind, dass die Wüste keinen Sand mehr hat!"

Mats starrte Erwin an. Das hier war anders als sonst. Es klang nicht mehr wie eine wirre Idee, die im Suff entstanden war. Erwin hatte recherchiert. Er hatte analysiert. Sich gefragt, was er tun muss, um wieder erfolgreich zu sein. Es schwang zwar eine Menge seines angeborenen Größenwahns mit, aber das änderte nichts daran, dass sich das Ganze nicht mehr ausschließlich verrückt anhörte. Und die größten Erfolgsgeschichten hatten am Anfang fast alle eigenartig

geklungen. Mats nippte an seinem Glas. Es klang wahnsinnig, aber ebenfalls gut.
„Der durchschnittliche Las-Vegas-Besucher lässt über 500 Dollar beim Gambeln.
Überleg dir das mal, Matse! Das spielen unsere Vögel hier kaum im Monat rein.
40 Millionen Gamblewütige kommen jedes Jahr nach Vegas. Matse, das ist ein
verdammt, verdammt großer Kuchen. Und von dem schneiden wir uns ein di-
ckes Stück ab. Und da ist nicht mal eingerechnet, was wir mit dem Rest verdienen. Das wird ein Riesending!"

Mats war mehr als beeindruckt. Seine Erwartungshaltung hatte gegen null ten-
diert. Eigentlich hatte er gar keine gehabt. Höchstens das Ende einer verrückten
Idee erwartet. Stattdessen thronte vor ihm ein wahrer Business-Löwe, der über
Nacht zu seiner einstigen Stärke zurückgefunden hatte.

Mats suchte nach Worten. „Erwin, das hört sich wirklich spannend an. Aber das
wird dann ein Riesending, oder? Ich meine, du willst eine Spielhalle, ein Restaurant, eine Kapelle und doch ein Bordell unter einem Dach vereinen? Da brauchst
du allein ein Riesengebäude, mal unabhängig von den ganzen Angestellten. O-
der wie soll das laufen? Und Puff? Dann ist doch wieder Albaner-Terror."

„Matse, Matse, heute fragst du mir aber ein Loch in den Bauch! Da weiß ich
kaum, wo ich anfangen soll. Aber klar – sag ich doch die ganze Zeit: Wird ein
RIESENDING! Wir machen das alles eine Variante abgespeckter. Und nein, auf
keinen Fall ein Puff. Eine ganz anständige Strip-Show mit Tabledance wird das.
Vielleicht bauen wir noch zwei oder drei Kabinen mit Filmchen auf, wenn jemand es arg nötig hat, aber mehr nicht. Da bleiben wir total sauber.

Kapelle find ich auch nicht nötig, wir wollen da nicht die gestörten Spießerpaare,
die sich in Vegas unter Bienchen & Blümchen die ewige Liebe schwören. Wir
brauchen die Totalabstürze. Die, die kaum ihren Namen noch wissen, wenn sie
sagen „Bis dass der Tod uns scheidet". Die, die nebenan gerade Lucky's Jackpot
geknackt haben und nun gar nicht mehr wissen, wohin mit ihrer ganzen Liebe.
Ob die in einer Wichskabine oder in Gottes Vorzimmer sind, ist denen scheißegal. Die Heiratsnummer soll nur die Kaputten drinhalten und andere Kaputte
anlocken. Da steht aber kein Schimmel am Eingang und frisst seine beschissenen Möhren. Bei uns hängt eher ein Kotzeimer am Altar." Heiraten in rau. Aber
das Leben war schließlich rau.

Erwin keuchte. „Oh Mann, kriege einen ganz trockenen Hals von dem vielen

Gerede." Schnell schenkte er beiden nach und kippte einen großen Schluck runter. „Ah, das ist besser. Heute habe ich wirklich ein wenig Kreislaufprobleme. Ist die Scheiß-Hitze. Wo war ich stehen geblieben?"

„Ich weiß nicht. Beim Kotzeimer?"

„Richtig, genau. Also, unsere Hochzeitskappelle ist mehr ein Loch, dass wir graben und hoffen, dass möglichst viele reinfallen. Davor und danach sollen sie dann so viel spielen, bis der Arzt kommt. Da bin ich ganz unromantisch. Obwohl ich sonst ein totaler Romantiker bin, aber das weißt du ja. Geht nur ums Geschäft. Aber wer so bekloppt ist, dort zu heiraten, der muss einem auch nicht leidtun." Seine letzten Worte hatten hart gelungen. Fast ein wenig verbittert. Er fummelte unbeholfen an seiner Hemdtasche herum und zog eine Ernte heraus. Romantiker? Wo war Mats nur mit seinen Gedanken? Das war ihm tatsächlich bis zum heutigen Tag verborgen geblieben. Wie das denn nur?

Wie du weißt war ein schlimmer Einschub in Sätzen. Genauso wie *„Wie du sicher bemerkt hast"* oder Ähnliches. Da spürte man den Pistolenlauf auf der Stirn. Hatte man was auch immer nämlich nicht bemerkt oder wusste es schlichtweg nicht, war man der komplette Idiot.

Unterhaltungen waren voll mit solchen hinterhältigen Einschüben. Sie waren klein, kurz und viel unscheinbarer als der restliche Satz, aber sie waren da. Und wer genau hinhörte, wusste, was sie bedeuteten. Sie waren nie nett oder unterstützend gemeint. Sie kamen versteckt wie eine Erinnerung daher, aber in Wirklichkeit waren sie boshaft und berechnend, im besten Fall noch selbstverliebt. Man machte sie nur, um sein Gegenüber zu dominieren. Oder um Mitleid zu schüren. *Du hast nie bemerkt, was ich für ein sensibler Mensch bin?* Wie konntest du nur, du Ungeheuer!

Alle reden immer über nonverbale Kommunikation und analysieren diese rauf und runter. Dabei ist die verbale Kommunikation nicht minder intensiv. Worte verraten einen. Und weil man viele Wörter noch beiläufiger und unbefangener benutzt, kann man oftmals mehr aus ihnen lesen als aus irgendeiner Bewegung. Bei Erwin waren diese kleinen Einschübe immerhin rein selbstverliebt. Er schwärmte oft von sich selbst in Dialogen. Seine Monologe hingen voll mit diesen kaum nennenswerten Ergänzungen. Und vielleicht war er tatsächlich romantisch. Er war ein Chamäleon. Ein Verwandlungskünstler.

160

Das hatte er gerade wahrlich bewiesen. Und auch wenn er sich Erwin schwerlich als Rosenkavalier vorstellen konnte, so war dennoch nichts auszuschließen. Er hatte ihn schließlich mit Ausnahme von Carmen noch nie mit einer Frau gesehen. Und in Carmens Anwesenheit würde auch ein Flasche Rotwein bei Kerzenlicht wie ein Molotowcocktail samt Tränengas daherkommen.

„Warst du eigentlich mal verheiratet?" Die Frage kam wie aus dem Nichts aus Mats' Mund. Ungewöhnlich an ihr war nicht ihr Inhalt. Sie unterhielten sich über das Heiraten. Aber es war das erste Mal, dass er Erwin etwas Persönliches fragte. Er wusste eine ganze Menge über Erwin. Er kannte seine Flüche. Seine oftmals eigenartigen Meinungen. Seine Weisheiten. Seine Lautstärke. Vieles, was er gar nicht wissen wollte. Aber was unter dieser behaarten Oberfläche samt Goldkette lag, das wusste er nicht. Nicht einmal in Ansätzen.

Erwin sah überrascht auf. Konzentriert sog er den Rauch ein und blies ihn Richtung Decke.

„Ach, Matse, weißt du, ich bin wie ein bunter Obstteller. Da liegen ganz viele, unterschiedliche Früchte drauf. Einen Tag bin ich Aprikose. Den anderen Apfel. Manchmal sogar Ananas. Aber nie das Gleiche. Und hast du schon mal eine Frau getroffen, der alle Früchte schmecken?"

Ein bunter Obstteller. So hatte Mats Erwin tatsächlich bislang nicht betrachtet. Wie kam er auf solche Bildnisse? Er stellte ihm eine einfache, ja persönliche, aber ganz einfache Frage und er antwortete mit „Ich bin ein Obstteller" darauf. Schämte er sich? Kannte Erwin überhaupt etwas wie Scham? Das wiederum wäre eine bahnbrechende Erkenntnis.

„Obstteller. Ich verstehe. Gab es denn nie eine Frau, der die meisten Früchte geschmeckt haben, die da so auf dem bunten Erwin-Teller liegen?"

Seinen leicht sarkastischen Unterton konnte Mats schwerlich unterdrücken, aber er bemühte sich, möglichst ernst zu bleiben. Wenn Erwin ein Obstbildnis brauchte, um über Privates zu reden, konnten sie sich gerne mit Birne und Banane anreden.

Manchmal fühlte sich Mats wie ein Psychologe. Er hatte nur nie eine theoretische Ausbildung genossen. Stattdessen saß er seit Tag 1 am offenen Herzen und operierte rum. Erwins Oberlippe hatte leicht zu zittern begonnen. Schnell presste er seine Unterlippe fest auf sie.

Mats hatte es trotzdem gesehen. Hastig und viel zu energisch drückte er seine Ernte im Aschenbecher aus. Die Glut brannte sich in die Filter der sich bereits im Aschenbecher befindenden Zigaretten. Er guckte Mats kurz an, wandte sein Gesicht aber sofort wieder zur Seite und dann zurück auf sein halb leeres Glas. Die brennenden Filter erzeugten eine dichte Qualmwolke zwischen ihnen.

Wie Nebel, der sich über eine Lichtung legt, damit doch etwas im Verborgenen bleiben kann. Man kann es sehen, aber nur durch einen Schleier. Und wenn der Schleier fällt, ist es verschwunden und man weiß nicht mehr, ob es überhaupt da war.

Erwin hatte immer noch nicht geantwortet. Selbst wenn er nach den richtigen Worten suchte, hatte es zu lange gedauert. Alles, was nun kam, war wenig glaubwürdig. Selbst wenn es ein Obstkorb wäre.

„Nein." Erwin schüttelte seinen Kopf. „Nein, Matse, gab nie eine. Zumindest keine, der die Früchte lang genug geschmeckt hätten."

Es war deutlich zu spüren, dass Mats einen Punkt getroffen hatte. Er beließ es dabei. Man drückte nicht auf Narben, wenn man sie fand. Sie fangen dann nur wieder an zu bluten.

„Wenn du eine Frucht wärst? Was wärst du dann?" Erwin sah Mats mit einem durchbohrenden Blick an.

„Was bitte? Wenn ich eine Frucht wäre? Was soll das Erwin? Möchtest du rausfinden, ob ich auf deinem Obstteller liege?" Mats musste ein wenig lachen.

„Blödsinn. Antworte einfach auf die Frage. Ich sage dir – du kannst damit erkennen, was für ein Mensch das ist, mit dem du es zu tun hast."

„Erwin, echt, so was ist doch Hausfrauen-Psychologie aus irgendeiner Zeitschrift. Du glaubst doch nicht wirklich daran?"

„Matse, jetzt sag mir endlich eine Scheiß-Frucht! Ich verspreche dir, dass das funktioniert. Los, einfach eine Frucht", forderte Erwin.

„Gut, wenn es dich glücklich macht." Mats überlegte. Aber was dachte er nach. Welch ein Unsinn alles. Völlig egal. „Kiwi. Ja, wenn ich eine Frucht wäre, dann eine Kiwi."

Erwin nickte zufrieden. „Siehst du, ich habe es dir gesagt. Es funktioniert bei jedem."

„Was soll das heißen? Ich sage Kiwi und es funktioniert? Was ist das für ein Unsinn?"

„Eine Kiwi ist klein, unscheinbarer als viele andere Früchte. Aber sie schmeckt besser, hat mit am meisten Vitamine. Man kann ihre Schale nicht essen, es ist mühsamer sie zu verzehren. Man kommt nicht direkt an sie heran. Man muss sich mehr Mühe geben. Mehr mit ihr beschäftigen. Sie ist keine alltägliche Frucht wie Apfel oder Banane. Sie ist exotischer. Besonderer."

Mats blickte ungläubig. Erwins Obsthoroskop hatte ihn gepackt. Aber er hatte Kiwi nur spontan gesagt, ohne nachzudenken.

„Na ja, selbst wenn ich mich darin in Teilen wiederfinden könnte. Vermutlich würdest du über die Banane ein ähnliches Feuerwerk abbrennen."

Erwin legte tiefenentspannt seine Stiefel wieder auf den Schreibtisch und rollte ein Stück zurück. „Du solltest dich nicht lustig darüber machen. Es funktioniert. Das hat mir mal ein Mädchen aus der Karibik beigebracht, die für mich gearbeitet hat. Keine Frucht kommt ohne Grund. Du hättest dich niemals für eine Banane entschieden, Matse."

Das stimmte sogar vermutlich, aber Mats wollte nicht weiter Frucht-Memory spielen. Erwin hatte seinen Willen und er hatte sich eine gute Frucht ausgesucht. Alle konnten glücklich sein.

„Können wir wieder über Las Vegas reden? Glaube, du warst noch gar nicht fertig."

„Na sicher. Du wolltest doch mehr über den Obstteller wissen, Matse!" Erwin lachte laut. Die Ernsthaftigkeit seiner zitternden Oberlippe war verschwunden. Brusthaare und Goldkette ereilte ein Lachbeben auf der oberen Richterskala.

„Lassen wir das. Also Tabledance und keine Kapelle. Was ist mit dem Restaurant? Das ist ein Wahnsinnsaufwand. Küche, Koch, Servicekräfte und und und. Da hängt verdammt viel dran. Wie willst du die alle engagieren und vor allem am Anfang überhaupt bezahlen?"

„Du redest immer von Restaurant. Davon hab ich kein Wort gesagt. Glaubst du, wir servieren denen ein 4-Gänge-Menü an den Lucky Win 2000? Was denkst du denn, Matse!"

Ein zweites Lachbeben erschütterte das Büro. „Ich sagte essen. Sie müssen essen können. Die wollen ja nicht mal essen, sondern einfach weiterspielen. Aber sie müssen was essen, weil sie sonst irgendwann umkippen. Deshalb müssen sie schnell und unkompliziert den Speicher wieder aufladen können. Gerne auch für 'ne kleine Münze, damit mehr zum Gambeln bleibt. Der Rubel muss ja rollen."

„Ach so. Heißt das, du willst einfach nur ein paar Snacks und so Fast-Food-Kram anbieten?"

Wieder grinste Erwin gut gelaunt in sich hinein. „Matse, heute bist du immer nah dran, aber doch stets vorbei. Wir geben dem eine persönliche Note. Was können wir Deutschen besonders gut? Was fällt dir da ein?"

Langsam ging Mats dieses Gehabe auf die Nerven. Wenn man alles kryptisch und wirr beschrieb, entstanden automatisch Nachfragen. Wie absurd von ihm, dass er „etwas essen" mit einem Restaurant in Verbindung brachte. Aber der Früchtegott würde ihm gleich die Augen öffnen.

„Krieg? Ich weiß nicht, keine Ahnung."

Das nächste Lachbeben. Diesmal dreckig.

„Haha, genau! Du machst mir Laune, mein Junge! Das Stichwort ist Stadionwurst. Wie bei Fortuna. Wir machen eine ganz ehrliche Wurstbraterei auf. *Made in Germany*. Keiner kann Wurst so wie wir. Das wissen alle auf der Welt – auch die Amis. Ob Brat-, Bock-, Krakauer- oder Currywurst – da reicht uns keiner das Wasser. Und nicht zu vergessen – eine Wurst hat Elektrolyte ohne Ende. Da ist die Speicherkammer ratzfatz wieder randvoll und das Gegamble kann weitergehen, als sei nichts gewesen!"

Auch das war nicht dumm. Erwin meinte es ernst.

Mats hatte ihn unterschätzt. Selbst wenn große Teile seiner Ansichten und Perspektiven außerhalb jeglicher Realität stattfanden, so war er doch offenbar in der Lage, bestimmte Marktgegebenheiten abzuschätzen und sich darauf einzustellen. War Las Vegas gestern wie aus dem Affekt dahergekommen, präsentierte sich die Idee 24 Stunden später schon deutlich weiter entwickelt. Natürlich war alles immer noch gewagt und ob die Amerikaner tatsächlich in Freudentränen ausbrächen, wenn sie den Lucky Win 2000 und seine elf Freunde kennenlernten, blieb eindeutig abzuwarten. Doch wenn man Erwins Konzept dort tatsächlich annahm, hatte es Möglichkeiten. Oder hatte der Wodka Mats geblendet und euphorisch gemacht? Er nahm noch einen Schluck. Nein. So fühlte es sich nicht an.

War das hier seine große Chance? Etwas aus seinem Leben zu machen, ohne zurück in das Hamsterrad zu geraten? War Las Vegas der Regenbogen, auf den er schon immer gewartet hatte? Am Ende des Regenbogens steht immer ein Zwerg mit einem Topf voll Gold. Hatte Mats etwa seinen Zwerg gerade gefunden? Zwerge waren stark behaart, gedrungen und laut. Wenn das kein Zeichen war, dann wusste Mats auch nicht mehr.

Der Zwerg gegenüber hatte währenddessen seine Hände auf seinem Bauch gefaltet und ließ seine Daumen dabei kreisen. Er genoss seinen Triumph in vollen Zügen. So ungläubig wie der Junge guckte, musste er Erwin für ziemlich naiv gehalten haben. Was hatte Matse gedacht? Dass er drei Flugtickets für ihn, für sich plus Lucky kauft und sie einfach mal losfliegen? Als er noch aktiv in der Szene gearbeitet hatte, waren ihm schwierigere Konkurrenzsituationen begegnet als in diesem Las Vegas.

Jetzt musste er es nur noch schaffen, die ganze Bande zu motivieren auch mitzukommen. Aber wo sollten sie sonst hin? Die hatten doch nichts anderes. Die Spielothek war ihr Lebensinhalt. So etwas zog man doch hinterher, wenn es nötig war. Besonders die beiden Frührentner Rainer und Uwe mussten mit. Die waren bares Geld wert. Das waren sichere Einnahmen. Die konnten ja nicht mal pleitegehen. Und wenn sie irgendwann einmal sterben sollten, müsste das der deutsche Staat gar nicht erst erfahren. Dann würde er irgendein Postfach anmieten, an das sie die Schecks schicken konnten, und er würde die Rente kassieren, bis jemand in Deutschland feststellte, dass Rainer inzwischen über 150 Jahre alt sein müsste.

Er war so schlau! Was das Geschäft anging konnte ihm niemand das Wasser reichen. Ganz tief reingehen und ganz hoch rauskommen! Genau so hatte er es immer gehalten.

Dass die Spielothek gerade pleiteging, war kaum seine Schuld. Sondern die Schuld der Leute. Scheiß-Angsthasen-Bastarde! Wer sagte eigentlich, dass Sucht etwas Schlechtes war? Machte einen Sucht nicht erst lebendig? Und waren nicht alle nach irgendwas süchtig?

Aber es konnte ihm bald egal sein. Sollten sie sich doch hier ruhig weiter alle einsperren, diese Spaßbremsen. Er war bereit für Neues. Er hätte nur schon viel früher gehen sollen, aber manchmal brauchte man eben einen Anschub. Da sollte er nicht zu hart mit sich selbst sein.

„Und? Was sagst du dazu? Erwin kriegt immer die Kurve, oder was?"

„Hm, ich muss gestehen, dass sich dein Konzept ganz rund anhört. Wenn das alles so klappt, könnte es tatsächlich was werden."

„Ganz rund? Matse, du musst es auch mal krachen lassen, Junge. Manchmal bist du so verkrampft. Entspann dich, Erwin regelt das alles. Und du wirst mein Geschäftsführer. Ich als Inhaber und du als Geschäftsführer. Na, wie klingt das für dich? Haste gedacht, wir gondeln da ohne Plan einfach hin? Erwin hat immer einen Plan!"

Oh, oh, langsam spürte Mats die ersten Schwingungen eines Euphoriestadiums. Ein sicheres Anzeichen dafür war, wenn Erwin von sich selbst in der dritten Person zu sprechen begann. Es wurde Zeit, den Stecker zu ziehen.

„Ich weiß nicht, Erwin. So was kann ich nicht sofort beantworten. Und es hat sich auch nicht in 48 Stunden geändert, dass ich meine Zukunft nicht unbedingt in einer Spielothek sehe."

Bevor Mats weitersprechen konnte, griff Erwin ein.

„Matse, Zukunft. Ich höre immer Zukunft von dir. Aber die plant man nicht. Zukunft passiert. Mach es dir nicht so schwer, Junge. Vegas ist eine einmalige Chance. Für mich und für dich. Lass es tief in dich reinlaufen, dann wirst du das selbst erkennen." Erwin machte dabei ein väterliches, fast fürsorgliches Gesicht. Und draußen saß bereits sein anderer Vater. Langsam wurde es Mats etwas viel mit dem familiären Getue hier.

„Ist gut, Erwin. Ich lasse das mal sacken."

„Mehr will ich ja gar nicht. Aber ich rechne fest mit dir, Matse. Und vergiss nicht, du wärst da Geschäftsführer vom besten Laden in Las Vegas. So was kann man eigentlich gar nicht ablehnen. Lass dir nur nicht zu viel Zeit. Wir müssen uns noch um eine ganze Menge kümmern. Vor allem müssen wir erst noch die Bande überzeugen, damit die auch alle mitkommen."

Mats hoffte, er hatte sich gerade verhört. „Wie bitte? Was sagst du? Welche Bande?"

„Na, welche Bande wohl? Natürlich Uwe, Rainer und so weiter. Die sollen natürlich alle mitkommen. Die brauchen wir nämlich."

Mats' Beule begann wieder langsam zu pochen. Er rieb sich mit beiden Händen das Gesicht, so als wenn er sich waschen würde. Was redete Erwin da nur!

„Wieso ... Erwin, da bin ich gerade echt raus, wieso willst du die denn alle mitnehmen? Du kannst sie doch nicht einfach einpacken wie ein Möbelstück."

Erwin lehnte sich wieder staatsmännisch zurück.

„Matse, denk doch mal nach. Du hast selbst gesagt, dass wir Leute brauchen. Wir können den Laden dort schlecht zu zweit managen. Wir brauchen Personal. Leute, denen wir vertrauen können. Wir bezahlen die, aber das Gehalt fließt ja wieder direkt an uns zurück, weil sie es wieder verspielen. So haben wir Arbeitskräfte, aber keine Kosten. Die Frührentner spülen uns zudem noch eine Art Grundeinkommen rein. Die sind Gold wert für uns. Das ist doch eine ganz einfache Rechenaufgabe. Und am Ende bin ich auch ein familiärer Typ – ich mag die irgendwie alle. Und so ändert sich praktisch nichts – wir sind nur in einem anderen Land und werden reich."

Mats war perplex. Es wurde immer verrückter. Aber eigenartigerweise nicht unsinniger. Abgesehen von Rainer, der vermutlich vor ihrer Abreise sterben würde, hatte Erwin nicht Unrecht mit seiner Rechnung. Sie hatten kein Geld für Personal, aber sie brauchten welches. Und ob sie nun illegale, mexikanische Einwanderer über die Grenze schmuggelten oder Uwe & Co in ein Flugzeug setzten, war letztlich egal. Mats hatte „sie" gedacht. „Sie" – also Erwin und er.

Er erschrak. Er dachte schon, als wenn er in Vegas wäre. Mats musste aufpassen, dass er nicht zu tief reingeriet, sonst würde er auf keinen Fall wieder rauskommen. Aber wollte er das überhaupt? Bisher hatte der Zwerg auf jede seiner Fragen eine gute Antwort gefunden. Hatte Erwin Recht – ging so Zukunft? Man gerät in etwas rein, kommt nicht mehr raus und sagt sich später, dass es eigentlich ganz gut so gelaufen ist? *Eigentlich. Ganz gut.* Da war es wieder.

Mats' Handy brummte. Eine Kurzmitteilung von Heini. *„Hi Mats, du kannst den Wagen in 30 Minuten abholen. Denke, ist gut geworden. Grüße, Heinrich."*

Hurra! Annas Auto war wieder in Ordnung. Ein Wunder! Der Schwamm hatte alles absorbiert und bald würde die gestrige Fahrt nur noch eine trübe Erinnerung für sie alle sein. Noch ein Lichtblick. Es ging steil bergauf.

Mats steckte das Handy wieder zurück in seine Hosentasche.

„Erwin, ich müsste jetzt noch mal das Auto abholen. Ich hole die Stunden im

Laufe der Woche nach. Können wir einfach morgen weitersprechen?" Mats stand auf und Erwin tat es ihm gleich. Fast wie bei einem beendeten Vorstellungsgespräch.

„Sicher, natürlich. Lass es tief reinlaufen. Wir reden morgen weiter. Das passt gut, dann müssen wir uns auch überlegen, wie wir den Themenabend aufziehen wollen."

„Themenabend?", fragte Mats.

„Na ja, wir müssen das der Bande schon ein wenig schmackhaft machen. Das wird ja erst mal ein Schock sein, dass die Spielo dichtmacht. Da brauchen die sofort einen Lichtblick mit Las Vegas. Daher dachte ich an einen kleinen Themenabend, bisschen Dekoration und natürlich eine Rede. Aber das schaffen wir schon." Erwins Augen waren wieder feuerrot vom Alkohol. Aber sie leuchteten wie eine große, helle und lichterloh brennende Fackel.

Mats wusste nicht mehr, was er erwidern wollte und konnte. Nun denn, gab es eben einen Themenabend. Was auch immer das für Erwin bedeutete.

„Erwin, eine letzte Frage noch. Wenn du dir schon sicher mit Las Vegas bist, wieso hast du dich dann so über das Hausverbot im Zoo aufgeregt?"

Erwin sah ihn verwundert an. „Na, nur weil ich bald Millionär sein werde, bin ich ja nicht Krösus. Auf meiner Zehnerkarte sind noch drei Besuche drauf. Die wollte ich schon nutzen, bevor wir den Abflug machen. Und die mache ich auch noch! Da geht's mir ums Prinzip." Und dann lachte Erwin laut. Wie ein Bösewicht im Film. Schallend und nachhallend.

Kapitel 13: Der Schimmel ist immer weiß

Das Rattern der Straßenbahn sedierte ihn abermals auf angenehme Art und Weise. Mats schaute aus dem Fenster und ließ Häuser, Autos und Menschen vorbeifliegen. Straßenbahn oder Zug fahren besaß eine wahnsinnige Kraft. Wenn man die Fahrtzeit nicht mit Lesen oder dem Handy füllte, sondern einfach aus dem Fenster sah, war es erstaunlich, wie intensiv man nachdenken konnte. Früher war Mats öfter einfach nur mit der Straßenbahn durch die Stadt gefahren. Er empfand das als sehr entspannend. In einem Café zu sitzen und die Leute zu beobachten, war etwas Ähnliches, aber die Komponente „in Bewegung sein" regte die Gedanken noch stärker an.

Nicht über das, was man sah. Letztlich sah man praktisch nichts. Nur Sequenzen. Weil alles vorbeifliegt und man gar nicht dazu kommt, die Menschen länger zu beobachten. Sich länger zu fragen, wer sie wohl sind. Wer sie sein möchten. Unendlich viele Bilder, die in Sekunden an einem vorbeirauschten.

Die türkische Mutter mit den beiden kleinen Kindern und dem Kinderwagen, der gehetzte Mann im Anzug mit der Aktentasche dicht hinter ihr, das Mädchen auf dem blauen Fahrrad, die in Zweierreihen gehende Kindergartengruppe, das alte, Händchen haltende Paar, der schlafende Obdachlose auf der Bank, die schwitzenden Bauarbeiter mit ihren gelben Helmen in der aufgerissenen Straße. Lauter Lebensschnappschüsse. Klick. Klick. Jeder mit seiner eigenen Geschichte. Keinen von ihnen würde Mats jemals wiedersehen. Das Leben in Flüchtigkeit. Das hatte etwas Befreiendes. Die Flüchtigkeit ließ die Umwelt verschwimmen. Was blieb dann übrig? Nur noch man selbst.

Mats ließ die Schnappschüsse weiter auf sich einprasseln. Vegas. Anna. Verrückt. Er hatte das Gefühl, als hätte jemand den Staudamm geöffnet und sein Leben, das bisher ein brauner, gemütlicher Fluss gewesen war, peitschte nun als reißender Strom durch die Landschaft. Vor 48 Stunden war noch alles so klar gewesen. Er saß in der Spielothek, hörte sich die Geschichten der Besucher an und träumte von Anna. Ziellos, aber ganz glücklich.

Er hatte nicht darum gebeten, dass sich alles veränderte. Irgendwie auch schon, aber nicht alles auf einmal. Langsam waren das verdammt viele Bälle, die im Spiel zu halten waren.

Rainer gab es ja auch noch. Das mit Anna war großartig. Sie war großartig.

Und Vegas. Ja, Vegas vielleicht auch. Beides würde er nicht haben können, so viel war klar. Aber noch hatte er beides nicht einmal. Doch was, wenn er beides bekam und dann eine Entscheidung fällen musste? Könnte er sich gegen Anna entscheiden? Niemals.

Vegas war absurd. Grotesk. Bestenfalls abenteuerlich. An allen Stellen. Trotzdem es fühlte sich gut in Mats' Bauch an. Sogar sehr gut. Irgendwie richtig.

Was hielt ihn hier? Anna. Aber was noch? Er hatte keinen Job mehr. Kein Zurück ins Hamsterrad für ihn. Keine andere Spielothek. Er besaß nichts. Es gab nichts zu verlieren. Mats hatte in seinem Leben noch nie etwas Verrücktes getan. Vielleicht war es an der Zeit.

Fast verpasste er seine Haltestelle. Mats hätte noch Stunden weiterfahren können, aber das Leben trieb ihn weiter vor sich her. Selbst wenn die Welt gerade unterging, war das noch lange kein Grund, den Müll nicht mehr rauszubringen, oder?

Des Königs erster Knecht erwartete ihn bereits auf dem Hofgelände. Mats schnupperte. Nichts. Aber er war auch noch gut 50 Meter entfernt. Der Schwamm winkte. Warum winkten immer nur alle? Man sah sie doch auch so. Nichtsdestotrotz signalisierte er Heini durch kurzes Anheben seines rechten Arms, dass er ihn ebenfalls registriert hatte.

Der Schwamm wirkte erschöpft, aber glücklich. Komisch war nur, dass scheinbar gar kein neuer Schmutz an ihm dran war. Mats wollte nicht kleinlich werden, aber das musste alles aus dem Auto raus und wegabsorbiert werden. Da durfte nichts zurückbleiben, das würde ganz sicher riechen. Und wenn nicht jetzt, dann hundertprozentig in einigen Tagen oder Wochen. Schnuppern. Nichts. Noch 10 Meter. Falscher Alarm. Heini war vermutlich einfach nur frisch geduscht. Oder frisch ausgewrungen. Schwämme duschten nicht. Sie wringen sich aus.

„Hallo Mats! Gute Nachrichten. Ich denke, wir haben alles rausbekommen. Keine sichtbaren Spuren mehr, und der Gestank ist ebenfalls praktisch komplett weg."

Voller Stolz war Heinrich die letzten Meter auf Mats zugelaufen. Wie ein Kind, das es nicht mehr abwarten konnte, dem Papa zu zeigen, was es Tolles gemacht hatte. Doch während man sich als Eltern mit der Zeit, ob man wollte oder nicht, feste Wörter und vor allem eine fixe Tonlage beziehungsweise eher einen fixen Singsang *„Ja, prima, mein Schatz. Ganz schön, ganz toll."* angewöhnte, welcher dem Kind maximale Bestätigung signalisierte, war hier definitiv ein richtiges Lob nötig. Sein Schwammblutsbruder hatte es vollbracht! Mats zerdrückte fast seine Hand.

„Mensch, Heini! Du bist echt der Wahnsinn. Ich bin dir so irre dankbar, das glaubst du gar nicht! Auch die Rückbank? Alles wieder in Ordnung?"

„Hier, sieh es dir selbst an." Heini schritt um den Wagen herum und steckte seinen Kopf durch die Beifahrertür ins Auto. Mats tat selbiges von der Fahrerseite. „Du hattest echt Glück. Durch die Hitze im Auto stank es zwar bestialisch, aber es war auch alles knochentrocken. Das heißt, ich konnte ganz viel direkt absaugen und ausklopfen. Dadurch war schon direkt 'ne ganze Menge weg. Auch vom Gestank. Und das, was noch drin saß, hab ich dann großflächig eingeschäumt und einwirken lassen. Nach dem dritten Mal roch es nur noch nach dem Schaum. Riecht man auch jetzt noch etwas. Das verfliegt aber schnell wieder."

Heinrichs Gesicht glich einer großen, grinsenden Fratze. Mats hatte ihm den schwersten Fall seiner Schwamm-Karriere beschert und er hatte ihn gelöst. Er atmete tief durch die Nase ein und wieder aus. Nichts. Ein wenig Waschanlagengeruch. Das Armaturenbrett war glänzend poliert, die Fußräume gesaugt und die Polster erstrahlten. Es sah aus wie ein Neuwagen. Anna würde begeistert sein.

„Heini, ich weiß nicht, was ich sagen soll. Das hast du unglaublich gemacht. 1 000 Dank!" Mats drückte seinen Schwamm-Knecht fest an sich. Ein wenig passte er auf, den schwarzen Riesenfleck an Heinis Bauch nicht mitzunehmen, aber die Umarmung war mehr als verdient.

Heini wirkte ein wenig gerührt. Mit leicht gerötetem Kopf antwortete er: „Ach, ist schon gut. Freut mich, dass dich das so glücklich macht. Ist mein Job, das ist selbstverständlich. Obwohl ich mir wirklich unsicher war. Es hat so wahnsinnig gestunken."

„Echt? Erinnere mich gar nicht mehr." Bevor sich aber Heinis Fassungslosigkeit in seinem Gesicht weiterausbreiten konnte, schlug ihm Mats lachend auf die Schulter.

„War ein Witz! Es war schrecklich. Wirklich vielen, vielen Dank! Meine Freundin wird überglücklich sein."

Nun lachte auch Heini leise und schüchtern mit. „Ja, das war wirklich ... puh. Ich konnte gar nicht glauben, dass das dein Hund war. Wie geht es dem denn?"

„Wieder besser. Der wartet gerade auf mich."

Heinrichs Pupillen weiteten sich. „Ich hoffe in keinem Auto? Ist ja wieder recht warm heute?"

„Nein, nein, keine Sorge. Der ist bei meiner Arbeit. Ich fahre da jetzt gleich wieder hin."

„Oh gut. Hatte für eine Sekunde schon gedacht, du hast ihn wieder in irgendeinem Auto." Erleichtert pustete Heini durch und lächelte.

„Na, und wenn schon. Ich wüsste jetzt ja, wo ich das Auto hinbringen muss!" Automatisch lachte Mats abermals und schlug Heini wieder auf die Schulter. Er benahm sich wie Erwin. Nur war er nicht ganz so laut.

„Na ja, ich wäre ehrlich gesagt ganz froh, wenn sich das nicht wiederholt. War schon ganz schön anstrengend", wandte Heinrich vorsichtig ein.

„Mensch, Heini. War nur ein Spaß. Passe da in Zukunft besser auf. Vor allem, wenn ich den Wagen meiner Freundin habe."

Das Schwämmchen lächelte versöhnlich. „Wo arbeitest du denn eigentlich?"

„Ich arbeite bei einer Spielothek in Unterbilk. In der Nähe der Bilker Kirche. Kannst mich gerne mal besuchen kommen. Dann gebe ich dir einen aus."

„Ja, gerne. Vielleicht komme ich bald mal vorbei. Ich spiele zwar nicht, aber vielleicht schaue ich mal rein, wenn ich in der Gegend bin."

„Mach das. Würde mich freuen. So, nun muss ich aber echt los, sonst wird der Hund unruhig und das will ja keiner."

„Nee, nee, auf keinen Fall. Dann mach's mal gut, Mats. Grüße an Uwe, wenn du ihn siehst."

Mats wrang nochmals Heinis Hand aus. Er war ihm mehr als dankbar. Ein Wunder. Anna rechnete sicher mit vielem, aber nicht damit, dass ihr Auto besser als jemals zuvor aussehen würde. Das fühlte sich nach einem weiteren Kuss an.

Mats stieg ein und startete den Wagen. Zweimal hupend fuhr er vom Hof. Heinrich winkte schon wieder. Nobby's Autopalast verschwand langsam im Rückspiegel. Am Mittelspiegel hing ein Duftbaum in Form einer goldenen Krone, der einen zitronigen Geruch absonderte.

Mats schnippte mit dem Finger gegen die Krone und sie baumelte hin und her. Jetzt im Feierabendverkehr musste er sich auf etwas Wartezeit einstellen. Aber es war völlig egal. Zufrieden und glücklich steuerte er Annas Punto Richtung Südring. Was half es, an morgen zu denken. Was zählte, war das Hier und Jetzt. Und das fühlte sich verdammt gut an.

Es traf Mats wie der Blitz. Mist, er hatte die Weinmesse morgen komplett vergessen. Also nicht an und für sich, aber Erwin hatte er vergessen. Er brauchte Urlaub morgen. Am besten den gesamten Tag. Er hatte keine Lust, sich wieder abzuhetzen, um irgendwo irgendwann zu sein. Einfach mal ein normaler Tag ohne Termine. Mats war aus dem Hamsterrad ausgebrochen, weil er nicht mehr so getrieben leben wollte. Nicht mehr fremdbestimmt sein wollte. Aber in den letzten Tagen war sein nicht vorhandener Terminkalender rappelvoll gewesen. Das musste sich schleunigst wieder ändern.

Um seinen spektakulären Auftritt als Retter des Autos bei Anna nicht zu gefährden, parkte Mats den Punto zunächst in der Düsselstraße und nicht direkt auf der Lorettostraße. Er wollte unbedingt dabei sein, wenn Anna den Wagen sah. Selbst wenn Mats nicht völlig schuldlos an der Verschmutzung gewesen war, so hatte er nun doch alles mehr als wieder zurechtgerückt. Das Leben kann auch mal kurvig werden, man muss nur immer wieder auf die Gerade zurückfinden. Mats beschleunigte seinen Schritt. Er konnte es kaum noch erwarten, Anna den Wagen zurückzubringen.

Hoffentlich ließ sich das Gespräch mit Erwin kurz halten. Hätte er so etwas wie gesetzlich vorgeschriebenen Urlaubsanspruch oder zumindest einen Arbeitsvertrag, wäre alles ein Stück weit einfacher. Aber Mats hatte seinen 300-Euro-Studenten-Job nie umgestellt, auch als er begonnen hatte, fest jeden Tag dort zu arbeiten. Er wurde wahrlich nicht reich mit der Spielothek. Aus diesem Grund sah er wenig Anlass, auch noch groß Steuern zu bezahlen. Rente, Sozialversicherung und der ganze andere Scheiß waren irgendwie noch weit weg.

Erwin war das wohl gar nicht bewusst, dass es so etwas wie Arbeitsverträge gab. Zumindest hatte er das Thema niemals angesprochen.

Wie würden sie das eigentlich mit der Aufenthalts- und Arbeitsgenehmigung machen? Mats wusste nicht genau, wie das lief, aber man konnte definitiv nicht einfach so nach Amerika, ohne gewisse Zertifikate zu haben. Aber Erwin hatte bestimmt eine Lösung parat. Ganz bestimmt.

Mats öffnete die Eingangstür und betrat zügig die Spielothek. Es bot sich ihm ein marginal verändertes Bild. Uwe, Carmen und Rainer saßen immer noch, nur ein wenig zusammengesackter, auf ihren drei bzw. vier Barhockern. Erwin stand hinter dem Tresen, wie ein Kneipenwirt und beäugte die drei.

„Seid ihr fertig? Dann dreht jetzt bitte die Karten um und zeigt sie mir."

„Ich verstehe immer noch nicht, was wir hier machen und was das soll, Erwin", maulte Rainer. „Rainer, jetzt nimm doch einfach mal Dinge an. Das ist was Gutes. So kannst du mehr über dich selbst erfahren und das wäre doch gut, oder? Bist du fertig?"

„Da komm ich mir vor wie bei einer dieser esoterischen Sekten, die man immer im Fernsehen sieht. Das ist doch totaler Schwachsinn."

„Meine Güte, Rainer. Wüsste ich es nicht besser, würde ich denken, du bist wieder der nüchterne, schlecht gelaunte Bastard der letzten Jahre. Ich versichere dir: Das lohnt sich. Jetzt schreib einfach was auf", befahl Erwin.

„Was ist denn, wenn mir nichts einfällt, Erwin?", wollte Uwe wissen.

„Was? Wie kann einem denn da nichts einfallen? Denk halt mal nach, Uwe! Allerdings soll man auch gar nicht so viel nachdenken. Spontanität, Uwe! Sei einfach mal spontan."

Nachdenkliche Falten gruben sich in Uwes Stirn. „O.k., Erwin. Ich überlege. Hoffe, ich mache nichts falsch."

Erwin schnaubte gestresst. „Uwe, da gibt es kein Richtig oder Falsch. Du sollst einfach spontan etwas aufschreiben. Entspann dich und schreib jetzt was auf, verdammt noch mal! Könnt ihr euch kein Beispiel an Carmen nehmen? Sie ist schon lange fertig."

Carmen blickte zufrieden auf die handflächengroße, verdeckte Karteikarte vor sich. „Für kleine Spiele bin ich immer zu haben. Du kennst mich doch, Erwin", krächzte sie mit ihrer rauchigen Männerstimme.

Rainer guckte zur Tür und sah Mats genervt an. „Weißt du, was der Scheiß soll?"

„Ah, Matse, du kommst genau richtig. Komm her, Junge. Also, Uwe, Rainer, seid ihr nun so weit oder wird das heute nichts mehr?", animierte Erwin sie abermals.

Rainer kritzelte schnell etwas mit dem schwarzen Edding auf die Karteikarte und drehte sie um.

„Ich kapiere nicht wozu. Aber bitte, dann machen wir eben, was der Sonnenkönig sich wünscht."

„Gut so. Danke dir, Rainer!", entgegnete Erwin, ohne auf die Spitzfindigkeit einzugehen.

„Uwe, du Bastard, wir warten nur noch auf dich. Nun aber los!"

Uwe nahm Erwins Aufforderung gar nicht wahr. Er starrte konzentriert auf die
Karte. Der Edding rutschte in seiner Hand vor und zurück.

„Ich weiß echt nicht, Erwin, ob das richtig ist. Ich schreib das jetzt aber mal."

Er hielt den Stift etwas unorthodox, fast genau seitenverkehrt. Das Ende vom
Stift war gerade nach vorne ausgerichtet, so wie öfter kleine Kinder, besonders
Mädchen, den Stift halten, wenn sie schreiben lernen. Die Schrift bekommt
dann so eine Schräglage nach links. Sie ist meistens sehr klar und auch recht
schön, doch die Art zu schreiben, sieht eigenartig aus.

Aber wenn Uwe das gesamte Alphabet beherrschte, musste man schon mehr
als zufrieden mit ihm sein. Da spielte es eine sehr untergeordnete Rolle, ob er
den Stift komisch hielt oder ihn sich beim Schreiben in die Nase steckte.

Uwe drehte seine Karte ebenfalls um. Carmen nickte ihm unterstützend zu. Begeistert blickte Erwin in ihre Gesichter. „Sehr gut. Dann haben wir es ja endlich.
Da haben sich alle noch einen Drink verdient. Matse, komm her, du natürlich
auch. Möchte, dass du dir das ansiehst."

Mats erreichte die Theke, die eigentlich keine war, und gesellte sich zu Erwin.
Es war leider nicht möglich, einfach kurz etwas in diesem Laden zu klären, ohne
parallel in andere Dinge verwickelt zu werden. Klebten sie sich die Karten gleich
an die Stirn und spielten unter Erwins Aufsicht *„Was bin ich"*? Eigentlich eine
schöne Vorstellung. Mats legte den Gedanken ab für später.

Feierlich sagte Erwin: „Jetzt bitte alle die Karten umdrehen und zu mir halten.
Danke, das sieht gut aus", triumphierend zu Mats. „Was habe ich dir gesagt? Es
funktioniert immer und bei jedem ... ich, Uwe, was ist das denn?"

Schnappatmung. „Erwin, echt, ich meinte ja schon, dass ich nicht weiß, ob das
richtig ist und so."

Genervt antwortete Erwin. „Noch mal, da gibt es kein Richtig oder Falsch. Aber
Kartoffel ist keine Frucht, du kannst genauso wenig Auto schreiben, wenn ich
dich bitte, ein Tier aufzuschreiben. Und wenn ich sage, schreib eine Frucht auf,
Uwe, dann kannst du nicht Kartoffel auf den Scheiß-Zettel schreiben!"

„Aber ... aber ich mag Kartoffeln. Sehr sogar. Und das ist doch irgendwie auch eine Frucht, finde ich." Uwe versuchte zu retten, was möglich war. „Was aus der alles ist. Bratkartoffeln, Kartoffelbrei, Pommes, Salzkartoffeln, Süßkartoffeln, und würzen kann man die ja auch jederzeit mit allerlei Kräutern und so. Ich finde, das ist eine ganz tolle Frucht sogar. Die beste. Wirklich, Erwin."

In Erwins Augen blitzte etwas aus dem roten Feuer hervor. Ärger. Nein, Wut. Aggression. Er schüttelte böse den Kopf. „Uwe, Uwe, was stimmt eigentlich nicht mit dir? Du solltest nicht dein Lieblingsessen aufschreiben! Auf Rainers und Carmens Karten stehen ja auch nicht Spaghetti Bolognese und Schnitzel mit Pommes drauf! Nur eine Scheiß-Frucht! Es gibt eine Million Früchte. Mehr wollte ich doch gar nicht von dir!"

Kleinlaut entgegnete Uwe. „Tut mir leid, Erwin. Du hast gesagt spontan. Und da hab ich ganz spontan die erste Frucht genommen, die mir eingefallen ist."

Erwin stöhnte auf und rieb sich mit dem Handballen die Stirn. „Ja, ja, nur dass eben die Kartoffel keine Frucht ist."

„Mir ist das ehrlich gesagt scheißegal, was Uwe auf seine Karte geschrieben hat", polterte Rainer dazwischen. „Aber ich wüsste nun trotzdem gerne, was der ganze Mist soll. Was ist denn mit meiner Karte? Ist das in Ordnung oder passt das auch nicht ins Spielkonzept?"

Das packte Erwin wieder. „Doch, doch, Rainer. Das passt sogar ziemlich perfekt. Apfel. Das ist sehr gut. Der Apfel ist bodenständig, er ist immer da, er hat nicht viele Farben, man kann ihn einfach und sofort essen. Jeder hat ihn zu Hause und mit der Zeit wird er mehlig."

Beim Wort mehlig warf Erwin Mats einen Blick zu, der zu sagen schien: *Habe ich es dir nicht gesagt?* „Ich soll der Apfel sein, oder wie? Darum geht das Spiel? Wir schreiben eine Frucht auf und du sagst uns dann, warum wir wie diese Frucht sind? Wie bekloppt ist das denn?"

„Das ist überhaupt nicht bekloppt! Das kommt nur aus dem Ausland. Aus der Karibik nämlich. Deshalb kennt das hier keiner", brüllte Erwin zurück. „Willst du sagen, der Apfel passt nicht zu dir? Das passt immer. Matse zum Beispiel ist eine Kiwi."

Beschämt sah Mats auf den Boden. Rainer legte seinen Kopf schief. „Habt ihr das vorhin im Büro gemacht? Früchte-Horoskope?"

„Wenn du wüsstest, was wir alles so machen Rainer! Kiwi passt zu 100 Prozent zu Matse. Hier, ich beweise es dir noch mal – Carmen hat Erdbeere aufgeschrieben. Erdbeeren gibt es nur im Sommer. Sie schmecken süß, sind verführerisch, sie sind rot, man kann sie gut sehen, aber sie werden auch schnell schlecht."

Carmen hatte Erwin verträumt angelächelt, aber nun verdunkelte sich ihr Gesicht. „Erwin, mein Schatz, wie meinst du das, mit dem *schnell schlecht werden* denn?"

„Carmen, mein Engel. Damit meine ich nur, dass man manchmal von heute auf morgen seine besten Tage plötzlich hinter sich hat. Das geht aber allen so."

Er zwinkerte ihr zu. „Und ich esse sehr gerne Erdbeeren." Das reichte. Sie errötete ein wenig und gluckste wieder glücklich vor sich hin.

„Und wie darf ich das mehlig bei mir verstehen? Isst du auch gerne mehlige Äpfel?", schnauzte Rainer dazwischen.

„Ich hab doch schon 1 000 Mal gesagt – richtig oder falsch, gut oder schlecht gibt es hier nicht. Und das *mehlig* heißt einfach, dass du nicht mehr der Allerjüngste bist, Rainer. Habt ihr denn noch nie ein Horoskop gelesen? Das ist doch fast das Gleiche. Nur aus der Karibik und statt Sternen mit Obst."

„Also mir ist das zu blöd. Ob Südseefrucht, Obst, was auch immer. Ich gehe spielen." Rainer entschwand Richtung Automaten.

„Obst? Ich dachte mit Früchten?", schaltete sich Uwe mit Hoffnung in der Stimme ein.

„Herrgott, Uwe! Das ist doch dasselbe. Ob jetzt Obst oder Frucht ist völlig egal. Das ist aus der Karibik – die denken halt eher in Ananas und das ist eine Frucht!" Erwin stöhnte.

„Also, wenn ich gewusst hätte, dass das so ein Drama mit euch wird, hätte ich das gar nicht erst angefangen."

„Was ist denn jetzt mit mir? Was kann man zu mir sagen, Erwin?", versuchte es Uwe vorsichtig.

„Nichts! Gar nichts kann man zu dir sagen, Uwe! Wie oft noch! Du bist eine Kartoffel und die Kartoffel ist nicht Teil des Spiels. Weil sie keine Scheiß-Frucht und auch kein Scheiß-Obst ist! Kannst du oder willst du das nicht verstehen?" Erwin hatte sich direkt vor Uwe aufgebaut.

Mats konnte den Speichelregen sehen, der sich über Uwes Gesicht ergoss. Dabei schrie Erwin brutal laut. Es dröhnte in Mats' Kopf. Wie ein Echo, das sich in einer Höhle verirrt hatte und immer wieder kam. Dachte man gerade, es wäre weg, kam die nächste Schallwelle plötzlich wieder ganz nah und umso lauter. Das hier konnte eskalieren. Mats musste die Gemüter beruhigen.

„Na ja, Erwin. Ich kenne mich ja nicht so gut aus ...", begann Mats langsam, „... aber rein theoretisch ist die Kartoffel ja ein Erdapfel und damit am Ende auch eine Frucht."

Sofort drehte Erwin sein wütendes Gesicht zu Mats um. Aber er fuhr fort.

„Du bist natürlich der Experte, aber wenn ich mal überlege ... die Kartoffel ist uneben und schrumpelig, man muss sie immer waschen und schälen, bevor man sie isst. Ihre Schale ist sogar giftig. Man kann sie für vieles verwenden, aber für nichts Besonderes, sie ist ein Grundnahrungsmittel, sie ist immer nur Beilage, nie Hauptgericht und ...", Mats konzentrierte seinen Blick auf Uwes Mechanikerhände, „... sie wachsen unter der Erde, es befinden sich stets Reste von schwarzer Erde an ihnen."

Erwin starrte wie gebannt auf Uwes Hände. Dann blickte er wieder zu Mats. Die Erleuchtung war ihm anzusehen. Er schüttelte den Kopf und atmete tief aus. „Es funktioniert. Es funktioniert einfach immer. Ich hätte es wissen müssen!"

Kurz räusperte er sich. „Uwe, also, ich glaube, da muss ich mich bei dir entschuldigen. Du bist tief in dich reingegangen und hast dir das Passende gesucht. Und ich hab dich angeschrien. Ich hab das nicht sofort kapiert. Also, nichts für ungut, alter Bastard." Versöhnlich stieß er sein Glas an Uwes.

Die Erleichterung quoll aus Uwes Stimme wie ein Wasserfall. „Schon gut, Erwin. Macht doch nichts. Bin froh, dass sich das alles geklärt hat. Alles Roger also."

Erwin wandte sich wieder Mats zu. Prüfend fixierte er ihn. „Du bist ein ausgeschlafener Hund, Matse. Vorhin hast du noch so getan, als wenn du nicht daran glaubst. Und nun das hier. Ich bin froh, dass du in meiner Mannschaft bist." Der Schulterklopfer am Ende durfte natürlich nicht fehlen. Mats nutzte den Moment. Er war mehr als günstig.

„Erwin, weiß, ich komme momentan ständig mit was, aber kann ich morgen den Tag frei haben? Ich habe eine Einladung auf die Weinmesse und würde da gerne hingehen."

Erwin guckte skeptisch. „Hm, Matse, morgen wollten wir doch den Themenabend machen? Das geht dann nicht, oder wie? Ich brauche dich da schon."

„Bitte, Erwin. Das ist mir wirklich superwichtig. Hab es vergessen, tut mir echt leid. Können wir den Themenabend nicht einen Tag verschieben? Geht das? Das will ja auch gut vorbereitet sein. Meinst du nicht?", unternahm Mats einen neuen Anlauf.

„Na gut", brummte Erwin. „Geh du ruhig auf deine Messe morgen. Ich mache schon mal allein weiter und übermorgen können wir dann zusammen ran. Geht schon."

„Super! Vielen Dank, Erwin. Weiß ich echt zu schätzen. Lass uns alles andere übermorgen in Ruhe besprechen. Ich hau dann jetzt ab."

Die Parkplatzsuche rund um den Weinladen war kein leichtes Unterfangen. Mats war drei Mal im Kreis gefahren, bis er knapp 50 Meter entfernt vom Eingang eine kleine Parklücke gefunden hatte. Mats war ein sehr schlechter Einparker. Selten gelang es ihm unter drei Versuchen.

Heute hatte der Wodka bestimmt eine Teilschuld. Auch wenn Erwin felsenfest behauptete, dass sich sein Sichtfeld mit Wodka signifikant erweiterte. *„Als wenn die Augen bis zu den Schläfen gehen. Wie so ein Helikopter, der überall Lampen hat. Der kreist und sieht alles. Genau so bin ich dann!"*

Bei Mats schnitt der Wodka dagegen die Winkel ab. Tunnelblick. Nur leider kein dunkler Tunnel, sondern einer, der von den Seiten auch noch mit hellem Licht bestrahlt wurde. Ein greller, aufflackernder Raum ohne Wände. Es gab bessere Voraussetzungen.

Doch Mats' Unfähigkeit lag tiefer. Auch stocknüchtern war sein räumliches Sehen offenkundig unterentwickelt. Der Alkohol, besonders dieser latente, müde machende Restalkohol, erhöhte „nur schlecht" auf „sehr schlecht". Der Wagen stand immer noch nicht richtig in der Lücke, aber Anna würde ihn in einer Stunde sowieso wieder bewegen. Er hatte den Senioren auf den Fenstersimsen der Häuser bereits genug Unterhaltung geboten. Reality-TV im Land der weiß, wahlweise hellblau, gerippten Unterhemden.

Eine leichte Anspannung pulsierte in seinem Körper. Sein Herz hatte sich auf eine höhere Schlagfrequenz eingependelt, ohne dabei zu rasen. So wie man sich fühlt, wenn man ein tolles Geschenk für jemanden hat und aufgeregter ist als der zu Beschenkende, weil man hofft, dass es demjenigen genauso gut gefällt wie einem selbst. Annas gereinigter Punto war zwar in dem Sinne kein Geschenk, sondern mehr eine wieder aufgeräumte Elternwohnung nach einer unerlaubten Teenagerparty, aber es fühlte sich wie eins an. Ein unverhofftes dazu.

Sie stand in der Ecke des Weinladens mit dem Rücken zur Straßenseite. Ihre Haare waren immer noch zusammengebunden, aber sie trug keine Schürze mehr. Sie war vertieft in ein Verkaufsgespräch mit einer Frau leicht älteren Semesters. Richtig sehen konnte Mats diese nicht. Sie befand sich auf Höhe der flackernden Seiten seines Tunnels. Er blieb einen Moment vor der Schaufensterscheibe stehen.

Mats ertappte sich dabei, dass er Annas Po fixierte. Sie hatte einen sehr schönen Po. Trotzdem sah Mats ihn nicht sehr oft an. Er fragte sich, wie ihre Brust aussah. So ganz genau wusste er das nicht. Ihre Brüste waren nicht übergroß und auch definitiv vorhanden, aber ein richtiges Bild vor Augen hatte er nicht. Ein ungutes Gefühl stieg in Mats auf. Es gab einen eklatanten Mangel an sexuellen Blicken! Natürlich sollte man nicht permanent auf Brust oder Po einer Frau starren, aber keine genaue Vorstellung von beidem zu haben, war mindestens genauso schlimm. Nein, schlimmer.

Arme Anna. Wie erniedrigend es für sie wäre, wenn sie das rausfinden würde. Er konnte jede, noch so feine Kontur ihres Gesichts aus seinem Gedächtnis abrufen, aber er kannte ihren Arsch nicht?

Die sexuelle Revolution einmal umgekehrt. Gleichberechtigung schön und gut, aber es gab Grenzen. Er würde sie sicherlich nicht nur auf ihren Charakter reduzieren. Das hatte sie nicht verdient. *Ich liebe dich, aber auf deine Geschlechtsmerkmale habe ich bisher nicht groß geachtet.* So ging es nicht weiter.

Mats betrat den Weinladen. Und er hatte Glück. Anna war gerade dabei, eine 12er-Weinkiste, die auf dem Boden stand, zu füllen. Gute dreißig Sekunden Zeit, das sexuelle Blicke-Konto aufzufüllen. Unter ihrer Jeans zeichnete sich ihr Po sehr gut ab. Ja, sie hatte absolut einen schönen Po. Das stand fest. Er sah sehr trainiert und trotzdem noch weiblich aus. Leider ist der Po für viele Frauen die Achillesferse. Selbst eine hochattraktive Frau war nicht davor gefeit, einen übergroßen Po zu haben. Und wenn sie dieses Schicksal nicht erreichte, konnte er auch zu knochig sein oder eben übertrainiert. Dann wirkte er schnell sehr männlich. Und ein Mann, der gerne eine Frau mit einem Männerarsch hatte, war selten mit einer Frau zusammen. Warum Fälschung, wenn man auch das Original bekommen kann?

Mats konzentrierte sich, das Bild abzuspeichern. Den strafenden Blick des alten Biestes bemerkte er allerdings erst, als sie sich laut räusperte. So eine Schlange. Es war sein gutes Recht. Er kannte Annas Arsch überhaupt noch nicht. Sicher war sie nur neidisch, weil ihr keiner mehr auf den Arsch guckte. Oder auch nie geguckt hatte. Wenn Arsch, Rücken und Beine eins sind, ist das nämlich gar nicht so leicht.

Anna sah auf. „Oh, du. Hi." Sie lächelte kurz und packte die Kiste zu Ende.

Mats wusste, dass er es nicht nötig hatte, dennoch warf er dem alten Biest einen triumphierenden Blick zu. Er war hier willkommen, egal wo er hinguckte.

Das Leben konnte hart sein. Mittelmäßig besuchte Demonstrationen, langatmige Diskussionsabende, halbherzige politische Ambitionen. Gleichberechtigung. Emanzipation. Ein emotionaler Marathon.

So viel Zeit. So viel Kraft gelassen. In all den Jahren. Und in zwei Sekunden Weinladenbesuch realisierte sie, dass sich nichts geändert hat. Ändern wird. Was ist schon stärker als die Natur und ihre Gesetze? Sie würde drüber hinwegkommen. Irgendwann.

Seine Metamorphose vom Mann ohne sexuelle Blicke zum Chauvinistenschwein ging Mats nun aber auch etwas zu schnell.

„Warte, ich helfe dir." Mats verschloss zusammen mit Anna die Weinkiste.

Sie nickte dankbar. „Wie lieb. Danke."

Die Schlacht war geschlagen. Nun war es an der Zeit, den am Boden liegenden Gegner zu demütigen. „Darf ich Ihnen den Wein zum Auto bringen?"

Überrumpelt sah ihn die Frau an. „Dürfen Sie, sehr freundlich."

Die Dame bezahlte und Mats klemmte sich die Kiste unter seinen rechten Oberarm. Das klappte gerade noch so, um mit der linken Hand die Tür aufzuhalten. Anna guckte stolz in seine Richtung.

Das alte Biest schritt voran. Hoffentlich hatte sie nicht weit weg geparkt. Mats trug die Kiste nun zwar mit beiden Händen, dennoch war sie unhandlich und recht schwer. Doch als er den Mercedes mit dem Warnblinklicht in zweiter

Reihe bemerkte, kannte er seinen Weg. Schon erstaunlich, wie gut manche Menschen in Schemata passten. Dieser Frau konnte man ohne Probleme zehn weitere Merkmale blind zuordnen und acht wären richtig. Häuschen mit Garten, bisschen außerhalb, Hausfrau, die Rolle der Gastgeberin, sie kennt jeden Nachbarn mit Namen, häufig Kaffee, Kuchen und Abendessen mit Leuten, die keine Freunde sind, die Dinge sagen, die sie nicht interessieren, das Leben ist still geworden, seit die Kinder ausgezogen sind, die Ideale sind verblasst, das Alter macht müde, das Leben ist wahnsinnig bequem.

Als dieser sexistische Spanner ihr die Weinkiste in den Kofferraum schob, hatte sie versucht, einen Blick auf seinen Arsch zu werfen. Er sollte ruhig mal selbst spüren, wie es sich anfühlt, nur ein Objekt zu sein. Aber er hatte sich nicht einmal bücken müssen und die Kiste einfach stehend ins Auto gleiten lassen. Sie hatte sich bei dem Proleten sogar noch bedanken müssen.

Nun sah sie ihm nach, wie er entspannt wieder richtig Weinladen schlenderte. Um dem armen Mädchen wieder auf den Po oder sonst wohin starren zu können. Bis eben hatte sie gedacht, dass solche Typen inzwischen ausgestorben seien.

Sie ließ den Motor an. In knapp zwei Stunden würden die Nachbarn kommen zum wöchentlichen Kaffeetrinken. Und sie hatte noch gar keinen Kuchen. Sie stellte die Automatik auf D und nahm den Fuß von der Bremse. Nun aber nach Hause. Hinten im Kofferraum lag eine 12er-Kiste Rotwein. Und ein zerplatzter Traum.

Als Mats wieder die Eingangstür erreichte, wartete Anna bereits dort.

„Ich wusste gar nicht, dass du so zuvorkommend mit älteren Frauen bist. Glaube, sie ist nun ein bisschen verliebt, so wie sie dich angesehen hat. Aber gut für mich, so kommt sie bestimmt nun öfter in den Laden, um dich wiederzusehen."

Mats lachte auf. „Ich tue alles, was deinem Umsatz hilft, immer gerne." Er zog Annas Autoschlüssel aus seiner Hosentasche. „Hier, ich habe etwas für dich."

„Oh, das ist toll. Ich hatte schon nach dem Auto geguckt, wenn ich ehrlich bin. Hab es aber nicht gesehen und da ich sowieso nicht mehr viel Hoffnung hatte ... ist denn wieder alles o.k.?"

„Habe nur ein kleines Stück weiter unten geparkt. Guck es dir am besten selbst an."

Anna griff nach dem Schlüssel in Mats' Hand. „Echt? Das kann ich fast nicht glauben."

Sie gingen die wenigen Schritte zum Auto. Feierlich führte Mats Anna um das gewaschene, auf Hochglanz polierte Auto. Die Sonne spiegelte sich auf dem Dach und warf tanzende Schatten auf die Häuserwand gegenüber. Anna ging langsam um den Wagen herum und begutachtete ihn von allen Seiten. „Wahnsinn. Der sieht aus, als wäre er neu. Zumindest von außen."

Mats öffnete Fahrer- und Beifahrertür. Für Außenstehende musste es wie eine Verkaufsvorführung im Autohaus wirken. Er, der aalglatte Verkäufer und Anna, die attraktive, alles glaubende und staunende Kundin.

Mats lehnte sich vorsichtig über Anna und streckte neben ihr seinen Kopf durch die Fahrerseite ins Wageninnere. Sie waren fast Wange an Wange und versuchten, den Geruch aufzunehmen. Oder auch Ohr an Wange. Annas Ohren standen ja etwas ab.

„Du bist wirklich unglaublich. Es ist alles weg. Der Wagen sah nie besser aus. Ich rieche nichts. Als wenn nichts passiert wäre. Nicht mal der Gestank ist geblieben. Wie hast du das gemacht?"

Mats konnte Annas Mund sehen, der wenige Zentimeter von seinem entfernt war. Er bewegte sich. Er konnte ihre Worte hören, aber sie fühlten sich weit weg an. Noch mal atmete er tief ein. Sie roch fantastisch. Irgendwie anders als sonst. Vielleicht lag das aber daran, dass sie niemals zuvor so nah bei ihm gewesen war. Mats konnte nur erahnen, wie es sich anfühlen musste, wenn der Geruch blieb. Wenn man jemanden so oft berührt, dass sich der Geruch des anderen auf einen selbst überträgt. Wenn die Nähe einen Menschen konserviert und ihn festhält. Wenn man jemanden atmet. Wie eine zweite Haut. Jede Minute. Jede Sekunde. Er wollte ihr Gesicht zwischen seine Hände nehmen. Sie langsam küssen. Ihren Geruch annehmen.

Aber stattdessen sagte er, ohne nachzudenken: „Mit einem Schwamm."

Hysterisch begann Anna zu lachen. „Du bist lustig. Mit einem Schwamm. Ich frage dich, wie du mein komplett verseuchtes Auto wieder hinbekommen hast und du sagst: Mit einem Schwamm."

Sie umarmte ihn fest. „Danke. Danke, dass du das für mich gemacht hast."

Es gab keinen Wangenkuss, aber die Umarmung dauerte an. Mats fühlte Annas

Herzschlag. Entgegen seiner Erwartungshaltung hatte ihr Herzschlag eine sehr beruhigende Wirkung auf ihn. Es war wie ein Ankommen. Als wenn man die Ziellinie überquerte, das rote Band auf der Brust reißt und sich alles löst. All die Anstrengungen. All die Bemühungen. All die Qualen.

Er umarmte sie vorsichtig etwas fester. Anna erwiderte seine Umarmung. Erst nach einer Zeit löste sie sich. Ihre Hände ruhten noch auf seiner Schulter, als sie halb zu ihm halb zu sich selbst sagte: „Das fühlt sich ziemlich gut an, findest du nicht?"

Kapitel 14: Kosmopolit mit Fahne

Frankreich, Italien, Spanien, Portugal, Deutschland, Österreich, Bulgarien, Griechenland, Chile, Argentinien, Vereinigte Staaten, Südafrika, Australien, Neuseeland, Friaul, Umbrien, Apulien, Toskana, Provence, Bordeaux, Loiretal, Burgund, Roussillon, Navarra, Rioja, Valdepenas, Ribera del Duero, Madeira, Alto Douro, Rheinhessen, Baden, Pfalz, Naoussa, Patras, Burgenland, Steiermark, Stellenbosch, Little Karoo, Napa Valley, San Juan, Mendoza, Maipo, Casablanca, Hunter Valley, Marlborough, Cabernet Sauvignon, Merlot, Sangiovese, Barbera, Primitivo, Tempranillo, Pinot Noir, Lagrein, Dornfelder, Zweigelt, Zinfandel, Chardonnay, Sauvignon Blanc, Pinot Grigio, Riesling, Weißburgunder, Vernaccia, Grillo, Chenin Blanc. Mats blätterte in der Messebroschüre, die Anna ihm gegeben hatte, wie in einem Daumenkino. Knapp 5 000 Hersteller aus fast 50 Ländern. Wenn sie sich tatsächlich da durch probieren wollten, stand ihnen ein langer Tag ins Haus. Ein schier unendlicher Tag voller Wein und voller Anna. Die Aussichten konnten schlechter sein.

Auf jeden Fall sorgte der Beruf des Weinhändlers für eine sehr gute geografische Allgemeinbildung. Neben jedem Land war stets eine kleine Karte mit den entsprechenden Weinregionen abgebildet. Und wer sich alle zwei Wochen einmal kreuz und quer durch Italien soff, der konnte sich irgendwann auch merken, dass die Region unten am Stiefel Apulien heißt.

Sich ähnlich leichtfüßig geografisches Wissen anzueignen, kannte außer dem Weinhändler nur der gemeine Fußballfan. Dank Europapokal und vor allem der deutschen Nationalmannschaft, die immer wieder gerne schwarz-weiß runde Aufbauhilfe in den entferntesten Ländern der Welt leistete, konnten neun von zehn Fußballfans die aserbaidschanische Hauptstadt im Schlaf aufsagen. Reisen bildet bekanntlich. Und wenn die Saison lief, war man als Fußballinteressierter drei bis vier Mal pro Woche *„unterwegs"*, selbst wenn man dabei das eigene Wohnzimmer nicht verließ.

Daher sollte man sich niemals auf ein Hauptstädte-Ratespiel in einer Fußballfan-Kneipe einlassen. So stumpf und betrunken die Kontrahenten dort auch wirken mochten. Das konnte man nicht gewinnen. Würde Mats eines Tages mal Kandidat bei „Wer wird Millionär" sein, er würde als einen seiner Telefonjoker immer den Fanclubvorsitzenden der *Weißblauen Schalker Grubenfüße* auswählen. Selbst wenn er den nicht persönlich kannte. Fußball, wahrscheinlich Sport generell, und Geografie. Alles abgedeckt mit einem einzigen Joker. Und allein das Bild, das eingeblendet werden würde, wäre das Ganze vermutlich wert.

Wie heißt der drei Kilometer lange Flussarm des nordtschetschenischen Stroms Sunscha, der nach dem Bau eines Staudamms 1985 austrocknete und in dessen Sohle ein Zierpflanzenbiotop errichtet wurde?

Das ist einfach. Da haben wir 82 in der 2. Runde im UEFA-Pokal gespielt. Die Antwort lautet ... ich bin zu einhundert Prozent sicher. Jeder konnte reich werden. Man brauchte nur die richtigen Leute dafür.

Anna dagegen spielte auch eine Art Europapokal – nur eben mit Wein. Sie kam zwar nicht durch jedes Land der Erde, kannte dafür aber einige Länder noch besser als jeder Fußballfan. Vor allem konnte sie nicht warten, bis mal wieder ein Spiel irgendwo stattfand. Der Wettbewerb war hart geworden. Wer heutzutage noch seine Nische neben den großen Ketten, wie Jacques, und den Online-Händlern finden wollte, musste die kleinen, feinen Erzeuger finden. Die man noch nicht an jeder Ecke kaufen kann. Den Geheimtipp. Die neue Rebsorte. Den neuen Cuvée.

Wenn Anna über ihren Laden und den Job redete, sprudelte sie förmlich. Sie sprach nicht einfach. Ihr ganzer Körper teilte sich durch ihre Mimik, Gestik und Stimme mit. Mats hätte ihr für immer und alle Zeit zuhören können.

„Ich glaube wirklich an Argentinien. Das ist das neue Chile. Chile kam damals fast aus dem Nichts und plötzlich tranken alle chilenischen Wein. Ist zwar kein kompletter Geheimtipp mehr, aber da würde ich mir heute gerne etwas ansehen wollen. Noch haben sich die Argentinier nicht so stark in Europa durchgesetzt. Wenn ich da früh dabei bin, könnte das was sein. Preis-Leistung ist auch entsprechend hoch. Die bewegen sich immer mehr weg von der Massenproduktion, hin zu mehr Qualität. Aber das wird trotzdem nicht leicht. Das wissen leider auch einige andere Händler." Mit ihren großen Augen und den sich schnell bewegenden Wimpern schien sie sich selbst Mut zu machen. „Aber mit meinem Manager an meiner Seite kann ja nichts schiefgehen", kicherte sie.

„Du hättest dich gar nicht so schick machen müssen. Aber du siehst sehr gut aus. Ich wusste gar nicht, dass dir Anzüge so gut stehen."

Es war Mats' erster Messebesuch. Und nachdem er sich bereits wie ein Schuljunge benommen hatte, als sie auf der Bank nebeneinandersaßen, hatte er trotz insgesamt guter Vorzeichen darauf verzichtet, sie zu fragen, wie er sich denn zu kleiden habe. Der Schuljunge war vielleicht noch süß. Der Typ, der sich nicht allein anzuziehen weiß, blieb extrem unsexy. Und so hatte er den Klassiker gewählt. Schwarzer Anzug, weißes Hemd. Ja, das hatte was von Beerdigung und Unternehmensberater, aber man konnte es nicht umsonst eigentlich überall einsetzen. Ohne Krawatte – sicher würde es warm dort sein – war man mal over- und mal underdressed, aber niemals total deplatziert. Diesmal war es scheinbar overdressed, aber Anna gefiel es. Was deutlich wichtiger war.

Sie war sichtlich aufgeregt. Immer wieder rutschte sie auf ihrem Sitz hin und her und zog an ihrem dunklen Rock. Weshalb Anna ihr Outfit offenbar weniger schick bewertete, war Mats nicht ganz klar. Mit Sicherheit war es auffälliger als sein Anzug. Neben dem dunklen Rock hatte sie sich für eine rote Bluse entschieden, was ein starker Kontrast zu ihren noch recht hellen Beinen war. Sie trug leichten, roten Lippenstift, der eine Nuance dunkler war als ihr Oberteil. Ihr Haar lag offen auf ihrer linken Schulter. Immer wieder drehte sie ihren linken Zeigefinger in ihre Haarspitzen ein, um sie sogleich wieder zu entrollen. Alles in allem sah sie fast ein wenig festlich, weihnachtlich aus.

„Manager? Sehr witzig. Aber danke für das Kompliment. Du siehst auch gut aus. Das Rot gefällt mir." Mats genoss seine neue Lockerheit Anna gegenüber in vollen Zügen. Auch wenn noch nichts zwischen ihnen klar war, so war doch vieles geklärt.

Die vergangenen zwei Tage hatten eine grundsätzliche Vertrautheit zwischen ihnen geschaffen. Das konnte man spüren. Ein Gefühl, dass etwas im Entstehen war. Und selbst wenn am Ende nichts entstand, diese Vertrautheit würde bleiben. Dieser Gedanke stabilisierte Mats enorm. Er war schon weiter, als er jemals zu träumen gewagt hatte. Er hatte bereits gewonnen. Es konnte nur noch mehr werden. Viel mehr.

„Oh ja? Finde, ich bin eigentlich gar nicht so ein Rot-Typ. Das macht einen immer so blass. Aber sehr nett, dass du das sagst." Sie errötete ein wenig, sammelte sich aber sofort wieder.

„Auf jeden Fall hebe ich mich so deutlich von den Hostessen ab. Die sehen zwar besser aus, sind aber farblich meistens mausgrau gehalten."

Mats hatte in seinem Leben nicht viele Frauen kennengelernt, die ihn zum Lachen bringen konnten. Humor war eher etwas Männliches. Es gab immer einen Klassenclown, aber eine Klassenclownin? Wobei Humor nicht das richtige Wort war. Es ging überhaupt um das Witzemachen. Vermutlich war es durch die Evolution bedingt. Alle männlichen Comedians oder auch Spaßbolde, die es so gab, waren hässlich. Sie mussten witzig sein, weil sie zu hässlich waren, auf normalem Weg eine Frau kennenzulernen. Das war auch schon in Ordnung so. Jeder musste sehen, wo er blieb.

Frauen dagegen, und das hatte sich nie geändert, selbst wenn alle Feministinnen das abstritten, konnten immer gemütlich warten, bis ein Mann den ersten Schritt machte. Waren sie nicht völlig abstoßend, konnten sie in der Regel auch noch frei wählen. Auf eine halbwegs attraktive Frau kamen mindestens fünf Typen. Es kam nicht von ungefähr, dass deutlich mehr Männer Singles waren als Frauen. Frauen mussten nicht witzig sein. Sie hatten das gar nicht nötig. Niemand erwartete das von ihnen. Und wenn man eine Frau traf, die wunderschön aussah und auch noch selbst Witze machte, dann war das fast ein wenig unheimlich. Denn generell blieb witzig zu sein, ja etwas Gutes. Ganz unabhängig vom Geschlecht. Mats lächelte Anna an. Sie war doch perfekt. Aber es machte ihm keine Angst mehr.

„Ist das so? Bei meiner Arbeit sind recht selten Hostessen. Ich weiß gar nicht, ob ich schon mal eine gesehen habe."

„Wie bitte? Ihr habt gar keine Hostessen in der Spielothek? Das überrascht mich nun doch", erwiderte Anna trocken.

Mats machte ein ernstes Gesicht. „Ich kann das ja mal anregen. Was macht denn eine Hostess? Die sind auf Messen und so. Aber was machen die? Oder ist das so was wie ein Escortservice?"

Anna lachte laut auf. „Oh Gott, nein! Ich kenne mich zwar nicht perfekt aus, aber das ist auf keinen Fall ein Escortservice. Das ist doch ein verstecktes Bordell, oder nicht? Hostessen stehen rum, verteilen Infomaterial, zeigen dir den Weg, manche Aussteller haben auch eigene Hostessen, die die Händler betreuen, alles Mögliche glaube ich."

„Ach so. Also so was wie ein Hausmeister. Macht viel, aber von alleine nichts.

Irgendwie für alles zuständig und doch wieder für nichts."

Anna gluckste. „Als Hausmeister habe ich die Hostessen noch nie betrachtet ..., aber wenn du so willst ... ja, denke, das beschreibt den Job ganz gut."

„Aber ein Escortservice ist nicht zwingend ein Bordell, oder? Ich dachte, das wäre vor allem Begleitung für solche Businesstypen?", nahm Mats den Faden wieder auf.

„Ich weiß das wirklich nicht. Ich dachte das immer. Na ja, Hostessen sind jeweils kein Escortservice, so viel ist sicher."

„Wenn sie wirklich mausgrau gehalten sind, wie du sagst, passt Hausmeister auch viel besser. Die haben nämlich immer so graue Kittel an. Zumindest farblich wäre das dann schon mal stimmig."

„Die sehen aber schon gut aus. Hast du wirklich noch nie eine Hostess gesehen? Das stimmt doch nicht." Anna blickte prüfend.

„Also, ich wüsste jedenfalls nicht wo. Zumindest nicht bewusst. Vielleicht aber schon. Gleich sehe ich aber ja welche. Dann kann ich das mit dem Escortservice noch mal direkt erfragen."

„Oh, bloß nicht! Ich fürchte, das würde nicht gut ankommen. Und ich weiß nicht, ob sich meine geschäftlichen Beziehungen dort verbessern, wenn mein Begleiter von der argentinischen Hostess eine Ohrfeige bekommt."

„Nein, keine Sorge. Das war ein Spaß. Ich werde mich vorbildlich verhalten. Von Anfang bis Ende. Ich werde sogar brav in diese Spucknäpfe speien."

Wegen des Escortservice kannte er auch jemanden, den er fragen konnte. Selbst wenn er schon Erwins Antwort hören konnte: *„Alles gleich, ein Puff auf Rädern, einziger Unterschied ist der Preis."*

„Oh, das solltest du auch. Du nimmst allein durch die Mundschleimhaut schon Alkohol auf. Wenn du die Weine nicht ausspuckst, wird es selbst mit den kleinen Schlucken sehr schnell zu viel. Ich habe das bei meinem ersten Messebesuch total falsch gemacht. Gegen 13 Uhr saß ich schon wieder in der U-Bahn nach Hause, weil mir so schlecht war. Das geht ganz schnell."

„Ja, keine Angst. Ich bin groß, ich passe schon auf." Selbstsicher sah Mats Anna an. Und er war, was er nicht erwähnt hatte, vor allem verdammt gut im Training. Wer es schaffte, nach sieben oder acht Wodka gemütlich über den Südring zu tuckern, der würde das bisschen Rot, Weiß, Rosé schon überstehen.

„Nächster Halt LTU Arena/Messe Nord." Die mechanische, künstliche Haltestellenansage hallte durch die U78.

„Oh, wir sind gleich schon da." Gekonnt legte Anna ihre Haare auf ihre rechte Schulter, um sich auf die linke Schulter ihre dunkelbraune Handtasche zu hängen. Schnell strich sie ihren Rock gerade, stopfte den Messeplan in ihre Tasche und zog die beiden Anmeldungen hervor.

„Akkreditieren müssen wir uns drinnen noch mal. Erst da bekommen wir dann diese Umhängausweise. Damit kommen wir aber schon mal in den Empfangsbereich." Sie drückte Mats einen DINA4-Ausdruck in die Hand. „Ich muss zwar definitiv ein paar Stände abklappern, aber sonst würde ich sagen, lassen wir uns einfach treiben. Oder hast du ein bestimmtes Ziel?"

„Nein, habe ich nicht. Können uns sehr gerne treiben lassen. Ich bin nur dein Anhängsel heute. Ohne eigenen Willen. Ich folge dir und probiere."

„Anhängsel ohne eigenen Willen, du bringst mich zum Lachen." Sie griff nach seiner Hand und zog ihn hoch. „Bereit?"

Mats ergriff ihre Hand und hielt sie auch noch fest, als er bereits neben ihr stand. „Bereit! Sogar mehr als das."

Es war noch viel größer, als Mats erwartet hatte. Die „Pro Wein" erstreckte sich über insgesamt sieben Hallen. Da sie den Nordeingang gewählt hatten, gingen sie nun praktisch von hinten nach vorne. Was aber völlig egal war, denn soweit Mats den Übersichtsplan richtig las, würden sie sowieso jede Halle ansteuern müssen. Argentinien beispielsweise war exakt auf der anderen Seite beim Eingang Süd, in Halle 1 Neue Welt. So weit reichten seine eigenen Geografiekenntnisse dann auch noch.

Alle anderen Hallen waren ganz konkreten Ländern zugeordnet. Einzige Ausnahme – Halle 7a – *Spirituosen*. War das nicht eine lateinamerikanische Gebirgskette? *Wo waren Sie denn dieses Jahr im Urlaub? Wir, oh, wir waren in Spirituosien – es war herrlich. Erholsam ist es dort. Feucht, warmes Klima. Schläft man sehr tief und fest. Besser als jeder Urlaub am Meer.* Mats war auch nach Urlaub in Spirituosien.

Gleich erst 10 Uhr durch, aber er konnte sich durchaus vorstellen ... nein, er hatte sogar richtig Durst. Wenn das Rainer hören würde, dann wäre Alarm. Wie es dem wohl heute ging? Sein erster Kater seit Jahren. Fühlte sich bestimmt eigenartig an. Er würde ihn später kurz anrufen, wenn er die Zeit fand. Trotzdem hätte er nichts gegen einen kleinen Kreislauf-Teaser einzuwenden. Doch ob Anna den Tag direkt mit einem Drink beginnen wollte, bezweifelte Mats und er selbst hatte vorhin noch behauptet, mit dem Wein alles unter Kontrolle zu haben. Und nun wollte er schon Ferien in Spirituosien machen. Dies stärkte seine Glaubwürdigkeit nur bedingt.

„Sollen wir erst noch einen Kaffee trinken, bevor wir uns in den Wein stürzen? Zum Wachwerden?" Und während sie dies sagte, unterdrückte sie mehr schlecht als recht ein Gähnen. Dabei sah sie aus wie ein kleines Kind.

„Sicher, lass gerne noch einen Kaffee trinken." Vielleicht einen mit Schuss. Lecker. Mats hatte davon mal in Russland gehört. *Schwarzer Tod* nannten sie es. Schwarzer Kaffee, aber statt mit Wasser nahm man Wodka. Gar nicht auszudenken, was mit Erwin passieren würde, wenn sich zum Alkohol zusätzlich Koffein gesellte und er noch stärker dehydrierte. Ein Werwolf auf Speed. Aber einen Versuch war es wert. Irgendwann einmal. Mats' Traum vom Kaffee mit Schuss zerplatzte endgültig, als Anna zwei große Latte macchiato bei der Bedienung bestellte.

„Wir kriegen heute zwar sicher noch massenhaft Kaffee, besonders wenn wir bei den Italienern sind, aber so ganz ohne Kaffee am Morgen geht bei mir nichts irgendwie."

Die Bedienung kehrte mit den beiden Gläsern Latte macchiato zurück und Anna nahm glücklich einen tiefen Schluck. „Ah, das tut gut. Und? Wie gefällt es dir? Ganz schön groß, oder?"

„Absolut. So riesengroß hatte ich es nicht erwartet, muss ich gestehen. Aber ich weiß über Weine auch praktisch gar nichts", entgegnete Mats und nippte ebenfalls an seinem Glas.

„Ach, so kompliziert ist das alles gar nicht. Klar, du solltest gut riechen und schmecken können, besonders wenn du das beruflich machst. Aber eigentlich sind die Grundzüge recht einfach. Die kann jeder erfassen mit ein bisschen Übung." Sie versuchte, ihm Mut zu machen. Bezaubernd.

„Die meisten Leute haben viel zu großen Respekt vor Wein. Die probieren 100 verschiedene Biere pro Jahr, aber wenn es um Wein geht, sagen alle sofort, dass sie keine Ahnung haben. Dabei ist vieles ganz banal. Zum Beispiel kann man selbst als Laie Weine einzelner Länder recht gut unterscheiden. Zumindest bei Rotwein. Alles basiert auf drei oder vier großen Rebsorten: Cabernet Sauvignon, Merlot, Sangiovese und Tempranillo. Natürlich gibt es noch hundert andere, aber das sind schon die relevantesten. Gibt noch spezifische, größere, wie Zinfandel in Kalifornien, die existieren aber dann auch nur in diesem bestimmten Gebiet und sind daher deutlich weniger verbreitet. Diese vier kannst du geschmacklich grob unterscheiden und so auch ganz gut den Ländern zuordnen. Frankreich ist Cabernet und Merlot, Sangiovese Italien und Spanien Tempranillo. Cabernet ist vom Geschmack her fruchtig würzig, Merlot sowie Sangiovese fruchtig, während dem Tempranillo die Frucht gänzlich fehlt und er vor allem würzig ist. Zumindest ganz vereinfacht gesagt."

Anna nahm noch einen Schluck Latte macchiato. „Es gibt natürlich auch Merlot in Italien und andere Überschneidungen. Ferner sind 90 % aller Weine sowieso Cuvées, was es nicht leichter macht. Doch auch beim Cuvée hat oftmals die Hauptrebe des Landes den größten Anteil, was sich dann wieder rausschmecken lässt. Im Prinzip bleibt es daher bei den großen drei, vier Reben und Ländern. Das ist das Fundament für alles andere. Wenn du die unterscheiden kannst, bist du auch schnell in der Lage, einzelne Regionen abzuleiten oder andere Länder. Wird es beispielsweise sehr alkoholstark, bist du sehr südlich in Europa oder in Übersee. Das wird dann schwieriger. Aber das kann ich auch nicht immer rausschmecken. Das können tatsächlich nur sehr wenige." Sie hielt einen Moment inne. „Oh, ich fange schon wieder an, oder? Du musst mich wirklich unterbrechen. Mein Gerede muss dich ja zu Tode langweilen."

Mats' Gesicht musste in der Tat so aussehen. Doch sie hatte ihn nicht verloren. Er hatte sich in ihr verloren. Alles war ganz still geworden. Als wenn jemand den Lautstärkeknopf langsam immer weiter runterdrehte. Das Klappern des Geschirrs, das Stimmengewirr der vielen Menschen, ihre Trink- und Essgeräusche, dieses ganze Grundrauschen. Es war nicht mehr da. Stattdessen hatte diese faszinierende Frau ihn komplett in ihre Welt gezogen. Sie stand so nah bei ihm, dass er nicht einmal mehr ihr Gesicht als Ganzes sehen konnte. Nur einzelne Abschnitte. Ihre Augen. Ihre Nase. Ihren Mund. Ihre Stimme war nicht laut. Eher ein Flüstern. Sie sollte nicht aufhören. Einfach niemals damit aufhören.

„Nein, nein. Ich liebe das. Bitte sprich weiter", sagte Mats viel zu aufgeschreckt.

„Du liebst das? So, so", amüsierte sich Anna.

„Im Ernst. Ich mag das wirklich sehr. Ich höre dir sehr gerne zu", versuchte Mats nüchterner und souveräner zu klingen.

„Ich bin genau einer von diesen Wein-Ignoranten. Einer von denen, die diese falsche Ehrfrucht haben. Aber wenn du über Wein redest, klingt das alles so einfach, so unkompliziert. Und du sprichst mit so viel Leidenschaft darüber. Mit so viel Hingabe. Ich wünschte, ich hätte etwas in meinem Leben, das ich so mag. Bitte sprich einfach weiter."

Anna nippte an ihrem Latte macchiato. Ihr Blick ruhte noch kurz auf der verbliebenen Milch im Glas, bevor sie sich Mats zuwandte. „Das war ein sehr schönes Kompliment."

Die Stille lag nun auch zwischen ihnen. Mats konnte seinen Herzschlag hören. Etwas verlegen strich sie sich ihre Haare hinter das rechte Ohr und lächelte.

„Na gut, dann werde ich dich den ganzen Tag weiterbeschallen."

Mats atmete tief aus. „Das wäre schön. Sehr sogar."

„Wollen wir dann los? Bist du fertig mit deinem Kaffee?" Mats befühlte das noch halb volle Glas in seiner Hand. Der Kaffee war kalt geworden. „Ja. Lass uns einfach los."

Während Mats kurz bezahlte, studierte Anna den Übersichtsplan der Messehallen. Frankreich, Italien und Deutschland machten jeweils den größten Teil der Erzeuger aus. Auch Annas Weinladen hatte seinen Schwerpunkt auf Frankreich und Italien gelegt. Vereinzelt führte sie ebenfalls deutsche Weine, aber die Anzahl der Erzeuger schwankte zwischen drei bis fünf und war deutlich geringer als bei vielen anderen Ländern. Besonders Spanien, aber auch Übersee, waren da deutlich stärker vertreten. Deutschland hatte sie primär im Sortiment, um die ansässigen Senioren mit einem Dornfelder oder einem Portugieser zu beglücken. Gerne beides halbtrocken. Als Weißwein gab es dann Riesling oder den köstlichen Müller-Thurgau. Im flotten Bocksbeutel versteht sich. Mats war nicht einmal Kindergartenkind, was Wein betraf, aber er fand, dass Wein aus solch einer Flasche nicht mal ein Glas verdiente. Jedenfalls konnten sie Halle 6 und Deutschland vernachlässigen, was den Vorteil hatte, dass sie dem dichtesten Gedränge entkommen konnten. Besonders in den wenigen deutschen Weinregionen dominierten die regionalen Erzeugnisse oftmals deutlich, dementsprechend wichtig waren deutsche Weine für die meisten Händler. Insgesamt war Deutschland aber eher langweilig. Also als Weinland natürlich. Sagte Anna. Sie redete ohne Punkt und Komma. Jeder überdrehte, bescheiden lustige Reiseführer einer Pauschaltouristengruppe war stumm im Vergleich zu ihr. Die Weinwelt offenbarte sich Mats als eine Art Weltall. Unendliche Weiten.

Eine einzelne Traube, die vom Wind drei Zentimeter nach rechts getrieben worden war und in einem Schaltjahr unerwartet einen einzelnen Sonnentag eingebüßt hatte, vermochte einen ohne zu zögern ans andere Ende der Welt führen. Und wieder zurück, wenn sich der Wind drehte. Es war fantastisch.

„Ich würde sagen, wir fangen mit Frankreich an. Mir fehlt es momentan bei den Rotweinen an gutem Bordeaux. Und bei Weißweinen muss man sagen, sind die Franzosen sowieso unübertroffen. Loire könnten wir auch mal schauen, ob wir etwas Neues finden können."

„Das hört sich fantastisch an!", brach es aus Mats heraus. Der Messebesuch war erst eine knappe Stunde alt und er hatte noch nicht mal was getrunken. Trotzdem fühlte er sich großartig. Das war in der letzten Zeit selten vorgekommen.

„Stimmt. Fantastisch ist eins deiner absolut wichtigsten Wörter, oder? Das sagst du mit dem Wort „ich" am häufigsten, richtig?" Sie kniff ihn leicht in die Seite.

„Aua. Sehr witzig. Ich sage das wirklich oft", grummelte Mats.

„War nur Spaß. Freue mich sehr, dass es dir so gut gefällt hier. Dabei gab es nicht einmal Wein bisher."

„Genau. Und das sollten wir schnell ändern, finde ich."

„Der Meinung bin ich auch. Auf nach Frankreich!", Anna lachte auf. „Ich hätte dich schon letztes Jahr mitnehmen sollen. Das macht viel mehr Spaß zu zweit hier. Und ich kann die ganze Zeit über Wein reden. Nicht dieses komplizierte Fachsimpeln mit den Erzeugern. Einfach nur über Wein. Du bist ein guter Zuhörer. Es gibt nicht viele Menschen, die gut zuhören können. Die meisten interessieren sich leider nicht groß für andere. Sie leben in Beziehungen oder sind verheiratet, aber nur, weil sie nicht alleine sein können und nicht, weil sie sich tatsächlich interessieren. Und du bist ein wirklich guter Zuhörer finde ich."

„Danke, das ist auch ein schönes Kompliment. Bist du denn ein guter Zuhörer?", fragte Mats.

Anna verlangsamte ihren Schritt. Sie wartete einen Augenblick, bis sie antwortete. „Weiß nicht, ich glaube schon. Man selbst kann das so schwer beurteilen. Auf jeden Fall versuche ich das."

Sie hielt abermals kurz inne und überlegte.

„Denke, gut zuzuhören ist wesentlich wichtiger, als eine Antwort geben zu können. Oft gibt es gar keine Antwort oder man möchte keine bekommen. Weil man sie selbst kennt und einfach nicht hören möchte. Das wird ja immer über Frauen gesagt, aber ich denke, das betrifft alle Menschen. Niemand will immer eine Antwort."

„In die Situation komme ich gar nicht. Meistens habe ich gar keine Antwort, die ich geben könnte."

Anna verlor ein Stück weit ihre Ernsthaftigkeit und schmunzelte. „Und deshalb bist du so ein guter Zuhörer. Du kannst gar nicht anders, du Glückspilz."

Mats nickte ihr zu. „Ja, vermutlich ist das mein Geheimnis. Hinter dem ganzen Zuhören steckt einfach schlichte und dauerhafte Ratlosigkeit."

„Aber wenn ich Recht habe und Zuhören eigentlich das Wichtigste ist, dann machst du trotzdem alles richtig. Wie man zu einer Fähigkeit kommt, interessiert ja immer nur sekundär."

Anna warf nochmals einen schnellen Blick auf ihren Übersichtsplan.

„Komm, nun habe ich aber langsam richtig Durst und Lust, Wein zu trinken. Habe im Internet gelesen, dass Melville eine neue Selektion hat. Bordeaux befindet sich in Halle 5 und Melville muss dort relativ zentral seinen Stand haben."

Seit Mats wusste, welch guter Zuhörer er war, passte er extra gut auf. Und so war ihm das Zauberwort auch nicht entgangen. Durst. Anna hatte Durst auf Alkohol. Da lag Rainer wohl falsch mit seiner Schwarzmalerei. Von wegen „da ist man mit einem Bein Alkoholiker". Wenn es ein gesellschaftsfähiges Gütesiegel gab, dann lief es hier direkt neben ihm her. Er war rehabilitiert.

Mats zückte sein Handy. *„Guten Morgen, Papa! Anna meinte gerade, sie hätte großen Durst auf Wein. Das nur mal so zur Info. Hoffe, der Kater ist auszuhalten. Viele Grüße von der Messe, Mats."*

Ein bisschen Sarkasmus hatte Rainer verdient, trotz seiner ernsten Lage. Sein Schicksal trieb Mats immer noch eine Gänsehaut über den Körper. Das Leben konnte ein verdammter Bastard sein.

Ähnliches dachten sich vermutlich auch die Châteaus im Médoc-Gebiet von Bordeaux, die gegen Ende des 19. Jahrhunderts im Rahmen der Grand Cru Classé auf den hinteren Plätzen gelandet waren. Zugrunde gelegt dafür hatte man den Marktpreis des jeweils produzierten Weines. Im Durchschnitt der letzten 100 Jahre versteht sich. Seitdem war die Wertbestimmung der Châteaus, bis auf eine einzige Ausnahme, nicht mehr geändert worden. Veränderungen waren nur durch Verkäufe beziehungsweise Änderung der Besitzverhältnisse möglich, da die Klassifizierung direkt ans Weingut gebunden war. Chancengleichheit à la France. Wer sich hierzulande Gedanken über fehlende Chancengleichheit machte, der sollte einfach mal einen Ausflug ins schöne Médoc machen. Gleiche Chancen für alle, aber bitte erst mal gucken, was in den letzten 200 Jahren alles passiert ist. Doch laut Annas Erzählung störte das niemanden im Médoc so richtig. Jeder dort war offenbar zufrieden mit dem, was er war. Eine Mentalität, die Mats grundsätzlich sehr entgegenkam. Vielleicht sollte er Erwin von einer Spielothek im schönen Frankreich überzeugen? Dort wäre es sicher etwas ruhiger als in Vegas, aber das musste nicht grundsätzlich schlecht sein.

Mats hing an Annas Lippen. Es gab so viel zu entdecken in dieser Welt namens Wein! Ein wahres Abenteuerland. Morgen würde er sich ein Weinbuch kaufen. Das war mit Sicherheit aufregender als jeder Thriller. Und er könnte dann mitreden.

„Haha, aber sicher nicht der 68er! Da kam Ende Februar doch noch der Eisregen."

Wein wäre seine Eintrittskarte in bessere Kreise. Sein ganz eigenes trojanisches Pferd. Alle Ärzte tranken Wein. Absolut jeder. Und weil sie soffen wie ein Loch, hatten sie dieses Märchen vom positiven Effekt für das Herzkreislaufsystem erfunden. Das war natürlich kompletter Unsinn, aber sie entgingen der gesellschaftlichen Ächtung.

Eine der allerersten Studien in den 70er-Jahren, wie gesund Wein – insbesondere Rotwein – für den Organismus sei, kam aus welchem Land? Genau. Frankreich. Das hatte Mats schon während seines Studiums belustigt. Jedenfalls wechselten sich seit dieser Studie zwar die Gründe für das Gesunde ab – Hormone, die machen ja alles irgendwie, bestimmte Gerbstoffe oder andere Stoffe in den Trauben –, aber nie änderte sich das Ergebnis. Und alles nur, weil die Franzosen und wenig später alle Ärzte der Welt keine Lust auf Diskussionen wegen ihres Alkoholkonsums hatten.

Würden die Russen bald mit einer ähnlichen Studie für Wodka um die Ecke kommen, würde die Spielothek einen wahren PR-Boost erleben. *„Wir haben es schon immer gewusst. Das Einzige, was wir wollten war, gesund zu leben."*

„Und so hat jedes Château eine jahrhundertealte Tradition. Die Weingüter sind fast alle seit Generationen in Familienbesitz. Dementsprechend stolz sind die Erzeuger auf ihre Weine. Das kann man schwer mit anderen Produkten vergleichen. Weil man von so vielen Faktoren, wie dem Wetter oder der Bodenbeschaffenheit, abhängig ist. Und weil es eine Zusammenstellung von verschiedenen Zutaten ist, die alle einen Prozess durchlaufen. Es ist praktisch unmöglich, einen Jahrgang zu kopieren. Jeder Wein bleibt einzigartig. Ein eigenes Kunstwerk."

Wie faszinierend konnte ein Mensch sein? Mats lernte gerade die oberste Ebene kennen. Es ging gar nicht mehr darum, dass Anna wunderschön war. Das war sie immer. Daran würde er sich mit der Zeit gewöhnen. Aussehen nutzt sich ab. Er würde sie immer schön finden, doch sein Herz würde irgendwann aufhören, deswegen schneller zu schlagen. Gewohnheit legt sich wie Staub über alles im Leben. Und wenn sich die Dinge nicht bewegen, bleibt der Staub einfach liegen. Nur die Leidenschaft kennt keinen Staub. Sie ist zu agil. Zu pulsierend. Zu einnehmend. Sie drückt alles andere in den Hintergrund. Wen interessiert es schon, wenn es in der Abstellkammer staubig ist? Selbst wenn Anna nicht Anna wäre. Sie nicht so aussehen würde, wie sie aussah. Mats sie erst heute Morgen kennengelernt hätte. So hätte er sich dennoch gerade unsterblich in sie verliebt. Ihre Leidenschaft begrub Mats wie eine Welle unter sich.

„Was siehst du mich so komisch an? Doch etwas viele Informationen auf einmal, oder?"

„Nein, gar nicht. Kein Stück." Mats schüttelte energisch den Kopf. „Ich find das nur so spannend."

„Na gut, dann will ich dir das mal endgültig glauben. Wir sind auch gleich da. Dann beginnt endlich deine praktische Ausbildung." Und sie lachte leise über sich selbst.

Inzwischen hatten sie Halle 5 erreicht. Messestand an Messestand reihte sich auf. Es war schon recht voll, obwohl es noch nicht einmal Mittag war. Überall drängten sich die Leute durch die engen Gänge. Einige schon sichtlich wankend. Von jedem Stand wehte ihnen die Trikolore entgegen. Große und kleine. Als Girlanden. Als Servietten. Als Schürzen. Kleine Appetithäppchen aufgespießt auf einem Trikolore-Zahnstocher. Ein Fahnenmeer.

Während die Deutschen nach zwei Weltkriegen bis zur WM 2006 gebraucht hatten, wieder ein normaleres Verhältnis zur eigenen Nationalflagge zu bekommen, war es bei den Franzosen ein Wunder, dass nicht jeder einen Fahnenmast am Kopf befestigt hatte. Vermutlich hatte die Kolonialmacht Frankreich nicht nach neuem Territorium gestrebt, sondern wollte schlichtweg die Fahne irgendwo aufhängen. Wenn die Menschen doch nur mehr miteinander reden würden. Es wäre allen viel erspart geblieben.

Sie passierten gerade Südfrankreich, als sich ihnen eine junge Dame mit einem Tablett in den Weg stellte. „Darf ich Ihnen ein Glas von unserem Crémant anbieten?"

Das war dann wohl eine Hostess. Sympathisch fand er sie. Dass die jungen Dinger auch Alkohol bringen, hatte Anna verschwiegen. Sicher aus Eifersucht.

Sie trug ein hellblaues Oberteil mit einem recht tiefen Ausschnitt. Trotzdem widerstand Mats, einen Blick auf selbigen zu werfen. Halbhohe schwarze Schuhe und ein hellgrauer Rock vervollständigten ihr Outfit. So wahnsinnig mausgrau war das gar nicht.

Sie war vielleicht Anfang zwanzig, mit blonden, langen Haaren und sah wirklich gut aus. Da hatte Anna in der Tat ein paar Fakten unterschlagen. Oder war das eine vom Escortservice? Wäre Mats alleine auf der Messe und ganz generell allein, was er war, aber irgendwo doch nicht, hätte er sich durchaus vorstellen können, sogar auf einen zweiten Crémant zu bleiben. Oder auch drei bis sieben. Die junge Dame machte einen kleinen Schritt zurück, als Anna hinter ihm auftauchte, die er mit seinem Rücken verdeckt hatte.

„Das ist aber nett. Nehmen wir sehr gerne. Danke." Sie fischte zwei Gläser Crémant vom Tablett und reichte Mats ein Glas. „Auf einen tollen Messetag und deinen Eintritt in die Welt des Weines!"

Sie stießen an und blickten sich in die Augen. Das war auch mal ganz schön, jemandem beim Anstoßen in die Augen zu sehen, dem nicht schon alle kleinen Äderchen geplatzt waren.

Anna trank konzentriert. „Hm, gefällt mir gut. Was für ein Crémant ist das denn?"

„Das ist ein Crémant de Languedoc Roussillon. Freut mich, dass er Ihnen gefällt."

Anna zögerte. „Ja, hm, das habe ich mir schon gedacht ehrlich gesagt. Können Sie mir noch mehr sagen? Jahrgang? Oder auch Reben?"

Die Hostess vom/ohne Escortservice lächelte verlegen. „Leider nein, ich bin nur für die Kundenbetreuung hier. Wenn Sie mehr Details möchten, müssten Sie bitte direkt mit den Erzeugern am Stand sprechen."

Sie hatte das junge Ding ganz schön auflaufen lassen. Da war wohl jemand beleidigt, dass jemand anders gar nicht so mausgrau war wie erwartet.

„Ah, gut, danke Ihnen." Und dabei warf sie ihr einen Blick zu, der zu sagen schien: Mehr hatte ich von dir auch nicht erwartet.

„Also, mir schmeckt er wirklich gut", betrat Mats die Hahnenkampfarena in Südfrankreich.

„Das freut mich. Sie dürfen gerne noch ein zweites Glas nehmen, wenn Sie möchten."

Mats blickte verstohlen auf sein bereits halb leeres Sektglas. Um die Ecke der Spielothek gab es eine Kneipe. *Zum letzten Anker* hieß die. Statt der weitverbreiteten Altbier-Kneipen war *Zum letzten Anker* nicht nur namentlich auf Seemannskneipe getrimmt. Mehrere Fischernetze waren an die Decke gezimmert und in ihnen zappelten lauter kleine Plastikfische. Über den Zapfhähnen hing ein aufgeblasener Hai ebenfalls aus Plastik und auf den Fensterbänken, wenn auch nur drei an der Zahl, stand stets ein Miniatursegelschiff in einer Glasflasche.

Das Entzünden einer Zigarette an einer brennenden Kerze war strengstens verboten. Angeblich starb irgendwo auf der Welt ein Seemann, wenn man das tat. Erwin kannte Hinnerk, den Wirt oder zumindest nannte er sich so, irgendwie von früher. Woher genau, wusste Mats nicht. Hinnerk hatte ein Glasauge. Wenn man ihn fragen würde, hatte er das bestimmt bei der Waljagd verloren. Haha. Aber Mats hatte ihn nie gefragt. Was er dagegen wusste, war, dass ihm einige

Stammgäste den Spitznamen „*Behinnerk*" gegeben hatten. Mats fand das pie-tätlos. Schließlich wusste niemand, wie er sein Auge tatsächlich verloren hatte. Und ob er deswegen Depressionen, Selbstmordgedanken oder was auch immer hatte. Selbst Erwin sprach ihn nie mit dem „*Be*" Vorsatz an.

Einer dieser Stammgäste war der Doppelte Dieter. Und genau der war Mats ge-rade eingefallen. Doppelter Dieter, weil er immer doppelt bestellte. Er trank das erste Bier so schnell, dass es praktisch sofort leer war. Deshalb bestellte er im-mer zwei. Das sparte der Bedienung und vor allem ihm selbst Zeit.

Mats fand Dieters Konzept schlüssig. Auf Veranstaltungen mit langen Wartezei-ten kopierte er Dieters Ansatz stets. Hier gab es zwar keine großen Schlagen, aber Mats hatte auch nicht das Gefühl, eine Art Dauerzugriff auf die Getränke zu haben. Bevor der Gedanke an seine Außenwirkung ihm die richtige Entschei-dung ruinieren konnte, exte er den Rest seines Crémants. Mit der rechten Hand stellte er sein leeres Glas auf das Tablett und griff parallel mit der linken nach einem neuen.

„Das Angebot nehme ich gerne an. Sie sind sehr freundlich. Vielen Dank." Wäh-rend die Hostess trotz des Angebots leicht befremdlich guckte und Mats einen kritischen Blick seitens Anna erwartete, wurde er überrascht.

„Ich würde auch noch eins nehmen", sprach Anna, leerte den Crémant de Languedoc Roussillon und fischte sich ein zweites Glas vom Tablett. Die Hostess nickte ihnen kurz freundlich zu und entschwand Richtung Messestand.

Der Crémant blubberte in Mats' Bauch. Verdammte Kohlensäure. Warum ver-setzte man überhaupt Alkohol mit Kohlensäure? Das haute nur unnötig auf den Magen. Irgendwie hatte Mats vergessen, heute Morgen etwas zu essen. Und statt der wohlig brennenden Wodkawärme sprangen nun Crémant-Luftblasen in seinem Bauch herum. So musste sich jemand fühlen, dem man statt Heroin Speed in die Adern gedrückt hatte. Nichts mit „schön breit". „Schön anstren-gend". Vielleicht hatte er aber auch nur zu schnell getrunken. Mats hätte doch lieber auf den Wein warten sollen. Aber nun hatte er ein zweites Glas in der Hand. Und das klirrte in diesem Moment.

„Na, die hat dich ja ganz schön angegraben. Die hat sich richtig erschrocken, als sie mich gesehen hat." Sie klang fast vorwurfsvoll.

„Ach, quatsch. Weil sie mir einen Crémant angeboten hat? Das scheint ihre Aufgabe zu sein", rechtfertigte sich Mats.

War Anna eifersüchtig? Das war absurd. Absurd, weil komplett unbegründet. Absurd, weil sie sie war und alle anderen in den Schatten stellte. Wusste sie das nicht? Doch, sie musste das wissen. Oder hatte er hier soeben den entscheidenden Haken an ihr gefunden?

Die perfekte Frau, aber sie fesselt dich ans Haus, weil sie in permanenter Angst lebt, du könntest sie verlassen, fremdgehen oder einfach nur woanders Spaß haben? Tauschten sie gerade Rollen? Gewann Mats an Sicherheit je ernster es wurde, während Anna sich plötzlich die Fragen stellte, die man sich nicht stellen sollte? Ich möchte genügen. Nur wem? Und wann?

Die Blasen der Kohlensäure perlten gegen sein Stammhirn. Ein großer Nachteil beim Sekt war, dass er direkt in den Kopf ging. Und das war nicht so leicht daher gesagt. Es kam von der verdammten Kohlensäure. Die funktionierte wie ein Fallschirm. Der Alkohol wollte gemütlich in den Magen rutschen, aber blitzartig öffneten sich die miesen Blasen und blubberten bis unter die Schädeldecke. Vergesst die Prozente. 40 %, 10 %, 5 %, total egal. Die Frage war, ob sich ein Fallschirm an Bord befand. In Flugzeugen gut. Beim Alkohol nein.

Mats ärgerte sich ein wenig. Es war nicht sein erster Kontakt mit alkoholischer Kohlensäure. Das durfte er souveräner lösen. Aber was hatte ihn diese Escortdame auch gefragt. Egal, er war eben auf einer Weinmesse. *Möchten Sie Wein? Nein, auf keinen Fall.* Das war ja nun auch kein Weg.

„Das schon. Aber wie sie ihn dir angeboten hat. Mit ihrem tiefen Ausschnitt. Die sind einfach nur billig", meckerte sie.

„Ich dachte, die sind mausgrau. Und ein bisschen grau war sie ja auch, fandst du nicht?"

„Ja? Ich fand die gar nicht grau. Eher ganz schön hübsch. Und zehn Jahre jünger."

„Das Outfit war schon ein wenig grau. Zumindest blaugrau. Sicher war sie von einem Escortservice. Ich kenne mich zwar mit Hostessen nicht so aus, aber eine normale Bedienung hat ja nicht einen solchen Ausschnitt", wandte Mats ein.

„Oh, wirklich?" Anna guckte erleichtert. „Ich dachte, das wäre eine normale Hostess. Vielleicht sogar eine Studentin."

„Nein, auf keinen Fall. Ich hatte vielmehr das Gefühl, dass sie mir spätestens nach dem dritten Crémant eine vierstellige Rechnung präsentiert hätte." Mats entschied sich für die Wohlfühlfassung. Er konnte keine Turbulenzen wegen irgendeines Messe-Flittchens gebrauchen.

Dankbar hakte sich Anna kurz bei ihm ein. „Vermutlich hast du Recht. Du Armer, jetzt kannst du dir doch nichts darauf einbilden, dass sie dich angemacht hat."

„Nicht so schlimm. Das verkrafte ich gerade noch. Außerdem bin ich wegen des Weins gekommen."

„Und meinetwegen natürlich!", ergänzte Anna.

„Nein. Wenn ich ehrlich bin, geht es mir nur um den Alkohol. Und meine Karriere als Weingott natürlich, die heute beginnt. Die Theorie ist abgeschlossen. Nun startet der praktische Teil. Das musst du verstehen. Und schlimm ist es auch nicht. Karriere und Alkohol sind für die meisten Menschen wichtiger als andere Menschen. Das ist keine Schande." Er nahm einen Restschluck Crémant und grinste sie an.

Unbeeindruckt und ein Schmunzeln unterdrückend fixierte Anna seine Augen. „Meinetwegen."

Ohne seinen Blick von ihr abzuwenden, sagte Mats: „Deinetwegen. Alles nur deinetwegen."

Sie errötete ganz leicht und nur für eine Sekunde. „Gut. Ich wollte nur sichergehen. Nicht, dass du hier mit der nächsten echten Hostess durchbrennst und ich mir jemand anderen suchen muss, den ich mit meinen Weinmonologen beschallen kann. Dafür habe ich schon zu viel Zeit und Mühe in deine Ausbildung gesteckt."

„Da musst du dir keine Sorgen machen. Allein das Altersgefälle zwischen den Hostessen und mir ist zu groß. Spätestens nach 30 Jahren würden sie mich für einen jüngeren Mann verlassen. Und ich plane sehr langfristig, was Beziehungen angeht. Die sind chancenlos bei mir."

„Ist das so? Solche Männer mögen Frauen ja sehr. Wie lange war denn deine bisher längste Beziehung?", wollte Anna wissen.

„Das müssen so gute sechs Monate gewesen sein, denke ich. Aber ich wollte schon nach drei Wochen Schluss machen. Gilt das trotzdem?"

„Tse, tse, und ich hatte es bisher so verstanden, dass du 30 Jahre im Voraus planst. So wahnsinnig lang sind sechs Monate nicht. Und theoretisch waren es sogar nur drei Wochen. Das ist wohl Teil deiner Masche, um besser anzukommen."

„Nicht wirklich. Aber ein bisschen funktioniert es trotzdem, oder?"

Anna schüttelte ihren Kopf. „Nicht so richtig. Warum hast du nicht Schluss gemacht?"

„Nach den drei Wochen meinst du? Ich weiß nicht. Dachte, es liegt an mir und dass es sich noch mal ändern kann. Ändern wird. Hat es aber nicht."

Ihr Crémantglas landete auf einem der mit weißem Stoff überzogenen Stehtische, die überall an den Seiten standen. „Das kenne ich. Komisch, oder? Eigentlich weiß man doch immer, was man will, aber man lebt fast nie danach. Wieso eigentlich?"

Mats überlegte einen Augenblick lang. „Ich weiß nicht. Wahrscheinlich, weil alles irgendeinen Haken hat und Dinge mit sich bringt, die man dann wiederum auch nicht möchte. Und wenn etwas, das man will, drei Sachen nach sich zieht, die man nicht will, dann macht man es halt nicht. Denn dann wäre man unglücklicher als davor."

„Ja, bestimmt. So funktioniert das für ganz viele. Ich versuche, vieles eher mit einer kindlichen Naivität anzugehen. Warum sind Kinder glücklicher als Erwachsene?"

„Weil sie unbeschwerter sind. Vielleicht auch unerfahrener?"

„Genau. Sie sind unbeschwerter. Und warum sind sie das? Weil sie handeln und ihr Handeln nicht davon beeinflusst ist, was es alles hinter sich herziehen kann. Das ist das Schicksal des Erwachsenen. Er hat Erfahrungen gemacht. Er hat gelernt, vorausschauend zu denken. Was gut und wichtig ist, denn sonst würden wir noch jeden Tag auf die Herdplatte fassen. Aber das beschwert auch. Und ein großer Teil der Leute ist inzwischen so schwer, dass sie gar nicht mehr loslaufen können." Sie holte Luft. „Und deshalb plane ich eher weniger in meinem Leben. Weil ich weiß, dass ich nicht anders bin als die anderen. Ich werde auch immer mehr finden, was mir nicht gefallen wird, wenn ich lang genug drüber nachdenke. Veränderung trägt immer Unsicherheit im Bauch. Niemand weiß, was die Zukunft bringt, aber wir tun so, als könnten wir das. Dabei ist das Einzige, was wir einschätzen können, der Moment, in dem wir gerade leben."

Das machte Mats wieder ein wenig Angst. Gerade hatte er sich über die gestiegene Selbstsicherheit gefreut. Und nun so was. Er fand das ziemlich treffend. Fast weise.

Anna lachte laut auf. „Und deshalb – und das ist dann auch das Ende meines Monologs zum Thema *Wie gehe ich das Leben so an* – punktest du mit deiner langfristigen Herangehensweise nicht wirklich."

„Welche ich nicht ganz ernst gemeint hatte", ergänzte Mats.

„Ich weiß. Du siehst auch nicht aus, wie jemand, der sein Leben durchplant."

„Mache ich auch nicht. Im Gegenteil, befürchte ich."

„Das ist insgesamt wesentlich besser als andersherum. Bei Beziehungen ist es ganz sicher besser so. Und bei mir zumindest hast du so doch noch gepunktet."

Und sie lächelte ihn zufrieden an.

„Schön. Mehr wollte ich nicht. Außer höchstens noch ein wenig Wein."

Anna zog ihn kräftig am Arm und ein Stück nach vorne. Sie hatte sich die ganze Zeit bei ihm untergehakt. Auch wenn dies eher kumpelhaft als zärtlich daher kam, war dauerhafter Körperkontakt mit Anna nicht förderlich für Mats' Konzentrationsfähigkeit. Sein Nervensystem hatte schon genug mit der Kohlensäure zu kämpfen. Der zweite Crémant hatte die Lage nicht verbessert. Wie auch. Viel hilft viel. Genau.

Wenn das Gehirn aufstoßen könnte, hätte es das sicher schon längst getan. Zumindest Mats' Gehirn. Jedenfalls war das parallel punktuelle Reiben von Annas Unterarm an seinem Unterarm ausreichend, ihn von der vielen Luft in seinem Körper abzulenken. Selbst wenn die Berührung nicht aktiv, sondern durch das Gehen, entstand, so war sie dennoch da. Er konnte sie durch Hemd und Jackett spüren. Und das fühlte sich wenig kumpelhaft an. Vielmehr zärtlich. Anna zog ihn schneller hinter sich her.

„Dann aber mal los! Es ist bald Mittag und wir haben beide nur zwei Gläser von diesem langweiligen Crémant getrunken. Ich glaube, Melville ist der große Stand da hinten."

Das Château Melville war nicht einfach ein Château. Melville war eine Dynastie. Erste Erzeugnisse des Weingutes ließen sich bis ins 14. Jahrhundert zurückverfolgen. Seit jeher war es in Familienbesitz der Melvilles, die seit inzwischen elf Generationen die Geschicke des Gutes lenkten. Auch wenn sie die Würde eines

Premier-Cru-Château vor knapp 200 Jahren verpasst und zu den Deuxièmes-Crus zählten, hatte dies ihrer Haltung und ihrem Selbstvertrauen nicht geschadet. Über die Jahrzehnte war das Château zu einem weltweiten Exportschlager geworden. Mehr ein Weltkonzern als ein Weingut. Aber einer mit Tradition und Werten. Qualitätsmaßstäben. Es gab keine billigen Massenproduktionen, die als Zweit- oder Drittwein unter falschem Namen an die Supermärkte verkauft wurden, um auch mit schlechteren Jahrgängen noch maximalen Ertrag zu generieren. Das war nicht Melville. Melville war der König von Bordeaux, Bordeaux der von Frankreich und Frankreich der König der Welt. Die Welt brauchte Melville. Nicht Melville die Welt. Nicht mehr und nicht weniger.

Was sich in Mats' Ohren anfangs wie die Geschichte von ein paar verhaltensauffälligen Mönchen angehört hatte, die mit den Jahrzehnten verrückt geworden waren, präsentierte sich bei Erreichen des Messestandes in einem anderen Licht. Den Stand umgab eine besondere Aura. Er war genauso voll wie alle anderen, aber die Menschen bewegten sich anders. Die Hektik fehlte. Jeder schien sich angemessen Zeit zu nehmen, um Melvilles Anspruch gerecht zu werden. Ob das hier der richtige Ort war, um sich entspannt einen anzutrinken? Es würde sich herausstellen. Mats jedenfalls fühlte sich bereit, Melville auf Herz und Nieren zu prüfen. Und Leber versteht sich.

Jean-Marc Melville galt als Revolutionär. Für manche war er auch ein Visionär. Doch in einer Welt voller Tradition und Brauchtum ist die Veränderung ein ungebetener Gast. Viele sahen in ihm daher einen Vernichter des Gutes.

Jean-Marcs Vater war früh verstorben und so war er bereits mit Ende zwanzig dem Ruf der Melvilles gefolgt und hatte die Leitung des Châteaus übernommen. Er experimentierte viel. Änderte die Reifungs- und Gärungsprozesse. Kombinierte andere Reben mit anderen Holzarten. Immer auf der Suche nach dem perfekten Wein. Seine Kritiker hatten gehofft, dass dieser Hang zur Veränderung seiner Jugend geschuldet und er sich mit der Zeit beruhigen würde.

Doch als er knapp fünf Jahre nach seiner Berufung die im 16. Jahrhundert entstandene Zeichnung des Stammhauses Melville von den Flaschen entfernte und durch ein schlichtes Weinrebenfeld ersetzen ließ, war auch dem Letzten klar geworden, dass es ihm ernst war.

Die Empörung hatte keine Grenzen gekannt. Doch Jean-Marc ließ sich nicht beirren. In seinen Augen war Melville ein Lebensgefühl. Eine Haltung. Ein einzelnes Bauwerk wurde seiner Tragweite nicht gerecht. Das konnte die Weite eines Feldes deutlich besser. Selbst wenn der Atlantik eines fernen Tages Bordeaux und vielleicht ganz Frankreich unter sich begraben würde, Melville würde an einem anderen Ort fortbestehen.

Er liebte seine Heimat. Er liebte die Tradition. Aber er hasste es, wenn Melville darauf reduziert wurde. Der Absatz war damals nach der Änderung des Flaschenetiketts stark eingebrochen. Die Heckenschützen waren immer offener aus ihren Löchern gekommen. Es war das schlimmste halbe Jahr seines Lebens gewesen. Doch dann erholte sich der Absatz. Besonders einige neue Cuvées, die Jean-Marc entwickelt hatte, fanden reißenden Absatz und, was den Traditionalisten wichtiger war, sie wurden mit Auszeichnungen überhäuft.

Heute, über 20 Jahre später, war Melville erfolgreicher denn je und Jean-Marc galt als der wichtigste Grund, warum dies so war. Was nicht bedeutete, dass seine alten Kritiker weniger geworden waren, sie hatten nur keine großen Argumente mehr. Sein Gestaltungswille blieb bis heute ungebrochen. Trotzdem hatte ihn das Alter milder werden lassen. Er zog nicht mehr in jede Schlacht, die es zu schlagen gab. Die Zeit des Lebens, in der es für jeden Beweise zu erbringen galt, lag hinter ihm.

Viele Château-Inhaber zogen sich aus dem operativen Geschäft zurück und kümmerten sich mehr darum, alte, edle Bestände zu leeren als um die Zukunft ihrer Güter. Auf solchen Messen tauchten sie erst recht nicht auf. Zumindest nicht die großen, die schon lange keine Händlerklinken mehr putzen mussten. Für Jean-Marc waren die Messen Pflichttermine. Es ging darum, Melville zu repräsentieren, besonders im Ausland. Zudem waren sie eine gute Gelegenheit, neue Kompositionen zu testen und neue Händler auszuwählen. Natürlich war es komplett unmöglich, mit jedem Händler, der Melville vertrieb, ein persönliches Gespräch zu führen, aber wenn sich die Möglichkeit ergab, wie auf solchen Messen, nutzte er diese Gelegenheit stets.

Mit Anfang 50 hatte er von seinem Leben mehr gelebt, als noch kommen würde, daher versuchte er, sich auf die Dinge zu stürzen, die ihm immer Freude bereitet hatten. Das Leben für Melville hatte ihm alles abverlangt. Er hatte nie geheiratet. Es gab keine Kinder. Seinen Vater hatte dieses Leben umgebracht. Jean-Marc war sich nie sicher gewesen, ob er jemand anderem diese Bürde aufdrücken wollte.

Besonders seinem eigenen Kind. Melville war wie ein Königshaus. Eine Thronfolge. Sein Kind würde dasselbe Leben leben, das er gelebt hatte. Er bereute sein Leben nicht und es würde hoffentlich noch lange weitergehen, aber er hätte gerne gewählt. Zu irgendeinem Zeitpunkt hätte er sich gerne aktiv für dieses Leben entscheiden wollen.

Und das hatte er nie getan. Vielleicht stand Melville die größte aller Veränderungen noch bevor: ein Nicht-Melville an der Spitze. Doch noch war es nicht so weit. Und wer wusste schon, wie Jean-Marc die Kinderfrage in wenigen Jahren sehen würde. Sicher war er schon alt, eigentlich zu alt, aber es wäre nicht unmöglich. Und je näher das eigene Ableben rückt, desto mehr wünscht man sich, auf irgendeine Art weiterzuexistieren, und sei es in den Erinnerungen eines Menschen, der einen geliebt hat. Melville würde ihn nicht weiterexistieren lassen, dafür war es zu groß und er zu klein. Er würde bleiben, als ein kleiner Teil dieser Dynastie und vielleicht als derjenige, der die Familientradition sterben ließ.

Jean-Marc atmete schwer aus und schwenkte nachdenklich den Rotwein seiner neuen Linie *„Le Grand Petit"* in seinem Glas. Er tat dies mit viel Kraft, sodass der Wein jedes Mal bis an den Glasrand schoss und – bevor er herübertreten konnte – wieder ins Glas zurückfloss. Er sog einen kleinen Schluck mit viel Sauerstoff ein. Langsam umspülte der Wein seine Mundflora und seinen Gaumen. Viele winzige Geschmackspartikel füllten seinen Mundraum. Vielleicht noch etwas grün. In zwei oder drei Jahren würde es ein großer Wein sein. Und in weiteren fünf ein Kunstwerk. Für kleines Geld. Jean-Marc fand, dass Melvilles Aufgabe auch darin bestand, Spitzenweine auf einem bezahlbaren Niveau zu halten. Natürlich bot er auch Sammlern und Kennern ausreichend Wein an und die Gewinne aus diesem Geschäftszweig waren beträchtlich. Doch so sehr Melville selbst für Exklusivität stand, so war Melville niemals nur einer exklusiven Gruppe zugänglich gewesen. Melville glaubte an Wein als Element der Lebensqualität und niemand durfte diese auf einen kleinen Teil der Gesellschaft begrenzen.

„Le Grand Petit" war Ausdruck dieser Philosophie. Ein einfacher Wein. Keine spektakulären Rebsorten. Neben Cabernet Sauvignon und Merlot nur ein wenig Pinot Noir. Simplizität. Drei Monate im Barrique ausgebaut. Bewusst viel zu kurz. Der hölzerne Fassgeschmack war nicht haften geblieben. Er war eher wie ein Hauch, der über dem Grand Petit schwebte. Ließ man ihn zu, war er da, andernfalls verschwunden. Ein perfekter Wein. Vielleicht war es an der Zeit, Abschied von Melville zu nehmen. Ein gewähltes Leben zu beginnen.

„Le Grand Petit" könnte seine Hinterlassenschaft sein. Das, was übrig blieb, wenn der Rest langsam unsichtbar wurde. Jean-Marc trank einen Schluck und verzichtete diesmal auf den Sauerstoff. Bedächtig ließ er den Wein einen Augenblick verharren, bevor er langsam die Speiseröhre hinunterlief. Wie würde es sich anfühlen, nicht mehr König von Melville zu sein? Frei oder nutzlos? Er würde es darauf ankommen lassen.

Mats wünschte, er hätte doch eine Krawatte getragen. Hier in diesem Wein-Edel-Puff klebte der Stil in jedem kleinsten Winkel. Die Damen und Herren vom Catering waren offenbar aus einem Modelkatalog gecastet worden. Alle in perfekt sitzenden, dunklen Anzügen beziehungsweise Kostümen mit hellblauen Oberteilen. Mats sah keine knittrigen Hemden. Keinen Stress. Obwohl alle Tabletts mit vielen Weingläsern darauf trugen, erspähte er nicht einen Tropfen Schweiß. Die Gläser, Flaschen und Bestecke blitzten vor Glanz. Willkommen auf dem Planet der perfekten Menschen. Mats spielte an seinem Hemdkragen und der imaginären Krawatte. Der festliche Ballsaal war prall gefüllt. Und er hatte vergessen, sich eine Hose anzuziehen. Gut, vielleicht nicht so arg, aber es fühlte sich so an. Selbst mit Krawatte hätte er nicht das Gefühl, diesem Ort genügen zu können. Generell scherte Mats sich herzlich wenig um solche Dinge. Ihn beeindruckten weder Geld, noch Macht, noch Prominenz, noch sonst etwas. Dieses Gefühl hier war neu. Er kannte es, sich nicht passend an einem Ort zu fühlen. Aber für einen Ort nicht gut genug zu sein, war neu. Dieses Melville schien magisch zu sein. Er wollte diesem Ort genügen, aber er wusste nicht warum.

Die feine Selbstsicherheit war dahin. Er schüttelte sich innerlich kurz, aber heftig. Was machte ihn nervös? Es war ein bescheuerter Weinstand. Das war nichts anderes als eine Kneipe. Vielleicht ein wenig heller und sauberer, aber auch nicht mehr. Mats musste sich locker machen. Anna hielt sich immer noch an seinem Arm fest. Alles war im richtigen Fluss. Bloß nicht von einem Fahnenmeer und ein paar gut aussehenden Hostessen einschüchtern lassen.

„Komm, wir gucken erst mal da vorne." Anna führte Mats zu einem sehr langen, mit einer weißen Tischdecke überzogenen Tisch. Mindestens 40 oder noch mehr Weine standen hier aufgereiht.

„Guck dir das an! Und das ist nur ein Bruchteil von dem, was Melville generell anbietet. Unglaublich."

Annas fast kindliche Faszination entspannte ihn. Sie tanzte an den Flaschen förmlich vorbei und beäugte jede mit ihren großen, braunen Augen.

„Melville ist wirklich ein besonderer Erzeuger, findest du nicht?", flüsterte sie.

„Allein, wie dieser Stand aufgebaut ist. Alles so perfekt. Besser geht es nicht."

Sie hatte es also ebenfalls bemerkt. War auch schwierig zu ignorieren. Aber Anna gefiel dieser Ort eindeutig besser als Mats. Sie wirkte fast übermütig.

„Das wäre wirklich so fantastisch, wenn ich hier einen Wein finden würde. Aber selbst dann bedeutet das nicht, dass ich den Wein auch bekomme. Melville ist sehr selektiv mit seinen Händlern. Und so viele Gründe, warum sie mit mir und meinem kleinen Laden zusammenarbeiten sollten, gibt es irgendwie nicht, befürchte ich." Nichtsdestotrotz, ihre Begeisterung blieb ungebrochen.

„Aber allein das alles mal zu sehen, finde ich jedes Mal wieder aufs Neue toll. Und du? Sag, wie gefällt es dir hier?"

„Toll. Ist wirklich super hier. Sieht alles sehr edel aus." Mats bekam den eingeschüchterten Klang nicht aus seiner Stimme.

„Ja, oder? Das ist schon surreal perfekt. Fast zu viel. Da hofft man, dass jemandem ein Glas runterfällt oder sich ein Rotwein über den weißen Tisch ergießt." Sie lachte leise.

„Das kann ich gerne gleich übernehmen. Ich könnte einer der Hostessen mit den Tabletts ein Bein stellen, wenn du möchtest?", Mats war erleichtert. Auch Anna setzte diese geballte Perfektion zu. Zwar anders als ihm, aber Ehrfurcht und Einschüchterung sind nicht zu weit voneinander entfernt.

Sie kicherte leise und kniff ihn in den Arm. „Oh Gott, nein. Ich hoffe, das war nur ein Witz."

Mats bewegte seinen Kopf langsam an Annas Ohr. „Warum flüstern wir eigentlich?"

Sie prustete laut los. „Du hast Recht." Anna räusperte sich und sprach wieder normal.

„Meine Güte, so beeindruckend ist es dann auch wieder nicht."

„Madame, Monsieur, ich begrüße Sie im Hause Melville. Kann ich Ihnen etwas aus unserem Sortiment zur Verköstigung anbieten?"

Anna war sicher, dass er den letzten Satz gehört haben musste. Vor Schreck ließ sie Mats Arm los. Das war kein guter Einstieg, um in das Händlernetz von Melville aufgenommen zu werden.

Präsenz. Maximale Präsenz. Vor allem für eine Hostess ganz schön viel. Männliche Hostessen gab es auch gar nicht. Das waren dann Gigolos. Wobei der Typ dafür zu alt war. Er war gut aussehend, eher noch charismatisch. Er war markant. Sein grau meliertes Haar kaschierte den schon sehr hohen Haaransatz. Der Mann sah nicht aus, als wäre er älter geworden. Er sah aus, als wenn er genauso auf die Welt gekommen wäre und sich niemals veränderte.

Mats war erleichtert, dass es sich um eine in die Jahre gekommene „Hostess" handelte und nicht um einen von Annas Stammkunden, der jeden Tag um sie herumschwirrte. Mats fürchtete keine Konkurrenz. Von Anna wollten sowieso drei Milliarden andere Arschlöcher auf diesem Planeten etwas. Doch es gab Wölfe und Lämmer. Und das war mit hundertprozentiger Sicherheit ein Wolf.

„Oh, das wäre wundervoll. Sehr gerne." Anna überlegte. Sie hatte sich noch gar nicht wirklich mit den einzelnen Weinen auseinandergesetzt.

„Wir würden gerne ... oder anders gesagt, ich suche einen Wein, den ich in mein Sortiment aufnehmen kann." Sie korrigierte sich abrupt. „Aufnehmen darf, meinte ich selbstverständlich. Im Idealfall eine einzelne Linie mit Rot, Weiß und Rosé."

Unbeeindruckt und ohne größere Regung griff der Mann nach einer Flasche Rotwein, einem Korkenzieher, drei Gläsern und einem Crachoir, was die französische Umschmeichelung für den Spucknapf war. Fast beiläufig entgegnete er: „Ich verstehe. Bedeutet dies, dass Madame aktuell noch nicht zu unseren Partnern zählt?"

Mats konnte beobachten, wie Annas Halsschlagader sich tiefer in ihren Hals grub.

„Nein, leider nicht. Aber ich würde gerne Partner werden. Also, natürlich nur, wenn ich einen Wein finde. Wovon ich aber selbstverständlich ausgehe."

„Kommen Sie bitte mit."

Er wies ihnen den Weg zu einem der Tische etwas abseits der langen Weintafel. Anders als bei vielen anderen Ständen gab es hier richtige Tische mit Stühlen und keine einfachen Stehtische. Vielleicht war das auch einfach der Grund für die fehlende Hektik und viel weniger dieser sagenumwobene Ort der verrückten Mönche. Sie nahmen Platz.

„Wieso glauben Sie, wenn ich das fragen darf, dass Sie einen Wein finden werden?"

Anna lächelte verlegen. „Na ja, einfach weil es Melville ist. Ihre Weine sind eine Legende. Und ich habe nur einen kleinen Weinladen hier in der Stadt. Daher würde ich fest davon ausgehen, dass Ihr Sortiment Weine beinhaltet, die mir gefallen werden."

„Welche unserer Weine sind eine Legende in Ihren Augen? Können Sie ein Beispiel geben, Madame?" Er entkorkte die Flasche Rotwein, ohne den Blick von Mats und Anna abzuwenden.

„Da muss ich überlegen. Hm, der 2007er Haut-Médoc, welcher auch die Goldmedaille in Paris erhielt, hat mir beispielsweise sehr gefallen."

Er baute die Gläser vor ihnen auf und stellte den Crachoir in die Mitte. „Interessant. Was hat Ihnen denn so besonders an unserem 2007er gefallen?"

So hatte sich Anna das nicht vorgestellt. Sie wusste nicht wie, aber das fühlte sich nicht einmal nach Bewerbungsgespräch an, mehr wie ein Verhör.

„Ähm, ich mochte seine Klarheit, denke ich. Trotz Verschnitt konnte man die unterschiedlichen Reben sehr fein herausschmecken."

„Darf ich offen mit Ihnen sein, Madame?"

Die schnelle Reaktion, ohne auf ihre Antwort einzugehen, irritiere Anna sichtlich. Mats wollte dazwischen gehen, aber er fühlte sich ein wenig hilflos.

Diese Gestapo-Hostess wurde ihm langsam mehr als unsympathisch, aber vielleicht waren solche Dialoge im Land des Weines, und insbesondere im Land der perfekten Menschen, normal.

Frage, Antwort, Gegenfrage, Rückfrage, Antwort, Gegenfrage. Und er wollte es Anna auf keinen Fall kaputt machen. Bei der nächsten Tablett-Hostess würde er das Bein stehen lassen. Das würde erst mal Zeit gewinnen.

„Sie dürfen, selbstverständlich." Anna sah ihr Gegenüber mit großen Augen an. „Es stimmt, was Sie sagen. Der 2007er ist ein sehr guter Wein." Er machte eine kurze Pause. „Auch das, was Sie über die Klarheit des Weines gesagt haben, ist richtig. Aber wissen Sie, was ich denke? Ich denke, Sie haben einen Wein gewählt, bei dem Sie nichts Falsches sagen können. Jeder bewertet diesen Wein als gut oder sehr gut. Weil es so ist. Ob nun Legende ein zu großes Wort für ihn ist, lässt sich diskutieren, bleibt aber letztlich nichtig. Nun, Madame, was ich aber gerne von Ihnen wüsste ist, welcher unserer Weine Sie persönlich begeistert hat?"

Annas Anspannung legte sich. Trotz Verhörcharakter hatte seine Stimme nun etwas Versöhnliches, Warmes bekommen.

„Ich befürchte, Sie haben mich ertappt." Sie strich sich ihre Haare aus dem Gesicht. „Ich mag den 2007er absolut. Aber wenn Sie mich fragen, welcher Ihrer Weine mich wirklich über alle Maßen begeistert hat, dann wäre dies der 2011er Pinot Noir Barrique."

„Warum gerade dieser? Was macht diesen Wein so besonders für Sie?"

„Hm, obwohl Pinot Noir an sich immer eine gewisse Exklusivität besitzt und ja nicht umsonst als Edelrebe gilt, kommt der 2011er sehr ... wie soll ich das sagen?", Anna zögerte.

„Sagen Sie es bitte, Madame. Ich werde Ihnen sicher nicht böse sein." Nun lächelte er erstmals.

„Einfach. Er wirkt sehr einfach. Obwohl das seine Rebe eigentlich nicht zulässt. Er ist nicht so verklausuliert und anstrengend komplex, wie so viele andere Weine von Spitzenerzeugern. In meinen Augen besinnt er sich auf das Wesentliche. Das, was einen Wein letztlich ausmacht."

Die Weinflasche setzte langsam auf ihren Gläsern auf und füllte das Innere mit Rotwein.

„Probieren Sie bitte. Ich glaube, dieser Wein könnte Ihnen gefallen. Es ist unsere neue Linie – sie heißt „Le Grand Petit". Dies ist der Rote, aber es gibt auch Weiß- und Roséwein. Es würde also Ihrem Anforderungsprofil durchaus entsprechen."

Alle drei ließen das Weinglas auf der Tischdecke kreisen. Das Verhör schien sich beruhigt zu haben. Vermutlich hatte Mats schlichtweg soeben sein erstes wein-bezogenes Fachgespräch erlebt. Diese Welt voller Mythen und Sagen besaß offenkundig auch ihre anstrengenden Seiten. Dabei hatte sich Mats das Ganze eher wie in der Spielothek vorgestellt. Nur größer, niveauvoller und weniger betrunken. Inständig hoffte er, nicht bei jedem Glas ein solches Verhör zu erleben. Er stellte sich vor, Erwin bei jedem Wodka mit Fragen zu bombardieren: *Warum ausgerechnet in diesem Glas? Warum dieser Wodka? Warum mit zwei und nicht drei Stücken Eis? Warum dazu immer eine Ernte 23?*

Eigentlich gar nicht so schlecht. Wenn man der Fragensteller war. Gegenfragen ignorierte man und schoss, ohne zu überlegen, das nächste Fragewort heraus. *Warum? Was? Wie lange? Wozu?* Wahrscheinlich prüften Weinkenner so den anderen, ob er einer Verköstigung wirklich würdig war. Nur wer die drei verrückten Fragen der grauen Hostess am Eingang beantworten konnte, wurde weiter in die Höhle gelassen und durfte nach weiteren Prüfungen den Anführer des Stammes kennenlernen.

Mats besann sich wieder auf sein Glas Rotwein. Endlich. Endlich. Sein Magen vermittelte ihm zwar weiterhin ein flaues Gefühl, doch die Crémants waren verzogen. Vorsichtig tat er es Anna sowie der grauen Hostess gleich und sog beim Trinken so viel Sauerstoff wie möglich mit ein. Wie Hamster plusterten alle drei ihre Backen auf und ließen den Wein im Mund hin und her schnellen. Geduldig warteten die beiden Männer, bis Anna sich des Spucknapfs bediente und sich dezent des Weins entledigte.

Mats lächelte Anna zu, die seinen Blick dankbar aufnahm. Als der Mann mit den grau melierten Haaren seinen Restwein ausspuckte und den Spucknapf dezent zurückschob, bemerkte Mats, dass er den Wein runtergeschluckt hatte. Schnell trank er einen kleinen Schluck nach, so als müsste er noch mal das Aroma erfassen, um mit seiner Einschätzung richtig zu liegen. Etwas schnell nahm er den Spucknapf und führte ihn zu seinem Mund. Zufrieden über sein souveränes Management der Situation lehnte er sich wieder auf seinem Stuhl zurück. Er schmeckte nichts. Rein gar nichts. Nicht mal Alkohol. Wie enttäuschend. Egal, welcher Edelrebe oder Traube dieser Wein entsprungen war, aber er schmeckte nach nichts und machte offenbar noch nicht mal besoffen. Da war sogar der

Lambrusco von der Tanke im Vorteil, die Kohlensäure einmal gedanklich abgezogen. Zudem wurde man bei Aral im Vorfeld des Kaufes nicht verhört. Höchstens am Nachtschalter. Tankstellen waren spät nachts ein mehr als eigenartiger, unheimlicher Ort. Nicht selten hielten sich Personen einfach vor dem Schalter auf. Was machte man nachts an einer Tankstelle, wenn man nichts kaufen wollte?

„Sagen Sie mir bitte, was Sie geschmeckt haben." Er hatte seine Hände gefaltet und vor sich auf den Tisch gelegt. Der Pastor wirkte gelassen, es wurde Zeit für die Beichte.

Anna führte das Glas abermals zu ihrem Gesicht und atmete zwei Mal tief durch die Nase ein. Langsam, ganz langsam entwich die Luft wieder ihrer Nase.

„Ich mag ihn. Er hat viel Substanz. Ist komplexer, als der Pinot Noir, über den wir sprachen, aber auch irgendwie schlicht. Kann es sein, dass es nur zwei Reben sind? Was ich spannend finde, mal kann man das Barrique spüren, aber dann verschwindet es wieder. War der Ausbau verkürzt oder gab es gar keinen? Das Einzige ..." Anna trank einen weiteren, kleinen Schluck, den sie diesmal ebenfalls runterschluckte.

„Ja, Madame?"

„Er ist noch ein wenig grün. Ihm würde mehr Luft guttun, vielleicht zwei oder drei Stunden im Dekanter, bevor man ihn genießt. Aber ich glaube nicht, dass es dann gänzlich verschwindet. Dafür fühlt es sich zu tief an. Das Grüne ist nicht nur oberflächlich. Es ist in den Reben."

Er setzte sich ein Stück auf und nahm seinerseits einen weiteren Schluck.

„Sie haben in der Tat Recht, Madame. Grand Petit besteht praktisch nur aus Cabernet und Merlot. Es existiert ein winziger Anteil Pinot Noir, der aber kaum zu spüren ist. Er war nur drei Monate im Barrique. Dadurch entsteht diese auftauchende und verschwindende Holznote. Ich persönlich finde ihn ebenfalls noch etwas grün."

„Ah, deshalb ist es so wechselhaft. Drei Monate – wie ungewöhnlich. Das ist eine Menge Aufwand, dafür dass man einen Wein nur drei Monate lagert."

„In der Tat, Madame. Es ist ein großer Aufwand. Aber uns interessiert mehr das Resultat am Ende als der Weg dorthin."

Mats stöhnte leise auf. Puh. Nun kamen diese schlechten Managerplattitüden auf den Tisch. Irgendwie sollte sich diese Weinmischpoke mal entscheiden. Lustige Trunkenbolde, die damit auch noch Geld verdienen oder Wirtschaftsbosse, die ihre zehn Floskeln ungefragt auf jeden Tisch legen. Resultat wichtiger als der Weg? Unsinn. Wenn der Weg scheiße ist, geht man gar nicht erst los.

Mats nahm noch einen, diesmal größeren Schluck aus seinem Glas und trank es aus. Wenn die Glasfrequenz weiter in dieser Geschwindigkeit vonstattenging, musste er sich keine Sorgen mehr um den ekelhaften Spucknapf machen, dann würde er nämlich stocknüchtern bleiben, selbst wenn er jede kleine Menge runterschluckte, ihn wieder hoch würgte und abermals schluckte, um die Wirkung zu verdichten. Katzengewölle. Nur ohne Katze, ohne Haare, aber mit Alkohol. Wiederkäuern des Suffs zur Wirkverstärkung. Medizinisch unrealistisch, aber wenn man die Mehrheit der Leute allein durch den unausweichlichen Placeboeffekt dazu bringen könnte ... auch das hatte Potenzial, Mats reich werden zu lassen. Zwischenparken und Suff-Wiederkäuer. Deutschland – Land der Ideen.

Mats hasste es, wenn der Gastgeber nicht darauf achtete, wann die Gläser leer waren. Als Gast konnte man schlecht nach der Flasche greifen und sich nachschenken. Das stellte den Gastgeber bloß und man selbst trug diesen Trinker-Stempel. Wobei richtige Gäste waren sie hier ja nicht. Vielmehr war das eine Art Getränkemarkt. Und da war Selbstbedienung sogar sehr wichtig. Man stelle sich vor, jeder im Getränkemarkt würde persönlich bedient werden wollen. Nein, umgekehrt war es! Er war selbst für sich verantwortlich. Alles andere, als für sich selbst zu sorgen, war mehr als unhöflich. Und Höflichkeit war das A und O, besonders in Frankreich, dem Land, wo jeder Satz mit einem Madame, Monsieur, Mademoiselle endet oder beginnt.

Wenn man in Deutschland im Park einem Rentner begegnete, der einen mit den Worten „Guten Tag, mein Herr" begrüßte, sah man sofort erschrocken auf die Uhr, um sicherzugehen, dass man keine Zeitreise ins Dritte Reich gemacht hatte. Aber die Leichtigkeit der Südeuropäer war den Deutschen niemals vergönnt. Damals nicht und heute nicht. Wer erinnerte sich schon daran, dass Italien am 2. Weltkrieg nicht gänzlich unbeteiligt war? Niemand. Allein der Klang dieser Sprachen. Französisch. Italienisch. Mit Abstrichen auch Spanisch, was durch das stark vertretene „r" etwas rauer ist.

Alles mehr blumiger Sing-Sang als Sprache. Monsieur. Signore. Señor. („r") Herr.

Man merkt es schon selbst, wenn man denn möchte. Deutsch war mehr Amtssprache. Viel mehr musste man gar nicht verstehen, um neben dem wetterbezogenen Faktor zu erkennen, warum die Länder stark differenzierte Mentalitäten aufwiesen. Natürlich alles Stereotype, aber die gehörten dazu. Und was sollte man machen? Man musste sich Meinungen zu Themen bilden. Das erwarteten schließlich alle. Wenn jemand fragte „Und, wie findest du den Irak?" konnte man schlecht antworten: „Kann ich nicht sagen, war noch nie da."

Ein jeder war gefordert, sich Meinungen durch eine Vielzahl an Gerüchten, Vorurteilen und Pressemitteilungen zusammenzubauen. Bestimmt waren auch richtige Dinge dabei. Aber was stimmte und was nicht, konnte am Ende keiner mehr entwirren. Und so klaubte jeder behutsam seine Informationen zusammen, bis man endlich so weit war, beim Thema Irak wie aus der Pistole geschossen zu erwidern: „Krieg! Atomwaffen! Schnurrbärte!"

Wer das nicht konnte, blieb gesellschaftlich außen vor. Und das war richtig so. Manchmal frustrierte das Mats. Während er nebenher die Welt entschlüsselte, tranken Anna und der graue Franzose entspannt Wein. Die Aufgaben im Leben sind nicht immer gerecht verteilt.

Dezent griff er nach der Flasche Grand Petit und schenkte sich still und leise nach. Ganz allein aus reiner Höflichkeit. Schließlich waren sie auf einer französischen Enklave. Der graue Wolf realisierte dies mit einem kurzen Blick, schenkte ihm aber weiter keine Beachtung. Dafür war er zu sehr in das Gespräch mit Anna vertieft.

„Was sagten Sie anfangs, Madame? Sie haben ein eigenes Geschäft oder eine Kette, die Sie betreiben?"

Anna blickte verlegen. „Oh nein, es ist keine Kette. Ich habe nur einen kleinen Weinladen in der Stadt. Es ist nur ein größerer Raum mit knapp 80 Weinen aus verschiedenen Ländern."

„Ich verstehe. Und Sie wären interessiert daran, den „Le Grand Petit" in Ihr Programm aufzunehmen?"

„Oh ja. Absolut", entgegnete Anna euphorisch. „Ich wäre sehr daran interessiert. Es ist nach meinem Erachten ein fantastischer Wein. Es wäre mir eine große Ehre." Sie war zwischendurch so aufgeregt, dass es Mats wehtat zuzusehen. Noch nie hatte er sie so erlebt.

„Madame, Ihr Laden ... wäre es möglich, dass ich ihn mir einmal ansehe?"

„Meinen Laden ansehen?", fragte Anna unsicher.

„Natürlich nur, wenn es möglich und Ihnen recht ist, Madame."

„Ja, das ist selbstverständlich möglich. Ich ... wann möchten Sie ihn sich denn ansehen?"

„Wenn Ihre Zeit es erlaubt, würde ich Sie morgen dort besuchen, Madame. Wäre das in Ordnung für Sie?"

„Ja, ja, das wäre möglich. Um wie viel Uhr möchten Sie kommen?"

„Lassen Sie mich kurz nachsehen bitte." Er zog ein schwarzes Notizbuch aus seinem Jackett und blätterte darin. „Hm, wenn es Ihnen möglich ist, würde ich direkt morgens kommen ... sagen wir gegen 10 Uhr? Eventuell etwas später, da ich davor noch einen anderen Termin habe."

„Das passt mir wunderbar. 10 Uhr ist perfekt." Sie kramte in ihrer Tasche. „Ich gebe Ihnen meine Visitenkarte, da steht Name, Adresse und alles Wichtige drauf."

„Sehr gut. Vielen Dank, Madame." Er steckte die Karte ein und erhob sich. Anna und Mats taten es ihm gleich.

„Oh nein, bitte bleiben Sie. Probieren Sie in Ruhe zu Ende. Kosten Sie bitte auch noch den Rosé- und Weißwein. Der Rote ist keine Garantie, dass Ihnen die anderen ebenfalls gefallen. Ansonsten sind Sie selbstverständlich eingeladen, alle weiteren Produkte unseres Hauses zu probieren."

„Das ist sehr nett. Herzlichen Dank", entgegneten Anna und Mats unisono.

„Madame, Sie verzeihen, ich muss mich nun leider entschuldigen. Es hat mich gefreut, Sie kennenzulernen. Bitte, nehmen Sie noch meine Karte. Unter der Telefonnummer können Sie mich jederzeit erreichen. Madame, Monsieur", zunickend verabschiedete er sich und verließ den Tisch.

Anna strich behutsam mit dem Zeigefinger über die Visitenkarte in ihrer Hand. Ihre Augen leuchteten, als sie Mats ansah und flüsterte. „Jean-Marc Melville ... Jean-Marc Melville!"

Kapitel 15: Und es nützt die Liebe in Gedanken

„Jean-Marc Melville! Wir saßen mit Jean-Marc Melville an einem Tisch und haben mit ihm geredet. Und er kommt meinen Laden ansehen. Morgen schon. Jean-Marc Melville! Das ist unglaublich."

Annas Leidenschaft war mit Endorphin überschwemmt worden. Sie war außer sich. Die ganze Anspannung hatte ihren Körper verlassen. Sie wirkte befreit und überglücklich. Mats freute sich sehr für sie. Das Endorphin machte sie noch anziehender. Trotzdem hoffte er, dass nicht jeder Weinbudenbesitzer eine Art Popstar war. Denn spätestens beim dritten würde Anna auffallen, mit was für einem Loser sie selbst eigentlich unterwegs war. Aber soweit er verstanden hatte, gab es nur eine Person vom Status dieses Melville.

„Selbst wenn es nicht klappt am Ende ... allein, dass die Chance besteht und er meinen Laden ansehen kommt, ist unvorstellbar. Es ist so schwer, von Melville als Händler angenommen zu werden. Davon träumen so viele."

Anna redete wie ein Wasserfall. „Oh, komm. Das müssen wir feiern. Wir suchen uns irgendeinen kleinen Stand, wo wir in Ruhe, ohne groß beraten zu werden, etwas trinken können."

Sie stoppte und küsste Mats auf die Wange. „Danke. Wirklich danke, dass du mitgekommen bist. Glaube nicht, dass das ohne dich geklappt hätte."

Mats' Pulsschlag erhöhte sich. „Ach, Unsinn. Mit mir hat er gar nicht geredet. Ich habe doch nur dabeigesessen und zugehört."

„Vielleicht. Aber das sind alles Machos. Ich glaube nicht, dass er sich überhaupt mit mir an den Tisch gesetzt hätte, wenn ich alleine gewesen wäre." Vorsichtig richtete sie beiläufig Mats' Hemdkragen. Ihre Hand ruhte dabei für einen Moment auf seiner Schulter.

„Ernsthaft. Ich bin total glücklich, dass du heute dabei bist." Ihre Augen trafen sich.

Doch Mats konnte ihrem Blick nicht standhalten. Er hatte vergessen zu atmen und rang nun fast nach Luft. Diese Sekunden hatten sich angefühlt wie ihr erster, richtiger Kuss. Der, an den man sich erinnert. Der Moment, an dem alles begann.

Selbst wenn beide wollten, war der erste Kuss stets eine große Hürde. Er manifestiert das Erlebte oder zerstört das, was bis hierhin Bestand hatte. Das Flirten, die Unbekümmertheit, diese aufregende Anspannung, die alle kennen, aber keiner richtig beschreiben kann. All das ist ausgerichtet auf den ersten Kuss. Er ist das Ziel. Das Finale. Aber er setzt auch einen Schlusspunkt unter das Bestehende. Er schafft eine Verbindlichkeit, die man manchmal gar nicht will. Oder zumindest noch nicht. Mats wollte Verbindlichkeit. Jedenfalls bei Anna. So unverbindlich sein Leben war, so sehr wünschte er sich doch ein Stück Beständigkeit. Stabilität. Aber an der richtigen Stelle.

Der Moment war weg. Nun setzte der Ärger ein. Was hatte ihn zögern lassen? Was, wenn kein zweiter Moment mehr kam? Wenn man die bequeme, platonische Anfangsebene nicht rechtzeitig verlässt, wird es irgendwann unmöglich, diese Ebene hinter sich zu lassen. Man hängt fest. Und dann ist es vorbei. Beide wissen es, aber weil man sich mag, quält man sich noch monate-, manchmal jahrelang gegenseitig damit, die Zeit zurückzudrehen. Was nicht geht.

„Ich bin auch froh. Freue mich sehr, dass du mich mitgenommen hast", versuchte er, die Situation zumindest verbal zu retten. Aber sie schien den Moment bereits abgehakt zu haben.

Ihre Augen leuchteten ihn weiterhin an und auch den Körperkontakt erhielt sie aufrecht. „Komm. Wir suchen uns einen netten Platz und stoßen an. Auf die Messe, Jean-Marc Melville und vor allem dich und mich."

Sie schlenderten zum Ende von Halle 5 und wechselten in 4 über. Spanien war insgesamt doch übersichtlicher als Frankreich. Ebenso reduzierte sich das Fahnenmeer merklich. Man konnte deutlich spüren, dass man es mit einem in sich zerrissenen Land zu tun hatte. Im Gegensatz zur Grand Nation Frankreich legten die Erzeuger viel mehr Wert auf die eigene Region. Mats sah viele Zeichen oder auch kleine Fahnen der jeweiligen Gegenden. Aber kaum Nationalfahnen. Es präsentierte sich als eine Ansammlung von Partikularinteressen und alten Rivalitäten.

Während Frankreich wie eine einzige große Einheit dahergekommen war, existierte hier selten ein Miteinander. Dies machte die Zusammenarbeit mit den spanischen Erzeugern in Teilen schwieriger. Es gab weniger Zusammenschlüsse, sei es beim Vertrieb oder Transport. Jeder schmorte in seinem eigenen Saft. Das offenbarte Chancen, kleine, unbekannte Erzeuger zu finden, erschwerte parallel aber auch die logistische Seite oftmals.

Für Anna war es relativ egal. Sie führte nur eine kleine Anzahl spanischer Weine und plante nicht, die Erzeuger auszuwechseln oder neue aufzunehmen. Vor zehn Jahren hatten die Spanier den deutschen Markt förmlich erobert. Die Qualität war plötzlich massiv gestiegen und es gab eine Fülle an erschwinglichen, hervorragenden Weinen, die Frankreich und Italien oftmals hinter sich ließen.

Doch mit der Zeit hatte sich das Preisniveau nach und nach angeglichen und eine Vielzahl der deutschen Kunden war zu den französischen und italienischen Erzeugern zurückgekehrt.

„Ich weiß nicht recht. Ich denke, es liegt primär an Tempranillo. Mir fehlt schlichtweg die Frucht. Auch wenn das für einen Weinhändler eine katastrophale Aussage ist, denn selbstverständlich gibt es sehr fruchtige Tempranillo-Weine. Keine Ahnung, ich finde selten den richtigen Zugang zu den Spaniern."

Sie nahm einen großen Schluck und hielt ihn einige Sekunden lang im Mund, bis sie ihn runterschluckte. Fast schmerzverzerrt legte sich ihr Gesicht in Falten.

„Siehst du, der ist ein gutes Beispiel dafür. Eigentlich ein toller Wein. Navarra, tolle Region. Toller Cuvée mit Cabernet und einem Hauch Merlot. Aber die Frucht des Merlots kommt gar nicht durch. Stattdessen liegt über allem dieses austauschbare Tempranillo-Aroma. Das ist mir einfach zu eintönig." Sie kicherte. „Vielleicht hängt es einfach mit meiner Persönlichkeitsstruktur zusammen. Tempranillo ist mir irgendwie zu grau. Ich dagegen bin schwarz oder weiß. Und niemals grau."

Sie schmunzelte über sich selbst, aber fuhr fort. „Das sollten Wissenschaftler mal analysieren. Die Effekte der Persönlichkeit auf die Ernährung. Das wäre sicher hochinteressant."

Mats nippte an seinem gut schmeckenden, spanischen Rotwein. Seine eigene Analyse des Weins war ganz ähnlich ausgefallen. Sehr dunkle Farbe, gleich viel Alkohol. Kleinen Schluck genommen, um Eindruck zu festigen. Großen Schluck genommen, um Eindruck endgültig zu verifizieren. Ein geprüfter Blick auf den Flaschenrücken. 14,5 %. Wie vermutet. Er war nicht so gut mit Reben. Eher mit Prozenten. Glücklicherweise hatte die Kohlensäure seinen Körper verlassen oder sich in neue Gehirnzellen verwandelt, was wahrscheinlicher war.

Die kleinen Tapas inklusive Oliven und Brot, die zwischendurch von Hostessen – sie brachten auch Essen, was konnten sie eigentlich nicht? – auf ihren Tisch gestellt wurden, gaben Mats zudem den dringend benötigten Elektrolyt-Boost. Sein Flauheitsgefühl verschwand und der spanische Traubensaft spannte sich wie ein warmer Teppich über ihn.

„Du meinst, so wie – ungebildet, asozial, fett frisst lauter Fast Food und andere Scheiße? So wie in diesen Reportagen im Fernsehen? So was gibt es schon."

„Nein, so was mein ich nicht. Das ist ein wenig zu plakativ. Mehr Tiefenpsychologie. Eher so wie – isst ein Mensch, der neurotisch ist, viele eigenartige, ungewöhnliche Dinge, weil er selbst ungewöhnlich ist? Oder ist es genau entgegengesetzt, denn gerade weil er ungewöhnlich ist sucht er bei der Ernährung Stabilität, Standards, letztlich die Gewöhnlichkeit?"

„Verstehe. Also mehr – ein Arschloch isst viel Wurst, weil man sich davon scheiße fühlt, aber gerade, weil es ein Arschloch ist, möchte es sich ja scheiße fühlen. Würde es mehr Möhren essen, würde er sich weniger scheiße fühlen und wäre damit gar kein Arschloch mehr, was ihm aber wiederum seine Persönlichkeit nehmen würde."

„Exakt. Das kann man natürlich noch ewig weiterdenken. War zuerst das Arschloch oder die Wurst da? Vielleicht ist es auch gar nicht die Wurst. Eventuell machen Möhren viel öfter aus Menschen Arschlöcher. Oder die Möhre ist unschuldig. Aber sie wird von besonders vielen Arschlöchern gegessen. Und dann muss man die Frage beantworten: Warum essen Arschlöcher Möhren?"

Anna beugte sich nach vorne. „Stelle mir das jedenfalls sehr komplex vor. Da spielen auch noch Vitamine, Hormone usw. mit rein. Vermutlich hat es deswegen noch keiner untersucht. Weil man es nicht analysieren kann. Es gibt schlichtweg zu viele Einflussgrößen."

Mats dachte angestrengt nach. Aß er irgendwelche Dinge besonders regelmäßig, die auf seine Persönlichkeit schließen ließen? Was aßen eigentlich Erwin, Uwe und Rainer? Er hatte sie praktisch nie essen gesehen. Eigenartig. Bis heute war ihm das nie groß aufgefallen, aber sie aßen tatsächlich nicht. Jedenfalls sah er sie nicht dabei. Wenig zu essen war bei dem Trinkpensum normal. Aber gar nicht?

Erwin aß oft dieses Russischbrot aus den blauen Tüten. Mats war das zu süß.

Gerade beim Trinken. Das war ein Keksgebäck. Kekse gab's zum Tee oder Kaffee, aber nicht zum Wodka. Außerdem war es eine Kinder- und Seniorensüßigkeit. Kein Erwachsener konsumierte das. Doch Erwin schien auch mehr begeistert von der Buchstabenform zu sein als vom eigentlichen Geschmack. Gelegentlich legte er ganze Sätze mit den bekloppten Keksen auf den Tisch und freute sich wie ein kleines Kind dabei. Was sagte das aus? Erwin war hochbegabt und es wurde nie erkannt? Ein Leben in Unterforderung? Dann lieber Wurst essen und Arschloch sein.

„Tja, da könntest du Recht haben. Habe gerade überlegt, ob ich jemanden kenne, der etwas Bestimmtes isst, was auf seine Persönlichkeit schließen lässt. Aber so richtig ist mir da nichts eingefallen."

„Weißt du, was ich mal gelesen habe? Die meisten glücklichen Beziehungen, die auch nach langer Zeit noch Bestand haben, beruhen auf einer ähnlichen Ernährung der Partner. Über 90 % Prozent der Paare, die ihre Beziehung als glücklich bezeichnen, haben die gleichen Lieblingsgerichte. Daher muss es einen Einfluss geben."

„Hm, also wenn ich von mir ausgehe ... mir ist es relativ egal, ob eine Frau, dieselben Dinge isst wie ich. Frauen essen sowieso meistens gesünder. Und es spricht nichts dagegen, dass ich ein Steak im Restaurant bestelle, während sie einen Salat nimmt", wandte Mats ein.

Würde er das tatsächlich machen, wenn er mit Anna essen gehen würde? Wenn eine Wurst aus einem ein Arschloch machen konnte, wozu war dann ein Steak fähig?

„Restaurant ist egal. Es geht vielmehr um das „Zu-Hause-essen". Anfangs spielt das auch keine Rolle. Aber mit der Zeit eben schon. Wenn man sich kennenlernt, findet man auch die kleinen Eigenheiten des anderen irgendwie nett. Man mag sie nicht, wenn sie einem überhaupt auffallen, aber sie stören nicht. Sie sind wie eine kleine, liebenswerte Macke. Mit der Zeit aber verliert sich das Liebenswerte. Weil sich die Eigenschaft verstärkt. Wie alle Eigenschaften im Alter. Der Mensch hört auf, sich zu verstellen. Am Ende des Lebens ist man praktisch pur. Man wird wieder zum Kind. Man schert sich nicht mehr um die Außenwirkung. Der Vorhang wird hochgezogen und alles, Gutes wie Schlechtes, offenbart sich. Das ist ein Prozess, den wir alle durchlaufen. Kommt von ganz alleine." Anna griff nach der Flasche und schenkte ihnen nach.

„Und deshalb ist es so so wichtig, dass du, wenn du mich eines Tages heiraten und mit mir zehn Kinder haben möchtest, absolut jede Geschmacksnuance komplett analog empfindest. Sonst wird das auf Dauer nichts." Wieder funkelte sie ihn erwartungsfroh an. Doch ihre ernste Miene hielt ihrer Lachattacke nicht lange genug stand.

„Nein, sicher nicht ganz. Aber das spielt schon eine große Rolle, befürchte ich. Erschreckend, oder? Man liebt sich, hat vielleicht Kinder zusammen und irgendwann trennt man sich. Und wenn man sich fragt, warum überhaupt, dann stellt man fest, dass es Banalitäten waren, über die man früher gelacht hat. Die man für sich selbst für unmöglich gehalten hat. Dann steht man plötzlich da und merkt, dass man genauso geworden ist wie alle anderen."

Ihre letzten Worte klangen sehr nachdenklich. Von Rotwein geschwängert um die Mittagszeit. Für ein solches Gespräch bedurfte es eigentlich Dunkelheit. Im Schutze der Nacht ließen sich Wahrheiten besser aussprechen.

Zwar bot die spanische Probierstube, in der sie nun schon seit einiger Zeit saßen, unter ihrer Plane einen gewissen Schutz vor den grellen Messelampen und ein ausreichendes Maß an Anonymität, doch Kerzenscheinatmosphäre kam weniger auf. Der kleine Holzklapptisch, an dem sie saßen, suggerierte mehr Festzelt als Rendezvous. Trotzdem gab er Mats ein Gefühl von Intimität. Er war wie eine kleine Insel, auf der sie gestrandet waren. Gerade groß genug für sie beide und den Wein. Aber für nichts mehr.

Anna sah nicht traurig aus. Und doch ein wenig zu ernst. Mats hätte gerne ihre Hand genommen. Ihr gesagt, dass auf sie diese Banalitäten nicht warten würden, weil sie zusammen niemals banal sein würden. Er sie niemals dafür hassen würde, ihre offene Zahncremetube wieder verschließen zu müssen. Er ihre Launen tolerieren würde. Er sie auch in hundert Jahren noch so ansehen würde, wie er es gerade tat.

„Man muss ja nicht so werden wie alle anderen. Wenn man weiß, dass es die Kleinigkeiten sind, kann man sich das vor Augen führen und es wird nicht daran scheitern." Inzwischen hatte er den Spitoon gänzlich aufgegeben. Das machte sowieso keinen Sinn. Und der Wein war, trotz Tempranillo, gut. Fand Mats. Und schluckte ihn großzügig runter.

„Das weiß man aber später nicht mehr. Es ist ja nicht neu. Jeder kennt diese Geschichte. Das, was man früher geliebt hat, hasst man später. Jeder hätte die Chance, sich auf diese Entwicklung vorzubereiten. Aber der Mensch vergisst leider. Und wenn man sich doch erinnert, dann vielmehr so, dass man diese Dinge schon von Anfang an gehasst hat. Niemand kann sich darauf einstellen. Sonst wäre es leicht. Dann würde man sich selbst einfach ermahnen, wenn das Gefühl aufkommt und alles wäre gut. Aber so ist es nicht. Man merkt gar nicht, dass man scheiße wird. Denn das ist das Entscheidende: Nicht der andere ist scheiße geworden, sondern man selbst."

„Das liegt aber dann an der Wurst. Oder der Möhre. Kommt auf den Charakter an."

Anna lachte befreit auf. „Genau. Der Schlüssel zu einer glücklichen Beziehung liegt auf dem Rücken einer Wurst. Wollte jetzt auch nicht zu ernst klingen. Vielleicht spielt das Essen auch nicht die entscheidende Rolle. Wahrscheinlich ist es eine Ansammlung an Kleinigkeiten, die viele scheitern lässt. Und das ist schon tragisch, finde ich. Dann doch bitte lieber ein dramatisches Ende voller Betrug, Lügen und zerbrochenem Geschirr!"

„Du bist ja auch schwarz und weiß. Und niemals grau." Mats leerte sein Glas.

Langsam hatte er das Gefühl, dass das Licht ausreichend gedimmt war. Vielleicht waren es aber auch seine gedimmten Sinne. Er streifte leicht mit der Zunge über die Backenzähne. Der Geschmack des Tempranillo hallte angemessen nach. Obwohl er grau war.

Anna beugte sich vor und griff mit ihrer linken Hand nach seinem Hemdkragen. Langsam, sehr langsam zog sie ihn näher zu sich. Als ihre Gesichter nur noch wenige Zentimeter trennten, waren Annas Augen bereits geschlossen. Mats wusste, was passieren würde. Und doch war er zu überrascht, um seine Augen zu schließen. Er konnte seinen Blick nicht von ihr abwenden. Erst, als Anna ihn zärtlich auf den Mund küsste, fiel er in sich zusammen.

In seiner eigenen Dunkelheit konnte er jedes noch so kleine Geräusch wahrnehmen. Er hörte das Blut durch seine Adern strömen. Wie ein reißender Fluss schoss es umher, unterbrochen nur von den lauten rhythmischen Schlägen seines Herzens.

Ihre Lippen berührten seine Oberlippe und machten ein ganz leises, kaum wahrnehmbares Kussgeräusch. Mats war unsicher, wie er den Kuss erwidern sollte. Behutsam bewegte er seine Unterlippe ein wenig nach vorn. So wie man versucht, etwas auf den Lippen zu schmecken. Anna zog ihren Mund um Millimeter zurück, ohne die Berührung seiner Lippen zu stoppen.

Der zweite Kuss war intensiver. Leidenschaftlicher. Ihre Lippen umschlossen seinen Mund. Mats konnte den Lippenstift schmecken. Erst als sich ihre Lippen zurückzogen, öffnete er wieder seine Augen und sah sie an.

Ihre Gesichter waren noch sehr nah beieinander. Ihr Atem war ein Gemisch aus Rotwein, ein wenig Knoblauch von den eingelegten Oliven und ihrem atemberaubenden Parfüm. Ihre Augen waren verträumt und sahen ein wenig verschlafen aus. Vielleicht war das auch ein Traum.

„Das war gerade sehr süß von dir." Ihr Daumen streichelte über seine Wange.

Mats schnappte nach Luft. Wieder hatte er das Atmen vergessen. Aber das war nicht wichtig. Wichtig war, dass er Anna geküsst und es überlebt hatte. Noch vor wenigen Tagen wäre er mit Sicherheit in Ohnmacht gefallen. Was einfach nur extrem männlich gewesen wäre. Ganz, ganz sicher hätten sie sich ein zweites Mal geküsst, wenn er aus der Ohnmacht wieder erwacht wäre ...

Der Kuss war noch viel fantastischer gewesen als in seinen Vorstellungen. War Anna in seinen Träumen mehr ein überhöhtes Wesen, dem er kaum jemals genügen konnte, so war die Realität eine andere. Das gerade hatte sich richtig angefühlt. Aufregend, wunderschön, aber vor allem richtig.

„Der Kuss? Wenn ich ganz ehrlich bin, hast du eher mich geküsst." Zufrieden lächelte er sie an.

„Ja. Du hast Recht, ich habe dich geküsst." Ohne ihren Blick abzuwenden oder ihr Gesicht weiter von ihm zu entfernen, fuhr sie fort. „Ich meinte aber vielmehr das, was du vor dem Kuss gesagt hast."

„Das mit schwarz und weiß?"

„Ja, das und ... irgendwie noch ganz viel anderes, glaube ich." Anna machte eine Pause. „Du hast heute eine Menge süßer Dinge gesagt, fand ich."

„Oh ja? Was denn noch alles? Wobei ich gestehen muss, dass man als Mann von der Beschreibung *süß* nicht immer so wahnsinnig begeistert ist."

Sein Hochgefühl machte ihn größenwahnsinnig, aber er verpackte alles mit einem ironischen Gesichtsausdruck. *Süß* hatte ihn eine Frau das letzte Mal genannt, als er in die 5. Klasse gekommen war. *Süß* zu sein fühlte sich nach Pubertät und Zahnspange an. Nicht nach einem Mann.

Halt, Corinne, seine Ex, die siebenfache, weiterhin berufstätige, überglückliche Reihenhaus-Mutti aus den Vororten hatte ihn auch *süß* genannt. Als er ihr zum Geburtstag eine Kuschelrock-CD geschenkt hatte. Natürlich hatte Mats ihren Scheiß-Geburtstag vergessen. Ganz sicher vor allem, weil die Bekloppte schon drei Monate davor begonnen hatte, davon zu reden. Auf jeden Fall war er so spät dran, dass die Geschäfte schon dicht gewesen waren. Und da ihm eine Backmischung aus dem Supermarkt schwierig erschienen war, erwies sich die Resterampe der Aral Tankstelle als wahrer Fundus romantischer Geschenke. Dazu noch eine der bezaubernden Rosen, das Aral-Preisschild entfernt, und als Krönung einen Sekt der mittleren Preisklasse. Wovon konnte Frau mehr träumen? Leider hatte er mit Corinne nur diesen einen Geburtstag erlebt. Es wäre mit das Spannendste an ihrer Beziehung gewesen, ob sich die Geburtstagsgeschenke fortschreiben ließen. Jedes Jahr Kuschelrock. So wie ein Paar Socken zu Weihnachten von der entfernten Tante. Dazu ein Glas Sekt. Und dann natürlich Geburtstagssex. Ein Leben in Langeweile.

Corinne war objektiv toll gewesen. Sie sah wirklich gut aus. War gebildet. Gesellschaftlich betrachtet klug. Aber die Langeweile tropfte ihr aus jeder Pore. Seine Mutter hatte geweint, als sie sich trennten. Dabei hatte Mats gelogen und ihr erzählt, dass Corinne mit ihm Schluss gemacht hatte und nicht umgekehrt. *„Das war ja leider zu erwarten"*, hatte seine Mutter gesagt. Waren das die Kleinigkeiten, die Anna meinte? Jedes Jahr das gleiche Geschenk? Sich nicht mehr um den anderen bemühen?

Wobei Kuschelrock an und für sich gut war. Das hatte in den 90er-Jahren Millionen von Männern vor Geschenkideenmangel bewahrt. Wahrscheinlich wäre ohne Kuschelrock sogar die Gesamtbevölkerung eingebrochen. Kein ungehemmter und verhütungsloser Geburtstagssex mehr. Eigentlich müsste man die Kuschelrockmacher auf Unterhaltszahlungen verklagen. Wie schuldfähig war man selbst noch, wenn der kleine Kai nur entstanden war, weil man vollgepumpt mit kohlesäurehaltigem Alkohol und einem *I love you* hauchenden Lionel

Richie sich nur ganz kurz der Situation hingegeben hatte? Genau. Gar nicht. Glücklicherweise war der kleine Kai für Mats ausgefallen. Corinne hatte trotz Pille auf Kondome bestanden, da sie sich noch nicht so lange kannten. Mats war das sehr recht gewesen. Manchmal war es mehr als gut, ein doppeltes Netz im Leben zu spannen.

„Nein? Wieso ist *süß* nicht gut?", staunte Anna.

„Weiß ich nicht. Denke, Männer sind nicht so richtig *süß* an sich. *Süß* fühlt sich für Frauen richtig an. Ein bisschen rosa halt."

„Ich verstehe. Und rosa bist du natürlich auf keinen Fall in deiner Wahrnehmung. Das wäre nicht männlich genug." Anna war nun sichtlich amüsiert.

„Nicht so richtig." Trotzdem wollte Mats den Bogen nicht überspannen. „Aber selbstverständlich nehme ich es als sehr nettes Kompliment wahr und es freut mich natürlich."

„Natürlich. Also, ich finde, dass du heute viele *süße*, tolle Sachen gesagt hast. Klingt das ein wenig besser für meinen extrem männlichen Begleiter?"

Jetzt kam sich Mats trotz Alkohol und Hochgefühl albern vor. Wie irgendein Nerd, den Dinge beschäftigen, die niemanden sonst interessieren. Er schämte sich ein wenig.

„Ja, viel besser. Beides super. *Süß* ist aber auch toll. Für dich ist es scheinbar auch nicht so rosa wie für mich. Glaube, mich hat das nur an jemanden erinnert, der mich früher *süß* nannte."

„Doch, doch. Ist total rosa für mich. Schon fast hellrosa."

„Hellrosa? Wirklich? Wenn das so ist, nehme ich das Kompliment gerne an. Nehme mir aber offiziell vor, männlicher in meinem Auftritt zu werden." Mein Gott. Er brachte sich wieder selbst in Schwierigkeiten. Alles war bestens und er startete ein Gespräch über *süß*.

Anna prustete so laut los, dass er etwas von ihrem Speichel ins Gesicht bekam. Das war er gewohnt. Speichel anderer Personen fand praktisch jeden Tag den Weg in sein Gesicht. Mit wachsender Getränkeanzahl war es stets nur eine Frage der Zeit, bis Mund, Zunge und Sprache ihr koordinatives Gleichgewicht einbüßten und jeden Laut mit einem feuchten Anstrich versahen. Besonders Uwe konnte ein kleines Verbal-Lama sein. Hatte Mats anfangs noch Hautausschläge bei sich erwartet, die ausgeblieben waren, so war mit der Zeit fast eine gewisse Gewohnheit eingetreten. Es brachte wenig bis nichts, die Leute darauf hinzuweisen. Trotzdem war das alles andere als angenehm.

Annas Speichel dagegen war wie ein Sommergewitter. Eine angenehme Abkühlung nach einem heißen Tag. Er mochte ihren Speichel. Sollte er dies äußern? Sicherlich hatten ihr noch nicht viele Männer gesagt, dass sie ihren Speichel in ihrem Gesicht mochten. Alleinstellungsmerkmal. Oder Supernerd. Eher perverser Supernerd. Lieber nicht.

Anna beruhigte sich langsam wieder. „Manchmal bist du eigenartig. Aber ich mag das. Wirklich. Kein Grund irgendwas zu ändern. Im Ernst, ich finde es sehr angenehm, mit einem Mann Zeit zu verbringen, der nicht permanent damit beschäftigt ist, sich selbst zu inszenieren. Du glaubst gar nicht, wie viele Typen es von dieser Sorte gibt."

Wenn Anna nur wüsste. Mats lebte praktisch am Erdkern der Selbstinszenierung. Bei Erwin war nicht die Frage, ob er sich selbst inszenierte, sondern vielmehr, auf welche Facetten seiner Persönlichkeit er tagtäglich den Schwerpunkt legte. Jeder in der Spielothek spielte eine Rolle. Und wie viel davon am Ende richtiges Leben war, wusste keiner. War auch nicht wichtig. Wenn man jemanden kennenlernt, wünscht man sich natürlich, dass all das Aufregende, Tolle oder Süße auch der Realität entspricht, aber eigentlich interessiert es nicht. Manchmal kann alleine die Vorstellung glücklich machen. Und wenn sich die Vorstellung auflöst, ist man trotzdem glücklich gewesen, zumindest für einen Moment. Und das ist besser als nichts, oder?

Zumindest inszenierte sich in der Spielothek niemand – von Carmen abgesehen – auf sexuelle Weise. Mats hatte keine Ahnung, welchen Männern Anna begegnete, aber er war sicher, dass eine Armee von Arschgeigen hinter jeder Ecke lauerte.

„Ich inszeniere mich auch selbst. Nur subtiler."

Sie strahlte glücklich. „Also, wenn das eine Inszenierung ist, dann ist sie wirklich perfekt. Wenn hinter dieser Fassade, ein chauvinistisches, arrogantes Schwein lebt, dann werde ich zu einem späteren Zeitpunkt meine Niederlage problemlos eingestehen und mich dieser perfekten Täuschung unterwerfen."

„Ich befürchte, ich inszeniere mich nicht. Aber es gibt, glaube ich, auch nicht zehn wundervolle Dinge, die man noch an mir entdecken kann."

„Da wäre ich mir nicht so sicher. Aber vielleicht halten wir fest: Ohne Inszenierung süß und toll. Klingt das gut für dich?"

Mats nickte. „Ja, absolut. Hört sich absolut gut an."

Wen kann man schon dauerhaft lieben? Drei, vier, vielleicht fünf Jahre kann man sehr viele Menschen lieben. Aber darüber hinaus? Wer ist so, dass man ihn auch nach 20 Jahren noch liebt? Niemand. Deshalb ist es genau richtig, nach einiger Zeit jemand anderen kennenzulernen und weiterzuziehen, weil es nur um den Anfangszauber geht und man diesen so oft wie möglich erleben sollte. Alle wissen das. Alle leugnen es.

Blind griff er nach der Medikamentenpackung auf seinem Nachttisch. Dabei tuschierte er irgendeine Flasche, die unter Getöse auf den Holzboden knallte und quer durch den Raum rollte. Reflexartig hob er seinen Kopf an und sofort setzte ein massives Pochen unter seiner Stirn ein. Das hatte er vergessen. Verdrängt. Den Tag danach. Das Aufstehen. Oder auch das Liegenbleiben. Langsam ließ er seinen Kopf wieder ins Kissen sacken. Besser.

Aber es half nichts. Prinzipiell war es scheißegal, aber nachdem er gestern Abend bereits seinen Mageninhalt irgendwann erbrochen hatte, würde sein Körper gegen ein paar Schmerzpräparate kein Veto einlegen. Sterben war das eine. Sterben unter Schmerzen das andere. Wenn er Dr. Afarid richtig verstanden hatte, war vor allem Kontinuität wichtig. Unterbrach er das schmerzstillende Grundrauschen zu lange, konnte es mehrere Tage dauern, bis sein Körper wieder entsprechend darauf reagierte. Oder er brauchte was Härteres. Aber dann musste er wieder in die Sprechstunde und ins Krankenhaus. Und das wollte er nicht. Er war zu oft dort gewesen. Es war genug. Also schön schlucken jetzt. Selbst wenn er später kotzen würde, wären die Tabletten bis dahin längst verarbeitet. Zudem halfen die bestimmt auch gegen das Pochen.

Zielsicherer, ohne seinen Kopf anzuheben, fischte er die Schachtel vom Nachttisch herunter und spülte zwei Kapseln mit einem Restschluck Bier runter. Bier war nicht sein Getränk. Nicht als er jung gewesen war. Nicht als er getrunken hatte. Und als er trocken war sowieso nicht. Bier war *„In der Not frisst man Fliegen"*, wo kam das überhaupt her?

Gedankenverloren saugte er den letzten Tropfen aus der Flasche. Nein. Nichts. Spielothek, Theke, Wodka – ja. Von Theke aufstehen, Spielothek verlassen, nach

Hause gehen, gefahren, getragen werden, Tür aufschließen, ins Bett legen – nein. Wenn jeder Tag ein Filmriss ist, ist es einfacher, seine Erinnerungen zusammenzuhalten. Es bleiben nur wenige.

Irgendwie hatte er alles verbockt. Monika und er waren knapp drei Jahre zusammen gewesen. Vielleicht hätte ihre Trennung kurz bevorgestanden. In wenigen Wochen. Monaten. Oder in zwei Jahren. Sie hätten sich neue Partner gesucht und wären glücklich geworden. Neuer Anfangszauber. Rainers Leben wäre komplett anders verlaufen. Und Monikas auch.

Zumindest er hatte die Chance gehabt weiterzuleben. Irgendwann drüber hinwegzukommen. Es zu überstehen. Warum hatte er das nicht geschafft? So sehr die Schuld, die nicht die seine war, auf ihm lastete, so wenig war sie am Ende die Entschuldigung für sein Versagen.

Vorsichtig setzte er sich auf. Mit dem Bett schien so weit alles klar zu sein. Ebenso hatte er es noch geschafft sich auszuziehen. Zwar etwas zu viel, Rainer trug nur noch sein Unterhemd, aber im Vergleich zu „komplette Montur und pitschnass vom Eigenurin" war das mehr als passabel heute.

Das Problem war, dass Monika sich nicht so angefühlt hatte. Nicht wie jemand, den man nur drei Jahre lang liebt. Sondern länger. Weit darüber hinaus. Wenn sie ihn irgendwann verlassen hätte, wäre das in Ordnung gewesen. Natürlich schrecklich und tragisch, aber er hätte sie immer zu sehr geliebt, um sie zu hassen. Und selbst die Vorstellung, dass sie mit einem anderen Mann glücklich wäre, hätte ihm mehr Glück gegeben, als sie an seiner eigenen Seite unglücklich zu sehen. Aber sie war nicht glücklich geworden. Oder unglücklich. Sie war einfach nur tot.

Rainer hatte sich mehr als einmal gewünscht, dass sie die Rollen in dieser Nacht getauscht hätten. Monika wäre nicht an seinem Tod zerbrochen. Sie hätte es mit Sicherheit geschafft. Irgendwo. Irgendwann. Rainer spürte, wie sich seine Augen mit Tränen füllten. Er hatte es alles versaut. Nun war er alt, Alkoholiker, bald tot und saß ohne Unterhose auf seinem Bett. Allein. Einsam.

Das war nicht das Leben, an das er gedacht hatte, als er jung gewesen war. Aber wer erdenkt sich schon so sein Leben. *Ich möchte einmal Feuerwehrmann werden. Und ich Alkoholiker und später Krebs bekommen. Davor sollte dann noch meine große Liebe sterben ...* Peng. Klappe zu. Danke. Nächstes Kind bitte.

Nicht jeder Traum erfüllt sich. Und das ist gut, denn oftmals weiß man gar nicht, was wichtig für einen ist. Was man sich wirklich wünscht. Wie man glücklich werden kann. Wie soll man das auch wissen? Man tastet sich ja die ganze Zeit in sein eigenes Leben hinein und versteht sich selbst oft genug nicht.

Vielleicht gibt es auch gar kein Glück. Eine beschissene Marketingerfindung wie der Muttertag. Nur, damit sie Glückskekse, Glücksschweine verkaufen können, der Schornsteinfeger ein besseres gesellschaftliches Ansehen erhält und sich irgendwelche Kaputten über ein vierblättriges Kleeblatt auf der Wiese freuen. Für die meisten Menschen gibt es kein Glück. Sie finden es nie. Doch sie stutzen sich ihre kleine Welt einfach so lang zurecht, bis sie an genug Dinge ein Schild mit der Aufschrift „Glück" hängen können. Glückwunsch. Zum Glück. Geschafft.

Rainer hatte sein Glück gefunden. Sein richtiges Glück. Keins, an das er ein Schild hängen musste. Nur war es an diesem verdammten Donnerstagmorgen verschwunden. Alles, absolut alles, was danach kam, hatte er daran gemessen. Es konnte durch nichts erreicht werden. Und so oft er versucht hatte, wieder der zu werden, der er vor diesem Tag gewesen war, es war ihm nicht gelungen. Weil es ihn nicht mehr gab. Wie hätte er es schaffen sollen?

Er hätte gemusst. Aber er hatte nicht gewusst wie. Und das Saufen war nicht schuld daran. Es spielte keine Rolle für ihn, ob er nüchtern oder betrunken war. Wenn man scheiße aussieht, hilft auch keine neue Frisur. Dann ist man mehr oder weniger scheiße, aber immer noch scheiße. Rainer war innerlich scheiße.

Er richtete sich langsam auf. Das Pochen entfernte sich. Hilft also gegen Krebs und Kater. Rainer hatte sich belogen. Seine Angst war nicht verschwunden. Sie hatte sich nur schlafen gelegt. Nun war sie wieder erwacht. Rainer konnte spüren, wie sie aus seinem Bauch hervorkroch und sich in seinem Körper verteilte. Wie ein schlechter Traum. Obwohl man weiß, dass es nur ein Traum war, hat man den ganzen Tag ein beschissenes Gefühl. Oder das ganze Leben. Er brauchte dringend was zu trinken. Wenn der Pegel unter den Pegel fällt, herrscht Seenot. Die MS-Rainer war vor langer Zeit gesunken, aber sie wartete auf ihre letzte Fahrt. Und nichts war sinnloser als ein Schiff ohne Wasser.

„Na, welche Laus ist meinem Schatz denn über die Leber gelaufen? Heute Nacht hattest du aber bessere Laune. Hast du etwa schlecht geträumt? Armes Schätzchen!"

Eine Wand aus heißer, feuchter Luft war Rainer vom Badezimmer entgegengeschlagen, als sich die Tür plötzlich öffnete. Ihm war ganz schwindelig von dieser Luft. Sie hatte seine Augen beschlagen und seinen Kreislauf in den Keller gerissen. Blutdruck systolisch 60, diastolisch 40. Kurz vor dem Herzstillstand. Oder schon danach. Auf jeden Fall kollabierte sein Kreislauf unter dem Eindruck der hohen Luftfeuchtigkeit gerade.

Für eine Sekunde hatte er sich eigentlich ganz gut gefühlt, aber jetzt drehte sich alles. Betäubt sackte er seitlich auf dem Bett zusammen und zog reflexartig seine Knie an. Löffelchenstellung. Nur alleine. Gut. Das beruhigte ihn immer. Das hatte so etwas Heimeliges. Vielleicht halluzinierte er gerade auch. LSD war lange her, aber so ähnlich hatte er es in Erinnerung. Verschwommene Bilder, laute Stimmen und blendbombenhafte Farbexplosionen. Es hatte schon seine Gründe, dass man das Zeug lieber in geschlossenen, einem selbst bekannten Räumen einnehmen sollte.

Oder doch die ersten Nebenwirkungen. Über die Wirkung im Zusammenspiel mit Alkohol hatte er nie nachgedacht. Wozu auch. Er war schließlich trocken. Gewesen. So dankte es ihm sein Körper also, dass er ihn endlich wieder gewässert hatte. Schönes Arschloch. Nicht nur voll mit Krebs, sondern auch nachtragend. Kalt wurde ihm gerade ebenfalls noch. Ein Drecksschwein. Zudecken war in seiner Lage unmöglich. Mit letzter Kraft zog er sein Unterhemd mit beiden Armen nach unten, sodass es zumindest seinen Unterleib bedeckte.

Peniskälte. Steckt der Penis in einem Sektkühler, kann der Rest des Körpers in einer finnischen Sauna liegen. Es nützt trotzdem nichts. Temperaturen bilden sich immer im Zentrum. Heißt nicht umsonst Zentralheizung. Menschlicher Körper, aber das gleiche Prinzip. Schnell drückte er seine Knie unter das Unterhemd, damit er seine Arme entspannen konnte. So konnte schließlich kein Mensch dauerhaft bequem liegen. Und erst Recht keiner, der mit LSD vollgepumpt und dessen Körper ein Arschloch war.

Glücklich ließ er seine Arme herunterhängen. Ah. Großartig. Sofort wurde es wärmer. Insgesamt lief der Tag gar nicht so schlecht. Seine melancholische Aufwachviertelstunde war überwunden. Manchmal waren es die ganz einfachen Dinge, die einem halfen. Wärme, Essen, Trinken. Gott! Jetzt hatte er aber Durst! Dafür mussten aber erst mal die Halluzinationen aufhören. Vorsichtig öffnete er seine Augen wieder. Sein Blick fiel auf eine weiße Wand. Eine Wand aus Haut. Erst als er seine Sehkraft nachjustierte, erkannte Rainer zwei größere Hügel, die sich aus dem Hautlappen erhoben. Ihre Kniescheiben. Sie waren vielleicht zehn Zentimeter von seinem Gesicht entfernt. Zärtlich beugte sie sich zu ihm herunter und küsste ihn auf die Schläfe. Ihre große, stark hängende Brust legte sich dabei wie ein nasser Waschlappen über sein Gesicht.

„Alles in Ordnung, mein Mäuserich?"

Mäuserich? Nun halluzinierten auch noch die Wörter. Rainer kniff seine Augen so fest zu, wie er konnte, und riss sie blitzartig wieder auf. Immer noch da. Ihre Brust baumelte über seinem Kopf wie das Schwert einer Guillotine. Erst, als sie klatschend auf ihren Körper zurückprallte, konnte er ihr Gesicht sehen. Sofort war er hellwach.

„Carmen! Mein Gott! Was machst du in meiner verdammten Wohnung?" Und während er dies sagte, versuchte er, seinen Fetzen Feinripp bis zu den Knöcheln hinunterzudehnen.

„Als du mich gestern gefickt hast, hast du mich das nicht gefragt."

Rainers Synapsen arbeiteten auf Hochtouren. Gefickt? Er? Ein anderes Lebewesen? Einen Menschen? Carmen? Niemals. Sex kannte er nur noch aus dem Fernsehen. Als der letzte Tropfen Alkohol seine Venen verlassen hatte, nahm ihm dies auch jegliche Sexualität. Emotional war er sowieso seit Monikas Tod verkümmert. Und alle seine körperlichen Kontakte in der Folgezeit resultierten aus Bordellbesuchen oder Totalabstürzen. Nicht mal onaniert hatte er seit Jahren! Und seit dem Prostatakrebs schon mal gar nicht. Er konnte ja überhaupt nicht mehr! Oder etwa doch? Nein. Nein, daran könnte er sich erinnern. Ganz, ganz sicher!

„Was redest du da? Gefickt. So ein Unsinn!"

„Ach, Hasi." Und sie kniff ihm in die Wange. „Kein Grund, in Panik zu verfallen. Du warst ganz fantastisch. Ein richtiger Tiger. Grrr. Du konntest gar nicht genug bekommen. Carmen hat es sehr gefallen."

Sie drehte sich vom Bett weg, und begann sich anzuziehen. Ungläubig beobachtete Rainer sie dabei. Wenn sich Halluzinationen verdinglichen. Lektion I, 1. Kapitel.

„Ich muss jetzt zur Arbeit. Aber wir sehen uns sicher später in der Spielothek. Bis dahin erinnerst du dich bestimmt wieder." Carmen zwinkerte ihm kurz zu. Sie verließ das Zimmer und einen kurzen Augenblick später hörte man die Haustür ins Schloss fallen. Rainer lag unbewegt und paralysiert auf seinem Bett. Erst einige Minuten später setzte er sich endlich langsam auf.

Tiger. Ha. Sehr witzig. Rainer blickte auf sein Gemächt. Spätestens als er die 50 erreicht hatte, begann sein Penis wie nach fünf Stunden Schaumbad auszusehen. Und zwar dauerhaft. Sie machte sich lustig über ihn. Unmöglich war das! Sie hatte seine betrunkene Notlage ausgenutzt, weil sie zu faul gewesen war, nach Hause zu gehen. Und dann verbrauchte sie hier auf seine Kosten das Warmwasser. Und das bei diesen Energiepreisen! Wahrscheinlich hatte auch er das ekelhafte Bier bezahlt! So sah das Ganze hier nämlich aus. Alte Schlange.

Der Tiger musste dringendst zur Toilette. Meine Güte, wenn der Harndrang durch die Trinkerei noch weiter zunahm, als er dies schon durch seine Prostata tat, würde er den kurzen Rest seines Lebens auf dem Scheißhaus verbringen. Ächzend und stöhnend tippelte er Richtung Badezimmer. So einen Morgen braucht kein Mensch! Ein strenger, süßlicher Geruch schlug ihm beim Öffnen der Badezimmertür entgegen. Leichter Würgereiz bildete sich. Jetzt hatte sich das Monster sogar noch eingenebelt! Den Gestank würde er wochen-, ach was, monatelang nicht mehr rauskriegen. Fensterloses Bad und eine Lüftung mit der Kraft eines Handventilators. Da war der Spiegel nach dem Duschen schon einen Tag lang beschlagen. Der Alten würde er später was erzählen! Das grenzte schon fast an Hausfriedensbruch! Wütend machte Rainer einen entschlossenen Schritt nach vorne. Aber er war noch ein wenig wackelig auf den Beinen und als sein Fuß auf die rutschige Oberfläche traf, zog diese sein Standbein einfach weg. Unter lautem Getöse fiel er gegen die Duschkabine und prallte von dort auf den Fliesenboden. Jetzt hab ich auch noch einen Oberschenkelhalsbruch! Das wächst doch in meinem Alter überhaupt nicht mehr zusammen! Was ist das nur für eine Scheiße hier!

Schnaubend bockte er sich auf, um zu sehen, worauf er ausgerutscht war. Wenn das irgendein Mist aus der Kosmetikkiste der Alten war, würde er sie sofort anzeigen. Hausfriedensbruch und Körperverletzung. Stopp. Gefährliche Körperverletzung. Genau. Und sollte er den Krebs verschweigen, war es sogar Totschlag. Todesursache: Spätfolgen des Sturzes.

Das hörte man doch an jeder Ecke heutzutage. Alles hatte Spätfolgen. Kernkraftwerke, Wahlen, Beziehungen. Einfach Alles! Wehe, wenn der Oberschenkelhals durch war. Wehe. Wehe. Wehe. Rollstuhl. Dann würde er nicht einmal mehr alleine in seine Wohnung kommen. Kein Lift. Dann brauchte er einen Pfleger. 24 Stunden. Und wenn der ein Arschloch war? Arschloch-Pfleger. Arschloch-Körper. Schönes Ende. Das konnte man noch ewig so fortsetzen. Spätfolgen über Spätfolgen. Das zahlte doch keine Kasse! Vor allem keinem, der bald tot war. War das alles ein Mist!

Das Kondom lag direkt zwischen seinen Beinen. Jemand hatte es mit einem Knoten verschlossen. Es war sichtlich gefüllt. Vorsichtig hob Rainer es an und betrachtete den Inhalt. Zuerst war es ein leises Schluchzen. Dann begann Rainer Röder zu weinen. Aber diesmal vor Glück.

Kapitel 16: Und stetig bläst der melancholische Wind

Absurd. Mats blickte nun zum dritten Mal auf sein Handy. Die SMS war weiterhin im Display zu sehen. Absolut absurd. Sofort hatte er die Rufnummern verglichen. Ob Rainer gleich Uwe war. Oder Rainer gleich Erwin. Doch natürlich war dem nicht so. Denn es ist nie jemand anderes, wenn etwas Unerwartetes passiert, denn sonst wäre es nicht unerwartet. Trotzdem sucht man nach dem Wahrscheinlichen. Aber Rainer war gleich Rainer. Der Unwahrscheinliche. Und dieser hatte ihm geantwortet:

„Danke. Kater unter Kontrolle. Offenbar hatte ich heute Nacht Sex. Fühle mich ausgezeichnet. R." Absurd. Der Alkohol schien in der Tat wundersame Dinge mit Rainer anzustellen. Warum überhaupt offenbar Sex?

„Alles in Ordnung mit dir? Du guckst so ernst?"

Anna und er schlenderten inzwischen sehr langsam durch die Messehallen. Ein flanierendes, verliebtes Pärchen. Zwischendurch löste sie sich immer wieder, um einen Stand näher anzusehen, kam aber stets zurück, um seine Hand zu nehmen oder ihn heranzuwinken, wenn sie etwas Interessantes gefunden hatte. Jetzt stand sie direkt bei ihm und guckte ihn eindringlich an. Zugegebenermaßen ein wenig betrunken. Doch das erging allen hier so. Eine Art Geschäftsgebaren. Mats hatte sich schnell akklimatisieren können. Zwar plante er weiter seine Fernreise nach Spirituosien, aber sein fast nüchterner Magen hatte die Frankreich- und Spanienhalle noch gerade so geschafft. Es trug ihn vor allem seine verliebte Euphorie. Es gab kein Morgen. Alles war im „Hier sein".

„Nein. Alles super", lächelte er Anna an. „Nur mein Vater." Der Tag war zu perfekt, um mit irgendwelchen unnötigen Geständnissen aufzukommen.

„Oh, wie nett. Geht es ihm gut? Ich finde es wirklich toll, dass ihr so ein enges Verhältnis habt. Mein Vater schreibt mir fast nie SMS."

Meiner auch nicht. Der würde vor allem ausflippen, wenn er wüsste, dass ich an seiner Stelle diesen spielsüchtigen Alkoholiker als meinen Vater ausgebe. Eitelkeit ist und bleibt eben eine Charakterschwäche. Zögerlich erwiderte Mats, während er parallel die SMS abermals las:

„Ja, ... dem scheint es gut zu gehen. Ausgesprochen gut sogar."

„Wie schön. Das freut mich sehr. Gerade nach der Aufregung der letzten Tage."

„Hm. Mich auch." Bilder schwirrten durch sein Stammhirn. Sexuelle Bilder. Von Rainer. Setzten die sich erst mal in seinem vegetativen Nervensystem fest, na, dann gute Nacht! Mats steckte das Handy zurück in seine Innentasche. Hoffentlich half das.

„Wollen wir nun zu den Übersee-Anbietern? Keine Sorge, ich will mir eigentlich nur noch Argentinien ernsthaft ansehen, wenn wir es schaffen. Bei Australien, Neuseeland, Südafrika und Kalifornien ist mein Sortiment super ausgestattet. Die Weine laufen alle toll und ich habe auch nicht unendlich Platz. Sollte Melville mir wirklich die Chance geben, einige Weine ins Programm aufzunehmen, muss ich sowieso überlegen, ob ich mich nicht von einigen relativ spezifischen Nischenweinen trenne. Oder ich baue an."

„Anbauen? Was meinst du denn damit?" Vor Mats' Auge tanzten immer noch Bilder.

„Das war ein Scherz. Du bist doch ein wenig in Gedanken, oder? Wirklich alles gut?"

„Ja, ja. Alles perfekt. Alles super." Er konzentrierte sich. „Könntest du nicht irgendeine Lagerhalle anmieten und von dort online verkaufen?"

„Ach, das habe ich schon oft überlegt. Irgendwann muss ich das auch wahrscheinlich machen. Der Onlinehandel nimmt immer mehr zu. Ich kann die Leute auch verstehen. Das ist halt sehr bequem, den Wein einfach zu bestellen und sich liefern zu lassen.

Für mich ist Wein aber eine sehr persönliche Sache. Ich finde, einen Wein muss man sehen können. Man muss ihn riechen können. Fühlen, welchen Charakter er hat." Sie blickte verlegen.

„Und daher warte ich mit dem Onlineshop so lange, bis ich es machen muss, um über die Runden zu kommen. Hört sich bescheuert an, was?"

„Nein, überhaupt nicht." Mats nahm ihre Hand. „Argentinien?"

Anna lächelte erleichtert. „Argentinien. Oh, das heißt aber nicht, dass wir nicht auch noch andere Länder ansteuern können, wenn dich etwas besonders interessiert oder du einen bestimmten Wein probieren möchtest."

„Ich interpretiere meine Rolle weiterhin als dezentes Anhängsel ohne eigenen Willen und Interessen. Mein Leben gehört Ihnen, Mademoiselle. Das einzige Ziel meiner Reise ist immer das nächste Glas."

„Sehr gut. Diese Mentalität weiß durchaus zu gefallen", fügte sie kichernd hinzu.

„Dann nehmen wir gemeinsam Kurs auf das nächste Glas."

„Exzellent. Im Idealfall wird es von einer oder gerne mehreren Hostessen serviert."

„Natürlich. Nur dafür sind sie hier. Das sollten wir schaffen."

Ein Hauch von Müdigkeit wehte Mats ins Gesicht. Eine zu lange Unterbrechung des Trinkintervalls. Kinderfehler. Rotwein war an sich kein Power- und Partygetränk. Da war es umso wichtiger, die Pause kurz zu halten, um die Müdigkeitseinbrüche zu verhindern. Was im direkten Umkreis von einer Million Weinflaschen und beim „Trinken für lau" eigentlich zu leisten sein sollte. Aber so ist das nun mal. Man verbockt meistens die einfachen Dinge im Leben.

Das verliebte Schlendern in diesem Messeumfeld wirkte wenig adäquat. Körperlicher Kontakt war kaum auszumachen. Gelegentlich sah man noch Hostessen mit Besuchern sehr dicht beieinanderstehen. Doch Nutten? Vielleicht sind es nur Gesprächsnutten. So was gibt's ja auch. Mancher Freier möchte nur mit jemanden reden. Und Einsamkeit bleibt schmerzhafter als angestautes Ejakulat. Gesprächssex praktisch. Nur ohne Telefon, sondern als Gegenüber. Wobei Gesprächsnutten nicht mal zwingend über Sex sprechen. Wäre auch verrückt. Man sitzt der gegenüber und sie sagt plötzlich, dass sie ihren nackten Körper mit Milch einreibt, aber eigentlich isst sie gerade in Jogginghose ein Spiegelei.

Gesprächsnutten konnten grundsätzlich aber auch Männer sein. Zwar sind die meisten keine großartigen Dialogvirtuosen, geschweige denn gute Zuhörer, aber das ließe sich über Fachgebiete lösen.

Einsamkeit kann körperlich sein, ist aber wesentlich öfter verbal verursacht. Und wenn der Gesprächspartner nicht versucht, sich vor einem nackt mit Eselsmilch zu ertränken, kann es durchaus befriedigender sein, über das letzte Länderspiel zu sprechen. Wichtig wäre nur, dass die Gesprächsnutte besondere Höflichkeit an den Tag legt. Denn es gibt Reizthemen und der Freier bleibt König. Politik zum Beispiel.

Man stelle sich vor, ein vereinsamter Alt-Nazi bucht eine Gesprächsnutte und möchte über seine Lieblingspartei CSU sprechen. Nichts ahnend gerät er dabei an einen ehemaligen Sauf-Punk, der sich als Gesprächsnutte mit Schwerpunkt Politik durchschlägt. Ein Desaster. Noch am gleichen Abend hängt der Alt-Nazi vom Kronleuchter herunter und der Sauf-Punk bekommt eine schlechte Bewertung im Gesprächsnutten-Portal. Das hilft ja keinem weiter. Sinnvoll wäre daher eine numerische Eingrenzung bestimmter Wörter. Eine Gesprächsnutte sollte beispielsweise nur maximal fünf Mal *„Nein"* in 60 Minuten sagen. Davon müssten mindestens zwei höflichkeitsgeprägt sein wie *„Nein, danke. Für mich bitte keinen Butterkuchen."* Der Freier sucht schließlich kein Streitgespräch, sondern Bestätigung. Besonders beliebt wäre der Schwerpunkt *„Wissbegierig".* Diesen würden nur sehr erfahrene Nutten wählen, die bereits viele Jahre mit anderen Schwerpunkten Karriere gemacht hatten. Diese Kategorie war für viele Freier der Sechser im Lotto. Ein ganzes Leben der Welt der Zierfische geopfert und keiner interessiert sich dafür? Niemand teilt die Leidenschaft für eurasische Kakerlaken und möchte mehr über sie erfahren? Doch. Die *wissbegierige* Gesprächsnutte. Eine Mammutaufgabe. Zwei Stunden, dies wäre gesetzlich in dieser Kategorie als Höchstgrenze festgelegt, mit einem Wahnsinnigen eingesperrt, der sein Leben in einer Parallelwelt voller Ungeziefer verbracht hat und endlich, endlich darüber sprechen kann. Zum Schutz der Nutte wären nicht mehr als drei Sitzungen mit derselben Nutte möglich. Dauerhafter Nonsens kann das Hirn irreparabel schädigen. Ob richtige Nutten, Gesprächsnutten oder schlicht Getränkenutten? Hostessen blieben Mats ein Rätsel.

Insgesamt präsentierte sich die Messe als recht körperlose Zone. Was, in Anbetracht dieser betrunkenen Masse an Menschen, doch überraschte. Anna und Mats ließen sich davon nicht beeindrucken. Es war nun Nachmittag und seit über drei Stunden hielt sie, von kurzen Unterbrechungen abgesehen, seine Hand. Handhalten wird unterschätzt. Die meisten Paare verlieren es gänzlich. Andere tun es noch, aber eher so, wie man einen Hund an der Leine hält. Es gehört dazu. Aber es bedeutet nichts.

Immer, wenn Anna sich löste, hielt er einen Moment zu lange fest, sodass sie nochmals zurückfassen musste. Wie ein Versprechen, dass sie wiederkommen wird, um seine Hand abermals zu nehmen. Oftmals zog sie ihn aber einfach hinter sich her zu irgendeinem Stand. Brav folgte er ihr, doch hielt sich im Hintergrund, besonders wenn sie bekannte Gesichter traf.

Mats war nicht nach langweiligem Small Talk und Anna ließ ihn gewähren. Das überschaubare Rumgetatsche einiger schmieriger Gestalten an ihr konnte er gut aushalten. Schließlich galt: *„Andere Länder, andere Sitten"*. Im Zweifelsfall also für den Angeklagten und zum anderen spürte er viel, viel Sicherheit in sich. Außerdem sorgte Anna stets dafür, dass sie nicht den Blickkontakt verloren.

Was die Glasanzahl betraf, war er sicher im zweistelligen Bereich angekommen, sofern er die Probiermengen auf richtige Glasgröße korrekt hochgerechnet hatte. Die Spannbreite bei zweistellig blieb selbstverständlich groß. Da wurde es schon schwieriger. 11 oder 99? Manchmal liegt der Teufel im Detail. Tückisch, diese kleinen Portionen. Eigentlich hat man noch gar nichts getrunken. Denkt man. War schließlich so wenig drin. Und dann kommt's wie aus heiterem Himmel. Aber Mats fühlte sich gut. Die Pause hatte ihn träge, doch ebenso nüchtern gemacht. Nun gewann er wieder an Schwung. Der Tag war schließlich noch lange nicht zu Ende. Des Weiteren konnte er Anna bestimmt für einen Ausflug nach Spirituosien begeistern. Einen Schuss Beschleuniger würde sie auch mehr als willkommen heißen. Hundertprozentig. Und falls nicht, könnte sie sich einfach einen Prosecco von einem der tragbaren Hostess-Tischen auf dem Weg abgreifen. Rundherum zufrieden leerte er den letzten Schluck Barbara aus dem Piemont und steuerte auf den Gang Richtung Übersee zu. Gang nach Übersee. Wie das klang. Fast schon historisch. Doch dort würden keine Probleme gewälzt. Nur Gläser geleert. Durchs wilde Schluckistan. Ja, noch zwei oder drei Freunde aus Übersee kennenlernen und dann ab auf die Kurzreise. Dahin, wo die polnische Kartoffel namens Wodka lebt. Es war ein Muss für ein frisch verliebtes Paar zu verreisen. Solche Reisen waren dazu da, die Liebe zu zementieren. Oder festzustellen, dass man dieses Haus gar nicht weiterbauen musste.

Vielleicht sollten Anna und er tatsächlich bald eine richtige Reise machen. Der Klassiker. Paris. Das war nicht mal weit weg. Nur wann? Erwin erwartete vollen Einsatz beim Projekt. Vielleicht tat es auch eine Nacht in der Eifel. Romantisch. Und dann habe ich sie entführt ... in den Harz! Es gibt eben Orte und Orte. An solchen Stellen sagt immer jemand: *„Aber der Harz ist schön. Wirklich."* Genau.

Der Schock ereilte Mats, als er flüchtig im Vorbeigehen auf einen Lageplan blickte. Neue Welt lag ganz unten am Südeingang! Aber Spirituosien lag doch oben im Norden! Irgendwie hatten diese austauschbaren Messehallen mit ihren dämlichen, unter der Decke hängenden Zahlenangaben seine Orientierung beeinträchtigt. Trotz Wodkadurst verspürte selbst Mats wenig Lust, nochmals durch das ganze Gelände zu laufen. Dann ging ja alles von vorne los. Da war es ganz schnell dreistellig mit den Gläsern. Und erst der Crémant-Wall samt Hostessenarmee im Nordflügel! Wie sollten sie denn da vorbeikommen? Na prima. So wird der Kurztrip ganz schnell zur Fernreise.

Mit 43 Rotwein und 14 Crémant hatte Mats auch keine Lust mehr, den polnischen Kartoffelacker zu pflügen. Und den Rückweg über die Notausgänge zu wählen, war vermutlich mal wieder nicht angebracht und wenig adäquat. Meine Güte! Warum waren eigentlich so viele Dinge im Leben nicht adäquat? Allein dieses Wort. Wer legte denn überhaupt fest, was adäquat war und was nicht? Das konnte einen manchmal wahnsinnig frustrieren.

Gut. Dann musste eben Übersee herhalten. Da gab es schließlich auch Schnaps. Die waren ja nicht doof dort. Der australische Rindercowboy trank abends sicherlich keinen Rotwein am Lagerfeuer. Allein die Schlepperei. Man kann schlecht zwei Zwölferkisten auf ein Pferd satteln und dann mit dem 2 000 km durch das Hinterland reiten. Die mussten Schnaps haben! Und wenn da welcher war, würde er den auch finden. Anna gegenüber ließ er sich selbstverständlich nichts anmerken. Nach außen war er die Ruhe selbst. Die glückliche Ruhe.

„Und kannst du noch gehen? Mir tun langsam echt die Füße weh. Das ist schlimmer als jeder Stadtbummel. Man läuft und läuft. Nach Messetagen bin ich abends immer fix und fertig."

„Ach, noch geht es. Wobei ich nichts dagegen einzuwenden hätte, mich gleich mal wieder einen Moment zu setzen."

„Unbedingt. Wir suchen uns bei den Argentiniern irgendwas und bleiben da erst mal. Ich kann auch keine zwanzig Weine mehr probieren. Wenn ich überlege, habe ich bestimmt schon eine Flasche Wein getrunken. Trotz ausspucken. Dazu noch der Crémant am Anfang. Und besonders viel gegessen haben wir auch nicht."

Mats rechnete kurz nach. Drei Gläser grob eine Flasche. Elf durch drei. 99 durch drei. Hm, rechnen wir lieber vier Gläser eine Flasche. Hm.

„Ja. Sieht bei mir ähnlich aus. Vielleicht auch mal ein Wasser." Super. Adäquat. Genau das war adäquat. *Vielleicht auch mal ein Wasser.* Adäquater ging es nicht! Er konnte, wenn er nur wollte.

„Oh, stimmt. Ich habe schrecklichen Durst. Komm, wir hören jetzt mal auf mit dem hektischen Durchprobieren. Wir suchen uns irgendwo einen schönen Shiraz. Viel Alkohol, aber auch viel Frucht und trinken den entspannt auf dem Weg."

Viel Alkohol. Hm. „Das hört sich toll an."

Nachdem Anna und Mats sich einen wunderbaren, australischen Shiraz aus dem Napa Valley auf die Hand genommen hatten, setzte abermals ihr fantastischer Monolog ein. Mats musste aufpassen, aufmerksam zu bleiben und sich nicht hinwegzuträumen. Wikipedia. Nur live und als Hörbuch. Und wahnsinnig gut aussehend.

„Argentinien hat sich sehr lange Zeit auf den inländischen Weinbedarf fokussiert. Export spielte jahrelang gar keine Rolle, was auf die unruhigen, politischen Entwicklungen zurückzuführen ist. Die Produktion ist größer als beispielsweise die von Australien oder Chile und ist dennoch erst in den letzten zehn Jahren verstärkt auf die europäischen Märkte gelangt. Besonders in Deutschland beginnen die Menschen erst, sich mehr mit den argentinischen Weinen auseinanderzusetzen. Dabei gibt es als ehemalige spanische Kolonie und dank einer großen Anzahl italienischer Einwanderer eine bedeutende, langjährige Weinhistorie. Einige Bewässerungssysteme, die noch heute für Gebiete genutzt werden, gehen sogar bis auf die Inka zurück."

Sie hielt inne. „Na, klinge ich wie ein schlechter Museumsführer?"

„Kein Stück, nein, überhaupt nicht." Und er küsste sie kurz auf den Mund.

Anna atmete kurz durch und trank einen Schluck Shiraz. „O.k. Geschichtlicher werde ich auch nicht mehr."

Schluck. Schluck. Schluck. Besonders ergiebig waren diese australischen Weine scheinbar nicht. Aber wer so viel Alkohol in seinen Wein reinhaute, der kannte auch Schnaps. Ganz sicher.

„Jedenfalls spielt Malbec eine große Rolle bei argentinischen Weinen. Die Franzosen machen viel damit, aber für die Spanier oder Italiener ist es eher untypisch. Was überrascht, wenn man sich die Einwanderungsgeschichte Argentiniens vor Augen führt." Anna atmete tief aus.

„Weißt du was, mich macht mein Fachgerede selbst gerade wahnsinnig müde. Glaube, ich möchte gar nicht mehr zu den Argentiniern oder zumindest dort keine Fachgespräche mehr führen. Irgendwie hatte ich für heute genug Gespräche über Wein. Wollen wir uns einfach eine ruhige Ecke irgendwo suchen und über etwas anderes reden?"

„Ich weiß nicht. Das fühlte sich an wie Samstagabend, Bademantel und *Wetten dass?*. Die Kindheit. Warm. Behütet. Keine Sorgen." Anna trank einen Schluck Sauvignon Blanc.

Die Müdigkeit hatte sie nur noch bis Neuseeland kommen lassen, was auch auf der Weinmesse direkt an Australien grenzte. Sie hatten sogar ein kleines Sofa ergattern können – die neuseeländische Weinstube kam eher wie ein großes Wohnzimmer daher. Und um wieder etwas wacher zu werden und weil es sich generell anbot, waren sie zu Weißwein gewechselt.

„Und das nicht, weil da lauter Kinder im Puppentheater sind. Das Gespann aus Eltern und Kindern beweist allen eigentlich das Gegenteil. Man ist jetzt selbst groß und erwachsen. Die eigene Kindheit ist lange vorbei. Aber ich saß da neben meiner Nichte im Publikum und diese Atmosphäre umschloss mich. Ich müsste mich nicht mal so fühlen. Es ist auch nicht schlimm. Eher … ich weiß nicht, wie ich das sagen soll." Sie machte eine Pause und ließ den Sauvignon kreisen, bevor sie fortfuhr: „Das klingt bestimmt eigenartig. Aber ich fand das sehr ergreifend. Ein Kind hat Geburtstag. Und es bekommt ein kleines Geschenk vom Puppentheater. Alle Kinder sind sich fremd. Alle sind neidisch auf das Geschenk, aber vor allem freuen sie sich für das fremde Kind. Sie singen ein Lied. Sie klatschen und sie lachen. Und ich saß da neben meiner Nichte und hab mich gefragt, was mit uns allen passiert. Warum verlieren wir das? Wenn wir als Kinder so sind, heißt das, dass wir als Erwachsene auch so sein könnten. Aber wir sind es nicht. Niemals würden sich fremde Erwachsene darüber freuen, wenn ein anderer Geburtstag hat. Vielleicht irgendwelche Höflichkeitsfloskeln, aber nicht mehr. Wann ändert sich das? Warum lächelt man Kinder auf der Straße an, begegnet Erwachsenen aber mit Distanz? Warum verlieren wir das? Und vor allem wann?"

„Keine Erfahrungen. Jedenfalls keine schlechten. Denke, das gilt hoffentlich für die meisten Kinder. Aber mit der Zeit macht man seine Erfahrungen. Erfährt Enttäuschungen. Die Seele ist ein Elefant. Selbst, wenn man das nicht will. Ich befürchte, das Leben stumpft uns ab. So hart das klingt."

„Aber Kinder erleben genauso Enttäuschungen. Sogar teilweise intensiver, weil sie das alles nicht einordnen können. Erfahrungen sind es nicht, die machen Kinder auch. Es muss tiefer gehen. Weil alle so sind. Du. Ich. Alle."

„Frequenz. Es ist die Anzahl. Wenn du zwei Mal auf die Nase bekommen hast, ist es anders, als wenn es zehn Mal passiert ist. Irgendwann hört es nicht mehr auf zu bluten. Und dann hört man auf."

„Aber das ist doch schrecklich, findest du nicht? Wie viel Gutes bleibt denn dann überhaupt noch übrig? Ist man am Ende des Lebens ein totales Arschloch, weil nur noch eine abgestumpfte Schale bleibt?"

„Nein. Bestimmt nicht. Das Leben ist vielmehr ein Kreislauf. Alles kommt wieder. Das Alter bringt durch die eigene Gelassenheit eher diese kindliche Leichtigkeit zurück. Alte Menschen gehen deutlich respektvoller miteinander um. Die meisten von uns sind halt leider in dieser anstrengenden Zwischenphase, in der man noch sehr viel mit sich selbst zu tun hat. Aber das müsste sich legen. Jedenfalls glaube ich, dass es beim Besuch eines Bingo-Nachmittags im Altenheim sehr wahrscheinlich wäre, lachende Menschen zu sehen, die sich darüber freuen können, wenn einer von ihnen Geburtstag hat. Mit Glück singen sie auch. Und das liegt nicht nur daran, dass der 90-prozentige Anteil an Altersdiabetikern scharf auf ein verbotenes Stück Torte ist."

Glücklich lächelte Anna. „Für jemanden, der nicht weiß, was er eigentlich möchte, weißt du ganz schön viel."

„Arschloch kann man natürlich trotzdem immer werden. Wenn man denn möchte. Das ist ja das Gute. Man kann sich alles immer aussuchen. Und das macht es so schwer. Jedenfalls für mich. Aber ich arbeite daran."

Sie lachte auf. „Arschloch werden ist gut. Ich glaube, niemand will tatsächlich ein Arschloch werden."

„Da muss ich vehement widersprechen. Es arbeiten viele Leute durchaus sehr konstruktiv daran, den eigenen Arschlochfaktor massiv auszubauen. Manche genießen den Status auch bereits ihr ganzes Leben. Die müssen das nur noch halten."

„Also Arschloch bleiben?"

„Exakt. Das ist wohl am leichtesten. Dann macht man sich auch keine Gedanken, warum die Welt nicht wie im Puppentheater sein kann. Ich befürchte, den

Arschloch-Status wirst du dir also noch hart erkämpfen müssen."

Anna blickte noch nachdenklich, aber ihre Emotionalität wich einem milden Lächeln.

„Danke. Das hatte gerade etwas sehr Tröstliches." Sie strich vorsichtig über seine Hand. „Ich weiß gar nicht, woher diese Emotion kam, aber mich hat dieser Puppentheaterbesuch einfach traurig gemacht. Und der Wein tut dann das Übrige, befürchte ich. Entschuldige."

Mats erwiderte ihre Berührung und nahm Annas Hand.

„Kein Grund sich zu entschuldigen. Ich kann das gut verstehen. Manchmal machen einen kleine, eigentlich sehr schöne Erlebnisse plötzlich sehr nachdenklich. Vielleicht, weil man gerade in diesen Augenblicken merkt, wie wenig sonst davon um einen rum ist."

„Gibt es eigentlich wirklich nichts, was du willst? Ich meine, es muss doch irgendetwas geben, was du unbedingt möchtest in deinem Leben? Nichts, wovon du nachts träumst? Ist da wirklich nichts?"

Kapitel 17: Riesendinge

Das war ganz schön hoch hier. Viel höher, als es von unten ausgesehen hatte. Dabei waren es höchstens drei Meter. Auf keinen Fall mehr. Seine Höhenangst begann normalerweise erst, wenn es deutlich höher wurde. Trotzdem pulsierte seine Brandblase. Heiß war es auch. Ob das schon die Höhenluft war? Oder war die kalt? Er versuchte, sich zu beruhigen.

„Hier, neulich gelesen. Forscher in Amerika, von so einer Universität da. Die haben rausgefunden, dass häufiger Stuhlgang gut für die Bauchmuskeln ist. Diese Leute sind nicht nur dünner, sondern auch trainierter. Weil man immer so drückt. Besser als jedes Fitnessstudio. Haha."

„Halt den Rand und bohr! Wenn du mir die Fassade ruinierst, steig ich dir auf's Dach, du Bastard."

„Ich meinte ja bloß. Ist doch auch für euch interessant."

Gequält blickte Erwin, der unten gegen die Leiter gelehnt stand, Rainer an. Dieser hockte außen auf der Eingangsstufe der Spielothek. Er war noch ein wenig müde, lächelte aber zufrieden in sich hinein.

„Interessant? Interessant finde ich höchstens zu wissen, ob du noch in diesem Leben gedenkst, das beschissene Loch zu bohren. Hätte ich nicht so schlimmen Oberarmmuskelkater und geahnt, dass du daraus wieder ein Projekt machst, hätte ich das in zwei Minuten selbst erledigt oder Rainer darum gebeten. Und jetzt bohr! Dann kann ich dir endlich die Scheiß-Fahne geben."

Erwin befühlte seine Arme. Verdammter Muskelkater. Unmöglich, eine Bohrmaschine zu halten und nun war er angewiesen auf diesen Spasti. Wenn er das vorhergesehen hätte! Aber Klimmzüge würden immer Teil seines Lebens bleiben. Das war das Allergrößte. Wenn Mann und Körper eins werden. Jeden Abend vor dem Schlafengehen. Dreißig Klimmzüge an der Turnstange im Türrahmen. Nackt. Das sollte ihm mal einer nachmachen!

Aber er war keine zwanzig mehr. Das spürte Erwin. Es wurde immer mühevoller. Und erst die Nachwehen. Irgendwann besteht das Leben nur noch aus Nachwehen von irgendwas. Dann lebt man automatisch in der Vergangenheit, weil man ständig daran erinnert wird, was man gestern gemacht hat und warum es einem nun scheiße geht. Das Leben ist und bleibt ein Bastard. Und der andere Bastard sollte jetzt dieses verdammte Scheiß-Loch bohren!

Als wenn das so einfach wäre. Uwe hatte Mühe genug, sich oben auf der Leiter, geschweige denn das Gleichgewicht, zu halten, wenn er freihändig diese schwere Bohrmaschine auf die Wand aufsetzte. Wenn er hier runterfiel, würde er sich alle Knochen brechen. Mindestens.

„Ja, ja, ich mach ja schon, Erwin. Ist gut. Aber es geht nicht schneller, wenn du mich ständig anbrüllst. Ich hatte gesagt, dass ich nicht schwindelfrei bin."

„Schwindelfrei, schwindelfrei. Ich höre die ganze Zeit schwindelfrei! Dein Arsch ist fast noch auf meiner Kopfhöhe, du Bastard! Du sollst dir nicht den Astronauten einreden, sondern endlich das verdammte Loch bohren! Sonst schüttele ich den Apfel hier gleich vom Baum! Bohr! Und zwar dalli!"

Uwe verzichtete auf eine Antwort und setzte leicht schwankend die Bohrmaschine an die Wand. Vorsichtig zog er sie an der Wand entlang, um nicht aus dem Gleichgewicht zu kommen, bis er die Mitte des von Erwin aufgemalten, schwarzen Kreuzes erreicht hatte.

„Pass mir ja auf mit dem Putz! Ich will das nicht kernsanieren müssen, weil du ein Loch bohren solltest."

Der Typ machte ihn bekloppt. Der konnte sich bedanken, dass er Frührentner war. Ohne Rente würde er den gar nicht mit nach Vegas nehmen. Für den hatte man das Wort Ballast erfunden. Früher hätte er den einfach mit einem Zementfuß im Rhein versenkt. Sauber zu sein, brachte nicht nur Gutes mit sich.

„So, Erwin? Hier oder wo?"

„Das kann ich von hier unten nicht sehen. Deshalb stehst du doch auf der Leiter! Uwe! Da ist dieses große, schwarze Kreuz. Einfach in die Mitte vom Kreuz und auf den Knopf drücken. Das muss doch möglich sein."

„Brrrrrrrrbrrrrrrrrrbrrrrrrrrrbrrrrrrrrrbrrrrrrrrr." Uwe setzte noch mal neu an.

„Was soll das? Wieso hörst du auf?"

„Ich bohre noch mal nach. Das Loch ist nicht tief genug."

„Warum? Du sollst nicht nachbohren. Dann wird das Loch zu breit und der Scheiß-Dübel hält nicht mehr, du Bastard! Du hast doch schon mal gebohrt in deinem Leben, oder nicht?"

„Brrrrrbrrrrrbrrrrrbrrrrrbrrrrr." Kurze Pause. „Brrrrrrbrrrrrrrbrrrrrbrrrrrrbrrrrrrrrr."

„Was zum Geier machst du denn da? Erst bohrt er gar nicht und jetzt hört er nicht mehr auf! Du sollst da keinen Durchbruch machen. Nur ein kleines Scheiß-Loch! Ein Scheiß-Loch!!!" Er tanzte um die Leiter wie Rumpelstilzchen ums Feuer.

Zufrieden pustete Uwe den Putzstaub aus dem Loch. „Sieht gut aus. Gib mal den Dübel, Erwin."

Mürrisch reichte Erwin Uwe den Dübel nach oben. „Na, da bin ich gespannt, ob der noch hält!"

„Passt genau. Alles in Ordnung, Erwin. Hättest dich nicht so aufzuregen brauchen." Uwe drückte das letzte Stück vom Dübel mit seinem schwarzen Daumen hinein. „Gib jetzt mal die Halterung mit der Fahne."

„Blödsinn. Habe mich überhaupt nicht aufgeregt. Das merkst du schon, wenn ich mich aufrege. Ging mir nur zu langsam voran. Du bist ja schon 'ne halbe Stunde da oben. Zeit ist schließlich Geld. Hier, aber pass auf, dass die Fahne nicht staubig wird."

„Passe schon auf." Erwin war schlimmer als jede Mutter. Mach das. Tu das. Pass auf das auf. Anstrengend. Uwe nahm den Schraubenzieher und befestigte souverän Halterung samt Fahne. Der Erfolg hatte ihn selbstzufrieden gemacht. „Kein Staub. Sieht 1A aus."

„Die weht ja gar nicht. Oder sehe ich das nur nicht?"

„Dann ist da wohl kein Wind gerade."

„Wieso ist da kein Wind? Oben ist doch immer Wind!"

„Dann ist das vielleicht nicht hoch genug. Ich merke jedenfalls keinen Wind."

„Wie hoch möchte der Herr die Fahne denn haben? Die sieht doch kein Schwein mehr, wenn die am Dachgiebel hängt, du Bastard!"

„Warum muss die denn unbedingt wehen, Erwin? Man sieht sie doch auch so gut."

„Warum die Fahne wehen muss?" Erwin atmete ganz tief aus. „Tickst du noch ganz sauber? Uwe, ich muss mich doch sehr wundern. Fahnen wehen. So wie Fische schwimmen, Hunde Katzen jagen oder die Bohrmaschine bohrt! Und wenn die nicht weht, ist es keine Scheiß-Fahne."

Sie warteten einen Augenblick lang. Nichts. Die Fahne hing schlapp an der Halterung herunter.

„Komm da jetzt mal runter. Da kann ja auch kein Wind hinkommen, wenn du da alles abdeckst."

Vorsichtig kletterte Uwe die Leiterstufen herunter. Hoffentlich wehte die Fahne gleich. Erwin würde sonst ihm wieder die Schuld geben. Egal, was passierte. Er kassierte mindestens eine Teilschuld bei Erwin. Und meistens die gesamte. Uwe brauchte dringend mal wieder ein Erfolgserlebnis bei ihm. Wenn Erwin die Geduld verlor, wurde es dunkel. Sehr dunkel.

Gebannt starrten sie auf die Fahne. Hektisch blickte Uwe auf die angrenzenden Bäume und Sträucher. Keine Bewegung. Da fiel kein Blatt. Kein Wind. Nicht mal ein Lüftchen. Erwins Goldkette vibrierte unter seinem Hemd. Ein Vulkan, der kurz vor dem Ausbruch stand. Und wenn die Lava erst einmal austritt, ist alles zu spät.

„Männer, jetzt entspannt euch mal. Die weht schon noch. Dann ist heute halt kein Wind. Morgen weht sie bestimmt. Uwe hat Recht, Erwin. Man kann sie trotzdem gut sehen. Der Wind kommt von allein." Rainer hatte sich aufgesetzt und bemühte sich, der Angelegenheit etwas an Dynamik zu nehmen. Zwischen den beiden herrschte dauerhaftes Explosionspotenzial. Daran hatte er sich längst gewöhnt. Das würde ihm fehlen. Aber zwischendurch sollten sie sich auch mal Frieden gönnen.

„Kümmere dich, um deinen Scheiß! Wenn die nicht weht, war alles für den Arsch. Und hör bitte auf, hier den ausgeglichenen Hobbybuddhisten *„Ich bin mit der Welt im Reinen"* zu geben. Das kotzt mich noch mehr an, als dass Uwe die Scheiß-Fahne kaputt gemacht hat. Hol lieber was zu trinken! Sonst flipp ich am Ende doch noch aus."

„Erwin, du musst ruhiger werden. Sonst wird das nichts mit dem Älterwerden. Du kannst nicht drei Mal pro Tag ausrasten. Irgendwann kriegst du einen Infarkt und dann war's das."

„Oh, ein Schamane sind wir auch über Nacht geworden? Wir können ja ein wenig zusammen meditieren. Dann vergesse ich bestimmt ganz schnell, dass die Scheiß-Fahne im Arsch ist und der ganze Vormittag hier für die Katz war!"

„Ich hole uns was zu trinken", stöhnend verschwand Rainer im Innenraum der Spielothek.

Verstohlen blickte Uwe zu Erwin herüber. Erwins Augen fokussierten die Fahne. Obwohl noch früh am Morgen waren sie bereits oder immer noch leicht gerötet.

Unablässig bewegten sich seine Pupillen von links nach rechts und wieder zurück. Er sagte kein Wort. Diese verdammte Fahne. Verrückt. Warum war ihm so wichtig, dass sie weht?

Besorgt sah er wieder zu ihm. „Du, Erwin?"

Ohne ihn eines Blickes zu würdigen, verharrten Erwins Augen auf der Fahne. „Ja, Uwe."

„Wieso ... ich meine warum eigentlich Amerika?"

Blitzartig drehte er sich herum. „Was?"

Reflexartig ging Uwe einen Schritt zurück. „Äh, ich hab mich nur gefragt ... also wegen der Fahne. Warum Amerika? Warum keine andere Fahne? Deutschland zum Beispiel."

„Was für eine Fahne? Ich sehe hier keine Scheiß-Fahne. Du etwa, Uwe? Siehst du eine Fahne? Sag es mir. Siehst du hier irgendwo, irgendeine beschissene Fahne?"

„Nein, Erwin."

„Dann stell mir keine Fragen zu Sachen, die es nicht gibt."

„Ja, Erwin." Schnell fügte er hinzu. „Mir gefällt Amerika aber."

„Uwe?"

„Ja, Erwin. Ich meine ja nur."

Und dann wehte sie plötzlich. Ein leichter, warmer Wind setzte ein und in Sekunden spannte sich der Sternenbanner auf. Weiß-rote Streifen und mehr als 50 kleine, weiße Sterne auf blauem Grund plusterten sich auf. USA. USA. USA.

„Ha, wusste ich doch, dass das noch klappt!", blökte er laut in den Innenraum. „Rainer, holst du den Wodka noch aus Polen, oder was? Zack, zack. Darauf stoßen wir an!"

Erleichtert registrierte Uwe die aufmunternden, recht harten Schläge auf seinem Rücken. Knapp, aber noch mal gut gegangen.

„Gut gemacht, Uwe! Hält und weht. Saubere Arbeit. So muss eine Fahne aussehen."

„Danke, Erwin."

Rainer war mit drei gefüllten Gläsern zurückgekehrt. Feierlich hielt Erwin sein Glas in die Luft. „Seht ihr das? All diese kleinen Sterne. So was nenn ich eine schöne Fahne!"

Lief es einmal rund. Lief es rund. Und heute lief es rund. Zufrieden blickte er auf die immerzu wehende *Stars and Stripes*: „Prost, Männer!"

„Erwin? Kann ich was fragen?"

„Du kannst mich immer alles fragen, Uwe." Er lachte laut und seine Goldkette schunkelte glücklich mit. „Einfach raus damit!"

„Jetzt, wo wir eine Fahne haben ... warum Amerika?"

„Uwe, du bist mir so ein wissbegieriges Kerlchen. Das erkläre ich euch später. Aber ich kann euch versprechen. Das wird ein Riesending."

Anna setzte sich. Doch sofort stand sie wieder auf. Zum dritten Mal kontrollierte sie die Weingläser. Wirklich keine Schlieren? Vorsichtig griff sie die Gläser ganz außen am Glasboden und hielt sie gegen das Sonnenlicht. Nichts. Blitzblank. Hausfrauenwortschatz.

Noch waren es mehr als zehn Minuten Zeit. Vermutlich sogar länger. Wer weiß, ob er das überhaupt direkt finden würde. Sicher war er aufgehalten worden. Einem Mann wie diesem konnte immer etwas dazwischen kommen. Fast alles wäre wichtiger als der Besuch in ihrem Weinladen. Er könnte ihn zwanzig Mal absagen und doch würde sie ihn immer wieder einladen. Vielleicht kam er auch gar nicht. Das wäre schrecklich. Die ganze Aufregung um nichts. Wäre sie sehr enttäuscht? Ja. Unglaublich enttäuscht. Sie checkte ihr Handy. Kein Anruf. Auch keine SMS. Wahrscheinlich meldete er sich nicht einmal. Nicht besonders höflich, aber nötig hatte er das nicht. Und die wenigsten Menschen taten Dinge, die sie eigentlich nicht nötig hatten.

Hektisch ging sie in die Küche. Sie sollte noch etwas Wasser trinken. Dank der Kopfschmerztablette fühlte sie sich insgesamt gut, aber es war doch wenig Schlaf und viel Wein gewesen. Trotzdem ein sehr schöner Tag. Dank Mats. Und Melville. Selbst wenn er jetzt nicht kam. Allein das Gespräch mit ihm war toll gewesen. Wer lernte schon Jean-Marc Melville persönlich kennen? Und ihm hatte gefallen, was sie über seine Weine gesagt hatte. Zumindest hatte er so getan. Ach, sie wusste es auch nicht mehr.

Fünf vor zehn. Was machte sie sich verrückt. Es war nicht einmal zehn. Und wenn er doch kam? Sie schritt nochmals die Weinregale ab und drehte alle Etiketten so nach vorne, dass sie auch wirklich senkrecht zum Regal standen.

Es musste alles perfekt sein. Wenigstens das. Sicher wäre er enttäuscht, wie klein ihr Laden tatsächlich war. Dann sollte es zumindest perfekt sein. Man betrieb ja immer etwas Understatement, wenn man nach eigenen Dingen befragt wurde. Jedenfalls wenn man höflich und nicht komplett von sich selbst eingenommen war. Aber dass *klein* in ihrem Fall tatsächlich klein bedeutete, damit würde er nicht rechnen.

Zwei vor zehn. Schnell noch mal in den Spiegel gucken. Ging alles so schnell heute Morgen. Sie wollte sich nicht verstellen, aber auch nicht aussehen, als wenn sie gerade erst aufgestanden war. Anna atmete aus und betrachtete ruhig ihr Spiegelbild. In Ordnung. Wenn man sie besser kannte, würde man die Müdigkeit sehen. Aber das war nach einem Messetag nicht ungewöhnlich.

Das würde selbst Jean-Marc Melville nicht anders gehen. Mehr konnte sie nicht tun. Eine Minute nach zehn. Schon so spät. Er kam nicht.

„Ich sehe sein Gesicht gar nicht. Nur, wie der da hockt und wartet. Ganz in Schwarz. Oben mit so einer pechschwarzen Wollmütze. Und dann schießt er. Peng! Und meiner Oma fliegt der Kopf richtig weg. Also, so ein Stück von der Schädeldecke wie bei Kennedy damals. Bam! Und ich steh neben ihr und sehe sie da liegen in ihrer eigenen Küche. Und ich frag mich nur, was die wohl gemacht hat, dass der Sniper so sauer auf die geworden ist. Aber plötzlich fällt mir ein, dass ich den Wellensittichkäfig nicht zugemacht habe. Oh Gott, die Nachbarskatze! Und ich renne, so schnell ich kann nach nebenan ins Wohnzimmer. Völlig außer Atem komme ich an. Aber wisst ihr was? Der Käfig ist geschlossen. Und der Sittich sitzt einfach nur auf seiner Schaukel und isst gemütlich eine Honigstange. So, als wenn nichts passiert wäre. Und dann zack, aus und vorbei."

„Das sind eigenartige Träume, die du da hast. Wenn ich das sagen darf, Uwe." Rainer nippte an seinem Glas. Seine gute Laune ebbte gar nicht mehr ab. An einen solch glücklichen Tag konnte er sich nicht erinnern. Zu lange her.

„Allerdings. Da sagst du was, Rainer. Mir gibt vor allem die Honigstange zu denken. Warum isst das Vieh eine Honigstange?"

„Keine Ahnung. So Sittiche essen doch solche Stangen. Oder nicht?"

„Doch, doch. Sicher essen die Stangen. Aber Honigstangen sind so was wie Süßigkeiten für die Viecher." Kommissar Erwin pustete den Rauch über den Tresen. „Und das ist doch komisch. Findet ihr nicht? Der Sniper ballert deine Oma ab und der Sittich-Bastard isst was Süßes. Der belohnt sich richtig. Na, klingelt es langsam?"

„Was klingelt?"

„Uwe, überleg doch mal. Fragst du dich nicht, wer den Sittich belohnt hat? Woher hat der Sittich die Scheiß-Honigstange? Der geht ja nicht einkaufen."

„Von Oma?"

„Falsch! Oma liegt mit halbem Kopf in einer Blutlache in der Küche und nebenan feiert der Sittich eine Party. Das stinkt doch zum Himmel!" Hastig leerte Erwin sein Glas. „Der steckt da mit drin."

„Wo steckt der drin?"

„Ich glaube, Erwin meint, dass Sniper und Sittich gemeinsame Sache gemacht haben." Rainers Stimmung hellte sich weiter auf. Nicht der Gärtner. Der Sittich.

„Exakt, Rainer! Sittich hat dem Sniper verraten, wann Oma in der Küche ist. Dafür hat er eine Honigstange bekommen. Nach all den Jahren voller gemeinsamer Einöde hat die Sau sie einfach verraten. Und während Oma ausblutet, frisst der sich zufrieden seinen Sittichbauch voll. Von wegen es gibt keine bösen Tiere! Was ein abgekochter Bastard."

„Aber das war doch nur ein Traum, Erwin. Meine Oma hat gar keinen Wellensittich."

„Ah ha! Genau da haben wir es. Weshalb, glaubst du denn, taucht der Sittich in deinem Scheiß-Traum auf? Der muss doch eine Rolle spielen. Sonst wäre er gar nicht im Traum."

„Hm, ich weiß nicht. Manchmal träumt man einfach irgendwas. Nur so halt."

„Nix, nix, Uwe. Genau falsch. Absolut rein gar nichts passiert im Leben einfach so. Von nichts kommt nichts. Alles kommt irgendwo her. Da solltest du lieber mal tief in dich reingehen und nach Antworten suchen."

„Antworten?"

„Antworten, Uwe. Antworten darauf, warum träumst du, dass deine Oma von einem Sniper abgeballert wird, der Hilfe von einem Sittich hatte? Möchtest du sie vielleicht selbst abballern? Wäre das Gesicht des Snipers dein eigenes gewesen? Hast du es deshalb nicht gesehen? Wartest du nur darauf, dass dir ein Vogel seine Hilfe anbietet, um es endlich zu tun? Warum ist der Vogel ein stummer Sittich und kein Papagei, der sein dunkles Geheimnis eines Tages preisgeben könnte?"

„Puh. Nein, ich liebe Oma. Ich würde sie niemals erschießen wollen."

„Ist das wirklich so? Oder möchtest du, dass es so ist?" Eindringlich redete Erwin auf ihn ein.

„Oh Mann. Das ist echt kompliziert. Hätte ich das mal lieber gar nicht geträumt!", verzweifelt blickte sich Uwe um. Der Raum fühlte sich immer enger an. Hastig öffnete er einen weiteren Hemdknopf. Doch Kommissar Erwin Drönemann kannte keine Gnade.

„Dafür ist es leider zu spät. Du hast Fragen gestellt. Nun musst du Antworten geben, Uwe."

„Da läuft's mir ganz kalt den Rücken runter. Mann. Mann. Ich will doch meiner lieben Omi nichts Böses. Dachte, das wäre nur ein komischer Traum. Unheimlich, was?" Nervös spielte er an seiner Brandblase herum.

„Aber hallo. Das ist es wohl. Da musst du jetzt durch." Zufrieden rieb sich der Kommissar die Hände. Fall gelöst. Den Rest sollte der Staatsanwalt machen. Oder in diesem Fall die Selbstjustiz.

„So, Männer, jetzt muss ich aber mal ran. Haltet mir die Stellung. Ich bin in meinem Büro. Möchte euch um Ruhe bitten, ich habe Vorbereitungen zu treffen."

„Hört, hört. Vorbereitungen zu treffen! Da sind wir aber gespannt."

„Das dürft ihr auch sein, mein lieber Rainer." Erwin verschwand Richtung Büro. Für einen Augenblick kehrte Stille in der Spielothek ein. Nur das leise Rascheln von Tabak auf Blättchenpapier in Rainers Händen konnte man wahrnehmen.

Uwe schüttelte den Kopf. „Kapiere das nicht. Ich esse doch nicht einmal Honig."

Tschip. Tschip.

Er stand in der Mitte des Ladens mit dem Rücken zu ihr und musterte den Innenraum. Ihr Herz schlug bis zum Hals. Er war tatsächlich gekommen. Nachdem er ihr höflich abgesagt hatte, würde sie ihn um ein Foto bitten. Das wäre sehr peinlich und sie würde sich schämen. Aber das war es ihr wert. Diesen Moment wollte sie festhalten für sich. Damit sie es auch in einigen Jahren selbst noch glauben konnte. Jean-Marc Melville. Hier.

Er hatte sie noch nicht bemerkt. Konzentriert musterte er die Ladenfläche und ließ sie auf sich wirken. Anna war dankbar für diesen Moment. So konnte sie sich an seine Anwesenheit gewöhnen und ihre Nervosität bekämpfen. Sie hätte noch länger so verweilen können, aber irgendwann musste sie sich bemerkbar machen. Leise räusperte sie sich. Überrascht drehte Jean-Marc sich um.

„Madame, Pardon. Ich war so vertieft. War ein langer Tag gestern. Freue mich sehr, Sie wiederzusehen, und bedanke mich für Ihre Einladung." Freundlich nahm er ihre Hand und lächelte. Das hatte etwas sehr Beruhigendes. Seine ganze Art. Seine Souveränität. Man konnte sich diesen Menschen nicht hektisch oder nervös vorstellen. Er ruhte komplett in sich. Seine Aura unterwarf sie ihm förmlich. Es gibt solche Menschen. Ihre Präsenz ist so überbordend, dass sich andere automatisch angleichen und es oftmals nie oder erst später bemerken. Ihr Pulsschlag verlangsamte sich.

„Wie schön, dass Sie da sind. Ich freue mich sehr. Darf ich Ihnen etwas anbieten? Einen Cappuccino oder Espresso vielleicht?"

„Sehr freundlich, Madame. Wenn es Ihnen keine Umstände macht, würde ich einen schwarzen Kaffee nehmen.

„Natürlich. Kein Problem. Einen kurzen Moment bitte."

Anna verließ den Ladenbereich und ging in die kleine Küche, um den Kaffee zuzubereiten. Nach nur wenigen Augenblicken kehrte sie mit zwei ovalen, größeren Untertassen zurück, welche neben Jean-Marcs Kaffee und ihrem Cappuccino noch jeweils Platz für ein kleines Glas Wasser ließen. Lautlos stellte sie beide auf dem alten Weinfass in der Mitte des Ladens ab.

„Bitte sehr, Ihr Kaffee. Eigentlich hätte ich es mir denken können. Wie war es? Simplizität. Richtig?"

Erfrischend. Genau das war sie. Jean-Marc registrierte bei sich ein gewisses Maß an Zuneigung, welche über seine professionelle Wertschätzung, soweit er diese bis hierhin einschätzen konnte, hinausging. Er traf wenige Menschen in seinem beruflichen Umfeld, die ihm unbefangen begegneten. Entweder sie verhielten sich devot oder berechnend. Ihre frische, ungezwungene Art dagegen war mehr als angenehm. Sie war selbstbewusst, aber nicht selbstüberschätzt. Dankbar sah er sie an.

„Merci. Exakt, Madame. Einfachheit. Ich glaube nicht an Komplexität. Das Leben besitzt meines Erachtens nach bereits ausreichend Kompliziertheit. Die Menschen sollten versuchen, die Dinge zu vereinfachen. Doch unser Zeitalter neigt dazu, alle Dinge so weit wie irgendwie möglich zu treiben. Teilweise darüber hinaus. Es ist das Schicksal unserer Möglichkeiten. Medizinisch. Technisch. Ethisch. Dabei besteht die Kunst darin, die Perfektion im Einfachen zu erreichen, um den Dingen nicht ihre Seele zu nehmen."

„Kaffee sollte also schlicht schwarz bleiben. Ich befürchte, hier würden einige Barista aufschreien. Aber ich verstehe, was Sie meinen."

„Kaffee kann sein, wie er möchte. Ich trinke ihn schwarz, weil es meinem Geschmack entspricht. Würde ich ihn mit geschäumter Milch präferieren, würde ich diesen wählen. Es geht mir auch keinesfalls darum, die Möglichkeiten einzuschränken. Aber die Fülle an Optionen und Veränderungen führt uns weg vom Kern der Produkte, mit denen wir arbeiten. Besonders bei Lebensmitteln. Melville ist erfolgreich wie nie, weil wir uns wieder auf unsere basischen Reben konzentriert haben. Jahrzehntelang haben wir versucht, Reben miteinander zu kreuzen, neue Sorten zu erschaffen, Cuvée um Cuvée produziert, aber wir hatten nie das Gefühl, ans Ziel zu kommen." Jean-Marc trank einen Schluck und rieb sich verstohlen etwas Schlaf aus den Augen.

„Sehen Sie, genau das meine ich. Das ist ein großartiger Kaffee. Intensiver Geschmack, nicht zu kräftig, sehr heiß. In dem Moment, in dem ich ihm etwas beimische – wie Milch, ob geschäumt oder nicht – oder ihn süße, verändert sich seine Gestalt. Dessen sollte man sich bewusst sein, wenn man ein Produkt kreiert. Und viele tun dies zu leichtfertig."

„Mein Cappuccino schmeckt ebenfalls sehr gut. Ich mag schwarzen Kaffee in der Regel nicht, er ist mir schlichtweg zu stark. Ist nicht alles einfach eine Geschmacksfrage, die sich nur individuell beantworten lässt?"

„Absolut, mit Sicherheit, Madame. Kaffee ist so gesehen ein schlechtes und doch ein gutes Beispiel. Schlecht, weil sich die Veränderung bei Ihrem Cappuccino natürlich in Grenzen hält. Selbst wenn Sie dem Kaffee noch weitere Aromen zusetzen würden, wie Zucker oder Karamell, werden sie den grundsätzlichen Kaffeegeschmack nicht übertünchen können. Es bliebe immer noch Kaffee. Der Kern des Produkts ist zu stark. Letztlich bleibt bei Kaffee eine gewisse Simplizität immer noch gewährleistet. Doch viele andere Produkte werden inzwischen so stark verändert, dass sie mit ihrer ursprünglichen Geschmacksnote nur noch wenig gemein haben. Dennoch ist Kaffee wiederum ein gutes Beispiel, denn wenn Sie an den Erfolg der großen, weltweiten Kaffeehausketten denken und sich fragen, woraus dieser resultiert, wird Ihre Antwort nicht das vielfältige Kaffeeangebot sein. Diese Häuser verkaufen zwar unterschiedlichste Kaffeeprodukte, aber vor allem ein Gefühl.

Ein Ort der Ruhe. Lesen, entspannen, Freunde treffen. Obwohl es hektisch zugeht, ist dies einer der wenigen Orte, welchen die Menschen nicht als hektisch wahrnehmen. Sie wären genauso erfolgreich, wenn sie nur schlichten, einfachen Kaffee anbieten würden. Dann könnte man sie höchstens besser unterscheiden, anhand ihrer wirklichen Kaffeequalität, aber daran haben sie natürlich kein Interesse. Es ist nur der Ort, nicht das Produkt. Das wird bewusst austauschbar gehalten. Und auch darum geht es neben der Komplexität. Austauschbarkeit. Sie verkomplizieren auch, um den eigentlich nicht auswechselbaren Kern zu verschleiern."

Anna schmunzelte. „Ich merke, Sie und die Kaffeehäuser werden keine Freunde mehr."

Jean-Marc blickte sie gleichmütig an. „Nein, vermutlich nicht. Wobei sie nur ein Beispiel sind."

„Eine Menge Leute würde Ihnen entgegnen, dass die Komplexität, von der Sie sprechen, schlichtweg Diversität ist, auf welche sie niemals verzichten wollen würden."

„Bestimmt, da gebe ich Ihnen Recht, Madame. Jeder muss selbst entscheiden, was für ihn der richtige Weg ist. Nun sind viele Menschen auch so konditioniert. Jetzt können sie nicht mehr zurück. Selbst wenn sie den besten Kaffee der Welt haben, haben sie keine Chance, wenn sie diesen nur schwarz anbieten. Ich bin auch kein Gegner der Vielfalt. Auch unser Geschäft lebt von der unglaublichen

Komplexität und Diversität von Weinen. Was ich sage ist letztlich nur, dass ich selbst an den ursprünglichen Charakter von Dingen glaube. Und wenn Sie die Einfachheit nicht beherrschen, wie wollen Sie dann in einem komplexen Gebilde agieren? Mir geht es um den Schwerpunkt. Erst wenn wir das Produkt in all seinen Facetten gänzlich entschlüsselt haben und diese frei legen können, darf man sich fragen, mit welchen anderen Elementen das Produkt auch zusammenspielen könnte. Aber erst dann. Und das passiert in sehr vielen Fällen nicht. Doch ich werfe dies niemanden vor. Ich halte es nur für den falschen Weg. Aus diesem Grund handelt Melville anders. Wir sind das Gegenteil von Komplexität. Wir haben diesen Schritt zurückgemacht. Besonders beim *„Le Grand Petit"*. Wir legen nur seinen Kern frei, um wirkliche Einzigartigkeit zu erschaffen. Sind wir deswegen besonders erfolgreich? Ja, vielleicht. Vielleicht auch nicht. Ich glaube es auf jeden Fall. Doch gleichzeitig verschließen wir uns nicht neuen Entwicklungen. Wenn wir neue Möglichkeiten als sinnvoll erachten, nutzen wir diese, wo es nur geht. Es wäre völlig falsch, an traditionellen Werten festzuhalten, nur weil diese immer so gewesen sind. Wir glauben an Tradition, aber vor allem glauben wir an die Zukunft."

Jean-Marc trank seinen Kaffee aus und stellte ruhig seine Tasse zurück. Wieder schritt er an den Weinregalen entlang und begutachtete die Weine. Sein Blick streifte langsam und konzentriert umher.

„Sehen Sie, Madame. Und deshalb glaube ich auch, dass Sie zu Melville passen könnten. Sie verstehen, was Einfachheit bedeutet. Individualität. Ihr Sortiment ist fein gewählt. Keine Massenware. Kleine, teils unbekannte Produktionen. Sie sind auf das Wesentliche fokussiert. Alles, was ich in Ihrem Geschäft sehen kann, symbolisiert dies für mich. Ich sehe keine bunten, Wellkartongeschenkpackungen, keine vorab gestalteten Geschenkkörbe. Sie sind ein Weingeschäft. Kein Wühltisch. Sie glauben gar nicht, wie viele dies vergessen. Sie lassen sich nur noch von Umsatzzielen leiten. Und auch das sei jedem selbst überlassen und ich verstehe natürlich finanzielle Engpässe, aber ich habe Melville gegenüber eine Verantwortung. Mit solchen Händlern kann Melville nicht zusammenarbeiten. Wir können nicht von Einzigartigkeit sprechen und unsere Produkte dann irgendwo verramschen lassen, um den Gewinn zu maximieren. Deshalb wählen wir unsere Partner sehr sorgfältig aus. Weltweit sind knapp 200 Einzelunternehmer für uns tätig. Keine großen Vertriebsketten, die ihre Massenware unter das Volk bringen. Dort, wo ein Wein dem anderen gleicht. Egal, ob Fass, alt, jung, andere Reben, andere Zusammensetzung. Wer den Massengeschmack treffen möchte, für den ist besonders eins wichtig. Schnittmenge. Die Weine sind auch nicht pauschal schlecht, aber einen besonderen Wein werden sie dort nicht finden. Melville kann dort keinen Platz haben, zumindest, wenn wir den Wert und die Reputation Melvilles langfristig erhalten wollen. Ich habe jeden einzelnen Laden mit meinen eigenen Augen gesehen. Mit vielen arbeiten wir seit Jahrzehnten. Fluktuation findet praktisch nur statt, wenn wir neue Händler aufnehmen, was wir höchst selten tun, oder wenn sich einzelne Betriebe zur Ruhe setzen, was ebenfalls selten vorkommt. Da auch unsere Händler, ähnlich wie wir selbst, in der Regel Familienbetriebe sind, die von den Generationen fortgeführt werden."

Annas Pulsschlag erhöhte sich wieder ein Stückchen. Sie wusste nicht genau warum, aber Jean-Marc schien seine erste Einschätzung von der Messe als bestätigt anzusehen, obwohl sie praktisch nichts sagte. Sie konnte seine Einfachheitsansichten nicht gänzlich nachvollziehen. Aber dafür war sie wahrscheinlich zu simpel gestrickt. Und Genies waren immer ein Stück weit eigen. Wieder fokussierte er sie mit seinen Augen.

„Darf ich Sie fragen, Madame, welchen Umsatzanteil Sie grob über das Internet erzielen? 30 Prozent oder noch darunter?"

Das war's dann. Im letzten Moment noch abgefangen. Simplizität war das eine. Hinterwäldlerisch das andere. Anna spürte, wie sie errötete. Sie machte es nur noch schlimmer.

„Monsieur Melville, ich muss gestehen, dass ich bisher ... also ich verkaufe meine Weine noch nicht über das Internet. Es ist aber definitiv geplant, dies sehr zeitnah in Angriff zu nehmen."

„Wieso nicht? Warum verzichten Sie auf die Umsätze?" Nun guckte er recht irritiert.

„Ja, ich weiß auch nicht so recht. Ich bin einfach noch nicht dazu gekommen bisher."

„Wie lange betreiben Sie das Geschäft denn schon?"

Kleinlaut hörte sich Anna sagen. „Im Herbst sind es sechs Jahre."

„Sechs Jahre? Sie haben es in sechs Jahren nicht geschafft, einen Onlinehandel aufzubauen?"

„Doch. Also nein, also ich habe es nicht direkt verfolgt. Am Anfang war ich froh, dass sich das Geschäft so gut etablierte. Aber es ist absolut geplant", versicherte sie abermals. Sie musste irgendwie retten, was noch zu retten war. Sie konnte ihm den wahren Grund nicht sagen. Melville war traditionell, aber modern. Weltoffen. Es würde sie nur noch schlechter dastehen lassen. Ohne Onlineverkäufe war ihr Laden kleiner als klein. Sie hätte wissen müssen, dass sie ohne Onlineumsätze keine Chance haben würde.

„Ich verstehe, Madame." Nachdenklich musterte er Anna.

Schnell versuchte sie, das Thema zu wechseln. Sie musste die Tür irgendwie noch offen halten. Ihn anders überzeugen. Zeit gewinnen. Sie könnte den Onlineshop noch aufbauen. So was ging schnell, das könnte in wenigen Wochen laufen. Nur durfte das nicht das Ende seines Besuches sein. Dann war es vorbei.

„Kann ich Ihnen noch einige Weine aus meinem Programm vorführen? Ich kann mir vorstellen, dass Sie gestern genug Weine probiert haben. Aber vielleicht doch? Also, wenn Sie mögen?", startete sie einen hilflosen Versuch.

„Herzlichen Dank, Madame. Sehr nett. Aber wie Sie selbst sagen, ich habe gestern so viele Weine getestet, dass sich mein Gaumen erst einmal regenerieren muss. Ich könnte nicht wirklich etwas schmecken. Trotzdem danke. Sehr freundlich."

Fast tröstend sah er sie an. Ein kurzer Moment der Stille lag über dem Laden. Jean-Marc setzte nochmals an. „Madame, es hat mir wirklich sehr bei Ihnen gefallen. Ich würde mich in einiger Zeit gerne bei Ihnen melden und Ihnen unsere Entscheidung mitteilen, wenn ich darf."

„Selbstverständlich. Natürlich dürfen Sie." Anna nickte zu eifrig.

Wenn es kippt, kippt es. Man merkt es und versucht, dagegen anzudrücken. Aber es kippt einfach weiter. Gespräche sind unberechenbar. Kennen sich die Menschen nicht extrem gut, können einzelne Tonoktaven ein angenehmes, gutes Gespräch zum Einsturz bringen. Wenn man keine gemeinsame, stabile Basis hat, gibt es kein Verzeihen. Warum auch. Sie war so nah dran gewesen. So unglaublich nah.

Jean-Marc Melville reichte Anna die Hand und verabschiedete sich. Ohne Regung blickte sie ihm nach, als er den Laden verließ. Die Enttäuschung paralysierte sie. Er würde sich nicht mehr melden. Was sie soeben gehört hatte, war ein höfliches Nein gewesen. Allein sein Besuch war ein Erfolg. Nur fühlte es sich nicht so an. Situationen durchdenken. Sich vorbereiten. Um den Schmerz abzufedern. Dann erleben. Und es schlägt doch voll durch.

Anna rannte aus dem Laden und fast blind auf die Straße. Quietschende Reifen und ein wütender Autofahrer. Jean-Marc Melville war gerade dabei, ein Taxi auf der anderen Straßenseite zu besteigen. Die Geräusche ließen ihn kurz verharren.

„Jean-Marc! Bitte warten Sie." Anna stand nun direkt vor ihm.

„Es stimmt nicht, dass ich nicht dazu gekommen bin, eine Online-Präsenz aufzubauen. Es ist eine bewusste Entscheidung. Ich weiß, dass es rückständig ist, keine Online-Verkäufe zu generieren und ich Geld verliere. Aber Wein ist eine sehr persönliche Sache für mich. Ich glaube daran, dass man einen Wein sehen muss. Fühlen muss. Schmecken muss. Seine Farbe. Wie er sich im Glas bewegt. Wie sein Korken aussieht. Wie er riecht. Seine ganze Gestalt. Wie soll ich einen Wein kaufen, den ich nur auf einem kleinen Bild auf einem Bildschirm sehe, neben dem ein kleiner Einkaufskorb abgebildet ist? Ich weiß, es ist bequem für die Leute. Es ist einfacher. Auch für mich. Aber ich brauche diese Komplexität, die der Weinverkauf mit sich bringt. Die Persönlichkeit. Das ist meine Philosophie. Und mein Laden funktioniert ohne diese zusätzlichen Umsätze, weil ich alles danach ausrichte. Die Kunden genießen die Atmosphäre. Den Dialog. Sie wissen das zu schätzen. Deswegen kommen sie zu mir und klicken sich nicht blind durch eine Webseite. So sehr Sie die Simplizität an Dingen schätzen, so wichtig ist mir die Komplexität, die der Weinverkauf mit all seinen Facetten mit sich bringt. Können Sie das verstehen?"

„Madame Anna, Romantik ist gut. Ich bin selbst ein Romantiker, wie Sie vermutlich bemerkt haben. Aber in unserem Wettbewerb darf man sich diese nicht an den falschen Stellen leisten. Fast die Hälfte unserer Umsätze erzielen wir online. Ohne diese könnten wir gar nicht mehr fortbestehen. Auch Ihre Kunden werden bequemer werden. Selbst wenn sie Ihnen treu bleiben, aber wenn sie nur ein Drittel ihrer Käufe irgendwo anders online tätigen, wird das Ihr Geschäft auf

Dauer nicht überleben können."

Anna atmete tief aus. „Dessen bin ich mir bewusst. Und ich weiß auch, dass ich daran schnellstmöglich arbeiten muss."

„Dringend. Sie brauchen die Online-Umsätze. Glauben Sie mir. Wenn Sie die Kunden erst einmal verloren haben, wird es schwer, sie zurückzugewinnen."

„Ich versichere Ihnen, Jean-Marc. Noch heute werde ich beginnen, eine Online-Präsenz aufzubauen. Das verspreche ich Ihnen."

Jean-Marc öffnete die hintere Tür des Taxis und stieg ein. Bevor er die Tür schloss, wandte er sich abermals Anna zu.

„Lassen Sie mich wissen, wenn Sie dabei Hilfe benötigen. Melville hat viele Erfahrungen in diesem Bereich. Viele Seiten sind genauso aufgebaut, wie Sie es beschrieben haben. Ein schlechtes Foto und daneben ein schäbiger Einkaufswagen, aber es gibt da auch andere Optionen. Sie können auch digital das Weineinkaufserlebnis, wie Sie sagen würden, komplex gestalten."

„Vielen Dank. Auf das Angebot werde ich mit Sicherheit zurückkommen. Ich werde mir erst einmal selbst Gedanken machen, wie ich mir ein Verkaufsportal vorstellen kann, welches zu meinem Geschäft und meiner Philosophie passt. Aber dann werde ich Ihre Unterstützung sehr gerne in Anspruch nehmen."

„Tun Sie das bitte, Madame. Jederzeit. Wären 1 000 Flaschen für den Anfang genug?"

Anna traute ihren Ohren nicht. „Was bitte?"

„ Sagen wir 400 Weiß, 400 Rot und 200 Rosé? Alle vom Grand Petit. Ich denke, seine Schlichtheit könnte gut in Ihr Geschäft passen. Zudem möchte ich ihn schnell im Markt etablieren. Weitere Optionen besprechen wir dann, wenn wir ein Gefühl dafür haben, welche anderen Weine Sinn machen und welche Mengen Sie umsetzen können. Dann auch mit Ihrer Online-Präsenz."

„Ja. Natürlich. Das hört sich großartig an. Ich weiß gar nicht, was ich sagen soll."

„Unser Vertriebsmitarbeiter für diese Region wird sich direkt mit Ihnen in Verbindung setzen, um einen Liefertermin zu fixieren. Willkommen bei Melville, Madame Anna."

Wahlkampf. Das war nichts anderes als Wahlkampf. Er war so was wie der Parteivorsitzende. Nicht die Regierung. Nein, nein. Er war die Opposition! Die Revolution! Der Aufstand! Keine Wiederwahl. Keine eingetretenen, bekannten Pfade. Aufbruch! Sturm! Auf in eine bessere Zukunft!

Er brauchte eine Rede. Eine gute. Er musste sie wachrütteln. Begeistern. Mitnehmen auf eine Reise. Aber er konnte das. Er war der Goebbels des Reichspalasts. Wenn er nur wollte. Natürlich sympathischer. Wesentlich. Vertrauensvoll. Verlässlich. Ein Fels in der Brandung. Bereit, das Schiff durch den Sturm in den sicheren Hafen zu führen. Und dieser Hafen, liebe Freunde, dieser Hafen heißt Las Vegas! Oh ja, das war gut. Das war doch ein toller Schlusssatz! Knackig. Prägnant. Und leicht verständlich. Mit den schlechten Nachrichten anfangen und dann den Bogen zum Guten schlagen. So machte man das. Schnell kritzelte er die Worte auf sein DINA4-Blatt. Schiff. Sturm. Hafen. Vegas. Es lief doch!

Er brauchte sich in Bestform. Gerade die Bedenkenträger Seb und Uwe musste er schnell abholen. Nachfrage-Bastarde. Der eine kritisch. Der andere dumm. Ein Pulverfass. Solche hatten immer was. In seinem Kopf konnte er sie quengeln hören – *„Aber, Erwin ... Erwin, wieso ... Erwin, darf ich fragen ..."* Und dann würde er ausflippen. Aber so richtig! Und das wäre nicht gut. Gar nicht gut. Gewalt tötet vor allem eins. Die Stimmung. Und die brauchte er mehr als alles. Gute, sehr gute Stimmung.

Sollten sie doch fragen! Er würde auf alles eine Antwort haben. Auf alles! Ha! Herrje, schnell was trinken. Er hatte schon einen ganz trockenen Hals vom vielen Nachdenken. Wie das so Buchschreiberlinge aushielten. Ganzen Tag Rumdenken. Und ja nicht mal nur rum-, sondern auch noch ausdenken. Noch schlimmer! Schöne Theoretiker-Bastarde! Da lobte er sich das Leben als Manager. Topmanager! Da musste man ebenfalls mit vielen Bällen jonglieren, aber die Bälle gab es zumindest wirklich und wenn man Dampf ablassen musste, konnte man auch mal einen Ball wegdreschen. So ging das nicht. Warum war er so aggressiv? So kannte er sich gar nicht. Erwin nahm einen großen Schluck. Erst mal runterkommen. Schon besser.

Wo war er stehen geblieben? Richtig, die Querulanten einfangen. Da musste Matse aber mit ran. Dem trauten sie da mehr. Der war so integra. Oder wie das hieß. Egal. Matse wusste das schon. Den würde er noch mal schön einsingen später. Und wenn der das sagte, dann würden die schon alle mitkommen. War ja auch ein todsicheres Ding! Da musste man mehr als blöd sein, so eine Chance liegen zu lassen. Ha! Wieder gut. Wieder gut. Nur ohne das „blöd" vielleicht. „So eine Chance darf man nicht liegen lassen ... liebe Freunde." Passt.

Er brauchte die. Besonders die Frührentner. Seine zwei Dukatenesel. Nein, lieber Goldesel. Rainer und Uwe scheißen Gold. Schöne Vorstellung. Auf jeden Fall würde das die beiden Bastarde deutlich aufwerten. So an und für sich. „Besonders euch, meine lieben Goldesel, denen nicht mehr so viel Zeit bleibt wie uns anderen ..."

Stopp. Hektisch strich er die Passage wieder. Haha, lustig wäre es. Aber so ging das nicht. Schließlich wollte er die behalten, selbst wenn sie mal tot waren. Also die Rentenzahlungen zumindest. Denen wünschte er ewiges Leben. Jedenfalls so lange er die Rentenkohle noch brauchte. Danach, ja danach natürlich auch. Aber ein bisschen war's dann auch egal. Nur ein ganz bisschen. Leer. Schon wieder leer. Gibt's ja nicht! Die soffen ihn hier bankrott. Konzentriert fischte er eine neue Wodkaflasche aus seiner Schreibtischschublade. Wo ist das Glas jetzt wieder hin? Manchmal spukte es hier. Egal, dann halt Flasche. War sowieso mehr drin. Ha, Ha. Lustig war er auch. Fast mehr Entertainer als Oppositionsführer. Wobei sich das nicht ausschloss. Jedenfalls nicht pauschal. Eine richtige Endorphin-Kanone! Das lief schon mit der Rede. Und wenn Matse erst mal mit anpackte, dann war die Katze im Sack!

Wo steckte sein Lieblings-Bastard eigentlich schon wieder? Ganz schön umtriebig war der in letzter Zeit. Sicher die Hormone. Er war ja auch mal jung gewesen. Da ist man den ganzen Tag auf der Pirsch. Macht Spaß, aber ist auch sauanstrengend. Irgendwann freut man sich, wenn das nachlässt und einem die ersten Sackhaare ausfallen. So was geht ja nicht ewig. Zum Glück! Sonst würde man total bekloppt werden! Tiere pflanzen sich bekanntlich auch nicht das ganze Jahr fort. Und das hatte schon seine Gründe.

Aber der Matse, der sollte ruhig mal die Dinge laufen lassen. Der dachte ihm sowieso manchmal zu viel nach. Weniger grübeln. Mehr machen. So ein junger Bursche, der musste auch in die Welle springen, selbst wenn er nicht sah, wie tief das Meer an der Stelle war. Trotzdem war der ein helles Kerlchen. Deshalb passten sie auch so gut zusammen. Beide was auf der Pfanne.

Ein Denker. Ein Drauflosmacher. Wobei er natürlich auch denken konnte. Sehr gut sogar. Machte er schließlich gerade die ganze Zeit. Erwin gähnte. Müde machte das aber schon. Gegen ein kleines Managerschläfchen war absolut nichts einzuwenden. Er lag gut in der Zeit. Die Rede fast fertig, die Fahne hing und wehte, Matse einsingen und noch nen bisschen Klimbim drumrum. Das war's dann schon. Gute Nacht.

Weiß. Überall weiß. Oben, an den Seiten, vorne. Keine anderen Farben. Nur weiß. War er gestorben? Grelles Licht brach aus einer Ecke hervor. Es wäre der schlechteste Zeitpunkt.
Er hatte Phasen erlebt, in denen es ihm relativ egal gewesen wäre. Aber nicht heute. Nicht an diesem Tag. Im Krankenhaus war er nicht. Denn er wusste, wo er war. Er konnte es nur nicht glauben. Gleichzeitig spürte er seinen Körper allerdings nicht. Eigenartig. Kein Kater. Doch im Himmel? Aber dann könnte er sie nicht riechen. Sie war überall. Sehr weiß gehaltene Wohnungen liefen auch immer Gefahr, steril zu wirken. Wenig lebendig. Annas Zuhause dagegen war pur. Ungläubig hob er die Bettdecke ein Stück weit an. Nackt. Tatsächlich. Kein Traum. Doch im Himmel. Und einfach da geblieben.
Fast schon Mittag. Sie hatte ihn einfach weiterschlafen lassen. Er wäre so gerne neben ihr aufgewacht. Eigentlich hatte er sich vorgenommen, gar nicht zu schlafen. Noch lange, schon als sie längst eingeschlafen war, hatte er sie angesehen. Einfach nur angesehen.
Der Tag war so unwirklich schön und perfekt gewesen. Mats hatte die ganze Zeit darauf gewartet, aufzuwachen. Zurückzufliegen. Zu verschwinden. Was auch immer. Nichts davon war passiert. Und doch so viel. Mats versuchte, den Tag wie einen Film ablaufen zu lassen. Von der U-Bahnfahrt bis zum Ende. Aber gewisse Stellen des gestrigen Tages fehlten. Nicht viele. Einzelne Gesprächsmomente vielleicht. Kurze Augenblicke. Aber nicht mehr. Sofern man das selbst überhaupt beurteilen kann. Meistens bemerkt man das erst, wenn aus dem Nichts einzelne Sequenzen auftauchen. Und dann erinnert man sich plötzlich.
Das Rumgepöbel. Der Türsteher. Der Sturz. Die Platzwunde. Oh, oh. Man puzzelt es zusammen. Stück für Stück. Es lag in der Natur der Sache, sich nicht an alles zu erinnern. Und das war richtig so. Wäre man nüchtern und betrunken die gleiche Person, würde niemand trinken.

266

Jeder suchte nach Fremdeinwirkung, um es besser mit sich selbst auszuhalten. Alkohol. Drogen. Adrenalin. Liebe. Wodurch man sie sich holt, war jedem selbst überlassen. Nur zu. Filmriss light. Aber so war es nicht. Niemals könnte er Anna vergessen.

Sie waren von der Messe nach Hause gefahren. U-Bahn war ihnen zu anstrengend gewesen und so hatten sie sich ein Taxi genommen. Mats konnte die Lichter der Stadt am Autofenster vorbeifliegen sehen, die sich in der Dämmerung langsam mehr und mehr Sichtbarkeit verschafften.

Jedes Mal, wenn er seinen Kopf zu Anna, die mit ihm hinten saß, drehte, hatte sie ihn angesehen. Brav hatten sie sich angeschnallt. Manchmal sind Betrunkene überraschend vernünftig. Zu vernünftig. Keiner sagte ein Wort. Stummer Fahrer. Kein Radio. Motorsurren. Blinkerklicken. Übrig blieb nur Stille. Erst als das Taxi Annas Wohnung erreichte, flüsterte sie:

„Ich habe Kaffee und noch etwas Wein."

Vor der Haustür hatten sie sich lange geküsst, bevor sie hoch in ihre Wohnung gingen. Wie es Teenager tun, weil oben die Eltern bereits warten.

„Ich würde dich gerne küssen, wenn du nackt bist", konnte er sich mit einer Espressotasse in der Hand sagen hören, bevor diese auf den Küchenboden fiel. Hatte er das tatsächlich gesagt?

War er so betrunken gewesen? Offenbar. Mats hob die Keramikscherbe vom Boden auf. Alles passiert. Anna und er. Mats und Anna. Anna und Mats.

Wie lange er darauf gewartet hatte. Davon geträumt hatte. Es nicht für jemals möglich gehalten hatte. Nicht zu beschreiben. Realität schlägt Fantasie selten. Manchmal schon. Puzzle fertig. Leben fertig. Anna. Sequenzende.

Ein anderes Taxi fuhr währenddessen durch den Rheinufertunnel Richtung Flughafen. Es war noch ausreichend Zeit, der Flieger ging erst in mehr als zwei Stunden und er hatte nur Handgepäck bei sich. Die Messetage steckten ihm in den Knochen. Hoffentlich würde er im Flieger ein wenig Schlaf nachholen können. Wenn man jung ist, verkraftet man Belastungen besser. Früher hatten ihm die Messetage bei Weitem nicht so zugesetzt. Sie waren auch damals anstrengend, aber vor allem erfüllend gewesen. Nicht nur der Körper verändert sich mit der Zeit. Es ist vor allem das Denken. Man erwartet förmlich, dass man auf Belastungen reagiert. Man öfter krank wird. Und das erfüllt sich dann. So simpel war das. Jean-Marc konnte es trotzdem nicht abstellen. Dafür war es zu spät und er hatte seine Erwartungen zu oft bestätigt. Irgendwann ist die Tür dann zu.

Ihre Unterhaltung war besser gewesen als jedes der unzähligen Bewerbergespräche, die er geführt hatte, um mittelfristig einen Nachfolger für sich selbst zu finden. Es gab exzellente Leute da draußen. Hochqualifiziert. Perfekte Lebensläufe. Ausgerichtet, das Maximum im Leben zu erreichen. Alles abzuschöpfen, was ging. Und noch mehr. Das waren sehr gute Dialoge gewesen. Leute, die für Wein lebten. Die Melville gut führen würden. Aber das Gespräch war besser gewesen. Sie war besser gewesen. Sie hatte etwas Besonderes. Eine besondere Empathie. Eine eigene Vorstellung von Dingen. Von Wein. Sie passte in kein Schema. Sie war jung. Ausländer. Eine Frau. Es war unmöglich. Alles sprach gegen sie. Niemals würde er sie gegen die Gremien durchsetzen können. Zumindest nicht, wenn er den regulären Weg ging.

Kapitel 18: Scheißhausfliegen

„Manchmal fühl ich mich wie eine Scheißhausfliege. Ich lebe in der Scheiße und als wenn das nicht genug wäre, ziehe ich sie auch noch an."

„Nun bist du aber zu negativ. Ich habe noch nie gedacht, dass du wie eine Scheißhausfliege bist."

„Nein?"

„Niemals. Außerdem gibt es nicht einmal Scheißhausfliegen."

„Natürlich gibt`s die! Jede verdammte Kloschüssel ist voll mit Scheißhausfliegen, Rainer."

„Das sind Schmeißfliegen. Scheißhausfliege ist mehr umgangssprachlich."

„Rainer, was soll das? Du weißt doch, was ich meine! Ist scheißegal, ob es die gibt. Ich fühl mich jedenfalls wie eine. Du etwa nicht?"

„Nein."

„Nein?"

„Nein. Ganz und gar nicht. Eher wie ein Schmetterling."

„Ein Schmetterling? Verarscht du mich?"

„Nein, keineswegs. Ich bin ein Schmetterling, der sich gerade aus dem Kokon entpuppt hat."

„Rainer, du machst mir Angst. Was soll der Scheiß? Entpuppt. Wenn das Erwin hört, flippt er wieder aus." Konspirativ neigte Uwe vorsichtig seinen Kopf Richtung Bürotür. Ein sonores Schnarchen war zu hören. Flüsternd fügte er hinzu: „Oh Gott, jetzt wird er auch noch krank. So nasal schnarcht er immer nur, wenn er krank wird. Ich wette, die Nebenhöhlen sind bereits dicht. Dann ist er noch viel reizbarer als sonst. Also hör lieber auf mit dem Entpuppen-Scheiß."

Sanft und lautlos schenkte Uwe beiden etwas Wodka nach. „Je länger er schläft, desto besser." Stumm nickten sie sich zu und leerten ihre Gläser.

„Jetzt, noch mal wegen der Scheißhausfliege. Du verstehst aber, was ich meine, oder nicht Rainer?", flüsterte Uwe.

„Sicher, Uwe."

„Na, wusste ich's doch!"

Hektisch tasteten seine schwarzen Hände auf seinen Hemdbrusttaschen entlang. „Wo sind denn jetzt wieder die Scheiß-HB hin? Ah." Schnell steckte er sich eine an.

Eine zufriedene Rauchwolke fegte über den Tresen. „Hätte ja auch nicht sein können. Hängst seit Jahren den ganzen Tag hier rum und behauptest, du fühlst dich wie ein Schmetterling."

„Heute fühl ich mich so. Vielleicht auch schon seit gestern."

„Oh? Tatsächlich. Na, das ist doch gut. Gibt's einen bestimmten Grund?"

„Keine Ahnung. Vielleicht. Vielleicht auch nicht. Bestimmt irgendwie."

„Hm, aber ist doch gut so. Schmetterling ist besser als Scheißhausfliege. Vielleicht sollte ich mich auch mal entpuppen. Haha, in was, werden wir dann sehen. Bienenkönigin zum Beispiel. Die schlüpfen auch wo raus und vorher sind die so erdwurmhaft."

Nachdenklich ließ Rainer seine Finger auf dem Glasrand kreisen, sodass ein leiser, kaum wahrnehmbarer Ton entstand.

„Ich glaube, ich war lange nicht da. Und jetzt bin ich es wieder. Fühlt sich jedenfalls so an. Ob als Schmetterling oder Scheißhausfliege ist eigentlich egal. Hauptsache, man ist überhaupt da."

„Würde trotzdem lieber Schmetterling als Scheißhausfliege sein. Von mir aus auch Fliege. Aber mal ohne diese ganze Scheiße um einen rum."

„Manchmal ist da gar nicht so viel Scheiße, wie man denkt. Aber wenn du dich erst mal von einem Teil zudecken lässt, dann siehst du gar nicht mehr die Stellen, an denen keine Scheiße ist."

„Darauf trinken wir – auf alle Stellen ohne Scheiße!"

Uwe richtete sich auf und griff nach der Wodkaflasche. Doch er verlor ein Stück weit das Gleichgewicht und die Flasche rutschte ihm aus der Hand. Sie rollte über den Tresen, nahm Rainers Glas mit und zerschellte lautstark auf dem braunen, steinharten Teppich. Verschreckt wie ein geprügelter Hund zog Uwe den Kopf ein.

„Jetzt hast du ihn aufgeweckt. Du, Scheißhausfliege!", rief Rainer und er lachte, so laut er konnte.

Die frischen Wandputzspuren auf dem Asphalt hatten ihn stoppen lassen. Und nun blickte er sie fasziniert seit ein paar Minuten an. Fahnen hatten so etwas Staatstragendes, Offizielles. Was nicht verwunderte, waren sie doch genau für solche Zwecke erfunden worden. Und natürlich für alle deutschen Schrebergärten. Deutsche Schrebergärten. War das tautologisch so wie „weißer Schimmel"? Mats wusste es nicht. Hatten andere Länder Schrebergärten? Es wirkte unrealistisch, sich im Speckgürtel einer südeuropäischen Metropole eine mit Stacheldraht umzäunte Barackensiedlung vorzustellen, in der überall englischer Golfrasen verlegt war und sich alle auf Campingstühlen, im Unterhemd sitzend, rund um die Uhr beobachteten.

Nein, das fühlte sich verdammt deutsch an. Der Name Kolonie kam schließlich nicht von ungefähr. Vielleicht war der Schrebergarten nichts mehr als das Aufarbeiten der eigenen Geschichte. Man hatte als Land ohne atlantischen Meerzugang im Mittelalter mit ansehen müssen, wie Engländer, Franzosen und Spanier eine Kolonie nach der anderen erschlossen. Namibia war vermutlich nur ein Märchen, das man erfunden hatte, um nicht als totaler Versager dazustehen. Deutschsüdwestafrika? Ha, wer's glaubt! Und so war es kein Wunder, dass sich der Wunsch nach eigenen Kolonien, in denen wilde, fremdartige Wesen hausten, so tief ins Herz der Deutschen eingebrannt hatte, dass sie auch Jahrhunderte später dies noch zu kompensieren versuchten. Die Geschichte holt alle ein. So oder so.

Die Fahne war viel zu groß. Fast wie bei einer Botschaft. Wenn der Wind sie aufplusterte, war sie halb so groß wie die Eingangstür. Mats stellte sich vor, wie ahnungslose Touristen aus Asien die Spielothek für die amerikanische Botschaft hielten und im Innern Botschafter Drönemann samt Büroleiter Klima kennenlernten. Zumindest Immunität gab es reichlich da drin.

Das ungläubige Lächeln war noch nicht aus seinem Gesicht verschwunden. Jeder Außenstehende würde ihn für einen ergriffenen Amerikaner im Exil halten. Sein Gehirn hatte Mats in zwei Teile gespalten. Eine Hälfte hielt alle Körperfunktionen am Laufen und war nebenbei in der Lage, auf mögliche leichte Reize, wie eben die Fahne, zu reagieren. Seine andere Hirnhälfte dagegen befand sich noch unter Annas weißer Bettdecke und versuchte zu begreifen, was passiert war.

271

Es gibt Dinge im Leben, die sind so groß, dass man sich immer wieder begreiflich machen muss, dass sie tatsächlich passiert sind. Besonders wenn der Moment noch ganz frisch ist, muss man sich selbst immer wieder daran erinnern. Weil die Angst zu groß ist, dass er verschwinden könnte, obwohl er passiert ist. Also hämmert man es sich förmlich in den Kopf. Man wiederholt es wieder und wieder. Bis das eigene Gehirn nicht mehr fragt: Wirklich? Zum Glück passiert das nur mit den guten Sachen. Die schlechten verdrängt man und irgendwann verklärt man sie, damit es nicht mehr so wehtut. Dann hängt kein Bild an der Gehirnwohnzimmerwand. Es guckt nur ein einzelner Nagel heraus.

Mats hatte keine Ahnung, wie lange er noch hämmern musste. Schlimm war das nicht, machte schließlich auch ein Stück weit Spaß. Stetig unterstützte er seine Wahrnehmung durch kleine Geruchssalven aus seinem Hemdkragen. Vielleicht ließ sich das Gehirn auch einnebeln. Geruch konnte schließlich überall hin. Wenn der Bauer auf dem Feld düngte, half auch die beste Dichtung im Auto nichts. Da konnte Annas Duft ja wohl sein Stammhirn fluten. Hammer. Nebel. Bild aufhängen. Hammer. Nebel. Bild aufhängen. Mats hätte ewig so weitermachen können. Gehirnwohnzimmerwand entkernt. Es musste schließlich Platz her. Er würde bald noch mehr Anna-Bilder aufhängen. Viel mehr.

Der Speichelfaden war langsam von seinem Mundwinkel bis zu seinem Hals heruntergeflossen. Das laute Ein- und Ausatmen hatte ihn vor- und zurückschnellen lassen und doch war er immer weiter ein Stückchen nach unten gekommen. Bis er schließlich, das Brustbein kurz passierend, unter den subtropischen Haardschungel kroch.

Erwin schreckte auf. Reflexartig begann er, seine Brust zu reiben. Warum war das so scheißkalt hier? Unbeholfen wuchtete er sich aus dem Stuhl. Wahnsinnig erholsam schien dieser Managerschlaf nicht zu sein. Machte ja auch keinen Sinn. Warum sollten 10 Minuten Schlaf so gut sein wie 10 Stunden Schlaf! Das hatte sich doch wieder irgend so ein Bastard ausgedacht, der sie nicht alle auf der Pfanne hatte!

Er war einfach zu gutmütig. Ständig ließ er sich von irgendeinem Mist einlullen. Anstatt seine Rede fertig zu haben, fühlte er sich nun wie ausgekotzt. Erkältet war er jetzt auch noch. Kerngesund eingeschlafen, krank aufgewacht. Gründe wollte nur nie einer wissen.

Warum war denn die Titanic gesunken? Vielleicht hatte der Kapitän einfach nicht genau gucken können, weil er einen über den Durst getrunken hatte? Weil er nichts als Ärger hatte zu Hause mit seiner Alten, der Vizekapitän seinen Job wollte, die Werft eigentlich pleite war und so weiter! Und dann passt man mal nicht auf. Das kommt vor! Kann jeder verstehen! Aber nun ist der arme Kerl für tausend Jahre der letzte Arsch. Gründe. Gab es für alles.

Gott, er fühlte sich krank. Warum war er immer für alles verantwortlich? Er war schließlich auch nur ein Mensch. Hatte Gefühle. Schwächen ... und viele, viele Stärken. Da konnte er sich wohl auch mal scheiße fühlen. Oder war das zu viel verlangt? Das Leben schenkt einem wirklich nichts. Absolut nichts. Er hatte Fieber. Kein Wunder. Wie sollte er krank die Rede fertig bekommen haben? Das konnte ja was werden. Nichts mit Bestform. Schüttelfrost. Wie die Blutsauger! Kein Wunder, dass er krank wurde von dem ganzen Druck. Aber das würde alles niemand jemals erfahren. Zählt nur das Ergebnis. Schönes Leben. Vielen Dank auch.

„Erwin, alles in Ordnung bei dir?", Uwe öffnete zaghaft die Tür und steckte seinen Kopf halb herein.

Erwin sah nicht auf und fokussierte weiterhin die Tischplatte. Ohne aufzublicken sagte er: „Was soll denn nicht in Ordnung sein??? Stört dich etwas an mir, Uwe?"

„Nein, keineswegs, Erwin. Nein, nein, wir, also der Rainer und ich, wir haben uns nur Sorgen gemacht, weil du so laut geatmet hast."

Ruckartig drehte Erwin sich zu Uwe. „Ich bin krank. Es geht mir schlecht. Habe ich nicht auch mal das Recht, krank zu sein? Kann ich nicht einen verdammten Tag mal krank sein? Ist das hier möglich? Einen verdammten einzigen Tag?"

„Natürlich Erwin. Äh, ich meinte, wir wollten auch nicht ... wir haben uns nur Sorgen gemacht. Und deshalb ..."

„Uwe, wirklich, ich möchte mich nicht streiten. Dafür habe ich jetzt wirklich keine Kraft. Ich brauche eine Pause. Ich kann mich nicht immer um alles kümmern. Ich kann auch nicht alles immer beantworten. Den ganzen Tag blökt ihr meinen Namen durch die Gegend, wie so ein Haufen Scheiß-Rinder, denen das Fressen ausgegangen ist. Erwin dies, Erwin das. Und ich helfe euch wirklich gerne mit meinem Rat und meiner Weisheit. Aber auch euer Erwin braucht mal 'ne Pause. Weil wenn es rund um die Uhr rappelt, dann kotzt das Pferd irgendwann auf den Flur, und zwar sich selbst, wenn du verstehst, was ich meine." Erwin hatte sich Uwe nun zugewandt und blickte in ein ungläubiges Augenpaar. „Na klaro, versteh ich alles, Erwin." Uwe nickte eifrig. „Pause ist immer gut. Gibt's ja überall im Leben. In der Schule, auf der Arbeit, beim Fußball. Ich mach einfach wieder die Tür zu und du rufst einfach, wenn du was brauchst."

Und so verschwand der halbe Kopf mit den ungläubigen Augen wieder so zaghaft, wie er gekommen war. Erwin streckte alle Glieder von sich und baute so Körperspannung auf. Doch auf das Adrenalin, das durch seinen Körper schießen sollte, wartete er vergeblich. Wenn der Bengel nicht bald auftauchte, endete das noch alles im Desaster.

So eine Fahne hatte schon etwas Hypnotisches. Dieses Flattern. Dieses Farbenspiel. Diese Schatten. Vielleicht lag es aber auch daran, dass er noch nie so bewusst eine Fahne betrachtet hatte. Sonst wäre es ihm schon einmal früher aufgefallen. Oder es lag schlichtweg an seinem träumerischen Zustand. Wobei im Sehen von Dingen ein generelles Problem lag. Man sieht die Dinge, aber man sieht sie eben doch nicht. Weil alles so schnell geht. Niemand hat mehr Zeit, die Dinge wirklich zu sehen. Und so geht wahnsinnig viel an einem vorbei. Als Erwachsener verliert man die kindliche Sicht auf die Dinge. Und es ist nicht Naivität, die man verliert, sondern Offenheit. Auch ein Stück weit Spannung. Man möchte alles genau sehen, weil es neu und interessant ist. Kleinigkeiten, Details tauchen wie aus dem Nichts auf und machen einfache Gegenstände zu etwas Besonderem. Wahrscheinlich ist das ganze Leben nur von Spannung abhängig. Sie zieht uns an, bindet uns. Ist sie einmal verschwunden, kommt alles zum Erliegen und erschlafft. Und dann ziehen die Dinge an einem vorbei. Liebe, Freundschaft und manchmal auch man selbst. Oder eine hypnotische US-Flagge vor einer Spielothek.

Doch nun war es Zeit, an Bord der USS-Erwin zu gehen. Mats inhalierte ein letztes Mal seinen Hemdkragen, von dem er befürchtete, dass dieser das verrauchte Loch nicht unbeschadet überstehen würde, und riss mit einem Schwung die Tür auf. Disconebel umspülte ihn. Sie waren wie Kinder. Von allein kam niemand auf die Idee zu lüften, wenn Mats nicht da war. Sein Körper schien der Einzige zu sein, der seine grundsätzliche Abhängigkeit von Sauerstoff noch kannte. Und so paarten sich in seiner Abwesenheit in aller Ruhe über Tage konservierte männliche Ausdünstungen mit Alkohol, Rauch und dieser leichten Prise Altersheim, die sich in das Mobiliar der Spielothek mit der Zeit gefressen hatte.

„Guten Morgen! Könnt ihr euch überhaupt noch sehen hier drinnen?" Mats blieb angelehnt an der Tür stehen und hielt sie offen, damit zumindest für einige Sekunden frische Luft reinkam.

„Das schon. Aber wäre vielleicht besser, wenn nicht. So richtig hübsch ist der Rainer ja nicht, was Rainer?", zischte Uwe dreckig und grinste Rainer an.

„Schönheit kommt bekanntlich von innen. Das weiß niemand besser als du, Uwe."

Uwe lachte. „Gut Paroli geboten. Darauf könnt ich noch einen. Matse, komm her und trink einen mit. Aber sei leise, Erwin ist krank."

Vorsichtig hatte er sich einen Finger auf die Lippen gelegt und suggerierte ein „pst". Und fügte wissend hinzu: „Die Nebenhöhlen." Während er sich mit beiden Zeigefingern auf selbige tippte.

Mats ließ die Tür los und steuerte zielstrebig Richtung Theke. „Krank? Wieso krank? Nebenhöhlen?" Uwes Nase zog sich so weit zusammen, dass seine Nasenhaare frei gelegt wurden und seine Stirn sich in riesige Falten legte. „Ich glaube, er hat hohes Fieber."

„Oh ja? Gestern machte er auf mich noch einen ganz gesunden Eindruck." Fast zu gesund, wenn man es genau nahm.

„Jetzt ist er aber krank. Hat er selbst gesagt. Außerdem geht's ja irgendwann immer los. Zack und dann ist man krank. Kann keiner die Uhr nach stellen."

Mats sparte sich eine direkte Antwort. Er sah zu Rainer, der erstaunlich frisch und fast erholt aussah. Wie nach einem Kurzurlaub. Doch kein USS-Flugzeugträger. Eher das Traumschiff. Aber der Kurzurlauber zuckte nur unbeteiligt mit den Schultern.

„Erwin braucht mal 'ne Pause. Er kann sich nicht immer um alles kümmern. Der Mann ist zwar ein Baum, aber kein Roboter. Da muss er sich auch mal ausruhen. Sonst kotzt das Pferd am Ende auf den Flur. Ja, so ist das dann." Den letzten Satz hatte Uwe mehr zu sich gesagt.

Mats war nicht vollends überzeugt. „Ich gehe trotzdem mal rein und sehe nach ihm."

Doch bevor Mats Erwins Bürotür erreicht hatte, flog sie mit einem Krachen auf und bohrte ihren Türknauf schwungvoll in die bereits poröse Wand.

„Ich muss raus aus diesem Puff hier. Die Jacke kannst du anlassen, Matse. Wir hauen ab." Und ein donnernder Husten bellte die Restluft aus Erwins Bauch hinterher. Mats machte eine 360-Grad-Drehung und nach kurzem Zögern folgte er dem an ihm vorbeistürzenden Erwin in die helle, reale Welt.

„Blau. Aber alle Töne. Sonst ist das scheiße. Also auch Hell- oder Aquamarinblau oder wie das heißt. Blau ist Blau. Türkis gehört zu Grün. Das ist kein Blau. Aber sonst alles, was irgendwie Blau ist, zählt auch zu Blau. Weiterhin null zu null. Da kann der erste Treffer schon Gold wert sein, Matse."

Erst wenn der letzte Baum gerodet, der letzte Fluss vergiftet, der letzte Fisch gefangen ist, werdet ihr merken, dass man Geld nicht essen kann. Mats starrte nun schon seit mehreren Minuten auf den Aufkleber auf dem Handschuhfach. An den Ecken war er bereits etwas ausgefranst. Ein wenig, als wenn jemand versucht hätte, ihn abzureißen. Oder Verschleiß. Mit der Zeit fransen wir alle schließlich ein wenig aus. Wobei sich so was irgendwann gar nicht mehr entfernen ließ. Ob das der Vorbesitzer geklebt hatte? Mats konnte sich nicht vorstellen, wie Erwin diesen Aufkleber in einem alternativen Laden erstanden und anschließend auf sein Handschuhfach geklebt hatte. Das fühlte sich nicht echt an. Irgendwie unwahrscheinlich. Aber wen störte er schon. Höchstens den Beifahrer, alle anderen konnten ihn nicht sehen.

Es gibt Weisheiten, die kann man annehmen. Jedenfalls irgendwie. Sie sind stets abstrakt und vom realen Leben entfernt, trotzdem bleiben sie wahr. Und in einer ruhigen Minute denkt man über sie nach und kommt zu der Erkenntnis, dass das Leben besser wäre, wenn nur alle diese Einsichten hätten. Aber das hier, das war einfach langweilig. Sicher im Kern nicht falsch und es war auch hundert Jahre alt. Zudem von Indianern, was dem Aufkleber noch einen Glaubwürdigkeitspunkt brachte. Lange her, vorausschauend, von einer unterdrückten Minderheit stammend, es gab viele Gründe, diese Weisheit anzunehmen. Trotzdem sah Mats das degenerierte Blumenmädchen vor seinem Auge tanzen. Sie trug ein T-Shirt, auf welchem dieser Satz prangte. Zu eindeutig. Zu langweilig. Zu pathetisch.

Kein Feuerwasser für Indianer. Hätte auch dort stehen können. Vielleicht war das die große Problematik. Die Umweltthematik war bereits so stark gelernt und verstanden worden, dass sie schon wieder langweilte. So wie AIDS. Hau mir ab mit dem altem Hut! In fünf Jahren wäre eine chronische Bronchitis aufregender und diese hatte jeder drei bis fünf Mal im Jahr, wenn man den Medizinern glauben durfte. Alles folgt einem Trend, und wenn der endet, sollte man das einfach akzeptieren.

„Das ... hm vierte Auto. Ja, das vierte ist blau." Erwin faltete konzentriert seine Hände und spielte mit den Fingern Klavier auf dem Lenkrad.
Was machten sie nur hier? Langeweile. Seit einer Dreiviertelstunde saßen sie nun schon in Erwins Auto und beobachteten die Dreißiger-Zone auf der Fleher Straße. Wie ein paar Blitzpolizisten, nur ohne Blitzgerät.
„Ah ... rot! Verdammt! Immer noch null zu null. Du bist Matse." Erwin nahm einen großen Schluck aus einer Jim Beam-Coladose. „Das tut gut. Es gibt nichts Besseres, wenn man krank ist. Auch schlau von ihnen, das direkt zu mischen und in diesen Dosen zu verkaufen. Ich sag's dir ja immer Matse, die Ideen schwirren überall rum! Man muss nur hoch genug springen, damit sie einem auf den Kopf fallen können. Wenn du immer unter dem Tisch hockst, kann dir auch nie etwas auf den Kopf fallen. Wenn du verstehst, was ich meine. Auch eine? Du siehst erkältet aus?"
„Danke. Ich bin nicht erkältet."
„Wenn du nicht krank bist, solltest du auch kein Jim Beam-Cola trinken, Matse. Man nimmt ja auch nicht einfach so Kopfschmerztabletten, wenn man keine Kopfschmerzen hat."
„Ich möchte auch gar keine. Weder gesund noch krank. Erwin, was machen wir hier? Ich find es o.k., nicht sofort bei allen Dingen zu wissen, warum man sie macht. Aber könntest du mir ein Gefühl dafür geben, weshalb wir hier sitzen und Autofarbenraten spielen? Ich bin saumüde. Es ist warm. Was machen wir hier?"
„Hast du denn schon mal Jim Beam-Cola getrunken, als du krank warst?"
„Nein, habe ich nicht. Warum sollte ich? Ich bezweifele auch, dass es besonders viele Menschen gibt, die Jim Beam-Cola trinken, wenn sie krank sind."
„Dann solltest du nicht so reden. Findest du nicht, Matse?" Erwin leerte seine Dose und fischte aus dem Fußraum der Rücksitze eine weitere.

277

Mats' Hochgefühl wich langsam aber merklich einer großen Angestrengtheit.
„Nein, Erwin. Vielleicht nicht. Müssen wir weiter über Jim Beam-Cola in Dosen sprechen?"
„Nicht, solange du gesund bist." Erwin blickte Mats zufrieden nachdenklich an.
„Wir warten auf was, Matse. Damit du etwas verstehst. Klarheit ist Wahrheit, nicht? Und jetzt nimm eine Farbe!"

Mats machte eine hilflose Handbewegung und stöhnte leise auf. „Gut, ich nehme Orange. Orange mit weißen Streifen. Und einem Schuss Wodka."
„Na! Es wird ernsthaft gespielt! Das ist wichtig hier, Matse. Kein Platz für Späße."
Genau. Autofarbenraten in der Spielstraße und es war gerade mal Mittag durch. Aber kein Raum für Späße. „Mein Gott – dann nehme ich halt – was weiß ich. Grün."
„Geht doch. Und die Nummer?"
„Was für 'ne Nummer? Muss ich jetzt auch das Kennzeichen raten?"
„Unsinn. Nummer meint die Position von der grünen Karre. Du wirst doch Autofarbenraten kennen. Du alter Studenten-Bastard!" Feixend, hustend schlug er sich mit der Faust auf die Brust.
„Ihr seid mir solche Schlaumeier-Bastarde. Kennt 1 000 Wörter, sprecht 100 Sprachen, aber wenn's an den konkreten, deepen Shit im Leben geht, dann seid ihr stumm wie ein toter Fisch."
Der letzte Fisch gefangen. Vielleicht war's doch sein Aufkleber. Meine Güte, die Achtziger hatten vor keinem Halt gemacht. Nicht mal vor Erwin.
„Dreizehn. Das dreizehnte Auto. Das dreizehnte Auto ist grün. Bist du nun zufrieden?"
Erwin reagierte nicht weiter auf Mats und zündete sich eine Ernte an. Gegenüber der Grundschule sammelte sich derweil eine Gruppe von Erst- oder Zweitklässlern. Mehr und mehr kamen aus dem Haupteingang und warteten brav vor dem Zebrastreifen. Eine junge Frau stand inmitten der Kinder, ruderte mit beiden Armen und machte dabei mit ihrem Mund Zähllaute.
„Die gehen in den Sternwart-Park. Das machen sie jeden Dienstag. Glaube das ist so was wie Biologieunterricht. Die suchen dann Blätter oder Blumen und gucken sich die an. Bescheuert, oder?"

Erwin schien öfter hier zu sein. Das beunruhigte Mats ein wenig.

„Erwin. Ich meine, wirklich im Ernst, was soll ... wozu sind wir ...?"

„Es ist der mit der roten Mütze. Siehst du die rote Baseballmütze? Siehst du den Matse?" Erwin nippte vorsichtig an seinem Jim Beam-Cola.

Inmitten der Kindergruppe stand ein Junge mit einer roten Baseballmütze. Er war so weit entfernt, dass Mats zwar ihn, aber nicht einmal den Schriftzug auf seiner Mütze erkennen konnte. Er war vielleicht 50 Meter entfernt. Die Mütze verdeckte seine Haare. Ein kleiner Junge mit einer roten Mütze ohne Gesicht und Haare.

„Ich habe seine Mutter an einem Sonntag kennengelernt. Sie stand einfach auf der Straße. Wie aus dem Nichts. Als wenn sie vom Himmel gefallen wäre und an dieser Stelle auf mich gewartet hätte. Oder auf jemand anderen. Aber ich war der Erste, der vorbeikam." Er hustete laut und pustete den Rauch Richtung Windschutzscheibe. „Nächste Woche wird er acht Jahre alt. Ist das zu glauben?" Mats verstand und verstand es doch nicht. Er hielt kurz inne. „Wie heißt er?"

„Tom. Sein Name ist Tom."

„Du hast nie erwähnt, dass du Kinder hast. Siehst du ... ich meine, seht ihr euch?"

Der Junge drehte seinen Kopf Richtung Auto. Aber nur, weil sie sich nun in Zwei-erreihen aufstellten und fein aufgereiht begannen, den Zebrastreifen zu über-queren. Unter den Handzeichen und Rufen der Lehrerin setzte die Gruppe lang-sam auf die andere Straßenseite über und stiefelte nur wenige Meter hinter ihrem Auto vorbei.

„Oh ja, ich sehe ihn. Jeden Tag. Und zwar hier. Jeden Morgen oder Mittag fahre ich hier hin und warte, bis er reingeht oder rauskommt."

Mats ließ der Stille einen Moment Raum, sich zu entfalten. Erwins Augen folgten der Kindergruppe im Mittelspiegel, bis sie schließlich in der linken unteren Ecke verschwand.

In einer fließenden Bewegung warf er mit der linken Hand die leere Jim Beam-Dose über seine rechte Schulter auf die Rückbank und fischte mit der rechten eine neue Dose aus dem Fußraum. Gleichzeitig sog er kräftig an der Ernte 23 in seinem Mund, um sogleich den Rauch wieder auszustoßen, ohne sie dabei von seinen Lippen abzusetzen. Mit einem Schnappen knackte die Dose auf und Erwins Kehlkopf bewegte sich gierig auf und ab.

Mats fühlte sich an eine dieser indisch-hinduistischen Gottheiten erinnert. Diese mit den acht oder sechs Armen. So viele Arme waren sicher kein Nachteil. Acht vielleicht nicht und auch sechs würde man schwer unterkriegen. Aber zwei weitere Arme so auf Höhe des Zwerchfells wären für jeden Mensch ein Gewinn. Ständig sagte man: *„Warte, ich habe gerade keine Hand frei.“*

Zu anderen und vor allem zu sich selbst. Dieses ewige Umgreifen, Ablegen und Wiederaufnehmen von Sachen. Und alles nur, weil man nur zwei beschissene Arme hatte! Die Möglichkeiten wären grenzenlos. Keine Erschöpfung mehr beim Getränkekisten tragen, Nahrungsaufnahme während der Autofahrt, Cocktails trinken und sich parallel einen Neuen mixen, Vorspeise und Hauptgang kultiviert mit dem jeweiligen Besteck parallel verspeisen, beim Liegestützmachen die erschöpften Oberarme durch die ausgeruhten Mittelarme ersetzen. Die Reihe ließ sich endlos fortsetzen.

Irgendwann war die Menschheit sicher so weit. Sagte man ja bei praktisch allem. Wenn's so weit war, wollte er aber lieber ein Sprungbein am Rücken, damit er endlich im Liegen gehen konnte. Das musste noch viel besser sein!

Ein völlig neues Gefühl des Spazierengehens. Und solange das Sprungbein am Rücken im nicht genutzten Zustand einfach herunterbaumelte, gab es auch keine Schwierigkeiten beispielsweise bei Warteschlangen. Kein Herunterbaumeln und man steht in der Kassenschlange beim Edeka bis zur Fleischtheke. Gab es ein Tier mit Sprungbein am Rücken? Mats wusste keins.

Wobei Sprungbein fast nicht der richtige Ausdruck dafür war. Vielmehr ein Stützbein. Das konnte man auch mal ausfahren, wenn man keinen Bock auf nichts mehr hatte. Schon gar nicht, nach dem unglaublich anstrengenden Shopping-Samstag zur Weihnachtszeit auch noch aufrecht nach Hause zu gehen. Halt, doch ein Tier. Natürlich! Der Affe. Affen haben zwar keine Stützbeine am Rücken. Dafür sind aber Arme und Beine gleich. Sehen gleich aus, sind gleich lang und die machen damit auch die gleichen Sachen.

Da würde jetzt irgendein Biologe vermutlich den Arm zum Einspruch erheben. Oder auch das Bein. Haha. Stöhn. Aber am Ende zählt bekanntlich nur das, was die Außenwelt wahrnehmen kann und da waren des Affen Arm und Bein absolut eins. Und wenn man nun statt vier Armen und zwei Beinen einfach sechs Beine hätte? Dann wäre man ein Insekt! Mats war fasziniert. Alles, einfach alles hing zusammen in dieser Welt. Am Ende wird ein Schuh draus. Immer.

Unabhängig davon ließ sich festhalten, dass Erwin dem Klischee des nicht Multitasking-fähigen Durchschnittsmannes nicht entsprach. Gefühlt hätte er noch mit Bällen jonglieren und durch einen brennenden Reifen springen können. Trotz seiner arg limitierten Anzahl an Armen. Mats fühlte sich schäbig. Erwins lange Gesprächspause hatte sein Gehirn für einen Ausflug genutzt, der in eine alberne Klassenfahrt ausgeufert war. Doch der belegte, dumpfe Ton von Erwins Stimme holte ihn wieder zurück.

„Weißte, Matse, ein Mann muss an etwas glauben im Leben. Und damit meine ich nicht Gott, den alten Bastard. Ein Mann trifft den ganzen Tag Entscheidungen. Und wenn er nichts hat, an das er glaubt, dann weiß er gar nicht, wie er entscheiden soll. Man braucht etwas, das Bestand hat, sonst verliert man sich in diesem ganzen Geröll. Ohne Klarheit keine Wahrheit – gilt auch für einen selbst! Und ich glaube, dass man die Dinge im Leben nicht erzwingen kann. Es wird nicht besser, wenn du so lange schiebst und zerrst, bis was passiert. Vor allem wenn's vorher o.k. ist. Das ganze Leben lang zerren wir Bastarde an allem rum, weil wir ständig was wollen. Manchmal muss man natürlich zerren, so wie wir jetzt mit Vegas. Aber wenn die Spielothek noch laufen würde, dann würde ich nicht dran rumzerren, ganz sicher nicht. Eine Menge Sachen sind wie so ein Haufen Baumstämme. Die liegen schön aufgereiht aufeinander rum. Aber auf einmal steht ein Baumstamm ein Stück weit über und dann zerrt man den da raus, damit es noch schöner aussieht.

Doch plötzlich sieht der Haufen nicht schöner aus, sondern die Scheiß-Baumstämme halten nicht mehr und rollen alle mit Karacho über einen drüber. Und dann wünschte man sich, dass man doch nur nicht an dem verfickten Baumstamm rumgezerrt hätte und alles so wie vorher wäre. Und ich, Matse, ich zerre nicht."

Mats suchte nach Worten und fand zu viele. Es gab Momente, da fielen einem so viele Fragen ein, dass man sich stundenlang hätte unterhalten können. Er konnte Erwin nun all diese Fragen stellen. Sich die Fakten abholen, um es noch besser einordnen zu können. Damit man es weitererzählen konnte. Das machten die meisten Menschen so. Manche Menschen bestanden nahezu komplett aus dem Leben anderer, dem von Verwandten, Nachbarn, Prominenten oder dem armen Trottel, der von der Brücke gefallen war und es so in die Zeitung geschafft hatte. Ist man selbst zu leer, lädt man sich auf wie eine Batterie. Mit allem Möglichen, was einem so vor die Füße fällt. Bis der Duracellhase endlich wieder trommeln kann.

Warum habt ihr euch getrennt? Weißt sie, dass du der Vater bist? Weiß Tom es? Wieso versuchst du nicht, um deinen Sohn zu kämpfen? Interessiert es dich nicht, was für ein Vater du bist? Liebst du sie noch? Hoffst du tief in dir drin, dass ihr eines Tages doch noch eine glückliche Familie werdet?

Oder Mats konnte akzeptieren, dass die Antworten auf diese Fragen nicht wichtig wären, weil sie nur seine eigene Neugier befriedigen würden und er das Gesamtergebnis ohnehin kannte, weil er es gerade aus Erwins Mund gehört hatte. Er entschied sich, ihnen beiden den quälenden Verbalfußmarsch bis dahin zu ersparen.

„Aber wenn man nie an was zerrt, dann kann sich auch nie etwas ändern."

Erwin zuckte gleichgültig mit den Schultern und starrte durch die Windschutzscheibe nach draußen. „Und? Muss sich ja nicht ständig was ändern oder? Manche Sachen sind gut so, wie sie sind."

Wie Recht er hatte. Würden alle weniger zerren, würde man in einer glücklicheren Welt leben. Vor allem man selbst wäre glücklicher, weil man nicht immer das Gefühl hätte, zerren zu müssen, obwohl man gar nicht zerren wollte. Veränderung. Entwicklung. Fortschritt. Das Rumgezerre stand im Duden an 2 000 Positionen. Warum konnten die guten Dinge nicht einfach bleiben, wie sie sind? Mats wusste zwar nicht, ob das auch für Erwins Vater-Sohn-Beziehung galt, aber er mochte nicht urteilen. Vielleicht hatte der kleine Tom einen Papa zu Hause. Oder einen, den er dafür hielt. Den er liebte und es würde seine ganze, kleine Welt dauerhaft zum Einsturz bringen, nur weil sein Erzeuger plötzlich beschloss, Teil seines Lebens zu werden. Und aus der heilen, kleinen Bilderbuchfamilie wäre über Nacht eine dieser modernen Patchworkfamilien geworden, von denen uns Hollywood suggeriert, dass sie *ach so toll* und *ach so normal* sind. Weil sie einfach dem Zeitgeist entsprechen, sich alle untereinander ganz großartig finden und es keinerlei Rolle spielt, wer eigentlich ursprünglich wen mal geliebt und zusammen Kinder bekommen hat.

„Ich hätte doch gerne so eine Jim Beam-Cola-Dose. Irgendwie kribbelt mein Hals."

Erwin griff eine weitere Dose aus den Untiefen des Fußraumes hervor und reichte sie Mats zufrieden blickend rüber. „Dann ist jetzt der ideale Zeitpunkt, damit anzufangen. Ölt den Hals und macht fit." Erwin ließ den Motor an.

„Nun aber mal los. Wir müssen noch ein paar Sachen vorbereiten. Ich war trotz der Krankheit nicht ganz untätig, wenn ich das behaupten darf. Zeige dir alles, wenn wir zurück in der Spielothek sind."

Beide achteten nicht mehr auf die vorbeifahrenden Autos und so auch nicht auf den Lieferwagen, den sie passieren ließen, bevor sie auf die Sternwartstraße auffuhren, um mit Tempo 30 Richtung Lorettostraße zu steuern. Sattgrün und das dreizehnte Auto. Doch das interessierte niemanden mehr.

Kapitel 19: Flipper

„Unser Vorteil ist die Überraschung. Das ist wie bei den Indianern früher. Die waren auch immer weniger als die Weißen, aber wenn sie plötzlich wie aus dem Nichts aus dem Wald angeritten kamen, dann: Rambazamba! Da wurde auch mal schnell so 'ne ganze Kompanie in die Erde gepflügt! Und warum? Weil eben keiner von den weißen Bastarden damit gerechnet hatte. Man muss es eben nicht hier oder hier haben", Erwin tippte sich symbolträchtig zunächst auf Bizeps, gefolgt von seiner Stirn, „sondern man muss vor allem wie aus dem Nichts auftauchen können!"

Und er ließ seine rechte Faust auf die leere Jim Beam-Dose krachen, dass es laut knallte. Was war das nur mit dieser Indianerkacke? Nie zuvor hatte Erwin irgendein Wort mit Indianern benutzt. Und nun erst dieser bescheuerte Aufkleber und jetzt wieder. Hatte er sich über Nacht mit der Geschichte des Landes auseinandergesetzt und sah nun alle Lösungen im Leben mit indianischen Wurzeln? So irre, irre erfolgreich war die Überraschungstaktik auf Dauer schließlich nicht gewesen. Und nebenbei, mit Alkohol konnte der Indianer an und für sich auch nicht so gut umgehen. Sagte man zumindest. Sicher wieder so ein Enzymproblem. Grundsätzlich eine absolute Top-Rechtfertigung. Schafft man etwas nicht, versagt man nicht. Oh nein. Man geht hin und sagt: *Mir fehlt ein Enzym. Konnte nichts werden.* Klarer Fall von entenzymt. Und alle nicken verständnisvoll. Manchmal war es einfach.

„Oder hast du dich verplappert? Du sagst ja überhaupt nichts, Matse! Sag nicht, dass die Bastarde schon was ahnen?" Erwin stöhnte. „Ich höre schon die beiden Dukatenesel ihre Bedenkenliste vortragen! Bitte, Matse, sag jetzt nicht, dass du dich da verquatscht hast!"

„Was? Nein. Habe mich nicht verquatscht. Was für Dukatenesel?"

„Sehr gut. Sehr, sehr gut. Das Überraschungsmoment ist am wichtigsten." Erwins Augen ruhten auf Mats und schienen auf eine Bestätigung zu warten. „Aber jede Überraschung braucht einen klaren Plan. Absolut glasklar muss der sein! Damit am Ende nicht wir beide die Überraschten sind, was Matse!"

Erwin begann wild mit Papier zu rascheln. Sein Schreibtisch war überhäuft mit alten Zeitungen, einzelnen Schnipseln selbiger, auf denen mit Kugelschreiber

Buchstaben oder Zahlen gekritzelt waren. Daneben befanden sich diverse weiße DINA5–A3 große Blätter, die wiederum komplett vollgeschrieben waren. Mit einzelnen Wörtern oder Buchstaben, manchmal riesengroß und dann wieder in Schriftgröße 5. In diesen Serienkillerfilmen war das immer die Szene, wenn die Polizei nach endloser Suche das Versteck des psychopathischen Killers findet und der Zuschauer schockiert durch seine wirre Lebenswelt geführt wird, bis jemand nachdenklich sagt: *„Hier hat das kranke Hirn also gehaust."* Das kranke Hirn hier dagegen hauste nicht, es machte Sprünge.

„Wo ist es denn ... verdammter Bastard ... ah, hier."

Erwin fuchtelte mit einem Blatt hektisch vor seiner Nase rum. „Matse, also, sieh mal. Das hatte ich mir so generell überlegt. Also als Text für das Ganze. Ist natürlich viel, viel Zuckerbrot. Ja, das muss man schon sagen. Und ohne Peitsche geht's eigentlich nicht im Leben. Das wissen selbst die Bastarde hier. Aber kommt später. Allerspätestens, wenn wir dann da sind."

In Erwins schallendes Gelächter mischte sich der Klang einer kollabierenden Lunge.

„Und, was denkst du? Ich sag jetzt einfach mal gar nichts. Sollst dir ja ein eigenes Bild machen, was Matse?" Und wieder schien die Lunge diesem Körper einfach endlich, endlich entfliehen zu wollen.

Mats blickte auf den Zettel in seiner Hand. Der Serienkillerfilm lief weiter.

Er war von oben bis unten vollgeschrieben. Selbst an den Seiten führte der Text weiter, sodass man kaum erkennen konnte, ob er der klassischen Links-Rechts-Schreibrichtung überhaupt folgte. Fast jede Zeile war durch Pfeile, die einzelne Wörter oder Passagen an anderen Stellen einfügen sollten, unterbrochen. Ganz zu schweigen von einer Vielzahl an durchgestrichenen Wörtern, welche ein Lesen nicht flüssiger machten. Wobei, was hieß hier *lesen*, es war mehr eine Ansammlung von Wortfragmenten. Zusammenhängende Sätze zu entnehmen, war kaum möglich. Mats sah Freunde, Chance, Zukunft, Walhalla. Walhalla? Mehr aber auch nicht. Wäre eine interessante Aufgabe für einen Höhlenschriftenforscher gewesen, daraus einen sinnhaften Text zu entwirren.

Erwin beugte sich vor. „Und? Damit kann man arbeiten oder? Keine Angst, lese das nicht einfach vor. Eher eine Gedankenstütze, wenn ich mal irgendwo hake. Den Rest schieß ich ganz locker aus der Hüfte. Da kannst du sicher sein, Matse."

Und er ließ sein Becken im Stuhl sitzend kreisen, sodass es ein wenig obszön aussah.

„Ja, Erwin. Das sieht wirklich absolut gut aus und wenn du dann die Dinger noch so locker aus der Hüfte schießt, wie du sagst, dann kann das nur gut werden."

Mats hatte nicht gewusst, wo er beginnen sollte. Eine Fahne vor der Tür und dieser Zettel waren also Erwins großer Überzeugungsangriff, um seine Las-Vegas-Ausreise an den Mann zu bringen. Als Staubsaugervertreter wäre er verhungert.

„Wusste ich's! Wir beide passen wie Arsch auf Eimer! Zugegebenermaßen bin ich nicht ganz fertig geworden mit der Rede. Aber da improvisiere ich einfach. Ist eh viel spontaner, wenn ich raushaue, was mir durch den Kopf geht. Ich sag ja immer – also so 'ne richtige Rede, die kann man gar nicht proben. Die muss einfach aus einem rausprudeln wie so ein Vulkan!"

Die Jim Beam-Dose zischte, als die Kohlensäure aus ihr entwich. Gemeinsam mit dem Pfeifen von Erwins Lunge entstand so etwas wie eine Panflötensymphonie, bei welcher dem Indio das abgebrochene Mundstück im Hals stecken bleibt. Auf jeden Topf passt ein Deckel. Und so sagte der Deckel zum Topf:

„Erwin, das klingt alles super." Mats hörte seine Stimme entfernt wie durch eine Schallwand. Man sagt die Worte. Man spricht sie bewusst, aber sie klingen trotzdem weit weg. Und das ist auch so. Weil sie unwirklich sind.

Super? Mats hatte keine durch choreografierte Parade erwartet und es konnte ihm generell alles egal sein, aber es war das blanke Chaos. Erwin war apathisch, dann wieder manisch. Off und on. Und gleich würde er rausgehen und die alkoholisierte Meute einsingen, ihn auf seine Arche Noah-Alkoholika zu begleiten. Es wartete tosender Applaus. Wo auch immer.

Ich sehe mich. Aber ich sehe mich nicht.

Anna beobachtete sich selbst immer noch in dem kleinen Spiegel über der Spüle im Hinterzimmer des Weinladens. Ihre Augen funkelten, aber nichts brach aus ihnen hervor. Als wenn sie warten würden, all die Freude rauszulassen, rauszuschreien, bis der richtige Moment gekommen war.

Nur ihrem Mund war die große Zufriedenheit anzusehen. Das unveränderliche Lächeln einer Puppe, der man selbiges aufgemalt hatte. Es würde nie wieder verschwinden, egal was noch kommen sollte in diesem Leben. Dachte Anna. Aber sie wusste, dass das Leben sich manchmal in der gleichen Minute zu überholen vermochte. Im Guten wie im Schlechten.

Jean-Marc Melville. Mats. Anna war unschlüssig, wer größeren Anteil an ihrer permanenten Gänsehaut hatte. Liebe oder beruflicher Erfolg. Die Entscheidung war eigentlich einfach. Aber Melville war mehr als das. Es war, als wenn man einem kleinen Jungen anbieten würde, für seine Lieblingsmannschaft Fußball zu spielen. Sie würde Geld bekommen dafür. Aber sie wollte noch nicht mal welches. Möglicherweise könnte sie das reich machen. Oder zumindest ein sehr angenehmes Leben schaffen. Es interessierte sie nicht. Wenn man jung ist, ist Geld egal. Warum wird es später eigentlich so wichtig? Das Leben macht satt. Aber man hat immer Hunger. Nur, wer frisst da eigentlich wen?

Und dann sah sie sich doch. Die Erschöpfung zog sich aus ihrem Innern durch jede ihrer drei Hautschichten und machte auch vor ihrem Gesicht nicht halt. Ihr morgendlich bereits bemerkter Augenring hatte Nachwuchs bekommen. Zwillinge. Halt, sogar Drillinge. Zumindest am rechten Auge. Anna war unsicher, ob es möglich war, eine unterschiedliche Anzahl von Augenringen zu haben. Konnten Augen unterschiedlich müde sein? Offenbar.

Zu ihrer Erschöpfung gesellte sich nun langsam auch der unterdrückte Kater. Alkohol und zu wenig Schlaf waren schon immer tödlich für sie gewesen. Durch Jean-Marc hatte ihr Körper alle Reserven mobilisiert, aber nun sackte er von Minute zu Minute mehr und mehr in sich zusammen. Ihre Augen fielen zu. Gott tat das gut. Aber sie stand immer noch vor dem Spiegel. Anna kippte leicht zur Seite, aber fing sich schnell wieder. Mats würde einen Schock kriegen, wenn er sie so sah. Aber sie wollte zu ihm. Ihm von Melville erzählen. Ihn einfach nur sehen. Sie fühlte sich ganz schön verliebt. Sie kannte ihn eigentlich ja schon länger, aber auch wieder nicht. Er war wohl das, was man geheimnisvoll nannte. Manchmal hatte sie das Gefühl, dass er durch sie hindurch sah. Als wäre sie gläsern. Und alle ihre Geschichten, alle Dinge, die sie ausmachten, all ihre Ängste offen vor ihm lagen, ohne dass er sie ansprechen würde. Das machte sie manchmal ziemlich unsicher, aber sie kaschierte das recht gut. Fand Anna. Sie wollte ihn sehen. Sofort. Ihr äußeres Erscheinungsbild verbot ihr eigentlich strengstens, ihn zu treffen. So weit waren sie noch nicht. Aber wenn es das werden sollte, wonach es sich anfühlte, dann war es fast egal, wann sie ihm klar machte, dass sie die meiste Zeit ihres Lebens nicht so aussah wie im Weinladen. Alltagsliebe war deutlich wichtiger als Eventliebe. Wenn er das Abendkleid mehr liebte als ihre Jogginghose auf dem Sofa wäre sie eh verloren.

Es gibt ja so Paare. Diese Party-Lieben. Die sehen sich immer nur gestylt und verschwenden ihr Leben damit, hipp füreinander und vor allem für sich selbst zu sein. Da ist der Partner weniger Teil von einem selbst, sondern vielmehr Facette des eigenen Image. Und das wechselt man bekanntlich alle paar Jahre. Nein, da musste er durch. Und wenn er sowieso durch sie durchsehen konnte, was waren da schon alle ihre Augenringe.

Es hatte etwas von einer Gerichtsverhandlung. Die Geschworenen hatten sich zurückgezogen in ihren Raum, den nur sie betreten durften, um eine Entscheidung zu fällen. Nun war die Zeit gekommen und sie schritten in den Gerichtssaal zurück. Der Luftzug von Erwins Bürotür durchschnitt die Nikotinquellwolken und legte Stück für Stück ihre Gesichter frei. Rainer, Uwe, Carmen, Seb, Heini – sie waren alle da. Heini?

„Junge, Junge, Mensch Mats! Das hättest du ja ruhig mal erwähnen können, dass Nobby dir seinen besten Mann gegeben hat! Der Heini ist 'ne glatte 1. Mit Sternchen!" Uwe presste den verschüchterten Heiner an seine Brust. „Und weil der so ein Guter ist, hab ich den auch gleich mal hier auf so einen Schluck verhaftet, obwohl er anfangs nicht so recht wollte, was Heini!"

Heinis leicht blässliches Gesicht presste sich zu einem gekünstelten Lächeln zusammen.

Der Geschworene Drönemann runzelte seine Stirn.

„Matse, was ist das für eine Type? Was treibt der Vogel hier?"

„Hallo Mats. Ich war in der Gegend und wollte einfach mal Hallo sagen. War deine Freundin glücklich über das Auto?" Und dabei stieß sich Heini zaghaft von Uwes Brust los.

Das ist mein Schwamm. Mein Autoschwamm. Der rollt sich im Auto so lange rum, bis er alles aufgesaugt hat. Bis jeder noch so kleine Schmutzpartikel an ihm klebt. Ein Staubsauger ist ein Niemand gegen ihn. Er könnte eine Kloake trockenlegen, wenn er müsste. Er ist das Donnergrollen der Sauberkeit. Die personifizierte Wahnvorstellung von allem Unreinen dieser Welt.

„Ach so, das ist der Auto-Heini." Erwin entspannte sich. „Herzlich willkommen in meinem bescheidenen Heim, mein Junge."

„Nicht Auto-Heini. Nur Heini. Einfach Heini, Erwin. Heini arbeitet nur bei Nobby's Autopalast."

„Uwe, reiß dich zusammen", intonierte Erwin bestimmt.

„Hi Heini, das ist aber nett, dass du reinschaust. Klar, die war megaglücklich. Hast du schon was zu trinken?" Mats freute sich tatsächlich, ihn zu sehen.

Es gab zwar das *„Anna und Mats während dieser Fahrt"* nicht mehr und sie hätten sicher auch die Zerstörung ihres Autos irgendwie überstanden, aber es war trotzdem besser, eine Beziehung nicht direkt mit einem signifikanten, materiellen Schaden zu beginnen. Irgendwann holt einen so was nämlich ein. Und die Worte *„Dein Vater hat damals in mein Auto geschissen."* fühlten sich in einem Streit sicher sehr rau an. Zudem war ihnen so wenig entgegenzusetzen. Und Mats bezweifelte, dass Annas Eltern, die er sich irgendwie sehr aristokratisch, den halben Tag lesend und Tee trinkend in einem Wintergarten vorstellte, ihn in irgendeiner Form aktiv mit ihren Exkrementen in Berührung bringen würden. Menschen steckten zwar voller Überraschungen, aber auf eine vergleichbare Konstellation zu spekulieren, eventuell sogar zu hoffen, nur um Anna im Falle eines Streits einen Gegenpunkt setzen zu können?

Das fühlte sich nicht richtig an. Außerdem könnte er ihren Eltern immer noch heimlich Abführmittel verabreichen und den Schlüssel vom Wintergarten verlieren. Rein hypothetisch. Mats ermahnte sich. Zu viel Back-up-Denke und es war ja alles gut ausgegangen.

„Ich hab doch schon gesagt, dass ich den Heini auf einen Drink verhaftet hab!", blökte Uwe.

„Heini, ich bin dir wirklich super dankbar. Komm, darauf müssen wir aber jetzt echt anstoßen!" Und Mats legte seinen Arm um den Glücksschwamm.

Meine Herren. Das ganze Reden-Tamtam im Vorfeld. Wozu eigentlich? Für diese paar Bastarde? Denen hätte er auch kommentarlos eine Busfahrkarte in die Hand drücken können. Solche würden mit allem fahren, solange sie nur eine Fahrkarte hatten. Ein Zug nach nirgendwo. Trotzdem scheißegal, wenn der schon im nirgendwo losfuhr. Das mussten doch mehr sein!
Wen vergaß er denn hier? Uwe und Rainer – die beiden Dukatenesel. Na klar. Carmen. Ja, die auch. Seb, der gestörte Mitbewohner von Matse. Dazu noch Matse samt dem Heini. Kein Wunder, das die Scheiße hier pleite war! Mats als Angestellter und sich selbst als Inhaber sowie diesen Heini abgezogen hatte er scheinbar nur vier beschissene Stammkunden! Und wieso fiel ihm das erst jetzt auf? Nur weil die immer so scheißunruhig waren und sich wie im Taubenschlag aufführten! Rein raus, raus rein, wie im Puff war das hier! Nur dass da besser gezahlt wurde! Da musste man ja den Überblick verlieren als Inhaber!
Man kann schlecht jeden per Handschlag begrüßen. Das war schließlich kein Seniorenfest der CSU hier! Das war ihm echt zu viel. Er konnte denen nicht den halben Tag in den Arsch kriechen, nur damit er jeden einzelnen Kunden runter-beten konnte. Sie waren hier ja nicht beim Bund! *Kundenanzahl: 4.* Wie sich das allein anhörte.
Die Rede hatte noch nicht mal begonnen und sie hatten ihm schon alles versaut. Bastarde! Vier Kunden, da fehlte doch wer! Sonst nahm er halt diesen Heini noch mit. Der sah auch nach Frührente aus. Dann wären es immerhin drei Du-katenesel. Den würde er einfach miteinnorden. Als wenn der was Besseres vor-hätte. Und überhaupt: Besser ging es ja gar nicht! Die müssten schließlich alle heilfroh sein, dass er sie mitnahm. Denn wenn so 'ne Entenmutter wegfliegt, dann schwimmen die Küken nämlich ganz schnell allein auf dem Teich. So sah das nämlich aus. Dann mussten die sehen, wo sie blieben.
Dann hieß es – auch mal selbst nach den Scheiß-Gräsern tauchen und das wie-der hochwürgen. Sie konnten von Glück sagen, dass er keine Entenmutter war. Nein, er war ein Kranich, der in den Süden flog, aber alle Entchen aus dem Teich mitnimmt, selbst die Allerallerhässlichsten. Und dankte ihm das jemand? Na-

türlich niemand. Stattdessen manipulierten sie seit Jahren seine Kundenanzahl-wahrnehmung. Diese Bastarde. Die Lust auf eine Rede war ihm jedenfalls gründlich vergangen.

So aufgeregt war er das letzte Mal vor ... er konnte es nicht einmal sagen. Das Gefühl von Aufregung war im Jahr 1967 in einem Metallsarg aus seiner Wohnung getragen worden und er hatte es seitdem nicht mehr wiedergesehen. Natürlich hatte sein Herz ab und zu schneller geschlagen, aber dann, weil sein Körper Entzug meldete oder irgendetwas anderes war. Doch sicher keine Aufregung. Schmetterlinge im Bauch. Mein Gott, er kam sich furchtbar albern vor. Und konnte doch nichts dagegen tun. Sie hatten zwar nur einen kurzen Blick gewechselt, als Carmen zur Tür reingekommen war, und nun ließ sie sich wie eigentlich seit jeher von Uwe vollquatschen. Aber der hatte schon gereicht. Rainer hatte keine Ahnung, wie sie sich fühlte. Was sie dachte. Ob sie überhaupt etwas dachte. Ob die letzte Nacht für sie rein gar nichts bedeutet hatte.
Er wusste ja nicht einmal, was er selbst denken sollte! Eigentlich gar nichts. Er war so gut wie tot. Aufregung machte gar keinen Sinn. Sein Herz schlug bis zum Hals. Würde sie ihn genau jetzt ansprechen, er könnte ihr wahrscheinlich nicht einmal antworten. Oder erwartete sie, dass er etwas sagte? War das heutzutage noch so, dass der Mann den ersten Schritt machen musste?
Gestern Nacht hatte er sicher nicht den ersten Schritt gemacht, aber er wusste es nicht. Woher auch, er hatte seit 30 Jahren keinen Geschlechtsverkehr mehr mit einer Frau gehabt, die er nicht dafür bezahlt hatte und die ihm nicht völlig fremd war. Aber das absolut Verstörendste war vor allem eins: Er fühlte sich immer noch glücklich.

Anna warf einen letzten Blick in den Spiegel. Immerhin stagnierten ihre Augenringe. Das war am heutigen Tag schon als Erfolg zu bewerten. Sie sah trotzdem schrecklich aus. In 20 Jahren wäre das ihr normales Gesicht. Sie konnte sich kaum vorstellen, dass sie sich daran gewöhnen würde. Aber wahrscheinlich half einem dieser langsame Verfall beim Altern dabei.

Es geht peu à peu bergab und irgendwann denkt man, dass man sich für sein Alter doch ganz gut gehalten hat. Sie puderte etwas Make-up nach. Aus ihr unerfindlichen Gründen glänzte ihre Haut deutlich stärker, wenn sie müde war, was im Zweifelsfall doppelt schlecht war, denn so lenkte sie die Blicke mehr auf sich. Als sie ihre Sachen gerade gesammelt in ihre Handtasche geworfen hatte, klingelte ihr Handy. Jean-Marc Melville erschien im Display. Anna ließ ausnahmsweise keine *„Hätte-Könnte-Weswegen-Gedanken"* zu, die wie fast immer zu absolut nichts geführt hätten, und nahm das Gespräch an.

„Monsieur Melville?"

„Ah, Madame Anna, gut, dass ich sie erreiche. Ich weiß, wir haben uns erst vor wenigen Stunden kennengelernt, aber ich habe auf meinem Flug soeben noch einmal nachgedacht und ..."

Anna begann in sich zusammenzusacken. Aber bevor sie das konnte, sagte Jean-Marc: „Ich weiß, das kommt jetzt sehr überraschend, aber ich denke, im Sinne unserer beginnenden Partnerschaft wäre es von großem Wert, wenn Sie uns hier in Bordeaux besuchen und einige Zeit bleiben würden."

Anna wusste nicht, was sie sagen sollte. „Oh, das klingt fantastisch ... ist das Ihr Ernst? Nach Bordeaux? Zum Château Melville? Ich?"

„Natürlich." Jean-Marc lachte. „Es wäre mir ein persönliches Anliegen. Viele unserer Partner haben uns schon hier besucht. Mir ist wichtig, dass Sie unsere Philosophie verstehen, in sich aufsaugen.

Nur dann können Sie unsere Produkte mit der entsprechenden Passion vertreiben."

Anna konnte ihr Glück abermals kaum fassen. „Ja, absolut. Das klingt für mich sehr gut. Wann hatten Sie sich das denn vorgestellt und wie lange wäre es?"

„Das freut mich zu hören, dass es Ihre Zustimmung findet. Um ganz offen zu sein – so schnell wie möglich. Wann es Ihnen möglich ist, ich gehe davon aus, dass Sie Vorbereitungen für den Laden treffen müssen. Aber ja, wenn es nach mir gehen würde, ab morgen, auch wenn das natürlich nicht realistisch ist."

„Ab morgen?" Anna lachte, aber ein wenig hysterisch. „Ab morgen? Also ich fühle mich sehr geehrt und komme gerne, aber ich muss das hier natürlich mit meinen Aushilfen für den Laden regeln. Es wäre nicht möglich für mich, zu schließen während dieser Zeit. Wie lange würde es denn dauern?"

„Das verstehe ich natürlich. Das mit morgen war eher mein Wunsch, um Ihnen mein Interesse mit Nachdruck zu hinterlegen. Selbstverständlich ist das nicht realistisch. Das ist mir absolut bewusst. Was den Zeitraum betrifft, so denke ich, dass wir mit drei Monaten auskommen sollten. Es gibt Partner, die länger bei uns geblieben sind, bis zu einem halben Jahr, aber in zwölf Wochen sollte es Ihnen möglich sein, die relevanten Personen bei uns kennenzulernen und unsere Philosophie zu der Ihren zu machen."

Annas Gehirn setzte aus. Drei Monate? Wie sollte sie den Laden drei Monate allein lassen? Sie hatte in den letzten Jahren keine zwei Wochen am Stück Urlaub genommen. Da brauchte sie mehr als eine Aushilfe. Da brauchte sie fast jemand Neues, der bereit war, für drei Monate den Laden und ihre Rolle zu übernehmen. Ihre Augenringe wurden zum Quadrupel.

„Jean-Marc, ich fühle mich extrem geehrt. Wirklich, es wäre ein Traum, für diese Zeit bei Ihnen in Melville zu sein. Aber ich muss das klären hier. Ich habe niemanden, der den Laden führen könnte für diese Zeit. Ich muss versuchen, jemanden zu finden und ich weiß nicht, wie lange dies dauern wird. Aber ja, ich werde es versuchen. Bis wann muss ich mich bei Ihnen melden?"

„Meine liebe Anna, Sie müssen gar nichts. Kümmern Sie sich um Ihren Laden. Suchen Sie jemanden, der Sie würdig vertreten kann in dieser Zeit. Dem sie Ihren Laden und damit auch perspektivisch unsere Produkte anvertrauen. Wenn Sie das geschafft haben, melden Sie sich. Es gibt kein Zeitfenster. Mit morgen war mein expliziter Wunsch gemeint, wenn es einige Zeit dauert, begrüßen wir Sie eben etwas später in Melville. Machen Sie sich keine Gedanken."

„Ich werde versuchen, so schnell wie möglich eine Lösung zu finden, Jean-Marc. Ich würde sehr gerne nach Melville kommen – verstehen Sie das bitte nicht falsch. Ich melde mich definitiv sofort bei Ihnen, wenn ich mit der Suche vorangekommen bin."

„Tun Sie das, Madame Anna. Und noch einmal – es gibt keinen zeitlichen Druck.

Je früher, desto besser, aber wir sind sicherlich bereit, auf Sie zu warten. Merci und Au revoir."

„Das weiß ich sehr zu schätzen. Vielen, vielen Dank. Bis bald."

Anna pustete so lange Luft aus, bis keine mehr in ihr war. Sie stand immer noch vor dem Spiegel. Gefühlt hatte sie hier heute die meiste Zeit verbracht. Aber nicht nur aus guten Gründen.

Jean-Marc ließ sich vom Surren seines Rollkoffers ummanteln. Er hatte im Gehen mit Anna telefoniert, was ihm eigentlich zuwider war. Im Gehen sprechen, im Gehen telefonieren, im Gehen essen, diese ganze Hektik der heutigen Zeit empfand er als abstoßend. Aber der Anruf konnte nicht warten und er musste weiter. Auch ihr drittes Gespräch hatte ihn bestätigt. Sie war die Richtige für seine Nachfolge. Zumindest hatte sie das Potenzial. Die meisten Leute hätten ihren Laden sofort verkauft, um nur einen Tag auf Château Melville zu verbringen. Aber nicht sie.

Er würde ihr die Zeit geben, die sie brauchte. Und dann würde man sehen, wie sie sich auf Melville würde einbringen können. Sie brauchte sicher die Akzeptanz anderer, aber vor allem seine eigene und hier war diese Madame Anna auf einem sehr guten Weg.

Er war ein Raubtier in der Zirkusmanege. Rund um ihn herum ein blinkendes Farbenmeer von Lichtern, die sich mit dem Halbdunkel der Spielothek paarten. Die Zuschauer saßen nebeneinander aufgereiht auf den Barhockern. Noch waren ihre Rücken ihm zugewandt, aber das würde sich ändern. Denn sie warteten auf ihn, ohne dass sie es wussten.

Er nippte ganz langsam an seinem Wodka. Ihm war nicht mehr nach Jim Beam-Cola. Vorsichtig schob er das halb volle Glas auf den Lucky Win 2000, der dankbar seine Melodie trällerte. Er stemmte seine Hände in die Seiten, bog mit einem Ruck seinen Rücken nach hinten und hörte dabei einige Wirbel entfernt knacken. Verwundete Raubtiere bleiben am gefährlichsten.

Augen auf und durch.

„ICH HASSE DIESES BESCHISSENE LEBEN!" Aus Rücken wurden Gesichter.

„Wir leben alle doch überhaupt nicht mehr. Nicht ein Einziger von uns. Weil wir nicht können. Weil man uns nicht lässt. Weil Leben in unserer Zeit durchkommen bedeutet. Durchkommen, so lange es irgendwie geht. Nicht mehr warum oder wohin, sondern nur noch möglichst lange. Weil wir vergessen haben, wie die Menschen vor uns gelebt haben. Die Bastarde, die ans Ende der Welt gefahren sind, ohne zu wissen, ob es das gibt!

Die Bastarde, die mit 100 Mann eine 30 000-Mann-Armee angegriffen haben, um ihre Ehre zu bewahren! Die Bastarde, die bereit waren für ihre Überzeugungen zu sterben, wenn es nötig war, und es immer wieder getan hätten! Wo sind die heute? Es gibt sie nicht mehr. In diesem ganzen Dreck aus Altersvorsorge, ungesättigter Fettsäuren, Sonnenschutzfaktor 50 oder Voruntersuchungen. Unser Leben, meine Freunde, wenn es wirklich ein dreckiger, langsam fließender Fluss ist, dann sage ich: Da hat noch jemand reingeschissen und das nicht zu knapp!

Habe neulich ein Wort gelernt: Prävention nennt sich das. Bedeutet in Klarheit so was wie – Vorbeugen. Ich soll mir einen Schlauch in den Arsch stecken lassen, wenn ich 60 bin. Damit mir der Schlauch sagen kann, ob alles in Ordnung ist. Und wenn der verdammte Schlauch sagt, alles gut, dann kann ich zufrieden weiterleben bis zum nächsten Schlauch-Besuch. Und das wäre alles gar nicht so scheiße, wenn der Schlauch nur in unserem Arsch stecken würde.

Aber der Bastard steckt in unserem Kopf! Der sucht nicht immer nach Krankheiten, aber nach Problemen und Sorgen. Der macht Angst, und deshalb wagt keiner mehr was. Kein Bastard geht ein neues Land entdecken, wenn er Angst hat, auf der Fahrt einen Infarkt zu kriegen. Aber ist das alles unsere Schuld, meine Freunde?" Erwin nahm einen weiteren Schluck Wodka und ließ die Stille kurz einwirken.

„JA! NATÜRLICH! WEIL WIR ES MIT UNS MACHEN LASSEN! WEIL WIR DIESE SCHEISSE AKZEPTIEREN. ABER DAZU SAGE ICH: NEIN, ICH WERDE ES NICHT MEHR AKZEPTIEREN. ICH LASSE DAS NICHT MEHR MIT MIR MACHEN. WIR, MEINE FREUNDE, LASSEN DAS NICHT MEHR MIT UNS MACHEN!"

Die zwölf Augenpaare ruhten gebannt auf Erwin. Wäre die Spielothek nicht mit dem ekelhaften Teppichboden ausgelegt gewesen, man hätte die Stecknadel-

Körbe fallen hören können.

„Wir können so weitermachen und warten, bis es vorbei ist. Uns gefallen lassen, wie sie mit uns umgehen. Das geht natürlich. Aber das machen wir nicht. Nicht ich und nicht ihr. Wir ziehen die Schläuche aus unseren Köpfen und werden unsere Leben austrinken! Nein, aussaufen! Alles mitnehmen! Und wir werden niemanden danach fragen, denn wir brauchen niemanden dazu. Nur uns selbst und unsere Freundschaft."

Erwin musste ein weiteres Mal nachspülen, sein Hals war von der Schreierei schon ganz trocken. „Matse und ich werden nach Las Vegas gehen, um dort eine Spielothek-Dynastie aufzubauen. Dieser Schritt ist sehr gut überlegt und vorbereitet. Nichts und niemand wird uns daran hindern. Die Zeit für Abenteurer und Eroberer kommt zurück! Und wir werden mächtiger sein als die Generationen vor uns, weil wir allein sein werden. Wir scheißen auf die Absicherung, die Vorsorge, die verschissene Angst und werden einfach machen. Machen, machen, machen. Und wir würden uns freuen, liebe Freunde, wenn ihr ein Teil dieser Geschichte bleibt. Matse, komm mal her."

Wild fuchtelnd winkte Erwin nun Mats heran. Als sie auf einer Höhe waren, umarmte er ihn so fest, dass Mats' Lippen es nicht vermeiden konnten, etwas Halsschweiß von Erwin aufzunehmen. Aber das war egal. Er hatte ihn. Wie eine Maus in der Falle. Er zappelte nicht einmal mehr. Nach einer Ewigkeit in Erwins Arm entzweiten sie sich langsam voneinander, aber Erwins Schraubstockarm spannte sich fest um Mats' Schulter.

„Und wenn ich sage – gut vorbereitet, dann meine ich das auch genauso. Jeder von euch wird eine klare Aufgabe haben, wenn ihr uns begleitet. Für jeden haben wir eine Idee entwickelt, wie ihr Teil des Ganzen werden könnt." Erwin steckte sich eine Ernte 23 an und schluckte parallel den Restwodka runter. Er war *on fire* – ganz klar.

„Mein lieber, lieber Uwe. Du bist mir in all den Jahren ein treuer Freund geworden. Wenn ich ehrlich bin, dachte ich anfangs, der hält sich hier nicht lange. Spielothekengänger zu sein, ist schließlich kein Pappenstiel. Da muss man Ausdauer haben, man braucht richtig festes Sitzfleisch und den Willen, immer wiederzukommen, auch wenn der Automat einen mal wieder verarscht hat. Und all das hast du in den vielen Jahren bewiesen."

Uwes Kopf war so rot wie der einer Leuchtrakete auf See.

„Erwin, wirklich, ich weiß gar nicht, was ich sagen soll. Deine Worte, sie ...“

Doch bevor er weitersprechen konnte, hatte Erwin seinen Zeigefinger auf seine Lippen gelegt.

„Sag bitte einfach nichts, mein Freund, nimm es einfach nur an. Und so, Uwe, hast du natürlich von Tag 1 an eine Schlüsselrolle in unseren Überlegungen eingenommen. Es freut mich wirklich außerordentlich, dich zu fragen: Möchtest du unser Elvis sein?“

Uwes Brandblase bekam Flächenbrand. Er schnappte hektisch nach Rauch.

„Jede Spielhalle in Vegas braucht einen richtigen Elvis. Und ich könnte mir keinen besseren vorstellen als dich.“

„Hätte ich dann auch einen von diesen weißen, glitzernden Anzügen mit diesem hohen Kragen und dem weiten Ausschnitt?“

„Selbstverständlich, Uwe. Alles, was ein richtiger Elvis so braucht.“

„Und, Erwin, auch so richtige Kotletten? Der hatte doch früher so Kotletten, so richtige?“

Väterlich entgegnete Erwin: „Wenn du dir Kotletten wünschst, sollte dies das kleinste Problem sein.“

Uwe wandte sich den anderen am Tresen zu. „Oh Mann, oh Mann, ich kriege sogar richtige Kotletten. Das ist ja irre.“

Irre. Exakt. Vollkommen irre, dass du diesen Scheiß glauben kannst. Du bist der abstoßendste Mensch, der mir je untergekommen ist. Und ich habe viel Bodensatz gesehen in meinem Leben. Das Ekelhafte an dir wird nur noch von deiner Dummheit übertrumpft. Du bist wie ein Tanzbär, den man durch die Manege führt und der freiwillig Männchen macht, obwohl er nicht mal angeleint ist. Aber ich brauchte bisher dein Geld und ich brauche es in Zukunft noch mehr. Ich hoffe, du wirst 100 Jahre alt, damit ich dich aussaugen kann, bis nur noch eine Schale von dir existiert. Ich kann dich stellen wie einen Wecker und wenn ich oben draufschlage klingelt es. Dukatenesel 1 war im Stall. Und er schiss glücklich Gold.

„Rainer, zu dir kann man gar nicht so viel erzählen. Du bist die gute Seele der Spielothek, wie man so schön sagt. Und seitdem du wieder angefangen hast, einen zu heben, da ist auch die Stimmungskanone vergangener Tage zurück, die ich schon, da bin ich ganz ehrlich, manchmal ziemlich vermisst habe. Nirgendwo auf der Welt könnte die Spielothek, unsere Idee, bestehen, wenn du nicht ein Teil ihrer wärst. Und dass du unserem Matse besonders ans Herz gewachsen bist, ist uns allen auch kein Geheimnis.

Ich sehe dich als unseren Ausguck. Unser Mann im Mast. Unser Überwachungsapparat. Du wirst die Dinge beobachten. Unsere Kunden, unsere Automaten, wer spielt wo, wie oft und wie lange. Wie verlängern wir den Aufenthalt der Leute? Welche Schraube müssen wir denen locker drehen, damit die alles auf der Welt vergessen und nur noch gambeln, gambeln und gambeln?"

„Erwin, verstehe ich richtig, ich soll deine Gestapo spielen?"

Verdammter Bastard. Immer einen Stock in den Speichen. Nichts kann der mal einfach so annehmen. „Mein lieber Rainer, aber ganz und gar nicht. Du sollst niemanden bespitzeln. Du sollst einfach das Gleiche tun, was du hier machst. Nur, mit ein bisschen mehr Geschäftssinn. Nur ein wenig aufpassen. Nichts ändert sich. Nur das Wetter ist besser, wenn du mal vor die Tür gehst."

„Alles klar. Bin nur keiner für so 'ne Gestapo-Kacke, aber wenn's das nicht ist, passt das schon."

Vielleicht, dachte Rainer, sollte ich noch einschränken, dass ich bald tot sein werde. Und ein Toter beobachtet eher durchschnittlich gut. Aber das weiß Mats ja. Und bis es so weit ist, werde ich dahin gehen, wo sie hingeht. Wenn sie das denn auch will. Und ganz vielleicht war das auch länger, als man denkt. Ärzte sagten durchaus öfter den Tod in drei Wochen voraus und plötzlich feierte man seinen 90. Geburtstag. Zwar sehr einsam, weil man vorher in seinem Leben noch mal aufgeräumt hatte, mit all den Wahrheiten, die man eben nur sagen sollte, wenn man denn sehr bald stirbt. Aber er hatte gerade ganz andere Sorgen, als auf Erwins Gerede weiter einzugehen.

Keine Reaktion. Manchmal machten Frauen sich so auch interessanter. Hatte er neulich im *Express* gelesen. Stand so was wie *„mit Honig fängt man Bienen"*. Hatte er beim Lesen nicht so richtig verstanden, aber da war das auch alles überhaupt nicht sein Thema gewesen! Nun schwante ihm langsam was.

Du gehörst hier nicht hin. Ich sehe dich hier seit Jahren sitzen und frage mich jeden Tag, was du hier eigentlich machst. Wir reden und wir streiten auch. Gar nicht so wenig. Trotzdem kenne ich dich nicht. Ich weiß nicht, wer du bist. Aber ich weiß, dass du nicht hierhin gehörst. Du spielst nicht einmal richtig, du sitzt einfach nur rum und wartest. Wovor auch immer du fliehst, dieser Ort war nicht weit genug. Vielleicht ist Vegas weit genug. Das wünsche ich dir sogar. Auch wenn du ein schlecht gelaunter Querulanten-Bastard bist und ich dich oft dafür hasse. Und nicht, weil ich deine Frührente will. Aber so ein Leben verdient niemand. Nicht ein einziger Bastard. Egal, was er getan hat.

Mats stand wie angewurzelt neben Erwin, dessen Rede ihn überrollte. Wie eine Dampfwalze auf Crack. Der Mann war eine komplette Wundertüte. Nichts von dem, was er sagte oder tat, war prognostizierbar. Mats fiel es schwer, zu reagieren oder sich einzubringen. Auch wenn es nicht wirklich ihr gemeinsames Projekt war, so wurde es doch so verkauft und als Juniorchef sollte er vielleicht auch selbst einige Worte an die Belegschaft richten. Zumindest war das die allgemeine Erwartungshaltung bei solchen Anlässen. Aber galt das auch hier? Selbst wenn, er war dessen unfähig. Und neben ihm ratterte Erwin Drönemann wie ein Motor, der sich nicht so anhörte, als wäre er bald fertig. Name für Name peitschte er heraus.

„Carmen. Carmen. Carmen. Besonders in meiner Welt steht immer die Dame an erster Stelle und so verzeih, dass ich nicht mit dir begonnen habe. Doch das war gar nicht nötig, denn bei dir sind die Dinge sonnenklar. Wir kennen uns lange, viel länger als die meisten hier. Ich war dein Fan, bevor wir uns als Freunde kannten. Ich habe dich bewundert. Alle haben dich bewundert. Nein, angebetet. Niemand tanzte wie du. Nicht du hast dich der Stange angepasst, sondern sie sich dir."

Carmen prustete los. „Erwin, du übertreibst wie immer maßlos."

„Carmen, bitte, das würden dir 1 000 weitere Männer, die dich sahen, ganz genauso sagen. Du warst eine Sensation! Deinetwegen war der Laden jeden Abend proppenvoll. Und sicher nicht, weil sie das beschissene Aldi-Bier für zehn Mark pro Flasche verkauft haben und auch nicht, weil zu späterer Stunde stets irgendein armer, nackter Trottel mit Schlagsahne eingesprüht im Kinderplanschbecken lag."

Rainer schmeckte dieses Erinnerungsschwelgen gerade mal so gar nicht. Schließlich möchte kein Mann gerne hören, was die eigene Freundin früher für ein heißes Gerät war und besonders nicht aus dem Mund eines Ex-Puffbesitzers, der sie gerade alle zu einer Weltreise überredete! Freundin? Oh Gott. Da musste viel mehr Alkohol in ihn rein. Sprachlosigkeit erreichen, um sprachlos zu bleiben. Klang nach einem Plan.

„Und deshalb, meine angebetete Carmen, möchte ich dich wirklich bitten, wieder das zu tun, was du so gut kannst, wie niemand anders auf der Welt. Tanze für mich! Für uns! Für alle in Vegas! Zeig der Welt, worauf sie gewartet hat. Sei wieder der Mensch, als der du vorgesehen warst. Ich baue dir eine Stange aus Gold. Das verspreche ich dir!"

„Erwin, Erwin, mir wird ganz warm. Wirklich, ich danke dir sehr für deine Worte. Aber du vergisst leider, dass ich in den letzten 20 Jahren ein wenig älter und vor allem noch ein wenig mehr zugenommen habe. Ich glaube nicht, dass ich noch mal die Performance abliefern kann, von der du sprichst." Sie klang wehmütig. Doch sie hatte die Rechnung ohne Erwin Drönemann gemacht. Er eilte nach vorne, rutschte mehrere Meter über den Spielothekenteppich, bis er kurz vor ihr auf Knien zum Halten kam und ihre Hand ergriff.

„Carmen, aber genau darum geht es. Exakt darum. Dass wir wieder die werden, die wir sein wollen. Scheiß auf den Rest! Andere Länder, andere Sitten. In Amerika ist die Hälfte magersüchtig und die andere Hälfte fett. Dann tanzen wir eben nur für die eine Hälfte. Na und! Niemand ist richtig, den alle lieben und wollen. Wir machen unser Ding! Und wir werden damit Erfolg haben! Vertrau mir."

Carmen wartete einen Moment, aber noch bevor sie zaghaft begann, immer schneller zu nicken, hatte sie angefangen, Erwins Hand fest zu drücken. Zu fest für einige Anwesende.

So ein Rumgetatsche kann einen komplett wahnsinnig machen. Ja, ja, sind NATÜRLICH alle alte Bekannte und kennen sich seit 100 Jahren. Im Volksmund Fickfreunde oder neudeutsch Benefit-Freunde genannt. Schrecklich! Rainer hatte den Kaffee auf, den er nicht mehr trank. Sie unterschrieb gerade einen 10-Jahres-Vertrag für die neue Dessous-Kollektion und irgendwie hätte er sich ein: *Wie stehst du denn dazu, Rainer?* gewünscht. Aber als ihr kleiner Finger ganz leicht und kaum wahrnehmbar sein Knie zu streicheln begann, da war vieles, wie es sein sollte. Um nicht zu sagen – alles.

Ich liebe dich. Das tue ich wirklich. Niemals würde ich dich allein lassen. Du bist die einzige Frau, die ich jemals geliebt habe, aber niemals ficken wollte. Ich würde dich wahnsinnig vermissen, wenn du aus meinem Leben verschwinden würdest. Du weißt gar nicht, wie sehr. Für niemanden wünsche ich mir mehr, dass er mit diesem Bastard-Leben etwas anfängt, was ihn glücklich macht.

Erwin hatte sich das Ganze zwar nicht wie eine Karussellfahrt vorgestellt, bei welcher er jedes Kind einzeln auf das jeweilige Pferdchen setzt, aber was sollte er sagen. Das Karussell drehte sich. Und er saß fest im Sattel. Locker aus der Hüfte. Matse war ein bisschen inaktiv, aber er selbst konnte auch ein Dominator-Bastard sein! Und so lange es lief, lief es halt.

Du weißt, was kommt. Ich sehe, wie du deinen Kopf schon so leicht schief hältst. Diese Mischung aus Erwartungshaltung und Skepsis. Du bist die Nuss, die es zu knacken gilt. Dich kann man nicht einlullen. Dich kann man nicht mit irgendeiner Rede einpeitschen. Dich interessieren nur Fakten.
Du brauchst das nämlich alles – die Rentenversicherung, Sonnenschutzfaktor 50 und die ganze Vorsorge-Kacke. Dir steckt der Schlauch in Arsch und Kopf. Und solange du weißt, wie tief, ist dir das sogar recht. Dir kann man keine Traumwelt bauen. Du träumst seit Jahren nicht mehr oder hast es nie getan.
Trotzdem mag ich dich irgendwie. Du hast zumindest 'ne Haltung. Bist keins von diesen Fähnchen im Wind. Trotzdem hast du was Unberechenbares, fast wie ein Tier. Man wartet darauf, dass du die Kontrolle, die du so sehr suchst, irgendwann völlig verlierst. Wenn du morgen irgendwo Feuer legst, darf keiner überrascht tun. Aber bis es so weit ist, gebe ich dir, was du glaubst zu wollen. Kontrolle. Planbarkeit. Sonnenschutzfaktor 50. Alles mit einem Schuss Anerkennung. Davon kann sich nicht einmal ein Bastard wie du befreien.

Erwin fixierte den schiefen Kopf. Er blinzelte nicht einmal.
„Seb, du wirst Leiter Sicherheitsdienst Spielothek, ein bis zwei Mitarbeiter, verantwortlich für Sicherheit des Gebäudes und der Personen innerhalb. Keine Verantwortung für Tatvorgänge, die sich außerhalb der Spielothek zutragen, selbst wenn diese direkt davor erfolgen. Arbeitszeiten erfolgen im Schichtdienst, auch nachts. Nach Möglichkeit werden offene Konflikte vermieden, im Zweifelsfall

wird die lokale Polente geholt.

Das Gehalt wird sich 30 % über deinen aktuellen Bezügen bewegen und wird bei Bedarf den Lebenshaltungskosten vor Ort nochmals angepasst. Die Krankenversicherung wird entgegen der lokalen Praxis in den USA von deinem Arbeitgeber, also der Spielothek, direkt bezahlt. Als deutsche Spielhalle werden wir ebenfalls Sozialleistungen, wie Lohnfortzahlung im Krankheitsfall oder Rentenversicherung, entsprechend abbilden. Die Kündigungsfrist beträgt sechs Wochen, kann vom Arbeitgeber, also der Spielothek, nicht ohne zwingenden Grund ausgesprochen werden, während der Arbeitnehmer frei ist, das Arbeitsverhältnis jederzeit zu beenden."

Erwins Herz raste. Das war, wie Gedicht aufsagen. Jedes verschissene Wort hatte er auswendig gelernt vorher. Bei dem Typ war nichts mit Improvisieren, jede leichte Unklarheit hätte er brutal ausgenutzt und damit wieder die anderen Vögel verunsichert. Trotzdem zeigte der angesprochene Vogel noch keine Regung.

„Dort hat jeder eine Schusswaffe. Wie ist das gelöst, Erwin?"

„Die Statistik in Vegas besagt, dass die Wahrscheinlichkeit, erschossen zu werden, wesentlich höher ist, wenn man selbst offen eine Schusswaffe trägt. Daher ist es nicht vorgesehen, dass du oder einer deiner Mitarbeiter eine Waffe trägt. Wir werden maximal mit einem Elektroschocker arbeiten. Mehr wird auch nicht nötig sein. Zudem wirst du dich die meiste Zeit in einem nicht einsehbaren, schusssicheren Videoüberwachungsraum befinden." Aufschlag. Und Return.

Erwin hoffte dennoch nicht auf den nächsten, denn das Waffenthema war sehr vorhersehbar gewesen. Wenn der Bastard nun mit weiteren Spitzfindigkeiten um die Ecke kommen würde, konnte er unvorbereitet für nichts garantieren. Am Rande – die Statistik war natürlich erdacht, es machte nur für einen Schwachkopf Sinn, dass man öfter abgeballert wird, wenn man keine Knarre hat. Gewalt erzeugt Gegengewalt, Bastard-Kacke. Das hatten ihm früher schon immer diese Psychotanten im Knast versucht einzutrichtern. Schön die andere Backe hinhalten. Hatte Jesus auch gemacht und das hatte ebenfalls super geklappt. Wer das wirklich glaubte, hatte sie nicht alle auf der Pfanne! So, Junge, kam nun noch was, oder nicht? Die Gedichtstrophe war jedenfalls zu Ende und sein Geduldsfaden bekam langsam Risse.

„Gut, das klingt auch für mich nach einem vernünftigen Ansatz", retournierte Seb gekonnt.

Erwin wertete das in der Sprache des Bastards mal als so etwas wie ein Ja. Innerlich pustete er durch. Das hatte er gut hinbekommen. Und das noch alles halb krank! In gesundem Zustand hätten sie ihn auf den Händen rausgetragen, und wenn die Fahrt in die Hölle gegangen wäre!

Schwerlich unterdrückte er sein Siegesgelächter. Denn er lachte sehr gerne laut und tief, wenn ihm etwas gelungen war. Wie eine Hyäne nach dem Stimmbruch hatte ihm mal irgend so ein Bastard gesagt. Dem hatte er mal direkt die Nase Richtung Kleinhirn befördert. Er hatte nichts gegen Klartext. Machte er schließlich selbst die ganze Zeit, aber wenn's unter die Gürtellinie ging, hörte der Spaß auf. Das Siegesgelächter schob sich seine Stimmbänder hoch. Schnell schlug sich Erwin aufs Brustbein. Später, später, aber dann doppelt so laut wie sonst!

Jetzt auf zum großen Finale und diesen Heini noch mit einsacken. Der war ein bisschen wie so ein Kassenartikel beim Supermarkt. Eigentlich war man schon durch mit allem, aber plötzlich sieht man was und denkt sich: Ach ja, warum nicht. Muss nicht, aber kann eben. Ob er jetzt noch im Wagen landete, war zwar nicht mehr entscheidend, aber der konnte ihm nicht erzählen, dass der einen besseren Plan für sein Leben hatte. Nobby's Autopalast.

Allein, dass Uwe offenbar noch immer gerne dort gesehen war, sagte alles über den Laden. Das war wohl kaum kein Plan! Aus dem konnte er vielleicht den Priester für die Hochzeitskappelle machen. Da gab es so Online-Kurse in den Staaten, konnte jeder Trottel machen. Der guckte schon wie so ein Heiliger. Und wenn nicht, dann hielt er sich den am Ende einfach nur als Fahrer.

Tagsüber konnte der dann deutsche Grillwurst machen und abends persönlicher Fahrer. Hatte er neulich noch mal so 'ne Reportage drüber gesehen, so Auswandererkram. Da verdiente sich irgendein Bastard dumm und dämlich mit deutscher Wurst. Total bekloppt.

Erwin verstand nicht mal, warum alle ständig Wurst fraßen. So was kam ihm jedenfalls nicht in seinen Körper. Aber er achtete natürlich auch sehr auf sich. Es sei ihnen gegönnt. Besonders, wenn ihn das reich machen konnte. Und wenn der Heini da schön Bratwurst am Automaten servieren würde, hätten die Gäste keinen Grund mehr, überhaupt aufzustehen.

Er war einfach genial! Und warum? Weil er die Dinge nicht komplizierter machte, als sie waren! Wie lange hatte er gebraucht, um das Vegas-Ding auf die Beine zu stellen? Vielleicht eine Woche? Andere planten so was Jahre. Und diesen Heini? Den kannte er nicht mal. Und hatte doch in fünf Minuten etwas zusammengebaut, was der nicht würde ablehnen können. Er war einfach ein Macher.

„Nun zu dir, mein lieber Heini."

Aufgeschreckt nahm Heini sofort Haltung an. „Zu mir? Wieso zu mir, Herr Drönemann?"

„Nenn mich doch bitte einfach Erwin, mein Junge. Matse hat mir einiges von dir berichtet und da war viel Gutes dabei. Sogar sehr Gutes."

„Oh, das ist aber nett von Ihnen. Also Erwin meine ich."

„Ehre wem Ehre gebührt, mein lieber Heinrich."

Erwin ließ seine Worte kurz staatsmännisch einwirken, wie er fand.

„Du hast ja nun mitbekommen, dass Matse und ich hier ein großes Projekt auf die Beine stellen." Ausladend schwang er seinen rechten Arm nach vorne und deutete auf die Barhockermeute.

„Zu welchem wir nur die Besten mitnehmen. Die Allerbesten."

Heini blickte zu Mats und von Mats zu den anderen. „Ich verstehe, Herr Drönemann."

Nun grollte sich doch schon ein Anflug von Siegesgelächter noch oben.

„Heini, Heini, es heißt doch Erwin, mein Freund."

Uwe packte Heini am Unterarm und raunte ihm leise zu: „Das ist eine große Ehre, Heini. Erwin ist normalerweise nicht so zugänglich, was Fremde angeht."

„Heini, ich mache es kurz. Wir laden dich ein mitzukommen. Hab ein gutes Bauchgefühl bei dir, mein Junge. Du verstehst was von Autos, du könntest mein Fahrer sein. Und wer was von Autos versteht, der wird mit ein paar Automaten auch klarkommen. Na, was sagst du?"

„Herr Drönemann, ich meine, äh, Erwin, also das kommt jetzt sehr überraschend. Ich wollte ja eigentlich nur Mats Hallo sagen und fragen, ob seine Freundin zufrieden mit ihrem Auto war und wissen, wie es seinem Hund geht ..."

„Hund? Was für ein Hund? Matse, was für ein Hund? Du weißt doch, dass ich allergisch gegen Hundehaare bin. Ist hier ein Hund drin? Bin ich deshalb krank, oder wie?" Erwin war nun aufgeschreckt.

Mats erwachte aus dem Film, den er sich völlig gebannt angesehen hatte.

Beeindruckend war Erwin. Schlichtweg beeindruckend. Er hatte einen unkontrollierten Hassprediger erwartet und das Gegenteil gesehen. Sehr gut und genau vorbereitet hatte er jeden für sich individuell eingefangen. So wie er es mit ihm gemacht hatte. Jedenfalls gefühlt.

Aber man spürte es. Die Grundstimmung war positiv und auch wenn nicht alle ihre Koffer bereits gepackt hatten, so war es ihm doch gelungen, dass sich alle mit der Aussicht auf Vegas mehr als angefreundet hatten. Oder eher mit der Ausfahrt. Raus aus dem Trott, noch mal was Neues.

Wer konnte ihnen das verdenken. Das wünschten sich insgeheim praktisch alle. Noch mal zurück auf Los. Und sich nicht für das Spiel davor erklären müssen. Vielleicht war das sogar das Wichtigste daran.

„Erwin, keine Panik, beruhig dich. Kein Hund hier, auch nicht gewesen. Alles in Ordnung."

Erwin atmete wieder aus.

„Gut, Matse. Ich hab schon so ein Kribbeln in der Nase bekommen. Du weißt, dass ich da Tage kein Auge zu machen kann, wenn sich erst mal so ein Büschel Tölenhaar in meinen Poren verfangen hat."

„Kein Hund? Aber du sagtest, es wäre dein Hund gewesen?", Heini guckte verunsichert.

„Doch, doch. Hund ist schon richtig, nur nicht meiner. Der von meiner Freundin, der das Auto gehört. Und Erwin, alles ist gut. Kein Hund, keine Haare, nicht an mir, nicht an Heini, alles o.k."

Mats bemerkte die Schweißperlen auf Erwins Stirn. Hunde waren ein absolutes Tabuthema.

„Ich hätte lieber Hodenkrebs, als so 'ne Töle im Haus. Aber nun denn, wo waren wir denn jetzt? Heini, nun sag mal an. An Bord oder an Bord?"

Bei Hunden wurde Erwin ganz anders. Das Einzige, was er wirklich fürchtete. Sie fressen ihre eigene Scheiße, bekommen Würmer und wenn sie die haben, rutschen sie auf ihrem Arsch auf dem Boden rum. Mehr musste man nicht über Hunde wissen. Das sagte schlichtweg alles.

„Erwin, also, ich fühle mich sehr geehrt, wirklich. Ich muss darüber nachdenken.

So was kann ich nicht so einfach spontan entscheiden. Ich müsste das mit Norbert, meinem Chef, besprechen, das muss alles geplant sein."

„Papperlapapp! Nix ist. Heini, das Schiff liegt im Hafen vor Anker. Da musst du an Deck springen! Sonst legt es am Ende ohne dich ab. Dem Nobby kannst du später 'ne Postkarte schicken. Aber der wird das verstehen. Der wird höchstens neidisch sein. Das erreicht ja auch nicht jeder, was Heini!" Die Köter-Sache hatte Erwin aus dem Tritt gebracht. Langsam riss ihm der Geduldsfaden mit dem kleinen Bastard hier. Konnte ja nicht sein, dass ihm jetzt die Stimmung im Saal kippte, weil der Nachzügler irgendein Theater machte. Dann blieb er halt hier in seinem beschissenen Loch. Wer nicht will, der hat schon. Dann halt nicht.

„Erwin, mein Lieber, ich glaube, ich kann für uns alle hier sprechen", setzte Carmen vorsichtig an und blickte die anderen nach und nach kurz an. Rainer dabei etwas länger. Als sich kein Widerspruch regte, fuhr sie fort. „Das kommt alles wahnsinnig plötzlich und auch wenn ich mir immer noch nicht hundertprozentig vorstellen kann, wie du mich wieder in Stangentanzform bringen willst, ...", sie lachte kurz auf, „würde ich mitkommen. Vielleicht brauchen wir alle hier einen frischen Start."

„Drönemann, Drönemann, Drönemann ..." Uwe begann, rhythmisch zu grölen und dabei mit seinem umgedrehten Wodkaglas auf die Theke zu schlagen.

„Uwe, ich bitte dich. Verhalte dich ruhig." Dieses bitte, bitte, bitte machte Erwin jetzt schon völlig irre. Er wusste nicht, wie er diese Höflichkeitsscheiße noch lange durchhalten sollte. Geschweige denn bis alle im verdammten Flieger waren.

„Carmen, meine Liebe, ihr alle zusammen. Das freut mich außerordentlich! Ich verspreche euch, dass wir eine Superzeit dort haben werden! Und wenn die Tanzerei nicht klappt, was ich mir beim besten Willen nicht vorstellen kann, dann finden wir halt was anderes. In Erwins Nest ist immer ein Platz für euch! Und zwar für jeden von euch! Und nun mal alle ran an die Gläser, darauf stoßen wir an! Mach mal einer die Tür auf, kann euch kaum sehen in dem Nebel hier." Und nun schallte es unglaublich laut durch den Raum. Hyänen sind Rudeltiere. Und so lachte Erwin wie aus hundert Hyänenkehlen sein Siegesgelächter. Draußen konnte man die Fahne wehen sehen und der Wind des Aufbruchs pfiff durch die Spielothek.

Mats bemerkte einen Schnurrbart an seiner Wange. „Das haben wir gut hinbekommen, was Matse." Und Erwin umarmte ihn und klopfte ihm mehrmals fest auf den Rücken. Niemals hätte er ihn am Rücken gestreichelt, so wie es Frauen und einige wenige Männer tun. Erwin Drönemann war so sehr Rückenklopfer wie er Menschenfänger war.

„Oh, gibt es was zu feiern? Wie schön."
Sie stand einfach plötzlich neben der Theke. Mats hatte sie überhaupt nicht bemerkt. Er fing sie so schnell ab, dass keine Zeit mehr für ein Gespräch mit irgendwem blieb. Für sie natürlich. Seine Lebensumstände waren Anna bekannt, doch sicher nicht bewusst. Nur wenig wäre schwieriger gewesen, als wenn Uwe sie auf den Stand gebracht hätte in Sachen Vegas oder einfach mal ganz generell. Seine Handfläche konnte ihren Puls spüren. Er hatte einfach nach ihr gegriffen, sie nach draußen gezogen und dabei mehr ihr Handgelenk als ihre Hand erwischt. Mats hatte dies mit einer Selbstverständlichkeit getan, die ihn selbst überraschte. Es fühlte sich normal an, dass er Anna einfach an der Hand nahm. Für sie offenbar auch, denn sie hatte keine Reaktion gezeigt. Aber irgendwas war, denn selbst durch seine Handfläche konnte er spüren, dass ihr Puls recht schnell schlug. Er verlor ihn, als sich ihre Hand in seine legte.
„Du glaubst nicht, was passiert ist!" Sie war sichtlich aufgeregt.
Bevor Mats reagieren konnte, fuhr sie schon fort.
„Jean-Marc Melville war tatsächlich in meinem Laden. Er will mich in sein Händlernetz aufnehmen. Ist das nicht unglaublich?" Sie taumelte vor Aufregung.
„Und später hat er sogar noch mal angerufen."
Mats ging das zu schnell. „Oh, das ist großartig. Das freut mich wirklich sehr.
„Angerufen? Wieso noch mal angerufen?"
Anna drückte seine Hand ganz fest.
„Halt dich fest, er möchte, dass ich nach Bordeaux komme und mir das Château ansehe! Dort soll ich dann alles verstehen und kennenlernen. Verrückt, oder?"
Allerdings. Der perverse Greis spielt Klassenfahrt und lädt sich die hübschesten Mädchen in sein Porno-Schloss ein. So weit kam es noch. Mats bemühte sich, trotzdem seinen Sarkasmus gedanklich zu parken, dafür klang das zu ernst.
„Das Château ansehen? Kann man das denn nicht alles auch von hier kennen-

lernen? Oder ist das so üblich, dass man sich jeden Weinberg persönlich ansieht?"

Nun lachte sie. „Du bist witzig. Natürlich ist das nicht üblich. Aber es ist Melville!
Da fragt man nicht warum. Das ist eine Riesenchance für mich. Freust du dich
denn überhaupt nicht für mich?"

Mats rang um Fassung. „Doch. Natürlich."

Er streichelte ihr über die Hand und gab ihr einen kurzen Kuss auf den Mund.

„Natürlich freue ich mich für dich. Ich weiß einfach nicht, was da so normal ist
bei euch."

„Wenn mir das gestern jemand prophezeit hätte, ich hätte das nicht für möglich
gehalten. Es ist völlig verrückt! Ich werde Melville kennenlernen. Unglaublich!"

Annas Euphorie war ansteckend. Mats merkte, wie sein Unbehagen sie einige
Zeit nicht zu sehen, von ihrer überschäumenden Freude verschluckt wurde.
Langsam lächelte er auch.

„Wann soll das denn losgehen? Hat dieser Jean-Marc das schon gesagt?"

„Also, am besten natürlich sofort, damit ich so schnell wie möglich ins Sortiment
einsteigen kann. Aber das ist nicht realistisch. Ich muss erst mal jemanden für
den Laden finden."

Seine Fassung machte wieder Bocksprünge.

„Sofort? Was soll denn bitte sofort bedeuten?"

„Das bedeutet einfach nur lieber heute als morgen. Aber er weiß schon, dass
das wegen des Ladens nicht so einfach gehen wird. Es sei denn, ich finde kurzfristig jemanden, dem ich den Laden für die Zeit anvertrauen könnte."

Der Schlusssatz in Kombination mit ihrem Blick und der Betonung machte es
offenkundig, worauf sie anspielte. Mats ging das deutlich zu schnell. Er war nicht
gut im Verarbeiten von Veränderungen. Jedenfalls nicht, wenn diese emotionale Reaktionen nach sich zogen bei ihm. Und jede noch so kleine Anna-Veräs-
telung ließ seine Synapsen-Achterbahn fahren.

„Moment. Ich? Du fragst mich, ob ich deinen Laden managen kann, während du
im Bordeaux bist? Fragst du mich gerade das?"

Sie nahm nun seine beiden Hände und drückte sie fest. „Wäre die Idee so verrückt?"

Mats hielt ihrem Blick nicht lange stand. Das musste sich perspektivisch unbedingt ändern. Wenn sie dauerhaft mit ein, zwei leichten Körperkontakten in der Lage wäre, ihn spontan zu einem Leibeigenen zu transformieren, wäre das für ihre Beziehung mehr als schlecht. In einer guten Beziehung herrscht Gleichgewicht. Das steht schließlich in jeder anständigen Frauenzeitschrift. Er resignierte.

„Du weißt, dass ich überhaupt keine Ahnung von Wein habe. Ich kann niemanden beraten."

„Das ist auch gar nicht nötig. Ich will vor allem nicht meine Stammkunden verlieren. Die wissen eh, was sie kaufen und kennen sich selbst gut aus. Bei den anderen bist du halt ehrlich und sagst, dass du nur die Vertretung bist. Und für die zehn Standardweine bringe ich dir das Wichtigste noch kurz bei oder schreib es dir auf." Anna strahlte. „Also sagst du ja?"

„Grundsätzlich schon. Ich muss natürlich sehen, dass ich es hiermit in Einklang bringe. Wäre es denn jeden Tag?" Und als er das gesagt hatte, fiel ihm auf, dass es kein *in Einklang bringen hiermit* mehr bedurfte. Die Spielothek gab es dann nicht mehr.

Und plötzlich spürte er zum ersten Mal einen Abschiedsschmerz. So wie wenn man aus einer Wohnung auszieht, die man sehr gemocht hat. Man freut sich zwar auf das Neue, was kommt, aber trotzdem stellt sich eine Spur Wehmut ein. Und bei Mats kam dazu – was kam überhaupt?

„Nicht jeden Tag. Es gibt auch noch die Aushilfen. Aber ich wäre halt beruhigter, wenn ich wüsste, dass jemand sich um den Laden kümmert, dem ich blind vertrauen kann. Würdest du das wirklich für mich tun? Das wäre einfach großartig!"

Melancholie umspülte ihn. Zu seinem Spielothek-Schmerz gesellte sich schon jetzt der Anna Abschiedsschmerz. Da half auch ihr strahlendes Gesicht gerade wenig. Aber er bemühte sich, ein Lächeln aus seinem Gesicht zu schneiden.

„Klar. Wenn es so wichtig für dich ist. Wie lange wirst du denn weg sein?"

Annas Stirn legte sich in konzentrierte Falten. „Hm, das weiß ich ehrlicherweise noch nicht genau, hängt sicherlich davon ab, wie die Dinge sich da so entwickeln. Drei Monate, vielleicht etwas mehr oder weniger."

Mats tauchte aus dem Melancholie-Ozean wieder auf und schnappte nach Luft.

„Drei Monate? Nicht ernsthaft, oder?"

Sie zögerte. „Doch, ich denke, es wird etwas in diesem Zeitrahmen sein. Deshalb ist es mir doch so wichtig, dass es jemand macht, dem ich blind vertraue wie eben dir. Für zwei bis drei Wochen würde ich das bestimmt auch mit den Aushilfen hinbekommen. Hattest du kürzer gedacht?"

Nein, ich hatte sogar Jahre gedacht. Drei Jahre Vertretung. Deswegen sagt man ja *Vertretung* zu etwas, weil man das dauerhaft, permanent und einfach für immer macht. Wäre es nicht so, würde das Wort *Vertretung* ja nicht einmal Sinn ergeben.

„Ich hab gar nichts gedacht. Ich war hier einfach drinnen, dann hast du mich da rausgezogen und mich gefragt, ob ich deine Vertretung im Laden sein kann, wenn du weg bist. Wie lange das sein wird, hast du nicht gesagt."

„Das tut mir leid, dachte, das wäre klar, dass wir nicht über zwei Wochen sprechen. Entschuldige! Ist also zu lang? Nicht schlimm, dann finde ich wen anders."

Was ging eigentlich in ihr vor? Hatte es letzte Nacht nicht gegeben? Oder war es ein One-Night-Stand und er hatte das *One* nicht kapiert? Seine Wehmut transformierte sich in den Molotowcocktail der Emotionen. Wut und Enttäuschung.

„Siehst du, genau dieser Satz ist das Problem. Der sagt alles *„dann finde ich wen anders"* – das wirst du wohl auch machen müssen. Denn in drei Monaten bin ich nicht mehr hier."

Das saß. Mit ihren Augen passierte etwas, sie flackerten kurz auf. Anna wich zurück auf den Sicherheitsabstand.

„Nicht mehr hier? Aber, wo bist du denn? Du gehst weg aus Düsseldorf?"

„Ja. Das ist der Grund für die Feier. Mein Chef und ich gehen in die Staaten. Wir haben da so ein Geschäftsmodell entwickelt, welches wir umsetzen wollen. Sehr vielversprechend."

„Ins Ausland?", fragte Anna ungläubig. „Davon hast du nie was erzählt. Für wie lange denn?"

„Ist auch alles noch ziemlich frisch", rechtfertigte sich Mats. „So wie es aussieht zumindest mal für ein paar Jahre. Ganz genau weiß ich das nicht. Aber du kennst das."

„Wieso kenne ich das? Ich gehe ja nicht weg oder wandere aus. Ich mache eine

Fortbildung für drei Monate und komme dann wieder. Was du machst, ist ja wohl etwas völlig anderes."

„Fortbildung nennst du das? Wenn bei allen Leuten die Fortbildungen drei Monate dauern würden, würde niemand mehr regulär arbeiten, weil alle den ganzen Tag Fortbildungen machen würden." Das machte ihn wirklich jetzt wütend. Dieses *„Worte im Mund verdrehen"*.

„Und ob ich nun ein paar Monate oder vielleicht ein, zwei Jahre weg bin, ist ja mal auch nicht der Riesenunterschied. Aber ist doch toll, haben wir ganz ähnliche Dinge geplant."

Sie hatte nicht wieder nach seiner Hand gegriffen. Der Sicherheitsabstand hielt, aber er wurde auch nicht größer. Sie stand einfach da und sah ihn fragend an.

„Du hast nie was gesagt."

„Du doch auch nicht."

„Aber ich wusste doch bis heute Mittag auch nichts davon! Und bis gestern kannte ich auch Jean-Marc Melville nicht. Du warst doch dabei auf der Messe. Als es klar war, bin ich sofort zu dir gekommen. Du dagegen weißt das wohl kaum erst seit gerade eben. Das finde ich nicht fair von dir, das zu vergleichen."

„Du bist sofort zu mir gekommen, weil du jemanden für deinen Laden gebraucht hast. Damit du möglichst schnell von hier abhauen kannst. Nicht, um mich zu fragen oder sonst was. Da ging's nur um den Laden."

„Du weißt, dass das nicht stimmt. Aber was hätte ich denn fragen sollen?"

„Na zum Beispiel, wie es mir damit geht, dass du nach Bordeaux verschwindest."

„Mats, ich verschwinde doch überhaupt nicht. Ich fahre drei Monate weg, um die womöglich größte berufliche Chance meines Lebens zu ergreifen. Ich verstehe nicht, was dich daran so wütend macht."

Mats resignierte. Sie verstand es offenbar tatsächlich nicht. Und wenn dem so war, waren sie leider meilenweit voneinander entfernt und würden es immer sein.

„Es geht gar nicht darum, dass du diese berufliche Chance wahrnimmst. Es geht darum, dass es dir grundsätzlich wichtiger ist. Dass du keine Sekunde darüber nachgedacht hast, es nicht zu tun. Was dann mit uns wird, wenn du die drei Monate weg bist. Oder ob der Moment mit uns dann einfach vorbei ist. Und das würdest du riskieren, weil dir Melville wichtiger ist. Nur darum geht es. Um nichts anderes!"

„Sagst du mir als derjenige, der das Land für immer verlässt? Wo war ich denn da in deinen Plänen? Du hast mir ja nicht einmal etwas davon erzählt." Sie machte eine Pause. „Wann hattest du denn vor, mir das mit den Staaten zu sagen? Bevor wir das nächste Mal miteinander geschlafen hätten oder danach?"

Biest. Was für ein Biest. Er stieß einen Schwall Luft aus. „Wie gesagt, das hat sich ebenfalls erst kurzfristig verfestigt."

„Was heißt das? Wann hat sich das verfestigt?"

„Gerade eben. Deshalb die Feier. Es gab noch etwas zu klären, aber das funktioniert nun und jetzt steht alles."

„Oh. Aber du wusstest doch schon vorher, dass die Möglichkeit besteht, oder nicht? So was kommt doch nicht aus dem Nichts."

„Wieso? Dieser Melville ist doch auch vom Himmel gefallen. Bis vorhin war es völlig vage und nicht spruchreif. Die Finanzierung steht jetzt. Nun geht es los."

„Dann gehst du wirklich weg? Einfach so?"

„Du tust doch nichts anderes, Anna. Gestern Abend waren wir zusammen und heute kommst du zu mir und sagst, dass du für drei Monate weggehst."

„Aber du weißt doch, was Melville für mich bedeutet! Und es sind drei Monate – wenn wir drei Monate nicht überstehen, haben wir sowieso keine Zukunft. Aber wir werden das nie rausfinden, weil du einfach weggehst." Ihre Stimme brach abrupt ab.

Mats konnte das nicht länger. Dieser Streit. Sie da so stehen sehen.

Aber genauso wenig konnte er akzeptieren, dass er nun die Schuld am Ende ihrer Beziehung haben sollte. Sie war es, die hier der Karriere den Vorrang gab. Sie war es, die vermutlich niemals wieder zurückkommen und ihm irgendwann irgendeinen traurigen Brief vom Anwesen des Weinmilliardärs schreiben würde.

„Lieber Mats, ich empfinde wirklich wahre Freundschaft für dich und ich bin dir sehr dankbar für die Vertretung in meinem Weinladen in den letzten zehn Jahren, aber ich muss dir leider sagen …"

Solche Geschichten kannte man aus jedem schlechten Film. Sie heiratet den Prinzen und was mit ihm passiert … wird meistens nicht mehr gezeigt.

Sozialer Abstieg. Emotionale Verwahrlosung. Das Übliche eben. Mats atmete tief aus. Er würde es bereuen, wenn er das niemals sagen würde. Nicht heute, vielleicht nicht morgen, aber es würde ihn einholen. Und oftmals wartet die Wahrheit, bis alles vorbei ist, bevor sie sich Gehör verschafft. Und so sprach er langsam, aber bestimmt.

„Manchmal liege ich nachts wach, weil ich aufgeregt bin, wenn du am nächsten Morgen zum Geldwechseln kommst. Dann frage ich mich, was du wohl an haben oder sagen wirst. Und ich stelle mir vor, was ich dann sagen würde. Nein, ich überlege es mir sogar. Ich spiele Situationen und Dialoge durch. Über das Wetter. Über irgendwas aus den Nachrichten. Alles Mögliche. Ich frage mich, was du wohl gerne hören würdest, was dich interessiert. Anfangs bin ich sogar immer noch mal aufgestanden, um mir eine Notiz zu machen, damit ich es am Morgen sicher nicht vergessen habe. An einem Morgen hast du gesagt, dass du Schnecken magst. Ich war mir nicht mal sicher, ob es vielleicht nur ein Spaß war. Glaube, du hattest es eher erwähnt, weil es an diesem Tag so stark geregnet hatte und du einfach irgendwas Positives sagen wolltest. So wie du das immer machst. Und so hast du halt von der Schnecke im Regen auf dem kleinen Rasenstück vor deinem Fahrradständer geredet. Ich war mir eigentlich sicher, dass dir Schmecken prinzipiell recht egal sind, aber ich habe mir am selben Abend ein Buch über Schnecken gekauft. Nur, damit ich vielleicht beim nächsten Mal etwas Richtiges zu dir sagen kann.

Schnecken fressen sehr gerne Schlangengurken und brauchen viel Kalzium, um ihr Gehäuse zu erneuern. Wenn du ihnen was Gutes tun willst, gibst du ihnen diese weißen Tintenfischreste, die man am Strand finden kann. Schnecken lieben die. Das nur, falls du das damals doch ernst gemeint hast."

Mats lachte kurz auf, auch wenn ihm überhaupt nicht danach war.

„Mein Herz schlägt schneller, wenn du mit mir sprichst, wenn ich dich sehe oder einfach nur an dich denke. Ich rede oft Unsinn, wenn wir uns sehen, weil ich so aufgeregt bin, dass ich nicht mehr denken kann. Gestern habe ich mir gewünscht, dass die Zeit stehen bleiben möge, damit wir diesen Moment für immer konservieren können. Ich hab mir das nicht mit dem Wissen gewünscht, dass es unmöglich ist. Sondern von ganzem Herzen und in der Hoffnung, Unrecht zu haben. Ich hab mich nie gefragt, wie es zwischen uns einmal enden würde, weil ich nie geglaubt hätte, dass es überhaupt einen Anfang geben könnte. Das war wie ein Traum, der zwar da, aber zu weit weg war. Aber jetzt stehen wir hier und ich möchte nicht, dass wir so im Streit auseinandergehen. Ich brauche leider etwas, was du mir nicht geben kannst, so sehr ich es mir auch wünsche. Bedingungslosigkeit. Es geht nicht um die drei Monate. Es geht um die Haltung dahinter. Wir könnten eine Zeit lang glücklich sein, aber dann würde ein neues Bordeaux kommen. Und dann noch eins. Und noch eins. Es würde mich zerstören. Und das kann ich, so sehr ich dich auch liebe, nicht zulassen. Ich wünschte, ich könnte es."

Und er wandte sich ab von Anna, verließ den Sicherheitsabstand und stolperte die eine Stufe zur Spielothek hoch. Er drehte sich nicht mehr um und seine Augen zwangen sich, das seitliche Blickfeld zu ignorieren. Bloß keine traurige, womöglich weinende Anna sehen, deren Anblick ihn zwingen würde, wieder alles zu relativieren, was er gerade gesagt und so gemeint hatte.

Nur, um sie nicht so traurig zu sehen. Und als sich die Tür der Spielothek hinter ihm schloss, ließ er sich erschöpft gegen die Innenseite fallen und rutschte an ihr herab, bis er den Boden erreicht hatte. Dort angekommen, schloss er seine Augen und war genau das, was er die ganze Zeit gewesen war, mit der Ausnahme des gestrigen Tages.

Allein. Einfach nur allein.

Kapitel 20: Eins null sieben

Die Gesellschaft hatte seine Rückkehr gar nicht bemerkt. Vielleicht hatten sie aber auch schon sein kurzzeitiges Verlassen nicht realisiert. Und so gönnte er sich noch ein paar Momente Ruhe, bis er entdeckt werden würde. Er hatte sich gerade von Anna getrennt. Oder vielmehr sie sich von ihm. Sie hatte es nur in eine Zeitspanne verpackt, damit es weniger schmerzhaft klingt. Hatte er selbst auch schon so gemacht. Manchmal war das die bessere Variante für beide Seiten. Man vertagt sich. Die eine Seite nimmt Hoffnung mit und die andere das gute Gefühl, nicht dem anderen das Herz gebrochen zu haben. Beide werden erst mit der Zeit schlauer, aber getrennt voneinander und nicht im gleichen Moment. Trennungen haben viel mit Gesichtswahrung zu tun. So hysterische Tobsuchtsanfälle hatten gelegentlich was, aber in den wenigsten Fällen ließ sich ein moderner Partner des 21. Jahrhunderts noch zu solchen emotionalen Schwankungen hinreißen. Auf Zeit trennen war angesagt.

„Wir sehen uns jetzt mal zwei Jahre nicht, danach sehen wir weiter.", das klang im ersten Moment nun mal nach einer mehr als fairen Lösung. *„Es ist vorbei."* hatte dagegen so etwas Endgültiges. Das fühlte sich für keinen gut an. Dann lieber vertagen. Oder auch verjähren, wenn's nötig war und ganz scheiße lief oder eben vermonaten, so wie Anna es gemacht hatte. Im Definitionsmuster der Trennungszeitfenster war die Monatsvariante tatsächlich noch die, die prinzipiell eine wiederbelebte Beziehung im Repertoire hatte, aber nicht, wenn sie, wie in Annas Fall, an Tag 2 der Beziehung gezogen wurde.

Wäre Mats ein klassischer, weil bis dahin, unbekannter One-Night-Stand gewesen, er hätte sich spielend der Situation entziehen können.

„Einige Monate nicht sehen? Wir haben uns doch bisher schon nicht gesehen?" Aber so war es, wie es eben war. Niemals hätte er das geschafft. Drei Monate warten auf sie, vermutlich länger, ihre wachsende Euphorie für den französischen Senioren-Playboy erlebend und parallel auch noch ihren Weinladen für sie am Laufen halten. Wie eine Hausfrau, deren Mann sie von unterwegs auf Geschäftsreise anruft. Beide wissen, dass er überall rumhurt, aber er erkundigt sich trotzdem heuchlerisch interessiert nach dem Haushalt und sie antwortet

brav. Schlimmer – er lobt sie sogar für das Erfüllen ihrer Aufgabe. Gleiches wäre ihm widerfahren. Ganz sicher. Das hätte er mental nicht ausgehalten.

„Na, na, was hockt er denn hier auf dem Boden rum, unser Goldjunge! Und guckt, als wenn er einen Köttel in der Hose hat. Matse, nun aber mal ran ans Glas, und zwar dalli! Wir feiern doch so schön."
Erwin Drönemann stand gebeugt über ihm und mit seinen Worten war ein warmer Speichelregen über Mats ergangen. Wie der Morgentau auf einer Kuhwiese. Feucht, aber nicht nass. Mats ließ sich am Arm packen und aufrichten. Erwin nickte zufrieden: „Schon besser. Das haben wir astrein hinbekommen, wir beiden Halunken! Gab zwar noch ein kleines Theater, als du draußen mit der Kleinen warst, aber da bin ich am Ende auch locker drumrum gesegelt."
„Was für Theater denn?"
Erwin winkte kurz ab und steckte sich eine Ernte an. „Auch eine?"
Mats nickte. Geraucht hatte er nie wirklich und das letzte Mal vor Jahren, zumindest Zigaretten. Aber der heutige Tag fühlte sich an, wie ein Tag, an dem man mit etwas beginnt, was einen eines Tages umbringen wird. Und obwohl man das weiß, macht man es trotzdem. Oder gerade deswegen. Ziemlich feige. Selbstmord auf Raten.
Erwin gab ihm Feuer und murmelte mit der qualmenden Ernte in seinem Mund. „Ach, der eine Dukatenesel musste natürlich wieder alles verkomplizieren und hat gefragt, wann es denn eigentlich losgeht mit der Reise. Ein wahrer Quälgeist, dieser Bastard."
Erwin machte eine kurze Pause und entließ aus seiner Lunge eine sehr beachtliche Menge Rauch. Mats war irritiert. Offenbar konnte Erwin reden und parallel inhalieren. Und dies, ohne sichtbar Luft dabei zu holen.
„Als ich dann Sonntag sagte, ging plötzlich das Gelaber los. Wie das denn gehen sollte, die Wohnungen, die persönlichen Sachen und blabalaba."
„Sonntag??? Du meinst, diesen Sonntag? Das ist übermorgen!"
„Das ist mir schon klar, Matse. Ich bin zwar keine Uhr, aber die Tage habe ich ganz gut im Blick."
„Aber wie soll das gehen? Du hast mir nie gesagt, dass du übermorgen nach Vegas willst! Wie sollen wir das mit Wohnungen und Sachen bis dahin regeln? Das schaffen wir doch nie."

„Glaube, du musst dringend ans Glas", stöhnte Erwin genervt auf.

„Genau das gleiche Theater hat die Bande auch gemacht. Die Wohnung, die Miete, die Verwandten und Freunde, die ganzen Sachen, die einem wichtig sind, und so weiter und so fort."

Erwin fischte eine Wodkaflasche hinter seinem Rücken hervor, die er scheinbar in seinem Hosenbund verankert hatte und nahm einen tiefen Schluck, bevor er sie Mats vor den Kopf hielt. „Schön runter damit. Dann verschwindet auch der innere Problembär viel leichter, Matse. Der steppt nämlich vor Freude, wenn der Pegel unten ist, dann kann er schön Hausputz machen und unter jedem Bett einen Sack Wollmäuse finden."

„Wollmäuse? Wirklich am Sonntag?"

„Matse, mach dich locker! Wir mussten das Zeitfenster eng halten. Sonst wären uns sicher noch welche abgesprungen. Vergehen da Wochen oder gar Monate, kannst du die Hälfte der Bastarde doch direkt wieder abziehen. Da müssten wir beide schon total einen an der Pfanne haben, wenn wir der Grüblertruppe hier indirekt noch 30-Tage-Bedenkzeit einräumen! Nee, nee, die müssen praktisch direkt in den Flieger gesetzt werden, sonst wird das alles nichts."

„Und die Wohnungen? Das ist ja nicht von der Hand zu weisen."

„Unsinn. Die Wohnungen sind längst gekündigt, ich bin ja nicht doof. Habe alles rechtzeitig veranlasst."

„Du hast was gemacht? Du hast meine Wohnung, unsere WG, gekündigt? Wie denn überhaupt?" Mats war fassungslos.

„Nun beruhige dich aber mal mein Junge. Sagen wir so, ich habe meine Möglichkeiten."

„Und was wäre gewesen, wenn alle da nicht mitgemacht hätten? Dann wären jetzt unsere Wohnungen weg, oder was?"

„Meine Herren, Matse! Jetzt ist aber mal gut! Du hörst dich an, wie einer der beiden Dukatenesel. Hätte, könnte, müsste! Ist doch scheißegal. Ich war mir schon sicher, dass das alles klappt. Und ansonsten hättet ihr eben die Scheiß-Kündigung zurückgezogen.

Freu dich mal lieber, dass dein Erwin mal wieder alles auf dem Schirm hatte. Aber mal so was von alles."

Erwin nahm einen tiefen Zug aus der Flasche. „Ich hab sogar schon einen Schiffscontainer klargemacht. Liegt im Rotterdamer Hafen, bis Samstagabend können alle ihren wichtigsten Kram zusammentragen, dann fährt ein Kleinlaster den Scheiß nach Rotterdam und von da, ab mit dem Container und nach Vegas."

Ja. Scheißegal. Erwin hatte so Recht. Es war tatsächlich scheißegal. Und zwar alles. Wohnung? Interessierte am Ende kein Schwein. Vegas? Unverhofft kam oft. Anna? Lieber ein Schrecken mit Ende als ein Schrecken ohne Ende.

Sie war wie einer dieser Kriegsveteranen. Da war ganz schön viel vergraben. Rein emotional. Die warten darauf, ihre Gefühle endlich rauszulassen, aber da muss man ganz viel Ausdauer mitbringen. Mats hatte lange genug gewartet. Auf Anna. Auf sein Leben. Auf alles.

Und wenn er eine Sache nicht brauchte, dann war das eine verdammte Bremse. Etwas, das ihn wieder aushebelte. Das seine Weiche wieder zurück ins Hamsterrad springen ließ. Und noch weniger brauchte er jemanden, der nur mit ihm spielte. Der sich nicht sicher war. Oder schlimmer, der Liebe interpretierte wie eine Stimmung, um die herum man sein Leben plant, aber die niemals das Zentrum ist. Weil sie nur das Beiwerk des Ganzen ist, aber niemals dessen Auslöser. Mats brauchte Raum. Einen Moment für sich. Er stieß sich von Tür und dem leicht schwankenden Erwin ab, ohne die Mischpoke am Tresen groß weiter zu beachten. Als er die Herrentoilette erreichte und die Tür des Vorraums hinter sich schloss, begrub ihn die plötzliche Stille für einen Moment unter sich.

Sein Herz pulsierte, aber er konnte kaum noch begreifen, warum es überhaupt noch schlug. Zumindest nicht für wen und warum. Mit der Dunkelheit der Kabine kam auch die Realität zurück. Aber sie war nicht weniger rau. Mats setzte sich. Machte man ja so, wenn man etwas zu verarbeiten hatte. Sich auf die Toilette zu setzen, war dann vielleicht noch extremer, aber auch nur gefühlt. Das Drumherum passte zu seiner Stimmung. Trostlos. Es war nicht einmal besonders schmutzig oder runtergekommen. Das ging nur mit Frequenz. Der McDonald's in der Altstadt war, trotz Dauerreinigung, eine andere Hausnummer. Hier lag eher der Staub auf der Brille, als dass man Angst haben musste, irgendeinen flüchtigen Kontakt mit dem Interieur zu haben. Die blässliche Kälte der Kacheln war da schon deutlich bedrückender. Erdrückender.

Er musste nicht mal. Trotzdem saß er mit runtergelassener Hose auf einem Toilettensitz, der mit Sicherheit in täglicher Regelmäßigkeit von Uwe Klimas Urin besprüht wurde. Der Ausschlag begann seine Beine hochzukriechen. Aber es war ihm egal. Es spielte keine Rolle mehr. Als er seinen Kopf auf seine Hände fallen ließ, stieß er fast mit der Stirn gegen den an der Wand befestigten Metallaschenbecher. Vermutlich eine der blödesten Ideen der Welt.

Niemand, der auf einer Toilette parallel rauchte, was per se asozial war, aschte brav in einen beschissenen Wandaschenbecher, wenn er auch einfach auf den Boden aschen und zum großen Finale unter lautem Zischen die Zigarette in der Toilette ablöschen konnte. Gefährlich, wer das betrunken tat, und Abstände zwischen Gemächt, Kachel und fliegender Glutzigarette nicht mehr vor Augen hatte. Unnütz. Wie unglaublich unnütz war dieser beschissene Aschenbecher? Er war da, sah nicht mal schlecht aus, er tat auch keinem was. Aber den brauchte kein Mensch. Und da fühlte sich Mats plötzlich solidarisch mit diesem einsamen Wandaschenbecher. Wenn man nach diesen Maßstäben vorging, waren drei Viertel der Bevölkerung unnütz. Und er selbst ganz sicher auch.

Anna war nicht einmal mehr weit weg. Sie war vielmehr wie ein Luftballon, in den man ein Loch sticht und der dann so schnell und unkontrolliert von einem wegfliegt, dass nicht einmal die Augen ihm folgen können. Man versteht seine Flugbahn einfach nicht und sie wird jedes Mal anders sein, egal wie oft man den Vorgang wiederholen würde. Und das galt für jeden Luftballon auf der Welt. Warum war er überrascht? Alle Menschen sind Ballons. So einfach war das.

Die Billard-Bastarde, zumindest ging Mats davon aus, dass sie dafür verantwortlich waren, hatten etwas mit Edding auf die Klotür geschrieben. Er hatte es noch nie gesehen. Vielleicht war es neu oder er hatte es schlichtweg nicht wahrgenommen, da er noch nie auf dieser Toilette so lange gesessen hatte. In großen schwarzen Buchstaben stand dort: „Don't fuck with love."

Ja, ganz genau. Exakt. Wahnsinnig richtig. Warum hatte er das nur nicht vorher gelesen?
Fickt euch alle.
Anna und ihre Scheiß-Karriere.
Euch und eure linearen Einbahnstraßen-Lebensläufe.
Eure gut geplanten Sicherheiten.

Eure Reihenhäuser und Vorgärten.

Eure schlechten Versuche, der Willkür des Lebens zu entkommen.

Eure Mutlosigkeit.

Eure Arroganz, an alles im Leben ein Preisschild zu hängen.

Eure Ignoranz, die Bedeutungslosigkeit in eurem Tun nicht zu erkennen.

Verreckt in der Hölle.

Vegas war genau richtig. Mats konnte es kaum mehr erwarten.

„Und plötzlich ändert sich das. Du hörst in dich rein. Obwohl da gar nichts ist. Jedenfalls nichts, was du fühlen kannst. Aber du fühlst es. Und dann pocht es. Pulsiert. Du spürst es, obwohl du das eigentlich nicht kannst. Das Bewusstsein, krank zu sein, ist vermutlich der schlimmste Schritt. Man nimmt es an. Akzeptiert es. Und dann sind Tage, die glücklich sind, auf einmal nicht mehr glücklich, weil etwas mitschwingt. Mitschwingen muss. Ich habe jetzt seit mehr als acht Jahren Krebs und es gab seitdem keinen glücklichen Tag mehr.

Und mir ging's vorher schon beschissen. Der Entzug und mein ganzes beschissenes Leben waren echt schon genug. Und auch wenn's mir scheißegal war am Ende, ich hätte den Krebs wirklich nicht noch dazu gebraucht. Der geht ja auch nicht mehr weg. Nicht mal für ein paar Stunden. Das Schwierigste war, dass ich ihn körperlich anfangs nicht mal spüren konnte. Er war nicht spürbar da, aber in meinem Kopf war er es. Er hat dafür gesorgt, dass ich es nicht vergessen habe, es nicht mal für einen Tag ausblenden konnte." Rainer legte seinen Kopf auf die Seite und sah sie an.

„Aber heute hab ich noch nicht dran gedacht. Nicht als ich aufgewacht bin. Nicht beim Duschen. Nicht zwischendurch. Einfach den ganzen Tag nicht.

Jetzt gerade natürlich schon, wenn ich dir davon erzähle. Aber auch wieder nicht so richtig dran gedacht. Das ist gerade eher so wie erzählen, dass man noch später was einkaufen muss. Damit der andere Bescheid weiß und man es selbst nicht vergisst."

Carmen zog vorsichtig das Kondom ab, machte einen Knoten rein und legte es zu den anderen beiden auf den Nachttisch. Sie hatte noch kein Wort gesagt. Ihre Hand streichelte einfach nur seine Brust, während er redete.

„Und ich ficke sogar. Das ist doch eigenartig." Rainer stöhnte erleichtert auf.

„Und mir hat das mehr gefehlt, als ich für möglich gehalten hätte. Dachte immer, dass ich das gar nicht brauche. Die meisten ficken ja genauso wenig. Kann mir keiner erzählen, dass da besonders viele richtig aktiv sind. Die ganzen Singles, Senioren und Familien. Als wenn da was ginge. Und Zeit dafür hat auch keiner mehr. Der gesellschaftliche Fickanteil konzentriert sich zu 90 % auf 16–25, noch mal weitere 5 % durch die Dauerperversen und alle anderen können sich die restlichen 5 % untereinander aufteilen. Ab 35 aufwärts schaut man doch in die Dauerröhre. Deshalb machen die so viel Theater in den Medien darum. Das ist wie so 'ne Droge und alle haben Entzug. Kein Wunder, dass das alle verrückt macht." Er fischte nach seinem Wodkaglas auf dem Nachttisch und nippte nachdenklich.

„Carmen, ich glaube, ich möchte nicht, dass du mit diesem Stangentanzen wieder anfängst."

„Warum möchtest du das denn nicht? Da ist doch nichts dabei."

„Ach, ich weiß. Bin ja auch kein Spießer. Und wir sind ja kein Paar oder so. Aber wenn ich daran denke, dass du bald deine Beine da halb nackt um diese Stangen vor den vielen Leuten wirfst, da wird mir irgendwie ganz anders."

„Glaube, du musst dir da keine großen Sorgen machen." Sie schmuste sich noch ein wenig inniger an ihn heran. „Ich bin mir ziemlich sicher, dass ich das gar nicht mehr schaffe. Geschweige denn, dass mich jemand außerhalb von Erwins Fantasie sehen will."

„Du musst das aber jetzt nicht meinetwegen nicht machen. Ich sage nur, dass es mir nicht gefallen würde, glaube ich. Aber weiß ich nicht, vielleicht gefällt es mir auch. Also wirklich nur, wenn du selbst nicht möchtest."

„Mach ich schon nicht deinetwegen. Keine Angst."

„Na, dann ist ja gut. Ich dachte schon. Das wäre mir dann doch unangenehm gewesen. Ich hab da ja eigentlich gar nichts zu zu sagen."

„Mach ich schon nicht."

„Dann ist gut. Das war nämlich nicht meine Absicht. Nur wenn du dich damit wohlfühlst, es nicht zu machen."

„Glaub mir, ich fühle mich wesentlich wohler, hier zu liegen als meinen fleischigen Körper sechs Stunden nonstop um diese kalte Stange zu wickeln."

„Gut. Und ein bisschen wohler fühl ich mich schon, wenn du das nicht machst."

„Wie krank bist du eigentlich?"

„Das ist 'ne gute Frage. So richtig weiß das wohl keiner. Wenn du die Ärzte fragst, würden die dir sagen, dass es nicht mehr so lange dauert. Aber das haben sie vor sechs Monaten auch schon gesagt. Irgendwann bin ich 100 und keiner hat es gemerkt, weil alle 30 Jahre lang minütlich mit meinem Ableben gerechnet haben. Mit diesem Warten hab ich irgendwann aufgehört."

„Rainer?"

„Ja?"

„Du bist der erste Mann, der mir gesagt hat, dass er nicht mehr möchte, dass ich an der Stange tanze."

„Oh ja? Den anderen hat das nichts ausgemacht?"

„Nein. Zumindest hat keiner je was gesagt. Du bist der Erste."

Carmen spürte einen Anflug von Röte, als sie die Worte sagte. Schnell drehte sie ihren Kopf etwas zur Seite.

„Die meisten Männer kennen halt niemanden, der an Stangen tanzt. Vielleicht ist die Situation einfach ungewohnt. Und dann sagt man halt lieber nichts, auch wenn man vielleicht ganz anders denkt. Mach ich auch andauernd."

„Ja, vielleicht." Carmen atmete tief aus und legte ihre Finger zwischen seine Finger, bis ihre Hände verschmolzen waren.

Die einsetzende Dämmerung legte das Zimmer in erste halbdunkle Felder. Draußen bellte irgendwo ein Hund so laut, dass man es durch die geschlossenen Fenster hören konnte. Es war ein schönes Bellen. Ganz klar. Keiner dieser Kläffer. Nicht hektisch. Ganz ruhig und regelmäßig. Und irgendwie klang es glücklich in Rainers Ohren.

Mühsam hatte Mats sich gezwungen, die Kabine zu verlassen. Noch hatte seine Wut nicht die Stufe erreicht, wo sie beginnt, einen zu pushen. Er fühlte sich eher unendlich erschöpft. Er wollte nach Hause, zumindest sofern seine Wohnung nicht bereits von Erwin aufgelöst worden war, aber da würde er sich überraschen lassen. Untypischerweise war die Spielothek gänzlich ausgestorben. Mats hatte sein Zeitgefühl verloren. War er so lange auf der verdammten Toilette gewesen?

„Matse, ich dachte, du wärst auch schon abgehauen. Wo warst du denn die ganze Zeit?"

„Ach, ich war nur kurz mal draußen", log Mats.

„Ja, hier ist das allgemeine Packfieber ausgebrochen. So lebendig hast du die Bande noch nie gesehen, glaub mir das mal, Matse!", feixte die Hyäne.

„Ja, richtig. Sachen packen. Sollte ich vielleicht auch mal."

„Matse, Matse, du hängst ja total durch gerade, was mein Junge! Komm, schnapp dir noch nen kleinen Schluck für den Weg. Dann fällt auch das Aussuchen leichter beim Packen."

Leute mit leichtem Gepäck kommen am besten durchs Leben. War so ein Zitat, das Mats irgendwann einmal gelesen hatte. Keine Ahnung, ob das wieder dieser Minimalisten-Dreck sein sollte oder man das gedanklich transferieren sollte und durfte. Weniger Besitz oder weniger emotionaler Ballast? Diese Arten der Doppeldeutigkeiten machten das Leben auch nicht einfacher.

Fragte sich das eigentlich mal eine von diesen altklugen Arschgeigen? Da rotzt man irgendwas raus und dann kann jeder selbst sehen, was er damit macht. So entstanden Ideologien, Fanatismus, Kriege, Lieben zerbrachen, Dynastien gingen in Flammen auf. Mats' Wut erreichte die Eskalationsstufe des Welthasses. Sehr gut, ein Lichtblick. Die Push-Stufe war bald erreicht.

Nach Hause war auf jeden Fall eine gute Idee. Ob Packen oder nicht, konnte er dann immer noch vom Wut- und Aktivitätsgrad abhängig machen. Sein Handy brummte dunkel aus seiner Hosentasche. Wenn es relativ tief und fast mittig in der Hosentasche steckte, war dieser Vibrationsalarm gar kein so gänzlich unangenehmes Gefühl. Mein Gott, er wurde immer trostloser. Masturbation durch vibrierende Mobiltelefone in Hosentaschen war noch eine Stufe über Männern, die ihren Penis in Staubsaugerröhren steckten. Vielleicht aber auch einfach Telefonsex 2.0. Schnell griff er das Handy heraus.

„Rainer, was gibt es denn?" Mats hörte nur ein lautes Atmen. „Rainer? Alles o.k.?"

„Hier ist Carmen. Mats, bitte du musst kommen. Schnell. Es geht um Rainer."

Mats rannte. Man rennt eh viel zu wenig. Als junger Mensch rennt man ständig. Als Kind, aber auch noch als Jugendlicher. Weil alles nicht schnell genug gehen kann. Alles so aufregend ist. Erwachsene Menschen rennen nicht mehr. Nur noch, wenn sie Sport machen. Der einzige Erwachsene, der noch rannte, war Forrest Gump.

In Zeitlupe erreichte er schließlich die Florastraße, in der Rainer wohnte. Der Rettungswagen stand schon vor dem Haus und das Blaulicht warf sein Farbenspiel auf die Häuserfronten. Die Haustür stand offen. Dem Klingelschild nach zu urteilen befand sich die Wohnung im 3. Stock. Als Mats die Treppe hoch hetzte, kam ihm ein Rettungssanitäter entgegen. Er war nicht in Eile. Langsam ging er Stufe für Stufe. Und obwohl Mats in seiner Hektik kaum etwas wahrnehmen konnte, so sah er doch den Einsatzkoffer in seiner Hand. Sie räumten auf.

Wenn ein Mensch stirbt, sieht er immer kleiner aus. Viel kleiner, als er lebend ausgesehen hat. Als wenn das Leben tatsächlich aus ihm entweichen könnte. Vielleicht machte das die Erinnerung mit einem. Verklärung schon im allerersten Moment. Aber Mats war dies schon bei völlig Fremden im Krankenhaus aufgefallen. Es konnte also nicht nur die Erinnerung sein und eine medizinische Erklärung war ihm während des Studiums auch nicht begegnet.

Mats kam noch rechtzeitig, um zu sehen, wie sie vorsichtig den Tubus aus seinem Hals zogen und die Mullbinde, mit der sie den Tubus fixiert hatten, von seinem Hals schnitten. Splitterfasernackt und klitzeklein lag er da auf seinem Holzfußboden. Neben ihm noch allerlei medizinische Abfälle wie Kanülen, Mullbinden und einige Ampullen. Aber er wirkte friedlich.

Nicht wie jemand, dem man die Rippen gebrochen, Adrenalin in den Körper gepumpt hatte, um ihn noch 24 Stunden irgendwie am Leben zu erhalten, um ihn dann letztlich in irgendeinem Krankenhaus sterben zu lassen. Der Notarzt schien es zum Glück nicht übertrieben zu haben. Rainer sah aus, wie jemand für den der Tod nicht zu früh gekommen war. Wenn es das denn überhaupt gab. Trotz des tröstenden Bildes und seiner emotionalen Leere spürte er, wie die Traurigkeit langsam seinen Hals hochkroch. Er versuchte runterzuschlucken so gut es ging, aber seine Augen füllten sich mit Tränen. Carmen hockte, notdürftig mit einem T-Shirt bekleidet, auf der Bettseite und heulte auch. Er setzte sich neben sie.

„Carmen, ich, das wusste ich nicht. Also mit euch meine ich."

Sie versuchte, kurz mit dem Weinen aufzuhören und sich zu sammeln. Fing dann aber wieder an, stärker zu weinen.

Mats legte vorsichtig den Arm um sie. „Es tut mir so leid. Das wusste ich nicht", flüsterte er ihr zu.

Nach einer halben Ewigkeit fand Carmen ihre Stimme wieder und sah ihn tieftraurig an. „Ich auch nicht."

Am Ende bleibt immer die Hoffnung. Und es ist tatsächlich so. Wenn man es auf alles reduziert, ist die Hoffnung das Einzige, was immer bleibt. Und auch die ganze Zeit da ist. Man hofft ständig. Und es hört nie auf. Auf den Lottogewinn, die große Liebe, aber auch darauf, dass noch eine Tüte Milch im Kühlschrank ist. Und wenn etwas Schlimmes passiert, hofft man, dass es bald wieder besser wird. Das Gefühl der Hoffnung umspült uns sogar mehr als die Liebe. Wir können es nicht ablegen, selbst wenn wir wollten. Weil es vor allem mit einem zu tun hat: Überleben.

Als sich die Kofferraumklappe, eine dieser sich automatisch schließenden, die man nur ganz leicht antippen muss, weil inzwischen fast alles im Leben den Leuten zu laut und intensiv ist, langsam schloss, bemerkte Mats das erste Mal in seinem Leben, wie wahnsinnig lang so ein Leichenwagen eigentlich war.

Nicht, dass er schon so besonders viele gesehen hatte. Vielleicht lag es auch daran. Trotzdem, eine ziemlich unpassende Beobachtung in diesem Moment. Vermutlich versuchte sich sein Gehirn abzulenken. Aber es klappte nicht. Und als der Wagen in dieser Schrittgeschwindigkeit, als wenn sie den Sarg bereits zum Grab tragen würden, davonfuhr und nicht mehr seinen schwarzen Schatten auf Mats warf, begann er, auf die sich einstellende Hoffnung zu warten.

Aber sie kam nicht. Manchmal bleibt eben doch einfach nur nichts.

Kapitel 21: Manchmal hat das Ende zwei

„Früher, als ich ein Kind war, dachte ich immer, alle Menschen sterben an einem
Sonntag. Weil stets alle auf der Beerdigung waren und keiner arbeiten musste.
Und weil ich mir nicht vorstellen konnte, dass man die Menschen irgendwo ein
paar Tage aufbewahrt. Es musste also ein Sonntag sein. Manchmal hab ich
Samstagnacht lange wach gelegen, weil ich Angst hatte, dass meine Eltern am
Sonntag sterben könnten. Ich war vielleicht sechs oder sieben Jahre alt, aber ich
erinnere mich gut daran. Auch wie erleichtert ich war, wenn ich morgens auf-
wachte und alles wie immer war. Obwohl es Sonntag war.
Als ich dann älter war, hab ich verstanden, dass es nichts mit dem Sonntag an
sich zu tun hat. Trotzdem mag ich Sonntage nicht. Ich bin dieses schlechte Gefühl nie mehr so richtig losgeworden." Mats hielt inne. „Und heute ist nicht mal
Sonntag."
Mats war zurück zu Erwin in die Spielothek gegangen. Er war so verstört, dass
ihm nichts anderes eingefallen war. Hauptsache, nicht allein sein. Er hatte schon
mit dem Schlüssel in der Hand vor seiner Wohnungstür gestanden, wo überra-
schenderweise noch sein Name am Türschild stand, aber der Gedanke, allein in
seinem Zimmer zu sein, hatte ihm furchtbare Angst gemacht. Menschen konnten verrückt werden, wenn zu viel auf einmal kam. Und wer garantiert einem,
dass man nicht eines Tages selbst dran ist? Und wenn, wäre das heute sicher
seine große Chance. Durchzudrehen. Die Wut und das Scheißegal in Leben zu
verwandeln. Dauerhaft und ohne Rückfahrt. Oder zumindest mit einer sehr be-
schwerlichen. Und dieser haarige Männerarm, der schwer wie ein Rucksack
ohne Unterbrechung auf seinen Schultern ruhte, tat erstaunlich gut. Erwin Drönemann war ein Tröster.
„Der verdammte Bastard. Macht sich einfach so vom Acker. Wir hatten doch
Pläne mit ihm!"
Mats blickte überrascht auf. Erwin lenkte blitzschnell um.
„Matse, versteh mich richtig, meine mit Pläne, der Rainer hatte vor allem auch
seine eigenen Pläne noch mit uns. Der war ja richtig heiß auf Vegas! Brrr, das
macht mich ganz verrückt so was!"
Erwin schlug sich mit der Faust auf die Brust und prustete die Luft nach draußen.

„Da muss ich echt aufpassen. Da krieg ich gerne schnell mal 'ne Panikattacke."

„Panikattacke?"

„Ja, ja, schon gut. Hatte ich früher ständig. Ich kann mit Tod total schlecht umgehen. Mir ist das alles zu viel. Kann mir ja nicht mal die Nachrichten angucken."

Mats trank noch einen weiteren Schluck Wodka. Er sehnte sich nach der Gleichgültigkeit. Diesem Gefühl, wenn der Schmerz aussetzt und das Gehirn nur noch die lebenswichtigen Funktionen aufrechterhält. Wenn man an einen Lügendetektor angeschlossen werden könnte und wahrheitsgemäß, auf welche Frage auch immer, antworten könnte. *Möchten Sie qualvoll sterben?* Egal. *Wünschen Sie sich ewiges Leben?* Egal. *Wovon träumen Sie?* Egal. Das Weinen hatte zumindest schon mal aufgehört. Nach den ersten Drinks war es eher noch schlimmer geworden. Aber Erwin hatte auch geweint. Ziemlich doll sogar. Und er hatte ein Stofftaschentuch benutzt, welches nun in seiner Brusttasche steckte. Mats merkte, dass er sich konzentrieren musste, um seine Worte zu formen. Das war gut. Die Gleichgültigkeit war nicht sehr weit weg.

„Erwin, was meinst du? Du guckst keine Nachrichten?" Puh, er lallte schon.

„Nein, viel zu viel Gewalt. Ich krieg schon Herzrasen bei jedem Flugzeugabsturz in der sibirischen Tiefebene. Wie soll ich denn 15 Minuten Tagesschau überstehen?"

„Und wie informierst du dich denn? Liest du Zeitung dann? Oder online?"

„Hau mir ab mit dieser Internet-Kacke! Du weißt, wie mir das gegen den Strich geht, Matse! Ja, ach, Zeitung ab und zu. Dann aber eher den Lokalteil oder Kultur. Ich bin nicht so in Nachrichten."

„Kultur?"

„Ja, Herrgott. Ich bin halt nah am Wasser gebaut. Da lese ich eben andere Sachen. Na und? Du heulst doch auch den ganzen Abend Rotz und Wasser hier. Muss ich mir das jeden Abend antun? Diesen ganzen Dreck? Die hungernden Kinder? Die Kriege? Das ganze beschissene Leid all dieser unglücklichen Bastarde? Warum soll ich das denn alles wissen?
Ich kann eh nichts dran ändern. Irgend so ein Bastard hat mal zu mir gesagt, ich würde wegsehen. Aber das ist nicht so. Ich kann nur nicht hinsehen. Das ist was völlig anderes. Muss ich mich dafür schämen? Wenn ja, bitte! Hier, ich schäme mich. Mein Name ist Erwin Drönemann und ich schäme mich. Zufrieden?"

„Kann ich noch 'ne Zigarette haben?"

„Na sicher, Matse. Da musst du mich nicht fragen."

„Erwin, kann ich dich was fragen? Was Ernstes?"

„Wir reden doch immer ernst, oder nicht?"

„Ja." Mats musste lachen. Zum ersten Mal an diesem Tag. Und es tat gut, auch wenn es nur für eine Sekunde war.

„Glaubst du an so was wie den Himmel? Ach, scheiße, ich meine, ist Rainer für immer weg? War's das einfach? Geht es so leicht wirklich? Wird man in dieses lange, dunkle Auto geschleppt und dann ist es vorbei?"

Erwin räusperte sich. „Ich weiß nicht, Matse. Ich bewundere Leute, die an den Himmel glauben. Weil, wenn das stimmt, was treiben die dann überhaupt hier? Wenn ich daran glauben würde, würde ich morgen von der Rheinkniebrücke springen. Und selbst wenn sie das nicht machen und den Dingen ihren Lauf lassen, was fürchten sie am Ende. Es gibt keinen Verlust, sie verlieren niemanden, selbst wenn jemand stirbt, sie sehen alle ja wieder und sogar an einem besseren Ort. Dort wo man vielleicht selbst die Nachrichten gucken kann. Wenn man das ernsthaft glaubt, ist das ein verdammt sorgenfreies Leben, findest du nicht? Ich gönn das jedem. Aber ob ich daran selbst glaube? Ich glaube an das Hier und Jetzt, an diesen Abend, auch wenn er beschissener kaum sein könnte. Und dass wir aus den eigenen Bedingungen das Beste machen müssen. Nein, ich glaube, Rainer ist für immer weg, auch wenn sich das hart anhört, mein Junge."

Auch wenn er darauf vorbereitet war und es versuchte, emotional zu verarbeiten, versetzte Erwins letzter Satz Mats einen Stoß. Müdigkeitstränen, richtige Tränen, völlig egal, seine Augen ließen es laufen von allen Seiten und Richtungen. Weinte er wirklich nur um Rainer oder auch um Anna oder am Ende um sich selbst? Er wusste es langsam nicht mehr.

„Und was ist, wenn man das Hier und Jetzt ständig verkackt? Wie lebt man denn dann?"

„Weiß ich nicht. Weitermachen, schätze ich. Immer weitermachen. Bis das Verkacken aufhört. Matse, man verkackt nämlich nie allein! Da verkackt auch immer was mit. Aber nur wir selbst entscheiden, wie wir uns fühlen."

Und zum ersten Mal seit sehr, sehr langer Zeit empfand Mats etwas, das ewig nicht mehr da gewesen war. Wahrscheinlich lag es am Alkohol. An den Extremen des Tages. Aber er fand in diesem Moment, in diesem verkackten Leben an diesem verkackten Tag einen Hauch von Trost. Für alles.

Und er würde Erwin Drönemann sein ganzes Leben lang dafür dankbar sein.

Schon wieder stand sie vor einem Spiegel. Der Badezimmer-Radiowecker leuchtete eine rote 3:40. Tiefschlafphase. Nur ohne Schlaf. Meistens mochte sie sich abgeschminkt lieber, auch wenn sie ihre Naturblässe bereits als junges Mädchen gehasst hatte. Das Mittelalter wäre mehr ihre Epoche gewesen als das California-Beach-Girls-Zeitalter. Aber zumindest war es ihr wirkliches Gesicht. Doch die Kombination aus verheult, völlig übermüdet, rest-wütend und der besagten Blässe machte auch Anna keinen Spaß mehr. Wenn nicht mal mehr Essen und Belanglosigkeiten des nächtlichen Fernsehprogramms einen ablenken konnten, musste man einsehen, dass die Probleme tiefer lagen. Was für ein Arschloch er war!

Sie hatte ihn immer schon ein bisschen schräg gefunden. Aber eben auch anziehend schräg. Nicht so glatt und oberflächlich wie die ganzen anderen Typen. Wann hatte er eigentlich vorgehabt, ihr zu sagen, dass er das Land verlässt? Das Schlimmste war, dass er es auch noch so darstellte, als wenn das alles ihre Schuld sei. Als wenn sie entschieden hätte, dass er auswandert! Was für ein Unsinn das war! Wo war nur dieses Gefühl vom Messetag hingekommen? Das war doch da gewesen. Oder hatte sie sich das eingebildet? Das hatte sich so leicht angefühlt. So unkompliziert. So selbstverständlich. Und so wahnsinnig gut und richtig.

Sie hatte sich zwischendurch nicht permanent gefragt, ob ihre Haare noch richtig liegen oder ob ihr Lippenstift vom Weinglas verschmiert war, so wie sie es ständig bei anderen Dates tat. Und wenn es nur die Dates wären. Für die ersten zehn Treffen war die dauerhafte Eigenbeobachtung noch auszuhalten. Aber sie hatte schon Beziehungen geführt über lange Zeit, die sich nicht anders dargestellt hatten. Beziehungsweise sie hatte sich nicht anders verhalten. Weil sie dachte, sie müsste das, und sie musste das auch. Gestern dagegen war sie einfach nur da gewesen. Im Hier.

Sie hatte sich nicht gefragt, ob sie beide eine Zukunft haben. Nicht, ob er reich oder arm war oder werden würde. Ob er sie noch in 20 Jahren lieben würde oder ob er ein guter Vater wäre. Das fragte sie sich sowieso nie. Jedenfalls nicht, wenn sie jemanden kennenlernte. Sie kannte auch keine Frau, die das tat. Warum auch? Die wenigsten Frauen hatten Interesse an einer Blitzschwangerschaft mit einem Fremden. Männer glaubten so was aber leider ja. Vermutlich waren deshalb diese Kennenlernphasen immer so schwierig. Beide sind von Erwartungen und Unsicherheiten erdrückt. Wie kann ich nur genügen? Und all das hatte sie gestern nicht gefühlt. Nicht als er mit ihr geredet hatte, nicht als er ihre Hand nahm, nicht als er sie küsste und nicht als er mit ihr geschlafen hatte. Er hatte das Potenzial, einer dieser Unerfüllt-Menschen zu werden. Die schleppt man ein Leben lang mit sich rum. Man zieht weiter, wird vielleicht sogar glücklich, lebt sein Leben. Aber ab und zu, besonders wenn man zur Ruhe kommt, fragt man sich, dieses *„Was wäre wenn?"*. Was man sich bei so vielem im Leben fragt, aber meistens nur aus Neugier. Menschen kreisen nun mal gerne um sich selbst.

Es geht dabei auch um das Träumen, wäre mein Leben völlig anders, wenn sich dieser eine Moment ändern würde? Träumen, um der Langeweile des Alltäglichen zu entkommen. Das war unbedingt erlaubt. Anna glaubte an Momente. An verpasste Sekundenchancen. Den Wimpernschlag, der alles auf den Kopf stellen konnte, der Demut gegenüber dem Leben lehrt, weil er einem klar macht, dass einem jederzeit der Boden unter den Füßen weggerissen werden kann. Im Schönen wie Todtraurigen. Ein vergessener Kuss. Eine vergessene Liebe. Nur war hier leider nichts vergessen. Es war einfach nur unerfüllt.

Der Zahnpastageschmack nach dem Kotzen war immer wieder aufs Neue befremdlich. Sauber, und doch wieder nicht. Aber es hatte sich im Rahmen gehalten. Wodka mit Magenflüssigkeit. Das hatte es schmerzhafter gemacht, aber weniger riechend. Eigentlich gar nicht. Auch dieser Restgeruch in der Nase, der stets zurückbleibt, war ihm größtenteils erspart geblieben.

Deutlich schlimmer war, dass es ihn ausgenüchtert hatte. Kurz vor der maximalen Gleichgültigkeit.

Nun lag er zwar nicht nüchtern, aber doch ziemlich klar in seinem verdammten Zimmer. Erwin hatte versucht, ihn noch zum Bleiben zu bewegen, aber er hatte sich wirklich hinlegen müssen. Zumindest einen Moment lang. Seine Erschöpfung schien grenzenlos, aber an Schlaf war nicht zu denken gewesen. Und so starrte er nun, auf seinem Bett sitzend, auf die geöffnete Reisetasche, in die er schon ein weißes Paar Tennissocken gelegt hatte. Diese Socken besaß er bestimmt seit 20 Jahren und hatte sie seit ebenso langer Zeit nicht mehr getragen. Deshalb lagen sie stets frisch und sauber in seiner Sockenschublade. Sockenschublade war auch ein großartiges Wort. Socken waren ein noch niederträchtigeres Weihnachtsgeschenk als Krawatten. Vielleicht brauchte Mats in Las Vegas etwas Beständiges. Etwas, das bleibt. Und viel mehr Beständigkeit als diese Tennissocken gab es nicht in seinem Leben.

Er saß im Schneidersitz, was es passagenweise spannend machte, trotz seines nahezu fahrtüchtigen Zustandes, das Gleichgewicht zu halten. Einmal war er vom Bett gefallen, aber es lenkte ab vom Nachdenken. Vielleicht sollte er nur die Tennissocken mitnehmen. Als eine Art Mahnung für sich selbst. Mats fiel auf, dass er noch gar nicht mit seinen Eltern gesprochen hatte. Er würde sie von unterwegs anrufen oder wenn er da war. Theoretisch ließ sich seine Ausreise auch bis Weihnachten geheim halten. Möglicherweise sogar länger, er könnte ja einfliegen. Und erst durch seinen sich langsam bildenden, amerikanischen Nevada-Akzent würden sie nach zehn Jahren erfahren, dass er gar nicht mehr in diesem Land lebte. Zum Glück musste er das alles nicht jetzt entscheiden.

Er kam in den Verreisemodus. Das war gut. Etwas Normalität. Psychologen raten Menschen, die aus der Bahn geflogen sind, oftmals dazu, mit den kleinen Sachen wieder zu beginnen, um so wieder Normalität und Alltag herzustellen. Wenn Mats versuchte, objektiv auf sich zu blicken, war *„aus der Bahn geflogen"* ein großes Wort. Ein Außenstehender hätte seine Lage mit *„vom One-Night-Stand, in den er unnötigerweise verliebt war, abserviert worden, dazu den zu erwartenden Tod eines todkranken Bekannten verkraften müssen"* zusammenfassen können. Und Mats hätte ihm die Einschätzung nicht mal übel nehmen können. Vermutlich war er selbst tatsächlich das Hauptproblem. Weil er alles immer zu ernst nahm. Und so viel verlangte vom Leben. Zu große Erwartungen, er musste enttäuscht werden. Zwangsläufig. Vielleicht war das die wichtigste Erkenntnis. Er musste sich ändern, nicht die anderen.

Das Türklingeln und seine immer längere Intervalle durchbrachen seine Gedankenwelt erst im dritten Versuch. Sie sah schrecklich aus. Gar katastrophal.
Sie war sichtlich angetrunken. Ihr duftendes, goldbraunes Haar hatte sich in Schweineborsten gelegt und stand an mehreren Stellen unnatürlich ab. Ihre Augen zeigten keine Augenringe, sie waren so aufgequollen, dass sie einen scheinbar fließenden Übergang zum oberen Nasenbein bildeten. Ihr Hautbild zeigte sich stellenweise großporig und ihre Gesichtsblässe wurde immerhin noch in Teilen von dem übergroßen, ausgeleierten, schneeweißen T-Shirt geschluckt, welches in einer grauen Baumwoll-Jogginghose steckte. Und auf ihren, trotz allem wie immer perfekten, Lippen entdeckte er ein wachsendes Herpesbläschen. Mein Gott, er liebte sie.
„Ich möchte mit dir reden. Weil wenn ich jetzt nicht rede, dann bereue ich das für immer. Und vielleicht noch länger. Ich verstehe dein Problem nicht. Warum kann ich nicht für drei Monate meinen beruflichen Lebenstraum erfüllen, ohne dass es uns beeinflusst? Ich würde dich jeden Tag anrufen, du könntest mich besuchen, ich würde zwischendurch zurückkommen und nach drei Monaten, wäre ich wieder für immer hier bei dir. Ich verstehe noch weniger, dass du einfach so weggehen kannst. Von hier. Von mir. Kapiere ich nicht. Ich hab wirklich sehr lange darüber nachgedacht, aber es geht einfach nicht in meinen Kopf. Machst du das immer so? Läufst du weg, wenn es ernst wird? Oder war das lange geplant und ich bin dir egal? Das hat sich nur nicht so angefühlt. Nicht die ganze Zeit und vor allem nicht vorgestern. Weißt du, ich habe wirklich keine Lust mehr, zu warten. Und ich kann es auch nicht. Ich bin bald 30. Bei mir gibt es nicht mal einen Kinderdrang. Es tickt keine innere Uhr. Ich brauche niemanden, der mich begattet, damit ich auch ja nicht kinderlos sterbe eines Tages. Aber ich

möchte einfach glücklich sein. Ist das zu viel verlangt? Aber vielleicht gibt es den, den ich suche gar nicht. Und wenn ich glaube, ich habe ihn vielleicht, dann läuft er weg. Du sagst, mir fehle die Bedingungslosigkeit? Wo ist denn bitte deine? Wo ist das, wovon du heute Nachmittag geredet hast? Wo ist diese bedingungslose Liebe? In deinem Koffer? Oder nur in deinem Kopf? Oder sagst so was einfach nur zu mir, damit du dich besser fühlst?

Ich hab keine Ahnung. Oder hast du einfach Angst? Ist es das? Fürchtest du, dass dein Leben planbar wird? Bist du zu oft verletzt worden und willst es auf keinen Fall wieder erleben? Und weil diese ganzen Schlampen dir das Herz gebrochen haben, werde ich das Gleiche machen? Diesen Melville vögeln, in Bordeaux einheiraten und dich zurücklassen. Ist das deine Idee des Ganzen? Falls ja, muss ich dich leider enttäuschen. Das wird niemals passieren. Ich verliebe mich nämlich nicht sehr leichtfertig. Wenn das hier, das zwischen uns, an dieser Stelle stehen bleibt, für immer endet, dann ist das einzig und allein deine Entscheidung. Und nicht meine. Ich hab keine Ahnung, was das für eine Geschäftsidee ist, die du da mit deinem Chef hast. Ich hoffe, sie wird dich zumindest reich machen. Tu das, wenn es dein Wunsch ist. Aber rede bitte nicht von Bedingungslosigkeit. Wenn du daran glaubst und mich liebst, wie kannst du dann weggehen? Und sag mir nicht, dass es das Gleiche mit Melville wäre. Ich würde niemals dauerhaft nach Melville gehen, wenn ich nur einen Funken Hoffnung hätte, dass wir das sind, was ich glaube. Und ich bin hier, um dir das alles zu sagen, damit ich mich nicht irgendwann hasse dafür, dass ich nichts gesagt habe. Nur wenn du das zwischen uns alles verkackst, dann verkack es bitte völlig allein. Ich mache da nicht mit. Und falls es dich noch interessiert – ich ekele mich vor Schnecken, sehr sogar. Ich hab keine Ahnung, was ich über Schnecken gesagt haben soll. Niemand sollte ein Buch über diese Viecher lesen müssen. Aber sag mir doch bitte nicht, dass du so etwas tust und dann einfach aus meinem Leben verschwindest?"

Die tosende Maschine rauschte über Mats' Kopf hinweg. Das Geräusch von Fernweh erfüllte die Luft. Das Gefühl, unterwegs zu sein. Nichts, was einen beschwert. Nur eine Tasche und man selbst.

Reisen bildet. Doch es ist nicht das Reisen. Es ist die Freiheit des Kopfes.

Manchmal ist die räumliche Entfernung vom eigenen Leben elementar, um es überhaupt sehen zu können. Dann kreist man in Vogelperspektive über jeden Quadratmeter. Und sieht alles. Zum ersten Mal.

Nicht mehr als einer der Protagonisten am Boden, die nicht einmal um die nächste Ecke gucken können. Sondern als Beobachter. Als wenn es nicht das eigene Leben wäre, sondern eher etwas, das weit weg ist. Das eigene Leben ist festgelegt. Und wenn man das bedauert, sollte man sich daran erinnern, dass man jeden einzelnen Pflock selbst eingeschlagen hat. Und wem das nicht gefällt, der war frei, die Pflöcke rauszureißen und sie woanders einzuschlagen.

Durch die Glasscheibe waren die Geräusche der Maschinen nur noch zu erahnen. Mats sah eine Fülle an Flugzeugen, Bussen, Gepäckfahrzeugen und diesen fahrenden Maschinentreppen, die man zum Aussteigen der Passagiere benutzt. Vielleicht wäre ihre Lautstärke noch ausreichend gewesen, aber jeder Ton wurde von der Flughafenakustik übertönt.

Bewegung entwickelt eine eigene Stimme. Aus tausenden Einzelgeräuschen formt sich ein Klangkörper. Ein Schwarm aus Tönen, der so schnell an einem vorbeizieht, dass es unmöglich ist, einzelne Elemente wahrzunehmen. Wie das Meeresrauschen schwappt er vor und zurück. Und doch ist er immer da. Trotz der fehlenden Audio-Untermalung fühlte sich das Fernweh nicht geringer an. Durch die vielen Starts und Landungen war es noch durchdringender.

„Ich kann das gar nicht glauben, Matse."

Erwin räusperte sich und sog heimlich an seiner Ernte, die in seinem Jackenärmel brannte und blies den Rauch vorsichtig aus seinem Mundwinkel aus.

„Das wird ein Riesending! Alle sind an Bord. Vegas wartet auf uns."

Und er trank gar nicht dezent aus seiner Duty-free-Shop-Tüte.

„Und du machst einen Rückzieher. Wir sind fast da. Du musst nur in dieses Flugzeug steigen. Wenn du das Karnickel aus dem Zylinder wärst, müsstest du nur diesen einen einzigen Satz machen. Raus aus dem Zylinder. Rauf auf die Bühne."

Erwin starrte ihn an. „Und du machst diesen Scheiß. Wer soll denn nun mein

Geschäftsführer werden?"

Es war schon die ganze Fahrt so gegangen. Ohne Gegenwehr hätte es sich auch komisch angefühlt. Man tut ja immer so, als wenn das nicht wichtig wäre. Aber wenn Erwin schulterzuckend weiter im Programm gemacht hätte, wäre Mats doch getroffen gewesen. Es war nicht gespielt. Es schmerzte sie beide. Mats nahm nicht einfach Abschied von ein paar Freunden oder Bekannten. Hier am Lufthansa-Terminal stand sein altes Leben. Sein Job, sein bester Freund, seine Wohnung, seine sozialen Kontakte der letzten Jahre.

Erwin hielt ihm die Duty-free-Shop-Tüte ins Gesicht.

„Trink mal was. Ich kann auch an Bord noch genug ordern."

Doch sofort verschwand das Väterliche in seiner Stimme wieder.

„Mann, Matse! Wir hätten zusammen die Stadt erobert! So wie Siegfried & Roy. Exportschlager made in Germany. Willst du es dir nicht noch mal überlegen?"

„Erwin ... ich kann nicht. Selbst wenn ich wollte, kann ich trotzdem nicht. Glaube, ich muss erst mal mich in Ordnung bringen."

Und als ihr Flug, Las Vegas nonstop, zum Boarding aufgerufen wurde, herzte Mats sie alle noch mal. Jeden Einzelnen. Es würde sich viel ändern. Für sie alle, ihn eingeschlossen. Vielleicht für ihn sogar am meisten.

Mats blieb noch eine ganze Zeit auf der Aussichtsplattform sitzen und blickte den unzähligen Flugzeugen nach, die in den Himmel aufstiegen oder landeten. Auch als Erwins Flieger schon längst in den Wolken verschwunden war. Wie viele es waren. So wahnsinnig viele, unterschiedliche Menschen, die in den Maschinen saßen. Jeder auf einem anderen Weg. Jahresurlaub, Kurztrip, Flitterwochen, Durchreise, Geschäftsreise, Aufbruch, Flucht. Abschiede hatte er schon als Kind gehasst. Melancholie ummantelte ihn. Destination. Cancelled.

Die Sonne strahlte hell und warm durch das große Panoramaschiebedach, welches sich fast über die gesamte Autofläche erstreckte. Das Licht bahnte sich seinen Weg in jede noch so kleine Ecke des Wagens. Die surrende Klimaanlage verschaffte einen angenehmen Ausgleich.

Der Innenraum verströmte einen wunderbar frischen Geruch. Auf dem Handschuhfach klebte ein kleiner, dennoch gut sichtbarer Rauchen-verboten-Aufkleber. Kein Duftbaum weit und breit. Ein wenig Aftershave mischte sich in die Frische. Dezent. Zurückhaltend. Keiner dieser billigen Pornodüfte, die man als 13-Jähriger im Drogeriemarkt kauft, um die ersten hormonellen Schwankungen zu kanalisieren.

Der Fahrer trug eine dunkle Stoffhose mit einem cremefarbenen Hemd. Der rote V-Ausschnitt-Pullover darüber gab ihm einen konservativen, vertrauenswürdigen Anstrich. Sein frisch rasiertes Gesicht glänzte ein wenig im Sonnenlicht. Langsam schnallte sich Mats an und legte vorsichtig seinen Arm auf die lederne, schwarze Armlehne. Tief atmete er aus.

Bis hierhin hatte der Fahrer nicht auf ihn reagiert. Er gab ihm die Zeit. Denn er wusste es besser. Er kannte sie alle. Die Fliehenden. Die Zurückkehrenden. Die Traurigen. Die Glücklichen.

Erst jetzt drehte er sich um und blickte Mats mit seinen wachen, freundlichen Augen an.

„Wo soll es denn hingehen?"

Zu seiner Rechten sah Mats die Menschen in den Flughafen hineinrennen und wieder hinausstürzen. Wie in einem riesigen Taubenschlag.

„Wenn ich das nur wüsste."

Impressum
© 2016, Jesper Brook, Düsseldorf
Covergestaltung: Max Fiedler

Facebook:
https://www.facebook.com/Jesper-Brook-755303691278068/